Harry Thürk

Lotos auf brennenden Teichen

Militärverlag
der
Deutschen
Demokratischen
Republik

ISBN 3-327-00189-8

2. Auflage, 1986
Lizenz-Nr. 5
Printed in the German Democratic Republic
Satz, Druck und Einband: Druckerei des Ministeriums
für Nationale Verteidigung (VEB) – Berlin – 3 2333-5
Umschlaggestaltung: Heinz Ebel
Typografie: Anne-Katrin Engelstädter
LSV: 7001
Bestellnummer: 746 535 8
00580

1

Das Mädchen stand an die Reling gelehnt und blickte in das Kielwasser des kleinen Küstendampfers, der langsam in die Bucht von Singapore einlief. Zwischen den winzigen Wellen trieben abgerissene Zweige, leere Konservenbüchsen, Papierfetzen und all der andere Unrat, der sich in einem Hafenbecken ansammelt, ehe er nach und nach ins offene Meer gespült wird.

In der Bucht waren die kleinen, bewaldeten Inseln zu erkennen, schlammige, stinkende Höcker, die aus dem Wasser ragten, gesäumt von Mangroven. An den Kais begann die Stadt. Hier waren ihre Bauten niedrig. Windschiefe Holzhütten, meist auf Pfählen über dem sumpfigen Boden errichtet, geflickt mit dem Blech von Benzinkanistern und Reklametafeln. Dann kamen die Lagerhäuser, die langen Schuppen aus Wellblech, die Hafengebäude. Und weit dahinter erhoben sich die Betonkolosse der Stadthäuser. Es waren die Wolkenkratzer der Banken und Handelsniederlassungen, die Hotels und Kaufhäuser. Mächtige steinerne Burgen, hoch aufragend, sprachen sie vom Wohlstand und der Macht derer, die sie erbaut hatten. Die Luft flimmerte in der Hitze, die aus dem steinernen Dschungel aufstieg. Es war später Nachmittag, und obwohl der November nicht gerade der heißeste Monat war, lag stickiger Dunst heiß und feucht, wie eine unsichtbare Glocke, über der Stadt. Erst der nächtliche Regen würde ein wenig Abkühlung bringen.

Der Dampfer, auf dem das Mädchen Yang von Hongkong nach Singapore heimkehrte, war ein kleines holländisches Küstenschiff. Es legte an einem der letzten Kais an, und es wurde nicht so lärmend begrüßt wie die großen, weißen Ozeanriesen aus Europa oder Amerika.

Lief nämlich einer jener Luxusdampfer in den Hafen ein, dann schossen ihm Dutzende von Dschunken und Praue entgegen. Noch bevor die Leinen an Land festgemacht waren, priesen aus den Booten hundert Händler ihre Waren an, erklärten mit heiserer Anreißerstimme die Vorzüge der verschiedenen Hotels und Vergnügungspaläste, beteuerten ihre Fähigkeiten als Reiseführer und luden zum Besuch der Prachtvilla des Tiger-Balm-Königs ein, eines Chinesen, der aus Menthol und verschiedenen anderen Ingredienzen eine Salbe herstellte, die in keinem Laden ganz Asiens je ausging. Dazwischen bettelten halbnackte Kinder um Pennies. Die Reisenden zogen ihre Geldbörsen und warfen ein paar Münzen in das schmutzige Hafenwasser. Sofort tauchten Dutzende von Kindern hinab, um sie zu erwischen. Man erzählte sich, daß einige bis auf den Grund des Hafenbeckens tauchen konnten und es fertigbrachten, ein dort im Schlamm liegendes Geldstück zu erspähen.

Doch ein solcher Empfang wurde jenem kleinen Küstendampfer nicht zuteil. Schiffe dieser Art beförderten erfahrungsgemäß Leute, die sich bereits längere Zeit in Asien aufhielten und die sich für die Händler ebensowenig interessierten wie für die Künste der Pennytaucher. Sie waren in Geschäften unterwegs, und der Kai von Singapore bot ihnen kein erregendes Abenteuer mehr. Es war der Ort, an dem man das Schiff verließ, weiter nichts. Neben dem Mädchen Yang stand ein junger Mann. Er war schlank, hochaufgeschossen, und er trug die Sommeruniform der britischen Kolonialarmee, ein wenig zu lang geratene Shorts, leichtes Jackett, helle Mütze. Die Schulterklappen wiesen ihn als Colonel aus. In der Tat war Ralph Henderson der jüngste Colonel im Stabe General Percivals, des Oberkommandierenden der britischen Streitkräfte in Malaya und Singapore. Er war vom Fernost-Aufklärungsdienst der Armee, dem Far Eastern Combined Bureau, als Verbindungsmann zu Percival kommandiert worden, ein junger, ehrgeiziger Mann, der entfernt mit Lord Mountbatten verwandt war. Nur sehr wenigen war bekannt, daß er über die sich immer mehr zuspitzende Lage in Südostasien mehr wußte als Percivals Stabsoffiziere.

Henderson galt als zuverlässig und einfallsreich. Und es gab keinen Mann, der seinen Posten besser hätte ausfüllen können, denn Henderson war seit seiner Kindheit immer wieder in gewissen Abständen in Malaya gewesen. Er beherrschte die Landessprache und konnte sich in chinesisch verständigen. Außerdem konnte er genug Japanisch, um jeder in dieser Sprache geführten Unterhaltung folgen zu können.

Henderson hatte der Gruppe jener Fachleute des FECB angehört, die vor vielen Monaten bereits ein Meisterstück ihres Könnens geliefert hatten, als sie den Nachrichtencode der Japaner in mühevoller Kleinarbeit dechiffrierten. Seitdem war es dem Oberkommando Fernost möglich, selbst die geheimsten Anweisungen der Japaner nur Minuten nach der Aufnahme im Klartext vorzulegen. Und diese Arbeit war so geschickt erledigt worden, daß die außerordentlich vorsichtigen Japaner offenbar nicht den geringsten Verdacht hegten.

Es war nicht zuviel gesagt, wenn man behauptete, daß Ralph Henderson einer der am besten informierten Männer in Fernost war. Jetzt kam er von Besprechungen aus Hongkong zurück. Und auf der Reise hatte er jenes Mädchen getroffen, das neben ihm an der Reling stand. Sie war ein angenehmer Gesprächspartner gewesen. Was Henderson über sie wußte, genügte für eine Einschätzung allgemeiner Art. Sie war die Tochter eines der vielen chinesischen Antiquitätenhändler in der Gasse der zwölf Phönixe. Das Einkommen ihres Vaters und der Umstand, daß er zu einer jener chinesischen Geheimgesellschaften gehörte, deren Mitglieder, über ganz Asien verstreut, sich gegenseitig unterstützen, hatte es ihr erlaubt, eine verhältnismäßig solide Schulbildung zu erwerben. In Hongkong hatte sie eine Art Privatlyzeum absolviert, und nun reiste sie heim. Henderson lächelte, als er daran dachte, was sie wohl mit ihrer Bildung anfangen würde. Es gab für eine Chinesin wenig Gelegenheiten, eine Stellung einzunehmen, die etwas einbrachte. Nun gut, sie hatte der Familie Ehre gemacht, und die Eltern würden sie mit Freuden empfangen. Aber damit endete die Geschichte vermutlich.

Henderson hatte das alles sorgfältig durchdacht, und während der Schiffsreise war ihm ein Gedanke gekommen. Immerhin sprach das Mädchen Englisch und Malaiisch neben seiner chinesischen Muttersprache, und er hatte durch vorsichtiges Fragen herausgefunden, daß sie auf dem Lyzeum in Hongkong als Zusatzfach Japanisch studiert hatte.

Yang hatte sich in dem vergleichsweise mondänen Hongkong angewöhnt, ihr langes schwarzes Haar nicht mehr zum Knoten geschlungen zu tragen. Sie ließ es, nur im Nacken von einem schmalen Hornklipp gerafft, offen über die Schultern herabhängen. Der Wind, der von der See her wehte, fächelte es ihr ins Gesicht, und sie strich es spielerisch beiseite. Ein hübsches Mädchen und intelligent dazu, dachte Henderson. Aber das war nur ein flüchtiger Gedanke. Der Ehrenkodex des britischen Kolonialoffiziers ließ kein Gefühl der Sympathie für eine Asiatin zu. Zu enge Verbindungen mit Einheimischen zogen die Abkommandierung ins Mutterland nach sich; zumeist noch eine Disziplinarstrafe. Ein Offizier seiner Majestät war entweder verheiratet, oder wenn er ledig war wie Henderson, dann fand er Weiblichkeit in der Europäergesellschaft der Kolonie. Es war ihm erlaubt, bestimmte, sorgfältig ausgesuchte und überwachte Freudenhäuser zu besuchen, um dort stundenweise unter streng vorgeschriebenen Vorsichtsmaßnahmen die körperlichen Vorzüge chinesischer, malaiischer oder javanischer Mädchen zu genießen. Darin aber erschöpfte sich die Möglichkeit des Verkehrs mit den Einheimischen, und selbst ein verhältnismäßig hochgeschätzter Offizier wie Henderson konnte es sich nicht leisten, eine Ausnahme zu machen.

Während er Yang von der Seite her beobachtete, sagte sie ein wenig schwärmerisch: »Endlich wieder zu Hause! Singapore hat sich gar nicht verändert.«

Am Kai stand eine Gruppe von Leuten, die offenbar Passagiere des Dampfers empfangen wollten. Henderson ließ seinen Blick über ein paar abgestellte Militärfahrzeuge streifen. Einer dieser Wagen würde ihn zu seiner Dienststelle bringen. Ob er den Vater des Mädchens wiedererkannte, wenn der seine Tochter abholte? Er erinnerte sich, in dem Geschäft, das Yang ihm beschrieben hatte, vor langer Zeit eine bronzene Nachbildung der Gottheiten Shiva und Parvati gekauft zu haben. Es war eines der beliebtesten Andenken aus Asien, jene beiden indischen Inkarnationen der Fruchtbarkeit: der sitzende Shiva und die lustvolle Parvati, auf seinen Knien hockend, während des Begattungsaktes. Tausende dieser Figuren wurden jedes Jahr an Reisende verkauft, und Henderson hatte diese eine an seinen Klub in London geschickt, denn er besaß, als er sie kaufte, bereits eine andere aus Elfenbein geschnitzte, die in vieler Hinsicht wertvoller und zugleich obszöner war. Nun, er würde ja sehen, ob der Vater des neben ihm stehenden Mädchens wirklich jener Händler gewesen war.

»Ich werde mir erlauben, in den nächsten Tagen Ihrem Geschäft einen Besuch abzustatten«, bemerkte Henderson beiläufig. »Wenn ich mich recht entsinne, besaß Ihr Vater eine ausgezeichnete Kollektion von Sung-Porzellanen.«

Sie nickte unbefangen. Die Zeit in Hongkong, dem Schmelztiegel Asiens, hatte ihr eine gewisse Selbstsicherheit im Umgang mit den Angehörigen der weißen Rasse gegeben.

»Kommen Sie nur. Ich werde Sie bei meinem Vater anmelden.«

»Vielleicht ließe es sich einrichten, daß wir uns dabei sehen?«

Ihr Gesichtsausdruck veränderte sich nicht. Sie war jetzt neunzehn Jahre alt, und der Versuch eines Mannes, mit ihr in nähere Beziehungen zu treten, war ihr nicht neu. Sie ließ es sich nicht anmerken, daß Henderson sie als Mann wenig interessierte. Aber dieser Offizier hatte ihr am Vortage angedeutet, daß er eventuell eine Möglichkeit wüßte, wie sie ihre Kenntnisse verwenden könnte. Daran lag ihr viel. In Hongkong hatte sich ihre bisherige Einstellung zum Leben geändert. Die jungen Chinesinnen, in deren Gesellschaft sie gelebt hatte, waren in ihren Gewohnheiten, in ihrer Lebensweise und auch in den Plänen für die Zukunft modern gewesen, moderner als die Umgebung, in der sie aufgewachsen waren. Sie hatten von Emanzipation gesprochen, von Selbständigkeit und schöpferischer Tätigkeit. Das alles hatte Yang aufgenommen, sie in einer Weise tatendurstig gemacht, von der sie noch nicht genau wußte, ob ihre Eltern ihr zustimmen würden. Und der große, blonde Offizier neben ihr hatte davon gesprochen, daß es für sie eine Möglichkeit geben würde, zu arbeiten und Verantwortung zu tragen. Sie war neugierig darauf.

»Wenn Sie Ihre Geschäfte mit meinem Vater abgeschlossen haben, wird sich die Gelegenheit bieten, daß wir miteinander sprechen«, sagte sie zurückhaltend.

Henderson kam ihr entgegen. Er versicherte: »Ich werde selbstverständlich mit Ihrem Vater über die Pläne sprechen, die Sie betreffen, wenn Sie damit einverstanden sind.«

»Es wird notwendig sein«, gab sie zurück. »Ein Kind folgt dem Rat seiner Eltern und dem Entschluß der Familie.«

Er nickte. Das war chinesische Sitte, man mußte es berücksichtigen. Er hütete sich, seine Absichten, soweit sie Yang betrafen, vor ihr auszusprechen. Dafür waren sie zu kompliziert. Ralph Henderson wollte das Mädchen nicht etwa auf dem Umwege über eine kleine Gefälligkeit für sich selbst erobern. Sie schien ihm lediglich im Zusammenhang mit der politischen Lage, die sich immer mehr verschlechterte, für einen ganz bestimmten Zweck geeignet.

Es gab das beinahe unverhüllt ausgesprochene Ziel Japans, Südostasien zu erobern, es gab die ihm genau bekannten militärischen Anzeichen für einen japanischen Angriff. Und es gab die Kolonie Malaya, ein Juwel in der Krone ihrer Majestät, das sich in Gefahr befand. In dieser Situation waren Schachzüge erforderlich, die klug durchdacht werden mußten. Und um einen Schachzug auszuführen, bedurfte es einer Figur. Es würde sich in den nächsten Tagen, nach eingehenden Nachforschungen zeigen, ob dieses Mädchen Yang eine brauchbare Figur auf dem Schachbrett Malayas abgab oder nicht.

»Sie werden von mir hören«, versprach er.

Die Sirene des Dampfers stieß einen schrillen Schrei aus. Die Leinen klatschten an Land auf, wurden festgemacht. Dann wurde die Laufplanke gelegt, und die Passagiere bereiteten sich darauf vor, ihren Weg zur Zollschranke anzutreten.

Henderson verbeugte sich leicht und verabschiedete sich von Yang. Er ging als einer der ersten an Land. Die Zollbeamten warfen einen kurzen Blick auf seine Papiere und ließen ihn dann ungehindert passieren. Der Fahrer erwartete ihn bereits, ein Sergeant aus Percivals Hauptquartier. Henderson stieg in den Morris, bedeutete jedoch dem Fahrer, noch zu warten. Aufmerksam beobachtete er die aussteigenden Passagiere, bis er sehen konnte, wie das Mädchen Yang hinter dem Zollgebäude von ihren Eltern begrüßt wurde. Er hatte sich nicht geirrt, der alte Antiquitätenhändler aus der Gasse der zwölf Phönixe war in der Tat jener, bei dem er bereits einmal gekauft hatte. Er trug den traditionellen, langen schwarzen Überrock, und seine Frau war in dunkles Kaliko gekleidet. Den beiden Alten war anzusehen, daß die Heimkehr der Tochter sie glücklich machte. Sie betrachteten Yang immer wieder von allen Seiten, griffen nach ihren Händen, umarmten sie.

Ein Mädchen aus geordneten Familienverhältnissen, registrierte Henderson. Das war nicht unbedeutend, denn das FECB hatte eine starke Abneigung, Abenteurertypen und in ihrer Lebensweise unzuverlässige Elemente in seinen Dienst zu nehmen. Eigenartig daran war die Art der Beurteilung von geregelter und ungeregelter Lebensführung. Ein Mann, der bei sich zu Haus unmäßig trank und schon am Rand des Delirium tremens war, lebte geregelt, aber einer, der nach fünf Gläsern Gin an einer Bar Krach mit einem Matrosen bekam, gefährdete die Arbeit. Ein Mann, der mehrmals wöchentlich ein Bordell besuchte und gelegentlich bei der Frau eines gerade abwesenden Kameraden übernachtete, gab keinen Anlaß zu Bedenken, während ein Mitarbeiter, der verheiratet war und seine Scheidung einreichte, ohne viele Umstände aus dem Dienst entlassen wurde.

Henderson hatte es bisher verstanden, diese Klippen zu umschiffen. Er trank so gut wie nicht, rauchte mäßig, machte sich nichts aus Opium, und anstatt Freudenhäuser zu besuchen, pflegte er in gewissen Abständen eine Dienstreise nach Kuala Lumpur zu unternehmen, wo Lou van Bergen ein Hotel besaß, in dem er zu nächtigen pflegte. Sie war ihrer Abstammung nach Deutsche und mit einem Holländer verheiratet gewesen, der vor wenigen Jahren gestorben war. Jetzt lebte sie allein in einem Seitenflügel ihres Hotels. Henderson hatte sie vor Jahren bei einem Ferienaufenthalt in Batavia kennengelernt, und seitdem besuchte er sie regelmäßig. Seit einiger Zeit war er sogar über die intime Bekanntschaft mit ihr sehr froh. Die Entwicklung der politischen Lage ließ darauf schließen, daß ihm diese Freundschaft noch einmal außerordentlich nützlich sein könnte.

Er gab dem Fahrer das Zeichen abzufahren. Bald lag der Hafen hinter ihm. Die

Straßen der Stadt waren wie immer am späten Nachmittag nur mäßig belebt. Erst gegen Abend, wenn es kühler wurde, wimmelte es in ihnen von Menschen. Jetzt sah man nur die Händler und die herumstreifenden Kinder, kaum einen Europäer. Singapore war eine Stadt der Chinesen. Sie machten den größten Teil der Bevölkerung aus. Die Malaien waren in der Minderzahl. Daneben wohnten in der Stadt Tamilen und Angehörige der verschiedensten anderen Völker Asiens. Die meisten lebten in unvorstellbarem Elend. Sie verrichteten die schwersten, unangenehmsten und schmutzigsten Arbeiten, denn sie waren gezwungen, auf jede erdenkliche Art und Weise ihren Lebensunterhalt zu verdienen. Ganz Malaya, und auch Singapore, war eine Kolonie, und hier regierte England nach dem alten Kolonialprinzip: Laß die Einheimischen hart arbeiten, damit sie den Reichtum der Krone mehren, und laß die Engländer regieren. Laß die Leute spüren, wer zum Arbeiten und wer zum Regieren auserwählt ist.

Man konnte das Elend sehen, wenn man durch die Straßen Singapores ging, man konnte es riechen: die zerlumpten Gestalten der Einheimischen, ihre ausgemergelten Körper, die Kinder mit den aufgetriebenen Bäuchen, Bettler, denen das Trachom die Augen zerfressen hatte, Frauen mit Geschwüren auf den Brüsten, hohlwangige Tuberkulöse. Über allem lag der ätzende Qualm der Kochfeuer, der Gestank schlechter Fischmahlzeiten, vereint mit dem Brodem, der aus den Abwässergräben stieg, jenem Gemisch von Exkrementen, faulendem Unrat und nahezu wirkungslosen Desinfektionsmitteln. Seit Sir Stamford Raffles Malaya als Kolonie für die britische Krone erwarb, hatte sich für die Bewohner des Landes nichts zu ihren Gunsten verändert. England baute in den Zinnminen fleißig ab, es nutzte Malayas Kautschukreichtum aus und zog manchen anderen Nutzen aus seiner Kolonie, aber es sah gleichmütig zu, wie die Bevölkerung im gleichen Maße verelendete, in dem das Land seine Schätze an die Kolonialherren verlor.

Ralph Henderson war klug genug, die Entwicklung zu sehen, die sich anbahnte. Er verfügte über die besten Informationsquellen. Und er erkannte die Beweggründe für viele unvorhergesehene Ereignisse zeitiger und besser als manche seiner Vorgesetzten. Seit Beginn des Krieges in Europa hatten die Japaner es sehr geschickt verstanden, in Asien ihre eigene Politik der beschleunigten Aggression zu betreiben. Auf dem asiatischen Festland besaßen sie in Korea und der Mandschurei wertvolle wirtschaftliche und militärische Stützpunkte. Beim Angriff auf China hatten sie sich verrechnet. Der Widerstand, auf den sie dort stießen, war ihnen zu stark. Es war einzig und allein Tschiang Kai-schek zuzuschreiben, daß sie dort noch keine entscheidende Niederlage erlitten hatten. Der alte Marschall, der sich wie ein neuer Kaiser Chinas gebärdete, kam ihnen dadurch entgegen, daß er angesichts der Bedrohung des Landes durch die immer weiter vorrückenden Truppen Japans lieber seinen Privatkrieg gegen die Kommunisten führte, statt deren Angebot zu folgen und mit ihnen gemeinsam gegen die Japaner vorzugehen.

Henderson sah die Bankgebäude vorüberhuschen, die Kaufhäuser und Versicherungsagenturen, die Reedereien. Für ihn stand fest, daß der japanische Angriff auf ganz Asien unmittelbar bevorstand. Und er würde heute abend noch dem General Percival Maßnahmen vorschlagen, die den alten, hageren Graukopf in sprachloses Erstaunen versetzen sollten.

Der Morris brachte ihn zur Changi-Kaserne auf dem östlichsten Zipfel der Insel Singapore. Er hatte hier seinen Dienstraum und ein Zimmer im Offiziersgebäude. Seine Ankunft wurde von niemandem besonders beachtet. Ralph Henderson nahm seine Aktentasche unter den Arm und stieg die Steintreppen zu seinem Zimmer hinauf. Er setzte nur die Mütze ab und brannte sich eine Zigarette an, dann griff er zum Telefonhörer und rief Percivals Adjutanten an.

»Vortrag beim General?« fragte der. »Mein lieber Henderson, Sie wissen, wieviel Arbeit er hat!«

»Es ist notwendig und unaufschiebbar«, erwiderte Henderson knapp. Er wußte, wie Adjutanten zu behandeln waren. »Ich verlange, daß Sie dem General Mitteilung machen. Falls er entscheidet, mich nicht anhören zu wollen, behalte ich mir eine Rücksprache beim FECB vor. Man wird dann dort entscheiden, ob es wichtig ist oder nicht, daß der General mich empfängt.«

Das genügte, um den Adjutanten gefügiger zu machen. Er versprach Antwort binnen einer Stunde. Henderson legte befriedigt den Hörer auf. Er war sich noch nicht ganz klar, was er dem General im einzelnen abverlangen würde, aber er war ein Mann der geschickten Improvisation und würde sich zu helfen wissen. In einem Nebenraum wechselte er seine Kleidung und wusch sich oberflächlich. Dann ließ er seinen Mitarbeiter Palmer kommen, einen Leutnant der Armee, der um fünf oder sechs Jahre jünger war als er und mit dem er sich recht gut befreundet hatte. Palmer war ein kleiner, drahtiger Mann mit einem dünnen Schnurrbart. Er grinste vergnügt, als er ins Zimmer trat.

»Hallo, Ralph!« rief er schon in der Tür. »Du siehst erholt aus. Was Neues in Hongkong?«

Sie begrüßten einander und wechselten ein paar unverbindliche Redensarten. Dann schob Henderson dem anderen einen kleinen Zettel mit einer Adresse hin.

»Du mußt mir eine Arbeit abnehmen«, bat er. »Das da ist ein junges Mädchen; spricht Chinesisch, Malaiisch, etwas Japanisch und fehlerlos Englisch. Intelligent. Wir werden sie brauchen. Wozu, das werde ich dir später erklären. Du setzt einen Mann ein, der alles über sie und ihre Familie zusammenträgt. Keine Akte anlegen. Nichts aufschreiben. Du hast drei Tage Zeit.«

Der andere schmunzelte. »Ist sie hübsch?«

»Für den Geschmack eines Chinesen vielleicht«, erwiderte Henderson unbestimmt. »Übrigens rede ich heute noch mit dem Chef. In spätestens drei Tagen wird sich hier eine Menge tun.«

»Da bin ich aber neugierig«, bemerkte John Palmer humorvoll. »Werden wir losschlagen? Haben sie das in Hongkong ausgetüftelt?«

Henderson schüttelte den Kopf. »Die Japaner werden losschlagen, John«, sagte er mit einer Bestimmtheit, die das Grinsen von Palmers Gesicht wischte. »Ihre letzten Geheimdepeschen nach Berlin lassen keinen Zweifel mehr. Außerdem haben sie ihre Marine in Alarmzustand versetzt. Ihre Flugzeugträger führen Tag für Tag Übungen durch. In Indochina haben sie jetzt zehn Divisionen stehen. Es werden täglich mehr. In Siam treffen jeden Tag etwa hundert japanische Reisende ein. Die meisten von ihnen gehen in Orte, die nicht weit von der Grenze zu Malaya entfernt sind. Vorwiegend Eisenbahnspezialisten und Techniker. In Japan sind die Fenster der Eisenbahnwagen, die an der Westküste entlangfahren, mit Papier verklebt. Die ganze Küste ist ein einziger Aufmarschplatz für alle Arten von Transportschiffen. Ich könnte dir aus dem Handgelenk jetzt noch ein paar Dutzend ähnlicher Einzelheiten mitteilen. Jedenfalls kann es sich nur noch um Tage handeln, bis etwas geschieht, höchstens aber um Wochen.«

»Und wo werden sie losschlagen?«

Henderson zuckte die Schultern. Das zu beantworten war selbst den Fachleuten vom FECB noch nicht möglich. Es gab nur Vermutungen.

»Malaya wird eines ihrer ersten Ziele sein, John«, sagte er. »Sie brauchen Zinn und Gummi. Außerdem ist Singapore strategisch von unschätzbarem Wert für sie.«

»Gute Nacht Festung Singapore«, meinte Palmer. »Ich denke nicht gern daran. Und was wird aus uns?«

»Darüber sprechen wir morgen«, vertröstete ihn Henderson. »Ich muß erst mit Percival reden. Wenn er anstandslos akzeptiert, was ich will, dann sieht es zumindest für uns nicht allzu schwarz aus.«

Nicht ganz eine halbe Stunde nach seinem Anruf erhielt Henderson von Percivals Adjutanten die Mitteilung, er möge sofort kommen. Henderson berichtete knapp und überzeugend. Der General hörte ihm aufmerksam zu, aber sein Gesicht war von einer eigenartigen Müdigkeit. Percival wurde von dem, was der Aufklärungsoffizier ihm mitteilte, nicht sehr überrascht. Für ihn war der bevorstehende Angriff der Japaner ebenso eine Realität wie für Henderson. Aber Percival unterstand dem Oberkommando, und seine Möglichkeiten waren begrenzt. Erst im September, auf einer Konferenz mit dem nach Asien entsandten Minister Duff Cooper, war die gesamte Situation eingehend erörtert worden. Und seitdem konnte sich Percival des Eindrucks nicht erwehren, daß man in London nichts Entscheidendes zur Abwehr des bevorstehenden japanischen Angriffs unternahm. Es hatte den Anschein, als verließe sich Winston Churchill auf die Hilfe der Amerikaner. Er selbst hatte erklärt, daß die asiatischen Gebiete des britischen Imperiums nur zu verteidigen wären, wenn Amerika in den Krieg eingriff. Streng verboten war dazu noch jede Form der allgemeinen Mobilisierung der einheimischen Bevölkerung, obwohl gerade in Malaya besonders die Kommunisten ein Angebot nach dem anderen machten, bei den Verteidigungsaufgaben mitzuhelfen.

Percival zuckte mißmutig die Schultern, als Henderson mit seinem Bericht zu Ende war. »Ich schätze Ihren Scharfsinn, Henderson. Ihre Beurteilung der Lage trifft absolut zu. Aber was kann ich tun? Sir Winston Churchill wartet auf die Amerikaner. Sie wissen so gut wie ich, was wir an Truppen in Malaya zur Verfügung haben: zweieinhalb Divisionen, mangelhaft trainiert und unmodern ausgerüstet; einhundertfünfzig einsatzfähige Flugzeuge, von denen keines den modernen Typen der Japaner gewachsen ist, und eventuell zwei Schlachtschiffe, ein halbes Dutzend Zerstörer und Küstenwachboote. Nicht ein einziges Unterseeboot. Inzwischen sind Australier eingetroffen, etwa in der Stärke einer Division. Die Hälfte davon ist bereits krank, weil die Leute das Klima nicht vertragen. Die Japaner haben siebzig Felddivisionen bereitstehen, dreitausend erstklassige Flugzeuge und ihre gesamte Flotte. Zehn Divisionen Japaner stehen heute schon mit siebenhundert Flugzeugen unweit der Nordgrenze. Die Truppen sind monatelang im Dschungelkrieg ausgebildet worden. Das ist die Lage. Was ich brauche, um Malaya zu verteidigen, sind Divisionen und Material. Nichts davon bekomme ich. Wir sehen ein Fiasko auf uns zukommen und können nichts tun.«

Das alles war Henderson klar. Die Lage war aussichtslos. Eine Beteiligung der malaiischen Bevölkerung würde das Unheil abwenden können, aber dieser Möglichkeit stand die Kolonialpolitik der Regierung entgegen.

»Sir, ich bin gekommen, um Ihnen Vorschläge zu machen, die Sie vielleicht als abenteuerlich beurteilen werden. Sie sind es im gewissen Sinne, aber sie gehen von der Realität aus, die Sie mir gerade geschildert haben. Darf ich offen sprechen?«

Percival lehnte sich in seinem Stuhl zurück. Er war ein alter Soldat. Die Hälfte seiner Dienstzeit hatte er in den verschiedensten Kolonien Englands zugebracht. Er versah seine Aufgaben ohne unnütze militärische Formalitäten im Umgang mit seinen Mitarbeitern.

»Ich bitte darum«, forderte er knapp.

»Ich setze voraus, Sir«, begann Henderson, »daß Malaya einschließlich der Festung Singapore von den Japanern überrannt wird. Wir werden Widerstand leisten, aber nur für eine begrenzte Zeit. Dann gehört das Land Japan. Meine Absicht ist es, in diesem von japanischen Truppen besetzten Malaya ein Netz von Stützpunkten zu unterhalten, von denen aus eine organisierte Diversionsarbeit möglich ist. Auf lange Sicht wird Japan den vereinten Anstrengungen unserer und der amerikanischen Militärmacht nicht gewachsen sein. Unsere Stützpunkte sollen planmäßige Diversions- und Aufklärungsarbeit leisten. Von ihnen aus und mit ihrer Hilfe kann zu einem entsprechenden Zeitpunkt die Zurückeroberung Malayas wirkungsvoll vorbereitet und unterstützt werden. Darf ich einige Einzelheiten dazu erklären?«

Percival hörte mit unbewegtem Gesicht zu. Ab und zu strich er mit einer kurzen, nervösen Bewegung über seinen grauen Schnurrbart. Dieser Henderson ging aufs Ganze, darüber bestand kein Zweifel. Er war ein kalter Bursche. Der ungleiche Kampf, der die britischen Armeen in Malaya zerschmettern würde, interessierte ihn offenbar kaum. Die Tausende von Toten, die es geben würde, rührten ihn nicht.

Er sprach von tropenerfahrenen Offizieren und Sergeanten, von Funkstellen, Munitionsdepots, Dschungelverstecks, Kurierverbindungen, Lebensmittellagern und dutzenderlei ähnlichen Dingen. Vor den Augen des Generals ließ er ein Bild des besetzten Malayas entstehen, in dem überall im Lande kleine Trupps englischer Soldaten geschickt den Ablauf der militärischen Aktionen der Japaner störten, an den Nerven des Gegners, am Kampfgeist und an der Selbstsicherheit seiner Truppen zerrten. Als er eine Pause einlegte, bemerkte Percival, ohne Zustimmung oder Ablehnung zu zeigen: »Sie haben eine großartige Phantasie, Colonel. Beantworten Sie mir zwei Fragen. Woher nehmen Sie die für diese Aufgabe ausgebildeten Kräfte? Und welcher Art sollen Ihre Verbindungen zu den Einheimischen sein, zu den Kommunisten etwa?«

Der alte Fuchs hat mit tödlicher Sicherheit die beiden dünnsten Stellen meiner ganzen Berechnung herausgefunden, dachte Henderson. Aber so schnell war er nicht zu beirren. Er beschloß, Percival einfach zu überrumpeln.

»Ich brauche Ihre sofortige Hilfe, Sir«, erwiderte er. »Die Offiziersschule in Bukit Timah dürfte ihre Bedeutung verloren haben. Sie ist ohnehin kaum besetzt. Veranlassen Sie, daß mir das Gebäude mit dem dazugehörigen Übungsplatz zur Verfügung gestellt wird. Der Übungsplatz besteht aus Dschungelgelände und ist vorzüglich geeignet. Ich werde meine Leute dort trainieren. Veranlassen Sie, daß mir binnen drei Tagen alles an Waffen, Sprengmitteln, Munition, Arzneien und dergleichen ausgeliefert wird, was ich anfordere. Und genehmigen Sie die Transportmittel.«

Percival dachte einen Augenblick nach. Es war nicht wenig, was Henderson verlangte. Aber sein Plan hatte Hand und Fuß. Er war nüchtern, kalt berechnet. England würde in naher Zukunft Männer brauchen, die auf solche Art planen und kämpfen konnten. »Meine zweite Frage, Colonel«, erinnerte er Henderson ruhig.

»Diese Frage ist schwierig zu beantworten, Sir«, baute Henderson vor. »Wir werden nicht ohne die Einheimischen auskommen. Entscheidend wird sein, daß sie unter unserer Aufsicht kämpfen. Es wird zweifellos nach dem Einzug der Japaner zu Auseinandersetzungen zwischen ihnen und dem chinesischen Teil der Bevölkerung kommen. Die Chinesen hassen die Japaner wegen ihres skrupellosen Vorgehens im Mutterland China, und die Japaner wissen das. Auseinandersetzung ist eine Untertreibung für das, was sich daraus ergeben wird. Über die Stellung der Kommunisten brauche ich nicht viel zu sagen. Sie bestürmen uns seit Monaten mit Angeboten, die Arbeiter zu bewaffnen und das Land gegen Japan verteidigen zu lassen. Nun, wir werden ihnen gestatten, gewisse Hilfsdienste zu leisten. Es gibt im Soldatenhandwerk immer unangenehme Aufgaben, für die man nicht gern die besten Leute opfert, Sir. Entscheidend bei allem ist, daß nach der Niederlage der Japaner, die unvermeidlich ist und mit der ich fest rechne, die Macht sicher in den Händen unserer Kommandos liegt. Ist Ihre Frage damit beantwortet, Sir?«

Ich habe selten einen Mann gesehen, der die Verhältnisse so nüchtern beurteilt, sagte sich Percival. Dieser Henderson wird seinen Weg machen. Sein Plan ist kühn, aber er hat den Vorzug, weit in die Zukunft zu reichen. Wo werde ich sein, wenn dieser junge Colonel mit seinen Leuten hierzulande die Macht darstellen wird? Er dachte nicht weiter. Es war unangenehm weiterzudenken. Während er sich aus seinem Stuhl erhob, sagte er knapp: »Danke, Colonel.«

Dann strich er seinen Rock glatt und blickte Henderson ein paar Sekunden lang schweigend an. Schließlich erklärte er: »Ich halte Ihre Vorschläge für kühn und erfolgversprechend. Allerdings bin ich der Meinung, daß Sie bestenfalls Zeit genug haben werden, den zehnten Teil davon in die Tat umzusetzen. Aber selbst das würde schon viel sein. Die Offiziersschule von Bukit Timah bekommen Sie. Ich stimme Ihrem Plan im Prinzip zu. Ich werde sogleich Besprechungen mit dem Oberkommando Fernost führen. Marshall Brooke Popham wird endgültig darüber entscheiden. Inzwischen beginnen Sie auf meine Verantwortung mit der Arbeit. Ich erwarte Ihre nächste Meldung in drei Tagen.«

Er gab Henderson die Hand, und der Colonel verließ das Büro. Percival hatte nie vorher so deutlich gespürt, wie ernst die Zukunft war. Für ihn war noch vor Wochen die Verteidigung Malayas eine ehrenvolle Aufgabe gewesen, an deren Lösung er keinen Zweifel hegte. Nun aber nahmen die Dinge Form und Gestalt an. Die Realität war bitter. Als Soldat blieb ihm nichts anderes übrig als der Versuch, wenigstens eine ehrenhafte Niederlage herauszuschlagen.

Er ging ans Fenster und blickte hinaus auf den Kasernenhof. Dort unten übte die Wachkompanie Gewehrgriffe. Das kam Percival nach der Unterredung mit Henderson lächerlich vor, und doch hatte er selbst alle Dienstpläne genehmigt.

Während die Jungen sich da unten ihre Hände an den Gewehrschäften blauschlugen, übten sich die künftigen Eroberer Ostasiens in den Dschungeln der Marianeninseln im Urwaldkrieg. Sie lernten, die Natur als ihren Verbündeten zu benutzen, wurden hart und zäh gemacht für den bevorstehenden Feldzug. Was habe ich ihnen entgegenzustellen? Jungen aus London und Manchester, die leidlich Fußball spielen und zur Not mit ihren Gewehren umgehen können. Werden sie ernst zu nehmende Gegner für die Dschungelkämpfer Nippons sein? Was alles hat England versäumt in vielen vergangenen Jahren, während Diplomaten und Spione unentwegt davon berichteten, daß Japan sich zum großen Schlag rüstete? Es war nicht lange her, daß Tokio sich auch offiziell mit den deutschen Nazis verbündet hatte. Das Hakenkreuz hatte in der aufgehenden Sonne Nippons einen Partner gefunden, der ebenso skrupellos, ebenso grausam und unmenschlich war wie es selbst. Und im Angesicht dieser Tatsachen schrumpfte das, was die gesamte Malaya-Armee an Widerstandskraft aufbringen konnte, zu einem einzigen, bedauerlichen Satz zusammen: Pflichterfüllung bis zur letzten Patrone.

Wenn Percival sich vergegenwärtigte, was an Waffen und Munition vorhanden war, konnte er sich unschwer ausrechnen, wie lange das reichte.

Er sah eine Weile gedankenvoll den exerzierenden Soldaten zu. Dann ließ er sich müde in den Sessel fallen und rief seinen Adjutanten, um mit ihm über die Verbindungsaufnahme zum Oberkommando Fernost zu beraten.

Rötliches Sonnenlicht fiel durch die verblichenen Vorhänge auf die Reihe der bronzenen Buddhafiguren im Laden Yang Wen-huas in der Gasse der zwölf Phönixe. Die Buddhas lächelten still. Um sie herum waren hunderterlei andere Kunstgegenstände aufgestellt, die dem kleinen Laden das Aussehen eines reichlich überfüllten Museums gaben. Neben den Figuren der Gottheiten standen aus Holz geschnitzte Tiere: Büffel und Pferde, Schildkröten und Fische. Rote und grüne Drachen zierten das Porzellan alter Vasen und Schalen. Bunte Gefäße aus Cloisonné wetteiferten in ihrem Glanz miteinander, zwischen ihnen die unvergleichlich schönen Schnitzereien aus Elfenbein, wiederum Buddhas, seltene Tiere, Vögel, Frauengestalten, Amulette aus Jade und Türkis, lange Tabakspfeifen mit silbernen Köpfen, alte, gelb gewordene Perlen von höchstem Wert, farbenprächtige Nachbildungen traditioneller Opernmasken, tibetanische Gebetsmühlen und siamesische Bambusgefäße, mongolische Dolche und goldgefaßte Eßstäbchen aus den Palästen längst vergessener Dynastien. Das alles war liebevoll auf Tischen und in Regalen aufgebaut. Die Wände waren bedeckt mit kostbaren Seidenstickereien, Holzbildern und Bambusmalereien, dazwischen leuchteten die grellen Farben javanischer Batikarbeiten. In den altertümlichen Schränken türmten sich die Rollbilder alter chinesischer Meister. Japanische Miniaturen und indische Sandelholzarbeiten gehörten ebenso zu den Schätzen des Ladens wie die winzigen Nachbildungen burmesischer Pagoden oder chinesischer Dschunken aus gebranntem Ton.

Dies war das Reich Yang Wen-huas, eines bereits grauhaarigen, bedächtigen Mannes. Seine Urahnen waren einst aus China immer weiter nach dem Süden gezogen. Sie kamen aus einem von Hunger und Seuchen geplagten Land, dessen Reichtum fremde Eroberer stahlen. Hier in Malaya hatten sie sich angesiedelt wie viele andere, und sie hatten gleich den einheimischen Malaien und den aus Indien zugewanderten Tamilen den schweren, fruchtbaren Boden umbrochen, hatten dem Dschungel Land entrissen, Reis und Bataten angebaut, Maniok und Mais. Hundertmal waren seit ihrem Kommen die Monsune über das Land dahingezogen, die Jahrzehnte waren unter Arbeit und Mühe vergangen. Es waren Kinder geboren worden, und Greise waren gestorben. Junge Paare hatten sich zusammengefunden, und die Familien waren gewachsen, hatten sich heimisch gefühlt in dem neuen Land, unter seinen freundlichen, braunhäutigen Menschen. Die Einheimischen wie die Zugewanderten hatten gleichermaßen gespürt, daß dieses Land eine Kolonie der Engländer war. Aber immer hatte es die Hoffnung gegeben und die gegenseitige Hilfe. Eines Tages würde England entweder von selbst Gerechtigkeit üben, oder es würde dazu gezwungen werden. Und dann würde das Land denen gehören, die es bewohnten. Es würde Schulen und Hospitäler geben, ein Mann würde für seine Arbeit einen Lohn bekommen, der ausreichend war, und die Reisschalen würden endlich gefüllt sein. Inzwischen half man einander, so gut man konnte.

Ohne die Hilfe einer Anzahl Verwandter wäre es Yang Wen-hua nie möglich gewesen, seine Tochter in eine Schule gehen zu lassen. Als man erkannt hatte, daß das

Lernen ihr Spaß machte und daß sie klug und fleißig war, hatten die Verwandten zusammengelegt. Das war durchaus keine Besonderheit. Überall in Europa gab es Chinesen, die studierten. Irgendein begüterter Chinese, der im selben Land wohnte, eine Gastwirtschaft betrieb oder Händler war, bezahlte das Studium. Dafür unterstützte die Familie des Studierenden im Mutterland einen Verwandten des Geldgebers. So war beinahe ein System daraus geworden. Und dieses System war die natürliche Selbsthilfe eines Volkes, dem die weißen Kolonialherren im Heimatland keine Bildungsmöglichkeit ließen.

Forschte man nach, auf welche Art Yang Wen-hua zu seinem Antiquitätengeschäft gekommen war, so fand man heraus, daß seine Großeltern bereits in Tanjong Malim eine kleine Elfenbeinschnitzerei betrieben hatten. Sie waren Kunsthandwerker im besten Sinne gewesen, und ihre Kinder, die Generation vor Yang Wen-hua, hatten die kleine Werkstatt später in einen Laden umgewandelt. Yang Wen-hua schließlich verlegte ihn nach Singapore, und hier betrieb er nun das Geschäft seiner Vorfahren weiter. Er schnitzte selbst noch gelegentlich Elfenbeinfiguren, aber nach und nach tat er es immer seltener.

Der Handel war sein Fach geworden. Das hieß nicht, daß er Kunstgegenstände nur verkaufte. Er gehörte zu den besten Kennern der Kunst Ostasiens, sein Urteil war sicher und unbestechlich. Yang Wen-hua hätte auf einer Kunstakademie einen hervorragenden Platz ausfüllen können. Aber es gab keine Kunstakademie, die auf einen Kenner ostasiatischer Kunst Wert gelegt hätte, der Chinese war und malaiischer Nationalität.

Als der Engländer durch den glitzernden Glasperlenvorhang in den Laden trat, blickte Yang Wen-hua ihm gespannt entgegen. Er hatte diesen großen, blonden Offizier erwartet. Seit die Tochter aus Hongkong zurück war, hatte sie oft über ihn gesprochen. Im Grunde gefiel Yang Wen-hua die Idee seiner Tochter, für die Engländer zu arbeiten, nicht besonders. Aber die Zeiten waren unsicher, und vielleicht war eine Beschäftigung dieser Art gut genug, um eine Übergangszeit auszufüllen. Eines Tages würde das Mädchen Lehrerin werden, es war ihr Wunsch für die Zukunft. Mochte sie inzwischen etwas anderes tun, bis die allgemeine Lage sich besserte und man wieder weitreichende Pläne machen konnte. Die Familie hatte beraten und war sich einig geworden.

Henderson ging auf den Alten zu und schüttelte ihm kräftig die Hand. »Es freut mich, Sie gesund und zufrieden zu sehen«, rief er. »Ich hoffe, daß Ihre Tochter Sie beim Empfang nicht enttäuscht hat. Sie sprach während der Reise oft von ihrer Familie.«

Der Chinese lächelte leicht und sagte zurückhaltend: »Sie war eine lange Zeit von uns fort. Aber sie ist reich an Wissen und Erfahrungen heimgekehrt. Niemand geht in die Fremde, ohne etwas dabei zu gewinnen.«

Der übliche Stil, dachte Henderson. Reden, reden, und dazwischen Tee. Und dann zwei Worte über das, was man wirklich voneinander wollte. Er war gekommen, um das Mädchen mitzunehmen. Der Betrieb in Bukit Timah war angelaufen, und sie wurde gebraucht.

Während er einen malaiischen Kris betrachtete, der an der Wand hing, sagte er beiläufig: »Ich hoffe, Ihre Tochter ist gesund und von der langen Reise ausgeruht.«

Der Chinese antwortete zu seiner Überraschung: »Sie ist außerordentlich tatendurstig. Und sie wird erfreut sein zu hören, daß Sie nach ihr gefragt haben.«

Henderson wandte seine Aufmerksamkeit einem Amulett aus hellgrüner Jade zu. Interessiert erkundigte er sich: »Ist es echt?«

»Es ist echt«, bestätigte der Chinese würdevoll. »Ein sehr teures Stück, Sir. Etwa tausend Jahre alt. Die Jade ist vorzüglich. Und die Bearbeitung läßt die Hand einer Frau erkennen. Deshalb gehört es zu den rarsten Stücken seiner Art.«

»Interessant«, murmelte Henderson. Er war kein Kunstkenner im eigentlichen Sinne, auch kein passionierter Sammler. Aber es fehlte ihm nicht der Sinn für den merkantilen Wert von Kunstgegenständen.

Als er den Chinesen fragend anblickte, sagte dieser höflich: »Achtzig Straits Dollar. Es ist ein Stück für einen Sammler.«

Henderson grinste vergnügt. Der Alte verstand sich auf seine Kundschaft. Er wußte genau, was er wem verkaufen konnte.

»Sie suchen ein kleines Geschenk?« hörte er ihn fragen.

»Ja, ein etwas außergewöhnliches Geschenk. Wobei nicht unbedingt der Preis das Außergewöhnliche sein muß.«

Der Chinese zog seine Schublade auf und erkundigte sich: »Soll es an einen Herrn oder an eine Dame gehen, Sir?«

»An eine Dame.«

Yang Wen-hua bat ihn, den Inhalt der Schublade zu betrachten. Da lagen Schnitzereien aus Türkis, Nephrit, Onyx und Jade. Er griff nach einer handtellergroßen Scheibe aus dunkler Jade und hielt sie Henderson hin.

»Ein vorzügliches Geschenk, Sir. Die geschnitzte Darstellung einer Szene aus dem Traum der roten Kammer, einer der Perlen alter chinesischer Literatur. Viele Künstler haben sich daran versucht. Dieser ist nicht einer der schlechtesten gewesen. Fünfzig Dollar.«

Genau das ist es, dachte Henderson belustigt. Ein bißchen versteckte Erotik, nicht zu teuer, aber trotzdem wirkungsvoll. Lou van Bergen freute sich stets, wenn er ihr eine derartige Kleinigkeit mitbrachte, die den Eindruck erweckte, er habe lange danach suchen müssen. Diesmal würde es nicht nur diese Schnitzerei aus Jade sein. Henderson hatte eine ganze Wagenladung nützlicher Dinge eingekauft, die in absehbarer Zeit wohl außerordentlich knapp werden würden. Die Liste der Einkäufe begann bei kosmetischen Artikeln, ohne die eine Frau wie Lou schwerlich auskam, und setzte sich über eine Gipsbüste Hitlers und ein Exemplar von »Mein Kampf«, beides auf einem Trödelbasar erworben, zu Kleidungsstücken und Medikamenten fort, bis zu raren Lebensmittelkonserven wie Eisbein, Wiener Würstchen, Prager Schinken und französischem Pernod. Sie wird ein Gesicht machen, wenn ich damit auftauche, dachte er belustigt. Dann sagte er zu dem Alten: »Ich nehme dieses Stück.«

Während der Chinese es sorgfältig einpackte, nahm Henderson die Gelegenheit wahr, zur Sache zu kommen. Er fragte: »Kann ich voraussetzen, daß Ihre Tochter mit Ihnen über meine Absicht gesprochen hat, sie in einer Dienststelle der Armee zu beschäftigen?«

Der Alte nickte. »Sie hat uns alles erklärt. Nur befürchte ich, sie wird Ihnen nicht viel helfen können.«

Henderson winkte lächelnd ab. »Das lassen Sie unsere Sorge sein. Ihre Tochter ist sprachkundig. Wir benötigen sie als Dolmetscherin in einer Schule der Armee. Eine Arbeit, die ihr wenig Schwierigkeiten machen wird.« Geschäftsmäßig fügte er hinzu: »Sie wird täglich etwa fünf bis sechs Stunden zu arbeiten haben. Die Bezahlung beträgt etwa hundert Dollar im Monat. Wären Sie damit einverstanden?«

»Ich bin es«, erwiderte der Alte. »Und meine Tochter ist, wie ich schon sagte, tatendurstig zurückgekehrt. Ich habe Ihnen zu danken, daß Sie ihr eine außerordentlich interessante Tätigkeit vermitteln, Sir.«

Er gab dem Besucher das Päckchen mit der Jadeschnitzerei in die Hand und verbeugte sich leicht, als er das Geld empfing. Dann fragte er: »Wünschen Sie meine Tochter zu sprechen?«

Henderson sah auf die Uhr. »Ich möchte sie nicht nur sprechen. Wenn sie bereit ist, kann sie sofort mit mir zu der besagten Schule fahren und dort die ersten Instruktionen entgegennehmen. Mein Wagen steht am Eingang der Gasse.«

Der alte Yang Wen-hua nickte flüchtig und verschwand hinter einem Vorhang, der zur Wohnung der Familie führte. Henderson atmete erleichtert auf. Der schwierigste Teil der Unterredung war geschafft. Er hatte viel Zeit verbraucht. Aber für eine Mitarbeiterin wie dieses Mädchen lohnte es sich, eine Stunde zu vertrödeln. Er würde sich hüten, ihr schon jetzt zu sagen, wie wichtig sie in Zukunft für seine Pläne sein konnte.

Zuerst kam das Mädchen in den Laden. Sie ging auf den Offizier zu und begrüßte ihn unbefangen. Während er sich mit ihr unterhielt, erschien die Mutter, eine kleine, schmalgesichtige Frau mit straff zurückgekämmtem Haar. Sie trug ein Lacktablett mit Teeschalen und stellte es auf ein Ecktischchen neben der Tür. Nachdem Henderson sie begrüßt hatte, sagte sie leise, mit einem gewissen Vorwurf im Ton ihrer Stimme: »Sie dürfen nicht gehen, ohne Tee zu trinken.«

Henderson machte nicht den Versuch, das Angebot auszuschlagen. Es hätte der Sitte dieser Leute widersprochen, und so fremd diese Sitten auch für den Europäer Henderson waren, er konnte es sich in dieser Situation nicht leisten, sie zu verletzen. Also nahm er sich Zeit, trank mit dem Mädchen und ihren Eltern eine Schale Tee, sprach ein paar Minuten über belanglose Dinge und machte sich dann mit seiner neuen Angestellten auf den Weg. Sie hieß Yang Wen-li, aber er blieb dabei, sie Yang zu nennen, obwohl das ihr Familienname war. Das war vielfach üblich, besonders aber bei Europäern, denen es schwerfiel, sich an die langen chinesischen Namen zu gewöhnen.

»Wir werden nach Bukit Timah fahren«, erklärte er. »Dort liegt die Schule, in der Sie arbeiten werden. Sind Sie froh, daß es nun doch so schnell dazu gekommen ist?«

Er konnte es ihr ansehen, wie froh sie war. Ein guter Fang, sagte er sich. Junges Mädchen mit ausreichender Bildung, ohne ausgeprägte politische Ansichten. Man kann sie formen wie ein Stück Jade unter dem Schnitzmesser. Entweder wird daraus ein langweiliger Knopf oder ein bewundernswertes Kunstwerk. Er beobachtete sie, wie sie so neben ihm saß, ein wenig steif, aber voll natürlicher Anmut. Sie trug die landesübliche Kleidung: eine lackschwarze Hose aus Kaliko und die enge, am Hals hochgeschlossene chinesische Jacke.

Sie hatten zehn Kilometer zu fahren. Als sie Singapore verließen, schlugen sie die Richtung nach dem Westen ein. Sie passierten den Rennplatz, und bald befanden sie sich in der bewaldeten Gegend um Bukit Timah.

Um einen Hügel herum war das Land hier mit Sümpfen und Dschungelstreifen bedeckt. Es sah aus wie die Miniaturnachbildung eines beliebigen Landstückes im Innern Malayas. Am Rande dieses Trainingsgeländes, unweit der kleinen Siedlung von Tanjong Balai, lag die Schule: ein langgestrecktes Gebäude, Schuppen, abgestellte Fahrzeuge, geschickt verteilte Wachtposten.

John Palmer erwartete die Ankommenden bereits. Er trat an den Wagen heran und grüßte. Nachdem er Henderson den planmäßigen Ablauf des Übungsbetriebes gemeldet hatte, begleitete er ihn und das Mädchen in das Büro der Schule. An einem runden Tisch saßen sie sich Minuten später gegenüber. Henderson blickte auf seine Uhr. Er wollte in ein paar Stunden die Reise nach Kuala Lumpur antreten, also hieß es, das Verfahren abzukürzen.

»Kommen wir zur Sache, Fräulein Yang«, begann er. »Dies hier ist die Sonderschule einhunderteins. Sie bildet Soldaten für Spezialzwecke aus. Uns steht ein Angriff der Japaner bevor, und die Leute, die unsere Schule besuchen, sollen in der Lage sein, die Japaner nach ihrem Eindringen in Malaya zu bekämpfen. Daraus ergeben sich eine Menge Einzelaufgaben. Leutnant Palmer wird Sie später darüber unterrichten. Wir haben Sie ausgewählt, uns zu helfen, weil wir zu Ihnen Vertrauen haben. Sie sollen unseren Leuten ein Minimum an Sprachkenntnissen vermitteln, damit die Männer sich mit der Bevölkerung verständigen können. Ihre zweite Aufgabe wird die Vermittlung von englischen Sprachkenntnissen an eine Anzahl malaiischer Mitarbeiter sein, die wir ausgesucht haben.«

Er sagte nichts davon, daß er Pläne hatte, in denen sie eine weitaus wichtigere Rolle spielen sollte. Das hatte Zeit. Zuerst mußte sie an den Betrieb gewöhnt werden, sie mußte erfassen, worum es ging. Alles andere würde sich dann ergeben. Als er glaubte, genug über ihre Aufgaben gesagt zu haben, erkundigte er sich: »Glauben Sie, daß Sie das schaffen werden?«

»Ich will es versuchen«, meinte Yang nachdenklich.

Henderson erhob sich, ging zu seinem Schreibtisch und kam mit einem Blatt Papier zurück, auf dem ein paar Sätze mit der Schreibmaschine vorgeschrieben waren. Es hieß darin, daß der Unterzeichnete Einblick in vertrauliche Vorgänge der britischen Armee erhalten habe und versichere, zu niemandem außer seinem unmittelbaren Vorgesetzten darüber zu sprechen. Falls er dieses Versprechen breche, werde er von einem britischen Militärgericht zur Verantwortung gezogen.

»Wir sind ganz sicher, daß Sie Ihre Aufgabe meistern werden«, sagte Henderson ruhig. Dann legte er ihr das Papier vor, und sie unterschrieb es, nachdem sie den Text gelesen hatte.

»Sie können sofort anfangen«, erklärte Henderson. »Leutnant Palmer wird Ihnen ein Zimmer zeigen, das Ihnen zur Verfügung steht. Er wird mit Ihnen zusammen eine Liste von wichtigen Redewendungen zusammenstellen und Ihre Lehrstunden festlegen. Die erste Hälfte Ihres Monatsgehaltes können Sie im voraus ausgezahlt bekommen. Wir sind eine unkomplizierte Arbeit gewöhnt. Wenden Sie sich in allen Fragen an Leutnant Palmer oder an mich. Ihrer Familie gegenüber gilt die Schweigepflicht. Wenn ich Ihnen einen Rat geben darf, achten Sie gut auf diese Schweigepflicht. Fragt man Sie nach Ihrer Arbeit, so sagen Sie, daß Sie einen Sprachkursus für Verwaltungsbeamte leiten.«

Eine Stunde später arbeitete Yang bereits mit Palmer an der Zusammenstellung von kurzen Redewendungen. Es waren Ausdrücke wie: Ich bin Engländer und kämpfe gegen die Japaner. Helfen Sie mir. Verbergen Sie mich, ich bezahle es gut. Wo sind in dieser Gegend Japaner? Hände hoch, oder ich schieße! Legen Sie sich auf den Boden, Gesicht zur Erde! Nicht schießen! Werfen Sie die Waffe weg! Stehenbleiben!

Nach und nach begriff Yang den Sinn ihrer Arbeit. Sie war klug, und die drohende Kriegsgefahr hatte sie nicht erst bei ihrer Heimkehr nach Singapore erkannt. Auf eine Art war sie froh, eine Tätigkeit gefunden zu haben, andererseits aber betrachtete sie das, was in der Sonderschule 101 getan wurde, bald mit einem gewissen Mißtrauen. Hier offenbarte sich erneut, worüber in Kreisen von Chinesen und Malaien oft genug gesprochen wurde. England wollte seine Kolonie Malaya allein verteidigen. Es beabsichtigte nicht, der einheimischen Bevölkerung Waffen in die Hand zu geben, damit sie sich beteiligte. Yang hütete sich, mit Palmer darüber zu sprechen. Es würde nutzlos sein. Aber sie begann darüber nachzudenken, ob England damit nicht einen großen Fehler machte.

Gegen Abend lernte sie die ersten Malaien kennen, die auf der Schule ausgebildet wurden. Es war ein halbes Dutzend junger Männer, die ein wenig Englisch sprachen. Sie waren eifrig bei ihrer Arbeit, die das Kartenlesen, die Orientierung bei Nacht und eine Anzahl ähnlicher Aufgaben einschloß. Yang erkannte, daß es vorwiegend Söhne reicher Händler waren. Aber sie würde mit ihnen auskommen, denn immerhin waren es junge Leute, unternehmungslustig und bereit, etwas für ihr Land zu tun. Die englischen Offiziere, denen Yang vorgestellt wurde, begegneten ihr respektvoll und reserviert. Aber auch sie waren bereit, von ihr zu lernen. Als sie spätabends die Schule verließ und mit einem Lastwagen der Armee nach Singapore zurückfuhr, hatte sie das Gefühl, daß die Arbeit, zu der sie durch die unerwartete Vermittlung des englischen Offiziers gekommen war, sie zweifellos ausfüllen würde.

Henderson hatte einen Lastwagen nach Kuala Lumpur vorausgeschickt. Er selbst fuhr in einem Ford-Coupé ein paar Stunden später in dieselbe Richtung. Er trug jetzt Zivilkleidung wie immer, wenn er die Absicht hatte, Lou van Bergen zu besuchen. Bevor er abfuhr, zog er eine graue Autokappe über sein kurzgeschnittenes blondes Haar und setzte eine Schutzbrille auf. Er glich in dieser Aufmachung einem Touristen; allerdings hatte sich die Anzahl der autoreisenden Weltenbummler, die Malaya besuchten, in den letzten Monaten stark verringert. Doch das störte ihn nicht. Nachdem er die Stadt verlassen hatte, nahm er den kürzesten Weg nach Norden: an den beiden Wasserreservoiren vorbei, über die kleine Siedlung Mandai, bis an die Nordküste der Insel Singapore, dorthin, wo der schmale Damm zum Festland hinüberführte.

Es war Abend, und Henderson hatte eine Strecke von etwas mehr als zweihundert Kilometern vor sich. Er rechnete sich aus, daß er kurz nach Mitternacht in Kuala Lumpur eintreffen konnte. Der Ford war ein schnelles Fahrzeug, und die Straßen auf dieser Seite der malaiischen Halbinsel waren gut.

Überhaupt war die Gegend an der Westküste der am meisten erschlossene Teil des Landes. Hier verliefen mehrere gut instand gehaltene Straßen, außerdem gab es ein Netz von Eisenbahnlinien. Je weiter man nach Osten kam, desto weniger blieb von der Zivilisation übrig. Dort stieg das Land an. Von Nord nach Süd zogen sich wie eine Barriere die Gebirge Zentralmalayas. Ihre Hänge waren mit unermeßlichen Regenwäldern bedeckt. Nur selten fand man hier noch eine breite Straße. Schmale Wege, nicht breiter als die Schultern eines Mannes, zogen sich oft Dutzende von Kilometern weit von einer kleinen Ansiedlung zur anderen. Undurchdringlicher Dschungel bedeckte selbst die Ebene am östlichen Rande der Gebirge. Hier war das Reich der Tiger und Pythons, der kreischenden Affenherden und der Myriaden blutgieriger Moskitos, die wie schwarze Schleier über den Sümpfen schwebten. Bis zur Ostküste gab es wenig Unterschiede in der Landschaft. Sie war wild und nahezu unberührt und entbehrte nicht einer faszinierenden Schönheit, ja man konnte sie als majestätisch bezeichnen. Aber sie war grausam. Sie barg den Tod in vielfältiger Form.

Die englischen Kolonialbehörden hatten wenig unternommen, das Land zu erschließen. Sie arbeiteten mit den für sie einträglichsten Methoden. Der natürliche Reichtum an Gummibäumen war zu einer bequemen Quelle des Einkommens geworden. In den besser zugänglichen Gebieten des Westens waren Plantagen entstanden, auf denen ein großer Teil des Rohgummis für den Weltmarkt gewonnen wurde. In den gleichen Gebieten waren es die Funde an Zinn, Eisen und Wolfram gewesen, die eine Industrie hatten entstehen lassen. Da die Arbeitskräfte zahlreich und billig waren, wurden die Bodenschätze auf eine ziemlich primitive Art abgebaut. Aber gerade das füllte den Gesellschaften die Taschen. Auch in der Landwirtschaft war die Arbeitsweise mehr als mittelalterlich. Die Bevölkerung verdankte ihre Armut, den Hunger und die Krankheiten, von denen sie geplagt wurde, im wesentlichen dem Umstand, daß England die Reichtümer des Landes stahl und die Menschen wie Halbwilde behandelte und keineswegs daran dachte, ihre Lage zu verbessern.

Malaya war eine der einträglichsten Kolonien der Krone. Es hatte etwas einzubringen, aber es war in keinem Falle ein Gebiet, in dem soziale oder kulturelle Arbeit geleistet wurde. Japan, das seinen Plan reifen sah, mit einer mächtigen Kraftanstrengung Herrscher über ganz Asien zu werden, hatte das Vorgehen der europäischen Kolonialmächte aufmerksam verfolgt und außerordentlich geschickt ausgenutzt. Es sprach nie davon, ganz Asien zu erobern. Um so mehr aber sprach es davon, die kleinen Völker Asiens von der Vorherrschaft der weißen Kolonialisten zu befreien und aus Asien eine »Sphäre der Koprosperität« zu machen. Das bedeutete weiter nichts als die Wachablösung der europäischen Kolonisatoren durch japanische. Hitlers Beispiel folgend, wollte das kaiserliche Japan sich ein riesiges Reich schaffen. Nun hatte der bereits viele Jahre andauernde Krieg gegen China zwar schon zahlreichen Asiaten die Augen über Japans wahre Ziele geöffnet. Trotzdem fanden sich in vielen Ländern Leute, die nichts weiter begriffen, als daß Japan die europäischen Kolonialisten davonjagen wollte, und das schien auf den ersten Blick eine durchaus erstrebenswerte Sache zu sein. Es war der unermüdlichen, aufopferungsvollen Tätigkeit der Kommunisten in Asien zu verdanken, daß noch vor Japans Überfall auf Pearl Harbor und vor der Eröffnung des japanischen Feldzuges gegen die asiatischen Völker die überwiegende Mehrheit der Bevölkerung die wahren Absichten Japans durchschaute und bereit war, Widerstand zu leisten.

Colonel Ralph Henderson war mit dem Lauf der Dinge einstweilen zufrieden. Percival hatte Wort gehalten, und das Oberkommando Fernost hatte mit gewissen Einschränkungen die von Henderson vorgeschlagenen Sofortmaßnahmen gebilligt. Nun kam es darauf an, Stützpunkte zu finden, entlegene Gegenden, in denen Waffenlager und Materialdepots angelegt werden konnten, Verstecke für Funkstellen und Verbindungsleute. Henderson hatte sofort nach der Besprechung mit Percival ein Dutzend seiner Mitarbeiter in die verschiedensten Gebiete des Landes geschickt, damit sie dort günstige Plätze ausfindig machten. Es waren meist landeskundige Offiziere, und sie hatten zwei Wochen Zeit.

Henderson selbst nahm sich die Gegend um Kuala Lumpur vor. Er hatte sich überlegt, daß die größte Stadt des Festlandes zweifellos das Zentrum des japanischen Besatzungsapparates beherbergen würde, wenn Japan die Kolonie eroberte. Dann aber war es für einen Mann wie Henderson günstig, seine Operationsbasis gerade in der Nähe dieser Stadt zu haben. Es traf sich außerordentlich gut, daß Lou van Bergen in Kuala Lumpur wohnte. Von ihrer Mitwirkung hing manches ab. Während der Colonel den Ford über die Landstraße nach Norden jagte, überlegte er sich immer wieder Einzelheiten seines abenteuerlichen Planes.

Kuala Lumpur lag schon im tiefen Schlaf, als Henderson spätnachts ankam. Er ließ die Randsiedlungen mit ihren niedrigen Hütten aus Bambus und Palmenblättern hinter sich, bog dann in eine der breiten Straßen ein und näherte sich dem Zentrum, das aus modernen, grauen Steingebäuden bestand. Nur einmal wurde er von einer Patrouille angehalten, aber dem Sergeanten genügte ein Blick auf Hendersons Papiere, um ihn sogleich weiterfahren zu lassen. Henderson mußte das Stadtzentrum durchqueren, denn an seinem nördlichen Rand, dort, wo die Straßenzüge schon wieder von lehmverputzten Holzhäusern begrenzt wurden, lag sein Ziel.

Die Straßen waren schwach beleuchtet, und die Neonlichter der Geschäfte blinkten nicht mehr. Hier und dort lagen Schläfer auf Strohmatten vor den Häusern. Das war üblich, weil die Hitze in den engen Lehmbauten die Menschen nicht schlafen ließ. Rikschafahrer übernachteten in ihren am Straßenrand abgestellten Karren, und ein paar verwilderte Hunde schnüffelten an den Abwässerrinnen. Die Scheinwerfer des Ford hoben einen Flecken der Straße aus dem trüben Halbdunkel, und Henderson lenkte den Wagen um eine Kurve. Als er ihn zum Stehen brachte, warf er nur einen kurzen Blick auf die Fassade des Hotels, dann stieg er aus und ging zur Tür.

»Hotel Bali« stand in großen, gelben Leuchtbuchstaben über der Drehtür, die nach innen führte. Es war kein Luxushotel, aber recht groß und mit einem gewissen Geschmack eingerichtet. In seiner Art erinnerte es ein wenig an ein gepflegtes Kleinstadthotel in Deutschland. Die Empfangshalle war mit Läufern ausgelegt, und die Wände waren mit Malereien verziert, die Landschaften aus der malaiischen Inselwelt darstellten. Das Hotel verfügte über zwanzig Zimmer, eine geräumige Diele, über eine Art Ballraum, eine Anzahl kleinerer Speisezimmer und einige Nebenräume. Es stach von seiner Umgebung ab, denn es stand zwischen den verwirrend durcheinandergebauten Häusern einheimischer Kaufleute. Touristen zogen es oft den Luxushotels im Zentrum vor, weil es ihnen die Illusion gab, mitten in der bunten, quirlenden Welt des Ostens zu leben. Man sah aus dem Fenster und erblickte das Gewimmel der Menschen auf der Straße, die Obstkarren und Wasserverkäufer, Händler und Handwerker, die spielenden Kinder und das Durcheinander der Rikschas, Fahrräder und Fußgänger.

Um diese Zeit des Jahres war sonst jedes Zimmer besetzt gewesen, obwohl die Touristen sich nicht gern in der drückend heißen Periode vor dem Monsun hier aufhielten. Aber der Krieg hatte den Touristenverkehr nahezu lahmgelegt. Niemand kam aus Europa. Die Weltmeere waren unsicher geworden. So stieg nur hin und wieder ein Geschäftsreisender ab, und die Küche hinter dem Speisesaal kam mit einem einzigen Koch und einem Küchenmädchen aus. Trotzdem hatte das Hotel einen Nachtportier. Es war derselbe, der auch tagsüber Dienst tat, nur mit dem Unterschied, daß es ihm nachts erlaubt war, auf einem der Sofas in der Halle zu schlafen. Er war ein großer, breitschultriger Tamile, der einen weißen Turban trug. Als er Henderson erkannte, glitt ein Lächeln über sein Gesicht, und er verneigte sich leicht.

»Missus van Bergen hat auf Sie gewartet, Tuan«, sagte er. »Ich telefoniere sofort.«

Er griff nach dem Telefon auf dem Empfangstisch und wählte eine Nummer. Ohne abzuwarten, bis am anderen Ende der Leitung der Hörer abgenommen wurde, winkte er Henderson heran, und dieser vernahm ein paar Sekunden später die verschlafene Stimme seiner Freundin.

»Hallo, du«, rief sie, »ich liege im Bett. Laß dir die Tür aufschließen und komm herauf.«

Der Tamile nahm ein riesiges Schlüsselbund vom Haken und begleitete Henderson zu einer Verbindungstür, die in ein Seitengebäude führte. Rechts und links des Korridors lagen hier die Räume, in denen Tisch- und Bettwäsche, Lebensmittel und Getränke aufbewahrt wurden. Eine Treppe führte zum oberen Stockwerk, in dem Lou van Bergen wohnte.

Sie erwartete Henderson an der Tür; eine nicht sehr große, strohblonde Frau, Mitte der Dreißig. Sie trug einen Morgenmantel aus schwarzer Seide, der mit weißen Päonien bestickt war. Unter dem Stoff hoben sich die vollen, rundlichen Formen ihres Körpers ab. Lou van Bergen war eine unternehmungslustige, resolute Frau. Henderson bedeutete für sie eine willkommene Abwechslung. Nicht jede Witwe in ihrem Alter hatte in diesem gottverlassenen Land das Glück, einen hohen britischen Offizier, der gleichzeitig jung und ansehnlich war, als Liebhaber zu gewinnen.

»Du kommst spät, Sayang«, empfing sie ihn. Als er sie umarmte, reckte sie sich, um seinen Mund zu erreichen. Dabei öffnete sich der seidene Morgenmantel, und Henderson strich mit seinen noch von der Fahrt im offenen Wagen schmutzigen Händen über ihre rosige, leicht feuchte Haut.

»Du wirst dich erkälten, Lou«, warnte er sie. Er folgte ihr in das modern eingerichtete Wohnzimmer mit seinen breiten Sofas und protzigen Klubsesseln. Er nannte sie einfach Lou, obwohl sie eigentlich Luise hieß, und sie nannte ihn manchmal Sayang; das war ein malaiisches Wort und bedeutete soviel wie Liebling.

Lou van Bergen war in Hamburg geboren und hatte dort in einer Reederei gearbeitet, bis sie durch einen Zufall den holländischen Kaufmann van Bergen kennenlernte, der sie wenig später heiratete. Er hatte eine Niederlassung in Singapore besessen, und sie war mit ihm dorthin gegangen. Nun war er bereits zwei Jahre tot, und Lou, die in Deutschland keine Angehörigen mehr hatte, war Erbin seines Vermögens geworden. Die Niederlassung in Singapore interessierte sie nur insofern, als der dort tätige Prokurist ihr monatlich über die Veränderungen in der Bilanz berichtete. Lou van Bergen hatte nichts Reizvolles daran finden können, eine Handelsniederlassung zu leiten. Sie überließ das jenem Prokuristen, der es in ihrem Auftrage und mit viel Sachkenntnis tat. Aber von jung auf war es stets ihr Traum gewesen, einmal ein Hotel zu besitzen. So hatte sie kurz nach dem Tode ihres Mannes das »Bali« gekauft und sich hier eingerichtet. Sie leitete es mit Umsicht und Geschick. Inzwischen allerdings waren die Geschäfte schlechter geworden. Der Krieg hatte die Touristen vertrieben. Trotzdem brachte das »Bali« noch genug ein, um seiner Besitzerin ein angenehmes Leben zu gestatten.

»Ich hatte nicht mehr damit gerechnet, daß du heute kommst«, sagte sie, während sie aus einem Schränkchen eine Flasche Whisky nahm und zwei Gläser vollgoß. Sie achtete nicht darauf, daß ihr Morgenmantel immer noch offen war.

Henderson blickte genußvoll auf sie, dann nahm er das Glas, trank es zur Hälfte aus und schlug die Beine bequem übereinander. Er lehnte sich in seinem Sessel zurück und sagte: »Es gibt Gründe dafür, daß ich schon heute komme, Lou. Ich muß über sehr wichtige Dinge mit dir sprechen.«

Sie entsann sich plötzlich, daß er weit gefahren war und müde sein mußte. »Willst du dich nicht erst umziehen?« fragte sie. »Nimm ein Bad, du bist eingestaubt wie der Buddha von Sararat. Reden können wir morgen noch. Oder bleibst du nur kurz?«

»Ich werde morgen noch bleiben, aber ich habe eine Menge zu tun. Du übrigens auch.«

»Puh«, machte sie. »Wenn du bloß kommst, um mich mit Arbeit einzudecken, dann lohnt sich die Reise kaum. Ich bin faul.«

Er beruhigte sie lächelnd. »Ich werde sehr bald für längere Zeit hier in der Nähe sein. Aber zuvor gibt es noch einiges zu erledigen.«

Sie trank ihren Whisky aus. »Das höre ich schon bedeutend lieber. Noch einen Schluck?«

Er wehrte verlegen ab. »Du weißt, ich tauge nach Whisky nicht viel.« Sein Blick glitt über ihre runden Schenkel, die sich unter der schwarzen Seide abzeichneten. Sie hatte kurze, aber recht gutgeformte Beine, und obwohl sie immer noch ein wenig unter dem Klima litt, war ihre Haut glatt. Sie ist nicht gerade eine Filmschönheit, dachte er, aber sie ist nicht dumm, und man hat keine Langeweile bei ihr. Außerdem hat sie sich in mich verliebt, und das ist immer günstig.

Er stand auf, beugte sich über sie und küßte sie wieder. Für einen Augenblick verlor sich seine Hand zwischen den Falten des Seidengewandes, dann richtete er sich auf und sagte: »Ich gehe duschen. Und du schläfst hoffentlich nicht ein, bis ich komme.«

Sie kniff ein Auge zu, warf die blonden Locken kokett zurück und lachte. Diese Frau ist eine Million wert, dachte Henderson. Sie spricht Deutsch und Englisch, ganz gut Malaiisch und ein bißchen Holländisch. Sie würde für mich auf die Spitze der nächsten Moschee klettern, wenn ich es verlangte. Nun, es wird andere Dinge geben, die ich von ihr erwarte.

Während er sich badete, suchte Lou van Bergen einen bunten Pyjama für ihn aus ihrem nach Kampfer duftenden Wäscheschrank heraus. Sie nahm die Whiskyflasche und die Gläser mit ins Schlafzimmer und holte aus einer Anrichte eine Büchse Schokoladenkeks. Eine ganze Wand des Schlafzimmers bestand aus Spiegelglas. Die Frau streifte den Morgenmantel ab und betrachtete sich kritisch im Spiegel. Nachdem sie ein wenig Parfüm auf die Haut getupft hatte, ordnete sie noch einmal ihr blondes, welliges Haar, dann legte sie sich auf das weißbezogene, breite Bett, warf sich ein Laken über den Körper und wartete.

Henderson kam aus dem Bad, nach guter Seife duftend. Er war ein wenig müde. Lou van Bergen musterte ihn nachdenklich, während er den Pyjama überstreifte und sich neben ihr ausstreckte. Dann sagte sie: »Du arbeitest zuviel, Ralph. Wann wirst du einmal wieder ein paar Wochen ausspannen wie damals in Batavia?«

Er griff nach ihrer Hand und streichelte sie leicht. »Bald«, versicherte er. »Vielleicht schon sehr bald.« Plötzlich erinnerte er sich an die Jadeschnitzerei, die er für sie gekauft hatte. Er sprang auf und holte das Päckchen aus der Tasche seines Anzuges. Sie öffnete es mit den erwartungsvollen Augen eines Kindes, und sie freute sich, wie immer, wenn er ihr eine Kleinigkeit mitbrachte.

»Du bist der einzige, der einer armen Witwe wie mir einmal eine Freude macht!« neckte sie ihn. Er ließ sich für ein paar Minuten von ihr umarmen, spürte ihre verspielten Küsse auf seinem Körper und hörte sie dann an seinem Ohr flüstern: »Ich habe dir den Pyjama nicht hingelegt, damit du ihn gleich jetzt anziehst!«

Es machte ihm Spaß, mit ihr zusammen zu sein. Sie hatte etwas Mütterliches an sich. Zuweilen behandelte sie ihn wie einen Schuljungen, den sie voller Vergnügen verführte. Henderson mußte sich eingestehen, daß ihm das schmeichelte. Jedenfalls hatte er keinen Fehler gemacht, als er sich mit dieser lebenshungrigen, quicklebendigen Witwe einließ. Ihr draller, gesunder Körper übte eine stimulierende Wirkung auf ihn aus, und Henderson staunte, wie leicht diese blonde, in europäischer Kleidung stets ein wenig plump wirkende Frau es fertigbrachte, seine Müdigkeit zu verscheuchen. Später, als Henderson zwei Zigaretten anbrannte, fragte sie ihn kichernd, ob er immer noch müde sei.

Er gab ihr eine von den Zigaretten, goß die Whiskygläser voll, und als er getrunken hatte, sagte er plötzlich: »Lou, ich werde dafür sorgen, daß du verhaftet und ins Gefängnis geworfen wirst.«

Sie schluckte ihren Whisky, räusperte sich, weil ihr ein wenig von dem scharfen Getränk in die Luftröhre geraten war; dann wandte sie ihm den Kopf zu und fragte seelenruhig: »Du bist ganz sicher, daß du unterwegs nicht an eine Palme gefahren bist?«

»Warum?«

»Weil ich glaube, dir ist eine Nuß auf den Kopf gefallen. Tut es sehr weh, Liebling?«

Er drehte sich zu ihr um und lächelte. Mit dem Finger berührte er leicht ihre kleine Stupsnase. »Nichts ist mir auf den Kopf gefallen, Lou. Im Gegenteil. Ich bin extra deswegen zu dir gekommen, um das alles mit dir zu vereinbaren.«

»Daß ich verhaftet werde?«

»Ja.«

»Du bist übergeschnappt«, sagte sie kopfschüttelnd. »Wie leid mir das tut. War es die Hitze? Soll ich einen Arzt rufen?« Sie wurde ernst, als er, langsam weitersprechend, zu erklären begann, was es mit seiner Bemerkung auf sich hatte.

»Die Sache ist einfach so, Lou, daß in sehr kurzer Zeit die Japaner losschlagen werden. Es kann sich nach den Anzeichen, über die wir verfügen, noch um ein paar Wochen handeln, mehr nicht. Und ich habe mir überlegt, was dann aus dir werden soll.«

Er erwähnte nicht, woher das FECB erfahren hatte, daß sich die gesamte kaiserliche Marine bereits im Zustand erhöhter Alarmbereitschaft befand. Auch die von ihm so schnell ins Leben gerufene Sonderschule 101 ließ er zunächst unerwähnt. Es war gut, wenn Lou van Bergen nicht mehr wußte, als notwendig war. Als sie sich verwundert erkundigte, ob denn England nicht beabsichtige, den Japanern Widerstand zu leisten, erklärte er ihr: »Das ist selbstverständlich. Aber der Feldzug wird nur kurz sein. Wir haben weder genug Menschen noch ausreichendes Material. Unsere

Flugzeuge sind veraltet, und unsere Nachschubwege auf See sind von Unterseebooten bedroht. Natürlich spricht man in der Armee anders. Dort wird jeder Soldat auf erbitterten Widerstand gedrillt. Aber ich habe etwas mehr Einblick, und ich rechne sachlich. Wir werden die Japaner für ein paar Wochen beschäftigen. Dann werden sie in Malaya gesiegt haben.«

»Die kleinen, gelbbäuchigen Japse«, sagte sie angeekelt. »Ich konnte sie nie leiden. Und nun sollen die hier tun und lassen können, was sie wollen.«

»Sie werden das gründlich tun«, bestätigte er. »Und sie werden ziemlich lange bleiben. Man muß sehen, daß man sich für diese Zeit richtig einrichtet. Ich habe eingehend darüber nachgedacht.«

»Und du bist zu dem Entschluß gekommen, mich einsperren zu lassen, noch bevor sie hier sind. Hältst du mich eigentlich für eine Selbstmörderin? Ich werde morgen früh meine Koffer packen und von hier verschwinden, bis die Luft wieder rein ist.«

»Wohin?« fragte er sie ruhig.

»Vielleicht nach Batavia.«

»Dort werden sie ein paar Monate später auch sein.«

Sie schwieg einen Augenblick. Dann schlug sie mit der flachen Hand unwillig auf das mit feinen Strohmatten bedeckte Bett. »Was zum Teufel ist denn nur geschehen? Gibt es keine Macht mehr, die diese gelben Fahrradflicker aufhalten kann?«

»Es ist schwer, sie aufzuhalten«, gab er zu. »Aber es wird geschafft werden. Später, wenn sie sich genügend ausgeblutet haben und wenn die Amerikaner eingreifen. Bis dahin gibt es nur eine Form, sie zu schlagen. Man muß sie überlisten, muß schlauer als sie sein. Deswegen meine Idee, dich zu inhaftieren. Verstehst du nun, wie ich das meine?«

Sie schüttelte den Kopf. »Nein, aber es beginnt mich zu interessieren.«

»Ich dachte es mir.« Er goß noch einmal Whisky in die Gläser und setzte ihr seinen Plan auseinander. »Du bist Deutsche von Geburt. Die Japaner sind mit den Deutschen verbündet. Wenn die Engländer dich einsperren und eine handfeste Akte anlegen, in der geschrieben steht, daß du mit Hitler sympathisierst und Spionageverdacht gegen dich besteht, ist das die beste Reputation, die du haben kannst, sobald die Japaner hier sind. Sie werden dich aus dem Gefängnis befreien und als Repräsentantin der Achse behandeln. Du wirst Freiheiten genießen, wie sie kein Einheimischer haben wird. Und du hast ein Hotel, in das du die höchsten Offiziere einladen kannst. Begreifst du langsam, was ich meine?«

»Und ob«, sagte sie. »Jesus, du geriebener englischer Bastard! Du bist nicht umsonst Offizier geworden. Aber ganz wohl ist mir bei der Sache nicht.«

Er lächelte. »Es wird dir wieder wohler sein, wenn alles vorüber ist. Übrigens werde ich auch hierbleiben.«

Sie richtete sich auf und sah ihn überrascht an.

Er nickte. »Wenn du nichts dagegen hast, werde ich mich hier in der Nähe aufhalten.«

»Und die Japaner?«

»Sie werden genug zu tun haben«, beruhigte er sie. »Ich werde ein bißchen dafür sorgen. Ab und zu werde ich dich besuchen, damit dir die Zeit zwischen den gelben Siegern nicht zu lang vorkommt.«

Was er ihr erzählte, kam ihr zuerst wie das Produkt einer überhitzten Phantasie vor. Aber nach und nach begriff sie die reale Chance, die es für seinen Plan gab. Sie begann, sich mit den Einzelheiten zu beschäftigen, und war erstaunt, als sie hörte, wie umfangreich Hendersons Vorbereitungen waren. Und die Mitteilung, daß in einem Lastwagen der britischen Armee, der gegenwärtig im Depot wartete, einiges für sie lag, quittierte sie hocherfreut.

»Morgen, wenn ich weggefahren bin, kommst du mit deinem kleinen Lieferwagen zum Depot. Ich warte dort auf dich. Wir laden um, und der Rest ist deine Sache.«

Er überlegte bereits, daß er noch eine beschwerliche Fahrt mit dem Lastwagen vor sich hatte. Außerdem mußte er im Stadtgefängnis eingehende Vorbereitungen treffen. Trotzdem blieb er noch lange wach und besprach mit Lou, was in Zukunft geschehen sollte. Es dämmerte bereits, und in der Gasse hinter dem »Bali« knarrten die Räder der ersten Gemüsekarren, die zum Markt fuhren, als Henderson endlich in einen tiefen, traumlosen Schlaf fiel.

Lou van Bergen weckte ihn, als die Sonnenstrahlen durch die geriffelten Blenden vor den Fenstern fielen und auf der Straße vor dem Hotel das übliche Durcheinander von lärmenden Menschen, Fahrrädern, Autos, Topfflickern und Händlern war.

Henderson duschte stürzte danach eine Tasse Kaffee hinunter und brach dann auf. Lou van Bergen folgte ihm Minuten später in ihrem kleinen, geschlossenen Lieferwagen. Als sie nach zwei Stunden zurückkam, fuhr sie das Fahrzeug durch den Hintereingang des »Bali« in den von einer hohen Mauer umgebenen Hof. Der Tamile lud die Kisten und Ballen ab und schaffte sie ins Haus, wo die Frau sie öffnete und den Inhalt sachgemäß verstaute. Was Henderson für sie gebracht hatte, war brauchbar, und sie staunte erneut über seine Umsicht. Belustigt betrachtete sie die Gipsbüste Hitlers und blätterte in dem Buch über seinen »Kampf«. Dann zog sie sich für den Rest des Tages in ihre Wohnung zurück und fertigte nach dem Muster, das Henderson ihr mitgebracht hatte, zwei große Hakenkreuzfahnen an. Das kostete sie ein paar Stunden angestrengter Arbeit. Als sie endlich fertig war, packte sie alles in einen Schrank, der angenehm nach Sandelholz duftete. Aufatmend goß sie sich aus einer der Flaschen, die in Hendersons Kisten gewesen waren, ein Glas Whisky ein.

Es war guter, schottischer Vorkriegswhisky, und sie lobte den Engländer in Gedanken.

Henderson saß im Fahrerhaus des schweren Morris, der auf der Landstraße von Kuala Lumpur nach Nordosten fuhr. Er hatte die Landkarte auf den Knien ausgebreitet und studierte die Zeichen, die Dörfer und Plantagen markierten, schmale Flüsse und Höhenzüge. Schon nach einigen Kilometern Fahrt begannen die Berge. Sie stiegen zu hohen Gebirgszügen an, die von dichtem, sattgrünem Regenwald bedeckt waren. Tiefe

Schluchten wechselten ab mit steilen Kämmen; Ebenen, mit mannshohem, hartem Gras bewachsen, dehnten sich zwischen Flußläufen und Sümpfen. Grellbunte Schmetterlinge tanzten über der Erde, und im grünen Dämmerlicht des Dschungels lauerten Schlangen und schuppige Eidechsen. Schwärme von Moskitos schaukelten sich über den Sümpfen, das mißtönende Geschrei der Ochsenfrösche erfüllte die Luft. Wie buntgefiederte Geschosse flitzten kleine Vögel durch das Unterholz. Ein Wildschwein lugte mißtrauisch aus dem Blättergewirr auf die Straße hinaus, schnüffelte nach dem Auspuffgestank des Fahrzeuges und lauschte dann lange dem verklingenden Motorengeräusch nach, ehe es auf seinen flinken kurzen Beinen über die Fahrbahn huschte. Nachdem das Auto vorüber war, lag die Gegend rechts und links der Straße wieder still wie zuvor. Nur das Vogelgeschrei und das meckernde Gekreisch der Affen waren zu hören, hin und wieder begleitet vom heiseren Grollen eines Tigers, der unsichtbar hinter der grünen Mauer des Dschungels auf Beute lauerte.

Die Straße führte aus dem Sultanat Selangor nach Pahang. Sie war eine der wenigen Verbindungswege von der Westküste über die Gebirge hinweg zur Ostküste und war erst vor einigen Jahren ausgebaut worden. Aber sie wurde nur wenig befahren, und an vielen Stellen hatte sich der Dschungel, der sie säumte, wieder über ihre Ränder hinaus verbreitet. Oft versperrte hohes Gebüsch den Fahrweg; riesige Farne und Blattpflanzen wucherten dort, wo wenige Wochen zuvor das letzte Fahrzeug entlanggefahren war.

Ralph Henderson hatte sich diese Gegend mit Bedacht ausgesucht. Sie war so gut wie unbewohnt. Es gab kaum Siedlungen, und auch im weiten Umkreis befanden sich weder Gummiplantagen noch Minen. Folglich würden sich im Falle einer japanischen Besetzung hier kaum Truppen aufhalten, zumal dieses Gebiet wenig einladend war. Der Dschungel war dem Menschen feindlich. Es gab dort weder Nahrung noch Wohnung. Die faulige, stinkende, düstere Hölle, die von blutgierigen Insekten und gefährlichen Tieren wimmelte, bot dem Menschen wenig Chancen. Henderson hatte das bei der Auswahl ebenso bedacht, wie er darauf geachtet hatte, daß Trinkwasser vorhanden war. Der Platz, den sich der Offizier als Operationsbasis ausgesucht hatte, lag weit von der Straße entfernt.

Als der Morris etwa dreißig Kilometer von Kuala Lumpur entfernt war, faltete Henderson die Karte zusammen und beobachtete angestrengt den Straßenrand. Wenig später wies er den Fahrer an, langsamer zu fahren. Für ein paar hundert Meter gab es hier keinen Wald. Mannshohes Lalanggras wuchs auf der Ebene, die rechts der Straße begann. Sie zog sich einige Kilometer weit hin, und dann stieg das Gelände wieder an. Dort fand sich ein Wildpfad, der durch das Gestrüpp von Büschen und wilden Bananenbäumen hangaufwärts führte. Wenige hundert Meter von seinem Ende, auf einem bewaldeten Plateau, lag der Platz, den Henderson gewählt hatte.

Das Felsgestein am Fuße des Abhanges barg eine Anzahl von Höhlen, die sich zur Lagerung von Material und Waffen eigneten.

Der Morris bog von der Straße ab. Bald darauf war das schwere Fahrzeug im hohen

Gras verschwunden. Es hinterließ eine Spur niedergewalzter Gräser, aber nach dem nächsten Regen würden sich die Pflanzen wieder aufrichten und die Spur beseitigen. Die Fruchtbarkeit des Bodens, die feuchte, sonnendurchglühte Luft, sorgten für eine üppige Vegetation.

Nachdem sie das Grasland überquert hatten, ließ Henderson den Wagen anhalten. Er stieg aus, und der Fahrer öffnete die Klappe des Laderaumes. Vier junge englische Soldaten sprangen herab. Sie waren dazu abkommandiert, die Kisten mit dem wertvollen Inhalt zu ihrem endgültigen Bestimmungsort zu transportieren.

Henderson hatte kleine, mit Tarnfarbe gespritzte Zelte mitgebracht. Es würde ihnen an nichts fehlen. Er hatte an Gummimatratzen und Schlafsäcke gedacht, an Regenplanen und Wolldecken. Seine Ausrüstung schloß ein ausgezeichnetes Funkgerät und ein Radio ein. Selbst ein Gerät zum Aufladen der kostbaren Batterie fehlte nicht. Und die Waffen, die Henderson ausgewählt hatte, reichten, um ein ganzes Regiment zu versorgen: Maschinengewehre und Panzerbüchsen, leichte Maschinenpistolen, Handgranaten, Pistolen, Sprengladungen und Leuchtsignale. Die Nahrungsmittel, in Konservenbüchsen oder andere luftdichte Behälter verpackt, standen in ihrer Vielfalt dem Bestand an Waffen nicht nach. Besonders stolz aber war Henderson auf ein Fahrrad italienischer Produktion, das sich mit ein paar Handgriffen auseinandernehmen ließ und das im Notfall von einem Mann mühelos über größere Strecken auf dem Rücken transportiert werden konnte.

»Verdammt einsame Gegend hier«, quetschte der Fahrer, ein älterer Sergeant, zwischen den Zähnen hervor. »Wollen wir gleich anfangen, Sir?«

Henderson nickte. Er gestattete den Soldaten, sich Zigaretten anzuzünden. »Es ist besser, wenn wir es so schnell wie möglich erledigen. Wir wollen kein Aufsehen erregen.«

Der Fahrer grinste. »Keine Angst, Colonel, hier ist kein Mensch in der Nähe. Und die Straße ist nicht einmal mehr zu sehen.«

Henderson ließ einen der Soldaten zurück und kletterte mit den anderen über den Wildpfad aufwärts. Auf dem Plateau zeigte er den Männern, wo die Kisten unterzubringen waren, und sie begannen mit der Arbeit.

Henderson blieb auf der Hochebene. Er rauchte eine Zigarette und besah sich die Gegend. Das Zelt würde selbst aus der Luft nicht auszumachen sein. Außerdem konnte er jederzeit eine der Höhlen als Quartier benutzen. Am Rande des Plateaus sickerte ein schmaler Bach zum Dschungel hinab.

Wir werden wie die Einsiedler leben, dachte Henderson belustigt, Palmer und ich. Ringsum Dschungel und Grasland. Ausgezeichnete Fluchtwege, wenn wir es wirklich einmal nötig haben sollten, uns in Sicherheit zu bringen. Drüben auf der Straße werden die Japaner fahren. Und wir werden hier residieren, ohne daß jemand auf den Gedanken kommt, es könnten sich ausgerechnet in dieser Gegend noch zwei Engländer aufhalten. Es war ein verwegenes Abenteuer, und er hatte es in allen Einzelheiten umsichtig geplant. Es würde sich zeigen, ob er etwas Entscheidendes vergessen hatte.

Stunden später waren die Soldaten mit dem Ausladen fertig. Henderson warf noch einen Blick in die Höhlen, dann stieg er hinab zum Wagen. Der Fahrer hatte ihn bereits gewendet, und als Henderson einstieg, erkundigte sich der Sergeant: »Werden Sie morgen wieder mitkommen, Sir?«

»Nein. Sie kennen den Platz. Ich muß nach Singapore zurück. Sie werden die beiden restlichen Transporte allein ausführen. Mit denselben Leuten. Sie können das morgen schaffen.«

»Jawohl, Sir«, sagte der Fahrer.

»Keine Spuren an der Straße hinterlassen. Kein Wort darüber zu Ihren Kameraden.«

»Selbstverständlich, Sir. Ich bin besonders darüber belehrt worden, die anderen auch.«

»Gut«, sagte Henderson befriedigt. »Dann erwarte ich morgen nacht Ihre Meldung.«

»Jawohl, Sir«, antwortete der Fahrer wieder. Er ließ den Morris durch das hohe Gras rollen. Als sie nach einiger Zeit die Straße erreichten, sah Henderson noch einmal zurück. Man konnte von hier aus nicht einmal das Ende des Graslandes absehen. Er war zufrieden mit der Auswahl seiner Operationsbasis. Es war abzuwarten, ob sie den Anforderungen genügte. Während der Morris auf der Straße nach Kuala Lumpur zurückfuhr, überlegte Henderson, daß er später den Weg zur Stadt auf dem Fahrrad oder zu Fuß würde machen müssen. Das schien auf den ersten Blick ziemlich gewagt zu sein, aber es war im Grunde keine große Leistung. Die Straße bot großartige Orientierungsmöglichkeiten. Ein Fahrzeug war schon auf weite Entfernung zu hören. Im Dschungel rechts und links konnte man schnell untertauchen. Deshalb war der Weg nach Kuala Lumpur eigentlich nicht sehr gefährlich, selbst wenn die Japaner ziemlich viel Truppen in der Gegend der Stadt konzentrierten. Nun gut, man würde sehen.

Als Yang an diesem Abend heimging, kam ihr plötzlich der Gedanke, daß sie, solange sie wieder in Singapore war, Halisamat nicht gesehen hatte. Er war einer ihrer Spielgefährten aus der Kinderzeit, ein Malaie, Sohn eines Lastenträgers im Hafen. Kurz bevor Yang nach Hongkong abgereist war, um dort zur Schule zu gehen, hatte sie zum letztenmal mit ihm gesprochen. Um diese Zeit hatte Halisamat gerade eine der Dschunken des Transportunternehmens Bismal übernommen. Bismal verlieh die Wasserfahrzeuge gegen eine Kaution und war außerdem an den Einnahmen beteiligt. Als Fahrer der Dschunke konnte Halisamat nicht sehr viel verdienen. Aber allein das Gefühl, nicht direkt für einen Engländer arbeiten zu müssen, hatte schon viel von den Schwierigkeiten aufgewogen, die für Halisamat mit dem Aufbringen der Kaution verbunden gewesen waren. Yang hatte das Boot nie gesehen, aber während sie in Hongkong lebte, hatte sie aus Briefen ihrer Eltern erfahren, daß der junge Mann seine selbstgewählte Arbeit mit viel Eifer und einigem Glück versah.

Ich müßte ihn wiedersehen, dachte Yang. Vielleicht könnten wir eine Stunde miteinander plaudern und die alte Freundschaft erneuern. Sie wußte wohl, daß es sich für ein junges Mädchen nicht ziemte, einen Mann aufzusuchen, aber die lange Zeit, die sie in Hongkong verbracht hatte, war nicht dazu angetan gewesen, jenen alten, seit Generationen überlieferten Sittenkodex in ihr zu festigen. Sie hatte die Scheu vor gewissen selbständigen Handlungen verloren, denn in Hongkong war in den Kreisen der Studenten oft genug von der Gleichstellung der Frau in einer neuen, erstrebenswerten Gesellschaft gesprochen worden. Die Ideen Sun Yat-sens und das politische Programm der chinesischen Kommunisten hatten nicht vor der Grenze der winzigen Kronkolonie haltgemacht. Yang überlegte also nicht lange, als ihr Halisamat einfiel. Nachdem sie mit einem Lastwagen der Sonderschule 101 bis zur Lexington Road gefahren war, schlug sie kurz entschlossen den Weg zum Dschunkenhafen ein. Es war der einzige Platz, an dem sie Halisamat suchen konnte, denn die Straße, in der er gewohnt hatte, war heute völlig verändert. Wo früher die niedrigen Behausungen der Hafenarbeiter gestanden hatten, erhoben sich jetzt langgestreckte Schuppen, die einer der neuen europäischen Firmen gehörten.

Die Dunkelheit brach herein, bevor Yang den Hafen erreichte. Nun belebten sich die Straßen. Für die meisten Leute war die Arbeitszeit vorbei. Viele wanderten ziellos durch die Gassen, andere kauften ein oder statteten Besuche ab. Es war kühler als tagsüber, und die Moskitos aus den sumpfigen Niederungen am Singapore River quälten die Menschen in der Dunkelheit nicht mehr so sehr.

Das Mädchen ging den Kai entlang, vorbei an den Lagerhäusern und Amtsgebäuden. Sie warf einen Blick auf die Schiffe, die im schmutzigen Hafenwasser vor Anker lagen. Es waren ein paar kleinere Kriegsschiffe angekommen, Zerstörer und Fregatten, deren Besatzungen in Motorbooten an Land gingen. Sie zogen unternehmungslustig vorbei, die Hände in den Taschen, Zigaretten zwischen den Lippen. Die Nacht würden sie in den Tanzhallen verbringen oder in den Bordells zu beiden Seiten der Gasse der weißen Hibiskusblüten. Yang wich den Matrosen aus. Sie ging eilig auf dem Kai weiter, bis sie schließlich dorthin gelangte, wo die meisten Hafenarbeiter wohnten. Ihre Hütten standen auf Pfählen im sumpfigen Boden, und ein Steg führte hinter ihnen entlang zum Anlegeplatz der Lastboote.

Dort angekommen, rief Yang einen der Männer an, der gerade sein Boot an einem Pflock vertäute.

»Halisamat?« fragte er zurück. »Wie sieht er aus?«

Yang beschrieb ihn, so gut sie konnte. Aber der Mann schüttelte den Kopf. »Hier ist er nicht. Hier kenne ich jeden. Sieh zu, ob du ihn weiter hinten findest, wir haben alle unsere festen Anlegeplätze.«

Sie wanderte weiter und fragte immer wieder nach ihm. Endlich, als sie eine Frau ansprach, die unter dem Regendach eines winzigen Wohnbootes ein wenige Wochen altes Kind stillte, erfuhr sie, daß er sich in dieser Gegend aufhielt. Die Frau hatte seinen Namen gehört. Sie rief ein Mädchen herbei, das acht oder neun Jahre alt war, und trug dem Kind auf: »Führe sie zu der Dschunke, die neben Onkel Kims Boot liegt. Und bleib nicht so lange fort.«

Das Mädchen geleitete Yang weiter. Es erzählte ihr, daß jener Onkel Kim mit Halisamat befreundet sei und daß die beiden gelegentlich sogar gemeinsam einen Auftrag übernahmen. »Dann fahren sie immer an der Küste entlang, zum festen Land hinauf; sie holen Reis in großen Säcken oder getrockneten Fisch. Manchmal sind sie viele Tage unterwegs, und wenn sie zurückkommen, schlafen sie eine Nacht und einen ganzen Tag, nichts kann sie dann aufwecken.«

Als sie nicht mehr weit von Halisamats Anlegeplatz entfernt waren, deutete das Mädchen mit dem ausgestreckten Arm zu einem der Boote. »Das ist es. Das mit dem aufgemalten Drachen. Und daneben liegt das von Onkel Kim.«

Yang gab ihr ein paar Cents, und das Kind lief hocherfreut mit dem Geschenk davon. Während Yang näher ging, sah sie den Drachen, der den Bug der Dschunke schmückte. Im Heck des Fahrzeuges brannte eine Karbidlampe unter einem Regendach aus lackierten Schilfmatten. Wie die meisten anderen Schiffer wohnte auch Halisamat auf seiner Dschunke. Alles, was er besaß, hatte unter dem kleinen Dach Platz. Es war nicht viel: ein paar Kleidungsstücke, eine Decke für die kühlen Nachtstunden, eine Waschschüssel, einiges Kochgerät und ein kleiner Vorrat an Nahrungsmitteln und Süßwasser.

Halisamat lag auf den Planken und schlief. Er war nur mit einer Hose bekleidet, und um seinen Kopf hatte er ein buntes Handtuch geschlungen. Sein Körper war schlank, die Haut kupferbraun. Halisamat war ein leidenschaftlicher Schwimmer und Taucher. Eine seiner Gewohnheiten war es, Hemd und Hose, die er trug, täglich zu waschen. Das war eine Arbeit von einer halben Stunde, und die glühende Sonne erledigte das Trocknen in etwa derselben Zeitspanne. Erst wenn er damit fertig war, dachte Halisamat daran, sein Essen zu kochen. Und abends, nachdem die Sonne untergegangen war, gönnte er sich eine Stunde Ruhe. Er schlief, sooft er Gelegenheit dazu fand, denn der Schlaf erhielt die Kräfte; außerdem war Halisamat häufig in den Nächten unterwegs und hatte auf Sandbänke und Riffe zu achten, wenn er allein oder mit Kim zusammen zum Festland hinauffuhr.

Yang ging ziemlich nahe an das Boot heran. Sie gab sich Mühe, das Gesicht des schlafenden jungen Mannes zu erkennen, das halb unter dem Handtuch verborgen war. Erst nachdem sie sicher war, daß sie wirklich Halisamat vor sich hatte, rief sie ihn an. Er schlief fest, und als er sie endlich hörte, erkannte er ihre Stimme nicht gleich. Er sagte, ohne die Augen zu öffnen: »Hat ein Mann nicht eine Stunde Ruhe verdient, wenn er seit Sonnenaufgang arbeitet? Was willst du, Schwester?«

Sie ging über die Planke auf das Boot. Als sie auf das Deck der Dschunke sprang, schlug Halisamat die Augen auf und blickte ihr verwundert entgegen. Sie trug die Kleidung der Stadtleute, war also nicht die Frau eines anderen Bootsführers, die kam, um Wasser oder Salz zu borgen. Er griff nach der Karbidlaterne und drehte sie so, daß er das Gesicht der Besucherin sehen konnte. Dann weiteten sich seine Augen in freudigem Erstaunen. Er ließ die Lampe los und sprang auf. Er war verlegen, weil er nur eine Hose trug, aber die Verlegenheit hielt ihn nicht auf. Mit ein paar Schritten war er bei ihr und ergriff ihre ausgestreckte Hand.

»Yang, du bist zurück?«

»Wie du siehst, ja.«

Sie lächelte und hielt seine Hand fest. »Ich beglückwünsche dich zu deinem Boot.«

Es gelang ihr nicht, mehr zu sagen, und Halisamat drückte lange ihre Hand, ehe er verwirrt stammelte: »Willkommen! Du hast mich gefunden. Komm doch, setz dich, es ist nur eine bescheidene Lagerstatt, aber sie gehört mir, ganz allein. Ich habe das Boot kaufen können. Es ist seit sechs Wochen bezahlt.«

Stolz klang aus seinen Worten, und in der Tat war Halisamat stolz darauf, daß er in ein paar Jahren angestrengter Arbeit soviel Geld hatte sparen können, um dieses Boot zu erwerben. Es war nicht neu, aber er hatte es überholt und wieder seetüchtig gemacht. Und nun war Yang gekommen. Er schämte sich ein wenig, daß er in den vergangenen Jahren nur selten an sie gedacht hatte.

Mit ein paar flinken Handgriffen machte er ihr Platz auf seiner Matte. Er schob ihr ein Polster hin und kramte in einer Kiste, bis er zwei Teetassen und eine Kanne gefunden hatte. Als er damit zur Laufplanke wollte, hielt sie ihn zurück.

»Ich will hinüber zu Kim, er hat heißes Wasser«, sagte er verlegen.

Sie deutete lächelnd auf sein Kochfeuer, das noch in dem kleinen, dreibeinigen Metallbehälter glühte. »Gib mir Wasser und Tee, ich werde alles andere machen«, verlangte sie. »Und wir werden hier sitzen und plaudern, bis das Wasser heiß ist.«

Er tat, wie sie es wollte. Sie schürte das Feuer unter dem Teekessel, bis es kräftig aufloderte. Dann setzte sie sich auf die Matte und lachte ihm, der immer noch verwirrt dastand, aufmunternd zu.

»Komm, setz dich zu mir. Ich bin zwar ein Gast auf deinem Boot, aber sind wir Fremde, daß du soviel Angst hast, du könntest etwas falsch machen?«

Er gab das Lachen zurück. Von einer Leine nahm er ein Hemd und streifte es über. Aus seinem frischen Jungengesicht blitzten zwei Reihen schneeweißer Zähne. Als er das Handtuch abstreifte, kam ein Schopf kurzgeschnittener, pechschwarzer Haare zum Vorschein. Yang sah, daß seine Arme kräftig und muskulös waren. Er war stark geworden; aber obwohl er noch jung war, zeigte sein Körper bereits Spuren der schweren Arbeit, die er verrichtete. Die Handflächen waren rauh, und der Rücken war vom Lastenschleppen zerschrammt. Trotzdem hatte sein Gesicht nicht den Ausdruck jener pfiffigen Jungenhaftigkeit verloren, den Yang aus ihrer Kinderzeit noch in Erinnerung hatte.

»Du warst lange weg«, sagte er, als er sich neben ihr auf der Matte niederließ. Er betrachtete sie genau. Sie sieht gut aus, dachte er. Schon früher war sie ein hübsches Mädchen, und das ist so geblieben. Er war sich seiner Gefühle für sie in diesem Augenblick nicht ganz sicher, aber er war freudig davon berührt, daß sie ihn nicht vergessen hatte und einfach auf seine Dschunke kam, um ihn wiederzusehen. Er begegnete ihrem Blick, als er ihr Gesicht betrachtete. Sie hatte lange Wimpern, und ihre Augen waren sehr dunkel.

»Du starrst mich an, als wolltest du immer noch nicht glauben, daß ich wirklich die alte Yang bin«, sagte sie lächelnd. »Habe ich mich so sehr verändert?«

»Du bist so wie früher.«

»Nur etwas älter. Erinnerst du dich an die Zeit, als wir noch Spinnen gegeneinander kämpfen ließen? Oder als wir am Singapore River Zikaden fingen?«

»Ich erinnere mich an alles«, sagte er langsam. Er hatte nicht oft Zeit gehabt, daran zu denken; aber das hieß nicht, daß er es vergessen hatte.

»Hast du viel gelernt in Hongkong?«

Sie schilderte ihm, was die Schule, die aus den Spenden von im Ausland lebenden Chinesen aufgebaut worden war, ihr an Wissen gegeben hatte. Zum Schluß sagte sie: »Es ist nicht sehr viel, aber immerhin hilft es. Und man kann darauf weiter aufbauen.«

Halisamat hatte nie Gelegenheit gehabt, eine Schule zu besuchen. In Malaya gab es nur Schulen für die Kinder der Weißen. Nur wenige Söhne und Töchter der Privilegierten und der Kaufleute, die ihre Geschäfte mit den Engländern machten, genossen eine Erziehung in England. Auf diese Art war die Zahl der gebildeten Malaien gering geblieben. »Ich beneide dich«, gestand er. »Und was wirst du jetzt tun?«

Sie dachte einen Augenblick nach, dann erwiderte sie: »Ich möchte einmal Lehrerin werden. Wenn ich es kann, dann möchte ich den Kindern wenigstens das beibringen, was ich selbst erlernt habe. Aber es gibt keine Möglichkeit dazu.«

»Nein. Es gibt keine«, wiederholte er. »Unsere Kinder wachsen auf wie ich. Sie können ihre Namen nicht schreiben, und sie können auch nicht die Verbotstafeln lesen. Hast du Arbeit?«

Yang nickte. »Die Engländer haben mich angestellt. Bei der Armee als Dolmetscherin.«

Er schwieg und blickte auf das Wasser hinaus, das leise klatschend gegen die Bordwände schlug. Überall auf den anderen Dschunken brannten die kleinen Karbidlaternen. Von irgendwoher kam der heisere Singsang eines Händlers, der Erdnüsse anbot. Manchmal verkaufte er etwas in dieser Gegend, denn wenn das Geld dazu reichte, mischten die Frauen eine Handvoll gehackter Nüsse in den Reis, den sie für die Familie kochten.

»Das ging schnell«, sagte Halisamat schließlich. Sonst nichts. Sein Gesicht zeigte nicht den geringsten Ausdruck der Zustimmung oder Ablehnung. Aber Yang kannte ihn gut.

Sie sah, daß das Teewasser kochte, und erhob sich, um es in die Kanne zu gießen, in die sie ein paar Teeblätter gestreut hatte. Sie beobachtete Halisamat, als sie die Kanne auf die Matte stellte und sich wieder neben ihm niederließ.

»Du liebst die Engländer nicht?« fragte sie.

Er antwortete nicht sofort. Erst nach einer Weile sagte er mit dem gleichen unbewegten Gesicht wie vorher, ohne sie anzusehen: »Nein. Sie stinken.«

Yang ließ ein paar Sekunden verstreichen, bevor sie ihn ruhig erinnerte: »Der Körpergeruch eines Europäers ist anders als der unsere, Halisamat. Aber das hat nichts damit zu tun, daß er ein Europäer ist. Die Nahrungsmittel, die er ißt, sind andere, als wir sie essen. Das ist der Grund.«

Halisamat schüttelte den Kopf. Dann entgegnete er ihr ebenso ruhig: »Ich meine nicht ihren Körpergeruch, Yang. Es ist ihr Charakter, der einen üblen Geruch hat. Sie sind unehrlich. Sie haben uns ihre Gesetze aufgezwungen und stehlen alles, was in unserer Erde verborgen ist und was auf ihr wächst. Sie mästen sich an uns. Und jeden, der diese Wahrheit ausspricht, sperren sie ein. Das ist der Gestank, den sie verbreiten. Er ist schlimmer als ihr Hautgeruch, der die Wasserbüffel wild macht.«

Sie griff schweigend nach der Teekanne und goß das heiße Getränk in die kleinen Tassen, deren Henkel abgebrochen waren. Dann saßen sie sich gegenüber, die Tassen mit beiden Händen haltend, aber sie blickten einander nicht an, bis Yang leise fragte: »Du findest es unehrenhaft, daß ich für sie arbeite, Halisamat?«

Er ließ sich Zeit mit seiner Antwort. Er trank in kleinen Schlucken von dem Tee, und als er die Tasse absetzte, sagte er: »Ich wollte, du kämst öfter zu mir. Es gibt außer meinem Nachbarn Kim nicht viele, mit denen ich Gelegenheit habe zu reden.«

Nach einer Weile erinnerte sie ihn: »Du hast meine Frage nicht beantwortet. Warum sagst du mir nicht, was du denkst?«

Er nahm die Tasse wieder auf und drehte sie in den Händen. »Es ist so schwer zu entscheiden, was ehrenhaft und was unehrenhaft ist, Yang. Es steht mir nicht zu, über dich zu richten, denn jeder Mensch formt sein eigenes Leben – er hat zu wissen, wofür er es lebt. Behandeln sie dich wie einen Menschen, die Engländer?«

»Ja«, sagte sie nach kurzem Zögern.

»Mich haben sie nie wie einen Menschen behandelt.« Es klang nicht traurig. Es war auf eine Art gesagt, die aufhorchen ließ, weil in Halisamats Stimme plötzlich ein Ton mitschwang, der Selbstbewußtsein verriet, Auflehnung. »Ich muß für sie arbeiten, weil ich etwas verdienen will. Aber ich bin immer nur der Kuli für sie. Ein Lebewesen, das ihnen ebenso gehört wie das ganze Land und das ihnen weniger wert ist als ein totes Werkzeug. Als ich mich zu fragen begann, ob das denn immer so sein müßte, kam ich bald dahinter, daß es an mir selbst liegt, wie lange das noch andauert. Nicht an mir allein, sondern an allen Leuten im Lande, die hier geboren sind und denen deshalb die Gummibäume und die Orangen gehören und die Palmen und das Zinn.«

Er sah sie an. »Hat es keinen Menschen in Hongkong gegeben, der dasselbe empfunden hat?«

»Doch«, antwortete sie nachdenklich. »Viele sogar. Ich habe ihnen nie widersprochen. Und ich widerspreche auch dir nicht. Es ist wahr, was du sagst. Aber siehst du einen Weg?«

Er trank den Tee aus und stellte die Tasse ab. Draußen auf der Reede erklang der schrille Ton einer Dampfersirene. Er durchschnitt die Stille des Abends wie eine schartige Klinge. Halisamat lehnte sich zurück. Er sagte gedankenvoll: »Ich kann Wind und Wolken deuten, aber ein Buch ist wie ein Geheimnis für mich. Ich kann nicht lesen, Yang, noch nicht. Und ich kann auch noch nicht schreiben. Bis ich es lerne, wird noch manches andere zu tun sein. Aber ich habe gelernt, wie die Welt eingerichtet ist. Es ist nicht schwer, das zu lernen, wenn man die richtigen Freunde findet. Leute wie wir lernen nicht nur, wie die Welt aussieht. Wir haben auch eine Vorstellung davon, wie wir sie haben wollen. Und es gibt Beispiele dafür, daß man sie verändern kann. Es muß in Malaya nicht immer so sein, wie es jetzt ist. Wer hat dieses Gesetz geschaffen, nach dem wir für den Reichtum der Engländer zu arbeiten haben? Du? Ich? Erkennst du es an? Ich nicht.«

Sie dachte nicht daran, ihm zu widersprechen. Vielmehr war sie erstaunt, welche Veränderung mit Halisamat in der Zeit ihrer Abwesenheit vor sich gegangen war. Er war selbstbewußt geworden. Woher nahm er die Sicherheit, mit der er über die Engländer sprach?

»Ich habe mir das alles auch oft überlegt«, sagte sie. »Aber ich bin zu keinem Schluß gekommen. Jetzt weiß ich überhaupt nicht mehr so recht, was ich denken soll. Hast du gehört, was die Japaner in ihren Rundfunksendern über Asien sagen? Daß ganz Asien ein Gebiet gemeinnütziger Prosperität unter ihrem Schutz werden soll?«

»Die Leute reden darüber«, gab er zurück. »Du bist eine Chinesin; muß ich dir sagen, was die Japaner meinen, oder genügt es, dich an das zu erinnern, was sie in China tun?«

»Ich weiß es. Aber was tun wir, wenn sie Krieg mit den Engländern anfangen und hierherkommen?«

»Das müßten wir zuerst die Engländer fragen«, meinte er. »Sie sind die einzigen im Lande, die Waffen haben. Ich glaube nicht, daß sie imstande sind, die Japaner zurückzuhalten.«

»Also werden die Japaner das Land überrennen.«

Er wiegte den Kopf. »Wenn sie es darauf anlegen, ja. Und das wäre weiter nichts, als daß die alten Herren Malayas von neuen abgelöst werden. Von japanischen Mördern und Frauenschändern.«

»Und trotzdem haßt du die Engländer, die als einzige Malaya beschützen könnten?«

Er zögerte einen Augenblick. Dann sagte er: »Soll ich sie lieben? Sie sind mir widerwärtig, weil sie im Grunde dasselbe tun, was auch die Japaner wollen. Sie benutzen andere Mittel, aber das ändert nichts. Sie geben uns, denen das Land in Wirklichkeit gehört, nicht die geringste Chance, es gegen die Japaner zu verteidigen. Weißt du, wie viele Freiwillige sich gemeldet haben, um unsere Grenzen zu sichern? Die Engländer haben sie abgewiesen. Viele haben sie sogar in die Gefängnisse gesteckt. Weißt du, warum?«

Als sie nichts antwortete, sagte er nach einer Weile: »Weil sie Angst davor haben, daß wir lernen, Waffen zu gebrauchen. Sie fürchten sich vor uns, denn sie wissen genau, daß unser Volk, wenn es die Japaner zurückschlägt, das Recht verlangen wird, Malaya selbst zu regieren. Deshalb gehen sie lieber das Risiko ein, von den Japanern überrannt zu werden. Sie sind Spieler, und sie spielen heuchlerisch. Aber sie werden verlieren, Yang. Vorhin habe ich dir gesagt, daß es kaum Leute gibt, mit denen ich Lust verspüre, mich zu unterhalten. Es stimmt nicht. Ich habe viele Freunde. Sie denken alle so wie ich.«

Seine Worte versetzten Yang in einen Zustand tiefer Nachdenklichkeit. Sie wußte gut genug, daß alles, was er sagte, die Wahrheit war. Aber konnte man dem allem einfach zustimmen? Immerhin bereiteten die Engländer sich darauf vor, Malaya mit ungewöhnlichen Mitteln zu verteidigen. Die Schule, die sie in Bukit Timah eingerichtet hatten, bewies es. Henderson hatte davon gesprochen, daß er sie, Yang, mit einer sehr wichtigen Aufgabe betrauen werde, wenn die Verhältnisse sich so zuspitzten, wie er es erwartete. Wo liegt der Fehler in Halisamats Anschauungen? Oder wo ist der Beweis dafür zu finden, daß Henderson nicht ehrlich ist?

Halisamat entschloß sich, von anderen Dingen zu sprechen. Es war nicht gut, ein Mädchen wie Yang zu sehr zu verwirren. Sie war ehrlich und gutgläubig. Es würde noch lange dauern, bis sie die Welt so sah, wie sie wirklich war. Aber es lohnte sich, mit ihr zu reden. Halisamat kannte sie von Kind auf, und er kannte sie gut. Wenn Yang sich einmal für etwas entschied, wenn sie sich entschloß, etwas so zu tun und nicht anders, dann gab es nichts, was sie davon abhalten konnte. Sie brachte es nicht fertig, sich selbst zu belügen, das war einer ihrer hervorstechendsten Charakterzüge. Was sie für richtig befand, dafür trat sie ein. Und doch wird es für sie ein langer Weg sein, dachte Halisamat, länger als bei mir. Mich hat der Hunger zu Freunden getrieben. So fing es an. Bei ihr wird es der Verstand sein, der ihr eines Tages sagt, auf welcher Seite sie stehen muß. Ich hoffe, es gelingt mir, ihre Überlegungen abzukürzen. Es bleibt nicht mehr viel Zeit zum Überlegen.

»Wie geht es deinen Eltern?« fragte er.

Sie erzählte ihm, daß die Mutter ein wenig kränkelte, und daß der Vater sich Sorgen um sie machte. »Du bist in der Zeit, als ich weg war, nie mehr in unserer Gasse gewesen?«

Er erwiderte: »Nein. Ich hatte keine Zeit. Aber es war nicht höflich von mir, deine Eltern nicht zu besuchen. Sie sind immer sehr gut zu mir gewesen, obwohl mein Vater kein Kaufmann war.«

»So viel Arbeit?« Sie sah ihn fragend an.

Er wiegte den Kopf. »Ich habe nicht viel Zeit für mich selbst behalten. Immer auf dem Meer. Wenn ich das Leuchtfeuer von Pandjang hinter mir hatte, dann begann die Fahrt. Meist ging es bis Malacca, aber oft genug weiter nach Norden. Port Swettenham, Port Dickson, Kuala Selangor, Penang, überall bin ich gewesen, mit Reis oder Sojabohnen, mit Zündhölzern und Kattun. Auf so einer Fahrt gibt es nichts als das Meer und die Haie, die das Boot umlauern, und im Osten den dunklen Strich der Küste, in den Nächten die Sterne und einen Hauch kühlen Windes. Dann ist man ganz allein mit sich und hat Zeit nachzusinnen.«

»Du bist viel herumgekommen«, sagte sie nachdenklich.

Er nickte. »Es gibt kaum einen Hafen an der Westküste Malayas, den ich nicht kenne. Und in jedem Hafen habe ich Freunde.«

»Es ist schön, wenn man das von sich sagen kann. Weißt du noch, wie gern ich früher auf dem Wasser war?«

Er erinnerte sich daran. Als Junge hatte er zu denen gehört, die den einlaufenden Schiffen entgegenschwammen und nach Münzen tauchten, die von Reisenden ins Wasser geworfen wurden. Yang war zwar nie mitgeschwommen, weil ihre Eltern es nicht erlaubten, aber sie hatte am Kai gestanden und zugesehen, und manchmal hatte ein Händler sie in seinem Boot mitgenommen.

Halisamat lächelte. »Komm auf mein Boot, sooft du willst. Zwischen zwei Fahrten habe ich manchmal Zeit genug, daß wir nach Mangrove Island segeln können oder nach Saint John. Ich könnte dich sogar auf eine Fahrt mitnehmen, bis Malacca vielleicht, wenn es dir nichts ausmacht, daß du auf einer Matte liegen mußt, unter der Regenplane.«

Mit einer Handbewegung wies er auf das Boot. Es war ein gutes Fahrzeug. Sein Segel war fast neu, und an Deck war jede Planke mit scharfem Salzwasser gescheuert. »Ein schönes Boot«, sagte er. »Und es ist eins der schnellsten. Es ist flach und hat wenig Tiefgang. Du fliegst damit geradezu über das Wasser.«

Es gab nichts, was Yang lieber getan hätte, als eine Fahrt entlang der Westküste mitzumachen. Aber ihre Freizeit würde dafür nicht ausreichen.

»Später werde ich bestimmt einmal mit dir fahren«, versprach sie Halisamat. »Da, wo ich arbeite, ist jetzt viel zu tun, und ich kann nicht gleich zu Anfang einen freien Tag verlangen. Willst du uns nicht einmal besuchen? Wir könnten abends im Hof hinter dem Laden Tee trinken, an der Geistermauer, wo der Hibiskus blüht.«

»Deine Eltern würden sich nicht mit mir langweilen?«

Er ist so, wie er früher war, dachte sie. Immer hat er es verstanden, mir beizubringen, daß er der Sohn eines Hafenkulis ist, ich aber die Tochter eines Kaufmanns bin. »Sie würden sich freuen, wenn du ihnen vom Meer erzähltest und von den Häfen. Du bist früher oft bei uns gewesen.«

Er lächelte. »Früher war ich ein kleiner Junge, und du warst ein kleines Mädchen.«

»Nun gut«, meinte sie leichthin, »und heute sind wir erwachsen. Die Welt bleibt eben nicht stehen.«

Draußen auf der Reede schrie eine Sirene. Das Wasser klatschte träge an die Bordwände. Es roch nach Tang und fauligem Schlamm. Die Lichter der Stadt blinkten hinter den niedrigen, dunklen Hafengebäuden. Irgendwo an Land weinte ein Kind. Das dumpfe Gebrumm von Flugzeugmotoren kam aus dem nächtlichen Himmel. Eine Catalina, eins der schweren Flugboote, schwebte herab, setzte vor dem Marinestützpunkt von Ichabod auf dem Wasser auf und hinterließ eine silbrige Spur, als es langsam zur Anlegestelle schwamm.

Eine halbe Stunde später ging Yang nach Hause. Sie versprach Halisamat wiederzukommen. Und das sagte sie nicht nur so hin, sie würde ihr Versprechen halten. Er sah ihr gedankenvoll nach, bis sie im Dunkel zwischen den Pfahlbauten am Ufer verschwunden war. Später ärgerte er sich darüber, daß er sie nicht bis in die Stadt begleitet hatte.

2

Es war gegen Mittag des 6. Dezember 1941, als eine zweimotorige »Hudson« vom Militärflugplatz bei Kota Bharu startete. Kota Bharu lag im äußersten Nordosten Malayas, am flachen Palmenstrand der Küste des Südchinesischen Meeres.

Der Nordostmonsun trieb graue Regenwolken über den Himmel. Das Meer lag ruhig und bleifarben unter der etwas schwerfälligen Maschine, die langsam an Höhe gewann, durch die wabernden Wolken stieß und immer weiter auf das offene Meer hinausflog. Nur wenige Fischerboote waren ausgefahren, denn zu dieser Jahreszeit lohnte sich der Fischfang kaum. Erst in ein oder zwei Monaten würden die Netze wieder ausgeworfen werden, wenn die Schwärme der Fische erneut an der Küste vorbeizogen.

Als die »Hudson« weit über dem offenen Meer war, steuerte der Pilot, Leutnant Ramshaw, sie tiefer. Er flog dicht unter der Wolkendecke, um ungehindert die Wasserfläche beobachten zu können. Seine Sicht war durch die geringe Höhe des Flugzeuges zwar beschränkt, aber Ramshaw ließ sich Zeit, die ihm zur Aufklärung zugewiesenen Planquadrate eingehend abzusuchen. Er war etwa dreihundert Kilometer von der Küste entfernt, als er in seinem Kopfhörer die Stimme des Beobachters hörte. »Drei Fahrzeuge an Backbord, Chef. Können wir tiefer gehen?«

Ramshaw, Aufklärungsflieger der 1. Royal Australian Squadron, umkreiste die drei Fahrzeuge in einer weiten Kurve. Es waren zwei japanische Minenleger und ein Begleitschiff. Sie feuerten nicht auf das Flugzeug.

Minuten später erhielt Ramshaw von seinem Stützpunkt den Befehl, das Gebiet weiter zu überwachen. Es dauerte eine halbe Stunde, bis er den Konvoi sah, der aus fünfundzwanzig mit Truppen vollgestopften japanischen Frachtern, einem Schlachtschiff, fünf Kreuzern und sieben Zerstörern bestand. Die Minenleger fuhren Kurs Nordwest, auf den Golf von Siam zu, als hätten sie die Absicht, Bangkok anzulaufen. Der Konvoi aber fuhr Westkurs, auf die Küste Malayas zu.

Ramshaw umkreiste den Konvoi vorsichtig und hielt sich immer in Wolkennähe. Nachdem er seine Meldung abgegeben hatte, trat er den Rückflug an. Er hatte mehr Glück als ein anderer Pilot seiner Staffel, der etwas weiter südlich einen zweiten japanischen Konvoi von zwanzig Truppentransportern, zwei Kreuzern und zehn Zerstörern gesichtet hatte. Der Kreuzer hatte ein Katapultflugzeug gestartet, und dieses war der schwerfälligen »Hudson« gefolgt, sie mit Maschinengewehrfeuer jagend. Nur den dichten Monsunwolken, die der »Hudson« Schutz vor dem Verfolger boten, war es zu verdanken, daß die Japaner nicht schon an diesem Tag ihren ersten Abschuß buchten.

Vom Oberkommando Fernost kam in den Abendstunden der Befehl, alle Truppen in Gefechtsbereitschaft zu versetzen, aber es wurde keine Aktion gegen die offenbar zum Angriff auf die Küste ansetzenden Japaner eingeleitet. Im Oberkommando war man der Meinung, daß die japanischen Truppentransporte nach Thailand gingen.

Am nächsten Tag bereits überstürzten sich die Ereignisse. Einige »Hudsons«, unter ihnen auch die von Ramshaw gesteuerte, flogen erneut Aufklärungseinsätze, aber es gelang ihnen nicht, die am Vortage gesichteten Schiffe wieder aufzufinden.

Erst eine »Catalina« stellte den Kontakt wieder her. Aber der Funkspruch, den sie an ihre Leitstelle richtete, brach mitten im Satz ab. Danach fehlte jedes Lebenszeichen von ihr, und in der Leitstelle war man sich darüber klar, daß dieses Flugboot von japanischen Begleitflugzeugen abgeschossen worden war. Trotzdem schwieg das Oberkommando Fernost. Bis am Abend des 7. Dezember die Nachrichten und Funksprüche einander zu jagen begannen.

Japan hatte von der Regierung Thailands verlangt, daß seine Truppen durch das Land marschieren können, und es war ihnen gestattet worden. Kreuzer und Truppentransporter postierten sich vor der Küste Malayas, unweit von Kota Bharu.

Der Beschuß begann um Mitternacht. Schlachtschiffe, Kreuzer und Zerstörer richteten ihre Geschütze auf die schwachen Küstenbefestigungen der englischen und australischen Truppen. Es war ein mörderisches Feuer, das in einer Stunde den schmalen Küstenstreifen umpflügte. Zweimotorige japanische Bomber starteten von Flugplätzen in Thailand und luden ihre Bombenlast über den Küstenstellungen um Kota Bharu ab. Inzwischen setzten die Truppentransporter ihre Landungsboote aus. Tausende japanischer Soldaten in gelbgrünen Uniformen warteten auf das Zeichen zum Sturm. Sie waren mit Maschinenwaffen und Sprengmitteln ausgerüstet, und sie führten in den Landungsbooten Granatwerfer mit. Hinter ihnen begannen Spezialfahrzeuge mit dem Ausladen von Panzern, mittleren Geschützen, Fahrzeugen und anderem Material.

Eine Stunde nach Mitternacht begann der Sturm. Die von starken Motoren angetriebenen Landungsboote sausten mit schäumender Bugwelle auf die Küste zu, über der noch der Qualm der Granateinschläge hing. Die Soldaten sprangen auf den zerwühlten Sand der malaiischen Küste und stürzten sich auf das, was von den Befestigungen und den Truppen der Verteidiger übriggeblieben war.

Zur gleichen Zeit stiegen von den Flugplätzen in Thailand Langstreckenbomber vom Typ Mitsubishi auf. Jede Maschine trug eine Bombenlast von zwei Tonnen. Die erste Kette erschien um vier Uhr dreißig über Singapore. Hier rasten Motorradpatrouillen durch die Stadt, um den Direktor des Elektrizitätswerkes zu finden, der als einziger den Schlüssel zur Schaltanlage besaß, mit der eine Verdunklung der ganzen Stadt herbeigeführt werden konnte. Man fand ihn nirgends.

Der erste Pulk der japanischen Bomber zog die Scheinwerfer und das Flakfeuer absichtlich auf sich. Er flog in einer Höhe von dreitausend Metern. Sekunden später flog das Gros des Verbandes, nur zwölfhundert Meter hoch, die Stadt an. Die Bomben sollten den Hafen und die Militärflugplätze vernichten, einige trafen Wohnviertel. Überall aber richteten sie unübersehbaren Schaden an. Als um fünf Uhr das Motorengebrumm der Mitsubishi verklungen und der Angriff vorbei war, lagen schwere Qualmwolken über ganz Singapore. Flammen zuckten hoch auf. Öltanks und Lagerhäuser brannten, Menschen schrien aus den Trümmern ihrer Behausungen um Hilfe. Der erste Luftangriff, bei dem die Japaner kein einziges Flugzeug verloren, hatte Singapore einen harten Schlag versetzt. Noch war das nicht der Todesstoß, aber es zeichnete sich bereits ab, was die Zukunft bringen würde.

Das kleine Teehaus im Zentrum von Kuala Krai trug den Namen »Zum gefleckten Hund«. Kuala Krai war eine Stadt weit im Nordosten Malayas, an der Nordsüdeisenbahn, der Hauptverkehrsader des Landes, gelegen. Von hier aus brauchte man etwa eine Stunde bis nach Kota Bharu, der Hafenstadt am Südchinesischen Meer, und etwa die doppelte Zeit bis zur thailändischen Grenze. Kuala Krai lebte vom Handel. Es war ein Umschlagplatz für die verschiedensten Güter, die Malaya über den Hafen von Kota Bharu verließen oder die vom Ausland über diesen Hafen ins Land gelangten. Die Garnison hatte bis vor einigen Monaten nur aus einem Regiment britischer Truppen bestanden. Dann war das 19. Bataillon australischer Infanteristen hinzugekommen, große, breitschultrige Männer, blond, vergnügt und gesellig, mit einem Känguruh als Ärmelzeichen. Sie hatten den Engländern einen gehörigen Schock versetzt, als sie sich bereits kurz nach ihrem Eintreffen mit der Bevölkerung in einer Art anfreundeten, die mit den für die britischen Kolonialtruppen geltenden Bestimmungen durchaus nicht zu vereinbaren war. Englands Beamte und Offiziere hielten auf Abstand. Sie besuchten ihre exklusiven Klubs, zu denen kein Einheimischer Zutritt hatte, und im übrigen beschränkten sie sich beim Umgang mit den Einheimischen auf den Erlaß von Anordnungen, deren Befolgung sie kontrollierten. Diesen Zustand hatten die Australier seit ihrem Hiersein belächelt und zum Gegenstand ihres Spottes gemacht. Die Soldaten von der großen Insel hatten ihre eigene Art und Weise, auf die sie in Malaya zu leben gedachten.

George Bennett saß in einem Kreis von chinesischen und malaiischen Gästen des Teehauses. Immer wenn er Ausgang bekam, war er hier eingekehrt. Manchmal war er nicht allein gekommen. Der Dienst in diesem tropischen Land mit seinem ungewohnten Klima war anstrengend genug, also sehnte man sich nach einer Abwechslung. Und wozu hielt man sich in einem fremden Land auf, wenn man es versäumte, seine Bewohner, ihre Sitten und ihre Lebensweise kennenzulernen?

Es gab in Kuala Krai nicht viele Möglichkeiten, Unterhaltung zu finden. Die Klubs der Engländer waren den australischen Offizieren und Soldaten verschlossen, obwohl sie doch zur Hilfe für England ins Land gekommen waren. George Bennett hatte es verstanden, mit der Situation fertig zu werden. Er war ein Mann von schnellen Entschlüssen. Ihn lockten die luxuriösen Klubs ohnehin nicht, denn er liebte es, am Abend in einem gemütlichen Lokal zu sitzen und mit anderen Gästen über Dinge zu reden, die einen Menschen in dieser Zeit interessieren. Dabei trank man sein Bier, ab und zu einen Whisky, rauchte die Pfeife, und wenn man von alldem genug hatte, ging man nach Hause. Bennett war groß und rotblond, er hatte große kräftige Hände; lachte er, erfüllte seine dröhnende Stimme den Gastraum des Teehauses. Er fühlte sich wohl unter den Malaien und Chinesen, die ihn auf landesübliche Leckerbissen aufmerksam machten, ihn immer wieder nach Australien befragten und von ihm wissen wollten, ob es möglich sein würde, die Japaner vom Eindringen in Malaya abzuhalten.

Für das, was die Engländer Distanz aus Disziplingründen nannten, fehlte ihm jegliches Verständnis. George Bennett war der Sohn eines Landarbeiters; nach seiner Schulzeit hatte er als Viehpfleger auf einer Farm in Queensland gearbeitet. Seine Freunde nannten ihn den Cowboy, und in der Tat verstand er nicht nur etwas von Viehhaltung, sondern er war auch ein ausgezeichneter Reiter. Er zerschoß mit der Pistole auf fünfzig Meter mühelos einen Taschenspiegel. In seiner Kompanie sagten die Kameraden scherzhaft von ihm, daß sein Gewehr einen gefährlichen Menschen aus ihm gemacht habe, denn bei ihm gab es selten einen Schuß, der nicht ins schwarze Feld der Zielscheibe traf.

George Bennett hatte das Hemd aufgeknöpft und hockte auf dem für ihn viel zu kleinen Stuhl. Der alte Sung, Eigentümer der Teestube, sorgte dafür, daß das Bierglas nie leer vor dem Australier stand. Die Chinesen, die dabeisaßen, tranken ihren Tee, die Malaien bevorzugten Kaffee. Sung wußte, was jeder liebte, und er hielt es bereit. Während Bennett seine Pfeife stopfte, sagte ein kleiner, dunkelhäutiger Chinese neben ihm: »Du weißt, daß die Japaner Thailand besetzt haben, aber du glaubst trotzdem nicht, daß man uns Waffen gibt, um zu kämpfen?«

Bennett hielt ein Streichholz an den Tabak, entlockte der kurzen Pfeife ein paar kräftige Rauchwölkchen und erwiderte dann: »Was glaubst du, wer ich bin? Ich bin nicht Winston Churchill, sondern der Infanterist George Bennett. Wenn ich etwas zu bestimmen hätte, dann wäre jeder Mann in Malaya bewaffnet. Aber ich habe nichts zu bestimmen, und sie werden euch bestimmt kein einziges lumpiges Gewehr geben.«

»Warum?« fragte der Chinese beharrlich. Er war nicht der erste, der diese Frage an Bennett stellte, und dieser zuckte ein wenig hilflos die Schultern.

»Politik, Bruderherz. Ihr seid die goldene Kolonie der Engländer, und ihr sollt es bleiben. Wenn sie euch Gewehre gäben, würdet ihr zuerst die Japse verjagen und dann die Engländer. Sei ehrlich! Ist das so?«

Er blinzelte dem Chinesen zu, doch der schwieg. Da klopfte Bennett ihm gemütlich auf die Schulter und meinte: »Du kannst es ruhig zugeben. Ich bin nicht Churchill. Wenn ich Malaie wäre, täte ich dasselbe.«

»Die Engländer verjagen?«

»Und ob!« Bennett nahm einen langen Zug aus seinem Bierglas. »Oder wollt ihr ewig die Kulis für Ihre Majestät und Seine Lordschaft abgeben? Jesus, seid ihr solche Gemütsriesen?«

Über das Gesicht des Chinesen glitt ein verlegenes Lächeln. Dann sagte er zögernd: »Das sind eigenartige Worte für einen weißen Mann. Man muß gut überlegen, bevor man darauf antwortet.«

Bennett zog die Stirn in Falten. Dann sah er den Chinesen an und rügte ihn kopfschüttelnd. »Siehst du, das ist der Ärger mit euch Brüdern, daß ihr mißtrauisch seid, wenn nur ein weißes Gesicht auftaucht. Ich weiß genau, was du denkst, aber du sprichst es nicht aus. Warum sagst du nicht einfach, daß du die Engländer gefressen hast wie eine Tonne Seifenpulver, daß sie sich endlich zum Teufel scheren sollen und daß du wie ein Mensch leben willst? Hast du Angst vor mir?«

Einer der Malaien sagte langsam: »Wenn einer von uns einen solchen Gedanken ausspricht, dann wandert er ins Gefängnis. Es ist nicht angenehm, im Gefängnis leben zu müssen. Und viele sterben dort.«

»Red doch nicht!« fuhr Bennett auf. »Willst du mir erzählen, daß man die ganze Bevölkerung Malayas einsperren kann? Wer soll denn dann für die Engländer arbeiten?«

»Nein, aber . . .«

»Kein aber! Ihr macht es den Engländern leicht. Ihr solltet Feuer unter ihren werten Ärschen anzünden.«

Er wandte sich wieder an den Chinesen. Er kannte ihn seit zwei Wochen und wußte, daß er Transportarbeiter in einem Lagerhaus war. Bennett hatte durch geschickte Fragen zu erfahren versucht, ob er Kommunist sei, aber es war ihm nie gelungen, eine Antwort zu bekommen, aus der etwas zu machen gewesen wäre. Nun fragte er ihn direkt: »Gibt es denn in diesem ganzen lausigen Nest keinen einzigen Kommunisten, der das Maul aufmacht? Mußte ich von Queensland hierherkommen, um euch begreiflich zu machen, daß die Welt immer so ist, wie man sie sich selbst einrichtet? Hör zu, Tjing, willst du, daß ich an Märchen glaube?«

»Nein«, entgegnete dieser freundlich, »aber es ist schwer.«

Bennett grinste zufrieden. »Darauf kannst du einen trinken, Bruder. Das ist die Wahrheit. Beim nächsten Mal reden wir nicht wieder um die Geschichte herum, sondern genauer, prost!«

Er hob sein Bierglas und trank es aus. Es war schwer, das Mißtrauen dieser Leute zu überwinden. Wenn Bennett es sich überlegte, dann war das gar nicht so verwunderlich. Trotzdem, dachte er, es wäre doch gelacht, wenn George Bennett aus Queensland es nicht fertigbrächte, mit diesen Leuten so zu sprechen, wie er zu Hause mit seinesgleichen gesprochen hat!

Er brannte die erloschene Pfeife wieder an und meinte, zu Tjing gewandt: »Keine Gewehre für euch, Bruderherz. Aber wenn ich mich nicht sehr täusche, werden hier in Malaya bald so viele Gewehre herumliegen, daß man sich die besten aussuchen kann. Gute Augen muß man haben.«

Der Chinese lächelte und schwieg. Für ihn war dieser australische Soldat der erste weiße Mann, der Kommunist war. Tjing zweifelte nicht daran, denn er hatte sehr genau den Sinn dessen begriffen, was Bennett in der Zeit, in der er ihn kannte, über die verschiedensten Dinge gesagt hatte.

Der Wirt winkte einem jungen Mann, der etwas abseits saß und eine Pipa in der Hand hielt, jenes seltsam geformte chinesische Saiteninstrument.

»Ein bißchen Musik«, sagte er zu Bennett, als er dessen Glas wieder füllte. »Aus der großen Heimat. Fremd für den weißen Mann, aber sehr schön.«

Für Musik war Bennett immer zu haben. Er lauschte mit gespanntem Gesichtsausdruck auf die schwingenden, klagenden Töne, die der Musikant seinem Instrument entlockte. Es würde ihm wohl nie gelingen, sich mit dieser Art Musik anzufreunden; aber er sah ein, daß er im ganzen Raum der einzige war, dem es so ging, und deswegen kam es ihm nicht zu, etwas dagegen einzuwenden.

Als der Spieler geendet hatte, forderten die Chinesen ihn auf, ein Lied zu singen. Er wunderte sich nicht darüber, denn das schien hier Sitte zu sein. Immer wenn es Musik gegeben hatte, war er aufgefordert worden, auch etwas zum besten zu geben.

»Also«, sagte er bedeutungsvoll und räusperte sich kräftig, »Frauen weghören. Ich will euch endlich mal ein handfestes Lied aus Queensland singen. Nur für Männer.«

Mit seiner tiefen, dröhnenden Stimme begann er in einem Dialekt, der kaum noch verständlich war, »Oh Gord, blimey how ashamed I was« zu singen. Es war einer der vielstrophigen zweideutigen Songs, die die Soldaten mit den bunten Känguruhs an den Ärmeln von zu Haus mitgebracht hatten, und es ging darin um einen Mann, der ein Mädchen an dieser und jener Körperpartie anfaßt, ziemlich zielstrebig, dabei stets versichernd, wie sehr er sich schäme. Das war die gemütliche Version eines zotigen Liedes. Bennett war erst bei der Strophe angekommen, die vom Knie des Mädchens handelte, als die Tür aufging und zwei neue Gäste das Teehaus betraten. Es waren zwei Sergeanten der britischen Militärpolizei, mit weißem Lederzeug und blankpolierten Stahlhelmen. Sie blieben an der Tür stehen und sahen mit unbewegten Gesichtern dem Treiben zu, bis Bennett sie entdeckte und seinen Gesang abbrach.

»He, Sarge«, rief er verdutzt, »bißchen mitmachen?«

Der ältere der beiden legte kurz die Hand an den Rand des Helmes und trat näher. Bennett sah ihm mit gemischten Gefühlen entgegen. Diese Engländer verstanden keinen Spaß. Nicht den geringsten. Und es gab ohnehin zwischen ihnen und den Australiern Streit genug.

»Urlaub?« fragte der Sergeant kurz. Er winkte ab, als Bennett sich erheben wollte; er hielt nur die Hand auf. Bennett nestelte an seiner Hemdtasche und legte seinen Ausgangsschein in die geöffnete Hand. Der Sergeant besah ihn, und während er das tat, sagte er: »Von draußen hört sich das an, als ob hier eine ganze Kompanie Aussies Abschied vom Frieden feiert. Mit Gallonen von Whisky.«

George Bennett grinste, als er den Ausgangsschein zurückerhielt. Was diese Engländer schon für eine Ahnung davon hatten, wie es sich anhörte, wenn eine Kompanie Australier feierte!

»Haben wir bereits zu Hause gemacht, Sarge«, sagte er. »Wir ahnten, daß man hier keine lauten Feiern liebt. Wollen Sie hören, wie das Lied weitergeht? Es hat noch zwölf Strophen.«

Der Sergeant sah ihn wenig freundlich an. »Schöner Spaß, in diesem Stinkbau zu sitzen und dreckige Lieder zu singen. Wieviel haben Sie getrunken?«

Bennett horchte auf. Der Ausgangsschein war offenbar nicht alles, was der Sergeant von ihm wollte. »Ach«, antwortete er vorsichtig, »eine Kleinigkeit Bier, sonst nichts.«

»Sie wissen nicht, was bei Ihrer Einheit los ist?«

Bennett schüttelte den Kopf. Er war nahezu nüchtern, und in diesem Zustand hütete er sich, mit britischen Militärpolizisten Streit anzufangen. Man konnte ihnen ein paar Zähne ausschlagen oder die Kinnlade ausrenken, ja, aber danach stand man vor dem Militärgericht. Die Urteile waren dort nicht gerade milde.

»Leider, Sarge«, sagte er deshalb verbindlich. »Als ich wegging, war alles in Ordnung.«

Der Sergeant wippte auf den Fußspitzen. Er musterte die Anwesenden, die schweigend dasaßen und den beiden weißen Männern zuhörten. Der Wirt verzog das Gesicht zu einem Lächeln, als der Polizist ihn mit seinem Blick streifte.

»Machen Sie, daß Sie zu Ihrem Haufen kommen«, schnarrte der Engländer. »Seit einer Stunde ist Alarmstufe eins. Los, zahlen und abhauen.«

Bennett riß überrascht die Augen auf. Alarmstufe eins, und er saß im Teehaus »Zum gefleckten Hund«! Er sprang auf und schob dem Wirt eine Handvoll Kleingeld für das Bier hin. Dann stülpte er seinen Buschhut auf und zog das Koppel zurecht. Der Sergeant war zu seinem Begleiter an die Tür zurückgegangen und blieb dort wartend stehen.

»Tut mir leid, Jungens«, sagte Bennett halblaut zu der Tischrunde. »Hätte euch gern noch den Rest vorgesungen. Sieht aber so aus, als müßte ich erst die Japse fertigmachen. Wiedersehen, bis nach dem Krieg.«

Er lachte ihnen vergnügt zu, zog seine rutschende Hose hoch, und dann schob er sich an den beiden Sergeanten der Militärpolizei vorbei, die er um Haupteslänge überragte. Draußen schubste er sich den Hut ins Genick und machte sich davon.

Die »Osaka«, einer der neuen, schweren Kreuzer der japanischen Kriegsmarine, lag wenige Meilen vor der Nordostküste Malayas. Bis vor ein paar Minuten hatten ihre Geschütze Granaten landeinwärts geschickt. Nun war das Feuer eingestellt worden. Die Landungsboote, vollgestopft mit Soldaten, preschten auf die Küste zu. Die ersten waren bereits auf dem Sandstreifen südlich von Kota Bharu aufgelaufen. Ihre Rampen fielen herab und gaben den Truppen den Weg frei.

Dort am Strand war die Nacht vom Schein der Feuer erhellt. Die Granaten hatten Holzlager in Brand gesetzt. Dazwischen verbrannten ein paar niedrige Hütten, von denen man nicht wußte, ob Einheimische in ihnen gewohnt hatten oder ob sie von den Engländern zur Tarnung ihrer Verteidigungsanlagen errichtet worden waren. Das alles spielte auch kaum eine Rolle, denn in ein paar Stunden würde diese lächerliche Küstenbefestigung ohnehin vergessen sein. Es gab keine Festung, die der angreifenden Armee Seiner Majestät des Kaisers von Japan standhalten konnte, so hieß es im Tagesbefehl der Truppen.

Auf der Kommandobrücke der »Osaka« stand ein mittelgroßer, untersetzter Major, der durch sein Nachtglas die Landung der Truppen aufmerksam verfolgte. Major Kumara hatte nichts mit der Besatzung des Schiffes zu tun, er gehörte auch nicht zu den Landungstruppen, die nun die Stellungen der Engländer überrannten. Dieser etwas unscheinbare Offizier mit dem glatthäutigen, runden Gesicht und den auffällig hervortretenden Schneidezähnen im Oberkiefer hatte noch zu warten, bis er an seine Aufgabe gehen konnte.

Unten, in einem Mannschaftsraum, saßen zwei Dutzend ausgesuchte Sergeanten, die in den ersten Tagen an Land vorerst seine ganze Streitmacht darstellten. Sie waren Spezialisten auf ihrem Gebiet, hatten eine vorzügliche Ausbildung hinter sich und waren die Vorausabteilung jener Truppe, die nach der Besetzung über Ruhe und Ordnung im Lande zu wachen haben würde. Major Kumara, der noch nicht ganz vierzig Jahre alt war, befehligte die erste Gruppe der Kempeitai, die in Malaya an Land gehen würde, sobald der Kampf am Strand entschieden und die Einnahme der Stadt gesichert war.

Die Kempeitai, Japans Geheimdienst, hatte seine eigenen Truppen und spezielle Dienstvorschriften. Wen die Kempeitai inhaftierte, dem konnte kein Rechtsanwalt, kein Gericht mehr helfen, er verschwand spurlos, oder er kam nach langer Zeit zurück, als gebrochener Mensch, sich ängstlich sträubend, auch nur ein Wort über seine Erlebnisse verlauten zu lassen. Aber nur selten kam einer zurück, den die Kempeitai geholt hatte. Die führenden Offiziere dieser Polizeitruppe hatten die Methoden der Gestapo des faschistischen Deutschlands eingehend studiert. Es bestand kein wesentlicher Unterschied zwischen den beiden Einrichtungen.

Für Malaya standen der Kempeitai ganz besondere Aufgaben bevor. Es war nach China das erste Land, in dem Japan als Besatzungsmacht auftrat. Und in Malaya lebten viele Chinesen. Das Land war unübersichtlich; auch nach Beendigung der Kampfhandlungen war Widerstand zu erwarten. Bei der Kempeitai machte man sich keine Illusionen über die Wirkung des Schlagwortes von der Prosperität auf eine Bevölkerung, die vorwiegend aus Chinesen bestand. Die Chinesen waren für ihren hartnäckigen Kampf gegen alle Versuche Japans, sich ihr Land anzueignen, mehr als bekannt. Nun gut, die Kempeitai war nicht nach Malaya gekommen, um Milde zu üben. Ihr Programm hieß Terror. Und mit Terror würde die Bevölkerung dieses Landes, an dessen Küste nun der Kampf entbrannt war, vom ersten Tag ab so eingeschüchtert werden, daß sie jeden Gedanken an Widerstand aus Angst vor der drohenden Strafe aufgab.

Kumara sah durch sein Glas die zweite Welle der Truppen an Land gehen. Die erste Welle war bereits über den schmalen Strand in die dahinterliegende, buschbewachsene Zone eingedrungen. Dort mußten die Befestigungen der Engländer liegen. Lange zuvor hatten Aufklärungsflugzeuge die Gegend fotografiert, und die Aufnahmen hatten gezeigt, daß die Engländer nur zwei Linien mit Schützenlöchern hatten. Die Artillerie verfügte über ziemlich veraltete Feldgeschütze. Der wuchtige Feuerschlag der Schiffsgeschütze würde sie so gut wie ausgeschaltet haben.

Die zweite Welle brachte bereits leichte Panzer und andere Motorfahrzeuge an Land. Sie spuckte die Batterien der Granatwerfer auf den Strand, dazu Munition, Ausrüstung und Fahrräder, kleine, zerlegbare Fahrräder, zu Tausenden. Im Blickfeld des Fernglases waren auf dem Strand die Toten und Verletzten zu erkennen – ein Zeichen dafür, daß die Sturmtruppen die ersten Schritte im fremden Land doch nicht ohne Widerstand getan hatten.

Das ist der Tag, dachte Kumara, unser Tag, auf den wir gewartet und hingearbeitet haben, den wir geplant und vorbereitet haben, mit allen Mitteln. Nun ist er gekommen. Die Sonne, die an diesem Tag scheint, wird die rote Sonne Nippons sein. Jahrzehnte der Vorarbeit sind diesem Sonnenaufgang vorausgegangen, der den Beginn einer neuen Ära in Asien ankündigt, den Beginn der japanischen Vorherrschaft über die Inseln im Pazifik und über die kleinen Nationen des Festlandes. Der Siegeszug Nippons beginnt. Er wird China einschließen, endgültig, Burma, Indien, und er wird vielleicht auch dort noch nicht enden.

Stunden zuvor hatte Kumara die Nachricht vom Bombardement auf Pearl Harbor empfangen. Sie hatte ihn mit tiefster Befriedigung erfüllt. Wo Nippon hinschlug, gab es keine Chance mehr für die Yankees.

Das alles hatte eine lange Vorgeschichte. Die Aggression, zu der Japan an diesem Morgen in großem Stil ansetzte, war nicht das Ergebnis einer Politik weniger Jahre. Die Wurzeln reichten weit zurück. Ein halbes Jahrhundert war vergangen, seit Kaiser Meiji das Inselreich Nippon regiert hatte. Schon er hatte ein Programm der Eroberung aufgestellt, das nicht nur er selbst konsequent in die Tat umsetzte, sondern das auch von seinen Nachfolgern betrieben und vervollkommnet wurde. Im Rahmen dieser Politik hatte Japan bereits 1894 China angegriffen und die Insel Formosa (Taiwan) geraubt. Der Russisch-Japanische Krieg hatte Japan 1904 Sachalin eingebracht. Außerdem nisteten die Eroberer sich auf dem Festland ein, in Port Arthur. Fünf Jahre später besetzten sie Korea. Nach weiteren fünf Jahren steckten sie die deutschen Kolonien Kiaotschao und Tsingtao ein, und der Vertrag von Versailles brachte die deutschen Kolonien auf den Marshallinseln und den Karolinen hinzu.

1929 überreichte der Baron Tanaka, General der Armee und Ministerpräsident, dem Kaiser sein berüchtigtes »Tanaka-Memorial«, den Plan zur Eroberung der halben Welt durch die japanische Armee innerhalb der nächsten Generation.

Das Dokument, das sich in Stil und Absicht nur unwesentlich von Hitlers »Mein Kampf« unterschied, enthielt als Kernstück die Legende vom Mangel an Lebensraum für das japanische Volk. Darauf beruhten die Detailforderungen: zuerst China erobern, dann Südostasien, dann Indien, Australien. Danach den Mittleren Osten.

Tanaka hatte in seinem räuberischen Programm jede Einzelheit geplant: Um China zu erobern, müssen wir zuerst die Mandschurei und die äußere Mongolei in Besitz nehmen. Diese Gebiete sind unsere Basis, um das übrige China zu durchdringen. Wenn das gelungen ist, werden die anderen Nationen in Asien und der Südsee uns fürchten und vor uns kapitulieren. Die Welt wird begreifen, daß Ostasien in unserer Hand ist, und niemand wird es wagen, unsere Rechte zu verletzen. Mit all den Reserven, die uns dann zur Verfügung stehen, können wir zur Eroberung Indiens schreiten; danach können wir uns Kleinasien, Zentralasien und sogar Europa zuwenden. Wieviel von diesem glorreichen Plan ist bereits in die Tat umgesetzt worden, überlegte Kumara. Wieviel haben wir schon geschafft!

In den dreißiger Jahren hatte sich Japans Industrieerzeugung verdoppelt, sein Schrei nach neuen Märkten für den Absatz seiner Produkte war lauter geworden. Die USA hatten Erdöl und Schrott in großen Mengen an das Inselreich geliefert. Sie halfen damit beim Aufbau einer zur Eroberung der Welt bestimmten Armee, und am Tage vor Pearl Harbor schrieben nicht wenige japanische Piloten auf die Bomben, die für die amerikanischen Schiffe bestimmt waren: »Mit Dank zurück, Yankee!«

In Deutschland hatte Japan einen maßgerechten Verbündeten gefunden, ebenso in Italien. Die faschistischen Räuber schlossen Abkommen und verteilten ihre Rollen bei der Eroberung der Welt. Über die genaue Aufteilung würde später zu sprechen sein. Mittlerweile tankten deutsche U-Boote in japanischen Häfen, und Dutzende von Flugzeugtechnikern aus Deutschland bauten in Japan Kriegsflugzeuge nach deutschen Mustern.

Kumara setzte das Fernglas ab. In diesem Augenblick begannen die Schiffsgeschütze erneut zu feuern. Funksprüche vom Strand wiesen ihnen weiter landeinwärts gelegene Ziele an. Ein Melder überbrachte Kumara die erste Nachricht über den Fortgang der Kämpfe. Die Küstenstellungen der Engländer waren überrannt. Die Armee stieß in drei Richtungen vor: auf Kota Bharu zu, westwärts und südwärts.

Der Major verzog sein Gesicht zu einem Lächeln. Südwärts lag Singapore, der »Löwe des Südens«. Wir werden ihm die Zähne ausbrechen! Er wandte sich ab und stieg über die Treppe an Deck. Pulverdampf hing in der Luft, die Abschüsse der Schiffsartillerie ließen den Kreuzer erzittern. Aus den Rohren schlugen gelbe Abschußflammen. Von Land kam kein Artilleriefeuer mehr zurück. Die Engländer hatten jetzt Sorge, sich vor den angreifenden Truppen in Sicherheit zu bringen.

Kumara blickte zur Küste hinüber. Er sah auf die Uhr. Seit Beginn der Landeoperationen war eine knappe Stunde vergangen. An vielen Stellen loderten Brände. Schwarze Qualmwolken zeigten an, daß dort Fahrzeuge brannten und Benzintanks. Plötzlich waren Flugzeuge in der Luft. Am Klang ihrer Motoren erkannte Kumara, daß es japanische »Zeros« waren, schnelle, wendige Jagdflugzeuge, die von Flugplätzen im Süden Thailands aufgestiegen waren und sich nun mit ihren Maschinengewehren und Bordkanonen auf den fliehenden Feind stürzten. Die dritte Welle der Landungstruppen ging an Land, Reserven, Munition, Fahrzeuge, weitere Panzer.

Mit einer Handbewegung beorderte Kumara den Melder zu sich und trug ihm auf: »Fertigmachen zur Landung! In zehn Minuten steht alles an Deck, und die Boote sind bereit!«

Der Melder eilte davon. Indessen stieg Kumara noch einmal auf die Brücke und verabschiedete sich vom Kapitän des Schiffes. Als er wieder an Deck auftauchte, standen die Soldaten bereits angetreten. Es waren gut genährte, in neue Khakiuniformen gekleidete Männer. Ihre Waffen blitzten im Mündungsfeuer der Schiffsgeschütze.

»Soldaten der Kempeitai!« rief Kumara ihnen zu. »Unsere Stunde ist gekommen. Der erste, glorreiche Sieg ist errungen. Wir haben ihn zu sichern. Es sind Gefangene gemacht worden, die auf uns warten. Bis zum Morgengrauen wird Kota Bharu uns gehören. In die Boote! Für Seine Majestät den Kaiser und das siegreiche Nippon – Banzai!«

Die Männer wiederholten mit rauhen Kehlen den Schlachtruf. Minuten später stießen die für sie bereitgehaltenen Landungsboote ab und preschten mit schäumender Bugwelle auf die Küste zu.

Kumara sah das Land auf sich zukommen. Zerwühlter Sand, zerfetzte Palmen, brennende Hütten, zerschlagenes Kriegsmaterial und die Körper der Gefallenen. Malaya! Die erste Station! Er rief sich ins Gedächtnis zurück, was General Tomoyuki Yamashita, der Kommandeur der hier eingesetzten Truppen, ihm eingeschärft hatte: »Wir kommen als Eroberer nach Malaya, und die Leute müssen das merken. Entweder sie arbeiten für uns – oder wir vernichten sie. Sie haben nur die Wahl. Wir sind rücksichtslos und kennen keine Gnade. Ein Weltreich errichtet man nicht mit Nachgiebigkeit, sondern mit Terror. Reden Sie nicht viel, Major Kumara, lassen Sie die Waffen sprechen.«

Als er an Land sprang und den weichen Sand unter den Sohlen seiner braunen Lederstiefel spürte, packte ihn ein Gefühl grenzenloser Überlegenheit. Hier kommen wir, dachte er. Und hier kommt die neue Ordnung, die wir errichten. Es wird eine Ordnung sein, die auf Furcht basiert, auf der nackten, jämmerlichen Angst um das bißchen Leben. Wir werden dafür sorgen.

Das Gefängnis von Kota Bharu lag hinter den hohen Mauern, die den ganzen Komplex der Polizeikaserne von den umliegenden Gebäuden abschlossen. Es war nur ein einstöckiges, aus dicken Quadersteinen gemauertes Haus, aber es bot Raum für etwa hundert Gefangene. Rechts und links des breiten Mittelganges lagen die Zellen. Sie waren mit Türen aus zolldicken Eisenstäben verschlossen und glichen düsteren Käfigen. Wie immer in den letzten Jahren waren sie überfüllt. Jede einzelne war mit zwei bis drei Dutzend Häftlingen belegt, die so eng nebeneinander saßen und lagen, daß sie sich kaum bewegen konnten. Schweißgeruch und der Gestank der Exkremente in den großen, offenen Kübeln erfüllten die stickige Luft. Ungeziefer aller Art plagte die Insassen. Die wenigen Wärter vermieden es ängstlich, den Gittertüren zu nahe zu kommen. Sie begnügten sich damit, im Gang auf und ab zu gehen und gelegentlich dort die Ruhe wiederherzustellen, wo ein Streit ausgebrochen war. Dazu benutzten sie ihre langen Stöcke aus Rattanholz, deren Schläge schmerzhafte Schwellungen und nicht selten Knochenbrüche verursachten.

Ting Wu saß in einer der mittleren Zellen. Er war jetzt länger als ein halbes Jahr in diesem Gefängnis, und niemand hatte bisher mit einem Wort davon gesprochen, daß es eine Gerichtsverhandlung geben würde. Im Büro der Hafenverwaltung war er zusammen mit fünf anderen verhaftet worden, als sie eine Eingabe vorbrachten, in der sie fünfzig neue, je einen halben Quadratmeter große Fetzen Sackleinwand für die Lastenträger forderten, deren Haut an den Schultern von den Holzkisten durchgescheuert war. Hunderte solcher schwerer Kisten hatten die Männer täglich auf die Schiffe zu schleppen. Ihre Rücken waren blutig und eiterten. Die Fliegen hockten auf den Wunden. Aber der Boß hatte die Polizei angerufen und den uniformierten Beamten erklärt, daß Ting Wu als kommunistischer Aufrührer bekannt sei. Er nütze diese Gelegenheit nur aus, um Unruhe zu stiften. Seit jenem Tage war Ting Wu Gefangener. Seine fünf Genossen waren auf die anderen Zellen verteilt. Mit ihm zusammen waren in dem kahlen Raum zwei Dutzend andere Chinesen und Malaien eingepfercht. Es gab ein paar Taschendiebe unter ihnen, einen betrügerischen Händler und Einbrecher. Die meisten aber waren auf die eine oder andere Art mit den Kolonialbehörden in Konflikt geraten. Da waren Männer, die dagegen protestiert hatten, daß ihre Hütten abgerissen wurden, um einem neuen Öltank Platz zu machen. Andere waren auf den Verdacht hin aufgegriffen worden, konspirativ gegen die Kolonialregierung zu arbeiten, wieder andere waren wegen unbotmäßiger Äußerungen gegenüber der Polizei festgenommen worden. Keiner wußte, wie lange er noch in diesem stinkenden Käfig aus feuchten Mauern und Eisengittern würde zubringen müssen. Man gab ihnen einmal am Tag eine Schale kalten, in Wasser gekochten Reis und früh und abends eine Schale nach Chlor riechendes Wasser. Die Männer waren ungewaschen und unrasiert, ihre Kleidung war schmutzig und zerrissen. Manche hatten unter Geschwüren zu leiden, und zuweilen kam es vor, daß morgens einer auf dem Steinfußboden liegenblieb, unfähig, sich zu erheben.

Seit Ting Wu in der Zelle lebte, hatte er acht von seinen Mitgefangenen sterben sehen. Er selbst zählte zwar nicht zu den Schwächsten – er war ein kräftiger, gesunder Hafenarbeiter, der an knappe Mahlzeiten gewöhnt war –, trotzdem merkte auch er nach der langen Haftzeit bereits, wie es ihm früh immer schwerer wurde, sich zu erheben. Zuweilen flimmerte es vor seinen Augen, wenn er aufstand. Er benutzte die ruhigen Stunden des Tages, um alle Glieder regelmäßig zu bewegen und auf diese Weise die alte Elastizität seines Körpers so lange wie möglich zu erhalten. Aber wer konnte wissen, wie viele Monate die Engländer ihn noch in diesem Käfig eingesperrt halten würden?

Er hörte neben sich die Stimme Abu Bakkars, eines malaiischen Wasserträgers, von dem er wußte, daß er seit Jahren der Kommunistischen Partei im Nordviertel der Stadt angehörte. »Hörst du, wie sie schreien?«

Ting Wu nickte. Es war Nacht, und der Morgen konnte nicht fern sein. Sie waren vor Stunden durch den Lärm von Kanonen aus dem Schlaf geschreckt worden. Die Wärter hatten alle Lichter gelöscht und strenge Strafen für jegliches Geräusch angedroht. Dann waren sie verschwunden. Der Geschützdonner und das Krachen der Einschläge waren geblieben. Nun gab es Geschrei im Hof des Polizeigebäudes, und die Detonationen waren lauter geworden, näher gekommen.

»Die langnasigen Ferkel lassen uns hier verrecken«, knurrte Abu Bakkar. Er war jünger als Ting Wu und hatte nicht die gleichmütige Gelassenheit seines Zellengenossen. Abu Bakkar hatte einem britischen Militärposten einen Kübel Wasser ins Gesicht gegossen, nachdem der Mann mit dem Inhalt des anderen Kübels, den der Malaie trug, den Kühler seines Autos nachgefüllt und keinen Cent dafür bezahlt hatte. Er war ein temperamentvoller Bursche, der sich vor niemandem fürchtete, weil er nichts zu verlieren hatte.

»Das ist der Krieg«, sagte Ting Wu leise. »Es ist so gekommen, wie wir es vorausgesehen haben. Die Japaner werden die Engländer verjagen, und danach werden wir die Hölle im eigenen Land haben.«

Draußen war das Geräusch von Automotoren. Tore wurden kreischend aufgeschoben. Aber im langen Gang des Gefängnisbaues zeigte sich immer noch niemand.

»Ich würde ein Jahr lang unentgeltlich Wasser schleppen, wenn ich nicht ausgerechnet jetzt in diesem Käfig sitzen müßte«, brummte Bakkar mürrisch. Er versuchte, auf der anderen Seite des Ganges etwas zu erkennen, aber dort waren auch nur Zellen, eine so dunkel wie die andere, eine so vollgestopft und stinkend wie die andere. Hier und dort preßten sich Gesichter an die Eisenstäbe der Türen. Plötzlich erschütterte eine Detonation das Gebäude. Es war ein kurzer, harter Schlag, dem ein Grollen folgte, als wenn Mauerwerk zusammenstürzte. Das Geräusch der Automotoren verlor sich.

»Sie lassen uns verrecken!« brüllte Abu Bakkar plötzlich in die zähe Dunkelheit. Er sprang auf und zerrte mit den Fäusten an den Gitterstäben. Aus den anderen Zellen kamen Stimmen. Es war, als habe der Wasserträger den Bann des Schweigens gebrochen. »Sie lassen uns hier von den Japanern zusammenschießen! Schreit um Hilfe, Leute!«

Sekunden später gab es kaum einen Gefangenen, der nicht aus vollem Halse um Hilfe rief. Ting Wu überlegte, ob das Zweck hatte. Auf jeden Fall würde sich herausstellen, ob es im ganzen Gefängnisbau noch einen Wärter gab. Während der Lärm anschwoll und immer neue, näher liegende Granateinschläge das Gemäuer erzittern ließen, wurde es zur Gewißheit, daß die Aufseher den Bau verlassen hatten.

Das Schreien der Gefangenen brach nach einer Weile ab. Die Männer wußten, daß die dicken Mauern den Lärm nicht nach außen dringen ließen.

Ting Wu arbeitete sich zwischen den anderen Gefangenen bis zur Tür durch. Es müßte doch möglich sein, mit vereinten Kräften das Schloß zu sprengen. Aber schon nach dem ersten Versuch merkte er, daß es zu stark und solide gearbeitet war. In der ganzen Zelle gab es kein Werkzeug, das man hätte ansetzen können. Ting Wu rüttelte an der Tür, aber sie bewegte sich nicht.

Neben ihm fluchte Abu Bakkar: »Nichts als seine eigenen Zähne und Krallen hat man! Gibt es denn im ganzen Bau keinen Einbrecher, der weiß, wie man mit diesem Ding da fertig wird?«

Einer brachte seine Brille und bog das Gestell zu einem Haken, aber es gelang ihm nicht, den schweren Riegel damit zu bewegen. Resigniert setzte er die verbogene Brille wieder auf. In diesem Augenblick flog die Holztür am Ende des Ganges krachend aus den Angeln. Draußen zuckte das grelle Licht eines Granateinschlages, der mitten auf dem Gefängnishof lag. Der Luftdruck wirbelte Steine und Sand in den Gang. Nach ein paar Sekunden hatten die Gefangenen den Schreck überwunden, und sie riefen erneut um Hilfe. Nun konnten sie durch den Eingang zum Hof sehen, daß Brände die Nacht erhellten. Plötzlich spürte Ting Wu die Hand Abu Bakkars auf seiner Schulter. »Hörst du?«

Ting Wu lauschte. Ein tiefes Brummen war vernehmbar, das von Sekunde zu Sekunde stärker wurde.

»Flieger!« schrie Bakkar. »Es müssen viele sein. Die Götter seien uns gnädig, die chinesischen und die malaiischen und die indischen.«

In das Krachen der Einschläge und das Gebrumm der Motoren schnitt plötzlich das hohle Pfeifen und Gurgeln der Bomben. Stichflammen zuckten hochauf. Abu Bakkar rüttelte voll ohnmächtiger Wut an den Eisenstäben. Das Schreien und Wimmern der Gefangenen brach nicht mehr ab. Manche verkrochen sich in die entferntesten Winkel der Zellen, andere bereiteten sich fatalistisch darauf vor, in den nächsten Sekunden zu sterben.

Es war Ting Wu, der die Gestalten zuerst entdeckte, die den Hof überquerten. Sie sprangen geduckt auf den Gefängnisbau zu und huschten in den Gang. Im Feuerschein eines Bombeneinschlages erkannte Ting Wu das Gesicht Kee Wons, eines seiner Genossen vom Hafen. Er wollte schreien, sich bemerkbar machen, aber seine Kehle war wie zugeschnürt. Die Männer verloren keine Sekunde. Sie trugen schwere Brecheisen in den Fäusten und setzten sie an den Schlössern der Zellentüren an. Während draußen eine neue Welle von Bombern anflog, zerbrachen die Türschlösser, und die Gittertüren schwangen auf. Ting Wu torkelte auf den Gang hinaus und umarmte Kee Won, der ihn schnell zur Seite schob und keuchte: »Später, Bruderherz, später. Hilf uns, wenn du kannst!« Er setzte sein Brecheisen an der nächsten Tür an, und Ting Wu stemmte sich mit aller Kraft gegen den Stahl, bis auch dieses Schloß zersprang, dann ein nächstes und noch eins.

»Hört zu, Leute!« rief Kee Won in den lärmenden Trubel auf dem Gang. »Wir haben euch befreit, und ihr könnt gehen. Aber draußen regnet es Bomben. Duckt euch!«

Er sah, daß seine Helfer inzwischen sämtliche Türen geöffnet hatten. Schnell stieg er auf einen Schemel, der am Ende des Ganges stand, und rief: »Die meisten von euch sind anständige Leute. Ihretwegen sind wir gekommen. Den Dieben und Gaunern aber gebe ich den Rat, sich zu bessern, sonst werden sie bald wieder hinter Gittern sitzen!«

Er sprang hinunter. Die Männer umdrängten ihn, wollten ihm die Hände schütteln, ihm danken. Einzelne Gefangene liefen bereits über den Hof, auf die Lücken in der Mauer zu, die von den Granaten gerissen worden waren.

»Kommt, Brüder!« rief Kee Won denen zu, die er als Genossen kannte und die sich um Ting Wu geschart hatten. »Die Japaner sind bereits auf dem Marsch in die Stadt. Kein Engländer ist mehr zu sehen. Wir müssen uns beeilen.«

Mit ohrenbetäubendem Heulen fuhr eine Bombe in das Gebäude der Polizeiverwaltung. Mauerwerk flog umher. Hinter den zerbrochenen Fenstern zuckten Brände auf.

Ting Wu hatte den Hof zur Hälfte überquert, als die nächste Bombe in das Gefängnis schlug. Der Luftdruck warf ihn zu Boden. Splitter und Steine schwirrten durch die Luft. Neben Ting Wu stürzte Abu Bakkar und erhob sich schauerlich fluchend wieder. Sein Gesicht war blutüberströmt, aber er schien nur eine oberflächliche Verletzung zu haben, denn er lief weiter. Kee Won tauchte plötzlich auf und rief Ting Wu zu: »Wir sammeln uns hinter der Mauer!« Er war groß und hager, hatte ein schmutziges Handtuch um den Kopf gebunden, und er lief mit Riesenschritten, sich immer wieder hinwerfend, wenn in der Nähe ein Geschoß einschlug.

Keuchend kam Ting Wu schließlich an der Mauer an. Sie war an vielen Stellen geborsten. Die Straße dahinter war von Bränden erhellt. Erschöpft ließ Ting Wu sich zu Boden sinken. Nach und nach sammelten sich die anderen um ihn und Kee Won.

Abu Bakkar wischte mit einem Tuchfetzen das Blut aus den Augen. An seiner Stirn war die Haut aufgerissen. Er legte den Fetzen über die Wunde und blickte sich wütend nach der Stadt um.

Immer noch rasten die Flugzeuge mit den roten Punkten auf den Tragflächen über das Chaos. Bomben torkelten herab, feurige Perlenschnüre von Leuchtspurgeschossen zischten zur Erde.

»Danke«, sagte Ting Wu zu Kee Won. »Ihr kamt in der letzten Minute. Was tun wir nun?«

Der hagere Mann mit dem Handtuch um den Kopf winkte die anderen näher zu sich. Er kannte sie fast alle. Sie waren von der Kolonialpolizei entweder festgenommen worden, weil sie Kommunisten waren oder weil sie auf irgendeine Art das Mißfallen der weißen Herren erregt hatten.

»Die Diebe haben sich davongemacht«, sagte Kee Won. »Jetzt haben wir zu beraten, Brüder. Vor einer halben Stunde ist mein Schwager mit einem Fahrrad von dort gekommen, wo die Japaner gelandet sind. Seine Familie lebt nicht mehr. Die Engländer haben sich vor den Japanern zurückgezogen, und die Japaner haben sich auf die Hütten gestürzt. Sie haben gewütet wie Barbaren. Jeden, der ihnen in den Weg kam, erstachen sie mit ihren Bajonetten; Männer, Frauen und Kinder. Sie werden in der Stadt nicht anders hausen. Für uns gibt es keinen Schutz mehr, wir müssen uns selbst schützen. Was aus Malaya wird, hängt jetzt von Männern wie uns ab. Die Partei hat beschlossen, den Widerstand gegen die Japaner zu organisieren. Es sind Genossen ausgesucht worden, die in den Städten verbleiben. Wir übrigen werden in den Dschungel gehen. Wir werden uns Waffen besorgen und kämpfen. Die Engländer sind nicht unsere Freunde. Aber die Japaner tragen den Krieg ins Land, sie gilt es zu schlagen.

Danach werden wir mit den Engländern über die Zukunft Malayas verhandeln. Das ist der Beschluß der Partei. Und nun lauft zu euren Frauen. Sprecht mit ihnen und nehmt Abschied. Wir treffen uns in einer Stunde am Nordrand der Stadt, in dem Bambuswäldchen am Fluß. Eilt, Genossen! Die Zeit ist knapp!«

Er sah sich im Kreis um. Die Männer nickten oder waren stumm, nachdenklich. Aus dem Hintergrund rief Abu Bakkar: »Ich habe keine Frau, ich gehe gleich mit dir.«

»Ich auch«, schloß sich Ting Wu an. Er hatte heiraten wollen, aber das Mädchen war vor ein paar Monaten an Tuberkulose gestorben.

Schnell zerstreuten sich die anderen. Sie tauchten zwischen den zerstörten Gebäuden in die Dunkelheit. Als nur noch wenige zurückgeblieben waren, mahnte Kee Won zum Aufbruch. »Die Engländer haben unten am Hafen ein Depot mit Waffen gesprengt. Aber es ist nicht alles in die Luft geflogen. Kommt mit und helft, dort Waffen zu bergen. Wir werden sie brauchen.«

Er ging ihnen voran, und sie folgten ihm in kurzen Abständen. Abu Bakkar fluchte, weil die Wunde nicht aufhören wollte zu bluten. Schließlich gab ihm Kee Won sein Handtuch, und der Malaie wickelte es sich um die verletzte Stirn.

»Wir müssen in den Wäldern sein, bevor die Japaner die Stadt besetzen. Danach wird es kein Entkommen mehr geben«, sagte Kee Won.

»Der Dschungel ist grausam«, meinte Abu Bakkar. »Ich habe einmal ein Stück für eine Plantage gerodet. Wir werden es schwer haben.«

»Die Japaner auch«, antwortete Kee Won lakonisch. »Und wir werden sehen, wer es länger aushält. Wir werden überall und nirgends sein und sie schlagen. Kein anderer wird es für uns tun, denn die Engländer sind nicht in der Lage dazu. Und es ist schließlich unser Land. Es gehört weder den Japanern noch den Engländern.«

»Brinjals«, knurrte Abu Bakkar verächtlich, »kleine, gelbe Brinjals aus Nippon. Sie werden nach ihren Göttern schreien, bald.«

Das Depot am Hafen war in aller Eile gesprengt worden. Offenbar hatte der Sprengtrupp es aber vorgezogen, nicht abzuwarten, ob sein Werk auch gelungen war, denn die Wände standen noch; auch das Dach war nur zum Teil zerstört. Als die Männer über die Trümmer stiegen, bedauerte jeder von ihnen, daß er zuvor keine Möglichkeit gehabt hatte, sich mit Waffen vertraut zu machen.

Als einziger schien Ting Wu etwas davon zu verstehen. Er stieg zwischen den Bergen von Infanteriegewehren herum und suchte brauchbare Stücke heraus, er reichte den anderen Männern Pistolen und Maschinenpistolen, die durch die Sprengung nicht gelitten hatten, und er prüfte sorgfältig, welche Munition die einzelnen Modelle brauchten.

Bald türmte sich vor dem Depot ein Haufen neuer Waffen. Ting Wu hatte inzwischen Kästen mit Handgranaten ausfindig gemacht. Vor langer Zeit hatte er einmal eine Gruppe Engländer mit einem Boot zum Fischen gefahren. Sie hatten Handgranaten benutzt, um Fische zu töten, und Ting Wu hatte nicht vergessen, wie sie die Granaten einzeln mit Zündkapseln versehen und bereitgemacht hatten. Nun suchte er so lange, bis er Granaten und Zünder beisammen hatte; dann zog er noch Tragetaschen, Magazine und Zeltplanen aus den halb zusammengebrochenen Regalen.

Kee Won blieb bei ihm stehen und überlegte: »Das ist sehr viel Zeug, Bruder. Wer soll es tragen?«

»Wir«, antwortete Ting Wu bestimmt. »Wer weiß, wann wir wieder solche Dinge bekommen. Wir können ein paar Rikschas suchen und alles erst einmal in den Dschungel schaffen. Von dort kann man es später holen.«

Er hat recht, dachte Kee Won. Man muß soviel nehmen, wie man findet. Schnell entschlossen lief er hinaus und schickte ein paar von den Männern auf die Suche nach Fahrzeugen. Sie brauchten nur kurze Zeit, denn zwischen den Trümmern der Hafenanlagen fanden sich genügend zweirädrige Karren und Transportwagen. Bald waren sie mit Waffen beladen. Die Männer holten Lederriemen aus dem Depot und schnallten alles fest.

»Damit fahren wir bis Singapore«, meinte einer lachend.

Ting Wu ließ die Konserven und den Whisky der Engländer unberührt. Diese Dinge waren weniger wichtig. Aber er suchte Ferngläser und Zielfernrohre heraus, Kompasse und ein paar leichte Maschinengewehre. Er ließ Sprengladungen auf die Wagen hinaustragen, obwohl er nicht genau wußte, wie man sie zur Detonation brachte. Kee Won war mit ihm einig, daß man das später untersuchen und lernen konnte.

»Ich hoffe nur«, sagte der große, hagere Mann, »daß es im ganzen Land genug Leute wie uns gibt, die jetzt an die Zukunft denken.«

Ting Wu reichte ihm eine Leuchtpistole und einen Kasten Munition von einem Regal herunter. Er erwiderte: »Es gibt nicht nur in Kota Bharu Kommunisten. Haben wir noch Zeit?«

»Nicht viel«, warnte ihn Kee Won.

Der Beschuß hielt immer noch an. Solange die Japaner mit ihren Schiffsgeschützen in die Stadt feuerten, würden sie nicht einmarschieren.

»Da nebenan ist ein Raum voller Medikamente«, erklärte Ting Wu. »Wir werden sie auch brauchen.«

Kee Won nickte nur stumm und folgte ihm. Es war erstaunlich, mit welcher Umsicht Ting Wu zu Werke ging. Er war der alte geblieben, derselbe besonnene, furchtlose Ting Wu, dem Kee Won oft gelauscht hatte, wenn er zu den Genossen sprach. Das Gefängnis hatte ihn schmal und blaß gemacht, aber es hatte seinen Geist nicht brechen können. Für Kee Won gab es keine größere Freude, als gerade mit Ting Wu, den er selbst aus dem Gefängnis geholt hatte, zusammen den Kampf aufzunehmen.

»Hier«, sagte Ting Wu, »das ist Verbandzeug. Der erste von uns braucht das schon, Abu Bakkar.«

Er suchte Kartons mit Mullbinden und Pflaster heraus, Päckchen mit Chinintabletten und Jod. Alles, was ihm nützlich erschien, reichte er Kee Won, und der gab es an die anderen Männer weiter, die es draußen auf den Fahrzeugen verstauten. Sie zogen

Zeltplanen über die Ladung und banden sie fest. Als Ting Wu endlich mit Kee Won draußen erschien, war alles zur Abfahrt bereit.

Auf dem Wasser im Hafen brannten die Boote, die von den japanischen Fliegern in Brand geschossen worden waren. Und immer noch schlugen Granaten in die Stadt.

»Los!« rief Kee Won. »Wir dürfen die anderen nicht warten lassen.«

Der seltsame Zug setzte sich in Bewegung. Aus den niedrigen Bauten am Rande der Straße quollen Rauchwolken. Brände leuchteten zwischen Trümmern. Hier und da hockten verängstigte Menschen in einem Winkel. Leichen lagen in verkrümmten Stellungen am Straßenrand. Es gab für die Bewohner der Stadt keine Schutzmöglichkeiten. Die meisten Häuser besaßen keine Keller. So wurden die Menschen unter den Trümmern begraben, verbrannten in den Flammen, die schnell aus den leichten Holzbauten schossen.

Erst jetzt kam Ting Wu so recht zum Bewußtsein, daß er frei war. Seit Monaten hatte er die Stadt nicht gesehen. Nun war sie in Flammen und Rauch gehüllt und bot ein grauenerweckendes Bild. Die Ereignisse der letzten Stunden waren so schnell aufeinandergefolgt, daß Ting Wu Mühe hatte, sich alles noch einmal ins Gedächtnis zu rufen. Innerhalb dieser Stunden fiel die Macht der britischen Kolonialherren wie ein Kartenhaus zusammen, die Eroberer aus Nippon hatten das Land betreten, und ihr Weg war von Trümmern und Leichen markiert. So schnell stürzen Welten, dachte Ting Wu. Er schob an einem der drei schwer beladenen Wagen. Neben ihm keuchten die anderen. Kee Won führte den Zug an. Wie Ting Wu kannte er jeden Fußbreit Boden in der Stadt. Er war hier aufgewachsen, und er hatte mit Ting Wu zusammen im Hafen gearbeitet. Vor einigen Jahren war er in die Partei aufgenommen worden. Ting Wu hatte damals den Vorsitz in der Versammlung geführt, die Kee Wons Aufnahme beschloß. Die beiden Männer waren vorher Freunde gewesen, und danach war ihre Freundschaft noch enger geworden. Es war kein Zufall, daß gerade Kee Won zum Gefängnis gekommen war, um die Genossen zu befreien. Er hatte Ting Wu vertreten, nachdem dieser in die Hände der Kolonialpolizei gefallen war.

»Ob es viele sind, die auf uns warten?« Abu Bakkar sah Ting Wu fragend an, während er neben ihm am Wagen ging.

»Es werden viele kommen«, gab Ting Wu zuversichtlich zurück. »Wenn nicht heute, dann morgen, später. Tut das weh an der Stirn?«

Der Malaie schüttelte den Kopf. »Nur ein Kratzer.«

»Wir werden es nachher richtig verbinden, wenn wir aus der Stadt sind.«

»Wird kaum nötig sein«, meinte Abu Bakkar. »Meine Haut ist an Schrammen gewöhnt. Sie ist nicht so empfindlich wie die Haut der Engländer, die solche feinen Verbandpäckchen haben. Kannst du eigentlich schießen?«

»Ein wenig.«

»Aber«, sagte Abu Bakkar und wies mit einer Handbewegung zu den Waffen auf dem Wagen, »was nutzen uns dann all diese guten Sachen, wenn wir kaum wissen, wie man mit ihnen umgeht?«

»Wir werden es lernen«, gab Ting Wu zurück. »Man kann alles lernen. Oder meinst du, die Japaner wurden mit Gewehren in der Hand geboren?«

»Das nicht. Aber wer lehrt es uns?«

Sie bogen in eine Seitenstraße ein, die nach Norden führte, und Kee Won, der den ersten Wagen schob, beschleunigte das Tempo. Wieder brausten Flugzeuge in geringer Höhe über die Stadt. Sie schossen mit Maschinengewehren zwischen die Häuser, aber sie schossen aufs Geratewohl, denn über der Stadt lag eine dicke Schicht Qualm, die ihnen die Sicht nahm.

»Jeder von uns wird etwas wissen«, meinte Ting Wu. »Wir werden einander ergänzen. Es gibt keine Möglichkeit für uns, Lehrer einzukaufen, wie man Räucherstäbchen auf dem Basar ersteht. Aber wir sind nicht dümmer als andere. Wir werden ebenso lernen wie die Japaner.«

Sie zogen durch eine Geschäftsstraße. In den Läden wüteten Brände. Große Glasscheiben waren in tausend Splitter zerborsten. Ausgebrannte Autowracks standen an den Straßenrändern. Als sie schon eine weite Strecke hinter sich hatten und sich den Siedlungen im Norden näherten, flaute das Geschützfeuer von See her langsam ab.

Die Flieger blieben noch in der Luft. Ihre Maschinengewehre bellten, und die Geschosse prasselten herab. Aber das Feuer wurde immer schwächer. Südlich der Stadt war der Strand in den Händen der angreifenden Japaner. Ihre Voraustruppen setzten bereits zum Sprung auf die Randsiedlungen an. Es konnte sich nur noch um Stunden handeln, bis Kota Bharu gefallen war und die Streitmacht der Japaner ihren Vormarsch begann.

Ting Wu war total erschöpft, als er mit den anderen Männern endlich den Bambushain im Norden der Stadt erreichte. Erst jetzt spürte er, wie sehr die Haftzeit ihn geschwächt hatte. Aber es gab keine Gelegenheit, sich auszuruhen und zu erholen. Ting Wu war überrascht, als er sah, daß es fast hundert Männer waren, die sich am Rande des Wäldchens versammelt hatten. In sein Erstaunen mischte sich ein Glücksgefühl, das ihm seine eigene Erschöpfung überwinden half. Viele der Männer kannte er. Es waren Arbeiter vom Hafen, aus den Konservenfabriken, Rikschafahrer; selbst Kleinhändler, deren Bretterbuden vom Feuer der Japaner zerstört worden waren, befanden sich unter ihnen. Diejenigen, die Ting Wu kannten, begrüßten ihn freudig, hielten ihm Zigaretten hin und bestürmten ihn mit Fragen.

Während Kee Won mit ein paar Helfern die Waffen und das übrige Gerät von den klapprigen Fahrzeugen lud und aufteilte, rauchte Ting Wu im Kreise alter Freunde seine erste Zigarette nach der Befreiung. Die Männer achteten nicht darauf, daß es hell wurde. Zuerst zeigte sich am Horizont im Osten nur ein blasser, rosiger Lichtstreifen. Dann aber wurde es binnen weniger Minuten Tag.

Hier draußen, ein wenig oberhalb der Stadt, war es ruhig. Auf den Gummiplantagen standen die Bäume in Reih und Glied wie eine Legion schweigsamer Soldaten. Westwärts jedoch erhob sich die tiefgrüne, von wabernden Dunstschleiern umflorte Mauer des Dschungels. Dort stieg das Land an. Sanfte Höhenzüge wechselten mit

Schluchten und steilen Gipfeln. Das war das Reich der Riesenbäume, der Lianen und Baumfarne, der dornigen Ranken und des fauligen, vermoderten Unterholzes. Ab und zu gab es in dieser giftigen, grünen Hölle einen Fluß mit klarem, kaltem Wasser, es gab kahle Stellen, die mit mannshohem, hartem Gras bewachsen waren. Der Dschungel kannte keine Wege. Hier und da gab es Wildpfade, aber die wuchernde, strotzende Fruchtbarkeit des regengetränkten Waldes ließ sie schnell wieder zuwachsen, unsichtbar und undurchdringlich werden. Ein Mensch, der den Dschungel durchdringen wollte, hatte entweder in langwieriger Suche den Weg durch die weniger verfilzten Waldstücke zu nehmen oder sich mühsam mit dem schweren Haumesser selbst einen Pfad zu bahnen. Jeder wußte, daß der Dschungel des Menschen Feind war. Nichts Eßbares wuchs hier. Tiger und Schlangen verbargen sich unter dem Blätterdach, lauerten auf Beute. Die Luft im grünen Halbdunkel unter dem dichten Blattwerk der Bäume war feuchtheiß und stickig. Die Haut quoll auf, überzog sich mit Ausschlägen und Geschwüren. Kleine, blutsaugende Würmer setzten sich daran fest, und Moskitos tanzten in dichten Schwärmen in der faulig stinkenden Luft. Nur auf größeren Lichtungen in der Unendlichkeit des Regenwaldes lebten verstreut Menschen. Sie waren die Ureinwohner Malayas, die Stämme der Sakai. Kleine, kupferbraune Leute mit schlanken, sehnigen Körpern. Sie lebten anspruchslos, friedlich, in Gruppen von mehreren Familien, in ihren auf Pfählen hoch über dem Erdboden gebauten Häusern aus Palmenblättern, jagten mit Pfeilen und Blasrohren und fischten in den Flüssen. Um ihre Hütten herum rodeten sie ein Stück Land, düngten es mit Holzasche und bauten Trockenreis und Maniokwurzeln an, ein paar Bataten oder Mais.

Ting Wu wurde in seinen Gedanken durch Abu Bakkar unterbrochen. Mit einer Maschinenpistole in der Hand, sah er ihn unschlüssig an. Er tippte mit dem Zeigefinger auf den leicht eingefetteten Lauf der Waffe. »Sieht gut aus.«

Wenn ich nur genug Zeit hätte, mir die Waffe genau anzusehen, sie auseinanderzunehmen, dann käme ich hinter ihren Mechanismus, dachte Ting Wu. Aber wir haben jetzt keine Zeit. Wir müssen von hier fort, hinein in die Wälder, wo die Japaner uns so bald nicht suchen werden. Dort werden wir die Zeit haben, uns vorzubereiten.

»Später, Abu«, sagte er zu dem ungeduldigen Wasserträger. »Erst müssen wir an uns selbst denken.«

»Es gefällt mir nicht«, meinte der. »Die Japaner sind jetzt vielleicht schon in der Stadt, und ich weiß nicht, wie man dieses Ding auf sie abdrückt.«

»Du wirst es erfahren.« Ting Wu konnte nichts weiter tun, als ihn auf später zu vertrösten. Einer der Männer hatte ein Säckchen voll gekochten Reis mitgebracht. Er bot Ting Wu davon an, und dieser aß zum erstenmal nach langer Zeit wieder einmal so viel, daß er das Gefühl des Hungers nicht mehr spürte. Er hörte, wie der Schwager Kee Wons, der vor den Japanern geflüchtet war, den Männern erzählte, was sich abgespielt hatte. Eine Weile lauschte er still, dann fragte er den Mann: »Ist es wahr, daß sie auf die Frauen geschossen haben?«

Der Mann nickte. In seinen Augen stand noch die Verzweiflung und die Angst, die er in den letzten Stunden durchlebt hatte. »Sie schossen auf jedes Lebewesen.«

»Auch auf Kinder?«

»Für die nahmen sie die Bajonette. Als sie weiterzogen, lebte niemand mehr in den Hütten.«

Ting Wu schüttelte den Kopf. »Habt ihr Widerstand geleistet?«

»Womit?« entgegnete der Mann. Er breitete die Arme aus. »Keiner von uns hatte eine Waffe. Wir hatten uns in die dunkelsten Winkel der Hütten verkrochen, während die Kanonen schossen.«

»Und die Engländer?«

»Sie ließen eine Menge Tote zurück. Und fast alle ihre Waffen blieben da. Die Japaner steckten Handgranaten in die Geschützrohre und sprengten sie.«

Kee Won kam hinzu und setzte sich neben Ting Wu. Die anderen Männer ließen sich ebenfalls im Kreis nieder.

»Ich glaube, wir haben jetzt eine Entscheidung zu treffen. Eine Gruppe von Kämpfern braucht einen Führer.« Er wandte sich an Ting Wu: »Du bist das älteste Mitglied der Partei unter uns hier. Du kannst sogar ein wenig lesen und schreiben. Daß du kämpfen kannst, wissen wir. Während du im Gefängnis warst, haben wir uns im Stadtkomitee auf diese Situation vorbereitet. Es wurde der Vorschlag gemacht, daß du der Kommandeur dieser Gruppe sein sollst. Wie denkst du darüber?«

Es gab nicht viel zu überlegen. Ob die Gruppe im Kampf gegen die eingedrungenen Japaner erfolgreich sein würde, hinge vom Mut der einzelnen Männer und der Klugheit ihres Kommandeurs ab.

»Frag alle, ob sie andere Vorschläge haben«, verlangte Ting Wu. Aber niemand schlug einen anderen Kommandeur vor.

»Gut«, sagte Ting Wu schließlich. »Ich danke euch. Ich werde euch führen, so gut ich kann.«

Wenige Minuten später gab er seinen ersten Befehl.

Er schickte einen Kundschafter zur Stadt zurück. Dieser sollte beobachten, was nach dem Einzug der Japaner geschah. Dann marschierte er mit den Männern westwärts, in die Berge. In einer Schlucht mitten im Dschungel schlugen sie ihr Lager auf. Ting Wu rief alle zusammen, und gemeinsam gründeten sie die erste Kompanie einer antijapanischen Befreiungsarmee, deren Mitglieder sich verpflichteten, vorbildlich zu kämpfen und nie zu kapitulieren, bis Malaya ein freies Land sein würde. Es gab vieles, an das Ting Wu nun zu denken hatte. Die Männer mußten lernen, ihre Waffen zu beherrschen. Es mußte für Essen gesorgt werden. Ein Plan für die nächsten Wochen war zu machen. Und es mußte eine Operationsbasis gefunden werden, die günstig lag und Überraschungen durch die Japaner ausschloß.

Ting Wu schickte weitere Kundschafter aus. Er beauftragte einige Männer, sich auf die Jagd nach Wildschweinen zu begeben. Er selbst nahm sich eine Maschinenpistole vor, um sie eingehend zu untersuchen.

Der Kundschafter, der nach Kota Bharu geschickt worden war, kehrte erst am Abend zurück. Er war erschöpft und hungrig. Aber er berichtete Ting Wu und den anderen, bevor er das Stück Wildschweinfleisch anrührte, das man für ihn aufgehoben hatte.

Die Japaner hatten die Stadt am Vormittag besetzt. Niemand hatte ihnen mehr Widerstand geleistet. Sie waren in langen Reihen, mit aufgepflanzten Bajonetten einmarschiert, hatten alle Verwaltungsgebäude, das Elektrizitätswerk und die Hafenanlagen besetzt. Am Nachmittag waren kleine Kommandos durch die Straßen gezogen. Japanische Frisöre und Fischköche, die seit Jahren in Kota Bharu lebten, hatten die Truppen mit Listen versehen, auf denen sich die Namen solcher Bürger befanden, die angeblich antijapanisch eingestellt waren. Dazu gehörten alle Kommunisten, aber auch die Mehrzahl der Chinesen, die seit vielen Jahren mit Abscheu und Haß die Nachrichten von den Greueltaten der japanischen Armee in China verfolgt hatten.

»Sie führten die Leute an den Strand, erschossen sie und ließen sie liegen. Das Wasser spülte die Leichen hinaus aufs Meer. Nach einer Stunde konnte man ein paar hundert Haifischflossen dort draußen sehen.«

»Und dann?« fragte Kee Won mit heiserer Stimme.

Der Kundschafter zuckte die Schultern. »Ich versteckte mich in den Büschen oberhalb des Friedhofes der Engländer. Von dort konnte ich sehen, wie Japaner in die Bungalows der Europäer einzogen. Andere Trupps marschierten durch die Straßen und durchsuchten die Häuser. Man konnte immer wieder Schüsse hören, und das Schreien der Leute riß nicht ab. Sie riefen um Hilfe. Es waren meist Frauenstimmen. Später kamen ein paar Lastwagen mit englischen Gefangenen an. Es waren auch Zivilisten dabei. Die Japaner trieben sie in eine Lagerhalle am Hafen. Einige schossen sie nieder. In der Zwischenzeit liefen ihre Schiffe im Hafen ein. Sie begannen sofort, Kanonen und Truppen auszuladen, bis die ganze Küste von ihnen wimmelte wie ein Ameisenbau. Als ich mich auf den Rückweg machte, zogen die ersten Kolonnen auf der Straße nach Kuala Krai davon. Sie hatten Panzer bei sich, und die Soldaten hatten Fahrräder.«

»Der Teufel soll sie holen!« Abu Bakkar spuckte aus. Eine Weile war es still. Dann gingen die Männer auseinander. Die Nacht kam. Nur wenige konnten einschlafen. Die meisten lagen wach, blickten in den glasklaren Himmel und dachten an die Stadt, in der sie gelebt hatten. Was gab den Japanern das Recht, ins Land einzufallen, zu morden und zu zerstören, Wehrlose zu töten, Furcht und Schrecken zu verbreiten? Glaubten sie wirklich, daß es in ganz Malaya niemanden geben würde, der gegen sie aufstand? Nahmen sie überhaupt nur die Engländer als Gegner ernst?

Ting Wu wälzte sich von einer Seite auf die andere. In der Schlucht war es dunkel. Das schwache Mondlicht drang nicht bis hierher. Aus dem Dschungel kam ab und zu der Schrei eines beutehungrigen Tigers. Hier und dort stieß ein Vogel einen schläfrigen Laut aus. Sonst war es still. Ting Wu konnte einen der Posten sehen, die er aufgestellt hatte. Er hockte bewegungslos unter einem Wildbananenbaum und starrte in die Dunkelheit. Morgen ziehen wir weiter, dachte Ting Wu. Nach Westen. Vielleicht bis an die Grenze des Sultanats Perak. Dort sind die Wälder am dichtesten; aber im

Westen gibt es eine Menge Siedlungen. Wir werden die Leute vor den Japanern warnen. Wenn die Japaner kommen, werden wir auf sie schießen. Das ist alles, was wir im Augenblick tun können. Aber es wird nicht dabei bleiben.

Kee Won lag mit offenen Augen neben ihm. Als er merkte, daß Ting Wu nicht schlief, sagte er leise: »Wie viele solcher Nächte mögen wir vor uns haben?«

Ting Wu wußte keine Antwort. Er bewegte leicht den Kopf. »Es wird von uns abhängen. Die Japaner sind keine Götter. Sie sind Menschen, und man kann sie schlagen. Auch die Engländer waren zu schlagen, du hast es gesehen.«

»Ein Pack von Räubern waren sie, mit weißen Handschuhen. Die Japaner kommen ohne Handschuhe. Aber sonst ist einer wie der andere. Was ist mit der Maschinenpistole?«

»Ich weiß jetzt, wie sie funktioniert«, erwiderte Ting Wu. »Morgen, wenn wir weit genug von hier fort sind, werde ich jedem unserer Männer beibringen, wie man damit schießt.«

Die Japaner haben das alles vor vielen Jahren schon gelernt, dachte Kee Won. Sie sind routiniert. Sie haben in China trainiert, wie man Menschen jagt. Es wird Zeit kosten, bis wir es mit ihnen aufnehmen können.

»Versuch zu schlafen«, riet er Ting Wu schließlich. »Du kommst aus dem Gefängnis. Hast du dort schlafen können?«

»Wenig. Die erste Zeit holten sie mich nachts zu den Verhören, später fand ich einfach keine Ruhe mehr. Manchmal schlief ich am Tag eine Stunde, und Abu Bakkar paßte auf, daß mich die Wächter nicht dabei überraschten. Es war verboten, bei Tage zu schlafen.«

»Er ist ein schlauer Bursche, dieser Wasserträger«, meinte Kee Won. »Ich habe ihn zuvor nicht gekannt.«

»Aber ich. Er fürchtet sich vor nichts. Er ist ein genügsamer, ehrlicher Mensch, wie es sie zu Tausenden bei uns gibt. Er wird hungern und Schmerzen ertragen, ohne ein Wort der Klage zu verlieren. Er wird sich vor keiner Arbeit scheuen, vor keinem Kampf. Zu verlieren hat er nichts als seine Hose und sein Hemd – und sein Leben. Aber er weiß, was er gewinnen will, und das ist erheblich mehr.«

»Sie wissen es alle«, sagte Kee Won. »Sonst wären sie nicht zu uns gekommen. Ich bezweifle, daß die Japaner sich bei uns wohl fühlen werden, denn unsere Gruppe wird nicht die einzige bleiben. Der Boden wird heiß werden in Malaya.«

Ting Wu lächelte. Ja, der Boden würde für die Japaner bald sehr heiß werden. Es blieb abzuwarten, wie lange es dauerte, bis die Räuber aus Nippon sich Hände und Füße verbrannten und nach ihren Göttern um Hilfe schrien.

Die Posten lösten einander ab. Immer noch war die Nacht still. In dieser Gegend, die weit von jeder Straße, weit von den nächsten Ansiedlungen lag, war um diese Zeit noch kein Japaner zu erwarten. Sie würden sich auf die Städte stürzen, auf die Plantagen und Zinngruben. Den Dschungel könnten sie nicht erobern. Niemand konnte das. Aber aus dem Dschungel würde die Faust kommen, die Japans Räuber an der Kehle packte.

George Bennett, der hünenhafte australische Infanterist, hörte das Kommando, das zum Rasten aufforderte. Er stolperte ein paar Schritte seitwärts zum Straßenrand und ließ sich in das staubige Gras fallen. Eine Weile lag er schwer atmend auf dem Rücken mit geschlossenen Augen. Seine Einheit war seit vier Tagen auf der Flucht nach Westen. Tage und Nächte vergingen in endlosen Märschen auf den schmalen Gebirgsstraßen im Dschungel. Es hieß, daß die dichter besiedelten Gebiete an der Westküste das Ziel seien, aber keiner der Soldaten wußte genau, wohin es wirklich ging. Sie waren ausnahmslos müde, hungrig, und ihre Uniformen waren schmutzig, vielfach sogar zerrissen.

Bennett richtete sich schließlich auf und kramte aus seinem Verpflegungsbeutel ein Stück Schokolade, das er schnell hinunterschlang. Seine Kehle war ausgedörrt, und seine Glieder schmerzten. Er war immer ein lustiger Bursche gewesen, aber die Strapazen der letzten Tage hatten ihn zu einem schweigsamen, verbissen marschierenden Mann gemacht.

Da war zuerst das Gefecht um Kuala Krai gewesen. Er dachte mit einer gewissen Beschämung daran zurück. Die Japaner waren bei Nacht von Norden her gekommen, zuerst nur kleine Trupps mit leichten Waffen. Es war verhältnismäßig einfach gewesen, mit ihnen fertig zu werden. Dann aber waren ihre Panzer plötzlich von allen Seiten aus den Wäldern gekrochen. Es gab kaum Abwehrgeschütze, und die geballten Ladungen von Handgranaten und Sprengladungen, die in aller Eile herbeigeschafft wurden, richteten nicht viel aus. Die »Känguruhs«, wie sich die australischen Soldaten selbst nannten, lagen in wenig befestigten Stellungen um die Stadt herum. Sie verteidigten ihre Gräben und Schützenlöcher mit zäher Verbissenheit, aber die Angreifer waren nicht zurückzudrängen. Sie durchstießen die schwächsten Stellen des Verteidigungsgürtels und zerschlugen die Verbindungslinien der Australier. Dann verkrochen sie sich wieder für lange Zeit, machten sich gleichsam unsichtbar, bis die nächste Welle Panzer die australischen Stellungen frontal angriff. In diesem Augenblick setzten die Japaner zum Sprung in den Rücken ihres Gegners an. Die Art ihrer Kriegführung überrumpelte die Verteidiger. Sie war in keinem der vielen Lehrbücher über Strategie und Taktik verzeichnet. Während die australische Infanterie den Versuch machte, ein festes Stellungssystem zu verteidigen, griffen die Japaner mit einer unwahrscheinlichen Beweglichkeit überall zugleich an. Sie operierten in kleinen Gruppen, von einzelnen Panzern unterstützt, verschwanden zeitweise in dem unübersichtlichen Gelände und tauchten dann urplötzlich an irgendeiner Stelle auf, wo man sie nicht vermutete.

Die erste Feindberührung genügte, um den australischen Kommandeuren klarzumachen, daß sie es hier mit einem Gegner zu tun hatten, der seine Soldaten im Dschungelkrieg trainiert und sie sorgfältig auf die Bedingungen des Geländes vorbereitet hatte, in dem sie eingesetzt wurden. Zudem handelte es sich um Elitetruppen der kaiserlichen Armee. Große Teile davon hatten bereits in China Kampferfahrungen erworben. Die Ausrüstung der Japaner übertraf die der Engländer und Australier an Leichtigkeit und Nützlichkeit. Sie verzichteten auf schwere Artillerie und Riesenpanzer, statt dessen verfügten sie über eine Unmenge kleiner Granatwerfer, leichter Maschinenwaffen und schneller, gepanzerter Fahrzeuge. Die Infanterie war fast ausnahmslos mit Fahrrädern versehen. Sie kam schnell vorwärts, unabhängig von breiten Straßen und schwerfälligen Nachschubeinrichtungen.

Während die Autokolonnen der Engländer steckenblieben oder auf Benzin warten mußten, drangen die schnellen Vorausabteilungen der Japaner ungestört immer weiter in das Land ein. Ihre Stoßrichtung wies von Kota Bharu aus nach Süden und Westen. An anderen Stellen der Ostküste landeten weitere Truppen. Schon nach wenigen Tagen waren die Verteidiger in verlustreiche Rückzugsgefechte verwickelt. Der Vormarsch der Japaner war nicht aufzuhalten. Dazu kam, daß sie ihre Luftflotte immer stärker einsetzten. Ihre Maschinen waren besser als die veralteten Modelle der Verteidiger, und ihre Zahl schien unbegrenzt zu sein. Bereits in den ersten Tagen begann sich die Katastrophe abzuzeichnen.

George Bennett erinnerte sich an den ersten Tieffliegerangriff auf die Stellungen um Kuala Krai. Zuerst waren zweimotorige Mitsubishi-Bomber gekommen, die in wenigen hundert Metern Höhe die Stellungen überflogen und ihre Bombenlast abwarfen. Ihnen waren die »Zeros« gefolgt, kleine, wendige Jagdflugzeuge, die mit ihren Maschinenwaffen erbarmungslos auf jedes Lebewesen schossen. Ein Angriff hatte den anderen abgelöst. Allein Bennetts Kompanie hatte in den ersten sechs Stunden des Gefechtes bereits ein Drittel ihrer Soldaten verloren. Wenig später kam der Befehl zum Rückzug. Die Verteidigung war aussichtslos geworden, nachdem die Japaner den Stellungsgürtel an vielen Stellen durchbrochen hatten und bis in die Stadt vorgedrungen waren. Der Rückzug glich einer Flucht. Was die Soldaten nicht in ihren Händen tragen konnten, wurde zurückgelassen. Nun, vier Tage später, lagerte die Truppe erschöpft am Rande einer Gebirgsstraße, die nach dem Sultanat Perak führte.

In der Nacht hatte es stark geregnet. Noch jetzt stiegen Dunstschwaden aus den Wäldern rechts und links der Straße auf. Das Unterholz war naß. George Bennett hätte am liebsten die schweren Schuhe ausgezogen und die Füße in das feuchte Gras gestellt, um sie zu kühlen. Aber er wußte, daß das gefährlich war. Auf der vom Schweiß aufgeweichten, entzündeten Haut würden Blasen entstehen, die ihm das Marschieren noch mehr erschwerten. Als er aufgerufen wurde, erhob er sich schwerfällig, um seine Ration Keks und Wasser in Empfang zu nehmen. Er spülte die trockenen Plätzchen mit dem Wasser hinunter und war danach ebenso hungrig wie zuvor. Trotzdem war er noch einer der Stärksten in seiner Kompanie. Mancher andere schleppte sich nur unter Aufbietung der letzten Kräfte vorwärts. Es würden weitere drei bis vier Tage vergehen, ehe die Truppe Grik erreichte, die erste größere Ortschaft in Perak.

Eine Viertelstunde später wurde Bennett zu Henley gerufen. Der Kompaniechef musterte ihn aufmerksam und fragte: »Fühlen Sie sich stark genug für eine Patrouille, Bennett?« Bennett zögerte. Henley war ein ruhiger, verständnisvoller Kommandeur. Als er den Soldaten mit forschenden Augen ansah, grinste Bennett und erwiderte: »Klar, Chef. Alles in Ordnung.«

Henley breitete eine Karte aus und zeigte Bennett, wo sie sich gegenwärtig befanden. »Das ist die Straße. Hier führt sie weiter nach Perak. Wir marschieren in einer halben Stunde ab und lassen eine halbe Kompanie zurück.«

Bennett blickte von der Karte auf und sah Henley an. Dieser sagte ruhig: »Die Japaner sind bereits hinter uns her. In zwei Stunden können sie hier eintreffen. Wenn wir sie nicht aufhalten können, überrennen sie uns. Alles, was wir brauchen, ist Zeit und Meilen zwischen uns und ihnen. Verstanden?«

»Ich verstehe«, gab Bennett zurück. »Und meine Aufgabe?«

»Sie wählen noch zwei Mann aus, die mit Ihnen gehen. Den Weg zurück, den wir gekommen sind. Aufklärung über das, was anrückt. Meldung an mich, sobald Sie etwas zu melden haben. Kein Überfall, kein Schuß überhaupt. Nur feststellen, was kommt, und Meldung an mich.«

»An Sie? Bleiben Sie hier?«

»Ich bleibe mit der halben Kompanie zurück«, erklärte Henley. »Einen Kilometer von hier finden Sie eine Schlucht, durch die diese Straße führt. Das ist der Platz, wo wir die Japaner auffangen werden und so lange bremsen, wie es uns gelingt.«

Bennett tippte mit den Fingerspitzen an den Rand seines Buschhelmes. »In Ordnung, Chef«, sagte er erleichtert. Henley in seiner Nähe zu wissen gab ihm das Gefühl, nicht allein hinter den anderen im Dschungel zurückbleiben zu müssen. Henley erteilte ihm noch ein paar kurze Anweisungen, dann entließ er ihn. Eine Viertelstunde später brach die Patrouille auf.

Bennett hatte Harper und Flynn mitgenommen, zwei Männer, die er seit der Zeit in den Ausbildungslagern von Bathurst und Campbells River zu seinen Freunden zählte. Sie waren beide aus Queensland wie er, und sie hatten ebenfalls auf großen Farmen gearbeitet. Schon bei Kuala Krai hatten sie nebeneinander gekämpft. Bennett hatte nicht viel zu reden brauchen, um sie zum Mitgehen zu bewegen. Sie nahmen nur kurzläufige Maschinenpistolen mit, Ferngläser und ein paar kleine Handgranaten. Als sie den Rastplatz verließen, rüstete sich die Kolonne bereits wieder zum Weitermarsch.

Eine halbe Stunde lang gingen die drei nebeneinander die Straße zurück, die sie gekommen waren. Stellenweise war sie eng, von Büschen und dornigen Ranken beinahe völlig bedeckt. Sie war eine der wenig benutzten Landstraßen, die der Dschungel nicht hergeben wollte und von denen er bald wieder Besitz zu ergreifen versuchte, wenn die Menschen, die sie geschaffen hatten, erst abgezogen waren.

Flynn, ein kleiner, krummbeiniger Mann, brummte verdrießlich: »Den Dschungel hatte ich mir anders vorgestellt, Jungs. Bißchen gemütlicher. Aber das hier ist nicht gemütlich, es ist Mord. Habt ihr eigentlich keinen Hunger?«

»Und ob.« Bennett grinste. »Aber woher nimmst du in diesem Dickicht ein Steak, wenn es nicht mal ein jämmerliches Kaninchen gibt?«

Flynns Blick glitt mißmutig über die tiefgrünen Wände rechts und links der Straße, über das verfilzte Rankenwerk, in dem grelle Blüten leuchteten. Er hatte sich nur schwer an den fauligen Gestank gewöhnt, den der Wald ausströmte. Jetzt hatte seine

Kleidung diesen Gestank bereits in sich aufgesogen. Flynn sehnte sich nach einer luftigen, winddurchwehten Ebene, von der Sonne durchglüht, nach weidenden Herden und Lagerfeuern. Aber das gab es nicht. »Sonny old Queensland«, brummte er gedankenvoll, »das ist ein achtbares Stück Land. Aber dies hier – dazu noch eine Meute von Japsen, die einem Löcher ins Fell schießen will.«

Harper, der dritte Mann, war ein schweigsamer, behäbiger Viehtreiber. Er machte seit langer Zeit zum erstenmal den Mund auf, als er sagte: »Blimey, wenn wir sie hier nicht bremsen, werden sie eines Tages in Australien landen, sie haben es angekündigt. Ich möchte wissen, was Leute zu solchen Räubern macht, die sich die halbe Welt in die Tasche stecken wollen?«

»Frag mich«, knurrte Flynn, »es gibt Hitler und Tojo und Mussolini. Einer ist so beschissen wie der andere. Und wir haben den Ärger. Immer sind es die armen Schweine wie wir, die sich herumschlagen müssen, damit die Erde nicht eines Tages völlig auf dem Kopf steht. Kein Mensch fragt danach, daß Patrick Flynn vor einem Jahr geheiratet hat und daß seine Frau schwanger ist. Nein, der Mann muß hierher, in diesen blödsinnigen Dschungel, weil es Tojo einfällt, die Welt zu erobern!«

»Schimpf nicht, Pat«, beruhigte Bennett ihn gleichmütig. »Das ändert nichts an der Sache. Wenn solche Leute wie wir einmal die ganze Welt regieren werden, wirst du so viel bei deiner Frau schlafen können, daß sie ein Baby nach dem anderen kriegt, vorher nicht. Bis dahin wird es noch eine Menge Schießereien wie diese hier geben.«

Flynn knurrte einen Fluch. Er wußte, was Bennett ihm antworten würde, wenn er weitersprach. Bennett war Kommunist. Man konnte sich mit ihm streiten, aber ob man wollte oder nicht, am Ende sah man ein, daß Bennetts Ansichten dahin führten, wo man selbst hin wollte. Einmal hatte Bennett gesagt, wenn Deutschland und Japan und auch Italien von Kommunisten regiert würden, dann hätte es diesen Krieg nicht gegeben. Es war schwer, das in Abrede zu stellen.

»Der Ärger mit euch Brüdern ist«, meinte Flynn, »daß die Leute euch immer erst glauben, wenn es zu spät ist. Trotzdem, wenn ich heute nichts Anständiges mehr zu essen kriege, werde ich dem ersten Japs, den ich treffe, die werte Nase abbeißen!«

Bennett brummte: »Guten Appetit!« Obwohl er erst am Rastplatz seine Ration gegessen hatte, spürte er den Hunger ebenso wie die anderen. Abwarten, dachte er. Erst die Arbeit, dann das Essen. Er überlegte, wie sie es anstellen könnten, irgendein Tier zu schießen, das man essen konnte. Es gab eine Menge buntgefiederter Vögel, aber sie waren alle nur klein. Von Affenfleisch hielt Bennett nicht viel. Er hatte es einmal in einem chinesischen Restaurant probiert, und er erinnerte sich nicht gern daran. Was aber konnte man sonst hier auftreiben? Schlangen? Er schüttelte sich. Die Tiger hielten sich verborgen. Außerdem war Tigerfleisch alles andere als eine Delikatesse. Und die Wildschweine, die es geben sollte, schienen nicht sehr zahlreich zu sein. Trotzdem würde es sich lohnen, bei nächster Gelegenheit in den Dschungel einzudringen und auf die Suche zu gehen. Doch zuerst gab es den Auftrag, die Verfolger ausfindig zu machen.

Sie erreichten einen Abhang. Die Straße schlängelte sich in Serpentinen abwärts, man konnte sie von hier aus kilometerweit überblicken. Der Wald lichtete sich ein wenig. Unterhalb des Abhanges lagen weite Bambuswälder. Tausende von schlanken Stämmen reckten sich hoch empor, die lanzettförmigen Blätter raschelten leicht im Wind. In der Ferne flimmerte die Luft über den Wäldern.

Bennett hockte sich auf den Stamm eines umgestürzten Baumes. Er stopfte seine Pfeife, brannte sie an und paffte ein paar Züge, bevor er sagte: »Von hier aus haben wir den besten Überblick. Weiter zurückzugehen wäre sinnlos. Wenn sie kommen, haben wir sie wie auf einem Tablett vor uns.«

»Ein Tablett mit drei Gläsern voll Bier wäre mir lieber«, meinte Flynn. Er wußte, daß es den anderen ebenso ging, und deshalb bereitete es ihm ein gewisses Vergnügen, ihnen die Vision eines eisgekühlten Getränkes vorzugaukeln. Er nahm seine Maschinenpistole von der Schulter und wischte sorgfältig ein paar Stäubchen vom Lademechanismus. Dann überprüfte er die beiden Reservemagazine, und als er davon überzeugt war, daß seine Waffe einsatzbereit war, drehte er sich eine Zigarette, die ihm lässig an der Lippe klebte, als er mit Bennett und Harper loszog, um sich an der Kante des Abhanges einen Beobachtungsstand zu suchen.

»Falls ich einschlafe, weckt mich wieder auf!« rief Flynn den beiden anderen zu. Dann verkroch er sich zwischen großblättrigen Farnen und hohem Gras.

Bennett lag unter einem Strauch mit großen, weißen Blüten, die einen angenehm süßlichen Duft ausströmten. Die feuchte Erde unter den schattenspendenden Blättern kühlte die durchgeschwitzte Haut wohltuend. Bennett schob die Zweige vor seinem Gesicht zur Seite und hob das Fernglas an die Augen. Er suchte das ansteigende Gelände ab, durch das sich die Straße aufwärts schlängelte. Stellenweise verschwand sie unter dem wildwuchernden Grün, aber die Strecke, die er übersehen konnte, genügte, um eine heranmarschierende Kolonne schon auf weite Entfernung auszumachen. Bennett kramte seine Pfeife heraus und brannte sie an. Das Rauchen betäubte wenigstens für einige Zeit das bohrende Hungergefühl. Als er an das Verpflegungslager dachte, das sie in Kuala Krai zurückgelassen hatten, schüttelte er wütend den Kopf. Verpflegung, Waffen, Munition, alles war den Japanern in die Hände gefallen. Warum hat unser Oberkommando sich so schlecht auf diesen Überfall vorbereitet? Hatte es nicht seit Jahren untrügliche Anzeichen dafür gegeben, daß er bevorstand? Es stimmte wohl, daß Englands Truppen durch die Kämpfe in Europa und Afrika geschwächt worden waren und daß Englands Materialreserven empfindliche Verluste erlitten hatten. Doch gerade das hätte Grund dafür sein müssen, die einheimische Bevölkerung eines solchen Landes wie Malaya an der Verteidigung ihrer Heimat teilnehmen zu lassen, sie in die Front der Kräfte einzureihen, die überall in der Welt die Demokratie gegen den Ansturm der Barbarei verteidigten. Bennett war klug genug, um die Hintergründe zu erkennen, die diesen Abschnitt der Geschichte prägten. Aber die Herren Engländer werden dieses Spiel nicht auf ewig treiben können. Es sollte mich wundern, wenn nicht sehr bald jeder Malaie den Verrat durchschaut, der hier getrieben wird. Das wird England diese Kolonie kosten.

Für Bennett gab es keinen Zweifel darüber, daß Japan früher oder später geschlagen wurde. Eroberer haben nur eine kurze Frist. Aber er dachte weiter. Dabei gestand er sich ein, daß die Position der australischen Soldaten in diesem Krieg in Malaya alles andere als angenehm war. Denn was sie hier in Wirklichkeit verteidigten, waren die Interessen jener Wirtschaftsunternehmen, die den Reichtum des Landes für sich ausnutzten. Sie weigerten sich gleichermaßen, die Bodenschätze dem Eroberer Japan zu überlassen, wie sie ihren rechtmäßigen Eigentümern, der Bevölkerung des Landes, zuzugestehen. Es ist ein unehrlicher Krieg, der hier geführt wird, dachte Bennett. Aber noch stehe ich auf der richtigen Seite. Ich werde sehr genau aufpassen müssen, daß ich nicht eines Tages auf der falschen Seite stehe. Aufpassen, George, sagte er sich, der Krieg hat erst angefangen. Du willst ihn überleben, aber nicht nur einfach überleben, sondern als Kommunist. Dazu gehört mehr, als nur zu zielen und zu schießen.

Wieder und wieder suchte er mit dem Fernglas die Gegend ab. Mittag war vorbei, und die Sonne glühte unbarmherzig. Zuerst war das Motorengeräusch nur ganz schwach zu hören. Bennetts Ohr fing es auf. Ein feines Summen, das vorerst nicht näher kam. Es hing in der sonnenheißen Luft wie die Ankündigung nahenden Unheils. Eine Weile lang hoffte Bennett, daß es ein englisches Flugzeug sein möge, aber er glaubte nicht so recht daran. Denn bereits am Tage nach der Landung der Japaner war kaum noch ein englisches Flugzeug aufgestiegen. Die japanischen »Zeros« beherrschten den Luftraum. Was von den englischen Jagdflugzeugen, alten, aus amerikanischen Lieferungen stammenden Maschinen, übriggeblieben war, wurde zurückgehalten für die Verteidigung Singapores. Die meisten einsatzfähigen Maschinen, »Buffalos« und »Blenheims«, waren bereits bei den ersten Luftangriffen der Japaner auf die britischen Flugplätze am Boden zerstört worden. Der Luftraum über Malaya gehörte den Maschinen mit den großen roten Punkten auf den Tragflächen.

»Das ist ein Japs«, hörte Bennett die Stimme Flynns aus dessen Versteck. »Aber er scheint nicht näher zu kommen.«

Tatsächlich schwand das Motorengebrumm. Bennett, der angestrengt lauschte, hörte plötzlich unterhalb seines Verstecks ein scharrendes Geräusch. Blitzschnell setzte er das Fernglas ab, griff nach der Maschinenpistole und drückte den Sicherungsknopf zurück.

Das Scharren hielt an. Es kam näher. Bennett schob sich zentimeterweise vorwärts, bis er über die Hangkante nach unten sehen konnte. Dort, wo das Geräusch herkam, bewegte sich das hohe Gras. Dann waren mit einemmal dumpfe, grunzende Laute zu hören, die fast wie ein Schnarchen klangen. Bennett atmete erleichtert auf. Diese Töne kannte er. Wildschweine! Sie waren hier selten genug, und es ärgerte den Australier, daß sie ausgerechnet jetzt auftauchten. Aber er entschloß sich schnell.

Ein Blick durch das Glas überzeugte ihn davon, daß die Straße still wie zuvor lag. Dann stellte er die Maschinenpistole auf Einzelfeuer ein und wartete. Er schoß in dem Augenblick, als der erste Keiler seine Schnauze mit den beiden gelben Hauern aus dem Gebüsch steckte. Das Geschoß traf ihn genau zwischen den Augen. Ein paar Sekunden lang wälzte sich das Tier quiekend, dann lag es still.

»Gib dem Cowboy ein Schießeisen in die Hand«, rief Flynn gedämpft, »er schießt, bis er ein Unglück anrichtet!«

»Still!« zischte Bennett zurück. Er lauschte, aber es regte sich nichts. Ein einzelner Schuß aus der Maschinenpistole verursachte nur einen kurzen, trockenen Knall, der nicht weiter als ein paar hundert Meter zu hören sein würde. Es war unwahrscheinlich, daß die Japaner schon so weit herangekommen waren.

»Flynn!« rief er.

Ein Brummen kam zurück. Dann die kurze Frage: »Holen?«

»Los!« kommandierte Bennett.

Die beiden anderen glitten aus ihren Verstecken und sprangen auf den erlegten Keiler zu.

»Beeilt euch«, rief Bennett, »ich passe schon auf!«

Die Soldaten packten den Keiler und zerrten ihn den Hang hinauf. Es war ein schweres Tier, aber Harper und Flynn waren kräftige Männer.

»Blattschuß«, bemerkte Flynn keuchend, als sie neben Bennett angelangt waren. »Sei vorsichtig, wenn du auf Menschen schießt.«

Harper verschwand im Wald und kam nach ein paar Minuten mit einer Bambusstange zurück. Wortlos schnallte er die Vorder- und Hinterläufe des Keilers mit zwei Lederriemen von seinem Marschgepäck zusammen und schob die Stange darunter durch. Dann blickte er fragend zu Bennett. »Und nun?«

Das Motorengebrumm war wieder in der Luft. Diesmal kam es schnell näher. Die drei Männer krochen unter die herabhängenden Zweige. Bennett richtete das Glas in den wolkenlosen Himmel.

»Gottverflucht!« schimpfte Flynn gedämpft. »Die Bastarde gönnen einem armen Mann nicht mal ein stinkendes Wildschwein!«

Der winzige schwarze Punkt kam näher. Nach ein paar Minuten war das Flugzeug deutlich zu erkennen. Es war eine »Karigane«, eine kleine, einmotorige Aufklärungsmaschine mit einem mächtigen Sternmotor und leicht geknickten Tragflächen. Sie folgte der Straße. Vor dem Hang zog sie höher. Jetzt waren die Köpfe des Piloten und des Beobachters in der verglasten Kabine zu erkennen. Ohne sich aufzuhalten, flog die Maschine westwärts, in die Richtung, aus der die drei Soldaten gekommen waren. Als sie verschwunden war, hob Flynn den Kopf.

»In fünf Minuten hat sie die Kolonne ausgeschnüffelt, wetten?«

»Bastarde«, knurrte Bennett böse.

»Und der Keiler?« drängte Flynn.

»Jetzt nicht. Laßt sie erst zurückkommen.«

»So habe ich mich nicht mehr geärgert, seit mir das erste Pferd einging«, schimpfte Flynn. Aber er war trotzdem guter Laune. Im Gebüsch lag der Keiler. Früher oder später würde er ein anständiges Essen abgeben. Kein Japaner sollte daran etwas ändern. Und was den Flieger anging, so würde er nicht für ewig da hinten im Westen kreisen.

Es dauerte immerhin eine Viertelstunde, bis die Maschine zurückkam. Sie flog geradewegs nach Osten, und als sie am Horizont verschwunden war, forderte Bennett seine beiden Kameraden auf: »Haut mit dem Keiler ab. Macht nicht viel Umstände damit. Die besten Stücke anbraten und Schluß. Nehmt Bambus, trockenen, das gibt kaum Rauch.«

Flynn sprang auf, und Harper folgte ihm. Während sich Flynn die Stange auf die Schulter lud, grinste er Bennett an. »Als ob du mir sagen müßtest, wie man ein Feuer macht, das keinen Qualm gibt, Cowboy!«

Bennett hörte sie davonsteigen, und eine Minute später war alles wieder still. Bennett überlegte, daß die beiden wohl nicht ganz eine Stunde brauchen würden, um die besten Stücke des Keilers anzubraten, so daß man sie mitnehmen konnte. Angebratenes Fleisch verdarb nicht so schnell. Man konnte ein paar Tage davon leben, wenn es inzwischen nichts anderes gab. Über das Feuer machte er sich keine Gedanken. Es würde keinen Rauch geben, die beiden verstanden sich darauf.

Bennett kroch wieder bis an die Hangkante heran und suchte mit dem Fernglas die Straße ab. Aber sie blieb leer. Auch Flugzeuge zeigten sich nicht. Es verging eine Stunde und noch eine. Flynn und Harper kamen zurück, beladen mit aromatisch duftendem Schweinebraten, den sie in große Blätter gewickelt hatten. Jeder von ihnen verstaute einen Teil davon in seinem Marschgepäck, den Rest aßen sie. Danach meinte Flynn trocken: »So, jetzt kann die ganze kaiserliche Armee kommen!«

Es war, als hätte er damit ungewollt das Zeichen gegeben. Bennett, der die Straße beobachtete, sah zuerst nur eine Bewegung zwischen den Baumkronen. Sekunden später konnte er feststellen, was diese Bewegung verursacht hatte.

Die Japaner zogen in einer langen Reihe heran. Kleine, in Khaki gekleidete Gestalten mit Stahlhelmen oder Schirmmützen, die Gewehre schußbereit vor dem Körper. An der Spitze fuhren etwa ein Dutzend Aufklärer mit Fahrrädern. Die Hauptstreitmacht marschierte weit auseinandergezogen rechts und links am Straßenrand. Zwischen den Soldaten waren kleine Gefechtsfahrzeuge zu erkennen, Maschinengewehre, die auf Karren montiert waren, und Granatwerfer.

»Abhauen!« flüsterte Flynn. Aber Bennett wollte noch mehr sehen. Es dauerte nicht lange, bis Kettengeräusche vernehmbar wurden. Als die ersten leichten Panzer auftauchten, gab Bennett das Zeichen zum Rückzug. Es war kein Zweifel mehr möglich: Die Japaner stießen auf dieser Straße nach Westen vor. Sie wollten auf schnellstem Wege die Westküste erreichen und von dort durch den verkehrstechnisch weitaus besser erschlossenen Teil des Landes nach Süden marschieren. Gelang ihnen dieser Plan, dann konnten sie in einigen Wochen vor Singapore stehen. Zwischen der Westküste und ihnen gab es kaum einen ernsthaften Gegner. Selbst wenn die auf dem Marsch befindlichen australischen Einheiten sich um Grik herum zur Verteidigung formierten, konnte das den Vormarsch der Japaner bestenfalls um ein paar Tage verzögern.

Die drei Soldaten erreichten die Straße, die sie vor Stunden gekommen waren.

Sie hielten sich nicht mehr auf. Man mußte Henley die Meldung schnell überbringen.

Aber sie kamen zu spät.

Als sie etwa die Hälfte der Strecke zurückgelegt hatten, dröhnten über ihnen plötzlich die Motoren von Bombern. Es waren »Darais«, zweimotorige Mitsubishimaschinen; sie flogen die Schlucht an, in der Henley die Japaner aufhalten wollte. Der Aufklärer hatte seine Meldung gefunkt, und die Bomber rückten an, um den marschierenden Truppen den Weg zu öffnen.

Wie mancher andere Kommandeur, so hatte auch Henley die Leistungsfähigkeit der japanischen Luftaufklärung unterschätzt. Japans Piloten und Beobachter waren jahrelang ausgebildet. Zum Teil hatten sie in Manövern taktische Aufgaben durchexerziert, die denen über dem Territorium Malayas aufs Haar glichen. Die »Darais«, die nun von Osten her anflogen, hatten exakte Zielangaben. Der Rückzugsweg der Australier war aufgespürt. Aber auch die Vorbereitungen Henleys, in der Schlucht einen Hinterhalt für die japanischen Verfolger zu legen, waren den Aufklärern nicht verborgen geblieben. Die erste Kette der »Darais« flog eine weite Kurve. Dann erschien die Schlucht in den Fadenkreuzen der Zielgeräte. Die Bombenschächte öffneten sich.

Sekunden später torkelten die ersten Bomben herab und schlugen zwischen Henleys Soldaten ein, die gegen einen Angriff aus der Luft so gut wie ungeschützt waren. Nach dem Abwurf zogen die »Darais« steil hoch, und ihre im Heck starr eingebauten Maschinengewehre schickten lange Feuerstöße zur Erde. Die zweite und die dritte Kette Flugzeuge schwenkte ein. Die Erde erbebte unter den Detonationen. Erdfontänen spritzten hoch; zwischen den zerschmetterten Bäumen und den vom Schlag der Bomben berstenden Wänden der Schlucht starben die Männer.

Als Bennett mit seinen beiden Kameraden atemlos am Ort des Luftangriffes ankam, fand er Henley nicht mehr. Der Kommandeur war mit den zwei Dutzend Überlebenden bereits auf der Flucht nach dem Westen.

Bennett stolperte über die aufgewühlte Erde. Hinter ihm fluchte Flynn: »Eine gottverdammte Schande! Nicht einmal die Toten haben sie begraben.«

»Keine Zeit«, keuchte Bennett, »und wir haben auch keine.«

Von Osten kam erneut Motorengeräusch. Eine Kette »Zeros« brauste fünfzig Meter über den Baumwipfeln heran. Ihr folgte eine weitere und noch eine. Die Flugzeuge schossen aus acht Maschinengewehren. Bennett und seine beiden Kameraden warfen sich zu Boden. Sie hörten die Maschinen mit kreischenden Motoren über die Schlucht hinwegfegen. Um sie herum schlugen die Geschosse ein. Jedes fünfte war ein Explosivgeschoß und platzte mit patschendem Knall, eine Handvoll winziger Splitter versprühend. Als die dritte Kette »Zeros« sich auf die Schlucht stürzte, hörte Bennett neben sich plötzlich einen unterdrückten Schrei. Harper lag regungslos. Aus einer Wunde in seinem Rücken quoll Blut.

Bennett achtete nicht darauf, daß die Flieger immer noch über der Schlucht kreisten. Er stürzte zu Harper und rief auch Flynn zu Hilfe. Gemeinsam verbanden sie den

Verletzten. Als sie damit fertig waren, fiel Flynn plötzlich auf, daß es merkwürdig still um sie herum geworden war. Die Flieger waren verschwunden. Flynn erhob sich vom Boden und blickte sich mißtrauisch um. »Wir müssen von hier weg, Cowboy. Die Kerle mit den Fahrrädern können jeden Augenblick hier sein.«

Sie mußten Harper mitnehmen. Er konnte nicht allein gehen, und so schleppten sie ihn. Hinter der Schlucht stieg das Gelände wieder an. Mühsam klommen die beiden, den leise stöhnenden Harper in der Mitte, aufwärts. Die Straße wurde enger. Dornige Ranken wuchsen an ihren Rändern. Stellenweise hatten Henleys Truppen sich mit dem Haumesser einen Weg bahnen müssen. Bennett und Flynn waren kaum eine Viertelstunde unterwegs, als hinter ihnen die ersten Gewehrschüsse peitschten.

»Das ist in der Schlucht«, keuchte Flynn. »Sie schießen auf unsere Leute.«

»Auf die Toten.« Bennett überlegte ein paar Sekunden. Es hatte keinen Zweck mehr, auf der Straße weiterzuziehen. Sie mußten jeden Augenblick damit rechnen, daß die ersten Japaner auftauchten. »Komm«, forderte er Flynn auf. »Wir müssen in den Dschungel. Sonst haben sie uns in zehn Minuten.«

Sie schleppten Harper ein paar hundert Meter in das dichte Unterholz und betteten ihn auf die mit verfaulendem Laub und Astwerk bedeckte Erde. Er war bewußtlos geworden.

Als Bennett sich wieder zur Straße wandte, rief Flynn: »Wir können ihn doch nicht einfach hier liegenlassen, Cowboy!«

»Wir lassen ihn ja nicht liegen. Ich will nur zur Straße und sehen, was da vorbeizieht.«

Flynn folgte ihm widerstrebend. Sie würden zu Harper zurückkehren und ihn weiterschleppen. Aber wohin?

Kurz vor der Straße krochen sie unter das Buschwerk und warteten. Es dauerte nur Minuten, dann erschienen die ersten fremden Soldaten. Kleine Gestalten, die geduckt vorwärts schlichen. Sie hielten die Gewehre mit den langen Bajonetten schußbereit. So bewegten sie sich vorsichtig am Rande des Dschungels vorwärts. Der Vorausabteilung folgten weitere Kolonnen mit Fahrrädern und Maschinengewehren, wie Bennett sie bereits vom Hang aus gesehen hatte. Viele der Soldaten trugen Teile von kleinen Granatwerfern. Es waren einige hundert, die da vorbeizogen. Bennett biß die Zähne zusammen. Als er Flynn ansah, senkte dieser mutlos den Kopf. Sie waren allein im Hinterland des Gegners. Und es war ein grausamer, gnadenloser Gegner. So gnadenlos wie der dunkle Dschungel, der ihre einzige Zuflucht war.

3

Einhundert Tage waren vom Oberkommando der kaiserlich-japanischen Armee für die Eroberung Malayas einschließlich Singapores vorgesehen gewesen. Nicht ganz siebzig davon waren vergangen. Das Festland war im wesentlichen in den Händen der japanischen Truppen. Nun setzten dreizehntausend Soldaten zum Sprung über die Straße von Johore an, um die letzte Bastion, die Inselbefestigung von Singapore, zu erobern.

Es war bei Tagesanbruch des 8. Februar 1942. Von den provisorisch errichteten Feldflugplätzen der Japaner erhoben sich Hunderte von Jagdflugzeugen und zweimotorigen Bombern. Sie hinterließen riesige Staubwolken. Eine Welle nach der anderen stieg auf und schwenkte auf Südkurs. Minuten später donnerten die Motoren über der schmalen Wasserstraße, die Singapore vom Festland trennte. Bis zum Mittag riß ihr Gedröhn nicht ab. Schauer von Bomben fielen auf Befestigungsanlagen und Wohnviertel herab. Bordwaffen hämmerten.

Um Mittag herum legten die Flieger eine Pause ein. Im selben Augenblick eröffnete die japanische Artillerie das Feuer. Für mehr als sechs Stunden trommelten die Geschütze. Die Erde Singapores wurde erneut aufgerissen. Eine schwärzliche Qualmwolke stand seit Stunden über der Stadt. Flammen züngelten hoch auf. Menschen rannten wie von Sinnen durch das Chaos. Leichen lagen überall in den Straßen. Es gab kein Löschwasser mehr, selbst das Trinkwasser war knapp geworden. Singapore bezog sein Wasser vom Festland, und die Japaner hatten die Zuleitungen abgeschnitten.

Bei Sonnenuntergang schwiegen die Geschütze für eine kurze Zeit. Dann folgte der letzte Feuerschlag. Es war zweiundzwanzig Uhr dreißig, als die erste Welle der Landungsboote sich vom gegenüberliegenden Festland löste und mit hochaufspritzender Bugwelle auf die Küste Singapores zuraste.

Leuchtkugeln und Feuer erhellten den Weg der Sturmtruppen des Generals Yamashita. Im Zeitraum von weniger als einer Stunde hatten so viele japanische Soldaten auf der Insel Singapore Fuß gefaßt, daß die Verteidiger keine Chance mehr hatten, sie zurückzuschlagen. Die Gefechte, die sich zwischen den Verteidigern und den japanischen Angreifern entwickelten, konnten das Ende für Stunden, ja sogar für einige Tage hinausschieben, aber sie änderten hier nichts am Ausgang des Krieges, der sich bereits über die ganze Weite des pazifischen Raumes auszubreiten begann.

Die Mündung des Jurongflusses lag im tiefsten Dunkel. Hier, an der Südküste der Insel Singapore, wo Mangrovenwälder und Sümpfe die Gegend unwegsam machten, hatte einige Wochen lang ein schnelles, flaches Motorboot versteckt gelegen, das einige Mitarbeiter Ralph Hendersons zum Festland bringen sollte, nachdem die Kapitulation Singapores unvermeidlich geworden war.

Henderson selbst befand sich seit mehr als drei Wochen in seinem Versteck in der Nähe von Kuala Lumpur. Er hatte Bukit Timah verlassen, nachdem er Yang ausdrücklich die Instruktion erteilt hatte, im gegebenen Augenblick das bereitstehende Motorboot zu besteigen, das sie zu einem bestimmten Punkt an der Westküste des Festlandes bringen würde. Von dort sollte sie sich nach Kuala Lumpur durchschlagen, sich bei Lou van Bergen melden und auf seine weiteren Anweisungen warten.

Dazu war es jedoch nicht gekommen. Der Führer des Motorbootes war bereits zwei Tage vor dem vereinbarten Termin ausgelaufen. Als Yang den versteckt liegenden Ankerplatz endlich gefunden hatte, war von dem Boot keine Spur mehr vorhanden. Yang erfuhr nie, daß der Mann die erste Gelegenheit ergriffen hatte, sich auf eigene Faust in Sicherheit zu bringen. Er war in Richtung Ceylon ausgelaufen, unterwegs aber von einer japanischen Fregatte gesichtet und aufgebracht worden.

Yang setzte sich müde auf einen angefaulten Baumstamm, der zur Hälfte im trüben Wasser des Jurong lag, und überlegte, was sie nun tun könnte.

Selbst hier roch es nach den Bränden, die seit Tagen auf der Insel wüteten. Der Wind trieb die Rauchschwaden von Osten herüber. Das dumpfe Gedröhn der Geschütze riß nicht ab, und die Luft war erfüllt vom Motorenlärm der japanischen Bomber, die unentwegt ihre Angriffe auf die Stadt flogen. Langsam erhob sich Yang und bahnte sich einen Weg durch das Buschwerk. Es nützte nichts, wenn sie hier wartete. Offenbar war das Boot abgefahren, und nun mußte sie sich selbst helfen. Ratlos machte sie sich auf den Heimweg. Es dauerte Stunden, bis sie die Stadt wieder erreichte. Hier hatte sich kaum etwas geändert. Nur, daß um diese Zeit bereits die ersten japanischen Batterien auf der Insel standen und ihr Feuer auf Singapore noch treffsicherer weiterführten als zuvor.

Als das Mädchen den Eingang zur Gasse der zwölf Phönixe erreicht hatte, befand sie sich plötzlich mitten in beißenden Rauchschwaden, die alles einhüllten. Der ätzende Qualm drang ihr in die Lungen. Sie hustete, und sie preßte ein Tuch vor Mund und Nase, um überhaupt atmen zu können. Mit einemmal aber blieb sie wie angewurzelt stehen und starrte in die Gasse. Wie von selbst sank ihre Hand, die das Tuch ans Gesicht gehalten hatte, herab. Vor ihr schlugen kleine, gierige Flammen aus den Trümmern der Häuser, die offenbar in der letzten Stunde von einer Bombe getroffen worden waren.

Sie lief auf die Trümmer zu; als ihr die Hitze des Feuers entgegenschlug, stieß sie einen Schrei des Entsetzens aus. Da, wo das Haus der Familie Yang gewesen war, stand nur noch eine Ruine. Zwischen dem zerfetzten Mauerwerk brannten die Möbelstücke. Leute aus der Nachbarschaft zerrten an glimmenden Balken und suchten nach Überlebenden. Eine Frau erkannte Yang und führte sie ein wenig zur Seite, wo man ihre Mutter auf eine Matte gelegt hatte.

»Sie lebt«, sagte die Frau, »aber sie hat ein Bein gebrochen.«

Yang sank neben der Matte zu Boden. Als die Mutter sie erkannte, griff sie nach ihrer Hand und flüsterte: »Flieh! Vater ist tot. Er ist vor einer Stunde gestorben. Geh fort von hier, dorthin, wo du dich verbergen kannst.«

Nichts hätte Yang jetzt bewegen können, ihre Mutter zu verlassen. Sie bettete die alte Frau ein wenig bequemer und sah nach ihrem Bein. Es war ein böser Bruch, aber man würde ihn heilen können, wenn ein Arzt eingriff.

Kurz entschlossen lief das Mädchen wieder davon. Sie erinnerte sich, daß sie auf ihrem Weg beobachtet hatte, wie sich auf einer Rasenfläche ein paar Männer in weißen

Kitteln um Verletzte bemühten. Dorthin eilte sie nun, und als sie die Stelle wiedergefunden hatte, sah sie, daß der Rasenplatz zu einem Hospital gehörte. Hier gab es Ärzte, die unentwegt arbeiteten. Einen Augenblick nur zögerte Yang, dann rannte sie davon, bis sie am Straßenrand eine umgestürzte Rikscha liegen sah. Mit einiger Mühe gelang es ihr, das Gefährt auf die Räder zu stellen. Dann packte sie die Zugstangen und lief zur Gasse der zwölf Phönixe zurück.

Der Mann, der dort neben ihrer Mutter kauerte, war Halisamat. Er erhob sich und half Yang wortlos, die alte Frau in die Rikscha zu setzen. Als sie wieder nach den Zugstangen greifen wollte, schob er sie beiseite, packte zu und zog das Gefährt an.

Sie lief neben ihm her und wies ihm den Weg. Dann fragte sie schnell: »Daß du gerade jetzt kommst. Ist etwas mit deinem Boot?«

Er schüttelte den Kopf. »Es ist unbeschädigt. Ich bin deinetwegen gekommen.«

Er lief, so schnell er konnte, und fuhr die Rikscha bis mitten auf die Wiese vor dem Hospital. Es gelang Yang, einen der weißgekleideten Engländer für ein paar Augenblicke zu sprechen. Er war ein älterer, übermüdeter Arzt, dessen Hände zitterten.

»Legen Sie die Frau in diese Reihe«, bedeutete er ihr. »Machen Sie schnell.«

Er war damit beschäftigt, statt der blutbefleckten, zerrissenen Gummihandschuhe ein Paar neue überzustreifen, und während er das tat, beobachtete er, wie Yang und Halisamat die alte Frau in die Reihe der Wartenden legten.

»Verstehen Sie etwas von Erster Hilfe?« erkundigte er sich. Yang schüttelte betroffen den Kopf. Er winkte müde ab. »Ich dachte nur, daß Sie helfen könnten.«

Halisamat flüsterte: »Wir müssen fort von hier, Yang.«

Sie wandte sich ihm zu: »Ich kann doch Mutter nicht allein hier lassen.«

»Sprich selbst mit ihr«, forderte er sie auf. Er fuhr die Rikscha auf die Straße zurück, während Yang sich neben die Mutter kauerte. »Hast du Schmerzen?«

»Es ist zu ertragen«, erwiderte die Mutter. Dann nahm sie Yangs Hände und sagte eindringlich: »Geh mit Halisamat, sofort. Du mußt sehen, daß du von hier fortkommst. Er nimmt dich mit und bringt dich in Sicherheit. Er ist ein guter Junge, ich habe mit ihm gesprochen.«

»Nein, ich lasse dich nicht allein hier«, wandte Yang ein.

Die Frau schüttelte unwillig den Kopf. »Ich bin alt. Mir wird nichts geschehen. Das Bein wird wieder gesund werden. Geh, ich verlange es von dir. Er bringt dich zum Festland, dort könnt ihr untertauchen. Wenn ich gesund bin, werde ich sehen, daß ich nach Tanjong Malim komme, zu Vaters Geschwistern. Suche mich dort.«

Sie war erschöpft, und das Bein schmerzte. Ihre Augen flehten Yang an zu gehen. Yang blickte vor sich nieder. Sie war es gewöhnt, zu tun, was die Eltern ihr auftrugen, und sie würde auch diesmal der Mutter nicht widersprechen.

Immer noch schlugen Granaten in die Stadt. Die Flieger kamen jetzt nicht mehr. Sie würden erst bei Sonnenaufgang wieder aufsteigen. Die Nachricht, daß die Japaner die Straße von Johore schon überschritten hatten, war das letzte, was die Leute vom Verlauf der Kampfhandlungen wußten.

Der Arzt trat an Yangs Mutter heran. Er betastete das Bein und untersuchte den Bruch oberflächlich. Dann sagte er: »Scheint sonst nichts zu sein.«

Ein Helfer brachte Schienen und Gips. Halisamat trat hinter Yang, während der Engländer das Bein der alten Frau schiente. »Wirst du mitkommen?« fragte er leise.

»Wohin, Halisamat?«

Er bewegte leicht den Kopf. Sein Gesicht war rußgeschwärzt, verschwitzt. Das Handtuch, das er um die Stirn gebunden hatte, war angesengt.

»Nach dem Norden«, flüsterte er. »Zu Freunden. Dort ist das Land weit und unübersehbar. Man kann sich besser verbergen als in Singapore.«

»Und dann?«

»Wir werden weitersehen«, sagte er zuversichtlich. »Aber die Zeit drängt. Jetzt sind die Japaner beschäftigt. Wenn sie erst die ganze Insel in der Hand haben, entwischt ihnen kein Boot mehr.«

Sie nickte. Es fiel ihr schwer, diesen Entschluß zu fassen. Noch am Morgen, als sie das Haus verließ, war sie bereit gewesen, mit dem Boot zu Henderson zu fahren. Nun aber war plötzlich das Unheil über die Familie hereingebrochen, der Vater tot und die Mutter hilflos in der brennenden Stadt. Sie setzte sich kraftlos hin und weinte. Halisamat blieb nichts übrig, als ihr leise zuzureden, sich vor dem Zugriff der Japaner zu retten.

»Du mußt fort«, riet er ihr. »Du weißt, was sie auf dem Festland mit allen Chinesen gemacht haben, die für die Engländer arbeiteten. Ihre Polizei spürt sie auf und erledigt sie. Willst du einfach darauf warten?«

Als sie sich wieder gefaßt hatte, sagte sie leise: »Du, ich muß nach Kuala Lumpur. Auf irgendeine Weise muß ich dort hinkommen.«

»Nun gut«, meinte er. »Das Festland ist groß. Man kann von überall nach Kuala Lumpur gehen. Nimm Abschied von deiner Mutter, jede Sekunde ist kostbar.«

Als der Arzt sich aufrichtete und den nächsten Verletzten in der Reihe in Augenschein nahm, schlug eine Salve Granaten an der Straße ein.

Die Verletzten stießen angstvolle Schreie aus. Yang beugte sich zum Abschied über die Mutter, da flüsterte diese nochmals: »Geh jetzt! Ich werde es überstehen, ich weiß es. Die Nachbarn werden mir helfen. Geh endlich, und bring dich in Sicherheit.«

Hand in Hand hetzten die beiden jungen Menschen durch die von Trümmern übersäten Straßen zum Hafen hinab. Der Feuerschein der unzähligen Brände erhellte ihren Weg. Qualmschwaden waberten zwischen den Ruinen. Als sie an Halisamats Boot anlangten, stolperte Yang und fiel. Der Lauf hatte ihr die letzten Kräfte abgefordert. Halisamat hob sie auf und trug sie über die schwankende Laufplanke auf die Dschunke. Er bettete sie unter das Regendach. Dann sprang er zurück an Land und lief hinüber zum Boot seines Freundes Kim. Dieser hatte ihn seit einer Stunde ungeduldig erwartet. Er war älter als Halisamat, sein kurzes Haar war von grauen Strähnen durchzogen.

»Nun?« fragte er. »Alles in Ordnung?«

»Ihr Vater ist tot, die Mutter verletzt. Hast du alles eingepackt?«

»Alles.« Kim nickte. »Zwei Dutzend Gewehre, Munition und ein paar Kleinigkeiten wie Handgranaten und Pistolen. Ich habe die eine Hälfte bei dir verstaut, die andere bei mir. Gute Sachen sind dabei.«

»Dann fahren wir«, schlug Halisamat vor. »Es können noch zwei Stunden bis Sonnenaufgang sein.«

Er winkte dem Freund zu und lief wieder zu seinem Boot zurück.

Yang hatte sich nicht gerührt. Mit ein paar schnellen Griffen rollte Halisamat sie in eine Decke ein und schob ihr ein Polster unter den Kopf. Dann zog er das Segel auf. Er warf die Leine los, die ihn mit dem Land verband, und stieß die Dschunke mit einer langen Stange kräftig ab.

Bald glitt sie unter der leichten Landbrise davon, die das Segel füllte. Halisamat brachte die Dschunke schnell auf Fahrt. Er beachtete die vielen kleinen Boote nicht, die im Hafenbecken trieben. Hinter das Steuerholz geklemmt, spähten seine Augen in die schwach vom Mondlicht erhellte Nacht. Als er sich umblickte, sah er die Silhouette von Kims Dschunke. Sie folgte ihm, ein paar hundert Meter entfernt.

Das Leuchtfeuer von Pandjang war gelöscht. Aber Halisamat kannte die Fahrrinne genau. Er schaffte es, ohne die Hilfe des Leuchtfeuers sicher aus dem Hafen zu gelangen. Vorsichtig lenkte er das Boot dicht unter Land. Ein oder zwei Meilen vor der Hafenausfahrt lauerten die japanischen Zerstörer und Fregatten. Sie riegelten die Zufahrt ab. Aber ihr System beschränkte sich auf die Wege von Sumatra her. Nach Norden zu war ihr Netz lückenhaft, denn sie hielten es für unwahrscheinlich, daß Teile der britischen Besatzung versuchen würden, in Richtung auf das Festland zu fliehen. Der Widerstand auf dem Festland war seit Tagen gebrochen. Dort gab es nur die vielen Tausende von Gefangenen, die auf ihren Abtransport warteten.

Halisamat nutzte den leichten Landwind, so gut er konnte. Immer wieder blickte er zum Himmel, nicht nur um die Sternenzeichen zu beobachten, nach denen er seinen Kurs bestimmte; er hoffte, das Wettrennen mit dem Tagesanbruch zu gewinnen. Hatte er bis Sonnenaufgang die Mündung der Johore-Straße hinter sich gebracht, dann war die Flucht so gut wie gelungen. Stieg aber die Sonne auf, bevor er auf der Höhe des Festlandes war, konnte ihm nur noch Glück helfen. Und Glück war ein unsicherer Partner für einen Dschunkenfahrer.

Die Japaner, das wußte Halisamat, setzten in Fähren und Booten über die Straße von Johore. Sie landeten auf der ganzen Breite der Inselküste, und die Mündung jenes Wassergrabens würde von Fahrzeugen wimmeln.

Halisamat atmete auf, als er rechts an der Küste die winzige Siedlung von Tanjong Gul ausmachte. Sie lag unmittelbar an der Mündung der Johore-Straße, der Selat Tebrau, wie die Malaien sie in ihrer Sprache nannten. Im selben Augenblick vernahm er auch schon das Motorengebrumm der japanischen Landungsboote. Vereinzelte Gewehrschüsse waren von fern zu hören.

Noch einmal sah sich Halisamat nach Kims Boot um. Es folgte ihm in demselben Abstand wie zuvor. Mit einem Blick nach Osten vergewisserte er sich, daß der schmale, hellgraue Streifen am Horizont, der dem Sonnenaufgang vorausging, noch nicht da war.

Mit beiden Händen packte Halisamat das glatte Ruderholz, als könne er damit die Geschwindigkeit des Fahrzeuges noch erhöhen. Doch es schoß auch so schnell genug vorwärts.

Halisamat spürte sein Herz schlagen. Es ging um alles in diesen Minuten. Brachten die Japaner die beiden Boote auf, fanden sie die Ladung, dann war das Schicksal der drei Menschen besiegelt. Kim hatte die Waffen von Genossen entgegengenommen, die sie in verlassenen Stellungen und Depots der Engländer geborgen hatten. Es war unnütz, ja gefährlich, die Sachen in Singapore zu lassen. Im Norden, auf dem Festland, wurden sie gebraucht. Dort sammelten sich in diesen Tagen die Männer, die bereit waren, den Kampf gegen die Japaner aufzunehmen. Das war der Grund, weshalb die beiden Dschunken die gefährliche Fracht zum Festland beförderten.

Eine Viertelstunde verging, ohne daß die Japaner auf sie aufmerksam wurden. Und dann tauchte voraus bereits das Ufer des Festlandes auf. Als Halisamat es erkannte, riß er sofort das Steuerholz herum, und Minuten später schoß die Dschunke westwärts aufs Meer hinaus.

Es dauerte eine Weile, bis die beiden Fahrzeuge auf dem richtigen Kurs lagen. Sie fuhren so weit vom Festland weg, bis im rötlichen Licht des beginnenden Tages die Küste nur noch als dünner Streifen am Horizont sichtbar war. Dieser Streifen Land gab ihnen die Richtung an. Der gefahrvollste Teil der Fahrt war geschafft.

Halisamat klemmte das Steuerholz fest und bewegte die klamm gewordenen Hände. Dann wischte er sich mit dem Handtuch den Schweiß vom Gesicht und stieg über ein paar Taurollen zu Yang unter das Regendach. Er bemerkte sofort, daß sie erwacht war. Sie hatte den Kopf in die Arme gelegt und die Decke, mit der Halisamat sie zugedeckt hatte, zurückgeschoben. Er griff nach ihrer Schulter, um sich bemerkbar zu machen.

»Ich konnte mich nicht viel um dich kümmern, wir mußten zuerst aufs Meer«, begann er. Da spürte er, daß die Schultern des Mädchens leicht zuckten, und er erschrak. Es tat ihm weh, sie weinen zu sehen. Behutsam zog er die Decke wieder zurecht und sagte: »Es tut mir ebenso leid um deinen Vater wie dir. Er war ein guter Mann.«

Sie hob den Kopf ein wenig, aber sie sah ihn nicht an.

»Deine Mutter wird es überstehen. Sie wird sehr froh sein, dich in Sicherheit zu wissen.«

Ihre Stimme war heiser. Sie wollte nicht über die Eltern mit ihm sprechen. Es fiel ihr schwer, daran zu denken, daß sie die Mutter vielleicht für Jahre nicht würde sehen können, vorausgesetzt, daß die Japaner sie überhaupt am Leben ließen. »Wo sind wir, Halisamat?«

»Weit draußen, zwischen dem Festland und Sumatra. Wir sind so gut wie in Sicherheit, du brauchst dich nicht mehr zu fürchten.«

Der Widersinn dessen, was er sagte, kam ihm im selben Augenblick zu Bewußtsein.

Sie hatten Singapore verlassen, ja, aber sie würden weiter nördlich an Land gehen, und dieses Land war von den Japanern besetzt. Es war fraglich, ob sie nicht bereits bei der Landung auf die erste Patrouille stießen. Schnell blickte er sich um und vergewisserte sich, ob Kim noch hinter ihm war. Das Meer lag ruhig, kein Fahrzeug außer den beiden Dschunken war weit und breit zu sehen.

»Ich hätte dir lieber helfen sollen, als hier herumzuliegen«, sagte sie. »Was war mit mir? Ich weiß nur noch, daß ich hinfiel.«

»Es war zuviel für dich. Du warst erschöpft.« Er nahm das Handtuch vom Kopf und hielt es ihr hin. »Wisch dir die Augen trocken. Die Luft auf dem Meer ist scharf. Ich möchte nicht, daß du heute abend entzündete Augen hast, es ist schmerzhaft.«

Sie nahm das Handtuch, und als sie es ihm wieder zurückgab, sagte sie: »Du bist gut zu mir. Wahrscheinlich werde ich dir das nie danken können.«

Sie sah, daß er eine unwillige Kopfbewegung machte, und sie wurde wieder an die Zeit erinnert, als sie Kinder waren. Er hatte nie etwas von Dank hören wollen. Sie warf die Decke ab und erhob sich. Schnell strich sie sich das Haar zurück.

»Und jetzt gib mir etwas zu tun«, bat sie.

Er musterte sie einen Augenblick, dann nickte er zufrieden. Er nahm sie an die Hand und führte sie zu seiner Kochkiste, wo er eine Thermosflasche mit heißem Wasser aufbewahrte. »Hier«, sagte er vergnügt, »das ist Teewasser. Beim letzten Regen aufgefangen. Damit schmeckt der Tee am besten.«

Er zeigte ihr, wo Teeblätter und Geschirr waren, und dann drückte er ihr ein Paket in die Hand. Es enthielt Reisplätzchen und Zuckerkuchen. »Mach uns etwas zu essen. Wir haben es verdient.«

Er kletterte wieder zum Ruder und kontrollierte den Kurs. Inzwischen stand die Sonne hoch über dem Küstenstreifen im Osten. Halisamat konnte Kim auf seinem Boot erkennen. Er winkte ihm zu, und der Freund winkte zurück.

Yang kam mit Tee und Reiskuchen. Sie hatte das Handtuch ins Wasser getaucht und sich das Gesicht damit abgerieben. Nun sah sie frisch aus, und Halisamat fand, daß sie schön war. Diese einfache Feststellung verwirrte ihn. Als er die Tasse nahm, blickte er Yang unsicher an und meinte: »Eins ist gewiß, mit dir zusammen würde es mir auf dem Boot noch besser gefallen als vorher.«

Sie lehnte sich lächelnd an seine Schulter und hielt ihm einen Reiskuchen hin. »Ißt du immer solche schönen Sachen?«

Verlegen gab er zurück: »Ich habe sie für dich gekauft. Es hat Mühe gemacht, sie in dem Durcheinander noch aufzutreiben. Sonst nehme ich gekochten Reis mit, aber weil ich wußte, daß du mitfahren würdest...«

»Du warst so sicher?«

Er nickte. »Ich hatte das Gefühl, dich ganz bestimmt anzutreffen. Es hat mich nicht getäuscht.«

Eine Weile aßen sie schweigend. Dann sagte Yang: »Ich sollte mit einem englischen Motorboot nach dem Norden, aber es war schon fort, als ich kam.«

»Verlaß dich auf die Engländer, und du wirst allein dastehen!« Er lachte. »Und nun willst du unbedingt nach Kuala Lumpur? Haben sie dich dorthin bestellt?«

»Ja.«

Halisamat wiegte den Kopf. »Es ist gut zu hören, daß sie wenigstens nach dem Einzug der Japaner noch eine Kleinigkeit tun wollen. Hast du jemanden in Kuala Lumpur?«

»Nur eine Adresse.«

»Du willst nicht lieber bei uns bleiben?«

Sie trank einen Schluck Tee. Nach einer Weile sagte sie nachdenklich: »Ich habe eine Aufgabe bei den Engländern, und ich habe gelernt, daß man Aufgaben erfüllen muß.«

Ein pflichtbewußtes Mädchen, dachte Halisamat. Dabei kann man sie sogar verstehen. Die Engländer haben ihr Arbeit angeboten, und nun will sie sie nicht enttäuschen. Noch haben die Engländer sie nicht verdorben. Man muß sie ihnen entreißen, denn vermutlich soll sie unangenehme Sachen für sie erledigen. Dafür ist eine Chinesin gut genug. Noch dazu, wenn sie so gutgläubig ist wie Yang.

»Ich habe vielleicht nicht das Recht, dir zu sagen, was richtig und was falsch ist«, meinte er schließlich. »Aber du solltest jetzt nicht mehr den Engländern hinterherlaufen. Bleib bei uns, wir sind deine Landsleute, uns kannst du vertrauen.«

»Uns? Wer seid ihr?«

»Ich«, sagte er, »Kim und die anderen. Wir werden da oben im Norden anfangen, Krieg zu führen. Gegen die Japaner. Du sollst sehen, wie wir ihnen das Fell durchlöchern werden.«

»Womit? Ihr habt nichts. Ich weiß, daß die Engländer wenigstens an einigen Stellen Waffen verborgen halten. Um die Japaner zu bekämpfen, braucht man Waffen.«

»Wir haben auch welche. Sogar auf diesem Boot gibt es Gewehre und Pistolen.«

Sie erschrak nicht, wie er es erwartet hatte. Sie blickte nur nachdenklich auf das Meer hinaus und überlegte.

»Seid ihr viele?«

Er zuckte die Schultern. »Ich glaube, wir werden keine Not haben, Leute zu finden. Sie werden von allein zu uns kommen.«

»Aber ihr seid keine Soldaten.«

»Wennschon, wir werden lernen, was ein Soldat zu lernen hat. Es gibt genug Japaner im Lande, an denen wir erproben können, was in uns steckt.« Er sah sie an und lächelte. Sie merkte, daß er wirklich meinte, was er sagte.

»Und«, fragte sie schließlich, »würdest du dich freuen, wenn ich bei euch bliebe?«

Er streckte die Hand aus und drückte die ihre. »Ich habe dich dazu aufgefordert. Abgemacht.«

»Nur, so leicht ist das nicht.«

»Du meinst, die Engländer werden auf dich warten? Gut, geh nach Kuala Lumpur und sprich mit ihnen, wenn sie noch leben. Wenn es stimmt, daß sie Waffen versteckt haben, dann sage ihnen, daß wir welche brauchen. Eine Handvoll Engländer kann mit den besten Waffen nichts anfangen. Aber ein paar tausend Malaien könnten damit Feuer unter den Stiefeln der Japaner anzünden. Sag ihnen das.«

»Wir werden sehen«, meinte Yang nachdenklich.

»Nun gut, sehen wir.« Er schaute nach, ob der Kurs stimmte. Dann wandte er sich erneut an Yang. »Wirst du imstande sein, hier für eine Stunde zu stehen und darauf zu achten, daß die Dschunke so weiterfährt wie jetzt? Du brauchst nichts weiter zu tun, als darauf zu achten, ob der Wind umschlägt. Dann weckst du mich. Ich bin müde, eine Stunde Schlaf wird mir guttun.«

Sie stellte sich hinter das Steuer. Eine Dschunke zu führen, war keine Geheimwissenschaft.

»Leg dich hin«, forderte sie ihn auf. »Ich wecke dich, wenn ich mit dem Boot nicht fertig werde.«

Er war in der Tat todmüde. Als er ging, um sich unter das Regendach zu legen, warf er ihr einen dankbaren Blick zu. »Ein Dschunkenfahrer sollte eine Frau haben.«

Sie lächelte, und er wandte sich schnell ab, um nicht ihr Gesicht sehen zu müssen. Es macht mich unruhig, dachte er, es gibt mir Träume ein, von denen ich nicht weiß, ob sie nicht darüber lachen würde.

Bevor er sich das Handtuch über die Augen zog, mahnte er sie: »Gib auf das Meer acht, ruf mich, wenn du ein Schiff siehst. Und achte auf Kim. Wenn etwas nicht in Ordnung ist, gibt er Zeichen; dann weckst du mich.«

Er war eingeschlafen, bevor sie ihren Blick von ihm abgewandt hatte. Sie dachte lange über ihn nach, während sie darauf achtete, daß die Dschunke auf dem richtigen Kurs blieb. Er ist der einzige Mensch, dem ich mich zu jeder Zeit anvertrauen würde, sagte sie sich. Er macht sich um mich Gedanken, kümmert sich um mich. Es ist nicht einfach, sich in einer solchen Lage richtig zu entscheiden. Da gibt es Henderson, der auf mich wartet, und hier ist Halisamat, der mir sagt, daß ich meinen Platz bei ihm habe und bei den anderen, die auf die Waffen warten. Und sie sind Malaien.

Sie strengte die Augen an, um auf Kims Dschunke etwas zu erkennen. Aber dort war nur der braune Oberkörper des Bootsführers zu sehen, hinter das Ruder geklemmt, unbewegt.

Am Abend, als Halisamat wieder steuerte, fuhren sie an Bengkalis und Segaro vorbei, zwei Sumatra vorgelagerten Inseln. Halisamat lenkte das Boot dicht an sie heran, denn er wußte, daß Sumatra noch nicht von den Japanern besetzt war. Für ein paar Stunden legten sie bei einem winzigen Küstendorf an, ergänzten ihren Wasservorrat und kauften Lebensmittel ein. Die Leute dort kannten Halisamat, weil er oft auf seinen Fahrten Fracht hierher geschafft hatte. Yang streckte sich auf dem hellen Sand unter den mächtigen Palmen aus und genoß die friedliche Atmosphäre.

Es müßte schön sein, einfach hier zu bleiben, wo es keine Japaner gab, keine Bomben und keine brennenden Häuser. Aber sie wies den Gedanken von sich. Da drüben lag Malaya wie das langsam verblutende Opfer eines Tigers. Was für eine Malaiin wäre ich, wenn ich gerade jetzt von dort wegginge, dachte sie.

Als ob Halisamat ihre Gedanken erraten hätte, sagte er: »Die Japaner werden Sumatra nicht vergessen. In ein paar Wochen werden sie auch hier sein.«

Weiter ging es. In einer Nacht passierten die beiden Dschunken Malacca und Port Dickson, zwei der größten Häfen an der malaiischen Küste.

Als sich der vierte Tag ihrer Reise dem Ende zu neigte, lenkte Halisamat das Boot wieder näher an das Land. Aber erst gegen Mitternacht ging er auf Ostkurs. Stunden später liefen sie in eine Flußmündung ein, die still und verlassen lag. Hier endete nur ein kleiner Fluß, einer der vielen, die in den Gebirgen Zentralmalayas entsprangen und den Weg zur Westküste nahmen.

Die Dschunken glitten einige hundert Meter flußaufwärts, dann verschwanden sie bereits im dichten Gewirr riesiger Äste, die weit über die Wasserfläche ragten. Ein undurchdringlicher Laubdom wölbte sich über den Booten. Die Ufer waren von Mangroven verfilzt, schlammig. Alles war totenstill, nichts regte sich. Und doch war ihre Ankunft nicht unbeobachtet geblieben.

Kaum hatte Halisamat sein Boot mit einer langen Stange nahe genug an das schlammige Ufer getrieben, als er von dort angerufen wurde. Er antwortete kurz und warf gleich darauf ein Tau hinüber. Zu Yang gewandt, flüsterte er erleichtert: »Alles in Ordnung, es sind unsere Leute.«

Sie sprangen an Land und wurden von einem halben Dutzend Männern empfangen, die Kim und Halisamat freudig umarmten. Überrascht betrachteten sie Yang, denn sie hatten keine Frau bei den beiden vermutet. Aber Halisamat erklärte kurz: »Das ist Yang, meine Freundin, und sie wird bei uns bleiben, Genossen.«

Da begrüßten die Männer auch das Mädchen; sie fühlte sich mit einem Male seltsam sicher und geborgen unter ihnen.

Es dauerte nicht lange, bis die Waffen ausgeladen waren. Der Trupp verschwand damit in der Dunkelheit des nächtlichen Dschungels, und als die ersten wieder bei den Booten erschienen, teilten sie Halisamat mit: »Es ist ziemlich ruhig in unserer Gegend, ihr braucht keine Furcht zu haben. Die Japaner haben sich in Telok einquartiert, das ist mehr als dreißig Kilometer von hier. An der Küste sind nur Streifen eingesetzt. Es ist leicht, ihnen aus dem Wege zu gehen, wenn man weiß, welche Route sie nehmen.«

Sie traten den Marsch durch den nächtlichen Dschungel an. Die Boote blieben zurück. Man würde sie später wieder brauchen, und hier in der Flußmündung lagen sie geschützt.

»Wohin gehen wir?« fragte Yang Halisamat, der neben ihr ging.

»Ostwärts«, erwiderte er. »Diese Männer sind Kommunisten wie ich. Sie haben angefangen, eine Armee aufzubauen, und weiter ostwärts, in den Bergen, haben sie ein Lager. Bis dahin müssen wir zwei Tage marschieren.«

Es war nicht leicht, sich in dem nachtdunklen Regenwald zu bewegen. Der Boden war naß und glatt, und bei jedem Schritt mußte man auf Äste und dornige Ranken achten, die einem ins Gesicht zu schlagen drohten.

»Ich hoffe, daß ich es schaffe«, meinte Yang kleinlaut. Sie war nie großen körperlichen Anstrengungen ausgesetzt gewesen.

»Wenn du nicht mehr kannst, werde ich dich tragen«, antwortete Halisamat gleichmütig. Nach einer Weile fügte er hinzu: »Und wenn wir beide nicht mehr können, werden die anderen Genossen uns helfen.«

Das Mädchen Ling mochte zwölf Jahre alt sein. Sie lief barfuß über den weichen, glühendheißen Asphalt der Straße und tauchte im Wald unter. Dort ließ sie die Strohtasche fallen, die sie an einem Stock über der Schulter trug, und setzte sich für einen Augenblick daneben, um auszuruhen. Durch die Lücken im Laub der Büsche beobachtete sie die Straße. Sie führte von Kuala Lumpur westwärts. Das Mädchen hatte damit gerechnet, daß um diese Zeit viele Fahrzeuge unterwegs sein würden, aber sie hatte sich getäuscht, die Japaner schienen Mittagspause zu halten.

Ling unterschied sich kaum von Tausenden anderen malaiischen Kindern. Sie war von kleinem Wuchs, dunkelhäutig, mit zwei Reihen blitzender Zähne in dem braunen, runden Gesicht. Sie trug ein oft gewaschenes Kattunkleid, dessen grüne Farbe um ein weniges heller war als das Grün der Blätter an den Büschen. Während sie sich für ein paar Minuten ausruhte, griff sie nach der Strohtasche, die bis an den Rand gefüllt war und schwer zu sein schien. Sie klemmte das Bananenblatt wieder fest, das den Inhalt der Tasche zudeckte, und nickte befriedigt.

Am frühen Morgen war sie aus Beranang aufgebrochen, von einer unscheinbaren Hütte am Rande jenes kleinen Dorfes, in dem sie seit dem Einmarsch der Japaner mit ihrer Mutter lebte. Die Mutter hatte auch die Strohtasche gefüllt, aber den Weg, den das Mädchen zu gehen hatte, kannte nur Ling ganz allein.

Sie rastete kurze Zeit. Dann erhob sie sich wieder und drang in den Wald ein. Es war ein mühsames Unterfangen, denn sie mußte sich ihren Weg durch das dichte Gewirr der Dschungelgewächse bahnen. Sie hatte vergessen, ein Haumesser mitzunehmen, nun konnte sie oft nur unter Aufwendung all ihrer Kräfte die Zweige niedriger Bäume beiseite drücken und mußte immer wieder Umwege machen. Aber sie gab nicht so schnell auf. Der Dschungel flößte ihr keine Angst ein. Er war für sie weder geheimnisvoll noch drohend, sie kannte ihn und fürchtete ihn nicht mehr. Wenn man in diesem Land aufgewachsen war, dann betrachtete man den Dschungel als Nachbarn. Man wußte, daß sein fauliger, schwüler Brodem das Atmen schwer machte und daß Blutegel in verrottetem Laubwerk lauerten, man wußte, daß es Schlangen und Tiger darin gab. Trotzdem erzeugte dieses Wissen keine Angst. Saugte sich ein Blutegel an der von der feuchten Hitze aufgeweichten Haut fest, so half ein schneller Griff, und man hatte ihn abgerissen. Schlangen waren gefährlicher, man umging sie, wenn man sie früh genug sah. Es war das Lebensgesetz für einen Menschen im Dschungel, daß er seine Feinde früher entdeckte als sie ihn. Und die Tiger waren feige, das wußte Ling nicht nur aus den Erzählungen der Alten. Es gab wenige, die einen Menschen angingen, weil der Dschungel genug andere, bequemer zu jagende Opfer beherbergte.

Die Straße, die sie überquert hatte, verlief beinahe genau von Osten nach Westen. Ling hatte nun nur noch ein paar Kilometer zurückzulegen. Aber ein paar Kilometer im Dschungel – das konnte unter Umständen Stunden bedeuten. Der Wald wurde hier immer dichter und verfilzter. Es gab keine Pfade mehr. Die Japaner hatten es nicht fertiggebracht, diese Gegend zu durchkämmen. Sie suchten wohl nach versprengten britischen Soldaten, aber sie vermieden es, tief in den Dschungel zu gehen. Es wäre ohnehin aussichtslos gewesen. Einen Gegner erkannte man im grünen Halbdunkel des Regenwaldes erst auf wenige Meter. Wer sich versteckte, wer Eindringlingen auflauerte, war da stets im Vorteil.

Als Ling eine Stunde lang jenseits der Straße durch den Wald vorgedrungen war, fiel der Boden plötzlich steil ab. Ein paar kahle Stellen an der Südseite des Abhanges erleichterten das Vorwärtskommen. Unten im Tal verlief ein schmaler Fluß, dessen Ufer von Gestrüpp und Blattpflanzen überwuchert waren. Sein Wasser war klar und kalt, und es gab eine Menge Fische darin. Ling blieb ein paar Minuten am Fuße des Abhanges auf einem Stein sitzen, der schon vom Wasser umspült wurde. Sie blickte zurück, dorthin, wo sie hergekommen war; dabei war ihr Gehör bis aufs äußerste angespannt. Aber zwischen den vielfältigen Vogelstimmen, dem Affengekreisch und dem Lärm, den eine Herde Wildschweine im Unterholz verursachte, gab es kein fremdes, ungewohntes Geräusch, das dem Mädchen aufgefallen wäre. Sie suchte mit ihren Augen den Abhang und die Flußufer ab. Ling hatte scharfe Augen. Sie entdeckte einen Wildtaubenbau und einen Elefantenpfad, der frisch in das niedrige Gesträuch am Fluß getrampelt war. Es konnte höchstens ein paar Stunden her sein, da waren die Dickhäuter hier zur Tränke gezogen. Sie waren nicht sehr häufig in diesem Gebiet, und Ling hätte etwas darum gegeben, sie beobachten zu können.

Nach einer Weile stieg sie von dem Stein herab in den Fluß. Das Wasser ging ihr in der Nähe des Ufers bis knapp an die Knie, und sie machte sich nicht die Mühe, das Kleid hochzuraffen, dessen Saum naß wurde. Es ging sich gut im weichen, schlammigen Sand des Flußbettes, manchmal huschten Fische blitzschnell zwischen den Füßen des Mädchens hindurch.

Ling erinnerte sich, daß sie eine Fischleine in ihrer Strohtasche hatte. An einem Fluß wie diesem konnte man leicht von dem leben, was man im Wasser fing. Donald Foster würde ziemlich lange Zeit davon leben müssen. Davon und von dem, was ich zu ihm schmuggeln kann, dachte Ling.

Sie kannte den Jungen, der Donald Foster hieß, solange sie sich erinnern konnte. Neville Foster, sein Vater, war Ingenieur auf der Zinnmine Nr. 14 unweit von Kuala Lumpur gewesen. Ein ruhiger, arbeitsamer Mann, dessen Frau bei der Geburt des Jungen gestorben war. Foster hatte damals eine Amah zu sich genommen, eine einheimische Kinderfrau, die sich um den Jungen kümmerte. Foster hatte diese Kinderfrau nie gewechselt, denn Ah Ling, eine Witwe aus Beranang, war nicht nur außerordentlich zuverlässig gewesen, sie hatte den kleinen Donald ebenso liebevoll umsorgt wie ihr eigenes Kind Ling.

Es war einige Wochen her, seit die Japaner alle englischen Angestellten der Grube, die sie bei ihrem Einmarsch vorfanden, nach Seremban geschafft und dort öffentlich erschossen hatten. Ihre Leichen waren viele Stunden vor dem Polizeigebäude zur Schau gestellt worden. Die Kempeitai hatte dafür gesorgt, daß alle Einwohner die Toten sahen, weil es den Eroberern darauf ankam, die Engländer in den Augen der Einheimischen auf besonders eindrucksvolle Weise zu erniedrigen.

Die Amah Ah Ling hatte in den unruhigen Tagen, die dem Einmarsch der Japaner vorausgingen, Donald Foster, das ihr anvertraute Kind, nicht für eine Sekunde aus den Augen gelassen. Sie hing an ihm und spürte, wie der Junge ihre Fürsorge mit seiner kindlichen Zuneigung erwiderte. Das ließ sie in den gefährlichen Tagen des japanischen Überfalls um seine Sicherheit kämpfen; sie brachte es fertig, ihn vor den Menschenjägern zu verstecken. Es war unmöglich, ihn in Beranang zu lassen, denn jeder Einwohner kannte ihn als Europäer, und es würde auf die Dauer kaum gelingen, seine Anwesenheit vor den Augen der japanischen Patrouillen geheimzuhalten. So hatte Ah Ling sich dafür entschieden, Donald Foster Asyl im Dschungel suchen zu lassen.

Nach einigen hundert Metern machte der Fluß einen Bogen. Seine Ufer schoben sich zusammen, so daß sich das Blätterdach über dem Wasser schloß, das Ling bald bis an die Brust reichte, sie kletterte auf das rechte Ufer, wo sie ihr Kleid auswrang und dann längs des Flußbettes weiterging. Sie kannte den Weg genau und schlich sich äußerst geschickt von hinten an die kleine Hütte heran, die etwas vom Fluß entfernt auf einer Lichtung stand. Die Behausung war aus Bambusstäben und den großen Blättern der Atappalme gebaut. In ihrem Innern war ein Schlaflager aus abgerissenen Zweigen – mit einer Wolldecke. Es fanden sich ein Kochtopf, ein Handtuch und ein paar Toilettengegenstände. Neben dem Schlaflager stand ein selbstgefertigter Bogen mit einem halben Dutzend Pfeilen.

Ling betrachtete alles nur kurz. Sie kannte jeden Gegenstand hier, denn sie hatte mitgeholfen, das Nötigste herbeizuschaffen. Dann stellte sie die schwere Strohtasche ab und setzte sich in den Eingang der Hütte. Sie hatte kaum ihren Rücken an einen der Bambuspfosten gelehnt, als Donald Foster sich in ihrer Nähe am Stamm eines hohen, schlanken Baumes herabgleiten ließ. Er winkte ihr, und während er herankam, rief er lachend: »Seit zehn Minuten wußte ich, daß jemand kommt. Die Papageien sind aufgeflogen!«

»Aber du wußtest nicht, daß ich es war.«

Der Junge strich eine Strähne blonden Haares aus der Stirn. »Doch. Niemand würde so genau auf meine Hütte zukommen, der nicht weiß, daß sie hier steht.«

Er mochte ein oder zwei Jahre älter sein als das Mädchen; ein Junge, der seine Schulzeit noch nicht ganz hinter sich hatte. In der Mine hatte er mit anderen gleichaltrigen Kindern zusammen einen Lehrer gehabt, und im nächsten Jahr hatte der Vater ihn einem Internat in England anvertrauen wollen. Seit er sich hier im Dschungel verstecken mußte, hatte er tausend Ängste durchlebt. Es war nicht leicht, allein auf sich gestellt zu sein in einer Umgebung, die dem Menschen alles andere als freundlich gesinnt war. Die Tage schlichen dahin, und die Nächte dehnten sich endlos. Manchmal lag der Junge eine ganze Nacht wach und lauschte bange auf ein Geräusch, das ihm etwa die Anwesenheit einer japanischen Streife verraten würde. Er verstand nur wenig von den Zusammenhängen, die ihn hierher verschlagen hatten. Alles, was er wußte, war, daß die Japaner das Land überfallen, seinen Vater umgebracht und die britische Armee zerschlagen hatten. In den ersten Tagen hatte er oft und viel geweint. Er hätte sich mit dem Tod des Vaters leichter abgefunden, wenn er um diese Zeit nicht so allein gewesen wäre. So wußte er, daß er eine Art Freiwild für die Eroberer war, weil er eine weiße Hautfarbe hatte, er hatte auch begriffen, daß seine einzige Chance zu überleben darin bestand, sich zu verbergen und abzuwarten.

»Du hast dich schon etwas an das Leben hier gewöhnt«, bemerkte Ling. »Langsam wirst du zum Dschungelmenschen. Jetzt merkst du schon, wenn sich jemand der Hütte nähert. Hast du immer noch Angst?«

Er schämte sich, es einzugestehen. Während er sich neben sie setzte, sagte er: »Nur die Nächte sind schlimm. Am Tage ist man sicherer.«

»Ich glaube nicht, daß die Japaner nachts in den Wald eindringen«, meinte Ling. »Bei uns im Dorf sind sie gewesen, aber sie bleiben nachts immer dicht beisammen und stellen Posten aus. Wenn sie ein Stück in den Wald gehen, nehmen sie große Lampen mit. Es kommt einem so vor, als ob sie Angst hätten.«

»Vor wem?« wollte er wissen. »Sie sind die Sieger.«

Das Mädchen zuckte die Schultern. »Vielleicht vor den Tieren. Aber vielleicht auch vor Engländern, die sich noch versteckt halten.« Sie zog die Stirn in Falten und kniff die Augenlider zu einem schmalen Schlitz zusammen. »Bei uns im Dorf sagen die Leute, daß die Japaner den Dschungel fürchten. Sie kennen ihn nicht. Man hat sie wohl dafür ausgebildet, im Wald zu kämpfen, aber sie sind nicht im Wald zu Hause wie wir. Wenn sie nicht unbedingt müssen, dann dringen sie kaum weiter als ein paar hundert Schritte in den Dschungel ein.«

Donald Foster hatte die einziehenden Truppen nicht mehr gesehen, weil Ah Ling ihn rechtzeitig in Sicherheit gebracht hatte. Er konnte sich kaum einen Japaner vorstellen, denn auf der Mine hatte es nur einen japanischen Frisör gegeben, und der war ein alter, buckliger Mann gewesen. »Wie sehen sie aus?« fragte er deshalb. »Sind sie groß?«

»Klein«, erwiderte sie. »Sie tragen gelbgrüne Uniformen und Stahlhelme oder Stoffmützen mit Schirmen. Ihre Sprache ist hart, und ihre Gewehrkolben sind es auch. Viele haben Angst vor ihnen, aber ich habe keine.«

»Du bist mutig«, sagte er. »Aber sie sind stark. Haben sie wirklich so moderne Waffen?«

»Ich weiß es nicht. Sie sind dumm. Sie bilden sich ein, die Leute müßten vor ihnen auf die Knie fallen und ihnen danken, daß sie gekommen sind. Vor zwei Tagen haben sie ein halbes Dutzend großer Mädchen bei uns erschossen. Die Leute sagen, sie wollten sich nicht mit ihnen einlassen. Auch ein paar Männer haben sie mit den langen Messern erstochen, die sie an den Gewehren tragen. Es soll in den anderen Dörfern ebenso sein.«

Donald Foster schüttelte traurig den Kopf. »Willst du nicht lieber hierbleiben?« fragte er das Mädchen.

Sie zögerte mit der Antwort. Schließlich sagte sie: »Meine Mutter ist im Dorf. Die Japaner haben streng verboten, daß jemand von dort weggeht. Auf Kinder achten sie nicht so sehr, aber wenn sie dahinterkommen, daß ich aus dem Dorf verschwunden bin, würden sie meine Mutter erstechen. Sie haben es öffentlich angedroht.«

»Schade, zu zweit wäre es schöner hier. Nicht so einsam. Aber wenn du meinst.«

»Später vielleicht«, tröstete sie ihn. »Man muß abwarten, wie das alles weitergeht. Die Leute sagen, daß die Engländer vielleicht wieder zurückkommen und die Japaner verjagen.«

Sie griff nach der Strohtasche, die sie mitgebracht hatte, und begann den Inhalt auszupacken. Es waren Früchte und Bataten darin, ein Säckchen Maniokmehl, getrocknete Fische und gekochter Reis, in dem ein Stück gebratenes Schweinefleisch steckte. In den ersten Tagen hatte Donald Foster den Hunger kaum gespürt. Er hatte sich ängstlich in seiner Hütte verkrochen und nicht gewagt, ein paar Schritte weit in den Wald zu gehen. Später dann war er zum Fluß hinabgestiegen, um Wasser zu trinken. In der Nähe des Ufers wuchsen ein paar wilde Bananenbäume. Die Früchte schmeckten herb und säuerlich, aber sie waren gut genug gegen den bohrenden Hunger. Am nächsten Tage hatte der Junge einen Papayabaum an der Flußbiegung entdeckt. Es hatte ihn große Anstrengungen gekostet, an dem schlanken, glatten Stamm bis unter die Laubkrone zu klettern, aber er hatte es geschafft, und die Papayas, saftige, melonenartige Früchte, lohnten die Anstrengung.

Den ersten Fisch hatte er mit einem Pfeil erwischt, kurz nachdem der Bogen fertig gewesen war, an dem er einen ganzen Tag gearbeitet hatte. Es war nicht sehr schwer, im seichten Wasser Fische zu schießen. Donald Foster brachte es bald auf zwei oder drei täglich. So gewöhnte er sich langsam daran, selbst für seinen Lebensunterhalt zu sorgen. Und er begann nach Methoden zu suchen, die ihm sein Leben hier am Fluß erleichtern konnten. Er bastelte eine primitive Angel, zu der ihm Ling nun die Schnur brachte. Die im fauligen Laub des Dschungelbodens verborgenen Blutegel gaben vorzügliche Köder ab. Ein ausgenommener, über dem Feuer geräucherter Fisch hielt sich einige Tage. Aus einem dicken Stück Bambusrohr hatte sich Donald Foster eine behelfsmäßige Schaufel angefertigt. Er zeigte sie Ling und sagte: »Es gibt gar nicht weit von hier im Wald einen Wildschweinpfad. Ich habe gestern dort eine Fallgrube angelegt und sie mit Zweigen zugedeckt. Irgendwann wird einmal ein Wildschwein hineinfallen, und ich werde es von oben mit Pfeilen totschießen. Das gibt dann ein Festessen.«

Er freute sich über seine Findigkeit. Jetzt, nachdem die erste, die schwerste Zeit vorbei war, genoß er mit jungenhafter Begeisterung die Abenteuerlichkeit seines gegenwärtigen Daseins.

Ling hatte alles aus der Strohtasche ausgepackt. »Es ist nicht viel, aber es wird für ein paar Tage reichen«, sagte sie fast entschuldigend.

Er unterbrach sie schnell. »Es ist sehr viel, Ling. Ich weiß gar nicht, wie ich deiner Mutter und dir dafür danken soll. Später vielleicht, wenn ich größer bin und älter.«

Aber das Mädchen wollte keine Dankesworte hören. Der Sohn des Grubeningenieurs Foster war, seit sie sich erinnern konnte, ihr Spielgefährte gewesen. Sein Vater hatte kaum Zeit für ihn gehabt, und Ah Ling war um ihn besorgt gewesen wie eine Mutter. Die beiden Kinder hatten sich angefreundet, und das eine hatte kaum jemals etwas ohne das andere unternommen. So streng die Engländer in der Grube darauf achteten, Abstand von den Malaien zu halten, niemand hatte Anstoß daran genommen, wenn die Kinder miteinander herumtollten. Kinder verstanden noch nichts von der Politik Ihrer Majestät in der Kolonie Malaya. Sie würden es zu gegebener Zeit auf den Schulen in England lernen, und bis dahin kümmerte sich kaum jemand darum, wenn sie mit den malaiischen Kindern spielten, deren Sprache nachplapperten und eine Anzahl ihrer Lebensgewohnheiten nachahmten.

»Ich habe noch etwas für dich«, begann Ling zögernd. Sie sah Donald unsicher an. »Eigentlich habe ich Angst davor, aber ich dachte, es kann nicht schaden, wenn ich es dir mitbringe.«

Sie schob eine Lage Blätter beiseite, die den Boden der Strohtasche bedeckten; als ihre Hand wieder hervorkam, lag darin ein mattglänzender, langläufiger Trommelrevolver. Sie faßte ihn äußerst vorsichtig an, so als könnte er jeden Augenblick zwischen ihren Fingern explodieren. Sie hielt ihn Donald Foster hin, und der griff beglückt danach.

»Ein Revolver!« rief er. »Wo hast du ihn her?«

Er betrachtete die Waffe eingehend. Im Arbeitszimmer seines Vaters hatten ähnliche Waffen, Erinnerungsstücke, an den Wänden gehangen, und Donald hatte oft genug heimlich damit gespielt.

»Meine Mutter hat ihn hinter der Mine gefunden, dort, wo die Engländer gekämpft haben. Das hat sie auch mitgenommen.« Sie holte aus der Tasche noch einen kleinen Lederbehälter hervor. Er enthielt Patronen.

Donald Foster probierte schnell, ob sie in die Trommel des Revolvers paßten. Dann legte er beides beiseite und drückte Ling mit ernstem Gesicht die Hand. »Jetzt werde ich vor nichts mehr Angst haben. Nicht einmal vor den Japanern.«

»Meine Mutter hat gesagt, sie hätte dir nie erlaubt, einen solchen Revolver in die Hand zu nehmen, weil du dich damit selbst verletzen kannst. Aber sie meint, in einer Zeit wie dieser ist es gut, wenn du eine Waffe hast. Du sollst vorsichtig damit sein, das hat sie mir nochmals eingeschärft. Wirst du auf die Japaner schießen?«

»Wenn sie mich ausfindig machen, ja.«

Er griff wieder nach dem Revolver. In der Trommel befanden sich zwei abgeschossene Patronen. Er ersetzte sie durch neue aus dem Lederbehälter, und dann steckte er die Waffe in seine Hosentasche. »Weißt du«, sagte er, »wenn sie jemals durch einen Zufall auf meine Spur kommen, dann werde ich mich geschickt verstecken und einen nach dem anderen erschießen. Sie haben meinen Vater umgebracht, ohne jeden Grund, warum soll ich mit ihnen Mitleid haben?«

Das Mädchen begann die Lebensmittel in große Bananenblätter einzuwickeln und in der Hütte unterzubringen. Donald Foster verschwand zwischen den Büschen und kehrte mit einem Armvoll trockenem Bambus zurück, den er zwischen den beiden Steinen der Feuerstelle aufschichtete und anbrannte. Ling half ihm, ein wenig von dem mitgebrachten Reis zu wärmen und einen Fisch zu braten. Als sie gegessen hatten, stand die Sonne schon tief, und Ling mußte an den Heimweg denken. Aber sie blieb noch gern, als Donald Foster ihr vorschlug, zum Fluß hinabzulaufen und zu baden.

Sie ließen ihre Kleidung in der Hütte zurück und sprangen durch das Buschwerk bis zum Wasser. Der schmale, seichte Fluß war eiskalt wie alle Gewässer, die unter dem undurchdringlichen Laubdach des Regenwaldes flossen. Übermütig warfen die beiden sich in das aufspritzende Wasser, schlugen es mit Händen und Füßen und tollten sich aus. Nur ihre Stimmen dämpften sie. Es gab keine Krokodile hier, die einzigen Quälgeister waren Tausende von Moskitos, die in flimmernden Wolken in der Luft hingen.

Als die beiden wieder ans Ufer kletterten, deutete Donald Foster auf eine dunkle Narbe am Hals des Mädchens und meinte: »Man sieht nicht mehr viel davon.«

Sie nickte. Aber sie wußte, daß man die Narbe wohl immer würde bemerken können. Doch was tat das schon! »Es gibt schlimmere Sachen als einen Hundebiß«, sagte sie leichthin.

Vor Jahren hatte der Hund eines englischen Angestellten der Mine seine Zähne in den Hals des Kindes geschlagen. Aber man hatte das Tier rechtzeitig vertreiben können, und es war Ling weiter nichts geschehen. Die Narbe war geblieben. Was war schon eine Narbe!

»Komm, laufen wir«, forderte sie den Jungen auf. Er faßte sie bei der Hand, und sie sprangen zurück zur Hütte. Buschwerk und hohes Gras peitschte ihre Körper. Als sie an dem niedergebrannten Feuer ankamen, streiften sie schnell ihre Kleidung über. Plötzlich blickte Ling mißtrauisch in den Himmel. Das Motorengeräusch eines Flugzeuges war in der Luft. Aber die Maschine flog fernab vorbei.

»Ich muß mich beeilen«, sagte Ling. Nach Anbruch der Dunkelheit schossen die japanischen Patrouillen auf alles, was sich außerhalb des Dorfes bewegte. Sie nahm ihre Strohtasche und machte sich auf den Weg. Der Junge begleitete sie bis an die Biegung des Flusses, wo sie ins Wasser stieg und auf dem weichen Flußgrund weiterging.

»Wann kommst du wieder?«

»Bald«, versprach sie. »Und paß auf dich auf!«

Er rief ihr nach: »Grüß Ah Ling und sage ihr, daß ich sehr dankbar bin.«

Sie winkte noch einmal kurz zurück. Gewiß wäre es schöner gewesen, mit Donald Foster zusammen hier mitten in der Wildnis zu hausen. Zu zweit verging die Zeit schneller. Aber wer sollte ihm dann ab und zu Lebensmittel bringen?

Sie stieg durch das Wasser, und ohne es zu merken, beschleunigte sie das Tempo. Bald konnte sie wieder ans Ufer klettern. Als sie den Hang überwunden hatte, blickte sie zurück. Doch da war nichts als grünes Blättergewirr, verschlungene Ranken und Lianen. Keine Spur eines menschlichen Wesens. Sie wich einer Python aus, die vollgefressen und faul unter einer Staude Riesenfarn lag. Pythons waren dem Menschen nur selten gefährlich. Sie machten Jagd auf kleine Tiere; es waren nur wenige Fälle bekannt, in denen sie Menschen angegriffen hatten. Man konnte sie sogar zähmen. Ling erinnerte sich, daß es in Beranang einige malaiische Familien gegeben hatte, die junge Pythonschlangen als Haustiere hielten. Sie fingen ihnen Ratten und Kaninchen, und später gewöhnten sich die Tiere daran, selbst auf Nahrungssuche zu gehen und in das Haus zurückzukehren.

Wo sie sich aufhielten, wagte sich keine Giftschlange hin. Die Pythons wurden nicht bösartig, wenn die Kinder mit ihnen spielten. Hatte eine Mutter einen Säugling im Haus, dann konnte sie ihn ruhig der Obhut einer solchen an Menschen gewöhnten Riesenschlange anvertrauen, während sie aufs Maniokfeld ging. Die Python wachte darüber, daß keine Giftschlange, kein wildernder Hund und keine hungrige Ratte an das Körbchen mit dem Neugeborenen herankam.

An der Straße mußte Ling beinahe eine halbe Stunde warten, ehe sie sie überqueren konnte. Eine Kolonne Japaner marschierte ostwärts. An ihr vorbei fuhren Lastwagen und Fahrradkolonnen. Erst als es auf der Straße wieder still war, huschte das Mädchen schnell auf die andere Seite. Sie erreichte das Dorf, nachdem die Sonne untergegangen war. Es lag still zwischen den dunklen Wällen der Waldstreifen und der schmalen Straße, die nach Kuala Lumpur führte. Nirgendwo brannte Licht. Seit die Japaner hier waren, durften nach Sonnenuntergang kein Feuer und keine Lampe mehr brennen. Es hieß, daß die Engländer ab und zu noch Maschinen schickten, und die Japaner fürchteten, die Einheimischen könnten ihnen Lichtsignale geben.

Ling kroch tief gebückt bis zum Waldrand im Rücken des Dorfes. Vor ihr lagen ein paar hundert Meter weit Batatenfelder, dann kam die Hütte, die sie mit der Mutter bewohnte. Angestrengt beobachtete das Mädchen die Ortschaft. Es schien nichts Besonderes dort zu geben. Alles war ruhig, zwischen den Hütten war niemand zu sehen.

Es war dunkel, aber der zunehmende Mond und das matte Sternenlicht genügten, um einigermaßen erkennen zu können, was zwischen den Hütten vor sich ging. Ling sah nichts, das sie besonders gewarnt hätte; in der Tat hatten die Japaner hier nur einen unbedeutenden Kontrollposten, der in einem ehemaligen Teehaus an der Straße stationiert war. Drei oder vier Soldaten lösten einander dort im Wachestehen ab; ihre Aufgabe war die Beobachtung der Straße, einer wichtigen Verkehrsader nach Kuala Lumpur.

Langsam schob sich Ling aus dem Wald. Dann schlich sie gebückt über die Batatenfelder und erreichte schließlich mit ein paar schnellen Sprüngen die Hütte. Die Mutter hatte sie beobachtet. Seit einer Stunde vor Sonnenuntergang wartete sie auf das Kind. Es fiel ihr nicht leicht, sie der Gefahr ausgesetzt zu wissen, die ihre Gänge zu Donald Foster mit sich brachten; aber das Schicksal jenes blonden englischen Jungen lag ihr ebenso am Herzen wie die Sicherheit ihres Mädchens.

»Du kommst spät«, sagte sie erleichtert. »Geht es ihm gut?« Es war dunkel in der Hütte, und die beiden unterhielten sich flüsternd, aus Furcht, ihr Gespräch könne belauscht werden. Ling berichtete, wie sie den Jungen vorgefunden hatte; am Schluß sagte sie: »Er läßt sich nicht vom Dschungel unterkriegen. Er fängt Fische und baut Fallgruben für Wildschweine. Wenn es noch lange dauert, wird er ebenso leben wie die braunen Sakai in den Bergen.«

Die Mutter holte einen Topf, in dem sich ein wenig mit Curry gewürzter Reis befand. Aber als sie eine Schale für Ling füllen wollte, sagte das Kind hastig: »Ich habe mit Don gegessen.«

Ah Ling schüttelte mißbilligend den Kopf. »Du ißt ihm das wenige weg, das wir für ihn erübrigen können. Wer weiß, ob ich morgen Reis auftreibe. Er wird knapp. Die Japaner haben überall die Vorräte ausgeräumt.«

»Don wird keinen Hunger haben«, versicherte Ling. »Es gibt eine Menge Fische in dem Fluß.« Sie überlegte einen Augenblick, dann fügte sie hinzu: »Am liebsten wäre ich dort geblieben, mit ihm zusammen.«

Die Mutter stellte den Reis wieder fort. Dann trat sie in den Eingang der Hütte und blickte in die Dunkelheit hinaus. Auf der Straße war Motorenlärm. Eine Kolonne Japaner fuhr südwärts.

»Sie werden vielleicht heute nacht oder morgen dahinterkommen«, begann Ah Ling.

Das Mädchen trat neugierig neben sie. »Hinter was sollen sie kommen?«

»Die Männer sind fort. Fast alle. Sie sind bei Sonnenuntergang in den Dschungel.«

»In den Dschungel?« fragte Ling ungläubig. »So wie Don?«

Aber die Mutter erwiderte: »Nicht wie Don. Es sind Männer. Sie wollen sich nicht nur verbergen. Sie wollen kämpfen.«

Draußen begann der Himmel sich mit schweren Wolken zu überziehen. Ein Windstoß fuhr in die Büsche, die unweit der Hütte standen, und ließ einen Schauer weißer Blüten herabrieseln. Dann kam der Regen.

»Es ist Zeit, schlafen zu gehen«, mahnte die Mutter. Sie bereitete für sich und das Kind das Schlaflager. Während der Regen auf das Land fiel, auf die niedrigen Hütten aus Bambus und Palmenblättern, auf die Maniokfelder, die Gummiplantagen und den Dschungel, streckten die beiden sich auf der Matte aus.

»Der Monsun«, murmelte Ling müde. Sie war mit ihren Gedanken bei den Männern, die in den Dschungel gegangen waren. Wo würden sie jetzt sein? Gab es ein Regendach für sie? Oder Reis am Morgen? Wer würde für sie Essen in den Wald tragen? Die Mutter? Die anderen Frauen?

»Er löscht die Sterne, der Monsun. Warum kann er nicht die Japaner auslöschen? Wenn wir aufwachen, müßten sie fort sein, mit dem Regen weggeschwemmt, irgendwohin, ins Meer, dort, wo es tief ist und voller Haie.«

»Schlaf, Kind«, flüsterte die Mutter.

Ah Lings Gedanken kreisten um die Männer im Dschungel, während die Atemzüge des Kindes neben ihr ruhiger und tiefer wurden. Sie dachte über die Japaner nach, die sich im Lande eingenistet hatten, den Reis stahlen und Leute töteten – Engländer wie Malaien. Die Geister sollten sie holen, wünschte Ah Ling, jeden einzelnen von ihnen.

Major Kumara sah dem Mann nach, der sein Büro verließ. Dann blieb er eine Weile nachdenklich in seinem Rohrstuhl sitzen und überlegte, ob er die Unterredung mit Leong Yew Koh für sich behalten oder ob er sie offiziell registrieren lassen sollte. Schließlich drückte er auf einen Klingelknopf am Schreibtisch und rief seinen Adjutanten herein, einen jungen Leutnant mit kahlgeschorenem Kopf und nickelgefaßter Brille.

»Machen Sie eine Notiz«, ordnete der Major an. »Ich habe soeben den malaiischen Kaufmann Leong Yew Koh aus der Haft entlassen. Der Mann hatte unsere Anordnung zur Einstellung jeglicher Geschäftstätigkeit nicht befolgt. Allerdings betrieb er Geschäfte mit Partnern in unserem Heimatland, das erleichtert die Sache. Der Mann ist gutwillig. Außerdem kennt er sich in den hiesigen Wirtschaftsverhältnissen aus und hat viele Verbindungen. Ich halte ihn für brauchbar, im Rahmen unseres Programms für uns zu arbeiten. Wir unterrichten unsere Wirtschaftsorgane und schlagen vor, daß der Mann seine Geschäfte weiterbetreiben kann, mit einem Unterschied zu früher: Er betreibt sie für uns. Veranlassen Sie das. Ich wünsche Leong Yew Koh in spätestens sechs Wochen wieder vorgeführt zu bekommen. Nicht als Inhaftierten. Er wird zu mir gebeten. Höflich. Das ist alles.«

Der Adjutant verließ den Raum, und Kumara dachte, es ist nicht alles. Es ist nur der Anfang, aber was danach kommt, werde ich selbst fest in die Hand nehmen und keinem anderen überlassen, denn es wird sich um Geld handeln.

Leong Yew Koh war einer jener einheimischen Zwischenhändler, die es ausgezeichnet verstanden hatten, den Reichtum des Landes in die Hände der englischen Kolonialherren zu spielen. Er selbst hatte dabei nicht schlecht verdient, aber er war kein Engländer, und im Grunde blieb es ihm gleich, mit wem er seine Geschäfte betrieb. Er war ein Manager mit Spürnase und Erfahrung. Solche Leute brauchte Japan in den besetzten Ländern. Entscheidend war, daß der Mann das Gefühl bekam, seine Freiheit, weiter Geschäfte zu machen, hänge von der Gunst eines einzigen Japaners ab. Kumara hatte ihn geschickt auf diesen Weg gelenkt. Und ein Mann wie Leong Yew Koh würde wissen, was er dem Major für dessen Entgegenkommen schuldig war. Ein guter Anfang, sagte sich Kumara.

Er war überhaupt mit dem Verlauf der Dinge zufrieden. Seit ganz Malaya besetzt war, hatte es keine wesentlichen Mißerfolge für ihn gegeben. Wie zu erwarten gewesen war, hatte das Oberkommando der kaiserlichen Armee ihn nach der Einnahme Singapores in die Hauptstadt Kuala Lumpur versetzt und mit der Aufgabe betraut, den Einsatz der Geheimpolizei, der Kempeitai, zu leiten. Seine Dienststelle war das ehemalige britische Stadtgefängnis, dem schon früher die Polizeiverwaltung angegliedert gewesen war.

Inzwischen hatte die Armee große Teile Burmas besetzt, und Rangoon war eingeschlossen. Die britischen Truppen zogen sich nach Indien zurück. Borneo, Timor, Celebes und Teile Neuguineas befanden sich in japanischer Hand. Auf Sumatra und Java gab es noch Kämpfe, aber sie näherten sich bereits ihrem Ende. Das zeitige Frühjahr sah Japan im Besitz der wichtigsten Schlüsselpositionen. Die Voraussetzungen für weitere Eroberungen waren geschaffen.

Unter diesen Umständen kam der Kempeitai in Malaya eine besondere Rolle zu. Zinn und Kautschuk waren die kriegswichtigsten Rohstoffe, die in diesem Lande reichlich vorkamen. Japan organisierte die restlose Ausbeutung der Schätze. Die Kempeitai hatte darüber zu wachen, daß es dabei zu keiner Störung kam.

Kumara hatte in dieser Hinsicht bisher wenig Sorgen gehabt. Widerstand wurde kaum geleistet, und Engländer gab es nur noch in den Gefangenenlagern. Aber Kumaras Agenten war nicht entgangen, daß sich etwas im Lande tat. Die Meldungen, wonach aus Dörfern und Städten Männer plötzlich spurlos verschwanden, häuften sich. Vernahm man die Angehörigen, so erfuhr man kaum etwas über ihren Verbleib. Unter den Leuten hieß es, sie seien in den Wald gegangen. Kumara war ein wenig besorgt darüber. Nachforschungen hatten ergeben, daß viele der Verschwundenen in der Zeit der englischen Besetzung mit den Kommunisten zu tun gehabt hatten. Die meisten waren Arbeiter, Gummizapfer, Rikschafahrer. Man würde die Augen offenhalten müssen, denn niemand konnte voraussagen, was die Kommunisten planten.

Nach einer Weile erinnerte sich Kumara daran, daß er an diesem Abend das »Bali« besuchen wollte. Die Einladung lag auf seinem Schreibtisch. »Ein Etablissement, in dem sich die Offiziere der kaiserlichen Armee wohl fühlen sollen, geleitet von erstklassigen Kräften. Ein Aufenthaltsort für erholsame Stunden unter dem Zeichen der neunstrahligen Sonne Nippons und dem Hakenkreuz Großdeutschlands, den Symbolen der Achse Berlin–Tokio.«

Kumara blickte auf seine Uhr, einen großen Chronometer, den er dem in Gefangenschaft befindlichen Kommandeur einer britischen Pionierbrigade abgenommen hatte. Es war spät genug für den Besuch. Das »Bali« begann mit seinem Gala-Abend genau bei Sonnenuntergang.

Der Kommandeur der Kempeitai machte sich nicht die Mühe, ein neues Hemd für den Abend anzuziehen. Er stellte fest, daß die weichen, braunen Lederstiefel, die er zu seinen Breeches trug, noch genug Glanz aufwiesen. Während er sein Koppel mit der schweren Pistole umschnallte, stieß er die Tür zum Vorzimmer auf und teilte dem Adjutanten mit: »Ich fahre zum ‚Bali'. Falls es nötig ist, bin ich dort zu erreichen.«

Der Leutnant erhob sich und öffnete die Tür für seinen Vorgesetzten. Unten stieg Kumara in einen erbeuteten englischen Jeep, und der Fahrer lenkte das Fahrzeug geschickt durch den Abendverkehr im Stadtzentrum.

Es gab zu dieser Zeit nur Motorfahrzeuge der Armee in Kuala Lumpur. Ganz wenige Privatpersonen besaßen noch ein Auto. Es waren solche, die im Auftrage der Japaner arbeiteten oder die besondere Vorzüge genossen. Aber auch in anderer Hinsicht war das Straßenbild weniger bunt als zuvor. Wohl gab es Menschen, die hastig umherliefen, Rikschas und wandernde Handwerker, wohl gab es auch die Kinder und den Qualm der Kochfeuer und alles, was vorher gewesen war. Aber über allem lag eine Bedrücktheit, die dem turbulenten Leben seine Farbe nahm. Die Leute sprachen nur das Notwendigste. Wen sie nicht kannten, dem mißtrauten sie. Die Handwerker taten ihre Arbeit lustlos, und die Rikschafahrer verschwanden um die nächste Straßenecke, wenn ein Trupp japanischer Soldaten anrückte. Die Japaner zahlten nicht, sie teilten Fußtritte aus. Sie machten Jagd auf Mädchen und junge Frauen; wenn sie etwas sahen, das ihnen gefiel, dann stahlen sie es kurzerhand.

Für einen Protest gab es je nach Gelegenheit Schläge oder Schüsse. Das Recht war auf der Seite der Macht, und die Macht lag bei den Soldaten aus Nippon.

Während Kumaras Wagen auf den nördlichen Rand des Stadtzentrums zufuhr, erinnerte sich der Major an sein erstes Zusammentreffen mit jener Frau, die ihn für heute ins »Bali« eingeladen hatte. Es war eine der größten Überraschungen für ihn gewesen, als er nach der Einnahme der Stadt sein Hauptquartier im Polizeigefängnis aufschlug und dort in einer der Zellen eine weiße Frau vorfand, die ihn lustig lachend in einer Sprache anrief, die er nicht verstand. Eine rundliche, noch nicht alte Frau mit blondem Haar und rosiger Haut, schmutzig und verwahrlost vom Aufenthalt in der Zelle, aber offenbar glücklich, ihn zu sehen.

»Irrsinnig?« fragte er den Hauptmann, dem die Bewachung der von den Engländern zurückgelassenen Gefangenen oblag.

Der Mann raunte ihm zu: »Ein Fall, in dem ich um Ihre Entscheidung bitte. Die Akte liegt bereit.«

»Engländerin?«

»Nein, Deutsche.«

»Oh«, machte Kumara überrascht. Nun erst wußte er, was für eine Sprache das war, in der die Frau sich an ihn gewandt hatte. Er ging schnell an der Zelle vorbei und ordnete an: »Sofort vorführen.«

Eine halbe Stunde später erschien die untersetzte blonde Frau in seinem Dienstzimmer. Man hatte ihr Gelegenheit gegeben, sich zu waschen und ihr Haar zu kämmen. Kumara hatte die englische Akte nur kurz überflogen, aber das hatte genügt, um ihm eine Vorstellung von den Gründen für die Verhaftung der Frau zu geben. Er deutete auf einen bereitgestellten Stuhl und fragte betont höflich auf englisch: »Sprechen Sie genug Englisch, um mich zu verstehen, oder wollen wir einen Übersetzer für Ihre Muttersprache bemühen?«

Die Frau schüttelte den Kopf. »Ich verstehe Sie sehr gut, Herr Kommandant. Werde ich jetzt endlich freigelassen, nachdem unsere japanischen Verbündeten gesiegt haben?«

»Sie heißen Lou van Bergen?«

»Mein Mann war Holländer, es ist sein Name. Ich bin Deutsche. Luise Freudmann ist mein Mädchenname.«

»Rauchen Sie?« Er bot ihr eine Zigarette an, die sie dankbar nahm. Während er sein Feuerzeug für sie aufschnappen ließ, erkundigte er sich beiläufig. »Ihr Mann starb?«

»Vor Jahren schon. Ich bin die Besitzerin des Hotels ‚Bali'. Man hat mich verhaftet, weil ich Deutsche bin. Sie ahnen nicht, wie sehnsüchtig ich auf die japanische Armee gewartet habe, daß sie endlich die Engländer vertreibt.«

Kumara gestattete sich ein leichtes Lächeln. Die Frau war alles andere als häßlich, sie schien in der Tat froh zu sein, daß die kaiserliche Armee in Kuala Lumpur eingezogen war. Kumara teilte nicht die Vorliebe einiger seiner Kollegen für europäische Frauen, aber Lou van Bergen machte trotzdem einen gewissen Eindruck auf ihn.

Er blätterte in der Akte.

»Ich kann verstehen, daß Sie froh sind«, sagte er. »Sie sind bereits einige Monate inhaftiert?«

Henderson hat gut gearbeitet, dachte Lou. Ob dieser pferdezahnige Affe mir auch noch den Rest der Geschichte abnimmt? »Eine lange Zeit«, antwortete sie vorsichtig. »Ich wurde der Spionage gegen England verdächtigt.«

»Trifft der Verdacht zu?« Die Frage kam schnell, und Kumaras Augen suchten aufmerksam das Gesicht der Frau ab.

Lou senkte den Kopf. »Er trifft nicht zu«, gab sie weisungsgemäß zurück. »Ich bin Deutsche und außerdem überzeugte Nationalsozialistin. Das genügte den Engländern, um mich zu verdächtigen. Wenn Sie nicht gekommen wären, hätte man mich zum Tode verurteilt. Ich weiß nicht, wie ich Ihnen danken soll.«

Kumara tat zwei Dinge gleichzeitig. Er drückte auf den Klingelknopf, der den Posten hereinrief, und lächelte der Frau freundlich zu. Als der Posten eintrat, befahl Kumara: »Das beschlagnahmte Eigentum der Gefangenen sofort hierher.«

Danach blätterte er schweigend in der Akte. Die Engländer waren Nichtskönner. Daß diese Frau keine Spionin war, konnte man ihr am Gesicht ansehen. Sie war Deutsche und hielt zu Hitler, nun gut. Aber Spionage . . .

»Wer ist der Mann, der hier als Rolf angegeben ist?«

Das alles hatte sie mit Henderson vorher zur Genüge einstudiert. Es fiel ihr nicht schwer, jetzt ihre Rolle zu spielen.

»Man führte ihn als Beweis für die Spionage an. Er ist der Mann meiner Schwester, der im Auftrag seiner Firma hierher kam, kurz vor dem Krieg. Als der Krieg ausbrach, haben die Engländer ihn interniert. Ich sollte ihm gegenübergestellt werden, aber es kam nicht dazu. Hoffentlich hat er die Internierung überlebt und ist nun von Ihren Truppen befreit worden. Wissen Sie etwas von ihm?«

»Leider«, sagte Kumara. »Noch ist nicht ganz Malaya befreit. Welche Firma vertrat er?«

»AEG.«

»Elektrizität«, las Kumara aus der Akte vor. »Wissen Sie, ob auf ihn die Vermutung der Engländer zutrifft?«

»Wegen Spionage?«

Kumara nickte und klappte die Akte zu.

»Ich weiß es nicht. Er hat nie darüber gesprochen. Aber er war Kaufmann. Der Gedanke an Spionage ist absurd.«

Kumara verbiß sich mit Mühe ein Lachen. Was sollte man mit dieser Frau schon anfangen? Hätte sie spioniert, dann hätte sie es jetzt stolz zugegeben. Wer weiß, wo dieser Rolf geblieben war. Aber die Frau war Deutsche, und das verpflichtete jeden japanischen Offizier, ihr zu helfen. Es gab ziemlich genaue Abmachungen über solche Fragen in den Protokollen, die zwischen Berlin und Tokio unterzeichnet worden waren. Am besten gab man ihren Besitz zurück und ließ sie weiterwirtschaften. Ein Hotel war eine Sache, die selbst im besetzten Kuala Lumpur von Nutzen sein konnte.

Die Tür ging auf, und zwei Soldaten trugen herein, was bei der Verhaftung von Lou van Bergen sichergestellt worden war. Sie stellten einen Karton mit persönlichem Eigentum auf den Schreibtisch. Obenauf Lous Büstenhalter und ihren Unterrock. Daneben plazierten sie eine leicht angeschmutzte Gipsbüste Hitlers, ein Exemplar von »Mein Kampf« und zwei Hakenkreuzfahnen, die sie aufrollten und zur Ansicht vom Schreibtisch herabhängen ließen. Der Schreibtisch bekam dadurch das Aussehen eines mit viel Gefühl fürs Groteske dekorierten Altars.

Noch während die Soldaten sich anschickten, den Raum zu verlassen, erhob sich Lou von ihrem Stuhl, trat vor die Hitlerbüste, hob den Arm zum Gruß und sagte feierlich: »Heil, mein Führer.«

Kumara war durch diese unerwartete Geste so überrascht, daß er zunächst nicht begriff, was vorging. Dann aber merkte er es, als er Lou van Bergens Gesichtsausdruck sah. Er nahm seine Mütze vom Tisch, setzte sie auf und legte für einen Augenblick die Hand an den Schirm.

Lou mußte an sich halten, um nicht laut herauszuplatzen. Sie wandte sich ab, ging zu ihrem Stuhl zurück und setzte sich wieder. Es gab keinen Zweifel, hier hatte Henderson etwas eingefädelt, das wie geplant ablief.

Kumara legte dezent den Aktendeckel auf den Karton mit dem Büstenhalter. Er nahm die Mütze wieder ab, ging zu Lou und drückte ihr die Hand. Dabei sagte er ernst: »Es tut mir leid um jede Stunde, die Sie auf unsere siegreiche Armee warten mußten. Und es ist mir eine Ehre, Ihnen die verdiente Freiheit zu verschaffen. Wir sind uneingeschränkte Bewunderer Ihres Führers. Betrachten Sie uns als Ihre Beschützer und Freunde. Wenn Sie ein persönliches Anliegen haben, dann stehen wir jederzeit zu Ihrer Verfügung.«

Eine halbe Stunde danach war Lou van Bergen entlassen. Ihre Akte wurde vernichtet. Ein Wagen der Kempeitai fuhr Lou ins »Bali«, samt Hitlerbüste, Fahnen und »Mein Kampf«.

Sie erschien wenige Tage später wieder bei Kumara und beantragte die Erlaubnis, ihr Hotel zu eröffnen. Es wurde ihr sofort gestattet. Der Lieferwagen, der beschlagnahmt gewesen war, wurde ihr zurückgegeben, und sie durfte ihn zu Einkaufsfahrten benutzen. Lou war klug genug, durchblicken zu lassen, daß sie ihr neu eröffnetes Hotel zu einer Erholungsstätte für japanische Offiziere machen wollte, und so erhielt sie sogar noch die Genehmigung, im Versorgungsdepot der Japaner Benzin zu tanken. An der Scheibe des Lieferwagens klebte ein Zettel mit dem Stempel der Kempeitai, und jeder Straßenposten ließ das Auto ungehindert, meist auch unkontrolliert, passieren.

Inzwischen war der Krieg in Malaya beendet. Es gab keine Kämpfe mehr, und Lou konnte es wagen, mit ihrem Lieferwagen aus Kuala Lumpur herauszufahren. An einer Stelle, die Ralph Henderson ihr vorher bezeichnet hatte, ließ sie eine Nachricht für ihn zurück. Eine Woche später hatte er ihr an derselben Stelle die Antwort hinterlegt, daß sie ihn am Vortage der Neueröffnung des »Bali« von diesem Treffpunkt abholen sollte. Er wollte sich selbst davon überzeugen, wie das Unternehmen anlief, außerdem würden ihm ein paar Tage Bequemlichkeit in Lous Wohnung guttun.

Um diese Zeit kannten die japanischen Straßenposten bereits Lous Fahrzeug, sie wußten, daß es einer Deutschen gehörte, einer Verbündeten, die mit den Besatzungsorganen zusammenarbeitete. Sie hielten es kaum noch an, und wenn sie es überhaupt am Eingang zur Stadt taten, dann nicht um einen Blick auf das im Laderaum gestapelte Gemüse und das Obst zu werfen, das Lou in den Dörfern aufkaufte, sondern um die Deutsche, jene blonde Frau, für eine Minute neugierig zu betrachten.

Es war kein Risiko, Henderson mit dem Wagen ins »Bali« zu bringen. Lou holte ihn wie verabredet. Er badete einige Stunden lang, bis er den letzten Rest des fauligen Dschungelgeruches aus der Haut gespült hatte.

Inzwischen legte Lou neue Wäsche und einen Anzug für ihn zurecht, stellte Whisky und Sandwiches bereit, Zigaretten und einen Eisbehälter. In der Nacht entsetzte sie sich darüber, daß sein Körper eine Anzahl Geschwüre aufwies und dunkelrote Flecke, die davon zeugten, daß Blutegel sich an diesen Stellen festgesaugt hatten. Aber sie fand, daß Henderson im übrigen kaum in seinem Versteck gelitten hatte. Nach langer Zeit fühlte sie sich wieder einmal so wohl in ihrer Lage, daß sie die wenigen kleinen Bedenken, die ihr gekommen waren, für sich behielt.

Sie sagte nur: »So schnell kommst du mir nicht wieder von hier weg. Der andere wird auch ohne dich eine Zeitlang auskommen.«

Henderson hütete sich zu protestieren. Sein Plan lief. Warum sollte er nicht die Annehmlichkeiten, die damit verbunden waren, ebenso auskosten, wie er die unangenehmen Seiten seiner Tätigkeit wohl oder übel in Kauf nehmen mußte.

»Gieß uns noch einen ein«, forderte er die dralle Blondine auf. »Dann werden wir einen Schlachtplan für morgen machen.«

Kumara sah die Fassade des Hotels schon von weitem. Es war dunkel geworden, die gelbe Neonschrift des »Bali« leuchtete grell. Der Jeep hielt neben einem Fahrzeug der Flieger, und Kumara erkannte den Kommandanten des Flugplatzes von Kuala Lumpur, einen kleinen, glatzköpfigen Fliegeroffizier. Eine Anzahl anderer Armeefahrzeuge stand am Straßenrand. Die Fahrer dösten auf den Sitzen.

Schon als er durch die Drehtür trat, sah Kumara, daß Lou van Bergen keinen Aufwand gescheut hatte, um ihr Hotel in einen angenehmen Aufenthaltsort zu verwandeln. Die Empfangshalle war mit den Fahnen Deutschlands und Japans geschmückt. Zwischen ihnen stand die Hitlerbüste, die Kumara bereits kannte. Das Ganze machte einen feierlichen Eindruck. Kaum war Kumara ein paar Schritte gegangen, als ein junges Mädchen auf ihn zutrat und sich tief verneigte. »Es freut uns, Sie kommen zu sehen«, sagte sie förmlich.

Ein Blick in ihr Gesicht überzeugte Kumara davon, daß sie Malaiin war. Ihr Lächeln war einladend, vielversprechend. Sie begleitete ihn bis zur breiten Tür des Ballraumes, und hier sah er Lou van Bergen auf sich zukommen. Sie war in ein weites, lang herabwallendes Gewand gekleidet und hatte ihr Haar straff zu einem Knoten geschlungen, wie ihn die Mustergermaninnen in den deutschen Illustrierten trugen.

»Mein lieber Herr Kommandant!« begrüßte sie Kumara überschwenglich. »Welche Freude, Sie bei mir zu haben, meinen eigentlichen Befreier! Gefällt es Ihnen?«

Sie nahm ihn am Arm und führte ihn in den Saal, an dessen Wänden Nischen eingerichtet worden waren. Einige von ihnen waren schon besetzt. Kumara erkannte eine Anzahl Offiziere, die mit einheimischen Mädchen an den festlich gedeckten Tischen saßen. Er ahnte nicht, daß Lou ihn absichtlich selbst im ganzen Saal herumführte, weil sie wollte, daß möglichst viele Offiziere den Eindruck bekamen, er sei ihr intimer Freund. Er bestaunte die Sorgfalt, mit der alles hergerichtet war, und Lou lachte.

»Nicht umsonst sagt man uns Deutschen Ordnung und Gründlichkeit nach! Kommen Sie, Kommandant, ich habe für Sie einen besonders schönen Platz reserviert!«

Sie geleitete ihn zu einer Nische, die mit Palmenzweigen und blühendem Oleander geschmückt war. Während sie sich für einen Augenblick zu ihm setzte, erschien das Mädchen, das Kumara bereits an der Tür empfangen hatte, und brachte Bier und japanischen Whisky.

»Ich habe mit Ihrem Wirtschaftsoffizier vereinbart, daß mir ein gewisses Kontingent an Getränken überlassen wird, das ich selbstverständlich nur für Angehörige der kaiserlichen Armee verwende«, flüsterte Lou ihm zu.

Das Mädchen ging noch einmal fort und kam mit Gebäck zurück. Lou forderte sie auf, in der Nische zu sitzen. Zu Kumara gewandt, erklärte sie halblaut: »Für Gelegenheiten wie diese habe ich zwei Dutzend Mädchen eingestellt, die alle Wünsche meiner Gäste erfüllen. Dies ist Merapi. Sie steht Ihnen zur Verfügung. Gefällt sie Ihnen?«

Kumara hatte inzwischen begriffen, daß Lou van Bergen es mit den Annehmlichkeiten, die sie den Offizieren bereiten wollte, sehr ernst meinte.

»Es ehrt mich außerordentlich«, sagte er zurückhaltend. »Ich bewundere Ihren Einfallsreichtum.«

»Sie haben heldenhaft gekämpft und sollen sich hier wohl fühlen«, gab Lou zurück. »Dieses Haus ist Ihr Haus. Falls Sie während des Abends das Bedürfnis haben, für einige Zeit ungestört zu ruhen, wird Merapi Sie in ein hübsches Zimmer geleiten. Sie wird für Ihre Bequemlichkeit sorgen.«

Hinter der Tanzfläche hatte sich ein Orchester aufgebaut, das nun wieder zu spielen begann. Vereinzelte Paare drehten sich bereits zu der Musik. Lou griff nach einem Glas Whisky und trank Kumara zu. Dann erhob sie sich. »Ich muß mich noch um einiges kümmern. Aber ich werde später zurückkommen, Kommandant!«

Er sah ihr nach, wie sie über die Tanzfläche zum Eingang hinüberging. Eine Frau mit Geschäftssinn, dachte er. Die Engländer waren dumm, sie einzusperren. Die Idee mit diesem Hotel zeigte, daß die Frau wußte, was Soldaten brauchten. Nur ist das alles noch zu ärmlich. Man muß mit den Wirtschaftsleuten reden. Warum kann es hier kein nach japanischer Art zubereitetes Essen geben? Warum keine teuren Weine? Das alles war aufzutreiben, es gehörte einfach in ein Etablissement wie dieses. Nun, wir werden sehen, was da zu machen ist. Er wandte sich an Merapi, die ein wenig näher gerückt war und nun abwartend neben ihm saß. Ihr Gesicht hatte noch eine angenehme Jugendlichkeit. Ihr Körper war gut gewachsen, und die Haut, die der bunte Sarong an Hals und Brust frei ließ, wies eine glatte, reine Kupferbräune auf. »Du gefällst mir«, sagte er beiläufig. »Bist du aus Kuala Lumpur?«

Merapi nickte. »Ich habe früher im Salon ‚Sassavan' getanzt. Er ist geschlossen. Aber nun hat mich das ‚Bali' engagiert. Es ist besser hier.«

Ihr langes, geöltes Haar fiel weit über die Schultern herab. Sie verstand es, sich zu schminken.

»Wer hat euch untersucht?« wollte er wissen.

Das Mädchen erwiderte ungeniert: »Der Doktor im japanischen Militärlazarett. Er ist übrigens auch unter den Gästen.«

Kumara nickte. Er hatte ihn bereits gesehen. Lou van Bergen dachte an alles. Sie verstand ihr Geschäft. Und diese Art Geschäft wird hier außerordentlich notwendig gebraucht. Unsere Offiziere werden glücklich sein, daß es endlich ein standesgemäßes Haus dieser Art gibt, dachte er. Nun haben sie nicht mehr nötig, sich ein Mädchen auf der Straße zu greifen. Das können sie jetzt den Soldaten überlassen.

Er beobachtete Merapi und fand sie recht ansehnlich. Er sah die Paare auf der Tanzfläche. Der Kommandant des Flugplatzes, der Chef des Lazaretts, der Oberkommandierende der in der Stadt stationierten Truppen und der Kommandeur des Nachschubdepots waren unter den Tänzern.

»Tanzen wir«, forderte er Merapi auf. Er sagte es in einem harten, nahezu korrekten Englisch, und Merapi dachte nicht daran, ihn aufmerksam zu machen, daß sie recht gut japanisch verstand.

Henderson lümmelte in einem Schaukelstuhl in Lous Wohnzimmer und drehte gelangweilt am Einstellknopf des kleinen Radios.

Keinem Einwohner der Stadt war der Besitz eines Radios gestattet. Die Japaner hatten alle Geräte eingezogen und Todesstrafe für illegales Radiohören angedroht. An vielen Stellen der Stadt hatten sie große Lautsprecher aufgestellt, aus denen Nachrichten in malaiischer Sprache verbreitet wurden. Die Japaner hatten Radio Singapore wieder in Betrieb genommen. Es war gegenwärtig ihr stärkster Propagandasender in dieser Gegend.

Unsere Leute hätten wenigstens den Sendeturm sprengen können, dachte Henderson. Nun gut, es war nicht mehr zu ändern. Ralph Henderson hatte sich den ganzen Abend damit beschäftigt, eine Aufstellung der Truppenteile zu machen, die in und um Kuala Lumpur stationiert waren. Er hatte Lous Gästeliste sorgfältig durchgelesen. Den Rest erzählte ihm die Frau selbst, der es nicht schwerfiel, die Waffengattungen und andere Einzelheiten von ihren Besuchern zu erfahren. Dieser Tage werde ich die ersten Ergebnisse meiner Nachforschungen nach Ceylon funken, nahm sich Henderson vor. In dem Versteck, das er und Palmer scherzhaft »Camp Henderson« getauft hatten, stand das Funkgerät bereit. Nun hatte er noch arrangiert, daß Lou dieses Mädchen Merapi auf Kumara ansetzte. In dieser Verbindung lagen auch einige Möglichkeiten. Merapi war zuverlässig. Sie hatte ein Vorurteil gegen die Japaner. Vor ihrem Kommen hatte sie gutzahlende Kundschaft aus den Kreisen britischer Verwaltungsoffiziere gehabt. Sie hatte sie ungern verloren. Jedenfalls würde sie alles, was von Bedeutung war, an Lou berichten. Das genügte einstweilen.

Er drehte an dem Radioknopf, bis er Singapore eingefangen hatte. Eine schnarrende Männerstimme sprach einen Aufruf in malaiischer Sprache. Sie sind schlau, dachte Henderson, um die Abendzeit hören die Leute zu, was die Lautsprecher sagen, denn jetzt haben sie Zeit. Er stellte etwas lauter, dann lauschte er mit unbewegtem Gesicht auf die Stimme des Ansagers. »Rufen wir uns das große historische Ereignis nochmals ins Gedächtnis zurück! Am sechzehnten Tage im zweiten Monat des siebzehnten Jahres Showa, zweitausendsechshundertundzwei Jahre nach dem Beginn der glorreichen Ära des Jimmu Tenno, wurde ein neues Kapitel in der großen Geschichte unseres Imperiums begonnen: Malaya war befreit! Singapore starb, und Syonan wurde geboren, das lockende Licht des Südens.

Nippon ist der Befreier ganz Asiens geworden, seine geheiligte Mission ist die Errichtung der Koprosperität, der neuen Ordnung, die Verbreitung der Lehre des Hakko-Ichiu, der allumfassenden Bruderschaft der Menschheit.

Syonan, aus der Asche Singapores geboren, ist ein Zentrum dieser Bewegung. Deshalb erklingt aus Syonan der Ruf: Malaya, das so lange unter der englisch-amerikanischen Ausbeutung gelitten hat, ist befreit! Das Gift der Unkultur ist ausgerottet. Von nun an weht hier der frische Wind japanischer Kultur und Zivilisation. Malaya ist ein natürliches Zentrum für die Entwicklung des Dai Toa Kyoeiken, der Koprosperität Großostasiens. Malayas Volk hat durch seine Befreiung eine tiefe Gnade des kaiserlichen Japans erfahren. Nun hat es fleißig und loyal zu arbeiten, unter der geistigen Führung des unfehlbaren Tenno, dessen Ruhm so groß ist, daß kein Feind jemals imstande sein wird . . .«

Die Tür ging auf, und Lou erschien mit erhitztem Gesicht. Henderson drehte automatisch die Lautstärke zurück und brummte: »Sie blasen ihre Propaganda durch den Äther. Man könnte sich vor Lachen in den Hintern beißen, wenn man es hört. Läuft deine Party?«

Lou ließ sich in einen Schaukelstuhl fallen und griff stöhnend nach einer Zigarette. »Die Hälfte der Herren liegt schon mit ihren Mädchen auf den Matten. Wenn das so weitergeht . . .«

». . . wirst du steinreich«, vollendete Henderson ihren Satz. Er stand auf und goß ihr ein Glas Whisky ein. »Ist dieser Kumara schon dabei?« erkundigte er sich.

Sie stürzte den Whisky herunter. »Ja. Merapi scheint ihm zu gefallen. Du könntest mir wenigstens mal einen Kuß geben.«

Er tat mit einem gewissen Vergnügen, was sie verlangte. Als er sich von ihr aufrichtete, meinte er: »Sieh zu, daß du nichts verpaßt. Der heutige Abend ist entscheidend. Die Leute müssen hier im Hause heimisch werden. Spitz die Mädchen an, daß sie keinen Trick auslassen, den sie je gelernt haben. Nichts ist so anziehend, wie ein gutgeführtes Bordell. Da verlieren die Leute ihre Hemmungen und fangen an zu plaudern.«

»Wenn du noch einmal Bordell zu meinem Haus sagst«, drohte Lou ihm scherzhaft, »dann gebe ich dir einen Namen, der dir nicht viel Spaß machen wird, du Gauner!«

Er besänftigte sie mit einer Umarmung. Nach einer Weile erhob sie sich murrend, um wieder ins Hotel hinabzusteigen. »Wehe du schläfst schon, wenn ich zurückkomme!« mahnte sie ihn. »Du kannst in deinem Versteck nachher wieder genug schlafen.«

Er versicherte, daß er munter wie ein Fisch im Wasser sein werde, wenn das Hotel eine Stunde nach Mitternacht schloß.

Unten im Ballraum näherte sich die Stimmung ihrem Höhepunkt. Die Mehrzahl der Offiziere hatte stark getrunken und benahm sich dementsprechend laut. Hier und da grölten ein paar Stimmen die Lieder mit, die das Orchester spielte. In den Nischen türmten sich leere Flaschen. Die Mädchen hatten Mühe, den Offizieren begreiflich zu machen, daß Madame Lou es nicht wünschte, wenn sie schon in den Nischen ihre Kleidung ablegten. Dafür seien die Zimmer im Oberstock vorgesehen. Auf den Gängen herrschte ein dauerndes Hin und Her. Nur der alte Tamile, jener langjährige Vertraute Lous, stand wie ein Pol der Ruhe in der Halle und achtete darauf, daß der Betrieb wenigstens einigermaßen geregelt ablief.

»Alle Zimmer besetzt, Missus«, verkündete er Lou. »Ich habe noch zwei der Speisezimmer aufschließen lassen. Die Herren Offiziere sind sehr zufrieden.«

Ein Blick in die Kasse bestätigte Lou, daß die Japaner sich den Spaß etwas kosten ließen. Lou nahm die Gelegenheit wahr, mit dem leitenden Versorgungsoffizier zu sprechen, der gerade hinter einem Mädchen die Treppe herabkam. Er wischte sich große Schweißtropfen von der Stirn.

»Sehr wenig zu trinken«, brachte sie ihm geschickt bei. »Ich habe mich verrechnet.«

Aber der Japaner winkte sofort ab. »Für heute zu spät, Madame Lou. Kommen Sie dieser Tage zu mir, ich werde eine Änderung vornehmen.«

»Änderung?« fragte Lou mißtrauisch.

Der Japaner grinste. »Ja, richtig gehört. Mehr zu trinken für nächste Offiziersparty.

Viel mehr. Dieses Haus ist bestes Haus für japanische Offiziere. Muß mehr zu trinken haben.« Er stolperte davon, und Lou war erleichtert. Sie würde ihn spätestens übermorgen an sein Versprechen erinnern. Und das sollte keinesfalls das letzte Versprechen gewesen sein, das sie ihm abnahm.

Es mochte um Mitternacht sein, als in der Drehtür Kumaras Adjutant erschien. Der hagere, kahlköpfige Leutnant trat zögernd ein und blieb in der Halle stehen. Unter dem Arm trug er eine Ledertasche, die er beinahe ängstlich an sich drückte. Der Tamile am Empfangstisch beobachtete ihn eine Weile abschätzend, dann ging er auf ihn zu, verbeugte sich tief und sagte: »Darf ich den Herrn Offizier bitten, in den Saal zu gehen.«

Aber der Adjutant schüttelte nur den Kopf und verlangte, zu Kumara geführt zu werden. Der ratlose Tamile, dem der Name des Chefs der Kempeitai nicht geläufig war, blickte sich hilfesuchend um und entdeckte schließlich Lou van Bergen, die sogleich herbeikam und den Neuankömmling begrüßte. Sie ahnte, daß er eine außergewöhnliche Nachricht bringen mußte, denn der Mann war ungeduldig und verlangte, unverzüglich zu seinem Vorgesetzten geführt zu werden. Lou van Bergen verbiß sich ein Lachen, denn sie wußte, daß Kumara noch nicht mit Merapi aus dem Zimmer im ersten Stock zurück war.

»Nun gut«, sagte sie schließlich auf deutsch, »der Chef wird sich freuen, wenn er dabei gestört wird.«

Sie bedeutete dem Leutnant, ihr zu folgen, und stieg die Treppe hinauf. Das Zimmer Merapis lag am Kopfende eines Seitenganges. Die Tür war verschlossen, und auf Lous Klopfen kam zunächst keine Antwort. Erst als sie mit der Faust kräftig gegen das Holz schlug, machte sich Kumara mit einem obszönen Fluch bemerkbar. Lou versuchte zu erklären, daß man ihn zu sprechen wünschte, doch in diesem Augenblick flog auch schon die Tür auf. Kumara hatte seine Breeches übergestreift und das Jackett über die Schultern geworfen. Er war wütend und hatte die Pistole gezogen, steckte sie aber sofort ein, als er seinen Adjutanten erkannte, und bellte eine kurze Frage.

Der Adjutant öffnete wortlos seine Mappe und überreichte ihm eine Meldung, die der Major mit ins Zimmer nahm, um sie im Schein der Lampe zu lesen. Merapi war damit beschäftigt, den Sarong über ihren Körper zu decken. Kumara achtete nicht darauf. Er setzte sich auf den Rand des Schlaflagers, und es störte ihn nicht, daß Merapi ihm über die Schulter blicken konnte.

Er las die Meldung mit verkniffenem Gesicht und starrte dann einige Zeit weiter auf das Papier, als müsse er sich erst langsam mit der ganzen Bedeutung der Mitteilung vertraut machen. Hier war etwas geschehen, das für Kumara völlig unerwartet kam, obwohl er seit einiger Zeit damit gerechnet hatte, daß die trügerische Ruhe im Lande nicht für immer anhalten würde.

Er las die Meldung nochmals.

»Vier Diversionsakte im Sultanat Perak: Bahnlinie Ipoh–Batu Gajah bei Kilometer 216 und 178 durch Sprengung unterbrochen. Zwei Transportzüge entgleist.

Zeit: 23 Uhr 10. – Fahrzeugkolonne auf der Straße Tapah–Kampar überfallen. 22 Uhr. Verluste: sieben Fahrzeuge, dreißig Tote und Verletzte. – Straßenposten an der Ortschaft Bikam überfallen. 22 Uhr 30. Sechs Tote, ein Verletzter. Nach Aussage des überlebenden Verletzten waren die Täter Malaien. Starke Bewaffnung. – Alarmzustand wurde angeordnet.«

Kumara ließ das Blatt sinken und winkte den Adjutanten heran. Lou fragte vorsichtig: »Kann ich etwas für Sie tun, Kommandant?«

Der Major winkte ab, aber er schickte weder Lou noch Merapi aus dem Zimmer, als er sich an den Adjutanten wandte.

»Sie kennen die Meldung?«

»Jawohl, Herr Major, ich habe sie selbst aufgenommen.«

»Gut.« Kumara deutete auf die Ledertasche des Leutnants. »Haben Sie eine Karte?«

Der Adjutant breitete die Landkarte auf dem Schlaflager aus. Merapi mußte beiseite rücken. Eine Weile studierte Kumara schweigend Straßen, Städte und Flüsse auf dem Papier. Dann sagte er: »Dies ist die erste derartige Aktion. Wir werden ganz hart zuschlagen, damit der Schreck den Kerlen in die Knochen fährt. Sie sollen die Lust zu weiteren Abenteuern verlieren. Für jeden Toten von uns zehn Malaien, das machen wir zur Norm. Vorzugsweise Chinesen, und zwar solche, von denen bekannt ist, daß Mitglieder ihrer Familie im Wald sind. Insgesamt dreihundertsechzig also.«

Er fuhr mit dem Zeigefinger willkürlich über die Landkarte, schließlich machte er den Adjutanten aufmerksam: »Sehen Sie diese Ortschaft? Sie heißt Sungkai. Von hier nehmen wir die dreihundertsechzig Leute. Öffentliche Erschießung. Die Einwohner haben zuzusehen. Bekanntmachungen verbreiten, damit die Kerle wissen, daß wir keinen Spaß verstehen. Termin morgen nachmittag. Das alles muß sehr schnell geschehen und absolut hart. Man muß die Leute einschüchtern, verstehen Sie?«

»Jawohl«, erwiderte der Leutnant. Er machte sich ein paar Notizen und blickte dann abwartend auf seinen Vorgesetzten.

Kumara ließ ihn wissen: »Ich bin in einer Stunde bei Ihnen. Bereiten Sie alles vor.«

Er verabschiedete ihn mit einer Handbewegung und wandte sich dann an Merapi. Während Lou leise die Tür von außen schloß und hinter dem Adjutanten die Treppe hinabstieg, sagte Kumara bedauernd zu der braunhäutigen Prostituierten: »Wir werden uns bald wiedersehen. Heute gibt es kaum noch Ruhe für unser Spiel.«

Er gefiel sich in der Rolle eines Liebhabers, anstatt das Mädchen so zu behandeln, wie es eine Prostituierte gewöhnt war. Aber sie war klug und ließ ihn nicht merken, wie sehr er sie damit belustigte. Merapi fand den Japaner sentimental. Aber das war nur ein Zug seines Charakters. Ein anderer war die kalte Brutalität, die er soeben offenbart hatte, als er dreihundertsechzig Malaien zum Tode verurteilte. Ob sie alle so sind? fragte sie sich. Zuvor haben sie sich die Frauen mit Gewalt genommen, zu dritt, zu viert. Nun benehmen sie sich wie schüchterne Liebhaber. Aber das ist wohl nur ein wenig Tünche, denn wenn ich nicht zufällig ein Mädchen wäre, das er für Geld haben kann, hätte er kaum den Liebhaber gespielt, sondern er hätte mir einfach die Pistole an den Kopf gehalten. Und was wäre, wenn ich zufällig in Sungkai zu Hause wäre und seine Soldaten mich morgen früh aussuchten, zum Erschießen?

Langsam wickelte sie den Sarong um ihren biegsamen Körper. Dabei beobachtete sie, wie Kumara seine Uniform in Ordnung brachte. Er ist ein Schwein, dachte sie. Ein Schwein, das in einer Minute Zärtlichkeiten austeilt und in der nächsten unschuldige Leute umbringen läßt. Sie atmete tief. Selbst für eine Prostituierte ist es ein Jammer, sich mit einer solchen Mischung von Mensch und Tier abgeben zu müssen.

»Ich möchte gern noch etwas trinken«, sagte sie, als sie die Tür zum Gang öffnete.

Kumara breitete die Hände aus und lächelte. »Selbstverständlich trinken wir noch etwas, bevor ich gehe!« verkündete er generös. Auf seinen kurzen, gestiefelten Beinen stampfte er eilig hinter ihr her.

Eine Stunde später leerte sich das Hotel. Selbst Lou van Bergen hatte keine Erlaubnis erhalten, ihr Etablissement länger als bis zur ersten Morgenstunde geöffnet zu halten. Die Offiziere torkelten zu ihren Wagen. Die Gasse erdröhnte vom Lärm der Automotoren. Bald darauf war alles vorbei. Die Mädchen verschwanden in ihren Zimmern, und Lou van Bergen stopfte das eingenommene Geld in einen Pappkarton, den sie mit in ihre Wohnung nahm. Hinter ihr schloß der Tamile sorgfältig alle Türen und überzeugte sich, daß in den Räumen niemand zurückgeblieben war. Dann legte er sich auf die Couch in der Empfangshalle und war schnell eingeschlafen.

Henderson lag bereits im Bett und blätterte gelangweilt in einem alten Magazin, das Lou van Bergen sich vor Kriegsbeginn aus Deutschland hatte schicken lassen. Es war ein ziemlich fades Machwerk, gemischt aus züchtigen Aktfotos, Militärreportagen, Sportberichten, den Bildnissen blondzöpfiger Mädchen, Flugsportbetrachtungen und Artikeln, die Henderson nicht lesen konnte.

Er betrachtete die Bilder und lauschte dabei der Radiomusik. Singapore, das nun Syonan hieß, brachte seit einer halben Stunde japanische Militärmusik, die kaum zu ertragen war. Henderson drehte so lange am Einstellknopf, bis er Tokio gefunden hatte. Seit einiger Zeit gab es dort eine Sendung in englischer Sprache, die besonders auf die britischen und amerikanischen Truppen im Südpazifik zugeschnitten war. Die Sprecherin war offenbar eine in den Vereinigten Staaten aufgewachsene Frau, von der Henderson nicht wußte, ob sie Japanerin oder Amerikanerin war. Ihre Stimme besaß eine leichte Heiserkeit und sanfte Melancholie, die aufhorchen ließ. Sie weckte Erinnerungen an zärtliche Unterhaltungen in der Heimat, an Gespräche mit einer geliebten Frau, in denen es um nicht viel ging, sondern bei denen der eine wie der andere nur dem Klang der Stimme des Partners lauschte, ihm nachträumte, sich in Gedanken verlor. Man hatte die Sprecherin mit viel Bedacht ausgewählt. Sie nannte sich Tokio Rose, und um diese Zeit war sie bereits bei allen alliierten Soldaten bekannt, die die Möglichkeit hatten, Radio zu hören.

Mit ihrer wohltrainierten, faszinierenden Stimme gab sie soeben bekannt, daß die Kampfaktionen in Java siegreich beendet worden seien, als Lou van Bergen in das Schlafzimmer trat und mit ein paar geschickten Bewegungen ihr Kleid abstreifte. Sie verschwand im Bad, aber sie lehnte die Tür nur an. Was sie Henderson zurief, ließ ihn sogleich aufhorchen. Er hörte von den Überfällen in Perak, und als Lou die Brause aufdrehte und ihre Stimme vom Rauschen des Wassers übertönt wurde, sprang er kurzerhand aus dem Bett und lief ebenfalls ins Bad, um keines ihrer Worte zu verpassen.

»Dreihundertsechzig Malaien für sechsunddreißig Japse! Das ist zuviel. Sie steigen ja mächtig hart ein«, meinte er nachdenklich. Er nahm aus seiner Hemdtasche ein Notizbuch und schrieb sich die Einzelheiten genau auf.

Aus dem Radio ertönte die Zauberstimme von Tokio Rose, die den alliierten Soldaten den zärtlichen Rat gab: »Laßt euch nicht in diesem Krieg erschießen, Boys! Es lohnt sich nicht. Eure Frauen warten auf euch, eure Bräute, die lustigen Mädchen von Greenwich Village und Frisco. Sie werden sich mit anderen trösten und euch vergessen, wenn ihr zu lange ausbleibt. Ihr habt keine Mission hier. Über Südostasien ist das Licht der japanischen Kultur und Zivilisation aufgegangen. Die Leute sind glücklich, sich Untertanen des Tenno nennen zu dürfen. Sie sind beglückt von der großen Gnade, die ihnen das glorreiche Japan erweist, und ihre Lebensfreude kennt keine Grenzen.«

»Dreihundertsechzig Menschen«, sagte Henderson ernst und drehte das Radio ab. »Das wird Herrn Kumara und der japanischen Kultur noch viel zu schaffen machen.«

Er legte sich auf das Bett, und Lou streckte sich neben ihm aus. Henderson war zufrieden mit dem, was der Abend ihm gebracht hatte. Hier begann sich das abzuzeichnen, womit er spekuliert hatte. Seine Rechnung ging auf.

»Weißt du«, sagte er abwägend zu Lou, »jetzt läuft die Sache im richtigen Gleis. Ich wußte, daß die Kommunisten nicht stillsitzen würden, wenn die Japaner hier die Herren spielen. Sie schlagen los. In ein paar Monaten schon werden sich Malaien und Japaner harte Kämpfe liefern. Nun gut, zu den Japanern haben wir jetzt Verbindung. Das nächste ist, daß wir Verbindung zu den Malaien herstellen müssen, die gegen die Japaner kämpfen.«

Lou rekelte sich faul. Die letzten Stunden waren anstrengend gewesen. Sie rollte sich zu Henderson hinüber und schmiegte sich an ihn. »Verbindung, Verbindung«, murmelte sie träge. »Wozu brauchst du bloß zu den Malaien nun auch noch eine Verbindung?«

Er lächelte schlau. Er war sicher, daß er diese Beziehung früher oder später herstellen würde. Noch gab es Yang. Eines Tages würde sie kommen.

»Wozu?« erwiderte er, bevor er sich auf die Seite drehte. »Sehr einfach, Sayang. Wenn wir die beiden kämpfenden Parteien an der Leine haben, werden wir die Sache steuern können; dorthin, wo wir sie haben wollen. Soll ich das Licht löschen?«

Sie widersprach beleidigt. »Bin ich eine Primanerin? Oder dachtest du, ich habe dich für ein paar Tage hierhergeholt, nur damit du baden, einmal vernünftig essen, Radio hören und mir deine Dschungelgeschwüre zeigen kannst?«

Er drückte schmunzelnd seine Zigarette aus. Er war hellwach, und Lou schnurrte zufrieden, als er nach ihr griff.

4

Batu Caves lag nördlich von Kuala Lumpur. Es war nicht mehr als ein Dutzend Kilometer von der Hauptstadt entfernt, aber der Weg dorthin war unvergleichlich schwer. Nicht nur Dschungel und Berge waren zu überwinden, sondern vor allem eine Kette tückischer Sümpfe. Nur wenige kannten einen Pfad, auf dem man sie überqueren konnte. Aber es gab viele schmale Wege, die ein paar tausend Meter in die große Falle aus schlammigem, trügerisch mit Gras bewachsenem Boden führten. Plötzlich endeten sie irgendwo, und das bedeutete für den, der sie gegangen war, daß er entweder einen unvorsichtigen Schritt machte, der ihn in einen langsamen und qualvollen Tod führte, oder daß er umkehrte.

Es war sinnlos, die Sümpfe durchqueren zu wollen. Das hatten die japanischen Kommandeure bald eingesehen. Das Gebiet hinter den Sümpfen war von hohen, nahezu weglosen Gebirgen eingeschlossen. Die kaiserliche Armee hatte sich entschieden, es nicht zu besetzen. Eine solche Aktion würde Tausende von Soldaten erfordern, und der Erfolg war ungewiß. Sicher war nur, daß dieser grausame Landstrich wohl die Mehrzahl der eingesetzten Soldaten verschlingen würde. Und Japan brauchte noch eine Menge Soldaten für seine Operationen in anderen Ländern.

Aber das Land, das im Norden von Batu Caves lag, war nur für den grausam, der es nicht kannte und sich darin nicht zurechtfand. Hinter den moskitoverseuchten Sümpfen dehnten sich weite, mit hohem Gras bewachsene Ebenen, und anmutige Täler lagen zwischen hohen Bergketten; Paßwege gab es, von denen aus man bei klarem Wetter die Küste im Westen und das perlmuttglänzende Meer sehen konnte.

Nördlich der Sümpfe führte ein schmaler Pfad durch eine mit hohem Lalanggras bewachsene Landschaft. Das Gras war übermannshoch und verbarg jeden, der den Pfad beging. Aber auch ohnedem würde es kaum jemanden hier gegeben haben, der die Kuriere beobachtete. Sie strebten den Bergen zu, deren Hänge sich am Rande der Ebene erhoben. Diese Gegend war den Japanern bisher verschlossen geblieben. Nur ihre Flieger überquerten sie ab und zu, aber aus größerer Höhe entdeckte man kaum Anhaltspunkte dafür, daß sich nördlich von Batu Caves im Dschungel der hohen Berge Menschen aufhielten.

Das Lager, das die mehreren hundert Männer hier errichtet hatten, lag an den Südhang der Gebirgskette geschmiegt. Überall dort, wo es kleine Lichtungen im Gewirr des Dschungels gab, waren niedrige Hütten geschickt zwischen wucherndes Buschwerk gesetzt. Man konnte sie selbst aus geringer Entfernung schwer erkennen, seit die Männer hier waren, hatten sie viele Tage damit verbracht, ihre Behausungen so zu tarnen, daß auch ein aufmerksam suchender Flieger sie nicht finden konnte.

Das alles hatte damit angefangen, daß die Kommunisten in den von den Japanern besetzten Ortschaften von einem zum anderen gegangen waren und jedem geduldig erklärt hatten, daß es eine einzige Möglichkeit gab, den Terror der Japaner zu beenden, nämlich sie zu schlagen. Darauf waren Vorbereitungen vieler Art getroffen worden. Diejenigen, die bereit waren, den Kampf aufzunehmen, hatten sich zu Gruppen zusammengefunden. Was an Waffen aufzutreiben war, wurde mitgenommen. Aber in den Taschen der Männer befanden sich auch Reis und Maniokmehl, Salz und Tabak. Sie richteten sich darauf ein, lange Zeit im Dschungel zu bleiben, und dachten daran, daß man auf den kahlen Stellen im Wald Trockenreis oder Bataten anbauen konnte, denn die Ernährung war das größte Problem im Dschungel.

Die Männer kamen aus vielen Orten. Manche von ihnen waren in Kuala Lumpur zu Hause. Sie waren Grubenarbeiter gewesen. Aber es gab auch welche, die in Singapore wohnten, in Malacca oder Johore. Nun waren sie wie eine reguläre Armee in Kompanien aufgeteilt, und sie übten, sich lautlos im Dschungel zu bewegen, einen Posten zu überfallen, Straßen unbefahrbar zu machen. Aber ihnen fehlten Waffen.

Es war eine Anzahl Gewehre vorhanden, darunter Jagdflinten, die früher englischen Kolonialbeamten gehört hatten. Auf den Schlachtfeldern hatten die Männer liegengebliebene Ausrüstungsstücke englischer Soldaten zusammengesucht, die sich noch verwenden ließen. So waren sie zu ein paar Dutzend Pistolen und einigen Maschinenpistolen gekommen, hatten aber nur wenig Munition und so gut wie nichts, womit man eine Sprengung hätte bewerkstelligen können. Die meisten besaßen nur ihre Parangs, die breiten, haarscharfen Haumesser.

Halisamat war einer der wenigen, die ein Gewehr trugen. Es stammte aus der Ladung, die er und Kim aus Singapore mitgebracht hatten. Er hatte dafür gesorgt, daß Yang eine Pistole erhielt und damit umzugehen lernte. Als er jetzt mit Kim vor der Hütte saß, grübelte er, wie es endlich gelingen konnte, aus der Schar kampfbereiter Männer eine bewaffnete Truppe zu machen.

In der letzten Nacht war ihm ein abenteuerlicher Plan gekommen. Die Kuriere, die aus den Dörfern jenseits der Sümpfe kamen und Lebensmittel und Nachrichten brachten, hatten davon gesprochen, daß die Fahrzeugkolonnen der Japaner oft nachts fuhren und daß sie meist nur wenige Soldaten mitführten, weil sie sich schon ziemlich sicher im Lande fühlten. Nun überlegte Halisamat, ob sie es wagen konnten, sich die nötigen Waffen einfach von ihrem Feind zu holen.

Er hatte mit Kim gesprochen, der ebenso wie er eine Gruppe führte. Aber Kim war skeptisch. Es würde schwer sein, mit einer Gruppe von Männern, die aus Mangel an Munition noch nicht einmal mit den wenigen vorhandenen Gewehren geschossen hatten, einen Konvoi ausgebildeter, gutbewaffneter Japaner zu überfallen.

Halisamat klopfte ärgerlich seine Pfeife aus. Natürlich war es schwer. Alles war schwer, und alles kostete Opfer. Aber wenn man weiterkommen wollte, mußte bald etwas geschehen. Er war dabei, Kim seinen Plan in allen Einzelheiten auseinanderzusetzen, als Ah Pak aus den Büschen heraustrat und sich zu ihnen gesellte. Er war ein kleiner, geschmeidiger Mann, nicht mehr jung. Bis vor Monaten hatte er in einer Zinnmine gearbeitet; seine Handflächen waren von Hornhaut überzogen. Er hatte dieses Lager gegründet, und er war der Kommandeur. Die Männer hatten ihn in einer

Versammlung gewählt, nachdem sie seinen Lebenslauf und seine Pläne für die Zukunft gehört hatten.

Ah Pak ließ sich bei den beiden nieder. Sie konnten ihm ansehen, daß er keine guten Nachrichten brachte, denn sein Gesicht war düster und verschlossen. Nach einer Weile sagte er: »Der Kurier aus Kuala Lumpur ist da. Die Japaner haben in Sungkai dreihundertsechzig Malaien erschossen, aus Rache, weil unsere Leute sie angegriffen haben.«

»Ach!« Halisamat fuhr auf. »Aus Rache! Sie haben vorher Tausende umgebracht. Sie haben sich als Räuber und Mörder bei uns eingeführt, und jetzt reden ausgerechnet sie von Rache. Wer hat sie hierhergerufen? Wir?«

Ah Pak bewegte müde die Hand. Jeder der Männer wußte, wie es um diese Dinge stand. »Du hast mir vorhin gesagt, daß du einen Vorschlag hast«, wandte er sich an Halisamat. »Nun habe ich Zeit. Laß hören.«

Es war um die Mittagszeit, die Sonne glühte unbarmherzig über dem Land. Aber hier auf der kleinen Lichtung im Dschungel war die Hitze kaum größer als zu jeder anderen Tageszeit. Die Sonne vermochte das dichte Blätterdach nicht zu durchdringen. Weit entfernt war ein dumpfes Klopfen, dort wurden neue Hütten gebaut.

»Hör zu«, begann Halisamat, »ich habe mir lange überlegt, ob wir das tun können, was ich dir jetzt vorschlage. Aber nach dem, was du eben erzählt hast, werden wir kaum noch zögern.«

Er kratzte Laub und Gras vom Boden weg, und dann zeichnete er mit einem Ästchen eine Linie ins Erdreich. »Das soll eine Straße sein«, erklärte er. »Irgendeine, die durch den Wald führt, mit hohem Gras an den Rändern und Farn. Auf dieser Straße fährt einer jener japanischen Konvois mit Lastwagen.«

Er erhob sich, ging ein paar Schritte seitwärts und schlug mit dem Parang einige kurze, fingerdicke Bambusse ab.

Mit ein paar Messerhieben verlieh er ihnen nadelscharfe Spitzen, bevor er sie neben der von ihm in den Boden gekratzten Rinne so in die Erde steckte, daß die Spitzen aufwärts wiesen. Er bedeckte sie mit Laub, so daß nichts mehr von ihnen zu sehen war; dann wandte er sich wieder an Ah Pak.

»Was geschieht, wenn wir die Kolonne mit unseren paar Gewehren von vorn angreifen?«

»Sie wird stehenbleiben«, erwiderte Ah Pak. »Die Soldaten werden abspringen, am Straßenrand Deckung suchen, und dann werden sie zurückschießen.«

Halisamat nickte. »Genau das werden sie tun wollen. Aber es wird nicht dazu kommen, Ah Pak. Wenn wir vorher am Straßenrand ein paar Tausende solcher Bambuspfeile im hohen Gras in die Erde rammen, werden sie, sobald sie sich hinwerfen, darin hängenbleiben wie gepfählte Wildschweine in einer Fallgrube. Glaubst du, daß sie dann noch an Schießen denken?«

Ah Pak blickte zuerst ihn und dann Kim schweigend an. Er strich sich mit der Hand über das Haar und überlegte. Was Halisamat hier vorschlug, überraschte ihn. Es war eine Kampfmethode, die fremd anmutete angesichts der modernen Waffen, mit denen die Japaner ins Land gekommen waren, angesichts der Panzer und Flammenwerfer, der Geschütze und Flugzeuge. Bambus gegen Maschinengewehre, dachte Ah Pak. Das hört sich an wie eine Phantasie. Und doch wird es vermutlich der Anfang sein müssen. Es gibt niemanden, der uns nachts Maschinengewehre vom Himmel herabwirft. Jeden Tag, den wir zögern, sterben Malaien. Sie werden erschossen, mit Bajonetten getötet, ausgeplündert, vergewaltigt, so lange, bis wir zurückschlagen. Es hängt von uns ab, wie lange wir wehrlos sind. Er zuckte die Schultern. »Eine etwas eigenartige Methode«, sagte er zu Halisamat, »das wirst du zugeben.«

»Natürlich. Aber haben wir eine andere Wahl? Es macht mir keinen Spaß, immer weiter zuzusehen, wie sich die Japaner im Lande aufspielen. Wir müssen ihnen endlich etwas entgegensetzen. Die Engländer tun es nicht, wir müssen uns selbst helfen, und zwar bald.«

Ah Pak nickte. »Ich sage nicht, daß ich etwas daran auszusetzen habe. Wir sind im Recht. Die Japaner sind nach Malaya gekommen, um das Land auszuplündern und uns zu Sklaven zu machen. Wenn wir uns dagegen zur Wehr setzen, ist jedes Mittel recht.«

»Gut«, erwiderte Halisamat, »und was wirst du jetzt tun? Du bist der Kommandeur, du hast zu entscheiden.«

»Ich werde entscheiden.« Ah Pak stand auf und wandte sich zum Gehen. »Sobald unsere Kuriere einen Konvoi melden, der zu einer Zeit kommt, die uns paßt, schlagen wir los.«

»Aber wir müssen vorher eine Menge arbeiten«, wandte Kim ein. »Wenn wir ein paar hundert Meter Straßenränder mit Bambuspfeilen spicken wollen, müssen wir zuerst die Pfeile herstellen.«

Bevor Ah Pak ging, versprach er, alles zu regeln. Er hatte noch eine andere Sache zu erledigen.

Der kleine, fast schmächtig wirkende Malaie trug zum erstenmal in seinem Leben die Verantwortung für eine große Anzahl Menschen. Das war alles andere als leicht für ihn, aber er war entschlossen, aus den Männern, die sich hier zusammengefunden hatten, eine Kampfeinheit zu schmieden, die ihre Aufgaben erfüllte. Das würde für das Land sehr viel bedeuten. Die Männer warteten ungeduldig darauf, sich mit den Japanern messen zu können. Es war mittlerweile schwer geworden, ihnen immer nur zu sagen, daß es keine Waffen gab und daß man ohne Waffen kaum etwas ausrichten konnte. In dieser Hinsicht hatte Halisamat völlig recht. Niemand würde Waffen bringen, man mußte sich selbst helfen, einen Anfang machen.

Ah Pak stieg ein paar hundert Meter bergauf, bis er die Hütte erreichte, in der Yang damit beschäftigt war, die japanischen Nachrichten am Radio mitzuhören. Jemand hatte aus Kuala Lumpur einen Batterieempfänger mitgebracht, und Yang fertigte jeden Tag eine Zusammenstellung der wichtigsten Radiomeldungen an, die dann vom Kommandeur den Soldaten bekanntgegeben und erklärt wurden.

»Die Batterie ist nahezu verbraucht«, begrüßte sie Ah Pak. »Noch drei Tage – und wir können nichts mehr hören.«

Er setzte sich neben sie. Noch war er mit seinen Gedanken bei Halisamats Vorschlag, da tauchte schon das nächste Problem auf, über das nachgedacht werden mußte. »Ich habe mit den Kurieren gesprochen«, sagte er. »Es wird sich eine neue Batterie auftreiben lassen. Der Elektriker meint, man kann jede Autobatterie verwenden, auch eine japanische.«

Yang wollte ihm Nachrichten vorlesen, die sie in den letzten Stunden zusammengestellt hatte, aber Ah Pak winkte ab. »Ich muß zuerst mit dir über eine andere Sache sprechen«, begann er. »Du weißt, daß ein Kurier von unseren Leuten aus Perak hier ist. Wir unternehmen gegenwärtig Anstrengungen, alle unsere verstreut operierenden Gruppen unter ein einheitliches Kommando zu stellen. Dieses Oberkommando wird in Perak sein, dort haben wir die erfahrensten Genossen. Aber man hat uns gefragt, ob wir Leute bei uns haben, die Sprachen beherrschen, die lesen und schreiben können, die eine Schulbildung bekommen haben. Du bist die einzige hier. Wie es aussieht, wirst du in Perak nötiger gebraucht als bei uns. Hast du grundsätzliche Bedenken, dorthin zu gehen?«

Yang kannte Ah Pak seit der Nacht, als sie mit Halisamat und Kim in der Mangrovenbucht an Land gegangen war. Er hatte sie hierher geführt. Sie wußte, daß er ein Mensch war, der es nicht liebte, um eine Sache lange herumzureden. Und er verlangte von seinen Mitkämpfern eine ähnliche Haltung. Sie bewegte leicht die Schultern. »Was soll ich dagegen haben? Dies hier ist nicht ein Bett, an das ich angeschnallt bin, es ist ein Aufenthaltsort. Wenn es nötig ist, ihn zu wechseln, werde ich es tun.«

»Du wirst Halisamat vermissen.«

Sie sah ihn an. »Ja. Warum sollte ich das nicht zugeben. Aber es wird sich wohl kaum einrichten lassen, daß wir immer zusammen bleiben.«

»Ich werde ihn mit dir als Kurier nach Perak schicken«, schlug Ah Pak vor. »Wir brauchen ohnehin jemanden, der den Weg kennt und der später andere führen kann. So wirst du ihn öfter sehen. Mit der Zeit werden die Verbindungen zwischen unseren Einheiten immer fester werden. – Du bist also bereit zu gehen?«

»Ich bin bereit«, erwiderte sie. »Wann?«

»In ein paar Tagen. Zuvor werden wir etwas tun, was Halisamat vorgeschlagen hat. Danach schicken wir euch auf den Weg. Ihr habt drei oder mehr Tage zu gehen.«

Als sie ein paar Stunden später zu Halisamat ging, fand sie ihn im Kreise einiger Männer, die mit ihren Parangs fingerdicke, sehr harte Bambusstäbe zurechtschnitten und sie anspitzten. Andere Männer waren im Wald unterwegs, um noch mehr Bambus zu schlagen. Sie erkundigte sich erstaunt, was das zu bedeuten habe. Halisamat erklärte ihr mit ein paar Worten, worum es ging.

Es war noch Zeit, bis die Sonne unterging. Yang setzte sich zu den Männern. Einer gab ihr ein Haumesser, und bald türmte sich auch vor ihrem Platz ein Häufchen zugeschnittener Stäbe.

George Bennett wußte nicht mehr zu sagen, wie viele Tage er nun schon unterwegs war. Der rotblonde Hüne, der sich mühsam an einem Flußufer entlang vorwärts schleppte, hatte die Tage, die seit jenem Fliegerangriff auf seine Kolonne vergangen waren, nicht gezählt. Es war ihm nicht gelungen, wieder Anschluß an die eigenen Truppen zu bekommen.

Zuerst hatte er mit Flynn zusammen Harper begraben, der Stunden nach dem Angriff gestorben war. Dann war er mit Flynn weitergezogen. Die Japaner beherrschten die Straßen, und die beiden Versprengten konnten sich nur mühsam durch den verfilzten Dschungel bewegen. Sie hatten sich nach dem Süden gewandt, in der Hoffnung, doch einmal auf eigene Truppen zu stoßen. Aber die japanische Armee war schneller gewesen; alles, was die zwei Nachzügler ab und zu fanden, waren verlassene Kampfplätze mit verrottendem Material und Toten.

Die Bilder davon hatten sich für immer in Bennetts Gedächtnis gegraben. Er hatte seine eigenen toten Landsleute gesehen und Engländer. Hin und wieder gelangte er mit Flynn an ein versteckt liegendes Dorf, dessen Einwohner von durchmarschierenden Japanern getötet worden waren. Die feuchtheiße Luft trieb die Körper schnell auf, die Insekten und die roten Ameisen stürzten sich auf sie, und nachts kamen die Tiger aus dem Dschungel. Um Mittag herum kreisten große Raubvögel schrill krächzend über den verlassenen Dörfern. Später hatten Bennett und Flynn solche Stätten möglichst umgangen. Ihre Nerven hielten den Anblick der grausigen Bilder nicht mehr aus.

Flynn war zwei Wochen später binnen weniger Minuten gestorben. Eine der kleinen Russelvipern hatte ihm ihre Giftzähne in den Handteller geschlagen, als er Feuerholz zusammentrug. Bennett hatte versucht, ihn zu retten. Er machte einen tiefen Schnitt an der Bißstelle und saugte die Wunde aus, er brannte sie mit dem glimmenden Ende eines Holzstückes aus, aber alle Bemühungen waren vergeblich. Was ihm blieb, war, Flynn zu begraben, und das war eine harte Arbeit, denn er besaß keinen Feldspaten mehr, nur ein Messer.

Er hatte Flynns Gewehr an sich genommen und die Maschinenpistole weggeworfen. Für das Gewehr besaß Flynn noch reichlich Munition; außerdem war es für den Zweck, zu dem Bennett es brauchte, besser geeignet als die nicht sehr genau schießende Schnellfeuerwaffe. Bennett brauchte das Gewehr, um sich ab und zu Nahrung verschaffen zu können, eine Wildtaube, einen Fasan, manchmal ein Wildschwein, von dem er nur ein paar Stücke abschnitt und mitnahm, um einige Tage davon zu leben. Zuerst hatte der Dschungel ihm Angst eingeflößt. Er fühlte sich einsam, von allen Seiten bedroht. Hinter jedem Baum schien ein Feind zu lauern. In den Nächten fand er keinen Schlaf aus Furcht vor Schlangen und Tigern. Tief im Regenwald standen die Stämme der Bäume dicht nebeneinander, wie die hohen, kerzengeraden Säulen eines riesigen Gewölbes. Der Boden war wie ein Teppich, der unter jedem Schritt nachgab. Eine dichte Schicht von abgefallenen Blättern und Zweigen, von fauligem Wurzelwerk und neu aus dem Boden steigenden Schößlingen bedeckte die Erde. Bis zu einer

Höhe von mehreren Metern wucherten Luftwurzeln und dorniges, großblättriges Unterholz, verwoben mit Ranken und armdicken Lianen. Vom Himmel war nichts zu sehen, denn hoch oben dehnte sich der dichte, dunkle Baldachin des Laubdaches.

Eine wildwuchernde Fruchtbarkeit barg der Dschungel. Alles wuchs, und alles Wachsende trug bereits den Keim des Verfalls. Aus erst halbverfaulten Wurzeln schossen bereits die Parasitentriebe. Moose und Farne schmarotzten auf den noch lebenden Pflanzen und ließen sie langsam verrotten. Man konnte zwar streckenweise aufrecht gehen, doch Wege gab es nicht. Selbst wenn Menschenhand einen Pfad schlug, war er in Tagen oder gar Stunden bereits wieder zugewachsen. Nur dort, wo das Wild Tag für Tag zur Tränke ging, blieb ein Pfad länger bestehen. Der Mensch war im Dschungel auf solche Wildpfade angewiesen, wenn er sich nicht selbst in mühevoller, kräftezehrender Arbeit Schritt für Schritt seinen Weg mit dem Parang freihacken wollte.

Aber der Mensch fühlte sich nicht wohl im Dschungel. Seine Haut wurde von der feuchten Hitze aufgeschwemmt und überzog sich mit Ausschlägen und Geschwüren. Besonders ein Weißer hatte darunter zu leiden. Seine Haut war empfindlicher als die der Einheimischen. Er war weder an das Klima noch an die Anstrengungen gewöhnt, denen er hier ausgesetzt war. Wenn die Haut eines Weißen im Dschungel erst einmal unter einem Geschwür aufbrach, heilte sie sehr schwer wieder zu. Von der Feuchtigkeit bildeten sich wunde Stellen zwischen den Zehen und Fingern, zwischen den Oberschenkeln. Wem das geschah, der wurde davon langsam zermürbt, er verlor Kräfte. Verlor er aber eines Tages den Lebenswillen, dann hatte der Dschungel über ihn gesiegt, ohne noch seine gefährlichsten Waffen eingesetzt zu haben. Nicht die großen Raubtiere waren dem Menschen am gefährlichsten, die Tiger oder Riesenschlangen. Es waren die kleinen, unscheinbaren Quälgeister, die Moskitos und Stechfliegen, die den Menschen ohne Unterbrechung angriffen. Da, wo sie nur schmerzhafte Schwellungen durch ihren Stich verursachten, konnte der Betroffene von Glück reden, denn oft genug übertrug ein einziger Moskitostich eine Malaria oder eine andere tödlich verlaufende Fieberkrankheit, gegen die es selbst in den modernen Hospitälern der Tropenstädte kein sicheres Heilmittel gab. Blutegel bevölkerten zu Millionen den fauligen Boden des Dschungels. Die Ausdünstung des menschlichen Körpers lockte sie an, und sie fanden mit Sicherheit eine Stelle, an der sie durch die Kleidung an die Haut gelangen konnten. Sie saugten sich fest, ohne daß der Betroffene es zunächst spürte. Erst nach Stunden brannten die Hautstellen, aber dann hingen die Blutegel vollgesogen fest. Es kostete Mühe und Schmerzen, sie zu entfernen. Mancher, der lange genug in den Tropen lebte, tat es mit Hilfe von Salz oder Tabaksaft, die Einheimischen benutzten den Saft der Arekanuß. Riß man die Blutegel einfach ab, gab es oft eitrige Entzündungen, die Wochen anhielten.

George Bennett schlug sich nun schon viele Wochen durch den Dschungel, und seine Kräfte waren beinahe aufgezehrt. Er war ein starker Mann und an körperliche Anstrengungen gewöhnt. Dies hier aber ging über seine Kräfte. Die Japaner hatten ihn nicht wie Harper erwischt. Er war auch nicht am Biß einer Viper gestorben wie

Flynn. Aber er ahnte, daß der Dschungel ihn töten würde, wenn es ihm nicht in absehbarer Zeit gelang, auf Menschen zu stoßen.

Die Hoffnung, australische oder britische Truppen zu finden, hatte er aufgegeben. Es blieb die Chance, Malaien zu treffen, die ihm halfen, bei denen er sich ein wenig ausruhen und neue Energien aufspeichern konnte. Sein starker, rotblonder Bart machte sein Gesicht zu einer angsteinflößenden Maske. Er schleppte sich an dem Fluß entlang, den er im Morgengrauen entdeckt hatte. Am späten Nachmittag stieg er für ein paar Minuten in das eiskalte Wasser, um die hämmernden Kopfschmerzen zu vertreiben, die er seit zwei Tagen spürte. Es half nichts. Als er sich müde weiterschleppte, merkte er, daß ihn fröstelte. Kurz vor Sonnenuntergang wollte er einen Fasan schießen, aber er brachte es nicht fertig, das Gewehr ruhig zu halten. Da setzte sich George Bennett hin und stützte den Kopf schwer auf das Gewehr. In den letzten Wochen hatte er die Gewohnheit angenommen, ab und zu laut vor sich hin zu sprechen. »Bennett«, sagte er betrübt, »Cowboy, alter Junge. Es sieht so aus, als ob du dran bist. Erst Harper, dann Flynn, und jetzt du.«

Er hätte gern eine Pfeife geraucht, aber er besaß schon lange keinen Tabak mehr. Endlich gelang es ihm, sich wieder aufzuraffen und weiterzugehen. Noch vor Sonnenuntergang merkte er, daß er Fieber hatte. Seine Zähne schlugen aufeinander, vor den Augen tanzten flimmernde Schleier. »Malaria«, keuchte er, und dann fluchte er lange.

Er fiel zu Boden und merkte nicht, wie die Nacht verging. Erst als die Sonne emporstieg, wachte er auf. Das Fieber senkte sich in den Morgenstunden ein wenig. Bennett stand auf und griff nach dem Gewehr. Es schien einen Zentner zu wiegen, aber der Australier ließ es nicht zurück. Ohne zu achten, wohin er sich wandte, torkelte er weiter. Es ist egal, dachte er, beim nächsten Fieberanfall werde ich irgendwo umfallen und liegenbleiben, und wer weiß, ob ich den noch überstehe.

Er wußte nicht, daß er sich inzwischen im südlichsten Zipfel von Perak befand, er merkte zunächst auch nicht, wie sich nach und nach der Dschungel vor ihm lichtete. Davor dehnte sich eine endlos weite Gummiplantage. Es war eine von den großen Besitzungen, die der Dunlop AG gehörten. Irgendwo im Süden, viele Kilometer von hier, gab es ein Verwaltungsgebäude mit einigen Schuppen, in denen früher die von den Zapfern eingebrachte Latexmilch gesammelt und der ersten Behandlung unterzogen wurde. Die Japaner hatten die Gebäude besetzt und Zapfer in den Dörfern rekrutiert. Der Betrieb lief weiter. Bennett erkannte schließlich, daß er sich in offenem Gelände befand, und wurde vorsichtig.

Zuerst ging er bis an den Rand des Dschungels zurück, dann bog er nach Osten ab, um das Gebiet mit den langen Reihen der Kautschukbäume zu umgehen. Aber der Weg wurde ihm schwer. Es gelang ihm kaum noch, die Füße zu heben. Er fiel hin und raffte sich wieder auf. Das Fieber kam zurück. Gegen Mittag hatte er endlich eine kleine, bewaldete Anhöhe erreicht, von der aus er einen Teil der riesigen Plantage übersehen konnte. Sie zog sich bis zum Horizont hin. Nichts als Himmel und Kautschukbäume gab es da, und der Himmel war von einem tiefen, strahlenden Blau, das

Bennett die Augen schmerzen ließ, weil er seit Tagen und Wochen nur an das Dämmerlicht des Dschungels gewöhnt war.

Als er eine Hütte entdeckte, glaubte Bennett zuerst, das Fieber gaukle ihm ein Traumbild vor. Er schlug sich ins Gesicht, spie in die Hände und rieb damit die entzündeten Augen. Ich bin fertig, dachte er, ich bin am Ende. Ich sehe eine Fata Morgana. Es kann nur noch Sekunden dauern, dann zerspringt mir der Schädel.

In diesem Augenblick trat eine Frau aus der Hütte. Sie trug ein Blechgefäß, dessen Inhalt sie über einem Bambuskäfig ausgoß, in dem zwei Hühner hockten.

Bennett schloß die Augen und öffnete sie wieder. Das Bild blieb. Da schleppte er sich weiter. Er vergaß alle Vorsicht. Er dachte nicht mehr daran, daß Japaner in der Nähe der Hütte sein könnten. Mühsam setzte er einen Fuß vor den anderen und strebte auf den ersten Menschen zu, den er nach so langer Zeit sah – eine Frau, in verwaschenes, blaues Kattun gekleidet, die sich vor der Hütte zu schaffen machte.

George Bennett kam nicht weit. Schon nach ein paar Schritten taumelte er und fiel wieder hin. Diesmal versuchte er nicht mehr aufzustehen; er kroch weiter, verzweifelt seine letzten Kräfte aufbietend. Er wollte schreien, die Frau auf sich aufmerksam machen, aber kein Laut kam aus seiner Kehle. Er wußte nicht, wie lange er so weiterkroch, und konnte auch später nicht sagen, wie nahe er der Hütte gekommen war. Nach einigen Metern fiel ein schwarzer Vorhang vor seine Augen, und er sah nichts mehr. Er hörte und fühlte, roch und schmeckte auch nichts mehr.

Als die Hühner unruhig zu gackern begannen, blickte die Frau sich ängstlich um. Es konnten Japaner sein, die sich da näherten, oder eine der Zibetkatzen, die sich in der Gegend herumtrieben. Sie sah zuerst nur, wie sich das hohe Gras am Abhang des Hügels bewegte, dann wurde es wieder still. Aber die Hühner lärmten weiter. Da griff die Frau nach dem Parang und wartete. Ihre Tochter, ein Mädchen von fünfzehn Jahren, kam aus der Hütte. Die beiden Frauen waren allein, der Vater arbeitete weit südwärts bei den Zapfern. Die Hütte hatte früher dazu gedient, die Zapfgeräte aufzubewahren für die Arbeitskolonnen, die an diesem abgelegenen Ende der Pflanzung eingesetzt wurden. Später hatte man die Familie hier als Wächter einziehen lassen. Und nun waren die Japaner da. Die auf der Plantage wollten weiter nichts, als daß man für sie arbeitete, aber außer ihnen gab es die Soldaten, die durch die Gegend streiften und sich nahmen, was ihnen gefiel; Menschenleben, Frauen, Hühner.

»Da liegt einer«, sagte die Mutter schließlich. »Ich kann ihn jetzt sehen.«

Die Tochter erblaßte. Sie hatte am meisten Furcht vor den Japanern. Sie verschwand wieder in der Hütte und verkroch sich im finstersten Winkel, während die Mutter die Augen mit der flachen Hand beschattete und dorthin starrte, wo sich die Umrisse einer Gestalt im Gras abzeichneten.

Plötzlich lief sie los. Sie hatte gesehen, daß die Gestalt dort helles Haar hatte. Die Japaner waren alle schwarz. Es gab keinen blonden Japaner. Die Vermutung der Frau bestätigte sich, als sie bei Bennett ankam. Sie sah auf den ersten Blick, worum es hier ging. Dies war ein englischer Soldat, der aus dem Dschungel kam, krank, der vielleicht im Sterben lag.

Schnell blickte sie sich nach allen Seiten um. Es war nirgendwo ein Mensch zu sehen. Sie rief die Tochter, und gemeinsam schleppten sie den Soldaten in die Hütte.

Sie legten ihn in eine dunkle Ecke auf ein Lager aus getrockneten Zweigen und Lumpen. Das Mädchen lief in den Wald, um Papayablätter zu holen; die Mutter kochte daraus einen bitteren, ekelhaft schmeckenden Saft, den sie dem Soldaten einflößte. Es war das einzige Mittel gegen Fieber, das sie kannte.

Am Abend kam der Mann zurück. Er sah den Fremden, aber er sagte nichts. Er nahm nur das Gewehr und schob es neben Bennett unter das Schlaflager.

»Ein Engländer«, flüsterte die Frau. »Vielleicht stirbt er.«

Der Mann nickte. Er war müde. »Vielleicht sterben wir alle«, sagte er, »weil wir ihn aufnehmen.«

»Aber er ist groß und stark«, meinte die Frau. »Vielleicht erholt er sich. Hättest du ihn einfach draußen liegenlassen?«

Der Mann streckte sich auf den Erdboden aus und schloß die Augen. Er war sein ganzes Leben lang Gummizapfer gewesen, und er liebte die Engländer nicht. Sie hatten nicht hierher gehört und auch nichts weiter getan, als den Malaien Gummi zu stehlen und Zinn. Nun waren die Japaner gekommen. Ein Räuber löste den anderen ab. Der Mann fand nur einen Unterschied zwischen den neuen Herren und den alten – die neuen waren grausamer, brutaler. Es schien, als wären sie einzig und allein nach Malaya gekommen, um zu stehlen und zu töten.

Nach einer Weile sagte er leise: »Nein, ich hätte ihn auch hereingeholt. Ich hätte nur einen Japaner liegengelassen.«

Die fünfundzwanzig Männer waren fast einen ganzen Tag lang marschiert, um die Straße zu erreichen, die von Rawang, einer kleinen Ortschaft, nach Kuala Lumpur führte. Es war eine Asphaltstraße, die durch dichten Wald verlief. Weit und breit gab es keine Einbuchtung in den grünen Wänden des Dschungels, die sich rechts und links der Fahrbahn erhoben. Dort, wo die Straße in einer unübersichtlichen Kurve südostwärts abschwenkte, sammelte sich die Gruppe. Es war Nacht geworden, und der Verkehr hatte nachgelassen. Die Männer legten die Bündel mit den angespitzten Bambusstäben im Wald ab; dann warteten sie auf Ah Pak und Halisamat, die zur Erkundung vorausgegangen waren.

Gleich hinter der Kurve fand Halisamat, was er suchte. Neben dem Asphaltband verliefen rechts und links schmale Erdstreifen, die mit hohem Gras und großblättrigen Pflanzen und Farnen bewachsen waren.

»Hier«, sagte er. Er deutete auf die Straßenränder. »Um die Kurve müssen sie langsamer fahren. Dann bekommen sie von vorn Feuer, und die Sache läuft.«

Er besah sich mit Ah Pak alles noch einmal sehr genau. Dann mahnte er: »Wir müssen uns beeilen. Bis Tagesanbruch muß alles bereit sein. Wann kommt die Kolonne?«

Ah Pak wiegte den Kopf. »Wir haben Nachricht, daß bei Sonnenaufgang ein

Transport von Rawang abgeht. Sie laden in der Nacht Waffen und Munition. Vermutlich sind sie eine Stunde nach Sonnenaufgang hier, es ist nicht sehr weit.«

Kuriere hatten dem Kommandeur mitgeteilt, daß aus einem Nachschubdepot in Rawang in bestimmten Abständen Transporte abgingen. Ah Pak hatte nicht gezögert, diese Kenntnis auszunutzen. Der kommende Morgen würde den Krieg wieder vor die Füße der Japaner tragen. Sie fühlten sich in und um Kuala Lumpur sehr sicher, aber das sollte sich ändern.

Eine halbe Stunde später krochen zu beiden Seiten der Straße Männer mit Bündeln zugespitzter Bambusstäbe durch das hohe Gras. Sie hatten vorher geübt, auf welche Weise sie die Stäbe am schnellsten und sichersten im Erdreich verankern konnten, so daß die Spitzen, im Gras versteckt, etwa dreißig Zentimeter hoch aufragten. Nun taten sie ihre Arbeit mit Umsicht und Geschick. Kreuz und quer versenkten sie die gefährlichen Pfeile, so daß es nirgendwo einen größeren Zwischenraum gab. Es dauerte Stunden, bis auf diese Weise eine genügende Fläche vorbereitet war. Ab und zu gab es Unterbrechungen in der Arbeit. Einzelne Fahrzeuge der Japaner befuhren die Straße. Sie waren schon von weitem zu hören, und noch ehe ihre Scheinwerfer auftauchten, verschwanden die Männer lautlos zu beiden Seiten im Wald.

Kurz nach Mitternacht trafen weitere Gruppen aus dem Lager ein. Sie waren später aufgebrochen, und Ah Pak führte sie ein paar hundert Meter in den Wald zurück, wo sie zu warten hatten. Sie sollten beim Abtransport dessen helfen, was bei dem Überfall erbeutet werden würde.

Vorn an der Straße lag Yang neben Halisamat. Sie war erregt und wollte es sich nicht eingestehen. Noch kurz vor dem Abmarsch hatte sie immer wieder ihre Pistole in die Hand genommen und Zielübungen gemacht. Sie hatte den Mechanismus der kleinen Waffe bis in alle Einzelheiten studiert und darüber gewacht, daß sich nicht das kleinste Fleckchen Rost ansetzte. Bisher hatte sie erst drei Schüsse aus der Pistole abgefeuert; sie brannte darauf, eine bessere, weitertragende Waffe zu bekommen, ein Gewehr oder eine der kurzen, schnellschießenden Maschinenpistolen.

»Warten«, sagte Halisamat dumpf. »Immer noch warten. Aber jetzt sind es nur noch Stunden, und dann wird sich entscheiden, ob wir Erfolg haben.«

»Bambusspieße gegen eine moderne Armee«, sagte Yang, »das ist eine so phantastische Idee, daß es sich niemand wird vorstellen können, der nicht dabeigewesen ist.«

Halisamat zuckte die Schultern. »Was bleibt uns übrig? Arme Leute fangen immer klein an.« Er lachte. Seine Zähne blitzten im Mondlicht. »Übrigens haben unsere Vorfahren schon mit solchen Bambusfallen gekämpft. Bei den Bootsleuten wurden manchmal die alten Geschichten erzählt. Es ist nicht das erstemal, daß Malaya von Fremden überfallen wird. Wir haben uns oft mit primitiven Mitteln zur Wehr gesetzt, aber wir haben nie die Hände in den Schoß gelegt.«

Als Yang eine Weile nichts sagte, fragte er sie leise: »Ist dir kalt?«

Es hatte geregnet, und nach dem nächtlichen Regen war es kühler geworden. Yang schüttelte den Kopf. »Wir werden noch manche Nacht im Freien verbringen müssen, und es wird fast immer regnen.«

Sie hat erstaunlich wenig Zeit gebraucht, sich an die Lebensumstände zu gewöhnen, die im Dschungel herrschen, sagte sich Halisamat. Trotz aller Mühsal war bisher nie ein Wort der Klage über ihre Lippen gekommen. Er teilte eine Hütte mit ihr, und ihr Verhältnis zueinander hatte jene selbstverständliche Festigkeit, die sich wohl nur unter den harten Lebensbedingungen entwickelte, denen sie ausgesetzt waren.

Halisamat legte Yang seine Jacke über; als sie abwehren wollte, entgegnete er nur ruhig: »Es ist wichtig, daß du jetzt, in der ersten Zeit, nicht krank wirst, Yang. Wir anderen sind es gewohnt, im Freien zu nächtigen und Sturm und Regen auszuhalten. Wir sind dabei hart geworden. Aber du warst immer etwas besser dran. Ich will nicht, daß dich das umbringt. Du sollst durchkommen und ebenso werden wie wir.«

»Ich weiß«, sagte sie leise. »Und ich werde mich nicht so leicht umbringen lassen. Ich werde ebenso hart sein wie du und die anderen. Ich glaube, mein Leben hängt davon ab.«

Er nickte. Er wußte es so gut wie sie. Am Anfang hatte er sich oft Vorwürfe gemacht, weil er es gewesen war, der sie dazu bewegt hatte, die Bürde des Dschungellebens auf sich zu nehmen. Aber die vergangene Zeit hatte ihm gezeigt, daß es für seine Befürchtungen bald keinen Grund mehr geben würde.

Er hob den Kopf und lauschte. Motorengeräusch war zu hören. Langsam schob sich ein Scheinwerferpaar heran. Halisamat spürte eine Hand auf seiner Schulter. Ah Pak war aus dem Wald zurückgekommen und hatte sich neben ihn gelegt. Durch die herabhängenden Zweige blickte er dem Scheinwerferlicht entgegen.

»Es ist bald Tag«, flüsterte er. Wenn er an die bevorstehende Aktion dachte, hatte er immer den eigenartigen Gedanken, sie könnte im letzten Augenblick vereitelt werden. Es war der erste Angriff, den die Männer unter seiner Führung unternahmen, und von dem Erfolg würde viel für die Zukunft abhängen.

»Sie fahren langsam«, hörte er Halisamat sagen. »Was meinst du, wie sie davonrasen würden, wenn sie uns hier wüßten!«

Das näher kommende Fahrzeug war einer der großen Lastwagen der Japaner. Trotz der ebenen Strecke verlangsamte es seine Fahrt immer mehr. Halisamat sagte hastig: »An ihrem Motor ist etwas nicht in Ordnung. Hört ihr, wie ungleichmäßig er läuft?« Ah Pak wagte nicht mehr, laut zu sprechen. Der Wagen war bereits zu nahe. Er rollte nur noch ganz langsam, dann brachte der Fahrer ihn zum Stehen. Die drei preßten sich ganz flach an den Boden und verbargen ihre Gesichter. Wenn nur keiner von uns die Nerven verliert, dachte Ah Pak. Wenn nur keiner sich dazu verleiten läßt, ohne Befehl auf das Auto zu schießen. Aber es blieb ruhig. Die anderen Männer lagen ebenso wie ihr Kommandeur flach an den Boden geschmiegt und warteten.

Yang spürte ihr Herz klopfen. Als der Fahrer den Motor abstellte, fühlte sie, wie ihr der Schweiß ausbrach. Halisamats Hand lag beruhigend auf ihrem Arm. Fast unhörbar flüsterte er ihr zu: »Ganz ruhig sein, Yang.«

Aus der Fahrerkabine des Lastwagens stiegen zwei Soldaten. Der eine hatte eine starke Taschenlampe bei sich, mit der er flüchtig die Gegend ableuchtete. Er entdeckte nichts Ungewöhnliches. Als der andere, offenbar der Fahrer, die Motorhaube öffnete, konnte Yang ihre Gesichter sehen. Es waren runde, glatte Gesichter. Der Fahrer trug einen kurzen Schnurrbart. Er unterhielt sich laut genug mit dem anderen, so daß Yang fast jedes Wort verstehen konnte. Wie es schien, war eine Zündkerze des Wagens unbrauchbar geworden, aber der Soldat schob den Defekt auf das Benzin, das sie in Rawang getankt hatten.

»Ich habe es geahnt, daß mit dem Zeug etwas nicht stimmt«, nörgelte er. »Immer wollen die Nachschubleute alles besser wissen als wir. Ich weiß, welches Benzin mein Motor braucht!« Er ging zu seinem Werkzeugkasten und wühlte darin herum, bis er gefunden hatte, was er suchte.

Wenn sie noch lange hier aufgehalten werden, dann vereiteln sie, ohne es zu ahnen, unsere Aktion, überlegte Ah Pak. Er spielte eine Weile mit dem Gedanken, die beiden zu überfallen, aber er gab ihn auf. Jeden Augenblick konnte ein anderes Fahrzeug kommen. Der verlassene Lastwagen würde alles verraten.

Es dauerte lange, bis der Fahrer seinen Kopf wieder hob und das Werkzeug auf den Kotflügel des Wagens legte. »Mal sehen«, brummte er und ging zum Fahrerhaus. Der Beifahrer zündete sich eine Zigarette an und rief hinter ihm her: »Sieh bloß zu, daß wir weiterkommen! Es macht mir keinen Spaß, in diesem Land lange im Wald zu stehen.«

»Hast du Angst?« wollte der andere wissen. »Fürchtest du dich vor diesen braunen Hundeseelen hierzulande?«

Er bekam keine Antwort und rief: »Sie sind viel zu dumm, um es mit uns aufzunehmen. Und zu feige. Sie wagen es nicht einmal, einen kaiserlichen Soldaten schief anzusehen, weil sie Angst um ihr lumpiges Leben haben.«

»Nun mach schon!« drängte ihn sein Begleiter. Da ließ der Fahrer den Motor wieder anspringen, der jetzt ruhiger lief und gleichmäßiger als vorher. Ein paarmal trat der Japaner das Gaspedal durch und ließ den Motor aufheulen, dann schien er mit dem Ergebnis der Reparatur zufrieden zu sein. Er kletterte nochmals aus dem Fahrerhaus, packte das Werkzeug ein und schloß die Motorhaube. Wenig später saßen beide Soldaten wieder in der Kabine. Der Fahrer brannte sich nun auch eine Zigarette an, und für eine Sekunde erhellte der Lichtschein des Streichholzes ihre Gesichter. Dann rollte der Wagen an und verschwand hinter der Kurve. Als das Motorengeräusch verklungen war, übersetzte Yang, was die beiden gesprochen hatten.

Halisamat lachte nur kurz auf, als er es hörte. Ah Pak nickte bedächtig, dann sagte er: »Daran werden sie scheitern. Sie halten sich schon für die Herren der Erde und glauben, daß alle ihre Opfer minderwertiger seien als sie, ängstlich und unfähig. Diese Überheblichkeit wird sie umbringen.«

Er erhob sich und trat auf die Straße. Es konnte nicht mehr lange dauern, bis die Sonne aufging. Die Zeit für die letzten Vorbereitungen der Aktion war gekommen. Ah Pak rief die Männer zusammen, die Gewehre besaßen und bereits damit geschossen hatten. Mit ihnen ging er zu der Kurve; dort wies er sie an, einzelne hohe Bäume am Rande des Waldes zu besteigen.

»So verstecken, daß ihr nicht zu sehen seid. Aber erst schießen, nachdem wir die Kolonne von vorn aufgehalten haben. Gut zielen. Sie entgehen euch nicht. Wenn ihr einen mit dem ersten Schuß verfehlt, zielt ein zweites Mal auf ihn. Die in den Bambusfallen laßt außer acht, sie überleben es ohnehin nicht.«

Er entließ sie, und Minuten später waren alle in den Laubkronen verschwunden. Für einige Zeit hörte man noch, wie sie Äste knickten, die ihnen das Schußfeld versperrten. Dann war es still. Der Himmel nahm eine hellgraue Farbe an.

Auf einen Wink Ah Paks kamen weitere Männer aus dem Wald. Ah Pak führte sie zu der Kurve und wies ihnen Plätze im Gestrüpp hinter den Bambusfallen an. Bis auf die Gruppe, die die Fahrzeuge von vorn anzugreifen hatte, war der Kreis geschlossen. Binnen weniger Minuten wandelte sich die Farbe des Himmels vom trüben Grau in ein klares, sonnengesättigtes Blau. Der Tag war angebrochen.

Ah Pak führte den Trupp an, der sich zu beiden Seiten der Straße hinter der Kurve verbarg, um von dort aus mit zwei Maschinenpistolen und einem Dutzend Gewehren die Kolonne aufzuhalten.

»Gut zielen«, schärfte er den Männern nochmals ein. »Schießt nicht auf die Reifen, ihr seid noch nicht so sicher, daß ihr sie trefft. Schießt auf ihre Gesichter hinter den großen Glasscheiben.«

Er bezog seinen Posten an einer Seite der Straße, während Halisamat, der die zweite Maschinenpistole besaß, auf der anderen Seite in Deckung ging. Yang war bei ihm, und er machte keinen Versuch, sie zurückzuhalten, um sie während der gefährlichen Aktion zu schonen. Sie wird nur überleben, wenn sie lernt zu kämpfen, das war für ihn zur Gewißheit geworden. Ich kann ihr nicht immer beistehen. Oft genug wird sie nur auf sich selbst angewiesen sein. Er legte sich so, daß er die Straße gut im Schußfeld hatte, dann prüfte er noch einmal den Mechanismus der Waffe.

»Achte darauf, wann dein Magazin leer ist«, riet er Yang. »Nicht, daß du mit diesem leergeschossenen Spielzeug auf die Straße hinausläufst.«

Sie nickte ihm zu, und er war erleichtert, als er sah, daß ihre Hand, die die Pistole hielt, nicht zitterte.

Länger als eine Stunde hatten sie zu warten. Dann aber ging alles sehr schnell. Zuerst kam ein einzelnes Fahrzeug heran. Es war ein offener Kübelwagen; darin saßen außer dem Fahrer zwei Offiziere, die schliefen. Der Wagen raste mit großer Geschwindigkeit vorbei. Sein Motorengeräusch war kaum verklungen, als Ah Pak schon von Norden her das dumpfe Gebrumm weiterer Motoren vernahm. Es war kein einzelnes Fahrzeug, das war zu hören, und es waren auch keine Personenwagen. Ah Pak schob sich aus der Deckung, bis er die Straße überblicken konnte. Als er sah, daß von Rawang her mehrere Lastwagen hintereinander anrollten, wußte er, daß dies nur die Kolonne sein konnte, von der die Kundschafter berichtet hatten.

Es dauerte lange, bis die fünf Lastwagen heran waren, denn sie fuhren nur ein mäßiges Tempo. Ah Pak sah, daß die Plane des ersten Fahrzeuges zurückgeschlagen war. Auf der Ladefläche stand etwa ein Dutzend Soldaten, die sich an die Schutzwand lehnten und die Gegend betrachteten.

Fünf Wagen, dachte Ah Pak – wenn sie nicht mehr Soldaten mitführen, als die auf dem ersten, dann werden wir es schaffen. Er hatte bei dieser Beurteilung der Lage, wie er sich später selbst eingestand, die Wirksamkeit der von ihm und Halisamat geplanten Falle stark unterschätzt. Als der erste Wagen die Kurve durchfahren hatte, nahm Ah Pak die Maschinenpistole langsam hoch. Er ließ den Wagen immer weiter herankommen, bis alle anderen sich auch in der Kurve befanden und er bereits die Gesichter der Soldaten auf dem ersten Wagen genau erkennen konnte. Da erhob er sich, ohne die Deckung zu verlassen, die das Buschwerk am Waldrand bot, und zielte auf die Fahrerkabine des ersten Wagens.

Die Garbe aus der Maschinenpistole zerfetzte die Frontscheibe in Bruchteilen von Sekunden. Das Fahrzeug kam ins Schleudern, denn der Fahrer war getroffen worden. Es stellte sich quer zur Straße und fuhr auf den mit Bambuspfeilen besteckten Bodenstreifen, wo es zum Stehen kam.

Während Halisamat auf den zweiten Wagen schoß, stand Yang neben ihm und leerte das Magazin ihrer Pistole auf die Soldaten, die von dem ersten Wagen sprangen. Sie konnte sehen, wie einer von ihnen taumelte und hinfiel und wie ein weiterer mitten auf der Straße liegenblieb. Dann mußte sie das Magazin neu füllen. Sie hatte das oft genug geübt, und es ging schnell, aber sie erkannte, daß sie dieses zweite Magazin kaum noch brauchen würde. Für ein paar Sekunden schloß sie unwillkürlich die Augen, als sie sah, wie die Begleitsoldaten sich neben der Straße zwischen Farnen und Gebüschen zu Boden warfen, um Deckung vor dem überraschenden Feuerüberfall zu suchen. Die Schreie, die sie ausstießen, als ihnen die zugespitzten Bambusstäbe in den Leib drangen, übertönten den Lärm der Schüsse. Yang wußte, daß keiner von denen, die dort lagen, sich noch einmal erheben würde. Inzwischen peitschten aus den Baumkronen Schüsse auf die aus den Wagen springenden Fahrer. Der letzte von ihnen versuchte zu wenden, aber er konnte das Manöver nicht mehr vollenden – die Männer in den Bäumen erschossen ihn, noch bevor er den Rückwärtsgang eingelegt hatte.

Einer der Beifahrer warf eine Handgranate nach dem Waldrand, aber sie explodierte im Unterholz, ohne Schaden anzurichten. Vorn waren die Männer um Ah Pak und Halisamat aus dem Wald gekommen. Ihre Schüsse folgten schnell aufeinander, und das Schreien der Japaner in den Bambusfallen erstarb. Halisamat lief mit seiner Gruppe von Wagen zu Wagen, aber es stellte sich heraus, daß in den Fahrerkabinen nur noch Tote lagen. Das Gefecht war zu Ende.

Yang steckte ihre Pistole ein. Sie trat an den Soldaten heran, auf den sie zuerst gezielt hatte, und sah, daß er tot war. Einen Augenblick blieb sie bei ihm stehen, dann rief Halisamat ihr zu: »Komm, hilf uns, die Wagen stecken voller Waffen!«

Die Männer, die Ah Pak als Träger im Wald in Reserve gehalten hatte, eilten herbei, und Minuten später hatten sie eine Kette gebildet, um den Inhalt der Wagen zunächst einmal ein Stück in den Dschungel hinein zu transportieren.

Ah Pak stellte vor und hinter der überfallenen Kolonne Posten auf, die den Befehl erhielten, auf jedes sich nähernde Fahrzeug zu schießen und es aufzuhalten. Die übrigen Männer arbeiteten wie besessen. Die Beute übertraf alle Erwartungen. In den Wagen fanden sich Hunderte von Gewehren und Maschinenpistolen, eine Anzahl Maschinengewehre, Handgranaten und Sprengmittel. Einer der Wagen hatte nur Munition geladen. Ah Pak griff mit zu. Auf der Ladefläche eines Wagens stehend, spähte er immer wieder nach der Straße. Er fürchtete am meisten, daß ein unvermutet auftauchender Transport Soldaten die Aktion doch noch vereiteln könne. Aber es geschah nichts.

Die Männer warfen die letzten Kisten vom Wagen und verschwanden im Dschungel. Halisamat baute aus einem der Fahrzeuge eine Batterie für das Radiogerät aus, dann lief er von einem Wagen zum anderen und öffnete die Benzintanks. Yang schleppte die schwere Batterie bis zum Waldrand; als sie sich umblickte, sah sie, wie Halisamat die Fahrzeuge in Brand steckte. Sie lief schnell weiter, aber Halisamat holte sie ein und nahm ihr die Batterie ab.

Sie waren nicht die letzten. Hinter ihnen kamen Ah Pak und die beiden Posten. Überall vor ihnen hasteten Partisanen durch den Wald. Sie wußten alle, daß es jetzt um Minuten und Sekunden ging. Je weiter sie in den Dschungel eingedrungen waren, desto aussichtsloser wurde es für die Japaner, sie zu verfolgen. Ah Pak war sich darüber klar, daß die Männer dieses Tempo mit den schweren Lasten nicht sehr lange aushalten konnten. Aber er trieb sie immer wieder zur Eile an und schleppte selbst zwei Blechkästen mit Maschinengewehrmunition weiter, die einer der anderen vor Erschöpfung hatte fallen lassen. Es war für die meisten von ihnen die härteste Anstrengung, die sie je zu überstehen gehabt hatten. Der Gedanke daran, daß sie nun endlich im Besitz von wertvollen Waffen waren, die sie in Sicherheit bringen mußten, ließ sie immer wieder alle Kräfte zusammennehmen und durch das grüne Halbdunkel des Dschungels vorwärts stolpern.

Yang lief hinter Halisamat. Ihr Atem ging keuchend, und sie spürte, wie ihr Herz wild klopfte. Weiter, immer weiter ging es. Sie mußten nun schon mehrere Kilometer von der Straße entfernt sein. Ob die Wagen noch brannten?

Yang sah einen der Träger zusammenbrechen. Er hatte sich zehn Gewehre aufgeladen. Sie sprang hinzu und riß den Mann hoch. Er torkelte weiter, aber sie hielt ihn auf und nahm ihm schnell fünf der Gewehre ab, die sie sich selbst umhängte. Schon nach wenigen hundert Metern schnitten ihr die Tragriemen in die Haut; sie merkte, wie der Schweiß ihr in Strömen am Körper herablief. Aber sie schleppte sich weiter, vor sich Halisamat, hinter sich Ah Pak.

Sie wußte nicht, wie lange sie benommen und torkelnd hinter den anderen her durch den Dschungel gelaufen war, als Ah Pak an ihr vorbeihetzte und den Leuten zurief, daß sie anhalten sollten. Sein Befehl pflanzte sich von einem zum anderen fort, und bald war die gesamte Gruppe beisammen. Yang brachte es noch fertig, die Gewehre vorsichtig auf den Boden gleiten zu lassen. Dann ließ sie sich einfach fallen und versank in einen Dämmerzustand völliger Erschöpfung, aus dem sie erst viel später durch Halisamat wieder zu sich gebracht wurde.

Sie richtete sich auf und sah, daß die Männer auch noch ausgestreckt neben ihren Lasten lagen. Halisamat strich ihr leicht über das Haar und sah sie besorgt an.

Sie versuchte zu lächeln. »Es tut mir leid. Mir wurde schwarz vor Augen.«

Er schüttelte unwillig den Kopf. »Nichts braucht dir leidzutun. Hier ist keiner, dem nicht auch schwarz vor den Augen war. Als ich hinfiel, habe ich nicht einmal mehr darauf geachtet, ob du da bist.« Er setzte sich neben sie. »Ist dir wieder besser?«

Sie nickte energisch und versuchte aufzustehen. Er wollte sie zurückhalten, aber sie gab nicht nach, bis sie wieder auf beiden Füßen stand. Dann machte sie versuchsweise ein paar Schritte, bevor sie sich wieder setzte. »Ich hätte nie geglaubt, daß ich das überhaupt durchhalte.«

Er erwiderte nichts. Er war stolz auf sie. Jeder im Lager wußte, daß sie die wohlbehütete, guterzogene Tochter eines Händlers war, und mancher hatte zweifelnd den Kopf gewiegt, als er hörte, daß sie bei den Männern im Dschungel bleiben wollte.

Nach einer Weile tauchte Ah Pak bei ihnen auf. Sein Gesicht war noch von der Anstrengung gezeichnet. Er hielt Halisamat die Hand hin und sagte langsam: »Unser erster Erfolg, Bruder. Was wir doch schaffen können, wenn wir unsere Kräfte einsetzen.« Er warf Yang einen anerkennenden Blick zu. »Du bist für mich die größte Überraschung bei dieser Aktion gewesen«, sagte er zu ihr. »Manche andere Frau wäre nach hundert Metern zusammengebrochen.«

Ich wäre es auch, dachte Yang, wenn ich mich nicht zusammengerissen hätte. Es ist erstaunlich, was man leisten kann, wenn man den Willen dazu hat. Sie streckte sich auf dem feuchten Boden aus und fühlte, wie ihre Kräfte wiederkehrten.

»Was werden wir jetzt tun?« hörte sie Halisamat fragen. »Wir haben viel mehr erbeutet, als wir über die lange Entfernung tragen können.«

»Ich habe bereits daran gedacht«, kam die Stimme Ah Paks. »Einer der Männer ist zum Lager unterwegs, um Hilfe zu holen. Wir werden inzwischen langsam weitermarschieren, viele Pausen einlegen, und auf diese Weise werden wir alles heimbringen.«

Er spricht, als ob es in ein Dorf ginge, in dem wir alle wohnen, überlegte Yang. Aber eigentlich ist es ja so. Das Lager ist unser neuer Heimatort. Es ist das Zuhause. Dann fiel ihr ein, daß sie nicht mehr in dieses Lager zurückkehren würde. Sie richtete sich auf und fragte Ah Pak: »Bleibt es dabei, daß Halisamat und ich nach Perak gehen?«

Ah Pak nickte. Er sah sie an und dann Halisamat. Schließlich sagte er: »Ich bin hier, um mich von euch zu verabschieden. Halisamat sehe ich in einer Woche wieder. Bei dir . . .« Er ließ den Satz unvollendet, sie verstand ihn trotzdem.

»Irgendwo begegnen wir uns schon wieder«, meinte sie und versuchte, lustig und unbeschwert zu erscheinen. Aber sie konnte nicht verleugnen, daß es ihr schwerfiel, von Ah Pak und all den anderen Abschied zu nehmen.

»Es ist wichtig, daß du denen in Perak hilfst«, meinte Ah Pak. »Und schließlich sind wir ja nicht aus der Welt. Die Zukunft wird uns oft genug zusammenführen.«

Er erhob sich und kam nach einer Weile mit einer japanischen Maschinenpistole zurück, die er ihr übergab. Dann suchte er noch einige Magazine und einen Beutel mit Munition aus der Beute heraus und sagte: »Du hast sie verdient. Malaya wird nicht nur Männer wie uns nötig haben, es wird auch solche Frauen wie dich brauchen. Grüß die Genossen in Perak und sag ihnen, daß wir dich ungern gehen ließen.«

Er wandte sich schnell ab. Es lag ihm nicht, Abschiedsworte zu sprechen. Aber er hatte das Gefühl, daß er an diesem Tage einen Verlust zu beklagen hatte, als er später, während die Männer ihre Lasten wieder aufnahmen, zusah, wie Yang neben Halisamat den Weg nach Norden einschlug.

George Bennett kam erst nach Tagen wieder zu sich. Er wußte zunächst nicht, wie er in diese niedrige, dunkle Hütte geraten war, auf das Lager aus alten Jutesäcken und Lumpen. Dann aber gelang es ihm, den Zusammenhang wiederherzustellen, und er erinnerte sich, daß er fieberkrank den Dschungel verlassen hatte. Er hatte eine Hütte gesehen, eine Frau und einen Käfig mit Hühnern.

Über ihm war das Dach. Ein Bambusgerüst, gedeckt mit Atapblättern, die keinen Lichtschimmer durchließen. Als Bennett den Kopf ein wenig drehte, sah er den Eingang, hinter dem der helle Tag stand. Er versuchte sich zu erheben, aber nach einigen Versuchen gab er es auf. Er war noch zu schwach. Eine Weile lag er still, bis ihm plötzlich einfiel, daß er ein Gewehr gehabt hatte. Er tastete unruhig das Lager ab, dann ließ er seinen Blick durch die Hütte wandern. Da war noch ein Schlaflager. Ein paar alte Kisten standen an einer Wand, daneben sah er ein aus Bambus gebasteltes Regal mit Töpfen und Pfannen. Einige alte Kleidungsstücke hingen an Nägeln, die in die Hüttenpfosten geschlagen waren. Das alles machte einen einfachen, ärmlichen Eindruck.

Minuten später erschien die Frau im Eingang, die Bennett damals von fern gesehen hatte. Sie sah, daß Bennett die Augen geöffnet hatte, und ging zögernd zu seinem Lager. Sie nahm ein Gefäß mit Wasser auf und gab ihm zu trinken.

»Danke«, sagte Bennett und griff nach ihrer Hand. Es waren arme Leute, die ihn hier aufgenommen hatten, und er überlegte, ob es für ihn eine Möglichkeit gab, ihnen zu danken.

Die Frau fragte ihn unbeholfen: »Du englisch?«

»Australia«, erwiderte er. Die Frau dachte einen Augenblick nach, dann nickte sie. Sie verstand Bennetts Sprache nicht, sie erinnerte sich nur an eine Anzahl Worte, die sie früher hatte kennen müssen, um die Anweisungen der englischen Aufseher zu begreifen.

»Demam«, sagte sie, »Fieber.« Sie zählte die Tage, die der Fremde bewußtlos gelegen hatte, an ihren Fingern ab. Es waren vier. Dann machte sie wieder die Gebärde des Trinkens. Aber sie gab ihm kein Wasser mehr. Sie ging zu dem Bambusgestell und holte von dort einen Topf, den sie Bennett an die Lippen setzte. Er schluckte und verzog das Gesicht, weil das Getränk bitter und salzig schmeckte. Die Frau achtete darauf, daß er reichlich davon trank. Sie hatte ihm während der vergangenen Tage immer wieder diese Hausmedizin eingeflößt, ohne daß er es in seinem durch das Fieber verursachten Dämmerzustand gemerkt hatte. Als sie den Topf fortnahm, schüttelte sich Bennett. Sie lächelte leicht. »Sehr gut. Essen?«

Der Australier brummte etwas. Hatten diese Leute für sich selbst genug? Konnten sie es sich leisten, einem Fremden noch etwas abzugeben?

Die Frau ging vor die Hütte und kam nach längerer Zeit mit einer Schale Suppe zurück, die sie auf der Kochstelle für ihn zubereitet hatte. Sie flößte Bennett das Essen ein, und er fand, daß es ausgezeichnet schmeckte.

»Sie kochen besser als der Kerl bei unserem Regiment, der sich Koch nannte.«

Die Frau zuckte die Schultern. Sie verstand seine Worte nicht, aber sie begriff, daß ihm die Suppe geschmeckt hatte. Es schien, als ob dieser rotbärtige Australier sich langsam erholte. Gut, daß ich ihn hereingeschleppt habe, sagte sich die Frau. Bevor er wieder einschlief, rief Bennett die Malaiin nochmals zu sich und machte ihr begreiflich, daß er sein Gewehr vermisse. Die Frau nahm seine Hand und führte sie unter die Lagerstatt. Als Bennett den kalten Stahl des Gewehrlaufes fühlte, atmete er auf. Er war nicht waffenlos. In ein oder zwei Tagen würde er wieder auf den Füßen stehen – dann würde die Welt für ihn ein bißchen besser aussehen. Beruhigt schlief er ein.

Die Frau hielt sich fast ständig vor der Hütte auf. Sie beobachtete argwöhnisch die Gegend. Wenn Japaner kommen, dachte sie, muß ich den Rotbärtigen in den Wald schleppen und verbergen. Sie würden ihn töten, und uns auch. Sie hatte die Tochter in einen Bambushain in der Nähe geschickt, damit sie frische Bambussprossen schnitt, die ein gutes Essen abgaben. Das Mädchen kam gegen Abend zurück und brachte außer Bambussprossen noch ein paar Papayas und einige Durianfrüchte mit.

Sie aßen einen Brei aus Maniokmehl und dazu Früchte. Als der Mann heimkam, erkundigte er sich nach Bennett.

»Er ist aufgewacht«, teilte die Frau ihm mit. »Er hat getrunken und ein paar Worte gesprochen, die ich nicht verstand. Es sieht so aus, als ob er sich erholt.«

Der Mann aß seinen Brei. Er hatte Hunger, aber den würde der Brei nur für kurze Zeit stillen, das wußte er. Dabei konnte er sich glücklich schätzen, noch diesen Brei und die Früchte zu haben. Um die Ortschaften herum gab es nichts Eßbares mehr an den Bäumen. Der Hunger hatte die Leute längst dazu getrieben, selbst die halbreifen Durianfrüchte abzureißen.

»Ich hoffe, er schafft es, ohne daß sie auf ihn aufmerksam werden«, sagte der Mann düster. Er kannte die Unberechenbarkeit der japanischen Soldaten. Die Leute aus dem Dorf, das jenseits der Pflanzung lag, konnten davon erzählen. Patrouillen durchstreiften die Gegend. Im Dorf, an der Straße lagen einige Dutzend Soldaten. Sie holten sich abwechselnd Mädchen in ihren Postenbau und warfen sie wieder hinaus, wenn sie ihrer überdrüssig geworden waren. Zuweilen hielt eine Autokolonne im Dorf, und dann brach es wie ein Unwetter über die Bewohner herein. Es gab eine gewisse Reihenfolge, an die sich die Menschen beinahe gewöhnt hatten. Zuerst streiften die Soldaten durch die Behausungen und stahlen Nahrungsmittel zusammen, die sie dann gemeinsam verzehrten. Sie schlachteten die Hühner der Bewohner und raubten den letzten, sorgsam gehüteten Reis. Dabei zerschlugen sie oft genug den Hausrat; wenn jemand wagte zu protestieren, wurde er erschossen. Jeder kaiserliche Soldat hatte das Recht, einen Malaien sofort zu töten, wenn er sich gegen ihn zur Wehr setzte. Auch den Frauen erging es nicht anders. Sich nicht willig mit einem japanischen Soldaten hinzulegen, manchmal mit einer Horde von einem halben Dutzend und mehr nacheinander, hieß Auflehnung gegen Seine Majestät den Tenno. Und das wurde mit dem Tode bestraft. Der Tenno mit dem weißen Pferd, dessen Bild in jedem Quartier der Besatzer hing, war Herr über Leben und Tod jedes Malaien geworden, und die in schmutziges Khaki gekleideten, schlechtgewaschenen Soldaten aus Nippon waren seine unumschränkten Bevollmächtigten.

»Heute haben sie drei Männer aus dem Dorf öffentlich hingerichtet«, berichtete der Mann langsam. »Sie stellten sie an der Mauer unter dem Banyanbaum auf und erstachen sie mit Bajonetten.«

Er aß weiter, und die Frau sah ihm sorgenvoll zu. Schließlich fragte sie: »Warum?«

Der Mann erwiderte mit unbewegtem Gesicht: »Warum? Sie haben gesagt, daß die drei aus dem Dorf fort wollten, in den Wald. Die Soldaten hatten ihre Frauen vergewaltigt. Deshalb wollten sie in den Wald.«

»Und deswegen wurden sie erstochen?«

Der Mann nickte. »Sie wollten zu unseren Leuten im Wald. Es heißt, daß es dort schon eine ganze Armee von uns gibt, die gegen die Japaner Krieg führt.«

»Und wo ist die?«

»Überall«, erwiderte der Mann mit einer unbestimmten Handbewegung. »Überall, wo Wald ist. Die meisten sollen in Perak sein. Aber es gibt auch hierherum welche, auch in Johore.«

Das Mädchen saß in einer Ecke der Hütte und hörte verängstigt dem Gespräch der Eltern zu. Es fürchtete den Tag, an dem die japanischen Soldaten sie hier ausfindig machen würden.

»Hast du die drei gekannt?« fragte die Mutter.

»Alle drei. Ich wußte auch, wohin sie gehen wollten, sie hatten es mir gesagt. Der Töpfer Huang und seine beiden Schwiegersöhne.«

»Oh«, sagte die Frau erschrocken. Die Freundschaft zwischen ihnen und der Familie Huang war viele Jahre alt.

Sie nahm das leere Eßgeschirr fort und reinigte es über einem Wassergefäß am Eingang der Hütte. Ich würde mich nicht wundern, wenn er eines Tages auch in den Wald ginge, dachte sie. Er wird das nicht lange aushalten, ich kenne ihn gut. Wenn es nicht uns beide gäbe, das Mädchen und mich, dann wäre er längst fort. Sie stellte das Gefäß ab und trat noch einmal vor die Hütte, um sich umzusehen. Mattes Mondlicht lag über der Landschaft. Aus dem Wald kamen Tierstimmen. Der Wald, dachte die Frau, vor ihm haben die Soldaten Angst. Und unsere Leute sammeln sich dort. Als sie in die Hütte zurückkam, lag der Mann bereits auf seiner Schlafstätte.

George Bennett brauchte noch drei Tage, bis er zum erstenmal wieder eine längere Wegstrecke zurücklegen konnte. Er fühlte sich schwach, immer wenn er ein paar hundert Meter gegangen war, mußte er sich ausruhen. Aber er hatte die Krankheit überstanden. Er machte einen Spaziergang bis zum Waldrand, dann kehrte er wieder zu der Hütte zurück.

Der Mann hatte ihm beschrieben, in welcher Gegend er sich befand, und ihm zugleich erklärt, daß es zwecklos für ihn wäre, auf eigene Faust weiter nach Süden zu marschieren. »Wohin wollen Sie? Die Japaner sind überall. Irgendwo werden sie Sie aufgreifen und erschießen. Wollen Sie so sterben?«

»Keinesfalls«, hatte Bennett geantwortet, »aber was soll ich machen? Hier kann ich nicht bleiben, ich gefährde euch. Wohin kann ich mich wenden, um noch etwas Nützliches zu tun?«

»In den Dschungel.«

Bennett hatte ihn verständnislos angesehen. »Daher komme ich. Sie haben gesehen, wie ich ankam.«

»Sie waren allein.«

»Wußte nicht, daß man im Dschungel eventuell Gesellschaft finden kann«, hatte Bennett mürrisch zurückgegeben. »Da gibt's keinen Menschen.«

Aber der Mann hatte ihm widersprochen. Nach einer Weile hatte Bennett aufgehorcht. Was der Malaie da erzählte, ließ neuen Mut in ihm aufkeimen. Er hörte zu, und hin und wieder stellte er eine Frage. Dann sagte er, als der Mann schwieg: »So, nun bin ich endlich auf der richtigen Spur. Die Leute, von denen Sie reden, zu denen muß ich. Das ist meine Seite der Barrikade. Wo finde ich sie?«

Es war schwer, ihm das zu beschreiben, aber der Mann gab sich Mühe. Nachdem sie einige Stunden nebeneinander gehockt und mit einem Stäbchen Skizzen in die Erde gekratzt hatten, wußte Bennett einigermaßen die Richtung, in die er zu marschieren hatte. Den Weg konnte er in ein oder zwei Tagen zurücklegen, selbst wenn er berücksichtigte, daß seine Kräfte noch geschwächt waren und er lange Pausen würde einlegen müssen.

Das war gestern abend gewesen, und heute hatte Bennett bereits am Morgen damit begonnen, sich wieder ans Marschieren zu gewöhnen. Er hatte sein Gewehr mitgenommen, denn er würde es auch morgen tragen müssen, wenn er aufbrach. Um die Mittagszeit legte er eine Rastpause ein. Am Rande des Dschungels gab es ein paar wilde Bananen und Papayas. Er aß einige dieser Früchte und döste dann eine Stunde vor sich hin. Der Mann hatte ihm eine Handvoll malaiischen Landtabak geschenkt, den er nun in seiner Pfeife rauchte. Dabei dachte er darüber nach, was wohl die Malaien im Dschungel davon halten würden, wenn er bei ihnen erschien.

Ein Gewehr mehr, sagte er sich. Und schließlich bin ich ein ausgebildeter Soldat und werde meinen Mann stehen können. George Bennett ist nicht in den Krieg gezogen, um sich zu verstecken, nachdem er die erste Schlacht verloren hat. Wir Kommunisten haben schon manchmal eine Schlacht verloren und doch nicht aufgegeben.

Wir haben weitergemacht und nicht lange getrauert. Ich werde jetzt auch weitermachen. Es gibt keinen besseren Platz für mich in diesem Krieg als bei den Leuten im Dschungel, die ihr Land gegen die Japaner verteidigen. Da gehöre ich hin; ich wünsche nur, daß ich bald dort bin. Sie werden Augen machen, ja, aber der Alte aus der Hütte hat gesagt, daß die Kommunisten diese Gruppen organisiert haben. Also werde ich Genossen dort finden. Er ließ sich ins Gras zurücksinken und schloß die Augen. Schon wenige Sekunden später schreckte ihn die Salve aus der Maschinenpistole des japanischen Patrouillenführers auf, der mit einem Dutzend Soldaten die Hütte umstellt hatte.

Bennett war mit einem Sprung auf den Beinen. Er ließ die Pfeife in die Hosentasche gleiten, griff nach dem Gewehr und rannte los. Es fielen keine Schüsse mehr, aber aus der Richtung, in der sich die Hütte befand, waren Schreie und lautes Stimmengewirr zu hören.

Als er auf dem Hügel ankam, von dem aus er auf die Hütte herabsehen konnte, warf er sich atemlos ins Gras und starrte auf das Bild, das sich ihm bot.

Eine der üblichen japanischen Streifen war diesmal bis in diese abgelegene Gegend vorgedrungen. Als die Soldaten sich der Hütte näherten, hatte das fünfzehnjährige Mädchen versucht davonzulaufen. Die Salve aus der Maschinenpistole hatte sie zwar nicht verletzt, aber so erschreckt, daß sie hinfiel und liegenblieb. Zwei der Männer hatten sie zur Hütte zurückgeschleift. Nun standen Mutter und Tochter nebeneinander, vor ihnen zwei Soldaten mit schußbereiten Maschinenpistolen.

Andere durchsuchten die Hütte. Sie fanden nichts von Bedeutung, auch nichts, was das Mitnehmen wert war. Als sie alles durchwühlt hatten, traten sie wieder heraus, und der Sergeant, der die Patrouille führte, fuhr die Frau barsch an: »Dein Mann, wo ist er?«

Die Frau wies mit der Hand zur Plantage und antwortete: »Arbeiten, dort.«

Der Japaner fragte nicht weiter. Das Durchsuchen dieser Hütte war für ihn eine Routinesache. Es war immer gut, wenn man unvermutet erschien und den Leuten Angst einjagte. Sie wurden auf diese Weise gefügig und hüteten sich, etwas Unerlaubtes zu tun.

Eine große englische Uhr zierte das Handgelenk des Sergeanten. Er las die Zeit ab und stellte fest, daß sie noch keine Eile zu haben brauchten. Es war langweilig, immer nur durch das Gras zu stapfen und Gummibäume zu sehen. Hier gab es die beiden Frauen. Die Ältere war nicht sehr ansehnlich, aber die Junge würde eine Abwechslung sein. Er bedeutete ihr, in die Hütte zu gehen; das Mädchen folgte ängstlich. Der Sergeant war noch jung, aber er hatte ein pockennarbiges Gesicht und große, gelbliche Zähne. Er schob sich grinsend hinter dem Mädchen in die Hütte, und vom Eingang aus rief er den Soldaten ein paar kurze Befehle zu. Dann stieß er das Mädchen auf das Schlaflager und riß ihr den Sarong auf.

Draußen einigten sich die Soldaten über die Mutter. Der Stellvertreter des Sergeanten stieß sie schließlich vor sich her auf den Hügel zu. Ein paar der anderen

Die fünf halfen, die Lebensmittel zu tragen, die Yang und Halisamat geschenkt worden waren. Als sie hinter der Siedlung in den Wald tauchten, blickten sie noch einmal zurück. Aber sie zögerten nicht. Sie brannten darauf, es denen gleichzutun, die bereits im Dschungel waren.

Es war um die Mittagszeit, als Halisamat oberhalb einer sich endlos dehnenden Kautschukpflanzung vorsichtig aus dem Wald trat und sich umblickte. Eine solche Pflanzung ließ vermuten, daß Menschen in der Nähe beschäftigt waren, also mußten sie besonders aufmerksam sein. Trotzdem wollte Halisamat den Vorteil wahrnehmen, den ihnen der Waldrand bot, denn er zog sich genau in der Richtung hin, die sie zu gehen hatten. Wenigstens für eine Weile konnten sie sich das kräftezehrende Wegschlagen im Dschungel ersparen und schneller vorankommen. Er winkte den anderen, nachdem er sich vergewissert hatte, daß sich weit und breit nichts regte.

Sie waren bereits einige Kilometer am Saum des Dschungels entlanggegangen, als plötzlich aus der Ferne Schüsse herüberklangen. In Sekunden waren sie wieder im Dschungel untergetaucht. Halisamat hielt an und lauschte. Es fielen wieder Schüsse.

»Das ist nicht weit entfernt«, sagte er leise zu Yang.

»Ob es welche von uns sind?«

Als das Gefecht andauerte, entschloß er sich, vorsichtig näher zu gehen und zu beobachten. Dicht am Waldrand bewegten sie sich vorwärts, bis sie auf eine sanfte Anhöhe gerieten, von der aus sie die Plantage gut überblicken konnten. Die Schüsse waren nun nicht mehr weit entfernt. Halisamat sah die Hütte zuerst. Er warf sich zu Boden, und die anderen folgten seinem Beispiel.

Minuten später begriff er, worum es hier ging. Er sah die Japaner auf den Hügel zu vorgehen, und er beobachtete die beiden Soldaten, die im Rücken des Hügels eiligst auf den Waldrand zuliefen, um dort Bäume zu erklettern.

»Da auf dem Hügel«, sagte er, »liegt einer, der auf sie schießt. Das kann nur einer von uns sein.«

Kurz entschlossen gab er den fünf unbewaffneten Burschen ein Zeichen, sich im Wald zu verbergen und abzuwarten. Dann forderte er Yang auf: »Komm, wir müssen ihm helfen, sonst ist er verloren.«

Im Schutze des Waldes arbeiteten sie sich weiter an den Hügel heran, bis sie ihm schließlich so nahe waren, daß sie mit ihren Maschinenpistolen etwas ausrichten konnten.

Das Feuer hinter dem Hügel war verstummt. Die beiden Japaner stiegen von den Bäumen und gingen aufrecht auf die kleine Bodenerhebung zu.

»Ich glaube, es sind nur noch diese beiden übrig«, flüsterte Halisamat. »Schieß auf den zweiten, ich werde mir den ersten vornehmen.«

Fast zu gleicher Zeit bellten ihre Maschinenpistolen. Die beiden Soldaten fielen in ihrem Feuer. Halisamat beobachtete sie genau, aber sie bewegten sich nicht mehr. Er wartete eine geraume Zeit, bis er sicher war, daß die Japaner nicht mehr schossen.

Dann flüsterte er Yang zu: »Ich steige auf den Hügel und sehe nach, was ich

Soldaten machten sich daran, die beiden Hühner zu schlachten und das Kochfeuer anzufachen.

George Bennett sah die Frau herankommen, den Japaner hinter sich. Der hatte seine Maschinenpistole auf die Gefangene gerichtet und führte sie an eine Stelle, wo das Gras ein wenig höher war als um die Hütte herum.

Bennett beobachtete die beiden mit zusammengekniffenen Lippen. Er zog den Gewehrkolben fest in die Schulter ein und visierte den Japaner an. Er ließ ihn nicht mehr aus den Augen, bis der Soldat der Frau bedeutete, daß sie sich hinlegen solle, und selbst begann, seinen Ledergurt aufzuschnallen. Bennetts Finger krümmten sich schon im Abzug, da rannte die Frau plötzlich los. Ein schriller Schrei, der im selben Augenblick aus der Hütte kam, ließ den Japaner sekundenlang zögern. Dann aber riß er die Maschinenpistole hoch.

Bennetts Schuß traf ihn, bevor er die Frau im Visier hatte. Die Frau lief weiter. Bennett rief ihr zu, sich hinzuwerfen, aber sie hörte ihn nicht. Sie war noch einen Steinwurf vom Wald entfernt, als die Schüsse der Soldaten von der Hütte sie trafen. Beide Arme hochwerfend, schlug sie hin und rührte sich nicht mehr.

Aus der Hütte stürzte das Mädchen. Sie hatte es fertiggebracht, den Händen des Sergeanten zu entschlüpfen. Was sie tat, war Selbstmord; sie wußte es, aber sie wollte lieber sterben, als diese Horde Japaner über sich herfallen lassen.

Bennett sah sie auf den Hügel zulaufen, und er sah auch, wie der Sergeant ihr nachsetzte. Der Australier gab sich Mühe, das Gewehr ruhig zu halten; er zielte sehr sorgfältig auf den laufenden Japaner. Mit dem kurzen, scharfen Knall des Schusses machte der Sergeant noch einen kraftlosen Sprung und sank zu Boden.

Die Soldaten an der Hütte waren inzwischen ausgeschwärmt. Sie hatten gemerkt, daß der unsichtbare Schütze sich im hohen Gras des Hügels verborgen hielt, und dorthin richteten sie nun ihr Feuer.

Das Mädchen kam nicht weit. Einer der Soldaten erschoß sie, noch bevor sie hundert Schritte von der Hütte entfernt war. Bennett schloß für ein paar Sekunden die Augen. Doch dann raffte er sich wieder auf. Eine wilde Wut packte ihn. Er strich mit dem Gewehrlauf die Gräser beiseite, die seine Sicht behinderten, dann krümmte er den Finger am Abzug. Cowboy, dachte er, jetzt hast du dein erstes anständiges Gefecht vor dir. Vielleicht ist es dein letztes, aber das soll ihnen sauer werden. Sie haben einen vor sich, der nicht zum erstenmal Schakale abschießt!

Er sah die Kette der Japaner im Gras. Sie krochen abwechselnd vorwärts und feuerten dazwischen unentwegt auf den Hügel. Zwei von ihnen krochen jedoch nicht nach vorn, sondern schoben sich immer weiter seitwärts davon. Bennett erkannte ihr Manöver zu spät. Als er begriff, daß sie den Hügel umgehen und ihn von hinten her angreifen wollten, war der eine bereits im hohen Gras verschwunden. Bennett schoß auf den zweiten, aber er verfehlte ihn in der Aufregung, und als er den zweiten Schuß anbringen wollte, war der Soldat ebenfalls verschwunden.

»Nun gut«, knurrte Bennett gereizt, »wir werden sehen, wer schneller ist.« Er zielte auf den ersten der herankriechenden Soldaten und schoß. Der Mann blieb still liegen. Ein anderer sprang auf und lief ein paar Schritte. Bennett erwischte ihn, noch bevor der sich wieder hinwarf. Während er neue Patronen in das Gewehr schob, ließ er seine Augen nicht von den Angreifern. Er zählte sie nicht, aber er überlegte, ob er es schaffen würde, diese ganze Patrouille unschädlich zu machen und dann in den Wald zu entkommen. Er hatte die günstigere Position. Die Angreifer konnten sich nicht vor ihm verbergen. Er legte an und schoß auf den nächsten. Dabei dachte er, wenn mir nur nicht die beiden Strolche in den Rücken kommen.

An der Hütte stieg ein feiner Rauchfaden in die Luft. Er kam von dem Kochfeuer, das die Japaner angefacht hatten. Sie waren nicht dazu gekommen, die beiden Hühner zu rupfen, die nun neben dem Käfig lagen – zwei weiße Flecken auf dem kurzen, saftigen Gras.

Bennett mußte das Visier verstellen, die Japaner waren näher gekommen. Aber es krochen nur noch drei auf ihn zu. Bennett sah sie ganz genau, er konnte jede ihrer Bewegungen verfolgen. Nur noch ihr drei, dachte er, dann kommen die beiden letzten dran, die sich da hinten herumtreiben. Er zielte auf den ersten und drückte ab. Im selben Augenblick bellte hinten am Waldrand der erste Schuß auf; der Australier duckte sich unwillkürlich, weil das Geschoß nicht weiter als eine Handbreit vor seinem Kopf in den Boden schlug. Es fegte ein Büschel Gras fort. Bennett wollte eben das Gewehr herumreißen, als der Soldat, der in seinem Rücken einen Baum am Waldrand erklettert hatte, den nächsten Schuß löste.

Diesmal hatte er besser gezielt. Er sah den Schützen auf dem Hügel, jenen Mann mit dem roten Haar, der nur ein Engländer sein konnte, sich herumwälzen und wußte, daß er getroffen hatte. Sofort setzte er das Gewehr wieder an, aber da war jener Engländer plötzlich verschwunden.

Der Schuß hatte Bennett hoch am linken Oberschenkel getroffen. Noch bevor er den Schmerz spürte, machte er einen entschlossenen Satz nach vorn. Er ließ sich ein paar Meter den Abhang hinabgleiten und hob mit großer Mühe wieder das Gewehr. Nun kam es nur noch darauf an, wer schneller war. Die beiden herankriechenden Soldaten konnten ihn jetzt sehen. Sie hoben ihre Gewehre. Bennett sah, wie der eine unter seinem Schuß zusammenbrach, und er legte sofort auf den zweiten an. Dieser kam ihm jedoch zuvor. Sein Schuß riß dem Australier die linke Schulter auf und verursachte eine große, stark blutende Wunde. Noch einmal nahm Bennett alle Kräfte zusammen und gab einen Schuß auf den letzten Angreifer ab. Er traf ihn, und der Mann blieb liegen. Aber George Bennett war nicht mehr in der Lage, diesen Sieg auszunutzen. Die Wunden schmerzten stark; er spürte, wie er Blut verlor, viel Blut.

Sie haben mich erwischt, dachte er, das ist ein jämmerlicher Tod, weil er lange dauert. Und da sind noch die beiden Kerle dort hinten, von denen der eine vom Baum aus geschossen hat. Sie werden jetzt nicht mehr zögern.

Er lag zusammengekauert im Gras, legte das Gewehr auf die Knie und dachte, ich werde weiterschießen, bis ich nicht mehr kann. Kommt nur heran, ihr Bastarde,

ihr sollt merken, daß George Bennett nicht nur ein Cowboy ist, sondern a
Kämpfer.

Sie waren den zweiten Tag unterwegs. Yang fühlte sich frisch und unterneh
lustig, aber Halisamat achtete darauf, daß sie öfter eine Ruhepause einlegten.
immer gut, seine Kräfte zu schonen, solange es ging. Um so mehr konnte man
gaben, wenn man in eine Situation geriet, in der es auf alles ankam. Außerdem
er sich ihren Weg gut einprägen, denn er würde ihn wiederzufinden haben,
wenn er Genossen von einer Widerstandsgruppe zur anderen führte. Ah Pa
ihm ausdrücklich eingeschärft, daß er nach diesem Marsch den Weg selbst bei
jederzeit wiederfinden mußte.

In einer weit auseinandergezogenen Siedlung, die nur eine Besatzung vo
ziemlich trinkfreudigen Japanern hatte, waren sie in einer Behausung eingeke
unweit des Waldes lag. Die Leute hatten sie mit rührender Fürsorge aufgeno
und die Kinder hatten auf allen Wegen Posten bezogen, um sogleich zu melden,
einer der Japaner auf die Idee kommen sollte, sich in diese Gegend zu begeben.

Man hatte ihnen Salzgemüse und Bataten zu essen aufgedrängt, sie hatten T
trunken, und Halisamat hatte nach langer Zeit wieder rauchen können. Jeder
wissen, wie es außerhalb der Ansiedlung stand und wie viele Kämpfer es sch
Dschungel gab. Die Leute brachten ihnen kleine Säckchen Reis und Manio
getrockneten Fisch und geräuchertes Hühnerfleisch; sie bestanden darauf, d
beiden es für »die im Wald« mitnahmen. Es waren sorgsam gehütete Vorräte, u
manchem machten sie das Letzte aus, was er besaß.

»Es ist eigenartig«, wandte sich Yang an die Frau, bei der sie eingekehrt w
»Ihr seid so gut zu uns und gebt uns Sachen, die ihr entbehren werdet. Dabei br
wir euch in Gefahr. Wenn die Japaner von eurer Hilfe erfahren, werden sie euc
richten.«

Die Frau legte ihr die Hand auf die Schulter und erwiderte: »Wir sind arme L
Schwester, und die im Wald sind es auch. Sollen wir ihnen da nicht helfen? Sin
nicht für uns alle im Wald?«

Halisamat lächelte still vor sich hin. Es war so gekommen, wie die Genossen
ausgesagt hatten. Das ganze Volk stand hinter denen im Wald. Jeder sah darin
Ehre, sie zu unterstützen. Die Japaner würden es schwer haben. Man konnte
Armee besiegen, aber nicht ein ganzes Volk.

Als sie weiterzogen, schlossen sich ihnen fünf junge Burschen an, die es bisher
tiggebracht hatten, nicht von den Japanern registriert zu werden. Sie wollten kämp
und Halisamat fand, daß es keine bessere Möglichkeit gab, als sie zu dem Lager
zunehmen, das sie in ein oder zwei Tagen erreichen würden. Er nahm sich die B
schen vor und schärfte ihnen ein, auf jeden Fall immer nur das zu tun, was er ih
auftrug. »Ihr seid noch unerfahren, und wir können in gefährliche Situationen k
men. Behaltet mich immer im Auge; tut das, was ich auch tue, nichts anderes.«

machen kann. Du bleibst hier und achtest darauf, daß mir keiner in den Rücken kommt.«

Er kroch davon, und Yang blickte ihm besorgt nach. Sie strengte ihre Augen an, um selbst die geringste Bewegung sofort wahrzunehmen, aber Halisamat erreichte den Hügel, ohne daß sich etwas rührte. Er verschwand in dem hohen Gras, doch schon nach ein paar Sekunden erschien er wieder, hochaufgerichtet, und winkte ihr herbeizukommen. Sie rannte los, die Maschinenpistole schußbereit in der Hand.

Später konnte sie nie genau sagen, was sie veranlaßt hatte, die beiden Japaner, die reglos zwischen dem Hügel und dem Wald lagen, beim Laufen im Auge zu behalten. Sie wußte nur, daß sie tödlich erschrocken war, als der eine dieser beiden sich plötzlich erhob und sein Gewehr auf Halisamat anlegte. Ihre Reaktion war so schnell, daß selbst Halisamat sie nicht wahrnahm. Er fuhr nur herum, als die Salve aus Yangs Maschinenpistole aufpeitschte, aber da sah er bereits den Japaner, den er zuvor offenbar nicht getroffen hatte, in sich zusammensinken.

Seine Hand zitterte leicht, als er Yang auf dem Hügel entgegenkam. Für ein paar Sekunden sah er sie dankbar an und sagte dann ganz leise: »Das hätte mein Tod sein können, Yang.«

Am Vorderhang lag der zusammengekrümmte Bennett. Er war bei Bewußtsein. Als er die Schüsse gehört hatte, war ihm klargeworden, daß jemand unerwartet in das Gefecht eingegriffen hatte. Er hätte den Malaien, der unerwartet auf der Hügelkuppe auftauchte, umarmen mögen, aber es fiel ihm schwer, sich zu bewegen. Er hatte bereits viel Blut verloren, außerdem war sein Körper von dem kaum überstandenen Fieber noch geschwächt.

»Ein Engländer«, sagte Halisamat hastig zu Yang. »Sprich mit ihm.«

Bennett verzog das Gesicht vor Schmerzen, als das Mädchen sich über ihn beugte. Sie ist jung, dachte er, und schön. Sie hat gute Augen und schmale Hände wie ein Kind, und sie kann mit der Maschinenpistole umgehen, die sie über der Brust trägt. Schade, daß die Japse mich so zusammengeschossen haben.

»Australia«, sagte er mit Anstrengung. »Die Frauen in der Hütte . . . Fieber . . . halfen mir . . . Die Japaner kamen. Schade . . . sie waren gut.«

Langsam begriff Yang, was sich hier abgespielt hatte. Das war ein versprengter australischer Soldat, dem die Leute in der Hütte geholfen hatten. Sie suchte nach seinen Verletzungen. Seit sie im Wald war, trug sie ebenso wie alle anderen ein Stück sauberen weißen Tuches in der Tasche, das als behelfsmäßiges Verbandpäckchen vorgesehen war. Damit verband sie Bennetts Verletzungen provisorisch. Halisamat half ihr dabei. Als sie fertig war, bettete sie den Kopf des Australiers etwas bequemer. »Seien Sie ganz ruhig«, sprach sie zu ihm. »Strengen Sie sich nicht an.«

Er versuchte zu lächeln. Halisamat, der besorgt das Gelände beobachtet hatte, lauschte noch ihren Worten. Er trug einen kleinen, fünfzackigen Stern auf seinem Jackenaufschlag. Es war ein kleines Kunstwerk, das er sich im Lager aus dem Blech einer Konservendose angefertigt hatte. Nun blickte er erstaunt auf den Australier, als dieser auf den Stern deutete und sagte: »Ich wäre so gern bei euch gewesen.«

Es war der erste zusammenhängende Satz, den er hervorbrachte. Nach einer Weile hob er mühsam eine Hand auf die Brust und deutete auf die Tasche, in der er seine Papiere trug. »Aufmachen«, verlangte er von Yang.

Sie öffnete die Tasche und entnahm ihr ein Päckchen mit seinem Militärpaß, einigen Briefen und einem kleinen roten Buch, das ebenfalls einen fünfzackigen Stern trug. Bennetts Augen folgten Yangs Händen, als sie es aufblätterte und darin las. Nach einer Weile ließ sie es sinken und sagte heiser zu Halisamat: »Er heißt George Bennett und war Landarbeiter in Queensland. Und er ist Kommunist, dies ist sein Mitgliedsbuch.«

Ein Lächeln glitt über Bennetts bleiches Gesicht. Halisamat griff nach seiner Hand und drückte sie fest. Ihm war eigenartig zumute. Nie zuvor hatte er einen weißen Mann gesehen, der Kommunist war. Er hielt die Hand Bennetts eine Weile, dann besann er sich, daß es höchste Zeit war, von hier wegzukommen.

»Ob er es durchhält, wenn wir ihn mitnehmen?« wandte er sich an Yang.

Sie bewegte leicht die Schultern. »Versuchen müssen wir es. Er kommt um, wenn wir ihn hier liegenlassen.«

Kurz entschlossen lief Halisamat hinüber zum Wald und begann mit Hilfe der fünf jungen Burschen aus Bambusstangen eine behelfsmäßige Trage herzustellen. Es dauerte lange, bis er damit wieder bei Yang erschien. Der Australier hatte die Augen geschlossen.

»Ist er tot?« fragte Halisamat erschrocken.

Sie schüttelte den Kopf. »Sein Herz schlägt. Ich glaube, die Wunden sind nicht so schlimm. Er hat nur viel Blut verloren.«

Die Burschen griffen zu, und Bennett schlug die Augen auf, als sie ihn auf die Trage legten. Er verzog das Gesicht und versuchte einen Scherz: »Verdammt hart, aber besser als ein weiches Grab.« Doch keiner achtete darauf, denn er sprach sehr leise.

Die ersten Schritte, die die beiden Träger machten, spürte er noch als schmerzhafte Erschütterungen. Er wußte nicht, ob er glücklich darüber sein sollte, daß er endlich jene Leute gefunden hatte, zu denen es ihn zog, oder ob er sein Pech verfluchen sollte, gerade in diesem Augenblick lebensgefährlich verletzt worden zu sein. Er verlor das Bewußtsein, bevor die Träger den Fuß des Hügels erreicht hatten.

Sie setzten ihn noch einmal ab. Die jungen Burschen sammelten schnell die Waffen der toten Japaner ein.

Noch schien niemand auf das Feuergefecht aufmerksam geworden zu sein. Dieser Zipfel der Plantage lag zu weit vom nächsten japanischen Posten entfernt, und es konnte sein, daß ein Tag verging, ehe die nächste Streife hier ankam. Trotzdem war Eile geboten.

Minuten später verschwanden sie im Wald. Es war mühsam, mit dem Verwundeten vorwärts zu kommen, aber die Träger wechselten einander ab, um nicht zu schnell zu ermüden. Yang überzeugte sich ab und zu davon, daß Bennett noch lebte.

Halisamat sagte: »Ich hoffe nur, daß wir ihn lebend ins Lager bringen, dort wird es Hilfe für ihn geben.«

Je länger sie unterwegs waren und sich mit dem Transport des Verwundeten abquälten, desto deutlicher begriff jeder einzelne von ihnen, daß er um das Leben dieses fremden weißen Mannes bangte.

Das Lager, in dem Yang und Halisamat mit ihren fünf Begleitern und dem verletzten Bennett eintrafen, lag unweit der kleinen Ortschaft Ulu Slim. Es war in einer unübersichtlichen Gebirgsgegend angelegt, in einem Talkessel inmitten bewaldeter Berge, die keine Wege hatten und deren Höhen so gut wie unüberwindlich waren für jeden, der das Gelände nicht genau kannte.

Den Japanern, deren Aufklärungsflugzeuge täglich über dem Dschungel kreisten, um das Gelände abzusuchen, war es immer noch unwahrscheinlich, daß sich eine ganze Armee einfach unsichtbar machen konnte. Seit den ersten Aktionen in der Nähe von Ipoh, Tapah und Bikam war es in Perak nicht mehr ruhig geworden. An vielen Stellen gab es nächtliche Überfälle, Sprengungen, kurze, erbitterte Gefechte. Die Straßen waren unsicher geworden, und auf den Bahnlinien flogen immer wieder Züge in die Luft. Die Posten in den kleineren Ortschaften fühlten sich nicht mehr wohl. Sie verbarrikadierten ihre Stellungen und hüteten sich, bei Nacht auch nur ein paar Schritte in die Dunkelheit zu machen. Die überhebliche Selbstsicherheit der kaiserlichen Armee war ins Wanken gekommen. Für sie war es eine bestürzende Überraschung, daß ein kleines Volk wie die Malaien, das so gut wie keine Erfahrung im Waffenhandwerk besaß, ihnen einen so erbitterten Widerstand entgegensetzte.

Zuerst hatte man die Widerstandsaktionen nicht ernst genommen. Hunderte von Einwohnern waren von der Kempeitai erschossen worden. Das Ergebnis war, daß der Widerstand gewachsen war. Wie unzählige Brände flammte er an vielen Stellen zugleich auf. Die Malaien aus dem Dschungel schlugen schnell und überraschend zu und verschwanden ungesehen. Niemand kannte sie. Sie ließen ihre Toten nie zurück.

Die Leute in den Dörfern schüttelten die Köpfe, wenn sie gefragt wurden. Sie versuchten nicht mehr, ihren Haß auf die Eindringlinge zu verbergen. Seit die im Dschungel ihre Waffen erhoben hatten, war für das ganze Volk der Weg sichtbar geworden, den es gehen mußte. Die Japaner wüteten. Nun gut, sie würden sehen, was ihnen der Terror einbrachte, mit dem sie das Land überzogen.

Ting Wu, der ehemalige Hafenarbeiter aus Kota Bharu, befehligte die Einheit in dem Lager bei Ulu Slim. Vor einer Woche hatte es eine Konferenz aller Kommandeure der in Perak operierenden Widerstandsgruppen gegeben, und dort war die Antijapanische Befreiungsarmee Malayas gegründet worden. Ihr Oberkommandierender war Chen Ping, zugleich Führer einer weiter nördlich liegenden Einheit. Ting Wus Gruppe war das 2. Regiment der neuen Armee, der ersten in der Geschichte des Landes, geworden.

Als Ting Wu gemeldet wurde, daß aus Batu Caves eine Gruppe eingetroffen war, ließ er sogleich die als »Lehrerin« bezeichnete Yang zu sich rufen. Das Lager war größer und besser ausgebaut als jenes hinter den Sümpfen von Batu Caves. Es gab für die Soldaten große, geräumige Quartiere, es gab versteckt angelegte Felder mit Trockenreis und Maniok, und es gab einen Kommandostand, in dem sich Ting Wu mit seinem Stab aufhielt, zu dem auch der ehemalige Wasserträger Abu Bakkar und Kee Won gehörten. Eine Sanitätshütte war auch vorhanden, in der George Bennett frisch verbunden wurde. Ein paar Stunden später erfuhren Yang und Halisamat, daß die Aussicht bestand, das Leben des Australiers zu erhalten.

Ting Wu sah das Mädchen herankommen. Er betrachtete sie, wie sie mit der Maschinenpistole über der Schulter an dem Reisfeld vorbeiging – eine nicht sehr große, zierliche Chinesin in verwaschenen blauen Drillichhosen und einer hochgeschlossenen Jacke.

»Eine Frau«, sagte er nachdenklich zu dem neben ihm stehenden Abu Bakkar. »Nun gut, wir haben keine Auswahl, wir müssen mit dem auskommen, was wir haben.«

Abu Bakkar runzelte die Stirn. Er hatte an mancher Kampfaktion teilgenommen, seit er in diesem Lager war, und er wußte, wie hart die Strapazen waren. Während das Mädchen auf den Kommandostand zukam, meinte er: »Vielleicht hilft sie uns wenigstens etwas dabei, unseren Leuten eine gewisse Erziehung zu geben. Sie sieht aus, als ob sie lesen und schreiben kann. Man könnte sagen, sie hat ein kluges Gesicht.«

Ting Wu erhob sich, um Yang entgegenzugehen. »Sie ist eine Frau«, sagte er, »wir werden Nachsicht mit ihr haben müssen.« Dann begrüßte er sie, fragte sie nach Namen und Herkunft und ließ sich erzählen, wie sie in den Dschungel gekommen war. Er hörte überrascht zu, als er von ihr über Henderson erfuhr, über die Sonderschule 101 in Singapore und alles, was damit zusammenhing. Der Eindruck, den er von Yang hatte, war günstig. Ihre Offenheit und die Art, in der sie über die Aktion an der Straße nach Kuala Lumpur sprach, waren sympathisch. Sie ist klug, dachte Ting Wu. Und es scheint, daß sie ehrlich ist, obwohl die Engländer sie auf dieser Schule beschäftigt hatten. Jedenfalls gibt es keinen Grund, ihr zu mißtrauen, nur weil sie die Möglichkeit hatte, eine Schule zu besuchen und später bei den Engländern zu arbeiten. Außerdem gebührt ihr eine große Portion Achtung, weil sie als Frau das harte Leben im Dschungel auf sich nahm.

»Ihr hattet unterwegs ein Gefecht?« fragte er.

Sie berichtete von der Schießerei an der Gummiplantage und von Bennett. Dann legte sie seine Dokumente vor Ting Wu hin. »Ich habe sie mitgebracht. Vielleicht ist er der erste Weiße, der mit uns kämpft, wenn er durchkommt.«

Ting Wu betrachtete lange das Parteibuch des Australiers. Es war gut, daß dieser Mann den Weg hierher gefunden hatte. Dann sah er Yang nachdenklich an. »Du wirst bei uns eine wichtige Aufgabe haben. Wir verbreiten Nachrichten über den Fortgang des Krieges. Das ist wichtig. Du wirst dafür verantwortlich sein. Wir haben einen Apparat, mit dem man Druckabzüge herstellen kann. Mit der Zeit soll aus den Nachrichtenblättern eine Zeitung werden. Außerdem sollst du hier das tun, was du dir einmal als Lebensziel vorgenommen hast. Du sollst Lehrerin sein. Die meisten unserer Leute können weder lesen noch schreiben, sie haben keine Ahnung, wo Moskau liegt

Soldaten machten sich daran, die beiden Hühner zu schlachten und das Kochfeuer anzufachen.

George Bennett sah die Frau herankommen, den Japaner hinter sich. Der hatte seine Maschinenpistole auf die Gefangene gerichtet und führte sie an eine Stelle, wo das Gras ein wenig höher war als um die Hütte herum.

Bennett beobachtete die beiden mit zusammengekniffenen Lippen. Er zog den Gewehrkolben fest in die Schulter ein und visierte den Japaner an. Er ließ ihn nicht mehr aus den Augen, bis der Soldat der Frau bedeutete, daß sie sich hinlegen solle, und selbst begann, seinen Ledergurt aufzuschnallen. Bennetts Finger krümmten sich schon im Abzug, da rannte die Frau plötzlich los. Ein schriller Schrei, der im selben Augenblick aus der Hütte kam, ließ den Japaner sekundenlang zögern. Dann aber riß er die Maschinenpistole hoch.

Bennetts Schuß traf ihn, bevor er die Frau im Visier hatte. Die Frau lief weiter. Bennett rief ihr zu, sich hinzuwerfen, aber sie hörte ihn nicht. Sie war noch einen Steinwurf vom Wald entfernt, als die Schüsse der Soldaten von der Hütte sie trafen. Beide Arme hochwerfend, schlug sie hin und rührte sich nicht mehr.

Aus der Hütte stürzte das Mädchen. Sie hatte es fertiggebracht, den Händen des Sergeanten zu entschlüpfen. Was sie tat, war Selbstmord; sie wußte es, aber sie wollte lieber sterben, als diese Horde Japaner über sich herfallen lassen.

Bennett sah sie auf den Hügel zulaufen, und er sah auch, wie der Sergeant ihr nachsetzte. Der Australier gab sich Mühe, das Gewehr ruhig zu halten; er zielte sehr sorgfältig auf den laufenden Japaner. Mit dem kurzen, scharfen Knall des Schusses machte der Sergeant noch einen kraftlosen Sprung und sank zu Boden.

Die Soldaten an der Hütte waren inzwischen ausgeschwärmt. Sie hatten gemerkt, daß der unsichtbare Schütze sich im hohen Gras des Hügels verborgen hielt, und dorthin richteten sie nun ihr Feuer.

Das Mädchen kam nicht weit. Einer der Soldaten erschoß sie, noch bevor sie hundert Schritte von der Hütte entfernt war. Bennett schloß für ein paar Sekunden die Augen. Doch dann raffte er sich wieder auf. Eine wilde Wut packte ihn. Er strich mit dem Gewehrlauf die Gräser beiseite, die seine Sicht behinderten, dann krümmte er den Finger am Abzug. Cowboy, dachte er, jetzt hast du dein erstes anständiges Gefecht vor dir. Vielleicht ist es dein letztes, aber das soll ihnen sauer werden. Sie haben einen vor sich, der nicht zum erstenmal Schakale abschießt!

Er sah die Kette der Japaner im Gras. Sie krochen abwechselnd vorwärts und feuerten dazwischen unentwegt auf den Hügel. Zwei von ihnen krochen jedoch nicht nach vorn, sondern schoben sich immer weiter seitwärts davon. Bennett erkannte ihr Manöver zu spät. Als er begriff, daß sie den Hügel umgehen und ihn von hinten her angreifen wollten, war der eine bereits im hohen Gras verschwunden. Bennett schoß auf den zweiten, aber er verfehlte ihn in der Aufregung, und als er den zweiten Schuß anbringen wollte, war der Soldat ebenfalls verschwunden.

»Nun gut«, knurrte Bennett gereizt, »wir werden sehen, wer schneller ist.« Er zielte auf den ersten der herankriechenden Soldaten und schoß. Der Mann blieb still liegen. Ein anderer sprang auf und lief ein paar Schritte. Bennett erwischte ihn, noch bevor der sich wieder hinwarf. Während er neue Patronen in das Gewehr schob, ließ er seine Augen nicht von den Angreifern. Er zählte sie nicht, aber er überlegte, ob er es schaffen würde, diese ganze Patrouille unschädlich zu machen und dann in den Wald zu entkommen. Er hatte die günstigere Position. Die Angreifer konnten sich nicht vor ihm verbergen. Er legte an und schoß auf den nächsten. Dabei dachte er, wenn mir nur nicht die beiden Strolche in den Rücken kommen.

An der Hütte stieg ein feiner Rauchfaden in die Luft. Er kam von dem Kochfeuer, das die Japaner angefacht hatten. Sie waren nicht dazu gekommen, die beiden Hühner zu rupfen, die nun neben dem Käfig lagen – zwei weiße Flecken auf dem kurzen, saftigen Gras.

Bennett mußte das Visier verstellen, die Japaner waren näher gekommen. Aber es krochen nur noch drei auf ihn zu. Bennett sah sie ganz genau, er konnte jede ihrer Bewegungen verfolgen. Nur noch ihr drei, dachte er, dann kommen die beiden letzten dran, die sich da hinten herumtreiben. Er zielte auf den ersten und drückte ab. Im selben Augenblick bellte hinten am Waldrand der erste Schuß auf; der Australier duckte sich unwillkürlich, weil das Geschoß nicht weiter als eine Handbreit vor seinem Kopf in den Boden schlug. Es fegte ein Büschel Gras fort. Bennett wollte eben das Gewehr herumreißen, als der Soldat, der in seinem Rücken einen Baum am Waldrand erklettert hatte, den nächsten Schuß löste.

Diesmal hatte er besser gezielt. Er sah den Schützen auf dem Hügel, jenen Mann mit dem roten Haar, der nur ein Engländer sein konnte, sich herumwälzen und wußte, daß er getroffen hatte. Sofort setzte er das Gewehr wieder an, aber da war jener Engländer plötzlich verschwunden.

Der Schuß hatte Bennett hoch am linken Oberschenkel getroffen. Noch bevor er den Schmerz spürte, machte er einen entschlossenen Satz nach vorn. Er ließ sich ein paar Meter den Abhang hinabgleiten und hob mit großer Mühe wieder das Gewehr. Nun kam es nur noch darauf an, wer schneller war. Die beiden herankriechenden Soldaten konnten ihn jetzt sehen. Sie hoben ihre Gewehre. Bennett sah, wie der eine unter seinem Schuß zusammenbrach, und er legte sofort auf den zweiten an. Dieser kam ihm jedoch zuvor. Sein Schuß riß dem Australier die linke Schulter auf und verursachte eine große, stark blutende Wunde. Noch einmal nahm Bennett alle Kräfte zusammen und gab einen Schuß auf den letzten Angreifer ab. Er traf ihn, und der Mann blieb liegen. Aber George Bennett war nicht mehr in der Lage, diesen Sieg auszunutzen. Die Wunden schmerzten stark; er spürte, wie er Blut verlor, viel Blut.

Sie haben mich erwischt, dachte er, das ist ein jämmerlicher Tod, weil er lange dauert. Und da sind noch die beiden Kerle dort hinten, von denen der eine vom Baum aus geschossen hat. Sie werden jetzt nicht mehr zögern.

Er lag zusammengekauert im Gras, legte das Gewehr auf die Knie und dachte, ich werde weiterschießen, bis ich nicht mehr kann. Kommt nur heran, ihr Bastarde, ihr sollt merken, daß George Bennett nicht nur ein Cowboy ist, sondern auch ein Kämpfer.

Sie waren den zweiten Tag unterwegs. Yang fühlte sich frisch und unternehmungslustig, aber Halisamat achtete darauf, daß sie öfter eine Ruhepause einlegten. Es war immer gut, seine Kräfte zu schonen, solange es ging. Um so mehr konnte man verausgaben, wenn man in eine Situation geriet, in der es auf alles ankam. Außerdem mußte er sich ihren Weg gut einprägen, denn er würde ihn wiederzufinden haben, später, wenn er Genossen von einer Widerstandsgruppe zur anderen führte. Ah Pak hatte ihm ausdrücklich eingeschärft, daß er nach diesem Marsch den Weg selbst bei Nacht jederzeit wiederfinden mußte.

In einer weit auseinandergezogenen Siedlung, die nur eine Besatzung von drei ziemlich trinkfreudigen Japanern hatte, waren sie in einer Behausung eingekehrt, die unweit des Waldes lag. Die Leute hatten sie mit rührender Fürsorge aufgenommen, und die Kinder hatten auf allen Wegen Posten bezogen, um sogleich zu melden, wenn einer der Japaner auf die Idee kommen sollte, sich in diese Gegend zu begeben.

Man hatte ihnen Salzgemüse und Bataten zu essen aufgedrängt, sie hatten Tee getrunken, und Halisamat hatte nach langer Zeit wieder rauchen können. Jeder wollte wissen, wie es außerhalb der Ansiedlung stand und wie viele Kämpfer es schon im Dschungel gab. Die Leute brachten ihnen kleine Säckchen Reis und Maniokmehl, getrockneten Fisch und geräuchertes Hühnerfleisch; sie bestanden darauf, daß die beiden es für »die im Wald« mitnahmen. Es waren sorgsam gehütete Vorräte, und bei manchem machten sie das Letzte aus, was er besaß.

»Es ist eigenartig«, wandte sich Yang an die Frau, bei der sie eingekehrt waren. »Ihr seid so gut zu uns und gebt uns Sachen, die ihr entbehren werdet. Dabei bringen wir euch in Gefahr. Wenn die Japaner von eurer Hilfe erfahren, werden sie euch hinrichten.«

Die Frau legte ihr die Hand auf die Schulter und erwiderte: »Wir sind arme Leute, Schwester, und die im Wald sind es auch. Sollen wir ihnen da nicht helfen? Sind sie nicht für uns alle im Wald?«

Halisamat lächelte still vor sich hin. Es war so gekommen, wie die Genossen vorausgesagt hatten. Das ganze Volk stand hinter denen im Wald. Jeder sah darin eine Ehre, sie zu unterstützen. Die Japaner würden es schwer haben. Man konnte eine Armee besiegen, aber nicht ein ganzes Volk.

Als sie weiterzogen, schlossen sich ihnen fünf junge Burschen an, die es bisher fertiggebracht hatten, nicht von den Japanern registriert zu werden. Sie wollten kämpfen, und Halisamat fand, daß es keine bessere Möglichkeit gab, als sie zu dem Lager mitzunehmen, das sie in ein oder zwei Tagen erreichen würden. Er nahm sich die Burschen vor und schärfte ihnen ein, auf jeden Fall immer nur das zu tun, was er ihnen auftrug. »Ihr seid noch unerfahren, und wir können in gefährliche Situationen kommen. Behaltet mich immer im Auge; tut das, was ich auch tue, nichts anderes.«

Die fünf halfen, die Lebensmittel zu tragen, die Yang und Halisamat geschenkt worden waren. Als sie hinter der Siedlung in den Wald tauchten, blickten sie noch einmal zurück. Aber sie zögerten nicht. Sie brannten darauf, es denen gleichzutun, die bereits im Dschungel waren.

Es war um die Mittagszeit, als Halisamat oberhalb einer sich endlos dehnenden Kautschukpflanzung vorsichtig aus dem Wald trat und sich umblickte. Eine solche Pflanzung ließ vermuten, daß Menschen in der Nähe beschäftigt waren, also mußten sie besonders aufmerksam sein. Trotzdem wollte Halisamat den Vorteil wahrnehmen, den ihnen der Waldrand bot, denn er zog sich genau in der Richtung hin, die sie zu gehen hatten. Wenigstens für eine Weile konnten sie sich das kräftezehrende Wegschlagen im Dschungel ersparen und schneller vorankommen. Er winkte den anderen, nachdem er sich vergewissert hatte, daß sich weit und breit nichts regte.

Sie waren bereits einige Kilometer am Saum des Dschungels entlanggegangen, als plötzlich aus der Ferne Schüsse herüberklangen. In Sekunden waren sie wieder im Dschungel untergetaucht. Halisamat hielt an und lauschte. Es fielen wieder Schüsse.

»Das ist nicht weit entfernt«, sagte er leise zu Yang.

»Ob es welche von uns sind?«

Als das Gefecht andauerte, entschloß er sich, vorsichtig näher zu gehen und zu beobachten. Dicht am Waldrand bewegten sie sich vorwärts, bis sie auf eine sanfte Anhöhe gerieten, von der aus sie die Plantage gut überblicken konnten. Die Schüsse waren nun nicht mehr weit entfernt. Halisamat sah die Hütte zuerst. Er warf sich zu Boden, und die anderen folgten seinem Beispiel.

Minuten später begriff er, worum es hier ging. Er sah die Japaner auf den Hügel zu vorgehen, und er beobachtete die beiden Soldaten, die im Rücken des Hügels eiligst auf den Waldrand zuliefen, um dort Bäume zu erklettern.

»Da auf dem Hügel«, sagte er, »liegt einer, der auf sie schießt. Das kann nur einer von uns sein.«

Kurz entschlossen gab er den fünf unbewaffneten Burschen ein Zeichen, sich im Wald zu verbergen und abzuwarten. Dann forderte er Yang auf: »Komm, wir müssen ihm helfen, sonst ist er verloren.«

Im Schutze des Waldes arbeiteten sie sich weiter an den Hügel heran, bis sie ihm schließlich so nahe waren, daß sie mit ihren Maschinenpistolen etwas ausrichten konnten.

Das Feuer hinter dem Hügel war verstummt. Die beiden Japaner stiegen von den Bäumen und gingen aufrecht auf die kleine Bodenerhebung zu.

»Ich glaube, es sind nur noch diese beiden übrig«, flüsterte Halisamat. »Schieß auf den zweiten, ich werde mir den ersten vornehmen.«

Fast zu gleicher Zeit bellten ihre Maschinenpistolen. Die beiden Soldaten fielen in ihrem Feuer. Halisamat beobachtete sie genau, aber sie bewegten sich nicht mehr. Er wartete eine geraume Zeit, bis er sicher war, daß die Japaner nicht mehr schossen.

Dann flüsterte er Yang zu: »Ich steige auf den Hügel und sehe nach, was ich

machen kann. Du bleibst hier und achtest darauf, daß mir keiner in den Rücken kommt.«

Er kroch davon, und Yang blickte ihm besorgt nach. Sie strengte ihre Augen an, um selbst die geringste Bewegung sofort wahrzunehmen, aber Halisamat erreichte den Hügel, ohne daß sich etwas rührte. Er verschwand in dem hohen Gras, doch schon nach ein paar Sekunden erschien er wieder, hochaufgerichtet, und winkte ihr herbeizukommen. Sie rannte los, die Maschinenpistole schußbereit in der Hand.

Später konnte sie nie genau sagen, was sie veranlaßt hatte, die beiden Japaner, die reglos zwischen dem Hügel und dem Wald lagen, beim Laufen im Auge zu behalten. Sie wußte nur, daß sie tödlich erschrocken war, als der eine dieser beiden sich plötzlich erhob und sein Gewehr auf Halisamat anlegte. Ihre Reaktion war so schnell, daß selbst Halisamat sie nicht wahrnahm. Er fuhr nur herum, als die Salve aus Yangs Maschinenpistole aufpeitschte, aber da sah er bereits den Japaner, den er zuvor offenbar nicht getroffen hatte, in sich zusammensinken.

Seine Hand zitterte leicht, als er Yang auf dem Hügel entgegenkam. Für ein paar Sekunden sah er sie dankbar an und sagte dann ganz leise: »Das hätte mein Tod sein können, Yang.«

Am Vorderhang lag der zusammengekrümmte Bennett. Er war bei Bewußtsein. Als er die Schüsse gehört hatte, war ihm klargeworden, daß jemand unerwartet in das Gefecht eingegriffen hatte. Er hätte den Malaien, der unerwartet auf der Hügelkuppe auftauchte, umarmen mögen, aber es fiel ihm schwer, sich zu bewegen. Er hatte bereits viel Blut verloren, außerdem war sein Körper von dem kaum überstandenen Fieber noch geschwächt.

»Ein Engländer«, sagte Halisamat hastig zu Yang. »Sprich mit ihm.«

Bennett verzog das Gesicht vor Schmerzen, als das Mädchen sich über ihn beugte. Sie ist jung, dachte er, und schön. Sie hat gute Augen und schmale Hände wie ein Kind, und sie kann mit der Maschinenpistole umgehen, die sie über der Brust trägt. Schade, daß die Japse mich so zusammengeschossen haben.

»Australia«, sagte er mit Anstrengung. »Die Frauen in der Hütte . . . Fieber . . . halfen mir . . . Die Japaner kamen. Schade . . . sie waren gut.«

Langsam begriff Yang, was sich hier abgespielt hatte. Das war ein versprengter australischer Soldat, dem die Leute in der Hütte geholfen hatten. Sie suchte nach seinen Verletzungen. Seit sie im Wald war, trug sie ebenso wie alle anderen ein Stück sauberen weißen Tuches in der Tasche, das als behelfsmäßiges Verbandpäckchen vorgesehen war. Damit verband sie Bennetts Verletzungen provisorisch. Halisamat half ihr dabei. Als sie fertig war, bettete sie den Kopf des Australiers etwas bequemer. »Seien Sie ganz ruhig«, sprach sie zu ihm. »Strengen Sie sich nicht an.«

Er versuchte zu lächeln. Halisamat, der besorgt das Gelände beobachtet hatte, lauschte noch ihren Worten. Er trug einen kleinen, fünfzackigen Stern auf seinem Jackenaufschlag. Es war ein kleines Kunstwerk, das er sich im Lager aus dem Blech einer Konservendose angefertigt hatte. Nun blickte er erstaunt auf den Australier, als dieser auf den Stern deutete und sagte: »Ich wäre so gern bei euch gewesen.«

Es war der erste zusammenhängende Satz, den er hervorbrachte. Nach einer Weile hob er mühsam eine Hand auf die Brust und deutete auf die Tasche, in der er seine Papiere trug. »Aufmachen«, verlangte er von Yang.

Sie öffnete die Tasche und entnahm ihr ein Päckchen mit seinem Militärpaß, einigen Briefen und einem kleinen roten Buch, das ebenfalls einen fünfzackigen Stern trug. Bennetts Augen folgten Yangs Händen, als sie es aufblätterte und darin las. Nach einer Weile ließ sie es sinken und sagte heiser zu Halisamat: »Er heißt George Bennett und war Landarbeiter in Queensland. Und er ist Kommunist, dies ist sein Mitgliedsbuch.«

Ein Lächeln glitt über Bennetts bleiches Gesicht. Halisamat griff nach seiner Hand und drückte sie fest. Ihm war eigenartig zumute. Nie zuvor hatte er einen weißen Mann gesehen, der Kommunist war. Er hielt die Hand Bennetts eine Weile, dann besann er sich, daß es höchste Zeit war, von hier wegzukommen.

»Ob er es durchhält, wenn wir ihn mitnehmen?« wandte er sich an Yang.

Sie bewegte leicht die Schultern. »Versuchen müssen wir es. Er kommt um, wenn wir ihn hier liegenlassen.«

Kurz entschlossen lief Halisamat hinüber zum Wald und begann mit Hilfe der fünf jungen Burschen aus Bambusstangen eine behelfsmäßige Trage herzustellen. Es dauerte lange, bis er damit wieder bei Yang erschien. Der Australier hatte die Augen geschlossen.

»Ist er tot?« fragte Halisamat erschrocken.

Sie schüttelte den Kopf. »Sein Herz schlägt. Ich glaube, die Wunden sind nicht so schlimm. Er hat nur viel Blut verloren.«

Die Burschen griffen zu, und Bennett schlug die Augen auf, als sie ihn auf die Trage legten. Er verzog das Gesicht und versuchte einen Scherz: »Verdammt hart, aber besser als ein weiches Grab.« Doch keiner achtete darauf, denn er sprach sehr leise.

Die ersten Schritte, die die beiden Träger machten, spürte er noch als schmerzhafte Erschütterungen. Er wußte nicht, ob er glücklich darüber sein sollte, daß er endlich jene Leute gefunden hatte, zu denen es ihn zog, oder ob er sein Pech verfluchen sollte, gerade in diesem Augenblick lebensgefährlich verletzt worden zu sein. Er verlor das Bewußtsein, bevor die Träger den Fuß des Hügels erreicht hatten.

Sie setzten ihn noch einmal ab. Die jungen Burschen sammelten schnell die Waffen der toten Japaner ein.

Noch schien niemand auf das Feuergefecht aufmerksam geworden zu sein. Dieser Zipfel der Plantage lag zu weit vom nächsten japanischen Posten entfernt, und es konnte sein, daß ein Tag verging, ehe die nächste Streife hier ankam. Trotzdem war Eile geboten.

Minuten später verschwanden sie im Wald. Es war mühsam, mit dem Verwundeten vorwärts zu kommen, aber die Träger wechselten einander ab, um nicht zu schnell zu ermüden. Yang überzeugte sich ab und zu davon, daß Bennett noch lebte.

Halisamat sagte: »Ich hoffe nur, daß wir ihn lebend ins Lager bringen, dort wird es Hilfe für ihn geben.«

Je länger sie unterwegs waren und sich mit dem Transport des Verwundeten abquälten, desto deutlicher begriff jeder einzelne von ihnen, daß er um das Leben dieses fremden weißen Mannes bangte.

Das Lager, in dem Yang und Halisamat mit ihren fünf Begleitern und dem verletzten Bennett eintrafen, lag unweit der kleinen Ortschaft Ulu Slim. Es war in einer unübersichtlichen Gebirgsgegend angelegt, in einem Talkessel inmitten bewaldeter Berge, die keine Wege hatten und deren Höhen so gut wie unüberwindlich waren für jeden, der das Gelände nicht genau kannte.

Den Japanern, deren Aufklärungsflugzeuge täglich über dem Dschungel kreisten, um das Gelände abzusuchen, war es immer noch unwahrscheinlich, daß sich eine ganze Armee einfach unsichtbar machen konnte. Seit den ersten Aktionen in der Nähe von Ipoh, Tapah und Bikam war es in Perak nicht mehr ruhig geworden. An vielen Stellen gab es nächtliche Überfälle, Sprengungen, kurze, erbitterte Gefechte. Die Straßen waren unsicher geworden, und auf den Bahnlinien flogen immer wieder Züge in die Luft. Die Posten in den kleineren Ortschaften fühlten sich nicht mehr wohl. Sie verbarrikadierten ihre Stellungen und hüteten sich, bei Nacht auch nur ein paar Schritte in die Dunkelheit zu machen. Die überhebliche Selbstsicherheit der kaiserlichen Armee war ins Wanken gekommen. Für sie war es eine bestürzende Überraschung, daß ein kleines Volk wie die Malaien, das so gut wie keine Erfahrung im Waffenhandwerk besaß, ihnen einen so erbitterten Widerstand entgegensetzte.

Zuerst hatte man die Widerstandsaktionen nicht ernst genommen. Hunderte von Einwohnern waren von der Kempeitai erschossen worden. Das Ergebnis war, daß der Widerstand gewachsen war. Wie unzählige Brände flammte er an vielen Stellen zugleich auf. Die Malaien aus dem Dschungel schlugen schnell und überraschend zu und verschwanden ungesehen. Niemand kannte sie. Sie ließen ihre Toten nie zurück.

Die Leute in den Dörfern schüttelten die Köpfe, wenn sie gefragt wurden. Sie versuchten nicht mehr, ihren Haß auf die Eindringlinge zu verbergen. Seit die im Dschungel ihre Waffen erhoben hatten, war für das ganze Volk der Weg sichtbar geworden, den es gehen mußte. Die Japaner wüteten. Nun gut, sie würden sehen, was ihnen der Terror einbrachte, mit dem sie das Land überzogen.

Ting Wu, der ehemalige Hafenarbeiter aus Kota Bharu, befehligte die Einheit in dem Lager bei Ulu Slim. Vor einer Woche hatte es eine Konferenz aller Kommandeure der in Perak operierenden Widerstandsgruppen gegeben, und dort war die Antijapanische Befreiungsarmee Malayas gegründet worden. Ihr Oberkommandierender war Chen Ping, zugleich Führer einer weiter nördlich liegenden Einheit. Ting Wus Gruppe war das 2. Regiment der neuen Armee, der ersten in der Geschichte des Landes, geworden.

Als Ting Wu gemeldet wurde, daß aus Batu Caves eine Gruppe eingetroffen war, ließ er sogleich die als »Lehrerin« bezeichnete Yang zu sich rufen. Das Lager war größer und besser ausgebaut als jenes hinter den Sümpfen von Batu Caves. Es gab für

die Soldaten große, geräumige Quartiere, es gab versteckt angelegte Felder mit Trockenreis und Maniok, und es gab einen Kommandostand, in dem sich Ting Wu mit seinem Stab aufhielt, zu dem auch der ehemalige Wasserträger Abu Bakkar und Kee Won gehörten. Eine Sanitätshütte war auch vorhanden, in der George Bennett frisch verbunden wurde. Ein paar Stunden später erfuhren Yang und Halisamat, daß die Aussicht bestand, das Leben des Australiers zu erhalten.

Ting Wu sah das Mädchen herankommen. Er betrachtete sie, wie sie mit der Maschinenpistole über der Schulter an dem Reisfeld vorbeiging – eine nicht sehr große, zierliche Chinesin in verwaschenen blauen Drillichhosen und einer hochgeschlossenen Jacke.

»Eine Frau«, sagte er nachdenklich zu dem neben ihm stehenden Abu Bakkar. »Nun gut, wir haben keine Auswahl, wir müssen mit dem auskommen, was wir haben.«

Abu Bakkar runzelte die Stirn. Er hatte an mancher Kampfaktion teilgenommen, seit er in diesem Lager war, und er wußte, wie hart die Strapazen waren. Während das Mädchen auf den Kommandostand zukam, meinte er: »Vielleicht hilft sie uns wenigstens etwas dabei, unseren Leuten eine gewisse Erziehung zu geben. Sie sieht aus, als ob sie lesen und schreiben kann. Man könnte sagen, sie hat ein kluges Gesicht.«

Ting Wu erhob sich, um Yang entgegenzugehen. »Sie ist eine Frau«, sagte er, »wir werden Nachsicht mit ihr haben müssen.« Dann begrüßte er sie, fragte sie nach Namen und Herkunft und ließ sich erzählen, wie sie in den Dschungel gekommen war. Er hörte überrascht zu, als er von ihr über Henderson erfuhr, über die Sonderschule 101 in Singapore und alles, was damit zusammenhing. Der Eindruck, den er von Yang hatte, war günstig. Ihre Offenheit und die Art, in der sie über die Aktion an der Straße nach Kuala Lumpur sprach, waren sympathisch. Sie ist klug, dachte Ting Wu. Und es scheint, daß sie ehrlich ist, obwohl die Engländer sie auf dieser Schule beschäftigt hatten. Jedenfalls gibt es keinen Grund, ihr zu mißtrauen, nur weil sie die Möglichkeit hatte, eine Schule zu besuchen und später bei den Engländern zu arbeiten. Außerdem gebührt ihr eine große Portion Achtung, weil sie als Frau das harte Leben im Dschungel auf sich nahm.

»Ihr hattet unterwegs ein Gefecht?« fragte er.

Sie berichtete von der Schießerei an der Gummiplantage und von Bennett. Dann legte sie seine Dokumente vor Ting Wu hin. »Ich habe sie mitgebracht. Vielleicht ist er der erste Weiße, der mit uns kämpft, wenn er durchkommt.«

Ting Wu betrachtete lange das Parteibuch des Australiers. Es war gut, daß dieser Mann den Weg hierher gefunden hatte. Dann sah er Yang nachdenklich an. »Du wirst bei uns eine wichtige Aufgabe haben. Wir verbreiten Nachrichten über den Fortgang des Krieges. Das ist wichtig. Du wirst dafür verantwortlich sein. Wir haben einen Apparat, mit dem man Druckabzüge herstellen kann. Mit der Zeit soll aus den Nachrichtenblättern eine Zeitung werden. Außerdem sollst du hier das tun, was du dir einmal als Lebensziel vorgenommen hast. Du sollst Lehrerin sein. Die meisten unserer Leute können weder lesen noch schreiben, sie haben keine Ahnung, wo Moskau liegt

oder Paris. Es ist nicht ihre Schuld, du weißt das. Aber wir werden einmal, früher oder später, die Geschicke Malayas lenken. Dazu gehören Bildung und Wissen. Es wird viel Zeit vergehen, bis wir das alles so organisiert haben, wie es nötig ist. Du sollst weiter nichts tun als einen Anfang machen. Ich brauche dir wohl nicht lange zu erklären, wie wichtig diese Aufgabe ist. Übrigens werde ich auch zu deinen Schülern gehören.«

Er sprach über Einzelheiten, schlug ihr vor, einen Plan zu machen, und nach einiger Zeit hatte er den Eindruck, daß dieses Mädchen sehr nützlich für das 2. Regiment sein würde. Gegen Ende ihres Gespräches kam sie noch einmal auf Henderson zurück und stellte die Frage: »Du glaubst, daß es richtig ist, wenn ich nicht mehr zu ihm gehe?«

Ting Wu ließ sich Zeit, das zu überlegen. Es konnte nicht so leicht entschieden werden. Schließlich sagte er: »Im Grunde sind die Engländer unsere Verbündeten in diesem Krieg. Aber nach allem, was wir bisher mit ihnen erlebt haben, glauben wir nicht, daß sie es ehrlich meinen.«

»Du weißt mehr als ich«, gab Yang zu. »Aber weshalb wohl hat dieser Henderson eine Unmenge Waffen und Munition im Dschungel versteckt, wenn er nicht gegen die Japaner kämpfen will?«

»Eine Unmenge sagst du?«

»Genug, um mehrere solcher Regimenter auszurüsten wie dieses hier.«

Ting Wu überlegte. Dies war nicht der erste und nicht der einzige Hinweis solcher Art. Im Norden von Perak war Chen Ping mit einigen britischen Offizieren zusammengekommen, die ebenfalls in einem geheimen Waffenlager im Dschungel lebten. Die Offiziere hatten sich darauf berufen, erst mit ihrem obersten Vorgesetzten beraten zu müssen, ehe sie feste Abmachungen mit den Vertretern der Dschungelarmee treffen könnten. Es lag auf der Hand, daß jener Henderson dieser Vorgesetzte war.

»Du kennst ihn gut?« fragte er.

Sie nickte.

»Schließlich habe ich unter ihm gearbeitet.«

»Und du hast eine Möglichkeit, zu ihm Verbindung aufzunehmen?«

»Er hat mir einen Ort angegeben, wo ich immer mit ihm zusammentreffen kann. Ein Gasthaus in Kuala Lumpur.«

Ting Wu blickte Abu Bakkar fragend an. Der hatte bisher kein Wort zu der Unterhaltung beigesteuert. Jetzt bewegte er leicht die Schultern und schlug vor: »Sprich mit dem Oberkommando. Ich glaube, wir können das nicht selbst entscheiden.«

Ting Wu gab ihm recht, Waffen waren wichtig. Die Anzahl der Widerstandskämpfer im Dschungel wuchs täglich. Sie mußten bewaffnet und ausgerüstet werden. Es war schwer, das nur mit Beutestücken zu tun, die man den Japanern abnahm. Zumindest mußte man versuchen, mit den Engländern zu sprechen. Es blieb abzuwarten, was dabei herauskam.

Er entschied sich schnell. »Wir werden mit dem Oberkommando sprechen«, erklärte er Yang. »Ich selbst werde die Sache in die Hand nehmen. Es wird einige Tage dauern.

In der Zwischenzeit richte dich bei uns ein. Fang an zu arbeiten. Wir sind sehr froh, daß du hier bist. Du wirst merken, daß wir eine gute Gemeinschaft sind, in der einer dem anderen hilft.«

Sie ging mit Abu Bakkar zusammen durch das Lager. Der Wasserträger zeigte ihr alles und erklärte ihr den Tagesablauf im Regiment. Er machte sie mit den anderen Offizieren und Kompanieführern bekannt und führte sie dann zu einer einzeln stehenden Hütte. »Dies ist dein neues Zuhause«, sagte er. »Außer dir gibt es noch ein paar Frauen im Lager. Sie leben mit ihren Männern zusammen. Du bist mit dem Kurier von Batu Caves verheiratet?«

»Wir leben seit der Flucht aus Singapore zusammen«, erwiderte sie. Die Hütte war klein, sauber, es gab darin einen aus alten japanischen Munitionskisten zusammengezimmerten Tisch und ein Schlaflager.

Abu Bakkar sah, wie sie die Maschinenpistole abnahm und auf den Tisch legte. Er deutete darauf und fragte: »Hast du schon damit geschossen?«

»Einige Male.«

»Getroffen?«

Sie sah ihn lächelnd an. Es war hier nicht anders als in Batu Caves. Daß die Männer immer glauben, eine Frau müsse schlechter schießen als sie.

»Zwei Japaner«, sagte sie. Dann legte sie noch ihre Pistole auf den Tisch. »Und damit auch zwei.«

»Oh«, machte Abu Bakkar anerkennend. »Das heißt, daß sie nicht sehr weit von dir entfernt waren. Glaubst du, daß es dir bei uns gefallen wird?«

»Ich weiß nicht«, entgegnete sie. »Eigentlich wollte ich im Dschungel nicht Lehrerin sein. Ich wollte gegen die Japaner kämpfen.«

Abu Bakkar legte ihr den Arm um die Schultern und lachte. Er würde noch diese Nacht zu einer neuen Unternehmung ausziehen. Mit einer Gruppe von dreißig Männern würde er eine Polizeistation der Japaner angreifen, in der fünf Malaien zu Tode gequält worden waren, weil die Kempeitai sie verdächtigte, den Leuten im Dschungel geholfen zu haben.

»Lesen lehren ist auch Kampf«, versicherte er ihr. »Aber wenn du meinst, daß du nicht auskommen kannst, ohne mit der Maschinenpistole zu schießen, dann sag mir Bescheid.«

»Wirst du mich mitnehmen?«

Er zuckte die Schultern. »Vielleicht. Wenn du es durchhältst.«

»Ich werde es durchhalten.«

»Nun gut«, meinte der Wasserträger schmunzelnd, »wir werden sehen.«

Eine Woche später kam er mit seiner Gruppe zurück. Sie hatten die Polizeistation angegriffen, und von den dortigen Japanern war keiner davongekommen.

Abu Bakkar berichtete Yang lachend, als er sie wiedersah: »Nun drehen wir den Spieß um! Jedes Verbrechen, das die Herren Japaner begehen, wird von uns sofort bestraft. Mit der Zeit werden sie sich überlegen, ob es nicht doch besser ist, dieses Land wieder zu verlassen, wo es für sie weiter nichts gibt als Kugeln und Parangs.«

Er musterte Yang. Sie trug keine Waffe, aber über der Schulter lag ihr ein kleiner Sack mit Reiseproviant. »Du gehst weg?«

»Nach Kuala Lumpur«, antwortete sie. »Das Oberkommando hat mich beauftragt, mit Henderson zu sprechen.«

»Mach einen anständigen Menschen aus ihm«, brummte Abu Bakkar trocken. »Wann bist du zurück?«

»Ich weiß es nicht.«

»Du läßt deine Maschinenpistole hier?«

»Ich habe die Pistole. In der Stadt darf mir keiner anmerken, daß ich bewaffnet bin.«

Er nickte. Unterwegs hatte er sich manchmal an sie erinnert und sich vorgenommen, sie zu einer der nächsten Unternehmungen mitzunehmen. »Halt die Augen offen«, riet er ihr. »Und gib acht, wenn du dich mit den Engländern einläßt. Es würde mir leid tun, wenn sie dich hereinlegten.«

Sie winkte ihm noch einmal zu, bevor sie ging. Bis in die Gegend um Batu Caves marschierte sie mit einem Kurier zusammen. Dann trennten sie sich, und Yang befolgte genau die Anweisungen, die Ting Wu ihr immer wieder eingeschärft hatte. Sie arbeitete sich an die Straße heran, betrat sie aber nicht, sondern folgte ihr in einigem Abstand im Wald. Als sie schon die ersten Häuser der Stadt sehen konnte, wandte sie sich westwärts, bis sie das Gebiet hinter den Zinngruben erreichte. Dort in der Nähe lag die Arbeitersiedlung Lam Tok, ein Gewirr von engen Gassen, flankiert von den niedrigen, dürftig zusammengeflickten Behausungen der Zinnarbeiter.

Es war leicht, von außen her diesen Stadtteil Kuala Lumpurs zu erreichen. War man einmal in Lam Tok, dann tauchte man unter; es mußte schon ein unwahrscheinlicher Zufall sein, wenn man ausgerechnet hier auf eine japanische Patrouille stieß, die Verdacht schöpfte.

Yang brauchte nicht lange, bis sie sich mit einiger Sicherheit in der Stadt bewegte. Sie ließ sich Zeit, die Einwohner zu beobachten und herauszufinden, wie die Menschen sich hier benahmen. Sie merkte bald, daß sie selbst sich nicht von den übrigen Leuten unterschied. Sie war ebenso einfach angezogen, trug ihren leeren Proviantbeutel zusammengefaltet unter dem Arm, und niemand schenkte ihr besondere Beachtung.

Ting Wu hatte ihr eine Handvoll japanischen Besatzungsgeldes mitgegeben. Bei einem Straßenkoch kaufte sie sich ein paar Teigfladen und eine salzige Suppe, in der ein wenig Gemüse schwamm. Es war für sie das erste warme Essen seit einer Woche, doch es schmeckte trotzdem schlecht, weil der Koch Holzmehl unter den Teig gemischt hatte, und das Gemüse in der Suppe war einfaches Gras. Bevor sie weiterging, fragte sie den Koch nach der Straße, in der das »Bali« lag. Sie hatte noch etwa eine Stunde Weg vor sich. Als sie endlich die Reklameschrift des Hotels sah, atmete sie zwar auf, aber ihr Herz begann stärker zu klopfen.

Vor dem Hotel parkten japanische Autos. Die Fenster der großen Halle waren geöffnet. Drinnen saßen japanische Offiziere und tranken. Einen Augenblick lang dachte Yang, daß es vielleicht mehrere Hotels des gleichen Namens geben könnte, aber dann sah sie unter der Hotelbezeichnung den Namen der Eigentümerin stehen. Es war der Name, den Henderson ihr genannt hatte.

Der Tamile empfing sie an der Drehtür. Er verneigte sich nicht wie bei anderen Besuchern, sondern blickte sie nur ernst und abschätzend an. Sie nahm all ihren Mut zusammen. Was sie hier zu tun hatte, war ungleich schwerer als etwa ein Angriff auf eine japanische Kolonne.

»Ich komme zu Madame van Bergen«, sagte sie so unbefangen, wie es ihr möglich war. »Wo treffe ich sie?«

Der Pförtner besah sie erstaunt, aber dann sagte er sich, daß dies vielleicht ein neues Mädchen für das obere Stockwerk sein könnte. Er zeigte auf eine ledergepolsterte Sitzbank. »Sie wird gleich kommen. Warten Sie.«

Yang wollte sich gerade hinsetzen, als Lou van Bergen in der Tür des Speisesaales erschien. Sie begleitete einen japanischen Major bis zur Drehtür und folgte dann dem Wink des Tamilen, der auf Yang wies.

»Sie kommen zu mir?« Ihr Kleid hatte einen tiefen Ausschnitt, und das Gesicht war mit viel Schminke ein wenig jugendlicher gemacht worden. Yang trat ganz dicht an die Frau heran und sagte halblaut: »Ich komme, um Mister Henderson zu treffen. Er gab mir diese Adresse.«

Lou brauchte ein paar Sekunden, um sich zurechtzufinden. Dann betrachtete sie das Mädchen genauer. Henderson hatte ihr vor langer Zeit mitgeteilt, daß er eine seiner Mitarbeiterinnen erwarte, eine Chinesin, die sich im »Bali« melden würde. »Ja«, sagte sie gedehnt, »ich entsinne mich. Vielleicht kann ich Ihnen helfen.«

Henderson war bis vor ein paar Tagen bei ihr gewesen. Sie hatte ihn mit dem Lieferwagen aus der Stadt gebracht, und er hatte ihr gesagt, daß er nun für einige Zeit in seinem Versteck zu tun haben würde. Aber es gab eine Stelle an der Straße, wo sie ihm laufend Nachrichten hinterlegte, die er alle zwei Tage von dort abholte. Sie erfuhr von den Japanern, die hier verkehrten, immerhin genug, um ihm ein- oder zweimal in der Woche etwas übermitteln zu können.

Während sie überlegte, wie sie dieses Mädchen am besten zu Henderson bringen könnte, bedeutete sie ihr, daß sie ihr folgen solle. Auf der Treppe zum oberen Stockwerk sagte sie zu Yang: »Ich bringe Sie in einem kleinen Zimmer unter. Bleiben Sie dort und verlassen Sie das Zimmer nicht, besonders nicht am Abend und in den frühen Nachtstunden. Die Tür kann man verriegeln. Ich werde mich bemerkbar machen, wenn ich komme.«

Sie zeigte ihr das Zimmer. Als sie sich zum Gehen wenden wollte, fragte Yang: »Wird es lange dauern, bis ich Mister Henderson ...«

Lou schloß die Tür und kam nochmals zurück. »Hören Sie zu, ich werde das erledigen. Es wird ein paar Tage dauern. Vergessen Sie den Namen Henderson. Ruhen Sie sich aus, waschen Sie sich. Ich werde Merapi zu Ihnen schicken, das ist eins meiner Mädchen. Sie wird Ihnen Essen bringen. Wenn Sie sonst noch etwas brauchen, sagen Sie es ihr. Aber erzählen Sie ihr nicht, was Sie hier wollen. Sie ist zwar verschwiegen, aber trotzdem. Haben wir uns verstanden?«

Yang nickte. Als Lou van Bergen gegangen war, nahm sie ihre Pistole aus der Hosentasche und steckte sie in die Innentasche der Jacke. Dann sah sie sich in dem Zimmer um. Es enthielt ein Bett und einen Schrank, einen Tisch mit einer Lampe und einer Waschgelegenheit. Es kam Yang unwahrscheinlich vor, daß sie mitten in diesem Krieg, nachdem sie Monate im Dschungel zugebracht hatte, nun in einem weichen, weißbezogenen Bett schlafen sollte. In einem Bett, wie es sich Europäer herstellen ließen, wenn sie hier lebten und ihnen die harten Schlaflager, die landesüblich waren, nicht genügten. Sie entdeckte ein Stückchen Seife, ein Handtuch und ein Trinkglas. Sie füllte es aus der Leitung mit klarem, kaltem Wasser, trank es aus und setzte sich dann unschlüssig auf einen der beiden Stühle.

Eine Viertelstunde später kam Merapi. Sie trug nur einen leichten schwarzen Hausmantel aus Seide. Ihr Haar glänzte; unter ihre Augen hatte sie sich dunkle Schatten geschminkt. Die Offiziere aus Japan liebten solche Gesichter.

»Hallo, du!« rief sie vergnügt. Sie schüttelte Yang die Hand. »Madame hat mir gesagt, ich soll nett zu dir sein, aber das bin ich sowieso immer. Du bist nicht von hier?«

»Nein. Ich heiße Yang.«

»Ich bin Merapi. Tänzerin, Schlafmädchen, singen kann ich auch, und jetzt lerne ich die japanische Teezeremonie. Alles, was du willst. Und du?«

»Ich bin gar nichts«, gab Yang bescheiden lächelnd zurück. »Madame van Bergen hat mich für ein paar Tage aufgenommen, bis ich ein anderes Quartier habe.«

Merapi setzte sich auf die Bettkante und zog aus der Tasche ihres Hausmantels eine Packung japanischer Zigaretten. Yang nahm eine davon und hielt sie an das Streichholz, das Merapi anbrannte. Es war lange her, daß sie geraucht hatte.

»Schön, schön«, sagte Merapi. »Ich wollte dich nur erst einmal begrüßen. Ich bin so etwas wie die Ordnungsdame auf diesem Korridor. Was möchtest du essen?«

Yang zuckte hilflos die Schultern. »Irgendwas.«

»Fisch? Beefsteak? Curry mit Huhn? Oder gefüllte Tauben?«

Yang schluckte. »Wenn es vielleicht etwas Reis gibt ...«

Merapi lachte vergnügt. »Reis! Natürlich auch Reis. Ißt du gern Thunfisch? Sicher. Ich werde dir Thunfisch bringen, Salzgemüse und sauer gebratenes Schweinefleisch mit Bambussprossen, auch etwas Reis, dazu eine Suppe aus Nüssen und Mandeln, süß!«

Sie war klug genug, um zu sehen, daß dieses fremde Mädchen lange nichts Vernünftiges gegessen hatte. »Laß mich nur machen«, versicherte sie. »Ich bringe Tee mit und heißes Wasser, außerdem ein paar Flaschen Limonade und Zigaretten. Wir haben alles.« Sie warf einen Blick auf die Waschgelegenheit. »Da fehlt auch einiges. Gut. Und dann bringe ich dir etwas Ordentliches zum Anziehen. Du hast dieselbe Figur wie ich.«

Merapi erhob sich und drückte die Zigarette aus. Als sie an der Tür war, drehte sie sich noch einmal um und kam ein paar Schritte zurück. »Du wirst manches hier eigenartig finden«, sagte sie gedämpft. »Wundere dich nicht, dies ist ein Lokal besonderer Art. Aber du wirst dich daran gewöhnen.«

»Sicher«, sagte Yang.

Das Tanzmädchen betrachtete nachdenklich die Kleidung der Fremden, dann sah sie ihr ins Gesicht und fragte unvermittelt: »Du kommst aus dem Dschungel, nicht wahr?«

Erst nach einigen Sekunden gelang es Yang, die Überraschung zu überwinden. Aber sie antwortete nicht und machte ein verständnisloses Gesicht.

Merapi nickte. »Du brauchst mir nichts zu sagen. Ich rieche es. Der Dschungel hat seinen eigenen Geruch, ich kenne ihn. Er zieht in die Kleidung ein, sogar in die Haut.« Sie wandte sich zur Tür. Über die Schulter rief sie zurück: »Ich werde sehen, daß du baden und deine Kleidung waschen kannst. Hab keine Angst vor mir, ich lege mich zwar mit den Japanern hin, aber ich verrate dich nicht.«

Yang starrte noch lange auf die Tür, die sich hinter dem Mädchen geschlossen hatte. Dann ließ sie sich auf die Bettkante fallen und legte unschlüssig die Hände in den Schoß.

5

Das Plateau vor den Höhlen, in denen Ralph Henderson sein Lager aufgeschlagen hatte, lag still in der Mittagssonne. In den Felsen nisteten Vögel, aber selbst sie schliefen um diese Tageszeit. Es war sehr still hier oben. Nach Osten hin dehnte sich das weite Grasland, das sich bis an die Straße hinzog. Im Westen türmten sich felsige Berge auf, mit dichtem Dschungel bedeckt. Seit Henderson mit Palmer hier lebte, war kein Japaner auf die Idee gekommen, die Gegend abzusuchen. Henderson hatte richtig ausgewählt. Von der Straße her war selbst das Grasland nicht ganz zu überblicken. Es lagen Kilometer zwischen dem Asphaltband und dem Ende der Grasfläche, wo das Gelände anstieg, bis Büsche und Rankenwerk den Weg versperrten, und wo nur noch ein versteckter Wildpfad weiter aufwärts führte, der nach unzähligen, verwirrenden Windungen unweit des felsigen Plateaus endete.

Die beiden Engländer wohnten immer noch in den Zelten, die Henderson aus dem Heeresdepot in Singapore hatte hierher schaffen lassen.

Sie hatten sich ihren Aufenthalt so bequem wie möglich gemacht. Die Mahlzeiten kochten sie auf einem Gestell, das drei Gefäße zugleich aufnahm und das mit Benzin betrieben wurde. Henderson hatte viele Kanister Brennstoff in den Höhlen gelagert. Was das Essen anging, so würden sie mit den vorhandenen Vorräten noch Jahre aushalten können. Sie hatten bisher nicht einmal den Versuch gemacht, Wild zu schießen.

Ihre Tage verbrachten sie bei guten Getränken, Schachspiel und kurzen Ausflügen in die Umgegend.

Von Beginn an hatten sie eine Art Wacheinteilung vorgenommen, die vorsah, daß sie abwechselnd nachts wachten und dafür tagsüber ausschliefen. Sie hatten sich beide ohne Schwierigkeiten an diesen Rhythmus gewöhnt, und die Nachtwachen dienten weniger ihrer eigenen Sicherheit als dazu, in den Nachtstunden Funkmeldungen abzusetzen und zu empfangen. Da die Gegend als unbewohnt galt, hatten sie nicht einmal damit zu rechnen, daß die Japaner dieses Gebiet mit Ortungsgeräten absuchten, wie sie es in den Städten taten. Überdies sendeten sie in unregelmäßigen Zeitabständen und auf verschiedenen Frequenzen und waren schon deshalb schwer anzupeilen. Am Radio verfolgten sie alles, was die japanischen und alliierten Stationen an Nachrichten bekanntgaben.

Henderson hatte in der ersten Zeit zuweilen Anstrengungen unternommen, um die gelagerten Waffen instand zu halten und zu pflegen. Die Luftfeuchtigkeit war stark, und die Metallteile der Waffen hatten bereits Rost angesetzt. Er hatte es später aufgegeben, sie zu reinigen, und beschränkte seine Bemühungen auf einige Waffen, die er bereithielt, falls Palmer und er angegriffen werden sollten. Das Oberkommando hatte ihm ausdrücklich mitgeteilt, daß es nicht zu einer Auslieferung von Waffen an die malaiischen Widerstandsgruppen kommen würde. Ihm war jedoch der Befehl erteilt worden, alles über die malaiische Widerstandsbewegung zu melden, was er herausfinden konnte.

Wie stark waren die einzelnen Gruppen? Wo lagen sie? Wie war die Bewaffnung? Wer waren ihre Führer? Man wünschte sogar zu wissen, an welchen Stellen Kampfaktionen geplant waren. Die Art, in der diese Befehle abgefaßt waren, sagte Henderson, daß beim Oberkommando eine gewisse Beunruhigung über die Tätigkeit der malaiischen Widerstandsgruppen eingetreten war. Die Strategen in Ceylon zerbrachen sich bereits jetzt den Kopf über die Streitmacht, die während der Abwesenheit der Engländer in Malaya heranwuchs. Wie würde man später einmal mit ihr fertig werden? Leute, die gelernt hatten, mit Waffen umzugehen und Eindringlinge zu bekämpfen, würden sich schwerlich in die Pläne einordnen lassen, die man in England für Malayas Zukunft hatte.

Erst vor einigen Tagen war Henderson mitgeteilt worden, daß er seine Bemühungen verstärken solle, um möglicherweise zu erreichen, daß die Japaner einige Nester der Widerstandsgruppen ausheben konnten. Zunächst war selbst Henderson dieser Befehl eigenartig vorgekommen, aber später hatte er erkannt, daß man beim Oberkommando offenbar bereits jetzt die Gewißheit hatte, Malaya in absehbarer Zeit wiederzuerobern – vielleicht in einem Jahr oder auch in zwei Jahren. Wuchs aber die malaiische Befreiungsbewegung in gleichem Maße weiter wie bisher, dann würde die Wiedereinführung des Kolonialstatus äußerst schwierig werden. Mit dem Anwachsen der Befreiungsbewegung wuchsen auch das Selbstbewußtsein und der Nationalstolz der Malaien.

Malaya mit seiner strategischen Schlüsselposition Singapore und mit seinen strategischen Rohstoffen, dieses Malaya durfte nicht verlorengehen. Englands Industrie, seine ganze Wirtschaft war darauf eingestellt, daß die Kolonialgebiete der Krone ihren Tribut zollten. Selbst nachdem dieser Krieg gewonnen war, würde der Sieg angesichts der nicht mehr auszuschaltenden Unabhängigkeitsbewegungen fragwürdig sein.

Henderson unterhielt sich lange mit Palmer darüber. Die Weisung des Oberkommandos war verständlich: Es mußte versucht werden, die Unabhängigkeitsbewegung im Lande zu beseitigen, bevor sie für England gefährlich werden konnte. Gelang es, einen Teil dieser Aufgaben bereits von den Japanern erledigen zu lassen, so würde das sehr nützlich sein. England konnte dadurch seine Weste sauberhalten. Ein kluger Gedanke, sagte sich Henderson, aber er sagte sich auch, daß seine eigenen Erwägungen eigentlich dieselben Wege gegangen waren. Nun mußte man sehen, wie diese Sache anzupacken war.

»Aufstehen!« rief er vor Palmers Zelt. Als der Leutnant sich nicht rührte, öffnete er die Verschnürung und zog ihn an den Füßen.

Palmer rieb sich schläfrig die Augen. Er hatte in der Nacht Wache gehabt, und danach schlief er meistens bis weit in den Tag hinein. »Krieg zu Ende?« erkundigte er sich. Als Henderson nur die Mundwinkel zu einem Grinsen verzog, erhob er sich langsam und kroch aus dem Zelt. Selbst in diesem Versteck im Dschungel achtete er darauf, daß sein Schnurrbart stets sauber gestutzt war. Henderson hatte sich zuweilen über sein etwas geckenhaftes Aussehen lustig gemacht, aber Palmer besaß in solchen Dingen eine stoische Ruhe.

»Also nicht«, sagte er gähnend. »Heute nacht in den Nachrichten sah es beinahe so aus. Bei den Midwayinseln hat es eine Seeschlacht gegeben. Die Japaner haben ein Dutzend Schiffe verloren. Aber die Schlacht ist noch nicht zu Ende. Es scheint, daß die Yankees langsam anfangen, Krieg zu führen.«

Er reckte sich und holte dann sein Handtuch, Seife, Rasierzeug und eine Zahnbürste aus dem Zelt. Bevor er sich auf den Weg zu dem Wasserlauf machte, der ein paar hundert Meter entfernt im Wald lag, ermunterte er Henderson: »Schneid ein bißchen Blech auf, Chef, ich habe Hunger wie ein Soldat.«

Henderson hatte den Benzinkocher bereits angeheizt. Er öffnete eine Büchse mit Fleisch und stellte den Reis auf die Flamme. Das Fleisch wärmte er in der Büchse an. Er setzte auf die dritte Flamme noch Kaffeewasser, und als Palmer vom Waschen zurückkam, war das Essen fertig.

Während sie aus emaillierten Blechtellern aßen, erkundigte sich Henderson nach dem, was Palmer in den nächtlichen Nachrichtensendungen gehört hatte. Außer der offenbar für die Japaner ungünstig verlaufenden Seeschlacht gab es noch die Meldung, daß die Japaner die beiden Aleuteninseln Attu und Kiska besetzt hatten.

»Oh.« Henderson wiegte den Kopf und stocherte in seinem Reis. »Das geht auf Alaska zu. Da werden die Yankees nun doch Ernst machen müssen, sonst brennt ihr Pelz.«

»Es sieht so aus, als ob sie schon dabei sind«, meinte Palmer. »In der Midway-Schlacht haben sie bisher vier Flugzeugträger der Japaner versenkt, zwei schwere Kreuzer, zwei Zerstörer und ein halbes Dutzend Truppentransporter. Sie sagten an, daß weitergekämpft wird.«

»Kann uns recht sein.« Henderson kaute genußvoll an dem Fleisch. »Wenn sie den Japanern dort Kräfte zerschlagen, werden die von der Burma-Front welche abziehen müssen. Außerdem beginnt im August der Monsun in Burma, dann wird dort sowieso für ein paar Monate Ruhe eintreten. Und wie kommen wir an die malaiischen Guerillas heran?«

Palmer langte sich noch eine Portion Reis aus dem Topf und schnupperte nach dem Kaffee. »Recht gut«, bemerkte er zufrieden. »Hätte nie gedacht, daß mir einmal Büchsenkaffee schmecken würde.«

»Es wäre weiter nichts nötig, als daß ich eines ihrer Lager kenne. Ich würde hingehen, und alles andere würde reibungslos laufen.«

Palmer schielte nach der Fleischbüchse. Aber es war nichts mehr darin. Henderson hatte ihren Inhalt in zwei gleiche Portionen aufgeteilt.

»Übrigens haben sie zu Hause einen neuen Schlager herausgebracht. Er heißt ‚Beneath the Lights of Home'. Eine gewisse Deanna Durbin singt ihn. Gut. Ganz sentimental und so herbsüß wie unreife Papayas.«

Henderson goß zwei Emaillebecher voll Kaffee. Während er vorsichtig an dem heißen Getränk nippte, sagte er nachdenklich: »Man müßte einen Mann ausfindig machen, der zu diesen Guerillas gehört. Ich würde sogar ein paar Gewehre herausrücken, um die Leute sicher zu machen.«

Palmer stellte den geleerten Teller ins Gras und griff nach seinem Kaffee. Er würde nach dem Essen die Batterie des Funkgerätes aufzuladen haben. Sie benutzten dazu ein Gestell, das entfernt an ein Fahrrad erinnerte und das einige Stunden betrieben werden mußte, damit es genügend Energie für den Ladeprozeß erzeugte. Als er den ersten Schluck getrunken hatte, griff er nach der Zigarettenschachtel in seiner Hosentasche. Er brannte sich eine Zigarette an und widmete sich dann wieder dem Kaffee. »Er riecht besser, als er schmeckt«, stellte er mißmutig fest. »Oscar Wilde hat mal gesagt, die primitiven Genüsse wären die letzte Zuflucht komplizierter Menschen. Wenn das stimmt, sind wir außerordentlich kompliziert.«

»Aber es scheint, als ob sie ihre Hauptkräfte in Perak stehen haben«, sinnierte Henderson. »Dort ist bis jetzt das meiste geschehen. Und wir haben in Perak auch Leute. Vielleicht ist dort etwas zu erfahren. Ob man es wagen kann, einen Fußmarsch dorthin zu unternehmen?«

Palmer leerte ungerührt seinen Kaffeebecher. Dann verzog er das Gesicht und meinte: »Man trinkt es eben, weil Verdursten kein schöner Tod ist.« Er merkte, daß Henderson immer noch nachdenklich auf den Boden starrte. »Also Chef, wenn du mich fragst, nach Perak marschieren ist Mord. Warum läßt du nicht mal Madame Lou in den Dörfern herumhorchen, wenn sie ihre Einkaufstouren macht? Es muß in den

Dörfern Leute geben, die mit den Guerillas zusammenstecken. Erstens geben sie ihnen vermutlich Tips, und zweitens werden sie wohl auch Lebensmittel in den Wald tragen; du weißt selbst, daß man hier nichts Eßbares findet. Meinst du nicht, daß Madame Lou ein paar solche Kerle auftreiben könnte?«

Henderson winkte ab. »Sie versucht es schon ziemlich lange ohne Erfolg. Diese Leute sind vorsichtig.«

»Vielleicht sollte sie mal eins ihrer Freudenmädchen ins Vertrauen ziehen, ihr schäbige Klamotten anziehen und sie herumschicken, sich anwerben zu lassen«, schlug Palmer vor. »Bei der Gelegenheit könnte sie auch gleich eine solche Dame hierher schicken. Als Küchenmädchen. In Vollpension. Gute Behandlung zugesichert. Familienanschluß und so.«

Henderson ging nicht auf die Scherze ein. Er zerbrach sich den Kopf, wie er den Auftrag des Oberkommandos am besten erledigen könnte. Aber er kam auf keine verwendbare Idee. Er gestand sich ein, daß die Ereignisse auch ihn überrascht hatten. Alles hatte er einkalkuliert: Lous Position, sein Versteck, die Nachrichtenverbindung. Aber er hatte nicht damit gerechnet, daß es in Malaya kurze Zeit nach der Besetzung schon eine so umfangreiche Befreiungsbewegung geben würde. Wir haben einen Fehler gemacht, dachte er, wir haben die Kommunisten unterschätzt. Wir hätten sie vor dem Krieg an uns heranziehen, ihnen Versprechungen machen und eine Art von Zusammenarbeit aushandeln müssen. Dann wüßten wir jetzt, wo wir anpacken könnten.

Mißmutig erhob er sich schließlich und ging in sein Zelt, um sich umzuziehen. Auf halbem Wege zwischen dem Versteck und Kuala Lumpur, an einem Gingkobaum, der nicht zu verfehlen war, weil er weit und breit als einziger seiner Gattung an der Straße stand, war der Platz, wo Lou ihm in gewissen Abständen Mitteilungen hinterließ und wo auch er ihr eine Nachricht hinterlegen konnte. Heute war der Tag, an dem er wie gewohnt den Weg dorthin machte, um abzuholen, was für ihn bereitlag.

Er zog Tarnkleidung an und hängte eine Maschinenpistole um. Dann holte er das kleine Fahrrad aus einer der Höhlen und machte sich auf den Weg.

Palmer sah ihm eine Weile nach, bevor er zu den Vorräten ging und sich aus einer bauchigen Gordonflasche einen Becher Gin eingoß. Als etwas verspäteten Nachtisch genehmigte er sich darauf eine Büchse Pfirsiche, und als er sie verzehrt hatte, wusch er schnell das Kochgeschirr ab. Es wurde Zeit für ihn, die Batterie zu laden. Seufzend schwang er sich auf den Sattel und schob die Füße in die Pedalen. Das Gerät stand in der kühlen Felshöhle, aber Palmer lief trotzdem bald der Schweiß von der Stirn.

Henderson radelte am Rande des Graslandes entlang. Stellenweise war der Boden uneben, er mußte das Rad schieben, aber es half ihm trotzdem, die Entfernung schneller und bequemer zurückzulegen. Das Problem, an eine Einheit der malaiischen Guerillas heranzukommen, beschäftigte ihn immer noch, und er riß sich schließlich von diesem Gedanken los, um darüber nicht unaufmerksam zu werden und eine auftauchende Gefahr zu übersehen.

An der Straße angekommen, blieb er zunächst längere Zeit in Deckung liegen und beobachtete. Sosehr er sein Gehör anstrengte, es waren keine Fahrzeuggeräusche zu hören. Die Japaner waren offenbar dabei, sich auf Kolonnenverkehr umzustellen. Stets waren es lange Konvois, die sich auf den Straßen bewegten. Wie es schien, waren Sammelstellen eingerichtet worden, an denen immer größere Gruppen von Nachschubfahrzeugen zusammengestellt wurden, die jeweils eine bewaffnete Begleitung erhielten. Fahrradpatrouillen fuhren regelmäßig die Hauptverkehrswege ab. Es waren Einheiten von etwa einem Dutzend Soldaten, und gewöhnlich radelten sie rauchend und schwatzend dahin. Ein aufmerksamer Beobachter konnte sie schon aus weiter Entfernung bemerken und sich vor ihnen verstecken. Auch Henderson mußte eine dieser Streifen an sich vorbeiziehen lassen. Er entschloß sich nach einigem Warten, das Fahrrad auf die Straße hinauszuschieben und südwärts, in Richtung Kuala Lumpur, zu radeln. Dabei hielt er sich ganz dicht am linken Rand der Straße und wendete alle paar Minuten den Kopf, um sicher zu sein, daß sich ihm niemand von hinten näherte. An unübersichtlichen Kurven stieg er ab und überwand sie, vorsichtig lauschend, immer bereit, beim geringsten Anzeichen von Gefahr im Wald zu verschwinden.

So wurde er auf die Fahrradpatrouille aufmerksam, die von Kuala Lumpur herankam. Er hörte die Stimmen der Soldaten und das Scheppern ihrer auf die Fahrräder geschnallten Ausrüstungsstücke schon aus großer Entfernung. Mit einem Sprung war er vom Rad. Er schob es nur ein paar Dutzend Meter in den Wald hinein; das genügte bereits, um es jedem Blick zu entziehen. Er selbst arbeitete sich vorsichtig bis an den Waldrand heran und lauerte an einer Stelle, wo das Gestrüpp ihm den Blick auf die Straße frei ließ. Es dauerte noch einige Minuten, bis die Patrouille vorbeifuhr. Die Soldaten hatten die Jacketts ausgezogen und die Hemdsärmel aufgekrempelt. Sie trugen keine Stahlhelme, sondern khakifarbene Schirmkappen. Einige von ihnen hatten Zigaretten in den Mundwinkeln hängen. Ihre Maschinenpistolen baumelten an den Lenkstangen.

Henderson ließ sie an sich vorbeidefilieren. Er lag gut versteckt, nur wenige Meter von ihnen, und er überlegte, während er sie vorbeiziehen sah, daß die japanische Armee in Malaya eigentlich nur die Ortschaften und die Straßen erobert hatte. Dazu natürlich die Plantagen und Gruben. Aber das übrige Land war so gut wie unkontrolliert. Es war möglich, sich darin frei zu bewegen, wenn man darauf achtete, daß man nicht von gelegentlichen Patrouillen wie dieser hier entdeckt wurde.

Sie sahen immer noch gefährlich aus, diese Soldaten. Sie hatten nichts von ihrer Hemdsärmeligkeit eingebüßt, von ihrer überheblichen Selbstsicherheit, mit der sie sich in diesem fremden Land bewegten, als wären sie seit langem hier zu Hause. Oder unterschieden sie sich doch bereits von den Truppen, die das Land erobert hatten? Nüchterner waren sie wohl geworden. Die Idee, daß die Bevölkerung der besetzten Länder sich freudetrunken mit ihnen verbrüdern würde, war nach und nach gestorben. Es gab nirgendwo eine Verbrüderung zwischen den Einheimischen und den Eindringlingen, weder hier noch in Burma, Hongkong, China, noch auf den vielen

Inseln zwischen Sumatra und den Molukken. Diese Verbrüderung gab es nur in den Zeitungen und im Rundfunk. In der Realität war sie durch den Terror ersetzt worden. Ob sie jemals selbst daran geglaubt haben, daß man sie dort willkommen heißt, wo sie einfallen, dachte Henderson.

Er wartete, bis die Geräusche der Streife verklungen waren. Dann ließ er eine gewisse Zeit vergehen, um sicher zu sein, daß kein Nachzügler mehr folgte, und schließlich holte er das Fahrrad wieder und radelte weiter.

Einige Male mußte er noch in den Wald wechseln, wenn Fahrzeugkolonnen ihr Nahen durch das tiefe Gebrumm der Motoren von fern ankündigten. Aber Henderson machte den Weg nicht zum erstenmal. Er kannte alle Signale, die darauf hindeuteten, daß jemand auf der Straße auf ihn zu oder hinter ihm her fuhr.

Der Gingkobaum stand unweit einer sanften Kurve, dort, wo der Wald ein wenig von der Straße zurücktrat. Seine starken Wurzeln krallten sich in den Boden, der hier steinig war. Unter einer der Steinplatten, die halb von Wurzeln überwachsen waren, lag eine kleine Ausbuchtung, in der Lou van Bergen die Nachricht für Henderson hinterlassen hatte. Er versteckte das Rad im Wald, und dann kroch er an die Stelle heran, holte das in Wachstuch eingeschlagene Papier und verschwand damit zwischen den Bäumen, wo er in Ruhe lesen konnte. Zuerst war er überrascht, daß die junge Chinesin ihn nach so langer Zeit doch noch aufsuchte. Als er sich die Sache genauer überlegte, begriff er, daß hier vielleicht der Schlüssel für die Lösung jener Aufgabe lag, die das Oberkommando ihm gestellt hatte.

Natürlich! Dieses Mädchen Yang war eine Chinesin. Es war bekannt, daß die im Lande lebenden Chinesen zu den erbittertsten Gegnern der Japaner gehörten, weil sie mit wachsendem Haß den jahrelangen grausamen Feldzug Japans in China verfolgt hatten. Die Japaner hatten in Malaya gerade die chinesischen Bürger mit blutigem Terror verfolgt. Es genügte den Eindringlingen, wenn jemand Verwandte in China hatte, um ihn von vornherein als Feind Japans abzustempeln und zu erschießen. Zweifellos würde jede malaiische Widerstandsgruppe einer Chinesin wie Yang Vertrauen entgegenbringen. Sie war wie keine andere geeignet, die Sache einzufädeln, die Henderson betrieb. Er schätzte sich glücklich, daß er vor Kriegsbeginn gerade dieses Mädchen für die Arbeit in der Schule in Bukit Timah ausgewählt hatte. Nun erwies sich, daß sie weit nützlicher war, als er das damals angenommen hatte.

Er zögerte nicht, sie zu seinem und Palmers Versteck zu holen. Aus der Tasche seiner Tarnjacke nahm er Papier und Bleistift und schrieb ausführlich an Lou van Bergen, daß die Chinesin eine außerordentlich wertvolle Person sei, auf die Aufgaben von allergrößter Wichtigkeit warteten. Er trug Lou auf, das Mädchen gut zu behandeln und zu verpflegen und sie auf schnellstem Wege aus der Stadt zu schmuggeln, damit er sie an der Straße, hier an dem Gingkobaum, in Empfang nehmen könnte.

Es würde Lou nicht allzu schwerfallen, das Mädchen aus der Stadt zu bringen. Es gab für sie verschiedene Möglichkeiten. Sie konnte sie fast gefahrlos in ihrem Lieferwagen befördern, denn dieses Fahrzeug wurde an den Straßensperren kaum noch angehalten. Es wurde als Eigentum einer befreundeten Nation angesehen. Lou hatte neben der von der Kempeitai ausgeschriebenen Bescheinigung eine kleine Hakenkreuzfahne an die Windschutzscheibe geklebt. Jeder Posten wußte, daß das »Bali« eine Vergnügungsstätte der Offiziere war, und außerdem wußte man, daß die blonde Frau nur in die umliegenden Dörfer fuhr, um dort mit Hilfe der japanischen Posten Gemüse und Obst für die japanischen Offiziere zu besorgen. Deshalb war es kaum mit einem Risiko verbunden, Yang mit dem Auto aus der Stadt zu bringen. Aber für den Fall, daß Lou übervorsichtig war, konnte sie Yang immer noch vorschlagen, die Stadt zu Fuß zu verlassen und an einer der Ausfallstraßen auf das Gemüseauto zu warten.

Henderson gab seiner Geliebten genaue Anweisungen, wie sie verfahren sollte. Als er den Brief beendet hatte, las er ihn mehrmals durch, bevor er ihn in das Wachstuch einschlug und wieder in die kleine Vertiefung unter der Steinplatte legte. Mit dem Gefühl, daß die nächsten Wochen entscheidende Ereignisse für ihn bringen würden, machte sich Henderson schließlich wieder auf den Heimweg. Spätestens übermorgen würde Lou die Nachricht von hier abholen, und danach konnte es noch einige Tage dauern, bis die Chinesin im Camp eintraf. Ich werde sehr offen mit ihr sprechen, überlegte Henderson. Sie ist jung und hat verhältnismäßig wenig Lebenserfahrung. Außerdem besteht bei ihr wohl kaum die Gefahr, daß sie mit kommunistischen Gedanken verseucht ist. Dafür kommt sie aus einer zu gesitteten Familie. Und die Erziehung auf einer englischen Schule bedeutet, daß die Schüler einen guten Teil von dem Geist aufnehmen, der die englische Denkweise bestimmt.

Palmer lag lang ausgestreckt vor seinem Zelt, als Henderson wieder im Lager ankam. Der Leutnant blinzelte dem Heimkehrenden schläfrig zu und brummte: »Der Tretesel macht aus einem erwachsenen Mann langsam ein Wrack. Aber die Batterie ist wieder voll.«

Er sah sogleich, daß Henderson mit einer guten Nachricht kam, denn der Colonel war in aufgeräumter Stimmung. Es dauerte nicht lange, bis er Palmer ausführlich berichtet hatte, was ihm mitgeteilt worden war. Palmer begriff, daß mit dem Eintreffen der Chinesin der langweilige Alltag des Lagerlebens endlich eine gewisse Abwechslung erfahren würde. Er war skeptisch, was die weiteren Pläne Hendersons betraf, aber immerhin konnte es sein, daß dieses Mädchen wirklich eine nützliche Rolle spielen würde.

»Ich habe sie als eine ganz annehmbare Person in Erinnerung«, sagte er. »Vielleicht kann sie sogar Essen kochen. Aber sonst wird wohl nicht viel mit ihr los sein. Ich habe die schlechtesten Erfahrungen mit jungen Chinesinnen dieser Art. Sie sind spröde wie dünnes Glas.«

Henderson schmunzelte nur. Er kannte Palmers Gedanken, wenn es sich um junge Mädchen handelte. Aber das interessierte ihn jetzt wenig. Das Werkzeug, mit dem es möglich sein würde, am Plan des Oberkommandos zu arbeiten, war endlich gefunden.

Lou van Bergen nannte das, was sie an diesem Abend im »Bali« veranstaltete, einen Galaabend. Die Räume waren mit frischen Hibiskuszweigen geschmückt, und das Publikum bestand aus sorgfältig ausgewählten Gästen. Die meisten höheren Offiziere der japanischen Truppen in der Stadt, die Leute von den Verwaltungsdienststellen, dazu eine gewisse Anzahl auf der Durchreise befindlicher Offiziere waren an diese Art Veranstaltungen im »Bali« gewöhnt. Seit einiger Zeit bot die Küche dieses Vergnügungshauses auch japanische Spezialitäten an. Ein neues Orchester, das sich leidlich auf die Intonierung japanischer Tanzmusik verstand, war eingestellt, und aus den japanischen Versorgungslagern waren Getränke herbeigeschafft worden.

Lou van Bergen legte großen Wert darauf, an solchen Abenden die einflußreichsten japanischen Offiziere bei sich zu haben. Es ergaben sich allerlei Möglichkeiten, das Geschäft auszudehnen, es noch einträglicher zu machen. Dazu kam ihr Interesse, die Offiziere geschickt auszuhorchen. Stets erhielt sie auf diese Art Dutzende wertvoller Hinweise für Henderson. Und Henderson zu helfen, daran lag ihr viel.

Nach diesem Krieg würde das Leben weitergehen. Sie zweifelte nicht daran, daß die Engländer das Land eines Tages wieder besetzen würden. Es war ihr Traum, Henderson dann an sich gebunden zu wissen. Er würde Verdienste erwerben in der Zeit, die er während der japanischen Besetzung in Malaya verbrachte. Sie würde an diesen Verdiensten nicht unbeteiligt sein. Gelang es ihr, Henderson jetzt, da er mehr oder weniger auf sie angewiesen war, ganz für sich zu gewinnen, würde ihre Zukunft gesichert sein. Henderson war gut zu ertragen. Sie glaubte, daß ihm etwas an ihr lag. Immerhin hatte sie ein Alter erreicht, in dem es ratsam war, einen Mann, der sich für sie interessierte, nicht mehr fortgehen zu lassen. Diese Spekulation war es, von der Lou van Bergens Gedanken gegenwärtig erfüllt waren. Daraus entsprang auch ihr Bestreben, so geschickt wie möglich an der Ausführung jener Vorhaben mitzuwirken, die Henderson beschäftigten.

Sie empfing die Gäste in der Halle. Jeder kannte sie. Es gab Offiziere, die ihr Blumen überreichten, und solche, die es mit einem Handkuß versuchten, weil sie in irgendeinem Buch gelesen hatten, daß dies in Europa Sitte war. Kumara drückte ihr verbindlich lächelnd einen Briefumschlag in die Hand, der ein Dutzend Einkaufsgenehmigungen für verschiedene Depots der Armee enthielt. Er hatte es durchgesetzt, daß Lou van Bergen auf diese Weise Benzin und Nahrungsmittel sowie gewisse japanische Konserven und Alkohol erwerben konnte.

»Danke, Major«, sagte sie strahlend. Kumara war eine Schlüsselfigur, denn die Kempeitai war das Instrument der Macht, das jede beliebige Angelegenheit mit einem einzigen Befehl so oder so entscheiden konnte.

»Ich hoffe, Sie haben alles gut vorbereitet.« Kumara blieb einen Augenblick bei ihr stehen. »Außerdem möchte ich mich gern für eine halbe Stunde mit Ihnen allein unterhalten. Werden Sie Zeit finden?«

Zuerst war Lou van Bergen erschrocken. Aber der Ton, in dem Kumara sein Anliegen vorbrachte, beruhigte sie wieder. Es konnte nichts ausgesprochen Unheilvolles sein, was er da allein mit ihr zu besprechen wünschte.

»Aber selbstverständlich, Major«, sagte sie ihm zu. »Sobald ich alle meine Gäste empfangen habe, dürfen Sie über mich verfügen.«

»Ich werde Sie dann in Ihrem Büro aufsuchen.«

Also etwas, das nicht für fremde Ohren bestimmt ist, dachte sie. Nun gut, wir werden sehen.

Sie nickte, als handelte es sich um eine ganz alltägliche Vereinbarung, und als Kumara gegangen war, erschien in der Halle bereits eine Gruppe von Offizieren, die Lou van Bergen bisher nie gesehen hatte. Der Stabschef der in Kuala Lumpur stationierten Division begleitete sie und stellte sie Lou van Bergen mit den Worten vor: »Eine Gruppe unserer besten Frontoffiziere, Madame. Soeben von den verschiedenen Kriegsschauplätzen hier eingetroffen.«

Es fielen Namen, und es fielen Frontbezeichnungen wie Burma, Neuguinea, Sarawak. Lou van Bergen begleitete die Neuankömmlinge zu einem für sie reservierten Tisch. Sie trugen Orden und schienen lange nicht in einer einigermaßen gepflegten Umgebung gewesen zu sein, denn sie legten ihre Mützen und Koppel auf die Tische zwischen die Gläser, sie angelten sich die Stühle mit den Füßen und betrachteten die festliche Gesellschaft im großen Speisesaal mit Blicken, aus denen Neugier und Vorfreude sprachen.

»Werden Sie uns nun öfter beehren?« erkundigte sich Lou van Bergen verbindlich.

Der Stabschef erklärte ihr prompt: »Für eine gewisse Zeit ja. Dann werden sie wieder an die Front gehen.«

Lou tat erstaunt. »Nanu, die gibt es doch kaum noch! Höchstens das bißchen Burma.«

Der Stabschef wiegte verlegen lächelnd den Kopf. »Leider ist in Burma die Welt noch nicht zu Ende.«

»Ja, natürlich«, meinte Lou, »denn hinter Burma liegt Indien, nicht wahr?«

Sie sagte es leise, und der Stabsoffizier, der ein paar Jahre in Deutschland studiert hatte, erwiderte ausweichend auf deutsch: »Bei Ihnen zu Hause freut man sich über jeden Fortschritt, den unser Vormarsch macht, Madame.«

Henderson wird das interessant finden, sagte sich Lou, als sie wieder in die Halle zurückging. Schließlich weiß man, daß Malaya die Reservebasis für den Vorstoß nach Westen ist. Man weiß auch, daß erst kürzlich eine große Anzahl von Kriegsgefangenen nach Bangkok transportiert worden ist, wo die Arbeiten an einer neuen Bahnstrecke zwischen Thailand und Burma begonnen haben. Diese »Dschungelbahn« sollte zwei bereits in Betrieb befindliche Linien verbinden und so einen lückenlosen Nachschubweg in Richtung Burma schaffen. Es lag auf der Hand, daß Indien das nächste Angriffsziel war. Und die Umgruppierung von Fronttruppen in Malaya ließ Schlüsse auf den Zeitpunkt dieses Angriffs zu. Lou van Bergen begann sich bereits auszumalen, wie Henderson diese Mitteilung aufnehmen würde. Es war überhaupt Zeit, daß er wieder einmal hierherkam. Der Dschungel ist ein ungesunder Aufenthaltsort für einen solchen Mann. Außerdem hat er dort seinen Gehilfen. Der wird ja wohl auch ohne ihn auskommen.

Sie nahm Blumen entgegen und lächelte geschmeichelt. Dabei dachte sie an Indien. Sie werden sich totlaufen, das hatte Henderson vorausgesagt. Wenn sie ihre Kräfte weit genug auseinandergezogen haben, dann werden die Engländer vom Westen und die Amerikaner vom Osten her die Zange schließen. Das wird der Anfang vom Ende ihrer Gastrolle in den eroberten Ländern sein. Hitler kann ihnen nicht helfen, den beschäftigen die Russen mehr, als ihm lieb ist. Eines Tages wird das alles aufgehen wie eine Rechenaufgabe, obwohl es heute noch ganz anders aussieht.

Der Strom der Gäste riß ab. Im Speisesaal wurden Cocktails serviert. Das Essen würde in nicht ganz einer Stunde beginnen, ein erlesenes japanisches Mahl, über das die Gäste staunen sollten.

Lou van Bergen ging in den Saal zurück. Es war Zeit, das Gespräch mit Kumara zu führen. Sie sah, daß er bereits mit Merapi in der für ihn reservierten Nische saß und trank. Er schien an Merapi Gefallen gefunden zu haben, denn er bestand darauf, daß nur sie ihm Gesellschaft leistete.

Als er sah, daß Lou van Bergen ihm zunickte, erhob er sich und erklärte Merapi: »Ich werde von Madame van Bergen erwartet. Beim Essen möchte ich dich wieder hier sehen.« Merapi erwiderte lächelnd: »Eine Ehre für mich, Herr Major. Ich werde in der Zwischenzeit ein wenig für eine kranke Freundin sorgen.«

Sie erhob sich ebenfalls und begleitete ihn bis zu Lou, die mit ihm in ihrem Büro verschwand.

Nicht wenige Blicke folgten Merapi, als sie mit wiegenden Schritten aus dem Saal ging. Sie war außerordentlich ansehnlich und verstand es, ihre Figur zur Geltung zu bringen. Ihr langes Haar glänzte. Es fiel in lockeren Wellen weit über ihre nackten Schultern herab; ein reizvolles Mädchen. Aber die Eingeweihten wußten, daß Kumara sie mit Beschlag belegt hatte, und es war wenig ratsam, ausgerechnet mit dem Kommandeur der Kempeitai in Streit zu geraten.

Auf einem langen Tisch am Kücheneingang standen an die hundert Schalen, die mit erlesenen Proben japanischer Kochkunst gefüllt waren. Der Koch bereitete soeben die letzten beiden der elf Gänge zu. Das Menü bestand aus rohem Wildgemüse und rohem Thunfisch, aus Trepang in Sojasoße und kandierten Honigbienen. Dann folgten gesalzene Vogelherzen, eine Turteltaubensuppe, Goldfasanscheiben mit Pilzen und Chrysanthemenblättern garniert, verschiedene Arten von Geflügel, Würstchen aus geräuchertem Entenfleisch und frische Ingwerscheiben.

Merapi besah sich das Essen. Immer wenn Madame van Bergen einen solchen Galaabend veranstaltete, war alles in Hülle und Fülle vorhanden. In der Stadt waren minderwertige Bataten das Hauptnahrungsmittel geworden. Merapi kam oft genug in die Stadt, um zu wissen, wie Leute aussahen, die hungerten. Sie tippte dem Koch, einem fetten Chinesen, auf die Schulter und sagte: »Wir haben eine Kranke. Ich bringe ihr etwas von diesem Zeug.«

Der Koch schimpfte sofort, das Essen sei für die Offiziere bestimmt, und man würde ihm mit dem Samuraischwert den Kopf abschlagen, wenn sie nicht satt würden. Aber Merapi wußte, daß er ihr nie eine Bitte abschlug.

»Sie sind fett genug. Andere wollen auch essen.« Kurzerhand griff sie sich ein Tablett und stellte gefüllte Schalen darauf. Das fremde Mädchen war nun schon einige Tage hier. Man sah ihr an, daß sie die letzten Monate nicht gerade übermäßig gut gegessen hatte. Außerdem gefiel sie Merapi. Sie war bescheiden und still. Sie machte keine verächtlichen Bemerkungen über Merapis Tätigkeit, und es ließ sich überhaupt angenehm mit ihr plaudern. Merapi blickte sich suchend um. »Ich brauche noch Wein.«

Der Koch rang die Hände. »Sie erschießen mich, erschlagen mich.«

Aber das Tanzmädchen lachte nur. »In zwei Stunden werden sie so betrunken sein, daß sie nicht mehr wissen, ob sie Sake oder Rinnsteinwasser saufen.«

Sie stellte eine Flasche mit gelbem Reiswein auf das Tablett, und der Koch sah ihr erleichtert nach, als sie endlich die Küche verließ. Man hatte ihn hier in Arbeit genommen, weil er japanische Gerichte kochen konnte. Aber seitdem er im »Bali« war, fühlte er sich nicht mehr wohl in seiner Haut. Die Nachbarn sahen ihn mit wenig freundlichen Blicken an. Die Japaner fürchtete er, weil er es für möglich hielt, daß sie ihn wegen einer versalzenen Suppe ins Jenseits beförderten. Trotzdem blieb er, denn es war nicht einfach, in dieser Zeit eine Arbeit zu finden, die ihren Mann ernährte. Er verachtete die fremden Soldaten, aber es machte ihm nichts aus, bei ihnen zu arbeiten. Schließlich konnte er sich hier satt essen, und für seine Familie blieb auch noch genug übrig.

Yang hatte sich daran gewöhnt, daß Merapi sie öfter besuchen kam. Ihr verdankte sie eine Anzahl neuer Kleidungsstücke und ein paar Tuchschuhe. Das Mädchen hatte ihr jeden Tag ein Bad bereitet, als wenn sie aus irgendeinem Grunde ganz besonders an ihrer Sauberkeit interessiert sei. Das Essen, das sie stets selbst brachte, bestand meist aus sorgfältig ausgesuchten Leckerbissen.

Schon jetzt hatte Yang ihren Verpflegungsbeutel wieder gefüllt. Er enthielt Keks und Zuckerstückchen, Salz und Zigaretten, getrocknete Früchte, Streichhölzer und eine Büchse japanischer Sardinen. Sie sparte diese seltenen Kostbarkeiten von dem ab, was Merapi ihr brachte, und stellte sich dabei schon jetzt vor, welche Freude etwa eine Handvoll Salz oder ein paar Zigaretten den anderen im Dschungel bereiten würden.

Als Merapi mit dem schwer beladenen Tablett erschien, sprang Yang schnell auf, um die Tür hinter ihr zu schließen. Sie hatte um ein paar Zeitungen gebeten, und Merapi hatte ihr einige der Blätter mitgebracht, die die Offiziere zuweilen liegenließen.

»Man könnte meinen, sie wären nur nach Malaya gekommen, um sich vollzufressen und mit Mädchen zu schlafen«, schimpfte Merapi, während sie das Tablett abstellte. »Sieh dir das an! Ist es nicht eine Schande, daß man das jeden Tag mit ansehen muß?«

Yang wollte ihr begreiflich machen, daß es zuviel war, was sie gebracht hatte, aber Merapi meinte ärgerlich: »Iß nur! Mir macht es immer das größte Vergnügen, wenn ich ihnen etwas stibitzen kann. Ich entschuldige mich so vor mir selbst, daß ich mich mit ihnen einlasse.«

Sie zündete sich eine Zigarette an und sah eine Weile zu, wie Yang aß. Dabei überlegte sie, ob Kumara schon von seiner Unterredung mit Lou van Bergen zurück sein konnte. »Der eine, der es auf mich abgesehen hat, sitzt bei der Madame«, sagte sie beiläufig. »Ihr großer Freund, Chef der Kempeitai. Er hat so krumme Beine, daß man denkt, er hat zwanzig Jahre lang einen Wasserbüffel geritten.«

Yang lächelte. Wie um sich zu entschuldigen, sagte sie: »Ich glaube, ich kann das nicht alles essen. Ist die Madame sehr freundlich mit den Japanern?«

»Freundlich?« Merapi lachte. »Sie ist Deutsche. Die Japaner sind mit den Deutschen verbündet. Hast du die Gipsfigur in der Halle gesehen?«

»Ich glaube ja«, erinnerte sich Yang. »Ein Mann, der ein bißchen dümmlich aussieht, mit einer Art Schnurrbart. Wer ist das? Ein Verwandter von der Madame?«

Merapi kicherte. »Das ist Hitler! Der deutsche Tojo. Die Japaner glauben, er wird ganz Europa erobern.«

»Und die Madame hat die Gipsbüste hier aufgestellt?«

»Natürlich. Dies ist ein deutsches Haus. Madame und die Japaner sind Freunde. Sie haben Madame aus dem Gefängnis befreit. Die Engländer hatten sie festgesetzt.«

Von Tag zu Tag erschien es Yang eigenartiger, daß Henderson ausgerechnet mit dieser Frau zusammenarbeitete. Schließlich hatte Hitler England den Krieg erklärt. Je mehr sie darüber nachdachte, desto zweifelhafter kam ihr die Position dieser Deutschen vor. Was hatte Henderson bewogen, gerade sie ins Vertrauen zu ziehen?

»Hat sie auch einen japanischen Freund?« fragte Yang vorsichtig.

Merapi schüttelte den Kopf. »Dazu sind wir da.« Sie zögerte eine Weile, dann sagte sie gedämpft: »Du bist vernünftig und wirst es für dich behalten. Sie hat einen Weißen zum Freund, ich glaube einen Engländer. Ab und zu ist er hier. Sie bringt ihn heimlich im Auto, und er bleibt manchmal eine Woche, ohne daß ihn jemand im Haus sieht. Ich habe einmal zufällig im Gemüsekeller gestanden, als sie ihn brachte. Seitdem weiß ich es.«

»Wenn die Japaner dahinterkämen ...«, begann Yang.

Merapi winkte ab. »Sie macht es geschickt.«

»Aber es könnte sie jemand dabei beobachten und sie an die Japaner verraten.«

Merapi schüttelte den Kopf. »Wer hat schon Lust, irgend jemanden an die Japaner zu verraten! Übrigens ist der Weiße noch jung, und er hat sehr helles Haar.«

Es bedurfte nur weniger, vorsichtig gestellter Fragen Yangs, bis sie wußte, daß es sich um Henderson handelte.

Unten, in Lou van Bergens Büro, saß Kumara leicht vorgebeugt in einem Sessel und erklärte der Gastgeberin: »Sehen Sie, unsere Aufgabe ist es, Ruhe und Ordnung im Lande aufrechtzuerhalten. Wir haben weit ausgedehnte Fronten und brauchen ein sicheres Hinterland. Was ich Ihnen erzähle, ist kein absolutes Geheimnis, aber ich ermahne Sie trotzdem, zu niemandem darüber zu sprechen. Es gibt im Dschungel Kräfte, deren Ziel es ist, die Ordnung, die wir ins Land gebracht haben, zu stören.«

»Engländer?« fragte die Frau.

»Nein. Es mag hier und dort noch ein paar versprengte Engländer geben, aber sie interessieren uns wenig. Was ich meine, sind Einheimische. Von den Kommunisten organisierte Truppen, die beträchtlichen Schaden anrichten.«

»Oh«, machte Lou van Bergen. Es waren Gerüchte im Umlauf, die von einer malaiischen Befreiungsarmee wissen wollten, aber bisher hatte sie ihnen kaum Beachtung geschenkt. Nun horchte sie auf, als Kumara ihr Einzelheiten beschrieb. Die Aktionen jener Leute hatten ein Ausmaß angenommen, das der Kempeitai ernste Sorgen verursachte. »Und man kann sie nicht bekämpfen?« fragte sie.

»Man tut es«, erwiderte Kumara. »Aber die Leute sind sehr geschickt. Sie schlagen zu und verschwinden. Der Dschungel ist groß.«

Er hatte sich genau überlegt, auf welche Weise er mit seinem Ansinnen herausrücken wollte. Eine Frau wie diese Deutsche mußte man mit einer gewissen Vorsicht behandeln, aber auch mit ebensoviel Offenheit.

»Sehen Sie«, begann er wieder, »ich erzähle Ihnen dies alles, weil wir Ihre Hilfe brauchen. Ihre Unterstützung kann für uns eventuell von großem Nutzen sein.«

Lou van Bergen blickte ihn verwundert an. »Sie meinen, ich könnte etwas gegen die Leute im Dschungel tun, Major?«

Nachdem er sich erneut eine Zigarette angesteckt hatte, antwortete er: »Indirekt, Madame. Sie betreiben ein Geschäft. In Ihrem Hotel gibt es eine Anzahl junger Mädchen. Sie selbst fahren zuweilen in die Dörfer hinaus, um einzukaufen. Da ergeben sich hundert Möglichkeiten, mit Einheimischen zusammenzutreffen. In jedem Ort muß es Leute geben, die mit denen im Dschungel in Verbindung stehen. Sie schmuggeln Lebensmittel und Informationen dorthin. Alles, was ich von Ihnen will, ist: Geben Sie sich in den Dörfern als ein Mensch mit einer antijapanischen Einstellung aus. Man wird an Sie herantreten – vielleicht. Reagieren Sie willig. Und berichten Sie mir darüber.«

Er machte eine Pause, zog einige Male nervös an der Zigarette, und dann sagte er: »Außerdem kommen Ihre Mädchen unter die Leute. Das ‚Bali' ist bekannt als ein Ort, an dem sich unsere Offiziere treffen. Man wird versuchen, hier jemanden zu gewinnen, der Informationen sammelt. Achten Sie darauf, welchen Umgang Ihre Mädchen haben. Machen Sie mich auf Einzelheiten aufmerksam, die Ihnen auffallen. Es müßte uns in einiger Zeit gelingen, jemanden, der zuverlässig ist, jenen malaiischen Aufrührern unter ihr buntes Gefieder zu schieben. Wenn wir das geschafft haben, ist schon viel erreicht. Verstehen Sie, was ich meine?«

Sie verstand nur zu gut. Im Grunde ähnelte sein Vorgehen sehr Hendersons Plan. Auch für ihn würde es wichtig sein, jemanden zu gewinnen, der mit den Leuten im Dschungel Verbindung hatte. Es war ein Spiel. Wer geschickter war, würde zuerst Erfolg haben. Einen Augenblick lang dachte sie an die junge Chinesin, die sich seit einiger Zeit im »Bali« aufhielt. Zweifellos war sie für Henderson wichtig. Daß sie aus dem Wald kam, war nicht schwer zu erraten gewesen.

Sie hörte zu, wie Kumara noch einige Einzelbeispiele erzählte, aber in Gedanken war sie bereits mit einer sehr abenteuerlichen Idee beschäftigt. Wie wäre es, wenn diese Vertraute Hendersons für eine solche Sache zu gewinnen wäre? Mit ihrer Hilfe konnte Henderson unter Umständen seinen Plan verwirklichen, auf die Aktionen der Leute im Dschungel ebenso Einfluß zu nehmen wie auf die Maßnahmen der Japaner. Er wird selbst nur zu gut wissen, wie er das anfängt, sagte sie sich. Aber sie entschloß sich, ihm noch an diesem Abend ganz genau aufzuschreiben, was Kumara mit ihr besprochen hatte und welche Chancen sich daraus ergaben.

»Es wird nicht einfach sein, Major«, sagte sie freundlich, »aber ich will sehen, ob ich Glück habe.«

Kumara lächelte. Er hatte sich in der Frau nicht getäuscht. Wenn dieses Gespräch auch über Monate hinaus zu keinem Ergebnis führen sollte, so wußte er doch, daß er hier eine Verbündete hatte, die eine sich unvermittelt bietende Möglichkeit sofort in seinem Sinne wahrnehmen würde. »Halten Sie die Augen offen«, empfahl er ihr. »Sie können damit ein wenig zur Erringung des Sieges beitragen. Als deutsche Frau erfüllen Sie auf diese Weise eine sehr wichtige Pflicht.«

»Selbstverständlich«, beeilte sich Lou zu versichern. Sie erklärte sogar: »Ich werde mir die Mädchen einmal daraufhin etwas genauer ansehen. Es gibt einige unter ihnen, die nicht absolut dumm sind.«

»Es stehen uns Mittel zur Verfügung«, ließ Kumara durchblicken. Sein rundes Gesicht mit den stechenden Augen bekam einen verschlagenen Ausdruck. »Wissen Sie, wir haben sehr unterschiedliche Mittel. Ähnlich wie bei Ihnen zu Hause. Wir haben Mittel, um störrische Leute zur Ordnung zu bringen oder um verstockte Feinde unsere Macht spüren zu lassen. Wir können jemanden langsam ins Jenseits befördern, sehr langsam, so daß er die Sekunden für Jahre hält und daß er uns Dinge erzählt, die er selbst einem geheimen Tagebuch nicht anvertrauen würde. Wir können ihn vierteilen oder ertränken, von roten Ameisen fressen lassen oder enthaupten. Sie würden staunen, was wir alles können. Aber wir haben auch andere Mittel. Für solche, die mit uns gehen. Wir haben Reis und Fleisch, Wein und Tabak. Für das eine oder das andere davon kann man jeden kaufen, das glauben wir. Sagen wir lieber, man kann ihn belohnen, das klingt besser. Und wir haben Geld. Vielleicht ist es angebracht, wenn Sie das im gegebenen Augenblick beiläufig erwähnen, Madame van Bergen.«

Die Engländer nennen es Zuckerbrot und Peitsche, erinnerte sich Lou, aber sie sagte nichts. Es interessierte sie auch nicht. Henderson würde wissen, was aus dieser Sache zu machen war. Er war gewissermaßen das englische Gegenstück zu diesem Kumara.

Sie goß dem Japaner noch ein Glas Sherry aus ihrem Privatbestand ein, und er trank es schlürfend. »Übereilen Sie sich nicht«, riet er ihr. »Wir arbeiten auf lange Sicht. Sie sind einer von vielen Helfern. Aber nach unseren Erfahrungen stehen Sie an einem sehr günstigen Platz.« Er stellte das geleerte Glas auf den Tisch und erhob sich. Während er seinen Uniformrock glattstrich, sagte er beiläufig: »Ich brauche Sie nicht noch einmal darauf aufmerksam zu machen, daß Sie zu jedem Menschen über das zu schweigen haben, was wir soeben besprachen. Auch zu Angehörigen unserer Armee. Der einzige, zu dem Sie sprechen, bin ich. Denn Ihr Leben kann unter Umständen durch ein unvorsichtiges Wort bedroht sein.«

Er lächelte freundlich, als habe er ihr eben ein Kompliment gemacht; sie gab das Lächeln süßlich zurück und öffnete ihm die Tür zur Halle. Er stolzierte hinaus, eine kleine, untersetzte Gestalt auf gekrümmten Beinen, die in engen Breeches und Stiefeln steckten.

Merapi kam ihm an der Tür zum Speisesaal entgegen. Sie sah aufreizend aus. Nachdem sie bei Yang gewesen war, hatte sie einen neuen Sarong aus grellrotem, mit knallgelben Blumenmustern gebatikten Stoff angelegt. Sie hatte ihn so eng gewickelt, daß die vollendeten Formen ihres Körpers noch besser zur Geltung kamen. In ihrem Haar steckte eine frische Hibiskusblüte, und in der Hand hielt sie einen Hibiskuszweig, den sie Kumara mit einer unterwürfigen Geste überreichte.

Sie ist doch das hübscheste Mädchen in diesem ganzen Salon, dachte der Japaner geschmeichelt. Er hatte oft über sie nachgedacht und über das, was sie von den japanischen Frauen unterschied. Während er nun mit ihr in den Saal zurückging, war er sich bewußt, daß die Augen der anderen Offiziere wieder auf ihn und das Mädchen geheftet waren. Aber in das Gefühl der Befriedigung darüber mischte sich eine Erkenntnis, die der Süße der Vergnügungen mit Merapi einen bitteren, nicht wegzuleugnenden Beigeschmack gab.

Sie ist ein Mädchen, das sich für Geld mit mir hinlegt, sagte er sich. Zwischen ihr und mir gibt es keinen Platz für das, was man Liebe nennt. Es scheint in diesem ganzen gottverdammten Land kein Mädchen zu geben, daß von Gefühl geleitet wird, wenn es sich mit einem von uns hinlegt. Jeder weiß, daß diese Malaiinnen ebenso treue, hingebungsvolle Gattinnen sind wie unsere japanischen Frauen. Sie verlieben sich einmal, und dabei bleibt es meist ihr Leben lang. Sie haben kaum Vorstellungen davon, was eine Scheidung oder ein Ehebruch ist. In den Gedanken dieser Frauen gibt es das nicht. Aber ebensowenig scheint für sie der Gedanke möglich zu sein, daß man sich in einen Soldaten Seiner Majestät, einen japanischen Offizier, verlieben könnte. Sie machen ein Geschäft mit uns, ebenso wie jener Leong Yew Koh Geschäfte mit uns macht. Das ist alles, wozu man sie bewegen kann. Und nicht einmal sehr viele von ihnen.

Die anderen hassen uns. Sie glauben uns kein Wort; wenn sie können, schießen sie sogar auf uns. Das ist eine Erkenntnis, die selbst durch die weichen Schenkel und die straffen, braunen Brüste dieses Mädchens Merapi nicht aus der Welt geschafft wird. Für uns gibt es keine Liebe in diesem Land, nur Gesichter und Körper, sonst nichts.

Seine Gedanken waren unfreundlich, aber er lächelte, als er zu seiner Nische ging, ein leeres, nichtssagendes Lächeln. Merapi kannte es. Sie bot ihm gezuckerte Ingwerscheiben an und verkündete strahlend: »Das Essen wird jeden Augenblick beginnen! Ich bin an der Küche vorbeigegangen; es duftet nach tausend leckeren Dingen!«

Es hatte nur kurze Zeit gedauert, bis Yang begriff, was in diesem Hause wirklich vorging. Die blonde Besitzerin war ein paarmal bei ihr gewesen, um sich zu erkundigen, ob sie besondere Anliegen hätte. Sonst war Yang allein. Von den Mädchen kannte sie nur Merapi, die aus irgendeinem Grunde sehr freundlich und offenherzig zu ihr war.

Ihr Gefühl sagte Yang, daß dieses primitive, leichtlebige Mädchen es ehrlich meinte. Sie war eine Prostituierte, gut. Schon vor dem Angriff der Japaner hatte es in Malaya Prostituierte gegeben. Sie waren hauptsächlich für die Engländer dagewesen, für die Soldaten und Offiziere, aber auch für die vielen Zivilbeamten, die Pflanzer und Unternehmer. Mit der ihnen eigenen Anpassungsfähigkeit hatten diese Mädchen sich nun den Japanern zugewandt. Das war nicht sehr verwunderlich. Worüber Yang aber seit Tagen grübelte, das waren die Zusammenhänge, die zwischen jener blonden Madame van Bergen und Henderson bestanden.

Von Merapi wußte sie, daß die Deutsche bei den Engländern in Haft gewesen war. Es hieß, sie habe unter Spionageverdacht gestanden. Die Japaner hatten sie freigelassen. Wie aber kam es nun zu dem Vertrauensverhältnis zwischen dem Engländer Henderson und dieser Frau? Er hatte Yang die Adresse Lou van Bergens bereits zu einer Zeit gegeben, als die Frau sich in englischer Haft befand. Und nun erfuhr sie von Merapi, daß Henderson selbst heute, nachdem die Deutsche mit den Japanern zusammenarbeitete, oft bei ihr war. Wer betrog hier wen, fragte sich Yang. Hielt die blonde Deutsche mit den Japanern zusammen und betrog Henderson? Dann würde es gut sein, ihn zu warnen. Oder war sie Hendersons Vertraute und führte die Japaner an der Nase herum? Jede der beiden Möglichkeiten barg eine Kette schwieriger Fragen in sich. Yang war entschlossen, mit Henderson darüber zu sprechen, sobald sie ihn traf. Aber in den letzten Stunden war ihr der Gedanke gekommen, daß Lou van Bergen wahrscheinlich ein gewagtes Doppelspiel betrieb. Sie konnte das nur in Hendersons Auftrag tun, denn er würde das, was im »Bali« geschah, selbstverständlich beobachtet haben, während er sich hier aufhielt. War es möglich, daß Henderson die Verbindung seiner Vertrauten zu den Japanern guthieß? Daß er vielleicht sogar daran interessiert war? Es waren viele, verwirrende Gedanken, die sich Yang aufdrängten. Doch immer wieder wurde sie angesichts der undurchschaubaren Zusammenhänge an Ting Wus Mahnung erinnert, daß die Kommunistische Partei und die Befreiungsarmee Malayas eine ehrliche Zusammenarbeit mit den Engländern gegen die japanischen Eroberer wünschten, daß aber nach allen bisherigen Erfahrungen die Engländer ein unehrliches Spiel trieben.

Vorsicht war geboten. Yang nahm sich vor, bei ihrer Unterredung mit Henderson auf der Hut zu sein. Ting Wu hatte ihr eingeschärft, daß nicht nur ihre eigene Sicherheit auf dem Spiel stand, sondern auch die des Regiments. Eine kleine Unbedachtsamkeit konnte schlimme Folgen haben.

Sie begann erneut in den Zeitungen zu blättern, die Merapi ihr gebracht hatte. Es waren meist japanische Blätter: Soldatenzeitungen oder alte Ausgaben von in Tokio gedruckten Zeitschriften. Allen war die pompöse Aufmachung gemeinsam, die marktschreierische Wiedergabe von Frontberichten und Heldengeschichten. Fotos zeigten die siegreichen japanischen Truppen auf Wacht an den Palmenküsten ferner Pazifikinseln, Piloten in den Kanzeln schwerer Bomber, die das aufgemalte Erinnerungszeichen an den Überfall auf Pearl Harbor trugen. Sie zeigten verlogene Propagandaaufnahmen von englischen Kriegsgefangenen mit schaumgekrönten Biergläsern – oder jubelnde Burmesen, die die einziehenden japanischen Panzer begrüßten. John Bull und Uncle Sam mußten für gehässige Karikaturen herhalten, und Winkelpolitiker aus den besetzten Ländern gaben wichtigtuerische Erklärungen über den Glanz und die Segnungen ab, die das japanische Regime unter dem Zeichen der Wohlstandssphäre bringen würde. Die Leitartikel hingegen waren völlig unverhüllt in der Sprache des skrupellosen Eroberers abgefaßt. Hier gaben sich die Schreiber keine Mühe mehr, ihre wahren Absichten zu verbergen. Hier trumpften sie damit auf, daß Japan im pazifischen Raum und in Asien sein Weltreich errichtete, während sich das mit Italien verbündete Deutschland der gleichen Aufgabe in Europa und Afrika widmete. Die verbrecherische Allianz des Kaiserreiches Japan mit dem faschistischen Deutschland und mit Italien wurde gefeiert. Diese drei Eroberungsmächte wollten die Welt unter sich aufteilen. Der Anfang war gemacht. In einigen Jahren sollte alles erledigt sein.

Für Yang war es eine lehrreiche Studie, diese so offen dargelegten Kriegsziele mit dem Märchen vom gemeinsamen Wohlstand zu vergleichen, die sich in den für die malaiische Bevölkerung bestimmten Blättern fanden. Sie hatte sich nie Illusionen über die wahren Absichten der Japaner gemacht, aber erst nach und nach war ihr die ganze Tragweite dieser brutalen Politik klargeworden.

Sie las die Zeitungen aufmerksam und mit unbestechlichen Augen. Auf diese Weise blieb ihr nicht verborgen, daß sich hinter den Heldengeschichten und den großmäuligen Leitartikeln bereits die Stagnation des japanischen Feldzuges versteckte. In Burma waren die Armeen zum Stehen gekommen. Zuerst hatte die Regenperiode sie überrascht, danach waren sie auf harten Widerstand gestoßen. An einen zügigen Vormarsch war nicht mehr zu denken. Immer häufiger fanden sich Meldungen, die von Aktionen im »Bandenkrieg« im Hinterland sprachen, gleich, ob in Malaya, in Burma oder anderswo. Yang wußte, was das hieß. Mit »Banditen« bezeichneten die Japaner Leute wie sie. Zwischen den Zeilen konnte man lesen, wie sehr dieses Problem die Eroberer beschäftigte. Sie hatten es nicht fertiggebracht, den Völkern mit ihren Parolen von der Koprosperität die Augen für die Realitäten der Besatzungspolitik zu verschließen. Das Ergebnis war Widerstand. Dazu kamen die großen Niederlagen im Pazifik. In den letzten Wochen waren Dutzende von Kriegsschiffen verlorengegangen. Wie es schien, begann die Fahne mit der aufgehenden Sonne langsam im Sturm zu zerfetzen.

Yang hatte zwar nur ungenügende Vorstellungen vom Kriegsverlauf in Europa. Aber ihr entging nicht, daß die Meldungen von der Hauptfront in der Sowjetunion bei näherer Untersuchung kaum auf Erfolge der deutschen Armee hindeuteten. Sie hatte noch im Lager in Perak einen Vortrag über die Kämpfe in der Sowjetunion gehört. Danach war der Angriff der Hitlertruppen dort ebenso festgefahren wie der der Japaner in Burma.

Als es Nacht wurde, zogen sich die ersten Japaner mit ihren Mädchen in die Zimmer zurück. Auf der Treppe waren die schweren Schritte der Offiziere zu hören. Die Mädchen kicherten, riefen einander obszöne Scherze zu, und dann schlossen sich die Türen. Es war ein ständiges Kommen und Gehen. Yang lag auf dem Bett und grübelte. Der Betrieb in diesem Haus widerte sie an, aber sie konnte jetzt nichts anderes tun, als in Ruhe abzuwarten. Lou van Bergen hatte ihr versprochen, die Verbindung mit Henderson so schnell wie möglich herzustellen.

Es war kurz nach Mitternacht, als Merapi sich von ihrem Lager erhob. Kumara stand vor dem Spiegel und zog eben sein Uniformhemd über. Wie immer, nachdem er Merapi gehabt hatte, war er mürrisch und zu keiner Unterhaltung aufgelegt. Er knöpfte das Hemd zu, zog mit einiger Mühe die engen Breeches über und zwängte die Beine in die Stiefel. Es war heute nicht anders als sonst gewesen. Das Mädchen hatte ihm mit geschäftsmäßiger Routine Genuß bereitet. Sie war eine gute Schauspielerin. Ob sie einen Freund besaß, dem sie sich wirklich ohne Zurückhaltung hingab? Doch es ist besser, wenn man so etwas nicht weiß, sagte sich Kumara.

Aus der Hemdtasche nahm er ein paar Geldscheine und klemmte sie unter den Aschenbecher auf dem Tisch. Bananendollars nannten die Leute dieses Besatzungsgeld, weil neben anderen Dingen auch ein Bündel Bananen darauf abgedruckt war. Während er sich vergewisserte, daß seine Uniform untadelig in Ordnung war, hörte er Merapi fragen: »Werden Sie bald wiederkommen, Major?«

Er entschloß sich, noch ein paar Worte mit ihr zu sprechen. Vielleicht täusche ich mich, vielleicht ist sie wirklich mehr als nur ein überdurchschnittlich begabtes Freudenmädchen, dachte er. Er erlag dieser Illusion, die alle Männer heimsucht, wenn sie den Wunsch verspüren, käuflichen Genuß als Zuneigung zu betrachten.

»Meine Zeit wird in den kommenden Wochen knapp sein. Noch hat Japan seine große Mission nicht vollständig erfüllt.«

Sie verzog das Gesicht. Es bekam einen schmollenden Ausdruck, und Kumara mißdeutete ihn. »Wenn wir es schaffen, ganz Malaya in einen Zustand der Ruhe und Ordnung zu versetzen«, sagte er, »dann werden die Zeiten hier vergnügter werden. Du möchtest, daß ich öfter komme?«

Sie erwiderte gelassen: »Ein Mädchen hat ein kurzes Leben. Jeder Tag zählt.«

Er nickte. Die Tropen verbrauchten eine Frau sehr schnell. Hierzulande dauerte es nicht lange, bis ein Mädchen seine Jugendfrische verlor. In einem Alter, in dem die Frauen der gemäßigten Zone erst ihren vollen weiblichen Reiz entfalteten, wurden die Malaiinnen meist schon unansehnlich. Es war, als zöge die Tropensonne viel zu früh mit unbarmherziger Gewalt die Schönheit aus den Gesichtern und ließe die Haut faltig und schlaff werden.

»Warum halten deine Landsleute keine Ruhe?« fragte er unvermittelt. »Warum fügen sie sich nicht unserer Ordnung? Solange sie sich nicht völlig ergeben, wird Malaya keine Ruhe haben. Und wir zwei auch nicht.«

Merapi zuckte bedauernd die Schultern. »Ich verstehe nur wenig von diesen Dingen«, gestand sie. »Ich bin ein Mädchen, das nicht gern allein ist.«

»Es besucht dich niemand außer mir?«

»Die Madame hat es ausdrücklich so angeordnet.«

Er hatte das gewußt, aber es bereitete ihm eine gewisse Genugtuung, es wieder zu hören. »Ich werde kommen«, versprach er ihr. »Aber es wird manchmal eine längere Zeit vergehen. Wie es aussieht, wird unsere Armee Malaya bald noch einmal erobern müssen.«

Sie lachte. Sie stand nackt vor dem Spiegel und kämmte ihr Haar. Im Spiegel sah er ihr lachendes Gesicht. »Sie scherzen, Major!«

Er betrachtete nachdenklich die vollen, sanft gerundeten Formen ihres Körpers. Woran lag es, daß diese Malaiinnen so schön waren? Daß von ihnen raubtierhafte Wildheit und ausgewogene Sanftmut zugleich ausgingen? In Gedanken ergriff er eine Strähne ihres Haares und ließ sie durch seine kurzen, klobigen Finger gleiten. »Es ist leider kein Scherz«, sagte er schließlich. »Wir müssen eine Menge Truppen hier einsetzen. Euer Volk ist undankbar. Es erschwert uns die Arbeit.«

Er sah zu, wie sie ihren dunklen Hausmantel überzog. Ihr Haar hing in langen leichtgewellten Strähnen über den Rücken herab.

»Reden wir nicht mehr davon«, sagte er. »Du bist schön, und du weißt es.«

Sie beschäftigte sich mit den Bastsandalen, die sie über die schlanken braunen Füße zog. So sind sie, dachte sie. Am Tag lassen sie Leute köpfen, deren Familienmitglieder im Dschungel sind, und abends erzählen sie einem Freudenmädchen, wie schön es ist. Eine widerliche Art von Menschen. Ein Gemisch aus Sentimentalität und Blutgier. Ob wir sie jemals wieder loswerden?

Sie nahm das Geld unter dem Aschenbecher fort und steckte es in die Tasche des Hausmantels. »Morgen werde ich mir einen neuen Sarong kaufen«, eröffnete sie ihm. »Madame van Bergen hat Stoffe besorgt. Es ist gar nicht so einfach, heute zu einem neuen Sarong zu kommen.«

»Alles wird besser werden«, redete er ihr ein. »Wenn wir erst gesiegt haben, werden Stoffe aus Japan hierher geliefert werden. Und nicht nur Stoffe, auch Uhren und Taschenmesser, Fahrräder und Kochtöpfe. Alles, was früher die Engländer ins Land brachten, werden wir dann hier verkaufen. Gute japanische Erzeugnisse. Hast du eine Uhr?«

Sie schüttelte den Kopf. Sie glaubte nicht an das, was er sagte. Ihr Leben hatte sie zu einem ausgeprägten Mißtrauen erzogen, was Männer und ihre Worte anbetraf. »Aber ich hätte gern eine Uhr.«

»Gut«, sagte er. »Ich werde eine für dich beschaffen.« Jeder gefangene Engländer hatte eine Uhr besessen. Keinem war sie gelassen worden. In den Beutelagern gab es viele Tausende davon. »Es wird eine Herrenuhr sein, aber das tut ja nichts.«

Er wandte sich zum Gehen. Wenn er Merapi verließ, ging er gewöhnlich nicht mehr in den Saal zurück. Er würde es auch heute nicht tun. In der vor ihm liegenden Woche waren allein in der Umgebung der Stadt ein Dutzend Polizeiaktionen geplant. Man tat gut daran, sich zuvor gründlich auszuschlafen. An der Tür winkte er dem Mädchen noch einmal kurz zu, dann war sie allein.

Merapi blieb eine Zeitlang vor dem Spiegel sitzen und betrachtete nachdenklich ihr Gesicht. Sie hatte einmal Träume gehabt, aber die waren nie in Erfüllung gegangen. Damals, als sie in der ersten Bar Tanzmädchen wurde, da hatte sie geglaubt, aus ihr würde eines Tages eine Tänzerin werden. Eine Woche später schon war jeder Gedanke daran begraben gewesen. »Dreckspack!« sagte sie halblaut. Dann wischte sie sich mit einem Lappen die Reste der Schminke aus dem Gesicht. Zuletzt warf sie den verfärbten Lappen wütend in eine Ecke und ging hinaus.

Sie hatte Glück, das Bad war frei. Nachdem sie die Tür sorgfältig verriegelt hatte, warf sie den Mantel ab und ließ sich unter der Dusche lauwarmes Wasser auf die Haut prasseln. Lou van Bergen hatte eine Art Schmierseife besorgt, mit der die Mädchen sich wuschen. Merapi gab sich nicht zufrieden, bis sie jedes Fleckchen ihrer Haut ausgiebig gereinigt hatte. Sie rieb sich mit einem rauhen Tuch trocken, warf den Mantel wieder über und huschte über den Korridor zu dem Zimmer von Yang, die ihr auf das vereinbarte Klopfzeichen öffnete.

»Ich wußte, daß du noch nicht schläfst. Du fühlst dich hier überhaupt nicht sehr wohl.«

Yang lächelte höflich und verriegelte die Tür wieder. »Man kann in einer Zeit wie dieser kaum verlangen, daß man sich wohl fühlt«, sagte sie. Es freute sie immer, wenn Merapi kam. Die langen Tage boten sonst kaum eine Abwechslung. »Setz dich«, forderte sie das Mädchen auf, »wo du willst. Die Stühle sind unbequem, setz dich auf das Bett, das ist weich. Bist du müde?«

Merapi zündete zwei Zigaretten an und gab Yang eine, als diese sich neben ihr auf dem Bett niederließ. »Ich bin ganz sauber«, begann sie. »Habe eben allen japanischen Dreck von der Haut gerieben. Ich wünschte, ich könnte ganz und gar aus der Haut fahren.«

In dem kleinen Raum brannte nur eine Tischlampe, deren grüner Schirm nicht viel Licht verbreitete. Yang hatte noch eine Zeitung darüber gebreitet.

»Als ich dich das erstemal sah, dachte ich nicht, daß du so ungern hier bist«, sagte die Chinesin.

Merapi blies eine Wolke Tabakqualm zum Fenster hin. Sie sah Yang nicht an, als sie erwiderte: »Niemand würde mir glauben, wenn ich ihm sagte, daß mich das, was ich hier tue, jedesmal von neuem anwidert.«

Yang sagte leise:

»Ich glaube es dir.«

»Du hast keine Ahnung, wie das ist, Schwester. Du bist ein gutmütiger Mensch – vielleicht hast du Mitleid mit mir. Aber du weißt nicht, wie es ist, wenn man seine Träume begraben muß und dann seinen Körper anbietet. Jedem, der ihn will. Aber man gewöhnt sich daran, das ist das Schlimme. Man verdient Geld dabei, ohne Mühe, mit ein paar Tricks. Und es läßt einen nicht mehr los. Hast du eine Vorstellung davon, wie es mich packt, wenn ich manchmal auf der Straße oder sonstwo ein Pärchen sehe? Ein Mädchen und einen jungen Mann, denen du ansiehst, daß sie sich lieben?«

Sie schwieg und beschäftigte sich mit ihrer Zigarette. Draußen auf dem Flur klappte eine Tür. Stiefel polterten die Treppe hinab.

»Du hast nie etwas anderes getan?« fragte Yang.

»Ich habe eine Woche getanzt. Ich wollte Tänzerin werden. Ich hatte den Wunsch, berühmt zu werden. Nach der einen Woche war es aus. Man brauchte keine Tänzerinnen. Außerdem hatte ich kein Geld, mich ausbilden zu lassen. Das war der Anfang. Und heute habe ich dem Japaner gesagt, daß ich gern eine Uhr haben möchte.« Sie lachte kurz auf und schwieg dann. Es war ein bitteres, unfrohes Lachen.

»Ich hatte einmal eine Uhr«, sagte Yang gedankenlos. »Aber die Feuchtigkeit hat sie zerstört. Sie war zu empfindlich. Seitdem habe ich mir angewöhnt, am Sonnenstand die Zeit abzulesen. Und in der Nacht kann man . . .« Sie schwieg. Es fiel ihr zu spät ein, daß sie mehr gesagt hatte, als sie hätte sagen dürfen.

Merapi blickte sie an und fragte leise: »Ist es dir sehr schwergefallen, im Dschungel?«

Yang senkte den Kopf und biß sich auf die Lippen. Merapi beobachtete sie.

»Du brauchst mir nicht zu antworten. Ich kann mir vorstellen, wie dir in diesem Haus zumute ist. An deiner Stelle würde ich auch keinem Menschen hier trauen. Warum bist du überhaupt hierhergekommen?«

»Madame van Bergen bot mir an, mich ein paar Tage hier aufzuhalten«, erwiderte Yang ausweichend. Merapi drang nicht weiter in sie. Sie ließ den Kopf zurücksinken und starrte zur Decke.

Nach einer Weile sagte Yang: »Die Japaner sind daran schuld, daß man heute lange überlegt, bevor man den eigenen Landsleuten Vertrauen schenkt. Aber das wird einmal anders werden.«

»Die Japaner haben Angst.«

»Angst?«

Merapi richtete sich auf und nickte. Sie drückte die Zigarette aus und schob Yang den Aschenbecher zu. »Sie fühlen sich nicht sehr sicher. Die Leute aus dem Wald zerren an ihren Nerven. Ich merke es bei dem, der immer zu mir kommt. In der ersten Zeit war er der unbekümmerte, strahlende Sieger. Nun ist er ganz ruhig geworden. Er beschwert sich bei mir, daß unsere Leute nicht die japanische Ordnung anerkennen.« Sie lachte auf. »Ausgerechnet bei mir! Als ob mir etwas daran läge, daß irgend jemand sich an irgendeine Ordnung hält oder nicht. Von mir aus können sich die Kerle lieber heute als morgen zum Teufel scheren.«

»Erzählt er dir solche Sachen?« erkundigte sich Yang.

Merapi zuckte die Schulter. »Du weißt nicht, wie sie wirklich sind. Nach außen hin sind sie mächtige Krieger. Aber es scheint so, als ob sie immer froh sind, wenn sie einmal einer Frau etwas von ihren Sorgen vorsäuseln können. Jammerlappen sind sie, in Uniformen verpackt.«

Es hatte zu regnen begonnen. Der Himmel war mit schweren, schwarzen Wolken verhangen, starker Wind trieb sie wallend südwärts. Der Regen fiel in rauschenden Strömen auf die von einem langen Sonnentag ausgeglühte Erde. Er wusch den Staub von den Blättern der Bäume und Sträucher und durchdrang die Dächer der Hütten um den Stadtkern herum. Es wurde kühl. Aber bereits ein oder zwei Stunden später würde die Schwüle wieder einsetzen, die Erde würde dampfen, wenn der Morgen sich ankündigte.

»Ich weiß nicht, was ich an deiner Stelle täte«, sagte Yang zu Merapi. »Und dabei möchte ich dir so gern einen Rat geben.«

»Einen Rat?«

»Ja. Um hier herauszukommen.«

Merapi blickte schweigend zum Fenster hinaus, wo vom Regen aufgescheuchte Insekten sich an die feinen Drahtmaschen des Fliegenfensters klammerten. Nach einer Weile sagte sie: »Zerbrich dir nicht den Kopf, Schwester. Du hast eigene Sorgen. Vielleicht geschieht einmal ein Wunder, und es wird eine Tänzerin aus mir.« Sie erhob sich und ging zum Tisch. Dort standen die Gefäße, in denen sie das Essen für Yang gebracht hatte. Sie überzeugte sich davon, daß noch ein Rest Wein in der Flasche war.

»Trink ihn aus«, forderte Yang sie auf.

Merapi goß den Rest aus der Flasche in ein Glas und hielt es gegen das Licht. Als sie getrunken hatte, ließ sie sich wieder neben Yang nieder und fragte: »Wirst du noch lange bleiben?«

»Ich werde vielleicht morgen von hier weggehen«, erwiderte Yang.

»Zurück?«

»Ja, zurück.«

Merapi blickte sie nachdenklich an. »Ich beneide dich. Wirst du wieder einmal hierherkommen? Später?«

»Kaum«, antwortete Yang.

»Ob es noch lange dauert?«

»Du meinst den Krieg?«

Merapi bewegte den Kopf. Sie deutete zur Tür, hinter der das rauhe Gelächter eines der japanischen Offiziere zu hören war. Ein Mädchen kicherte, und der Offizier rief: »Sugu, sugu!«

»Das ist der, von dem sie erzählen, er hätte sieben gefangene Engländer mit seinem Schwert geköpft«, sagte Merapi. »Er treibt sein Mädchen zur Eile an. Sicher soll sie ihm Sake heraufholen.«

»Es wird nicht mehr lange dauern«, sagte Yang. »Es geht bergab mit ihrer Herrschaft. Eines Tages wird es vorbei sein.«

Merapi hatte die Beine unter den Körper gezogen. Sie kauerte zusammengesunken auf dem Bett. Aus ihrem Gesicht war jener stolze, selbstsichere Zug gewichen, der sonst immer darin war. »Ich weiß nicht«, sagte sie langsam, »ob ich mich darauf freuen soll oder ob ich mich davor fürchten muß. Nach allem, was in diesem Land vor sich gegangen ist, wird es ein Mädchen wie ich nicht leicht haben, wenn sie einmal fort sind.«

Yang versuchte sie zu ermutigen. Sie hätte ihr gern gesagt, daß es noch Zeit war, neu anzufangen, aber sie brachte es nicht fertig. Es gab die im Dschungel, die kämpften, und jene, die draußen lebten, ohne den Japanern zu dienen. Außer ihnen gab es andere, die aus der Existenz der fremden Armee ein Geschäft für sich machten. Merapi wußte das alles selbst. Sie konnte wählen. Wenn sie zu schwach war, sich anders zu entscheiden, dann war es für Yang kaum möglich, ihr zu helfen. Morgen würde sie zu Henderson aufbrechen. Es gab keine Gelegenheit für sie, viel für das Mädchen zu tun.

Als sie sah, daß Merapi sich erhob und sich zum Gehen anschickte, trat sie ganz dicht an sie heran und flüsterte ihr zu: »Es liegt bei dir. Wenn du ein Ende damit machen willst, dann lauf davon.«

Aber Merapi schüttelte nur den Kopf. Sie schien unendlich müde zu sein. »Ich glaube, dafür ist es zu spät. Werde ich dich noch einmal sehen?«

»Vielleicht später«, sagte Yang.

Merapi nickte. Dann flüsterte sie kurz entschlossen: »Wenn du einmal wieder hier in der Stadt bist und mich sehen möchtest, dann hinterlaß mir Nachricht bei dem Frisör, der am Eingang der Gasse seinen Laden hat. Er heißt Yen und ist verschwiegen. Er weiß, wie er mich benachrichtigen kann.« Sie ging langsam bis zur Tür. Yang folgte ihr. Merapi wartete, bis es draußen ruhig war, dann legte sie der zierlichen Chinesin impulsiv die Arme um den Hals und küßte sie. »Es gibt niemanden, mit dem ich so sprechen konnte wie mit dir. Wenn ich dir helfen kann, werde ich es immer tun.«

»Danke«, sagte Yang. »Und Dank für alles, für die Kleider, das Essen.«

Merapi wandte sich schnell ab und huschte durch die Tür. Einen Augenblick noch blieb Yang lauschend stehen. Dann verklangen die Schritte Merapis, und sie löschte das Licht.

Lou van Bergen holte sie kurz nach Tagesanbruch, als die Mädchen noch fest schliefen. Yang hörte sie kommen, und sie wartete das Klopfzeichen ab, ehe sie öffnete.

Die Deutsche trug ein weißes Kleid und einen Strohhut. Sie sah ein wenig übernächtigt aus, aber trotzdem schien sie voller Energie und Unternehmungslust zu sein. »Schon fertig?« fragte sie erstaunt, als sie sah, daß Yang bereits auf sie gewartet hatte. »Kommen Sie mit. Essen Sie unten. Es ist niemand da, der Sie sehen könnte.«

Sie hatte in der Küche ein Frühstück zubereitet. Während Yang davon aß, fuhr Lou das Auto aus dem Schuppen in den Hof hinaus. Die Ladefläche war mit leeren Gemüsekisten angefüllt, zwischen denen Lou eine Lücke für Yang herrichtete. Als das Mädchen in ihrem unbequemen Versteck hockte, zog Lou über die Kisten noch eine alte Segeltuchplane und klemmte ihre Ränder fest.

»So«, sagte sie dann befriedigt, »nun bist du ebenso sicher wie oben in der Stube. Wir halten nur einmal an, am Stadtrand, wo der Straßenposten steht. Aber er kennt mich. Du brauchst keine Angst zu haben, daß er den Wagen durchsucht. Nur still mußt du dich verhalten. Absolut still, hörst du?«

»Ich habe alles verstanden, Madame.«

»Gut.« Lou schlug die Planke hoch und sicherte sie. Als sie sich hinter das Lenkrad klemmte, holte sie noch einmal tief Luft. Sie hatte viel getrunken in der vergangenen Nacht. Es war spät geworden. Ich sollte mir mehr Ruhe gönnen, dachte sie, das Leben ist ohnehin anstrengend genug. Sie brannte sich eine Zigarette an und ließ den Wagen anrollen. An der Windschutzscheibe klebte neben einer kleinen, aus Papier angefertigten Hakenkreuzflagge die Fahrbescheinigung, die Kumara ihr ausgestellt hatte. Sie trug den Stempel der Kempeitai, den jeder Posten respektierte. Bald hatte Lou van Bergen die letzten Häuser der Bergarbeitersiedlung hinter sich und sah vor sich am Straßenrand das Postenhäuschen auftauchen. Der Posten war ein junger Soldat, den Lou kannte. Während er aus dem Häuschen trat und auf den Wagen zukam, zerrte Lou schnell ein paarmal kräftig am Ausschnitt ihres Kleides. Sie wußte, womit man einen japanischen Posten beeindrucken konnte.

Der Soldat lehnte sich mit beiden Armen auf den Rand des heruntergekurbelten Seitenfensters. Er grinste vergnügt, als Lou ihm zurief: »Wieder mal einkaufen, bevor die Sonne zu hoch steht!«

Sie merkte, wie sein Blick sich in den Ausschnitt ihres Kleides stahl, und sie beugte sich noch ein wenig nach vorn. Der Posten wippte mit den Fußspitzen. Erst als die weiße Frau, die so offen die Reize ihres Körpers zur Schau stellte, ihm ins Gesicht blickte, zog er den Kopf zurück und legte zwei Finger an den Rand seines Helmes. Das hieß, daß sie passieren konnte.

Er sah dem Wagen nach, der auf der Straße davonrollte. Sie könnte jeden Tag zweimal hier vorbeikommen, wünschte er sich. Er schlenderte zurück in das Häuschen und hockte sich in die Tür, faul seinen Gedanken nachhängend, die um die körperlichen Vorzüge von vollbusigen Frauen der weißen Rasse kreisten.

Henderson hatte mehr als eine Stunde auf das Fahrzeug gewartet. Er war vor Sonnenaufgang aufgebrochen, und obwohl er diesmal das Fahrrad nicht benutzte, hatte er die Strecke in ziemlich kurzer Zeit hinter sich gebracht. Es marschierte sich in den ersten Tagesstunden am besten. Um diese Zeit gab es noch nicht die sengende Sonnenhitze, die feuchte Schwüle und die Insekten. Außerdem hatte Henderson immer das Gefühl, frühmorgens besser zu sehen und zu hören. Auf weite Entfernung war beispielsweise der Ton eines Automotors viel besser zu vernehmen als später am Tag, weil die Luft klar und frisch war. Sie flimmerte noch nicht wie in der Hitze, die ein paar Stunden später herrschte.

Er hörte den leichten Motor des Lieferwagens von Lou van Bergen bereits einige Minuten, bevor das Auto am Straßenrand unweit des Gingkobaumes anhielt. Eine Weile beobachtete er, wie Lou ausstieg, sich umblickte und mit ihren Augen die Gegend absuchte. Er wartete, bis sie die Klappe der Ladefläche öffnete und die Plane von den Gemüsekisten zerrte.

Als er sah, daß Yang herauskletterte, zögerte er nicht mehr. Er trat aus dem Gebüsch und rief die beiden Frauen leise an. Yang ging ihm entgegen und nahm seine ausgestreckte Hand. Sie lächelte und strich sich das Haar glatt. »Da bin ich«, sagte sie dann. »Später als vorgesehen, aber immerhin.«

Er sparte nicht mit freundlichen Worten, und Lou winkte ihm nur kurz zu, während sie die Klappe der Ladefläche wieder befestigte. Erst als sie damit fertig war, trat sie zu den beiden und begrüßte Henderson. »Alles in Ordnung?«

Er sagte: »Danke.« Als sie ihm den Brief hinhielt, den sie in der Nacht nach dem Gespräch mit Kumara noch geschrieben hatte, nahm er ihn ohne weitere Frage und ließ ihn in die Tasche gleiten.

»Es steht alles darin, was wichtig ist«, machte sie ihn aufmerksam. »Ich kann hier nicht lange stehenbleiben. Jeden Augenblick kann ein Fahrzeug kommen.«

Sie gab Yang die Hand und ging zum Auto zurück. Henderson begleitete sie. Während sie sich in den Führersitz zwängte, fragte sie ihn leise, so daß Yang die Worte nicht mithören konnte: »Ist es das richtige Mädchen?«

»Das goldrichtige Mädchen.«

Sie nickte. »Das denke ich auch. In dem Brief stehen ein paar Sachen, die du überlegen mußt. Entscheide dich schnell, und bring es mit ihr in Ordnung. In zwei Tagen komme ich vorbei. Wirst du dann mitkommen?«

Er überlegte. Ich kann wieder ein paar Tage »Bali« brauchen, dachte er. Das Versteckspielen macht müde. Und die Gesellschaft Palmers ist auch nicht gerade unterhaltsam.

Sie drängte: »Es gibt da Sachen mit dem Polizeichef. Lies es gleich. Wir müßten Zeit haben, uns zu einigen, wie wir vorgehen.«

»Gut«, entschloß er sich. »In zwei Tagen fahre ich mit. Bis dahin bin ich mit dem Mädchen einig.«

»Und du bleibst eine Weile?«

»Wahrscheinlich«, sagte er. »Wenn es mit dem Mädchen klappt, wird es günstig sein, in der Nähe dieses Japaners zu bleiben.«

Sie ließ den Motor anspringen. Ein paar Sekunden lang überlegte sie, ob sie Henderson küssen sollte. Aber die Chinesin stand in der Nähe, und es war besser, ihr nicht noch mehr Stoff zum Nachdenken zu geben. »Bis dahin«, verabschiedete sie sich deshalb nur. Der Wagen rollte an und war bald in der Ferne verschwunden.

»Gehen wir«, wandte sich Henderson an Yang. »Wir haben ein Stück Weg vor uns. Im Lager sprechen wir dann über alles.«

Er hatte unterwegs oft genug Grund, über die Sicherheit zu staunen, mit der sich Yang im Dschungel bewegte. Zu seiner Verwunderung zeigte sie keine Spur von Furcht. Und sie schien nicht zu ermüden. Als er sie kennengelernt hatte, war sie ein zartes, eben aus einer Schule entlassenes Mädchen gewesen. Die Veränderung, die in der Zwischenzeit mit ihr vorgegangen war, entging Henderson nicht.

Sie erreichten das Grasland, als die Sonne schon hoch am Himmel stand. Für ein paar Minuten ruhten sie am Rande des Dschungels aus. Henderson beobachtete, wie Yang vorsichtig das kleine Säckchen ablegte, das sie die ganze Zeit getragen hatte. Als ob Yang seine unausgesprochene Frage erraten hätte, sagte sie mit einem verlegenen Lächeln: »Etwas zu essen. Im Dschungel sind solche Sachen knapp.«

»Aber wir haben doch genug«, wandte Henderson erstaunt ein.

»Sie«, entgegnete Yang freundlich, »wir nicht.«

Er begriff in diesem Augenblick, wo Yang in der Zwischenzeit gewesen war. Zuerst stimmte ihn das nachdenklich, aber dann sagte er sich, daß er eigentlich allen Grund hatte, sich darüber zu freuen.

»Sie sind im Dschungel gewesen?«

»Ja«, gab sie zurück. Sie erzählte ihm, daß das Boot, das sie hatte nach dem Norden bringen sollen, zu früh abgefahren war, wie sie den Angriff der Japaner auf Singapore erlebt hatte und später geflüchtet war. Sie nannte keine Namen, als sie ihm berichtete, daß sie wenig später zu einer Gruppe malaiischer Dschungelkämpfer gestoßen war und nun einem Regiment der neugegründeten Armee angehörte.

»Ein hartes Leben«, bemerkte er, als sie mit ihrer Erzählung am Ende war.

Yang nahm die Zigarette, die er ihr anbot. »Hart, ja. Aber wie Sie sehen, sind wir auf dem besten Wege, den Japanern das Leben in Malaya noch härter zu machen.«

Er nickte bedächtig. »Ich höre viel davon. Sie haben mitgekämpft?«

»Ziemlich oft«, erwiderte sie. »Sind Sie erstaunt darüber?«

Er versicherte etwas verwirrt, daß er nichts anderes von ihr erwartet hatte. Es schien ratsam, sie nicht von vornherein kopfscheu zu machen.

»Palmer und ich sind hiergeblieben, um sehr wichtige Sonderaufgaben zu erfüllen«, begann er vorsichtig. »Wir stehen mit dem Oberkommando in Verbindung. Eigentlich haben wir Sie vermißt. Es hat viele Dinge gegeben, bei denen Sie uns hätten helfen können.«

Sie zuckte die Schultern. »Es tut mir leid. Aber Sie wissen ja, wie plötzlich das alles auf uns einstürmte. Da mußte man sich schnell entscheiden.«

»Natürlich.« Er nickte. »Aber jetzt sind Sie bei uns; ich bin sehr froh darüber. Es wird Ihnen gefallen. Wir haben ein sicheres Versteck und sind gut versorgt. Und wir haben große Pläne.«

Sie erhob sich; auch Henderson schickte sich an weiterzugehen. Während sie ihr Bündel wieder aufnahm, sagte sie gleichmütig: »Wir werden darüber sprechen, Sir. Ist es noch weit?«

Er wies zu den Bergen, die sich in der Ferne hinter dem Grasland erhoben. »Dort. Wir sind gleich da.«

Yang war erstaunt, als sie das Versteck der beiden britischen Offiziere sah. Sie hatte nicht erwartet, daß sie hier so erhebliche Mengen von Waffen und Munition, von Lebensmitteln und Sprengmaterial vorfinden würde. In der Tat hatte Henderson eine sehr umsichtige Vorarbeit geleistet. Sie betrachtete das Funkgerät und lauschte den Nachrichten aus dem Radio.

Palmer beeilte sich, die besten Lebensmittelkonserven für sie aus den Vorräten herauszusuchen.

»Endlich sind wir zu dritt«, meinte er. »Wenn der Krieg noch eine Weile anhält, bekommen wir schon eine Armee zusammen! Ananas in Scheiben oder in Würfeln, Miß Yang?«

Sie sagte ihm zurückhaltend, daß es ihr einerlei sei.

Henderson ließ sich Zeit zu sagen, was er mit ihr zu besprechen hatte. Er hockte im Eingang seines Zeltes und las Lous Brief. Also war doch eingetreten, was er vermutet hatte. Die Guerillas machten den Japanern ernstlich zu schaffen, und die kaiserliche Armee versuchte, ihnen auf neue Art beizukommen. Hier war endlich die Gelegenheit für Henderson, sich einzuschalten. Er überlegte. Das Vorhandensein der Guerillas schwächte Japans Kampfkraft, aber es bedrohte auch die Absichten Englands für die Zukunft. Es galt, diese beiden Kräfte gegeneinander auszuspielen, beide zu schwächen, so daß ein Vakuum entstand, das England zum geeigneten Zeitpunkt ausfüllen konnte. Nun gut, dachte Henderson, wir werden mit dieser kleinen Chinesin nicht erst lange um den heißen Brei herumreden. Dafür ist keine Zeit. Sie ist hier, und sie hat sich zu entscheiden, ob sie mit England ist oder nicht. Im letzteren Falle kann sie nur noch für die Kommunisten sein – dann wird »Camp Henderson« zur letzten Station auf ihrem Lebensweg. Entweder – oder. »Fühlen Sie sich wie zu Hause!« rief er Yang zu. »Lassen Sie sich von Palmer zeigen, wo es Wasser gibt. Und nutzen Sie die heiße Mittagspause für ein Schläfchen.«

Er war nicht wenig erstaunt, als sie schon kurze Zeit später bei ihm erschien und sich erkundigte, ob sie eine der in der Höhle liegenden Maschinenpistolen für sich haben könne. »Warum nicht?« meinte er. »Aber Sie werden sie hier kaum brauchen. Außerdem sind die Dinger angerostet und funktionieren wohl nicht.«

»Mister Palmer würde mir ein Stück Schleifpapier geben.« Sie lächelte. »Es wird mir Spaß machen, die Waffe zu reinigen.«

»Tun Sie, was Ihnen Spaß macht«, sagte Henderson. »Aber schießen Sie nicht hier in der Nähe. Verstehen Sie sich überhaupt auf diese Dinger?«

Sie versicherte ihm, daß sie damit umgehen konnte, und er legte sich nachdenklich in sein Zelt, um die Mittagszeit zu verschlafen. Ich werde noch heute abend ganz offen mit ihr sprechen, nahm er sich vor. Es gibt keine andere Möglichkeit. Sie wird begreifen, worum es geht; sie ist klug. Klug genug, um nicht auf die Kommunisten zu setzen. Und die Aussicht, von England für ihre Mitarbeit belohnt zu werden, wird sie reizen. Sie wird ja sagen. Falls sie das nicht tut, wird ihr auch die geputzte Maschinenpistole nichts nützen.

Yang wählte sorgfältig unter den zu Bergen aufgeschichteten Waffen. Sie nahm schließlich eine Maschinenpistole, deren hölzerner Schaft und Kolben noch nicht von der Feuchtigkeit angegriffen waren. Das Metall war überall dort stark verrostet, wo sich kein Fett darauf befand, aber der Lauf schien noch nicht übermäßig angegriffen zu sein.

Palmer gab ihr Reinigungsgerät und Schleifpapier, ein paar Lappen und Öl. Er sah ihr eine Weile zu, wie sie die Waffe geschickt auseinandernahm, und dann legte er sich in sein Zelt. Das Mädchen war eine willkommene Abwechslung. Sie würde es besonders dann sein, wenn Henderson abwesend war. Aber man mußte abwarten, wie sie sich verhielt. Mochte sie sich mit der Maschinenpistole beschäftigen, mochte sie von selbst hinter die Vorzüge kommen, die das »Camp Henderson« im Gegensatz zum Dschungel bot. Sie sah nicht so aus, als ob sie eine Chance ohne weiteres ausschlagen würde. Der Engländer beobachtete aus den Augenwinkeln, wie Yang mit dem Reinigungsgerät hantierte. Eine Weile dachte er über die Vorteile der Zivilisation nach, über hell erleuchtete Städte mit Bars und Schwimmbädern, über gepflegte Frauen in bunten Kleidern oder in sparsamen Badeanzügen. Wenn ich noch einmal aus diesem lausigen Loch hier herauskomme, werde ich an keiner Bar mehr vorbeigehen, und es wird kaum eine Frau geben, der ich nicht vorschlage, einen Abend mit mir zu verbringen.

Als er einschlief, war Yang gerade dabei, das Schloß der Maschinenpistole auszubauen. Sie öffnete es mit einer halben Drehung und fing die Feder auf. Der Schlagbolzen zeigte keinen Rost, denn es war eine fabrikneue Waffe gewesen, deren innerer Mechanismus dick mit Fett bestrichen war. Yang untersuchte trotzdem Schlagbolzen und Feder sorgfältig auf Beschädigungen und Fehler. Dann entfernte sie die Fettschicht im Schloß und setzte es wieder zusammen.

Nach und nach gelang es ihr, den Abzugsmechanismus und den Lauf zu reinigen. Zuletzt rieb sie den außen angesetzten Rost ab, bis das Metall glatt war und matt glänzte. Sie fettete alles leicht ein und spannte das Schloß. Sie betätigte den Abzug und hörte mit Befriedigung, wie der Schlagbolzen nach vorn schnellte.

Sie erhob sich und holte ein paar der kurzen, gedrungenen Magazine, die sie ebenfalls auseinandernahm und reinigte. Es verging viel Zeit darüber, aber immer wenn sie zwischendurch einen Blick auf die Zelte warf, sah sie, daß die beiden Engländer noch fest schliefen. Geräuschlos bewegte sie sich schließlich noch einmal zu der Höhle mit den Waffen und suchte Munition für die Maschinenpistole zusammen. Sie wischte jede Patrone sorgfältig ab, bevor sie sie ins Magazin preßte. Erst als sie alle Magazine gefüllt hatte, ruhte sie eine Weile aus.

Palmer hatte ihr von den Nachtwachen am Funkgerät erzählt, auch davon, daß man den versäumten Nachtschlaf am besten über die Mittagszeit nachholte. Sie überlegte nicht lange. Eine Waffe verlieh nur dann Sicherheit, wenn man sie auf ihre Funktion und Treffsicherheit erprobt hatte. Wenn sie tausend Meter weit in den Dschungel ging und sich dort einen günstigen Platz wählte, würden die Schüsse hier kaum noch zu hören sein.

Sie suchte in ihren Taschen nach einem Stück Papier, auf dem sie Henderson eine Nachricht hinterlassen konnte, für den Fall, daß er aufwachte und sie vermißte. Aber sie fand nichts. Als sie sich forschend umblickte, sah sie, daß Henderson seine Jacke beim Zelt abgeworfen hatte. Daneben lag eine aufgebrochene Rationspackung aus weißem Karton. Yang trat leise, um den Offizier nicht zu wecken, an das Zelt und nahm den Karton auf. Aus der Brusttasche von Hendersons Jacke ragte ein Bleistift hervor. Sie zog ihn heraus, um die Nachricht schreiben zu können, dabei fiel der Brief heraus, den Lou van Bergen für Henderson geschrieben hatte. Zunächst warf Yang nur einen uninteressierten Blick auf die steile, deutliche Handschrift der Frau, aber dann machte ein Wort sie stutzig.

Yang lauschte auf die Atemzüge der beiden Offiziere und vergewisserte sich, daß sie noch fest schliefen. Dann faltete sie kurz entschlossen den Brief auf und begann mit wachsendem Interesse zu lesen. Hin und wieder wandte sie ihre Augen von dem Blatt ab und beobachtete die Zelteingänge. Aber weder Henderson noch Palmer rührten sich. Sie waren daran gewöhnt, diese heißeste Zeit des Tages zu verschlafen, und noch stand die Sonne hoch im Süden.

Das Mädchen hielt die Antwort auf die Frage in der Hand, die sie seit ihren ersten Tagen im »Bali« bewegt hatte. Sie fand vieles bestätigt, was sie geahnt hatte. Manches, was Ting Wu ihr gesagt hatte, kam ihr in diesem Augenblick erneut ins Gedächtnis zurück. Als sie den Brief zusammenfaltete und wieder in Hendersons Tasche gleiten ließ, war sie sich klar darüber, daß es sinnlos war, auf die Engländer als ehrliche Verbündete zu rechnen. Ja, es war sogar gefährlich, das zu tun. Es war offensichtlich, daß die Engländer mit jener Deutschen, die Hitlers Büste in ihrem Hotel aufgebaut hatte, zusammenarbeiteten, um das malaiische Volk zu betrügen. Sie würden die Japaner besiegen, nachdem die Völker Asiens die Hauptarbeit dazu geleistet hatten. Aber selbst alle Anstrengungen, die die Engländer unternahmen, hatten nicht den Zweck, den von den Japanern terrorisierten Völkern die Freiheit zu geben. Sie sollten die Herrschaft Englands wiedererrichten. Nie zuvor waren Yang diese Zusammenhänge so deutlich gewesen wie jetzt. Ob Henderson noch heute versuchen würde, sie zu dem zu überreden, was die zwielichtige Deutsche aus dem »Bali« ihm riet?

Sie schrieb schnell auf den weißen Karton der Rationspackung, daß sie die Maschinenpistole ausprobieren wolle und bald zurückkäme. Dann legte sie den Karton so vor das Zelt, daß Henderson ihn beim Erwachen gleich sehen mußte. Sie schob den Bleistift wieder in seine Tasche, nahm die Waffe und verließ den Lagerplatz. Sie überlegte kurz, ob sie jetzt ihr Bündel nehmen und einfach nicht mehr zurückkommen sollte, aber sie entschied sich abzuwarten, was Henderson von ihr verlangte.

Sie stieg über das Felsgeröll, bis sie den Waldrand erreichte. Nach einigem Suchen machte sie eine Stelle ausfindig, an der sie verhältnismäßig leicht in den Dschungel eindringen konnte. Sie überquerte den Wasserlauf und ging weiter im verfilzten Halbdunkel des Waldes, bis sie eine Schlucht fand, deren mannshohe Wände den Hall der Schüsse brechen und ersticken würden.

In einigen Dutzend Metern Entfernung baute sie eine leere Konservendose auf, die sie vom Lagerplatz mitgenommen hatte. Dann setzte sie ein Magazin in die Maschinenpistole, stellte den Hebel auf Einzelfeuer und schoß. Sie hatte sich in der Zuverlässigkeit der Waffe nicht getäuscht. Der Mechanismus arbeitete einwandfrei, und die

Schüsse trafen ihr Ziel. Als Yang nach einiger Zeit die Blechbüchse auf Treffer untersuchte, war sie befriedigt. Wie immer die Unterredung mit Henderson ausging, die Maschinenpistole würde sie behalten. Sie hatte dasselbe Kaliber wie die japanischen Modelle; es würde nicht schwer sein, später Munition dafür aufzutreiben.

Yang vergewisserte sich, daß ihre Pistole, die sie aus dem Lager in Perak mitgenommen hatte, noch einwandfrei funktionierte. Dann verbarg sie sie wieder in der Innentasche ihrer blauen Drillichjacke, hängte die Maschinenpistole über die Schulter und machte sich auf den Rückweg zum Versteck der Engländer.

Henderson erwartete sie bereits. Er hatte den Karton gefunden, und als er Yang über die Felsbrocken herabsteigen sah, rief er ihr zu: »Sie sind ja ein unternehmungslustiges Mädchen! Schießt das Ding noch?«

»Haben Sie die Schüsse gehört?«

Er schüttelte den Kopf. Yang hielt ihm die Maschinenpistole hin, und er betrachtete sie erstaunt. »Die erkennt man ja kaum wieder«, gab er zu. »Wo haben Sie bloß gelernt, mit diesen Sachen umzugehen?«

Sie lachte, während sie nach dem Reinigungsgerät griff und den Lauf säuberte. »Im Dschungel muß man lernen, mit Waffen umzugehen, sonst lebt man unnütz.«

»Sie müssen mir davon erzählen«, forderte er sie auf. »Ich habe oft versucht, mit Leuten aus dem Dschungel in Verbindung zu kommen. Wir hätten uns gegenseitig helfen können.«

Er lügt sehr geschickt, dachte Yang, aber sie bemühte sich, ihre Gedanken zu verbergen. Als er sie erneut aufforderte, ihm zu erzählen, was sie in der Zeit seit ihrer Flucht aus Singapore getan hatte, berichtete sie ihm schließlich, daß sie mit Bekannten nach Perak gegangen und dort Mitglied einer bewaffneten Einheit geworden war.

Palmer war in der Höhle verschwunden, um die Batterie des Funkgerätes aufzuladen. Man hörte das Geräusch des fahrradähnlichen Ladegerätes und ab und zu einen Fluch, den der Mann bei der anstrengenden Arbeit ausstieß.

Henderson holte eine Blechbüchse mit Zigaretten und ließ sich neben Yang nieder. Er bot ihr Feuer an und sagte: »Ich wußte nicht, daß die Kommunisten auch solche Leute wie Sie in die Guerillagruppen aufnehmen.«

Yang ließ die versteckte Frage nicht unbeantwortet. Aber sie reagierte unbefangen, und Henderson ließ sich davon täuschen. »Da sind nicht nur Kommunisten«, erklärte sie. »Es gibt alle möglichen Leute im Dschungel.«

»Aber die Kommunisten führen die Gruppen an.«

»Ja«, sagte sie. »Sie tun es sehr geschickt.«

Er rauchte nachdenklich, während sie ihm schilderte, wie sie japanische Transporte überfallen und Waffen erbeutet hatten. Schon nach den ersten Worten begriff er, daß er trotz allem die Operationen selbst, aber auch die Organisationsfähigkeit der Guerillas unterschätzt hatte. Doch nicht nur ihre Art zu kämpfen war erstaunlich für ihn. Es fiel ihm ein, daß keiner der Guerillas damit rechnen konnte, bezahlt zu werden. Was die Leute taten, das taten sie aus eigenem Antrieb. Henderson hatte nie daran gezweifelt, daß Kommunisten ernst zu nehmende Gegner waren. Das Studium der Kämpfe in China hatte ihn bereits vor langer Zeit zu dieser Einsicht gebracht. Aber nun begann er zu überlegen, was geschehen würde, wenn es England nicht gelang, die Gefahr rechtzeitig zu beseitigen, die sich hier ankündigte. Es unterlag keinem Zweifel, daß in jenen Guerillaeinheiten Kämpfer von erstaunlichen Fähigkeiten und großer Entschlossenheit heranwuchsen. Was England bis zum Ausbruch des Krieges hatte verhindern können, war nun seit dem Einmarsch der Japaner vor sich gegangen. Unter dem grausamsten Terrorsystem, das es bisher in Malaya gegeben hatte, unter der japanischen Besatzung, formierten sich die Kräfte der Nation, von den Kommunisten geführt, die England in der Vergangenheit mit Verwaltungsmaßnahmen und Polizeigewalt zu unterdrücken verstanden hatte. Die Zukunft würde England eine Menge Sorgen bereiten.

»Wo liegt denn die Einheit, bei der Sie waren?« fragte er Yang.

Sie wich seiner direkten Frage nicht aus. Sie wollte ihn sicher machen. Aber aus ihrer Antwort konnte er nichts entnehmen. »Ich habe nie eine Landkarte von der Gegend gesehen«, sagte sie. »Wir hatten keine Karten. Wir lagen mitten im Dschungel und wechselten unser Lager oft. Man lernt, sich die Pfade bis zur nächsten Straße einzuprägen, ein paar auffällige Berge, und das muß genügen. Wenn man von hier zu Fuß dorthin geht, braucht man länger als eine Woche.«

»Die Waffen der Guerillas sind japanische?«

»Teils«, gab sie zurück. »Wir haben auch auf verlassenen Kampfstätten englische Waffen zusammengesucht.«

»Sind die Einheiten militärisch organisiert?«

Sie nickte lächelnd. »Ähnlich wie in der englischen Armee.«

Er entschied sich, persönliche Fragen zu stellen. »Ist es Ihnen nicht sehr schwergefallen? Ich meine, es ist doch für eine Frau nicht gerade leicht, bei einer Kampftruppe im Dschungel zu leben.«

Sie gab ohne Zögern zu: »Es ist mir schwergefallen. Der Dschungel ist ein mörderischer Aufenthalt für Menschen.«

»Und Sie sind froh, daß Sie nun hier sind?« Er schrieb es ihrer anerzogenen Höflichkeit zu, daß sie nicht darauf antwortete. Es schien an der Zeit, dieser jungen Chinesin, die sich nach so langer Zeit doch verpflichtet gefühlt hatte, seiner Aufforderung zu folgen und ihn aufzusuchen, ganz deutlich zu sagen, was er von ihr erwartete.

Ralph Henderson machte nicht den Versuch, seine wahren Absichten zu verschleiern. Wenn man einen Verbündeten gewinnen will, auf den Verlaß sein soll, muß derjenige klipp und klar wissen, was man von ihm verlangt. Das war seine Devise.

»Sie wissen, daß ich Sie sehr schätze, Miß Yang«, begann er. »Sie sind klug und ehrlich. Die britische Regierung hat stets solche Mitarbeiter aus der einheimischen Bevölkerung geachtet. Auch in der Zukunft, wenn die Alliierten die japanische Bedrohung endgültig abgewendet haben, werden wir hierzulande Menschen wie Sie brauchen, auf die wir uns verlassen können. Ich möchte gern, daß Sie schon jetzt, während der

Kampf mit Japan noch nicht beendet ist, mit uns zusammenarbeiten. Man muß sich jetzt schon mit Fragen befassen, die für die Zukunft Malayas außerordentlich wichtig sind.«

Er erhob sich und stellte ein Gefäß mit Wasser auf die Flamme des Benzinkochers, holte zwei Tassen aus dem Zelt und schüttete Kaffeepulver hinein. Bis das Wasser kochte, unterbrach er seine Erklärungen. Er sprach über die Schwierigkeit, das Essen selbst zu kochen, über seine Erfahrungen, wie man Moskitos am sichersten fernhielt, und eine Anzahl anderer Dinge. Erst als er die Tassen mit heißem Wasser gefüllt und den Kocher abgestellt hatte, kam er wieder zur Sache.

»Sie wissen, was die Kommunisten in Malaya erreichen wollen?«

»Sie wollen die Japaner verjagen«, antwortete Yang.

»Richtig. Wenn das geschehen ist, verlangen sie, daß England Malaya aufgibt. Wir kennen diese Forderung aus der Vorkriegszeit. Sie ist unsinnig. Das Land ist nicht reif genug. Ich will ganz offen mit Ihnen reden, Miß Yang. Malaya ist viel zu wertvoll, es ist zu reich für ein solches Experiment. England braucht Malaya. Auch nach diesem Krieg. Dann erst recht. Und England wird seine Rechte in Malaya, wenn es sein muß, mit Waffengewalt behaupten. Können Sie sich vorstellen, daß wir deshalb das Anwachsen einer weitverzweigten Armee unter kommunistischer Führung mit großer Sorge beobachten?«

Sie bewegte unbestimmt den Kopf, und Henderson fuhr fort: »Diese Armee ist eine Gefahr für die Zukunft. Man muß Vorkehrungen treffen, sie unter Kontrolle zu halten. Was ich Ihnen jetzt sage, ist eine vertrauliche Mitteilung. Ich bin zusammen mit Palmer für diese Aufgabe bestimmt worden. Und Sie sollen mir dabei helfen. Der Entschluß wird Ihnen nicht schwerfallen. Sie werden sich kaum mit einer Armee kommunistischer Verschwörer einlassen wollen, sondern Sie werden begreifen, daß Ihr eigener Vorteil darin liegt, England zu unterstützen. England wird Ihre Mitarbeit zu belohnen wissen.«

Er machte eine Pause und trank von dem Kaffee. Yang, die ihm gespannt zugehört hatte, fragte ihn: »Sie glauben nicht, daß Malaya sich selbst regieren kann?«

»Und wenn es das könnte, würden wir es nicht zulassen«, gab er brüsk zurück. »Es gibt keine verläßlichen Politiker. Es gibt nur kommunistische Revolutionäre; es wäre ein Verbrechen, ihnen das Land zu überlassen.«

Sie legte es nicht darauf an, gegen ihn zu argumentieren. Sie wollte weiter nichts als die Gewißheit, daß er von ihr den Verrat an ihren eigenen Landsleuten verlangte, die im Dschungel hungerten und starben und es doch fertigbrachten, Panik unter den Japanern zu erzeugen. Sie erhielt diese Gewißheit Stück für Stück.

»Meine Aufgabe«, sagte er mit Nachdruck, »ist eng mit diesen Überlegungen verbunden. Wenn Sie mir helfen, werden Sie es nicht zu bedauern haben.«

»Was soll ich tun?«

Er hob die Hände, kehrte die Handflächen nach oben und erklärte: »Über Einzelheiten werden wir uns in den nächsten Tagen unterhalten. Prinzipiell geht es darum, eine genaue Übersicht über die Guerillastreitkräfte zu gewinnen. Eines Tages werden die japanischen Truppen zurückgeworfen werden, das Besatzungssystem in Malaya wird zusammenbrechen. Um diese Zeit müssen wir so weit sein, daß wir die Guerillastreitkräfte neutralisieren können. Daran arbeiten wir. Und auf diesem Gebiet gibt es für Sie viel zu tun. Sie sind hier zu Hause. Vieles, was ein weißer Mann nicht erreichen kann, werden Sie mit Leichtigkeit schaffen.«

»Ich verstehe«, sagte Yang. »Aber vielleicht überschätzen Sie die Gefahr. Möglicherweise werden nämlich die Guerillastreitkräfte in den Kämpfen mit den Japanern stark dezimiert.« Sie sah, wie er sein Gesicht zu einem zufriedenen Lächeln verzog. Es kostete sie Mühe, ihm so unbefangen gegenüberzusitzen und sein Spiel mitzuspielen.

»Sehen Sie«, sagte er wohlwollend, »Sie sind ein kluges Mädchen. Natürlich werden diese Leute dezimiert werden. Es gibt sogar Möglichkeiten, da ein wenig nachzuhelfen, wenn man nur gut orientiert ist.«

Wenig später erhob er sich, um nach Palmer zu sehen. Er hatte ihm versprochen, ihn abzulösen. Wie es schien, hatte er mit der Chinesin die richtige Taktik eingeschlagen. Sie wußte, wo ihre Chancen lagen, und sie hatte zu erkennen gegeben, daß sie zur Mitarbeit bereit war. Er riet ihr, sich unter den Vorräten umzusehen und etwas Geeignetes für das Abendessen herauszusuchen. Als er bei Palmer ankam, dem der Schweiß in großen Tropfen auf der Stirn stand, klopfte er ihm vergnügt auf die Schulter. »Absteigen! Ich verspüre Riesenkräfte.«

Palmer kletterte mit einem erlöst klingenden Schnaufen von dem Fahrradgestell und wischte sich den Schweiß ab. »Alles klar mit ihr?«

»So ziemlich alles«, gab Henderson zuversichtlich zurück. »Habe sie aufgeklärt und ihre Denkmaschinerie in Gang gebracht.«

»Und sie macht mit?«

»Sie wird.«

»Keine Gefahr, daß sie schon zu rot ist?«

Henderson grinste. »Sie hat eine vernünftige Erziehung hinter sich. Und sie weiß genau, auf welcher Seite ein Brot mit Butter bestrichen ist. Ich glaube, sie hat sich an uns gewöhnt und ist froh, daß sie wieder bei uns einsteigen kann.«

»Gut, gut«, sagte Palmer. »Gehst du morgen weg?«

»Übermorgen. Ich werde ihr vorher noch den ersten Auftrag erteilen!«

Der Leutnant mit dem Kavaliersschnurrbart schüttelte leicht betrübt den Kopf. »Du hättest sie wenigstens so lange bei mir lassen können, bis du aus der Stadt zurück bist.«

Aber Henderson lachte nur. »Laß die Finger von ihr. Chinesinnen sind da empfindlich. Und wir brauchen sie nötig.«

Palmer stieg brummend zum Lagerplatz hinab. Nach einer Weile machte er sich daran, ein Zelt für Yang zu bauen. Sie sah ihm dabei zu und antwortete mit gespielter Gleichmütigkeit auf seine Fragen. Als sie ihm vorschlug, zum Abendessen eine Büchse Rindfleisch zu öffnen, lachte er laut. »Rindfleisch? Kommt nicht in Frage! Wir haben

Grund zum Feiern. Da müssen irgendwo noch ganz feine Pasteten sein – und Truthahnbrust. Lassen Sie mich nur mal suchen.«

Yang lag noch lange vor ihrem Zelt, nachdem sie gegessen hatten und die Dunkelheit hereingebrochen war. Sie sah den beiden Offizieren zu, die am Funkgerät saßen und an den Einstellknöpfen drehten. Henderson hatte die Kopfhörer angelegt. Er lauschte auf den Funkverkehr und suchte so lange, bis er die Welle des Hauptquartiers gefunden hatte, auf der zu bestimmten Zeiten für ihn gesendet wurde. Er sah, wie Yang später in ihr Zelt kroch, und begann zu überlegen, wo er nun, da sie für die Sache gewonnen war, ansetzen könnte. Das Beste würde sein, sie zunächst nach Perak in das Lager zurückzuschicken. Man konnte den Leuten dort ein paar Waffen anbieten, um ihr Zutrauen zu gewinnen. Dann mußten das Oberkommando ausfindig gemacht, Aktionen an bestimmten, vorher festgelegten Stellen vereinbart, Kumara davon unterrichtet werden. Er nickte Palmer zu, der zu seinem Zelt ging, um sich schlafen zu legen. Die Nacht war gekommen. Tiefe Dunkelheit hüllte das Lager ein. Unter den Sternen hatten sich die üblichen Regenwolken zusammengeballt. Es roch in dieser Stunde vor dem Regen nach fauliger Erde und Blüten. Der Dschungel schien seinen modrigen Brodem weithin auszusenden. Die Vögel schwiegen. Nur die Moskitos schwirrten aufgeregt und blutdürstig über den Platz, vom Geruch der Menschen angelockt.

Yang hatte die Einstiegklappe ihres Zeltes nicht geschlossen, sondern nur lose zugezogen. Durch einen Spalt konnte sie die beiden anderen Zelte sehen, deren Umrisse in der Finsternis verschwammen. Sie beobachtete, wie Palmer schlafen ging und wie Henderson vor dem Funkgerät saß. Er kehrte ihr den Rücken zu, und sie sah ab und zu das Aufglimmen seiner Zigarette. Langsam und vorsichtig legte sie ihr Bündel zurecht, in dem sich die Nahrungsmittel befanden, die sie im »Bali« aufgespart hatte. Dann schob sie ein volles Magazin in die Maschinenpistole, lud durch und sicherte die Waffe. Als sie alles bereitgemacht hatte, legte sie sich so in das Zelt, daß sie Henderson stets im Blickfeld hatte. Sie starrte auf seinen Rücken, als wolle sie sich den Umriß für immer einprägen. Ich sehe ihn zum letztenmal, dachte sie. Ich könnte ihn und den anderen jetzt einfach erschießen, und es gäbe zwei Leute weniger, die uns betrügen. Wir könnten uns ihre Waffen holen, die Munition.

Sie erinnerte sich an den rothaarigen Australier, den sie mit den anderen zum Lager in Perak geschafft hatte. Welch ein Unterschied doch zwischen diesem abgerissenen, gehetzten Soldaten und den beiden Offizieren hier bestand! Man konnte die weißen Männer nicht alle gleichsetzen. Es gab jene, die das Land Malaya als Eigentum der britischen Gummikönige betrachteten und danach handelten. Aber es gab auch andere, die einfachen Leute, die in den Krieg gezogen waren, um die Welt vor dem deutschen und japanischen Terror zu retten, die Arbeiter und Viehzüchter, die so waren wie jener Rothaarige mit dem Mitgliedsbuch der Kommunistischen Partei. Ob er noch lebte? Ob es gelungen war, ihn wieder auf die Beine zu bringen? Wenn er gesund ist, wird er mitkämpfen wollen, dachte sie. Es muß ein eigenartiges Gefühl sein, mit einem weißen Mann zusammen zu kämpfen, nachdem man solche Vertreter seiner Rasse erlebt hat wie Henderson und Palmer oder jene Madame Lou.

Aber vielleicht lag gerade darin die endgültige Siegeschance. Unlängst hatte Ting Wu bei einer Unterhaltung im Lager Perak einem Hitzkopf gesagt: »Es gibt mehr anständige weiße Männer als Schufte. Und sie sind unsere Verbündeten. Hast du nicht gestern erst gehört, welche Heldentaten die Russen vollbringen? Sie sind Weiße. Ebenso wie die Partisanen, die in Europa gegen Hitler kämpfen. Macht nie den Fehler, die Menschen einfach nach ihrer Hautfarbe oder Sprache in Gute und Schlechte einzuteilen!«

Ting Wu hatte eine Art, solche Erkenntnisse auf sehr einfache Weise zu verbreiten. Es ging ihm darum, von jedem Mann in seinem Regiment verstanden zu werden; er wußte sehr wohl, daß nicht wenige von ihnen kaum eine Vorstellung von Europa und den anderen Erdteilen hatten. Ihm bei dieser Erziehung zu helfen war Yangs Aufgabe. Sie brannte darauf, in das Lager zu kommen und ihre Erlebnisse allen mitzuteilen. Hier hatte sie nichts mehr zu suchen. Ihre Mission war beendet. Sie war mit dem ehrlichen Anliegen gekommen, den Engländern Zusammenarbeit anzubieten, doch die Ereignisse hatten sie darüber belehrt, daß auf der Seite der Engländer statt Ehrlichkeit nur der Verrat lauerte.

Ihre Augen bohrten sich in die Dunkelheit und verfolgten gespannt jede Bewegung Hendersons vor dem mattgrün schimmernden Skalenglas des Funkgerätes. Während sie so lag und den Mann belauerte, spürte Yang, wie sehr sie ihn haßte. Es mußte bereits nach Mitternacht sein, als Henderson plötzlich mit einem schnellen Griff die Kopfhörer zurechtrückte und hastig am Einstellknopf herumfingerte. Dann begann er, auf dem Block, der auf seinen Knien lag, zu schreiben.

Das war der Augenblick, in dem Yang die Maschinenpistole entsicherte und lautlos aus dem Zelt glitt.

Es war am frühen Vormittag, als das Mädchen Ling leichtfüßig durch das dichte Gebüsch und die mannshohen Farne von Donald Fosters Hütte zum Fluß hinabhuschte. Sie trug einen Tonkrug und ein Bündel nicht sehr sauberer Handtücher. Es waren einige hundert Meter bis zur Biegung des Flusses, wo das eine Ufer seicht genug war, um dort waschen zu können, Wasser zu schöpfen oder ein Bad zu nehmen. Ling hatte in der vergangenen Nacht zum erstenmal nach mehreren Tagen wieder ein paar Stunden geschlafen. Sie war erfrischt aufgewacht, und auch Donald Foster, der nun seit dem Überfall der Japaner in der Hütte hauste, machte an diesem Morgen einen frischen Eindruck. Es war eine Woche her, seit Ling, als sie von Beranang hierherkam, um ihm Essen zu bringen, ihn fiebernd in der Hütte vorgefunden hatte.

Zuerst hatte sie sich keinen Rat gewußt. Aber dann erinnerte sie sich daran, daß die Leute in den Dörfern bei Fieberanfällen den Sud von gekochten Papayablättern tranken. Sie hatte Papayablätter gesucht und für ihn gekocht. Als der Frost ihn schüttelte, hatte sie ihn in Decken gewickelt und auf sein Lager gelegt. Einen Tag später war sie zurück nach Beranang geeilt, um der Mutter von der Krankheit des englischen Jungen zu berichten.

Die Mutter hatte sie nur ungern wieder aus dem Dorf fortgehen lassen. Die Japaner hatten jedem Einwohner verboten, sich außerhalb der Ortschaft zu bewegen, mit Ausnahme derer, die unter Aufsicht die Felder bearbeiteten. Aber es schien so, als wären die im Dorf stationierten Posten ein wenig uninteressiert an ihrer strengen Bewachungsarbeit geworden. Sie streiften nicht mehr so oft durch die Hütten – auch nachts ließen sie sich nicht gern außerhalb ihres Postenbaues blicken. Sie waren nur wenige, und die Dorfleute sprachen davon, daß die Japaner Angst vor den Dschungelkämpfern hätten.

Also packte Ah Ling ein paar Eier und was sie sonst noch an kräftigenden Nahrungsmitteln auftreiben konnte in die Basttasche ihrer Tochter und schickte das Mädchen wieder auf den Weg zu Donald Foster.

Aber die alte Amah beließ es nicht dabei. Seit Monaten beschäftigte sie sich damit, im Dorf Lebensmittel für die Leute im Dschungel zu sammeln, die sie in regelmäßigen Abständen aus der Ortschaft schmuggelte und an einem Treffpunkt im Wald einem Abgesandten der Befreiungsarmee übergab. Sie hatte sich zu dieser gefährlichen Arbeit bereit erklärt, und es gab kaum jemanden im Dorf, der sie nicht unterstützte. Einmal, als die japanischen Soldaten während ihrer Abwesenheit die Hütten kontrolliert hatten, war eine alte Frau aus einer anderen Familie mit ihrem Enkelkind herübergelaufen, um die Japaner zu täuschen. Seitdem wußte Ah Ling, daß man sie wegen ihrer Hilfe für die Leute im Dschungel achtete und sie beschützte. Als sie, nachdem ihre Tochter wieder zu Donald Foster unterwegs war, mit dem Kurier der Partisanen zusammentraf, die in der Nähe von Batu Caves ihre Operationsbasis hatten, bat sie ihn darum, den englischen Jungen in das Lager aufzunehmen, damit er nicht mehr so ganz allein den Gefahren des Dschungels ausgeliefert war.

Es dauerte nicht lange, bis der Kurier dem Kommandeur der Einheit die Bitte überbrachte und mit der Antwort zurückkam, daß die Einheit beschlossen habe, den Jungen aufzunehmen.

Der Kurier war ein ehemaliger Arbeiter aus der Zinnmine, in der auch Donald Fosters Vater angestellt gewesen war. Er hatte den Jungen wohl einige Male gesehen, aber er konnte sich nicht sehr genau an ihn erinnern. Nun sagte er: »Man wird sich nicht mit ihm verständigen können, aber vielleicht kommen wir auch so mit ihm aus. Auf jeden Fall dürfen die Japaner ihn nicht erwischen wie seinen Vater. Sie würden ihn sofort töten.«

Ah Ling erklärte ihm beruhigend: »Er versteht unsere Sprache. Ich selbst habe sie ihn gelehrt.«

»Und er ist krank?«

»Er ist ein starker Junge und gesund. Aber er hat Fieber bekommen. Du weißt, wie das aussieht, wenn ein Weißer unser Fieber bekommt. Es wirft ihn um.«

Der Kurier nickte bedächtig. Ah Pak, der Kommandeur, hatte ihm aufgetragen, sich selbst darum zu kümmern, daß der Junge in Sicherheit kam. »Du kennst sein Versteck?« fragte er die Alte.

»Ich habe ihn selbst dorthin geschafft.«

»Gut«, erklärte der Kurier, »ich muß noch einige Aufträge erledigen. Triff mich in drei Tagen wieder hier und führe mich zu ihm. Ich nehme ihn dann mit. Ist er schwer?«

»Warum?«

Der Kurier zuckte die Schultern. »Weil ich ihn vielleicht tragen muß, wenn er krank ist.«

»Hoffen wir, daß er in drei Tagen wieder laufen kann«, sagte die Alte. Dann machte sie sich auf den Heimweg. Sie war glücklich, daß sie den Jungen auf diese Weise in Sicherheit bringen konnte. Die Leute im Lager würden sich um ihn kümmern, und das Leben in ihrer Gemeinschaft würde besser für ihn sein als das Alleinsein in der Hütte im Wald.

Ling kletterte die Böschung zum Flußufer hinab und füllte den Krug mit klarem, kaltem Wasser. Dann tauchte sie die Handtücher ins Wasser und wusch sie. Schließlich warf sie ihr Kleid ab und sprang in den Fluß. Sie tauchte unter, so daß nur ihr Kopf über Wasser blieb; dann rieb sie sich mit dem feinen Sand aus dem Flußbett die Haut ab. Als sie nach einigen Minuten wieder ans Ufer kletterte, preßte sie mit den Händen das Wasser aus ihrem langen, schwarzen Haar, rieb mit einem der Handtücher die Tropfen von der Haut und zog sich wieder an.

Auf dem Rückweg ging sie langsam, weil der Tonkrug schwer war. Sie war erst ein paar Meter gegangen, als sie plötzlich aufhorchte. Auf der anderen Seite des Flusses hatten einige der kleinen, buntgefiederten Papageien ein lautes Geschrei begonnen. Es ließ darauf schließen, daß ein größeres Tier in der Nähe war, ein Tiger vielleicht oder eine Zibetkatze, oder auch eine Schlange. Ling blieb stehen und lauschte. Instinktiv ließ sie sich zu Boden sinken und verbarg sich hinter einer hohen Farnstaude.

Das Gezeter der Papageien brach plötzlich ab. Ling wollte sich gerade wieder erheben und weitergehen, als sie am jenseitigen Ufer eine Bewegung in den Büschen wahrnahm. Eine Gestalt, in dunkles Drillichzeug gekleidet, schob sich dort zwischen den Zweigen hervor. Es war eine Frau. Sie war jung, und Ling sah, daß sie eine Maschinenpistole trug und ein kleines Bündel.

Die Frau suchte mit ihren Augen die Gegend ab und blickte prüfend hinauf in die Kronen der Bäume, die sich über dem Flußlauf schlossen. Dann, endlich, stieg sie die wenigen Schritte bis zum Wasser hinab, um zu trinken. Nachdem sie ihren Durst gestillt hatte, spritzte sie sich noch Wasser ins Gesicht und über das Haar. Wieder lauschte sie, kletterte danach die Uferböschung hinauf und verschwand in den Büschen, wo sie aufgetaucht war.

Als Ling bei der Hütte ankam, saß Donald Foster auf seinem Lager und bewegte wie zur Probe die Füße. Er sah blaß aus, sein Gesicht war eingefallen, aber das Fieber war überwunden. Er horchte auf, als Ling ihm hastig berichtete, was sie gesehen hatte.

»Eine Frau?« fragte er dann. »Und mit einer Maschinenpistole? Das kann nur jemand von euren Leuten gewesen sein. Also sind sie doch hier in der Nähe.«

Das Mädchen stellte den Wasserkrug ab und legte die Handtücher zum Trocknen aus.

Nachdenklich meinte sie: »Vielleicht hätte ich sie rufen sollen.«

Aber Donald Foster schüttelte den Kopf. »Wer weiß, vielleicht war sie auch gar nicht von euren Leuten.«

Er versuchte aufzustehen. Ling stützte ihn dabei. Als er aufrecht stand, mit dem Rücken an einen der Pfähle der Hütte gelehnt, sagte er: »Heute wird mir dabei nicht mehr schwarz vor den Augen. Ich glaube, ich kann schon ein Stück gehen.«

Tatsächlich gelang es ihm, Schritt für Schritt vorwärts zu kommen. Noch fühlte er sich schwach, aber er merkte, daß sein Zustand sich seit dem Tag, an dem er aus dem Fieber erwacht war, immer mehr gebessert hatte. Als er sich nach einigen Minuten wieder auf das Lager setzte, verspürte er zum erstenmal Hunger.

Ling lachte vergnügt. »Gut, daß ich von zu Hause ein paar schöne Sachen mitgebracht habe!« Sie machte sich daran, das Feuer zu entfachen, und einen Augenblick lang dachte sie an die Frau mit der Maschinenpistole. Wenn sie nun wirklich nicht zu den Leuten im Dschungel gehörte? Dann konnte ihre Anwesenheit in dieser Gegend nur Gefahr bedeuten. Aber Ling wies den Gedanken schnell von sich. Gefahr drohte nur von den Japanern. Wer immer diese Frau auch gewesen sein mochte, ein japanischer Soldat war sie nicht.

Während Donald Foster sich mit dem Wasser wusch, das Ling geholt hatte, schälte das Mädchen hartgekochte Eier und packte Maisfladen aus. »Mittags essen wir getrockneten Fisch«, kündigte sie an. Donald Foster hatte in den letzten Wochen eine große Anzahl Fische gefangen und an der Sonne gedörrt. »Außerdem habe ich gesehen, daß du noch ein Stück gebratenes Huhn liegen hast.«

»Es wird verdorben sein«, meinte der Junge. »Und es ist kein Huhn, sondern eine Wildtaube, die ich mit dem Pfeil geschossen habe, ein paar Tage bevor ich das Fieber bekam. Wie lange habe ich eigentlich gelegen?«

»Ich glaube eine Woche – von dem Tage an, als ich dich fand.«

»Und dann bist du einfach hiergeblieben?«

Sie legte die Maisfladen auf große Bananenblätter und trug sie zum Schlaflager des Jungen. »Hätte ich weglaufen sollen, als du hier lagst und mich nicht einmal erkanntest? Iß etwas, du brauchst Kräfte.«

Er griff zu, und es schmeckte ihm. Aber nach dem Essen überfiel ihn wieder die Müdigkeit, Er hörte noch, wie das Mädchen die Angelrute hervorholte, und er fragte sie: »Fischen?«

»Schlaf du«, riet sie ihm. »Ich habe mir das mit dem Trockenfisch überlegt. Frisch sind sie besser.«

Er wehrte sich gegen den Schlaf. Er wollte stark sein. Es gelang ihm nicht, sich zu erheben. Mit geschlossenen Augen sagte er plötzlich: »Was nur aus all meinen Sachen geworden sein mag, aus meinen Büchern, dem blauen Ball und der Schildkröte Wudu.«

Das Mädchen gab nicht gern Antwort darauf. Sie war in der Nähe gewesen, als die Japaner einzogen. Das einzige, was sie hatte retten können, war die Schildkröte gewesen, ein zahmes, zutrauliches Tier, mit dem sie beide oft gespielt hatten.

»Ich habe Wudu zu mir nach Beranang mitgenommen«, sagte sie schließlich. »Aber ich muß sie verstecken, denn die Japaner essen Schildkröten, und sie sollen sie nicht haben.«

Sie brachte es nicht übers Herz, ihm zu gestehen, daß sie das Tier weit außerhalb des Dorfes hatte ins Grasland laufenlassen. In den Hütten war nichts vor dem Zugriff der Soldaten sicher, und lieber sollte das Tier im Grasland verschwinden, als daß die Japaner es ausfindig machten.

Ling befestigte die Fischleine. Als sie einen verstohlenen Blick auf den Jungen warf, merkte sie, daß er eingeschlafen war. Da lief sie schnell hinaus zum Fluß.

Es dauerte noch einige Tage, bis Ah Ling mit dem Kurier erschien. Um diese Zeit war Donald Foster schon wieder völlig bei Kräften. Er war froh, Ah Ling wiederzusehen, und als sie ihm vorschlug, mit dem Kurier ins Lager der Guerillas zu gehen, zögerte er nicht. Die Aussicht, endlich nicht mehr allein zu sein, machte ihn glücklich. Nur wenn er daran dachte, daß Ling nun nicht mehr zu ihm kommen würde, war er betrübt. Aber Ah Ling versicherte ihm, daß es nicht mehr lange dauern würde, bis sie sich wiedersehen könnten.

Der Kurier betrachtete erstaunt den Revolver, den Donald Foster ihm zeigte. Als er sah, daß der Junge damit umgehen konnte, war er zufrieden. Er versprach ihm sogar, daß er ihn auch im Lager tragen durfte.

»Die Hauptsache ist nicht, einen Revolver zu besitzen«, meinte er. »Man muß genau wissen, auf wen man ihn abschießt und warum.«

»Das weiß ich«, sagte der Junge schnell. »Ihr und ich, wir schießen auf dieselben Leute.«

Der Kurier lächelte. Aus dem Kind des Ingenieurs, das er zuweilen in der Nähe der Zinnmine hatte herumlaufen sehen, war ein aufgeweckter Junge geworden. Er war froh, kein schwaches, zimperliches Europäerkind hier angetroffen zu haben, sondern einen unternehmungslustigen, klugen Jungen, der malaiisch sprach, als wäre es seine Muttersprache.

»Er wird euch keine Sorgen machen«, versicherte Ah Ling. »Du siehst, wie er hier gelebt hat, von Fisch und selbstgeschossenen Tauben.«

Der Kurier meinte: »Bei uns wird er es besser haben.«

Ah Ling war beruhigt, daß sie endlich keine Sorge mehr wegen des Jungen zu haben brauchte. Wenn es einen sicheren Platz für ihn gab, dann war es der bei den Leuten im Dschungel. Und wenn die Japaner geschlagen waren, würde sie ihn wiedersehen. Er würde vielleicht bei ihr bleiben, denn er besaß keine Eltern mehr.

»Hörst du«, sagte sie zu dem Kurier, als dieser sich zum Abmarsch bereit machte, »der Junge ist ein guter Mensch. Sein Vater war es auch. Er ist nicht wie manche anderen Weißen, er ist unser Freund. Behandelt ihn immer wie einen Freund.«

Der Kurier klopfte ihr lachend auf die Schulter. »Er ist der Jüngste bei uns. Ein Kind. Kannst du dir vorstellen, wie es aussieht, wenn einige hundert Männer ein einzelnes Kind verwöhnen?«

Draußen vor der Hütte versprach Donald Foster dem Mädchen Ling, daß er bald nach Ende des Krieges sie und die Mutter in Beranang besuchen würde. Er konnte nicht ahnen, daß um diese Zeit das Dorf nur noch aus verkohlten Ruinen bestehen und daß Ah Ling mit ihrer Tochter in einem weiter südlich gelegenen Lager der Befreiungsarmee sein würde.

Die Amah und Ling sahen den beiden nach, als sie aufbrachen. Und sie wischten beide verstohlen Tränen aus den Augen, als sie sich selbst in entgegengesetzter Richtung auf den Weg machten.

6

Der Posten des 2. Regiments der Befreiungsarmee südlich des Lagers von Ulu Slim, der auf einem Bergkamm seinen Standort hatte, sah die Frau mit der Maschinenpistole zuerst. Sie trat vorsichtig aus dem Wald, überquerte dann mit ein paar schnellen Schritten einen Streifen Grasland und tauchte zwischen hohem Gebüsch und vereinzelt stehenden Bäumen unter.

Der Posten richtete sein Fernglas auf sie. Ab und zu sah er sie zwischen den Büschen. Offenbar kannte sie die Gegend. Es gab eine Anzahl Frauen, die als Kuriere eingesetzt waren. Der Soldat suchte das Gelände ab, aus dem die Fremde gekommen war. Bei Kurieren war es immer gut, sich zu überzeugen, daß ihnen niemand folgte. Aber er entdeckte nichts. Als die Frau den Anstieg begann, konnte er ihr Gesicht deutlich sehen. Er erkannte sie sogleich, denn damals, als sie mit den anderen zusammen den verletzten Australier gebracht hatte, war er im Lager gewesen und hatte sie gesehen. Es war die Lehrerin. Er ließ sie auf Rufweite herankommen, ehe er sich bemerkbar machte. »Halte dich mehr nach rechts, Schwester, dort steigt es sich bequemer.«

Sie war glücklich, nach langer Zeit wieder die erste malaiische Stimme zu hören. Als sie bei dem Posten angekommen war, begrüßte sie ihn so überschwenglich, daß der Mann verlegen wurde. Sie ließ sich für ein paar Minuten bei ihm nieder und schenkte ihm eine Zigarette aus ihrem Bündel. Während der Soldat genußvoll den Rauch in die Lungen zog, betrachtete er ihre ziemlich abgerissene Kleidung und die durchgelaufenen Schuhe.

»Du bist weit gewandert, Schwester?«

»Bis nach Kuala Lumpur.«

»Oh«, machte der Mann anerkennend. »Da hast du das halbe Land durchquert. Wie sieht es in der großen Stadt aus?«

Sie erklärte es ihm mit ein paar Worten, und dann erkundigte sie sich nach Neuigkeiten im Lager. Der Soldat überlegte, wie lange sie fortgewesen war. Er sagte: »Wir haben ein paar hundert neue Soldaten hier. Maschinengewehre haben wir erbeutet, kleine Granatwerfer und Flammenwerfer. Kee Won hat mit seiner Gruppe ein Hinrichtungskommando der Japaner erledigt. Und in ein paar Tagen werden wir auf unseren kleinen Feldern Reis ernten.«

Es war, als wäre sie wieder zu Hause angekommen, in der Gemeinschaft, die wie eine große Familie war. Es war ein Gefühl, das sie zuversichtlich machte.

»Ist Ting Wu im Lager?« erkundigte sie sich.

Der Posten schüttelte den Kopf. »Er ist mit einer Gruppe von Eisenbahnspezialisten unterwegs. Die Japaner transportieren jetzt eine Menge Truppen nach dem Süden. Es heißt, daß sie nach Burma geschafft werden sollen.«

Sie erhob sich und machte sich an den Abstieg in den Talkessel. Mehrmals noch traf sie auf Posten, bis sie endlich den Kommandostand vor sich liegen sah. Als sie die Wiese überquerte, kam ihr von dort der lange, hagere Abu Bakkar entgegen. Er trug eine Uniform, die aus erbeutetem japanischem Khaki genäht war, und eine Kappe mit einem Stern. Abu Bakkar breitete beide Arme weit aus und zog Yang an sich. In der braunen Haut um seine Augen standen hundert winzige Fältchen. Er ließ Yang wieder frei, betrachtete sie zufrieden, warf einen Blick auf die Maschinenpistole und sagte erleichtert: »Was bin ich froh, daß du wieder zurück bist!«

Als sie ihm mit kurzen Worten berichtete, was sich auf ihrem Wege ereignet hatte, nahm er sie einfach bei den Schultern und führte sie zu ihrer Hütte. Unterwegs sagte er: »Jetzt wirst du dich erst hinlegen und ausruhen. Du hast einen langen Weg hinter dir. Wenn Ting Wu zurückkommt, werden wir über alles beraten. Hast du Hunger?«

Sie erzählte ihm, daß sie von den Lebensmitteln aus dem »Bali« sogar noch einiges in ihrem Bündel trug. Da lachte er und versprach, am Abend dafür zu sorgen, daß sie echten Tee bekam. »Wir haben ein paar Büsche gepflanzt«, verriet er schmunzelnd. »Jetzt kann man davon schon die ersten Blätter pflücken. Du bist Chinesin, du weißt doch, wie köstlich grüner Tee schmeckt!«

»Und ob ich es weiß!« Sie staunte, daß ihre Hütte während ihrer Abwesenheit saubergehalten worden war. Aber Abu Bakkar meinte nur gleichmütig: »Ein paar von den jüngeren Genossen haben sich darum gekümmert. Es ist doch üblich, daß Schüler ab und zu etwas für ihre Lehrerin tun.«

Sie stellte die Maschinenpistole ab und entfernte das Magazin. Als sie ihr Schlaflager aus Bambusgeflecht sah, kam ihr wieder so recht zu Bewußtsein, wie müde sie war.

»Wenn ich doch nur nicht von vornherein schon als Lehrerin abgestempelt wäre«, sagte sie unzufrieden. »Ich habe immer gedacht, daß ich gegen die Japaner kämpfen würde. Mit der Waffe. Und nun?«

Abu Bakkar lachte unbekümmert. Seine starken, schneeweißen Zähne blitzten. »Du wirst noch genug Gelegenheit haben, mit der Waffe zu kämpfen«, versicherte er. »Schon deshalb, weil wir keine Lehrerin brauchen können, die nicht weiß, was Kampf ist. Nun ruh dich aus.«

Er wandte sich ab und ging. Aber er hörte, daß Yang ihn zurückrief. Als er sich umblickte, stand sie im Eingang der Hütte und fragte ihn: »Wirst du mich mit deiner Gruppe mitnehmen, wenn du ausziehst?«

»Was ist das?« Er blinzelte ihr zu. »Eine Drohung?«

»Eine Frage.«

»Hm«, machte er und gab sich den Anschein, angestrengt nachzudenken. Der Wasserträger hatte in der Zeit, die er hier im Lager verbracht hatte, seinen alten Humor wiedergefunden. »Machen wir ein Geschäft«, schlug er ihr vor.

»Ich habe nichts, um dich bestechen zu können.«

»Doch.« Er grinste entwaffnend. »Ich bin nicht zur Schule gegangen, aber du. Bringst du mir die englische Sprache bei?«

Sie stutzte. Der Wunsch, ausgerechnet Englisch zu lernen, kam ihr nach den Erlebnissen der letzten Tage mehr als eigenartig vor. »Warum?« fragte sie. »Warum gerade Englisch?«

Er kniff ein Auge zu. »Weißt du, ob ich nicht vielleicht mal malaiischer Außenminister werden will?«

»Schön. Aber dazu mußt du erst die eigene Sprache richtig lernen, lesen und schreiben, auch rechnen und ...«

»Ja«, unterbrach er sie gedehnt, »das hast du mir sozusagen pflichtgemäß beizubringen. Englisch ist ein privates Geschäft zwischen dir und mir.«

»Ein privates Geschäft.« Sie schüttelte verblüfft den Kopf. Es gab keinen Grund, weshalb sie ihm die Sprache nicht beibringen sollte. Aber immerhin war sein Wunsch erstaunlich.

»Übrigens«, riß er sie aus ihren Überlegungen, »Ting Wu wird sich an dem Geschäft beteiligen. Und Kee Won auch. Nun, wie ist es damit?«

»Drei Außenminister«, sagte sie lächelnd. »Also gut. Und was bietest du?«

Er dachte einen Augenblick nach. Dann kam er nochmals zurück zu der Hütte und sagte eindringlich: »Mädchen, verlange nicht von mir, daß ich dich leichtsinnig in eine Gefahr bringe. Ich würde zeitlebens keinen Schlaf mehr darüber finden. Weißt du überhaupt, was für ein Edelstein du für uns bist? Wir haben nichts als unsere Fäuste und eine Vorstellung, wie die Welt aussehen soll, für die wir unser Leben einsetzen. Aber man kann eine solche Welt nicht nur mit den Fäusten bauen. Man muß lesen und schreiben können, Mathematik und was weiß ich noch. Wer bringt uns das bei? Die Engländer? Die Japaner? Sieh mich an, ich bin ein Wasserträger, der schießen kann und hungern. Mehr nicht. Aber wer soll später, wenn wir unsere eigenen Herren sind, das Land regieren, wenn nicht wir? Kann man ein Land gut regieren, ohne rechnen und lesen zu können?«

»Nein«, sagte sie.

»Gut. Dann bring es uns bei. Du bist eine der wenigen, die das können. Und diese wenigen sind uns wertvoll. Auch wenn sie selbst noch gar nicht begreifen, wie groß ihre Aufgabe ist.«

Sie senkte den Kopf. »Ich begreife es schon.«

Er trat an ihr vorbei in die Hütte und nahm vom Kopfende der Lagerstatt ein paar Bücher auf. »Du hast sie noch gar nicht gesehen«, machte er sie aufmerksam. »Ting Wu hat sie vom Oberkommando mitgebracht. Da, lies, es ist in englisch geschrieben. Marx, Lenin.«

Er gab ihr die Bücher in die Hand und sah sie an. In seinem Blick lag eine Spur von Betrübnis, als er sagte: »Ich bin ein Kommunist. Aber ich kann sie nicht lesen. Wenn du sie mir nicht vorliest, weiß ich nicht, was darin steht.« Seine Heiterkeit war verflogen. Er war ernst geworden.

Yang sagte leise: »Ich werde dir alles Wort für Wort vorlesen, sooft du willst. Wir können jetzt gleich anfangen.«

»Leg dich schlafen«, erwiderte er ruhig. »Ich muß zu meiner Gruppe, Zielübungen machen. Die Bücher wirst du nicht nur mir vorlesen, sondern den anderen auch.« Er nahm sie bei den Schultern und rüttelte sie leicht. »Begreifst du jetzt, daß wir dich nicht einfach von einer Unternehmung zur anderen ausschicken, auch wenn du darauf brennst?«

Sie nickte. Während er davonging, rief er ihr zu: »Ich denke, daß Ting Wu am Abend zurück ist. Wir werden zu dir kommen.«

Sie fand Wasser in einem alten Kanister und wusch sich. Dann machte sie sich zu einem kleinen Bach auf, an dem die Soldaten ihre Kleidung zu waschen pflegten. Sie warf ihr verschwitztes, schmutziges Drillichzeug ab und spülte es aus. In ihrem Bündel hatte sie ein leichtes Kattunkleid, das Merapi ihr geschenkt hatte. Sie zog es an und ging zu ihrer Hütte zurück, legte die gewaschenen Drillichsachen in die Sonne zum Trocknen, dann griff sie nach den Büchern. Ein paar Minuten hatte sie mit der Müdigkeit zu kämpfen. Aber sie blieb wach und las. Es war Lenins Sprache, die sie nicht einschlafen ließ. Sie legte das Buch erst aus der Hand, als es dunkel wurde.

Ting Wu fand sie schlafend, als er gegen Mitternacht zurückkam und mit Kee Won und dem Wasserträger zu ihr ging. Er sah die durcheinandergeworfenen, aufgeschlagenen Bücher neben ihr liegen und machte den beiden anderen ein Zeichen, wieder zu gehen.

Draußen, ein paar Schritte von der Hütte entfernt, zündete er sich eine Zigarette an und sagte: »Lassen wir sie ausruhen. Die Bücher haben sie müde gemacht.«

Abu Bakkar meinte: »Selbst für eine Lehrerin gibt es noch Sachen, die sie zu lernen hat.«

Er ging mit Kee Won und dem Kommandeur noch einmal zu der Unterkunft der Gruppe, die zurückgekommen war. Die Männer waren in bester Stimmung. Sie erzählten den Zurückgebliebenen, wie sie auf einer Brücke unter den Eisenbahnschienen die Sprengladung angelegt und daß sie die Zündung erst dann betätigt hatten, als der Zug bereits zur Hälfte über die Mine hinweggefahren war. »Vierzig Wagen voller Autos und Geschütze für Burma«, erzählte einer, »und nichts ist mehr davon zu retten. Alles stürzte den Abhang hinunter. Die Geschützrohre brachen wie im Feuer ausgeglühte Hühnerknochen.«

Sie hatten aus dem Packwagen des Zuges, der zertrümmert am Abhang lag, Munition und Lebensmittel geborgen, noch bevor die erste japanische Patrouille eintraf. Zum erstenmal seit langer Zeit konnte jeder Soldat japanische Zigaretten bekommen. Und für die Verwundeten hatte die Gruppe einige Kisten Verbandmaterial mitgebracht.

Ting Wu sah die strahlenden Gesichter der Soldaten. Es war wie immer nach einer erfolgreich verlaufenen Aktion. Keiner der Männer hatte sich geschont, jeder hatte das Gefühl, daß der Erfolg auch von ihm selbst abhängig gewesen war. Jeder wollte jetzt dem Kommandeur nochmals ganz genau beschreiben, wie er gekämpft und auf was er alles zu achten gehabt hatte.

»Nun gut«, sagte Ting Wu schließlich. »Es ist spät, Genossen. Zeit zum Ruhen. Morgen früh bringt jeder seine Waffe wieder in Ordnung. Am Nachmittag ist Unterricht. Kann man wissen, ob nicht einer unter euch ist, der sich zum Professor eignet?«

Das Lachen der Soldaten klang hinter ihm her, als er mit den beiden anderen die Unterkunft aus Bambusstangen und Palmenblättern verließ.

Wenn Yang aus der Eingangsöffnung des Kommandostandes blickte, konnte sie eine Gruppe von Soldaten sehen, die im Schatten der Bäume saßen und ihre Gewehre reinigten. Ihre Oberkörper waren nackt, um die Lenden hatten sie Handtücher geschlungen, weil sie bereits am Morgen ihr Drillichzeug, das fast schon wie eine Uniform aussah, am Bach gewaschen hatten. Ein Spaßvogel führte einen akrobatisch anmutenden Tanz auf, und die anderen pfiffen ihn aus. Er aber ließ sich nicht beirren; erst als er einem der Sitzenden im Handstand auf die Schultern stieg und ein paar Sekunden kerzengerade stand, ehe er mit einem Überschlag zu Boden sprang, spendeten sie ihm Beifall, danach widmete er sich zufrieden wieder seiner Maschinenpistole.

»Er ist früher auf Basaren aufgetreten«, bemerkte Ting Wu. »Bei der Aktion an der Bahnbrücke ist er mit dem schweren Sprengstoff von einer Schwelle zur anderen gekrochen, bis er in der Mitte der Brücke war. Unter den Schwellen war nichts mehr. Eine einzige unsichere Bewegung hätte ihn hundert Meter tief in ein ausgetrocknetes Flußbett stürzen lassen. Obwohl ich wußte, daß er es schafft, habe ich doch eine Gänsehaut gehabt, bis er fertig war.«

Er wandte sich wieder Yang zu. Sie hatte ihm ausführlich über das »Bali« und die dort verkehrenden Japaner berichtet, über das, was sie von Merapi erfahren hatte, und über Henderson.

»Es war gut, daß du ihn nicht erschossen hast«, sagte Ting Wu bedächtig. »Ich kann mir vorstellen, wie dir zumute war; trotzdem war es richtig, ihn nur einfach zu verlassen.«

»Aber«, wandte Yang ein, »was er betreibt, das tut er nicht von sich aus. Es ist die Politik des britischen Oberkommandos. Wenn du mich fragst, das ist Verrat.«

Ting Wu lächelte. Es war erstaunlich, mit wieviel Leidenschaft diese Frau so eine

Sache betrachtete. Bevor sie zu uns kam, hat sie sozusagen hinter verschlossenen Fenstern gelebt. Nun erst fängt sie an zu begreifen, wie die Welt in Wirklichkeit beschaffen ist.

»Nenn es Verrat«, sagte er, »es ist das richtige Wort. Aber wir haben damit gerechnet. Unsere Partei hat lange vor Kriegsausbruch Unterhändler zu den Engländern geschickt und ihnen angeboten, mit uns zusammen das Land vor dem Überfall der Japaner zu schützen. Sie haben Malaya lieber den Japanern überlassen, als sich mit uns zu verbünden. Sie haben Angst vor uns. Vor jedem Malaien haben sie Angst, weil sie vor dem Tag zittern, an dem wir ihnen erklären werden, daß wir es satt haben, noch länger eine Kolonie zu sein. Sie wissen, daß die Faschisten von den anständigen Menschen in der ganzen Welt besiegt werden, und sie zittern um die Reichtümer der Länder, die heute noch ihre Kolonien sind. Sie fürchten das Volk.«

»Ich habe mir das früher immer ganz anders vorgestellt«, gab Yang zu. »Ich habe gedacht, daß man sich unbedingt mit den Engländern zusammentun muß, um die Japaner zu schlagen. Aber nun habe ich einiges dazugelernt.«

»Weißt du«, riet er ihr, »du mußt nicht nur Malaya dabei sehen, sondern die ganze Welt. Die deutschen Faschisten und die Japaner haben den Krieg begonnen, um die Welt zu beherrschen. Um das zu erreichen, müssen sie zuerst die Arbeiterklasse schlagen. Es ist ein Krieg gegen die Arbeiterklasse der ganzen Welt, den sie führen. Und die Engländer wissen sehr genau, daß die Arbeiter in allen Ländern die Faschisten besiegen werden. Die Sowjetunion bürgt dafür, weil sie der einzige Staat ist, den Arbeiter regieren. Sie ist stärker als die Faschisten. Was die Engländer drückt, ist die Sorge, daß in ihren Kolonien, wie hier in Malaya, die Arbeiterklasse im Kampf gegen Japan stark wird und sich nach dem Sieg nicht mehr so einfach von einer Handvoll englischer Millionäre wird versklaven lassen. Deshalb sind wir heute schon gefährlicher für sie als die Japaner. Man kann verstehen, daß sie Leuten wie Henderson solche Anweisungen geben.«

Yang hatte nichts hinzuzufügen. Das, was Ting Wu ihr erklärt hatte, war bereits durch ihre eigenen Erfahrungen bestätigt worden.

»Es fällt einem schwer, daran zu denken«, sagte sie zögernd. »Aber wenn wir die Japaner geschlagen haben, wird England unser nächster Gegner sein.«

»Es sei denn, wir verzichten darauf, endlich ein freies Volk zu werden, das selbst über seine Angelegenheiten bestimmt. Aber das werden wir nicht tun.« Er wies auf die Soldaten, die mit der Pflege ihrer Waffen beschäftigt waren. Junge Burschen, die die Entbehrungen des Dschungelkampfes auf sich genommen hatten, um die Nation zu retten. »Glaubst du, daß sie sich damit abfinden werden, nach dem Sieg wieder ohne das Recht auf Freiheit und Bildung, ohne anständigen Lohn und genügend Reis für ihre Kinder zu leben? Das sind nicht mehr die Männer, die willig auf den Gummiplantagen und in den Zinnminen schufteten zum Ruhme und für den Wohlstand der britischen Krone. Sie sind klüger geworden und mutiger. Sie wissen, wie man kämpft. Es wird den Engländern schwerfallen, diesen Menschen die Rechte wieder zu nehmen, die sie sich erkämpften.«

Kee Won kam an der Spitze seiner Gruppe von einer Übung zurück. Die Uniformen waren durchgeschwitzt, die Waffen schmutzig. Die Kolonne löste sich in der Nähe des Kommandostandes auf, und die Soldaten eilten zu ihren Hütten. Es war bewundernswert, wie sich die Schar dieser Männer, die Gummizapfer oder Zinnarbeiter gewesen waren, Rikschafahrer oder Handwerker, immer mehr zu einer disziplinierten militärischen Einheit entwickelte. Ting Wu und seine Offiziere hatten eine riesige Arbeit geleistet. Selbst wenn man einwandte, daß alle hier Freiwillige waren, die darauf brannten, Soldaten zu werden und den Kampf gegen die japanischen Eindringlinge aufzunehmen, wenn man berücksichtigte, daß sie ihre Führer liebten und keiner von ihnen auch nur daran dachte, sich über die schwierigen Lebensbedingungen im Dschungel zu beklagen, war es erstaunlich, in welchem Maße nicht nur ihr Kampfgeist, sondern auch ihre soldatischen Eigenschaften, ihr Sinn für militärische Ordnung und Organisation gewachsen waren.

Ting Wu sah, wie Yang hinter den Männern her blickte. Er beobachtete sie eine Zeitlang, dann legte er ihr eine Hand auf die Schulter und sagte langsam: »Das ist das kostbarste Gut Malayas. Wir haben eine lange Zeit des Kampfes vor uns. Es wird Rückschläge geben, auch Niederlagen, aber zu besiegen sind wir nicht mehr. Wir werden uns den Sieg holen, eines Tages, vielleicht erst in sehr ferner Zeit. Und daß es diese Armee gibt, ist die erste entscheidende Schlacht, die wir gewonnen haben. Sie ist nicht mehr rückgängig zu machen, weder von Japan noch von England.«

Sie wandte ihren Blick von den Soldaten ab und sah Kee Won auf den Kommandostand zukommen. Ihm folgte Abu Bakkar. Das bedeutete, daß nun die tägliche Lageberatung der Offiziere begann.

»Ich werde gehen«, sagte sie. »Du hast zu tun. Gibt es noch etwas für mich?«

Er schüttelte den Kopf. »Vorerst nicht. Nur, daß ich dir für die kluge Erledigung der Aufgabe in Kuala Lumpur danke. Du hättest sie nicht besser lösen können. Ich werde das Oberkommando informieren. Wann geht der Unterricht weiter?«

»In einer Stunde. Eine Gruppe hat chinesische Sprache, die zweite Rechnen und die dritte Geographie.«

Er entließ sie mit einem Händedruck. »Erzähl ihnen, wie groß die Welt ist und wie viele Verbündete wir haben!«

Sie traf Abu Bakkar ein paar Schritte vor dem Kommandostand. Er versperrte ihr den Weg. »Heute abend Englisch?«

»So wie es abgemacht war«, erwiderte sie. »Die drei zukünftigen Außenminister. Zwei Stunden. Danach eine Stunde Pause, und dann lesen wir Lenin.«

Er pfiff durch die Zähne. »Du beschäftigst uns, gnadenlos.«

Sie lachte nur. Dann fiel ihr ein: »Was mache ich – bei mir in der Hütte gibt es keine Lampe.«

Da legte der pfiffige Wasserträger einen Finger auf die Lippen und flüsterte ihr zu: »Niemandem erzählen! Ich habe eine echt japanische Eisenbahnlaterne erbeutet und Brennöl für eine Zeit, die ausreichen müßte, bis wir alle so gut Englisch können wie Churchill persönlich!«

Sie war noch nicht bei ihrer Hütte angekommen, als sie aus einem Bambuswäldchen eine rauhe Stimme hörte, die einen saftigen englischen Fluch ausstieß. Gleich darauf sagte dieselbe Stimme auf englisch: »Da ist nichts zu machen. Schick einen zum Fluß und laß ihn eine Handvoll Sand holen.«

»Sand?« fragte eine andere Stimme, die offenbar einem Chinesen gehörte, der als Übersetzer diente.

»Ja, Sand, unten aus dem Fluß.«

Sie ging neugierig näher. Erst als sie ein paar Schritte in das Wäldchen getan hatte, sah sie den rothaarigen Australier. Er saß mit dem Rücken an einen starken Stamm gelehnt, um ihn scharte sich ein Dutzend Soldaten. Zwischen ihnen lag einer der von den Japanern erbeuteten Flammenwerfer. Bennett beklopfte wütend das Gerät; der Dolmetscher war soeben dabei, einem Soldaten den Auftrag weiterzugeben, am Fluß Sand zu holen. Der Soldat lief los, und Bennett richtete ächzend seinen Oberkörper auf. Er trug ein ziemlich zerfetztes Hemd und alte Drillichhosen. Sein linkes Bein war mit Bambusstäben geschient, auch um die Schulter hatte er noch einen Verband. Als er Yang sah, die langsam auf die Gruppe zuging, warf er ihr zuerst nur einen kurzen Blick zu. Dann aber kniff er plötzlich die Augenlider zusammen und versuchte, sich zu erheben. Es gelang ihm nicht, und er fluchte wieder, diesmal über seine Hilflosigkeit.

»Du!« rief er Yang zu. »Komm zu mir, Mädchen, ganz schnell!«

Sie sah ihn das erstemal, seit sie wieder im Lager war. Lächelnd streckte sie ihm die Hand hin, die er mit seiner mächtigen Pranke ergriff und zusammenpreßte. Er sah Yang eine Sekunde lang prüfend an, dann zog er sie einfach an sich, als er endlich seinen Griff lockerte und Yang sich verlegen wieder aufrichtete, sagte er mit seiner dröhnenden Stimme: »Wie ich dich gesucht habe! Ich war zwar aus wie ein Licht, da auf dem Hügel, aber dein Gesicht werde ich so schnell nicht vergessen. Ich will mich bedanken, Mädchen, aber ich kann nicht einmal aufstehen dazu. Setz dich zu mir.«

Er machte eine weit ausholende Handbewegung und rief den Soldaten zu: »Zehn Minuten Pause, Jungens! Diese Frau hat mich den Japanern vom Bajonett gezerrt. Laßt mich ein paar Worte mit ihr reden.«

Die Männer kannten die Geschichte. Sie erhoben sich mit beifälligem Gemurmel und standen neugierig herum, während Bennett wieder nach Yangs Hand griff und sie schüttelte, bis das Mädchen das Gesicht verzog.

»Wie geht es Ihnen?« erkundigte sie sich.

Er wiegte den Kopf. Sein Bart war länger geworden. Er sah aus wie ein Mensch, der Wochen nicht geschlafen, sich nicht gewaschen und rasiert hatte. »Du siehst es, Mädchen«, sagte er, »aber laß dich nicht täuschen. In ein paar Tagen kommt das Bambusgestell vom Bein, und das Loch in der Schulter wird dann auch zu sein. Bis dahin müssen die Jungens mich herumtragen, aber das machen sie gern. Und jetzt laß dich genau ansehen! Es gibt nicht viele Leute, denen George Bennett sein Leben verdankt. Außer meiner Mutter bist du die einzige Frau, die das von sich sagen kann!«

Er griff wieder nach ihrer Hand, und sie biß die Zähne zusammen. Dieser Mann hatte ungeahnte Kräfte. Er sah belustigt, wie sie auf seine Hände schielte. Dann lachte er auf. »Das sind Cowboyflossen, Mädchen! Damit habe ich früher Bullen gebändigt, wenn sie mir das Leben schwer machen wollten. Sie sind nicht ganz ungefährlich. Weißt du, daß du seit damals auf dem Hügel einen Freund hast, der sich für dich die Haut vom Balg ziehen ließe, wenn das nötig wäre?«

Der Dolmetscher machte sich den Spaß, den Soldaten die Unterhaltung zu übersetzen. Bennett merkte es, aber es störte ihn nicht. »Jesus«, sagte er, »bin ich froh, daß ich bei euch angekommen bin. Jetzt weiß ich endlich, weswegen ich überhaupt in den Krieg gezogen bin. Wenn ich bloß erst wieder laufen könnte. Wir werden den Japanern ein solches Feuer unter ihre werten hinteren Körperteile machen, daß ganz Malaya nach verbrannten Ärschen stinkt und die Leute Tränen lachen.«

Er schlug sich mit der Hand auf den gesunden Schenkel, und dann fühlte er sich verpflichtet, sie darauf aufmerksam zu machen, daß seine Redeweise nicht immer den hergebrachten Regeln der Höflichkeit entsprach.

»Ich bin ein Cowboy«, sagte er gleichsam entschuldigend, »und ich hoffe, du brauchst es nie zu bereuen, daß du mich dort auf dem Hügel gerettet hast. Gegenwärtig bringe ich den Jungens bei, wie sie diese lausigen japanischen Flammenwerfer zu bedienen haben. Wir haben nämlich ganz ähnliche Dinger gehabt. Man kann schöne Sachen damit anstellen.«

»Sie sind noch nicht gesund und arbeiten trotzdem . . .«

Er wartete nicht, bis Yang den Satz zu Ende gesprochen hatte. »Soll ich den ganzen Tag schlafen«, fragte er, »während die Jungens sich mit den Japanern herumschlagen? Ich will doch wenigstens eine Kleinigkeit beisteuern. Und wenn ich wieder laufen kann, werde ich mit den Jungens ausziehen. Habe schon mit dem Kommandeur gesprochen. Oder meinst du, ich wäre ein Mann, der sich vor ein paar lausigen, kaisertreuen Faschisten verkriecht, die andere Länder überfallen?«

Der Soldat, den er zum Fluß geschickt hatte, kam mit einer Handvoll Sand zurück. Bennett griff ungeduldig danach. Er nahm den feinen Sand zwischen Daumen und Zeigefinger und begann damit, das oxydierte Mundstück des Flammenwerfers zu säubern.

»Sie haben die Dinger von Yokohama bis nach Malaya gebracht, ohne sich mit einem bißchen Liebe darum zu kümmern, daß sie nicht verrosten«, schimpfte er. »Aber wir werden schon damit fertig!«

Er winkte die Soldaten heran und ließ sie zusehen, während er das Metall blank putzte. »Seht ihr, in anderen Ländern nimmt man dazu Schmirgelpapier. Wir können das auch so.«

George Bennett ließ Yang erst gehen, nachdem sie ihm versprochen hatte, ihn bald in seiner Hütte zu besuchen. Als sie das Bambuswäldchen verließ, hörte sie hinter sich wieder seine dröhnende Stimme, die dennoch warm und gutmütig klang.

»Pause ist um, Jungens! Aufgepaßt, jetzt haben wir das Mundstück sauber. Jeden

Tag kontrollieren, daß es so bleibt, sonst geht die Sache einmal schief, wenn ihr abdrückt.«

Es war gegen Abend eines außergewöhnlich schwülen Tages, als ein kleiner japanischer Kübelwagen in die Ortschaft Bikam einfuhr. Er war nur mit zwei Soldaten besetzt, einem kahlköpfigen, Brille tragenden Offizier der japanischen Fliegertruppen und dem Fahrer.

Das Dorf hatte nur einige hundert Einwohner, die fast ausnahmslos Bauern waren. Die Felder lagen rings um den Ort, sie trugen Reis und Bataten, Gemüse und Erdnüsse. Die Leute von Bikam waren nie wohlhabend gewesen. Vor dem Krieg hatten sie ihre Ernten an den Sultan von Perak abliefern müssen, denn das meiste Land rings um Bikam gehörte ihm. Aber die Erde war fruchtbar, und sie hatte trotzdem die Menschen ernährt. Jedes Jahr hatten die Bauern dem Dschungel neuen Boden entrissen, weil der Sultan ihnen großmütig erlaubte, neugerodetes Land drei Jahre für sich selbst zu bebauen. So hatten die Bauern zu Äxten und Haumessern gegriffen und waren dem Wald zu Leibe gerückt. Sie hatten Büsche und Rankenwerk verbrannt und die Asche in die Erde eingegraben. Das war der beste Dünger für den feuchten, fauligen Boden, den man dem Dschungel abrang. Aber in den ersten drei Jahren wuchs darauf trotzdem nur wenig, und das war der Grund, weshalb der Sultan sich erst im vierten Jahr das Neuland aneignete.

Am Ortseingang stand eine einzelne Hütte, in der zwei japanische Wachposten stationiert waren. Sie holten sich aus dem Dorf, was sie brauchten: Hühner und Maniokmehl, Früchte und junge Frauen. Wer sich ihnen widersetzte, den erschossen sie. Den Leichnam ließen sie gewöhnlich zwei Tage im Dorf liegen, bevor sie erlaubten, daß er beerdigt wurde. Sonst führten sie ein ziemlich bequemes Leben. Sie kümmerten sich deshalb auch nicht weiter um den Kübelwagen, der kurz bei ihnen anhielt und dann ins Dorf hineinfuhr.

Der kahlköpfige Fliegeroffizier kam nicht nach Bikam, um zu essen. Die Piloten der kaiserlichen Luftflotte erhielten in ihren Kantinen eine ausgezeichnete Verpflegung. Außerdem hatten sie gegenwärtig eine faule Zeit. In Malaya gab es keine feindlichen Flugzeuge mehr. Alles, was zu tun blieb, waren Kontrollflüge und Aufklärungseinsätze, gelegentlich eine Aktion gegen ein Partisanenlager, das aber meist schon geräumt war, wenn die Bomber anflogen.

Seit einigen Tagen nun wußten die höheren Offiziere auf dem Flugplatz von Jondok, der einige Dutzend Kilometer nördlich von Bikam lag, daß sich ihr geruhsamer Aufenthalt in Malaya dem Ende zuneigte. Die Verlegung des Bombergeschwaders nach Burma war beschlossene Sache. Dort würde Japans nächste große Offensive erfolgen, der Stoß über Arakan nach Indien hinein. Das würde nicht leicht sein, denn England hatte an der indischen Grenze starke Truppenverbände konzentriert. Es waren vorwiegend indische Einheiten, aber dort standen auch afrikanische Soldaten, bärenstarke, an tropisches Klima und Dschungelleben gewöhnte Männer, die nicht unterschätzt werden durften. Außerdem hatte Stilwell, der alte amerikanische General, für eigenwillige und wirksame Aktionen bekannt und in Burma wie in seiner Westentasche zu Hause, chinesische und burmesische Soldaten ausgebildet, die er ebenfalls zum Einsatz bereithielt.

Der alte Fuchs, der viele Jahre seines Lebens in China verbracht hatte, war von diesem Plan nicht abzubringen gewesen, obgleich er bei den Engländern, aber auch im Pentagon auf heftigen Widerstand gestoßen war. Er hatte seine Truppe unter dem Tarnnamen »Yoke« aufgestellt und erklärt, wenn man ihm nicht seinen Willen ließe, würde er von seinem Posten als amerikanischer Oberbefehlshaber der China-Burma-Indien-Front zurücktreten. Nun standen den japanischen Angriffskeilen an der indischen Grenze Truppen gegenüber, die man nicht schlechthin in London oder Birmingham, in Melbourne oder Canberra zum Militärdienst einberufen hatte. Es waren vielmehr entschlossene, gut ausgebildete einheimische Soldaten, die bereit waren, nicht nur um jeden Zentimeter Boden zu kämpfen, sondern die darauf brannten, den Japanern für alle jene Greueltaten heimzuzahlen, die sie in ihren Heimatländern begangen hatten.

Der Angriff auf Indien würde zeigen, ob Japan noch in der Lage war, weiter vorzudringen, oder ob für Nippon ebenso der große Rückzug beginnen würde, wie ihn Hitlers Truppen bereits vor Moskau und dann endgültig bei Stalingrad angetreten hatten. Im japanischen Oberkommando war man entschlossen, alle verfügbaren Kräfte für dieses Unternehmen einzusetzen. Auch der Bomberverband, der bei Jondok seinen Feldflugplatz hatte, würde bereits in ein oder zwei Wochen nach Burma ziehen.

Der Kübelwagen hielt am Rande eines Weges, der rechts und links von den Hütten der Dorfbewohner flankiert war. Der Fahrer blieb zunächst darin sitzen; nur der Offizier stieg aus, um sich in den Behausungen umzusehen. Er war nicht mehr jung, und er hatte sich vorgenommen, vor seiner Verlegung aus Malaya noch eines jener Abenteuer zu erleben, die ohnehin einen großen Teil seiner Freizeit in diesem Land ausgefüllt hatten.

Es war in Bikam nicht anders als in den meisten anderen Dörfern. Die Anwesenheit des kahlköpfigen Offiziers war schnell im ganzen Ort bekannt. Die jüngsten und hübschesten Mädchen rieben Schmutz in ihr Haar und bespritzten sich mit abgestandenem Wasser, das einen üblen Geruch ausströmte, weil faulige Reste von Bataten hineingemischt worden waren. Ihre Gesichter rieben die Mädchen mit einem Gemenge von schlammiger Erde und Betelsaft ein. Sie boten einen wenig anziehenden Anblick, als der Offizier prüfend durch die Hütten ging, um zu sehen, welche ihm zusagte.

Jener Flieger war nicht ganz unerfahren in Malaya, und er ließ sich auch durch diese Aufmachung kaum beeindrucken. Er betrachtete die Mädchen mit dem sachkundigen Blick eines Sklavenkäufers, befühlte ihre Schenkel und Brüste und zwang nicht wenige von ihnen, die Kleidung abzulegen, bevor er sich entschied.

Hätte er ein anderes Opfer ausgewählt, wäre er vielleicht davongekommen. Aber er entschied sich für Prana, die sechzehnjährige Tochter eines Bauern, dessen ältester langen Blick an, dann senkte er den Kopf und sagte heiser: »Es ist keiner übriggeblieben, der etwas erzählen könnte. Das ganze Dorf besteht nur noch aus Trichtern, Trümmern und aus dem, was die Aasfresser von den Leichen übriggelassen haben. Im Nachbardorf ist auch nichts zu erfahren.«

Ting Wu goß ihm einen Becher Wasser ein, den Abu Bakkar in langen Zügen leerte.

»Es wird sich jemand gegen eine Schikane gewehrt haben«, vermutete Ting Wu. »Yang hat Nachrichten abgehört. Sie stellen es als Strafexpedition gegen Banditen dar, die sich in Bikam verschanzt hätten.«

»Banditen!« knurrte der Wasserträger verächtlich und spuckte durch den Eingang nach draußen. »Jeder, der sich seiner Haut wehrt, ist ein Bandit. Ich bin stolz, daß ich so ein Bandit bin!«

»Und Jondok?«

Abu Bakkar holte tief Luft. Dann sagte er: »Habe ich mir genau angesehen. Ganz genau. Sie haben fünfzig Maschinen dort stehen, aber es gibt Anzeichen dafür, daß sie verlegt werden. Es ist ein verdammt gut gesicherter Platz.«

»Ist er anzugreifen?«

Abu Bakkar suchte in der Brusttasche seiner Uniformjacke, bis er eine zerknüllte Zigarette gefunden hatte. Er brannte sie mit einem japanischen Streichholz an, dann sagte er mit Bestimmtheit: »Ich werde ihn angreifen, und zwar ganz schnell. Ich werde dir auch gleich erklären wie.«

Eine Stunde saßen sie beieinander und berieten. Abu Bakkar zeichnete eine Lageskizze des Flugplatzes auf ein Stück Papier, und nachdem er Ting Wu die Eigenart des Geländes erläutert hatte, überlegten sie beide, auf welche Weise man vorgehen könnte.

»Von drei Seiten ist nichts zu machen, weil das Gelände offen ist. Aber im Westen liegen Reisfelder, dahinter ist Dschungel. Am Flugplatzrand sind die Felder völlig verschlammt, mannshoch steht dort das Wasser. Das ist die Stelle, an der ich angreifen werde. Weil sie nämlich gerade an dieser Seite des Flugplatzes jeden Morgen die Maschinen aufstellen.«

»Du willst am hellen Tag angreifen?«

»Ich muß. Nachts haben sie die Maschinen an der Ostseite stehen, wo die Gebäude sind, die Werkstätten. Da werden sie an ihnen arbeiten. Früh werden sie startklar gemacht und an den Westrand geschoben. Von da starten sie. Also muß ich angreifen, wenn sie am Westrand stehen und bevor sie starten. Das ist am späten Vormittag.«

»Und danach?«

Abu Bakkar deutete auf den Westrand des Flugplatzes, den er aufgezeichnet hatte. »Der Platz ist eine Art Plateau. Hinter dem Rand gibt es einen Abhang, und an seiner Fuße beginnen die überfluteten Reisfelder. Das heißt, vom Flugplatz aus kann m dort nicht so einfach hinsehen. Man müßte erst zum Abhang kommen. Aber zwischen ist Stacheldraht.«

Er beriet lange mit Ting Wu. Schließlich einigten sich die beiden, daß ä schnell noch verschiedene Vorarbeiten zu erledigen waren. Eine Gruppe S

Sohn im Dschungel war. Prana war ein gutgewachsenes, sehr schlankes Mädchen. Vor Tagen hatte sie dem Vater erklärt, daß sie ebenso wie ihr Bruder in den Dschungel gehen werde und daß es besser sei, wenn er selbst sich auch dazu entschließe, damit er später nicht für ihr Verschwinden zur Rechenschaft gezogen werden könne.

Über diese Angelegenheit war noch nicht entschieden, als der Blick des Japaners auf Prana fiel.

Es wäre wohl selbst dann nicht viel geschehen, wenn der Japaner nicht noch einmal zu seinem Auto zurückgegangen wäre und dem Fahrer befohlen hätte, sich vor der Hütte als Posten aufzustellen. Prana nutzte diese Gelegenheit. Ihr war alles gleich. Die Japaner sollten sie lieber erschießen, als mit ihr ein Vergnügen haben. Als der Flieger ihr den Rücken kehrte, huschte sie zu der Hütte hinaus und lief einfach in die Felder.

Der Fahrer sah sie zuerst und machte den Offizier auf die Flüchtende aufmerksam. Als der Offizier wütend zur Pistole griff, um hinter dem Mädchen her zu schießen, hielt der Fahrer ihn zurück. Er jagte mit dem Kübelwagen los und fuhr rücksichtslos über die bestellten Erdnußfelder, bis er der Flüchtenden nahe genug war. Dann ließ er den Wagen stehen und hatte Prana mit ein paar Schritten eingeholt. Er schlug sie ins Gesicht und stieß sie vor sich her, den Weg zurück.

An der Hütte erwartete sie der Offizier, der durch die Widersetzlichkeit des Mädchens gereizt war. »Baka!« brüllte er sie an. Es war einer der üblichen japanischen Flüche. Zugleich schnallte er das Koppel ab und hieb ihr damit erbarmungslos über Kopf und Schultern. Er hatte nicht damit gerechnet, daß sich das Mädchen immer noch widersetzen würde. Aber Prana gab nicht auf. Sie stürzte sich auf den Japaner und kratzte ihm das Gesicht auf, bevor er überhaupt wußte, wie ihm geschah. Ihre Hände krallten sich um seinen Hals, er verlor die Brille und stürzte zu Boden. Prana war entschlossen, ihn zu erwürgen. Sie nutzte ihre Chance und preßte dem überraschten Offizier ihre kräftigen Hände auf die Kehle. Nun war nichts mehr rückgängig zu machen. Alles folgende spielte sich blitzschnell ab. Pranas Vater sah, wie der Fahrer des Offiziers die Pistole zog, sie am Lauf packte und damit auf das Mädchen einschlagen wollte. Er hatte, als Prana davonlief, bereits seinen Parang, das lange, scharfe Haumesser, zur Hand genommen. Mit einem wilden Satz sprang der Malaie nun aus der Hütte, stürzte sich auf den Fahrer und spaltete ihm mit einem einzigen Hieb den Schädel. Der Soldat verlor im Fallen seine Pistole, ein Schuß löste sich. Aber niemand wurde dadurch mehr beeindruckt. Das Haumesser löschte in Sekundenschnelle auch das Leben des Offiziers aus, und Prana taumelte beiseite.

Als sie sich umblickte, sah sie, daß alle Nachbarn, die herbeigeeilt waren, Haumesser oder Sicheln in den Händen trugen. Ihr Vater warf einen wilden Blick um sich, stieß einen heiseren Schrei aus und rannte los, den beiden Posten entgegen, die, durch den Pistolenschuß angelockt, herbeieilten.

Er blieb nicht allein. Wie auf Befehl stürzten die Leute hinter ihm her. Den beiden Posten blieb keine Zeit, auch nur einen Schuß abzugeben. Sie wurden von der wütenden Menge überrannt, erschlagen, zertrampelt. Und Pranas Vater hieb wie von Sinnen mit seinem Parang auf die beiden ein. Seine Augen traten aus den Höhlen und verliehen seinem Gesicht einen erschreckenden Ausdruck. Vor seinem Mund stand Schaum, und er schrie, schrie, bis ihn ein halbes Dutzend starker Männer schließlich überwältigten und in seine Hütte zurückbrachten, wo sie ihn auf dem Lager festhielten und ihm zuredeten, bis seine Erregung sich gelegt hatte.

Erst nachdem wieder Ruhe eingetreten war, kam den Leuten zu Bewußtsein, daß es in ihrem Dorf keine japanische Besatzung mehr gab. Damit aber setzten die Überlegungen ein. Man war sich einig, daß etwas zu geschehen hatte. Die einen waren dafür, alle Waffen und Handgranaten der toten Japaner an sich zu nehmen und das Dorf damit zu verteidigen. Andere hielten das für aussichtslos und schlugen vor, daß alle Einwohner sich zusammen in den Dschungel begeben sollten, um dort zu einer Einheit der Befreiungsarmee zu stoßen. Es wurde Nacht, bevor man sich auf diesen Vorschlag einigte. Bei Tagesanbruch sollte der Abmarsch erfolgen. Selbst die Greise und die Frauen mit Säuglingen wollten Zuflucht im Dschungel suchen.

Niemand machte Prana oder ihrem Vater einen Vorwurf, im Gegenteil, man lobte das Mädchen und den Alten für ihre beherzte Tat. Es war, als wäre ein großes Aufatmen durch das Dorf gegangen. Die Leute hatten innerhalb weniger Minuten begriffen, daß sie alle zusammen stark waren und ihre Quälgeister vertreiben konnten. In den ersten Stunden der Nacht begannen sie, ihre Habseligkeiten zusammenzupacken.

Etwa um die gleiche Zeit schnarrte in der Postenhütte am Dorfeingang das Feldtelefon. Niemand hörte es. Die Männer, die sich die Gewehre der Posten angeeignet hatten, waren nur ein paar Minuten dagewesen, um alle Munition und die Handgranaten mitzunehmen. Als nach einer halben Stunde der Hörer immer noch nicht abgenommen wurde, setzte sich der diensthabende Leutnant der Kempeitai in Ipoh die Mütze auf, hing ein Nachtglas und eine Maschinenpistole um und befahl den Patrouillenwagen zu sich. Es war ein schneller Lastwagen, auf dem dreißig Soldaten Platz hatten.

Eine Stunde später durchsuchte der Leutnant die leere Postenhütte und vermutete sogleich einen Überfall. Da hatten die ausgeschwärmten Soldaten auch schon den verlassenen Kübelwagen und die Überreste der beiden Posten gefunden. Sie versuchten, in die Hütten einzudringen, aber aus der Dunkelheit fielen Schüsse, und die Soldaten zogen sich vor der nicht genau zu übersehenden Gefahr zurück.

Der Leutnant jedoch verlor nicht den Kopf. Er gab Befehl, das ganze Dorf zu umstellen und auf jeden zu schießen, der es verlassen wollte. Vier von ihm ausgesuchten Soldaten gelang es nach einiger Zeit, eine alte Frau, die am Dorfrand wohnte, zu überwältigen und zur Postenhütte zu schleppen. Die vier Soldaten schlugen sie so lange, bis sie zugab, was sich im Dorf abgespielt hatte. Dann wurde sie am Straßenrand erschossen. Der Leutnant rief über das Feldtelefon seine Dienststelle in Ipoh an. Er verlangte Verstärkung. Aber sein Vorgesetzter forderte ihn auf, zunächst das Dorf unbedingt sicher abzusperren und auf weitere Befehle zu warten.

Major Kumara wurde wenige Minuten später im »Bali« von seinem Adjutanten aufgesucht. Er verließ die Nische, in der er mit Merapi gesessen hatte, und als er in der Halle erfuhr, was geschehen war, überlegte er nur wenige Sekunden, bevor er sagte: »Zwei Flieger aus Jondok. Das ist sehr einfach zu erledigen. In dieser Gegend ist ohnehin eine drastische Aktion fällig. Also – eine Staffel aus Jondok fliegt bei Tagesanbruch eine Strafaktion. Das Dorf ist zu vernichten. Ipoh benachrichtigen Sie, daß es umstellt bleibt. Wer es verlassen will, wird erschossen. Es darf keine Überlebenden geben. Vollzugsmeldung an mich um neun Uhr früh.«

Der Adjutant legte die Hand an die Mütze. »Sie wird auf Ihrem Schreibtisch liegen, Major, wenn Sie Ihren Dienst beginnen.«

In Jondok wurden eine Stunde vor Morgengrauen neun Bomber vom Typ Kawasaki mit Sprengbomben beladen und startklar gemacht. Die Piloten standen in der Nähe und besahen sich die ihnen kurz zuvor ausgehändigten Karten. »Tausend Meter vom Dorfrand in jeder Himmelsrichtung stehen unsere Truppen«, erläuterte der Staffelkapitän nochmals. »Also nicht zu weit streuen. Abwurfhöhe fünfhundert Meter. Beschuß ist ohnehin nicht zu erwarten.«

Die Piloten bereiteten sich auf die Aktion mit der routinemäßigen Selbstverständlichkeit vor, mit der sie stets ihr Handwerk versahen. Sie fragten nicht nach Einzelheiten. Dies war eine Strafaktion, und sie flogen nicht zum ersten Male zu einem solchen Zweck.

Um diese Zeit hatten die Bauern in Bikam versucht, aus dem Ring auszubrechen, der das Dorf umschloß. Aber die erste Patrouille war in der Zwischenzeit verstärkt worden, und mit den vier Feuerwaffen, die die Bauern erbeutet hatten, gelang es ihnen nicht, eine Bresche in die Linie der Posten zu schlagen. Sie hatten große Verluste und zogen sich in das Dorf zurück, um die Verletzten zu verbinden.

Wenige Minuten später erklang ein tiefes Brummen in der Luft. Bald zogen die Bomber aus Jondok ihren ersten Kreis über dem Dorf. Sie orientierten sich über das Ziel, dann flogen sie zum Angriff an.

Es dauerte etwa zehn Minuten, bis sie ihre Bombenlast abgeworfen hatten. Die leichten Hütten wurden von den Detonationen weggefegt, die Menschen zerrissen, von Splittern durchsiebt. Da und dort flackerten Brände auf. Niemand versuchte, sie zu löschen.

Als eine halbe Stunde nach dem Abflug der Maschinen die Soldaten, die das Dorf umstellten, sich mit aufgepflanzten Bajonetten aus ihren Deckungen erhoben und zwischen den Bombenkratern in die Überreste der Hütten eindrangen, fanden sie nur noch Tote vor.

Abu Bakkar stapfte, so wie er aus dem Wald kam, in den Kommandostand. Er sah übermüdet aus. Mit der einen Hand wischte er sich den Schweiß von seinem verschmutzten Gesicht, mit der anderen nahm er die Mütze ab und warf sie neben seine Maschinenpistole, die er am Eingang abgestellt hatte. Er sah Ting Wu mit einem

wurde losgeschickt, um auf der nächsten Gummiplantage möglichst viele der an den eingekerbten Gummibäumen aufgehängten Blechbehälter unbemerkt einzusammeln und ihren Inhalt in einem großen Kanister zum Lager zu bringen. Inzwischen suchte sich Abu Bakkar zwanzig Männer aus, die er einer seltsamen Prüfung unterzog.

Jeder von ihnen hatte sich ein armlanges Stück Rohr zurechtzuschneiden. Dann führte Abu Bakkar die Männer zum Fluß und hieß sie sich rücklings auf den Flußgrund legen. Das Rohr nahmen sie in den Mund, hielten es mit einer Hand aufrecht und preßten mit der anderen ihre Nase zu. So konnten sie durch das dünne Rohr atmen, das ein Stückchen aus dem Wasser herausragte.

Abu Bakkar setzte sich auf einen Stein und wartete. Nach einer gewissen Zeit stieg er ins Wasser und gab den Soldaten das Zeichen aufzustehen. Als sie ans Ufer gekommen waren, fragte er sie: »Geht es?«

Sie nickten. Sie waren der Ansicht, daß sie es stundenlang so aushalten würden.

»Das müßt ihr auch«, entgegnete Abu Bakkar. »Sechs Stunden. Vielleicht länger.«

Er schickte sich an, seine Jacke abzulegen, als Ting Wu mit Yang herbeikam. Abu Bakkar blinzelte ihr zu und meinte: »Wenn du jetzt von mir forderst, daß ich dich mitnehmen soll, dann kann der Kommandeur es wenigstens persönlich ablehnen.«

Aber Ting Wu sagte zu seinem Erstaunen: »Er wird nicht ablehnen. Die Genossin Yang hat ein Recht darauf, auch bei Kampfaktionen eingesetzt zu werden, wenn sie es verlangt. Kannst du überprüfen, ob sie für deine Aktion geeignet ist?«

Abu Bakkar schluckte, dann kratzte er sich am Kopf und meinte wenig begeistert: »Muß es diese sein? Ich habe dir doch ...«

»Du hast mich wochenlang vertröstet. Ich habe nun schon seit Monaten gewartet.«

»Meinetwegen«, sagte Abu Bakkar nach kurzem Zögern. »Laß dir von den Jungens ein solches Rohr geben. Leg dich auf den Rücken, mitten im Fluß – Nase zuhalten, Rohr in den Mund, atmen. Wenn ich dich anstoße, darfst du aufstehen.«

Er warf Ting Wu einen vielsagenden Blick zu, aber der lächelte nur, als Yang ohne weitere Fragen ein paar Papiere aus ihren Jackentaschen nahm, sie am Ufer hinlegte und dann in den Fluß sprang.

»Paßt auf, daß sie uns nicht erstickt!« rief Abu Bakkar den Soldaten zu. »Und ruht euch aus. Das nächste Mal tauchen wir sechs Stunden. Ich mit euch. Der Genosse Kommandeur wird hierbleiben und uns beobachten.«

Er wartete darauf, daß Yang jeden Augenblick wieder aus dem Wasser auftauchen würde, aber das geschah nicht; nach einer langen Zeit entschloß er sich, ihr selbst das Zeichen zum Auftauchen zu geben.

Vierundzwanzig Stunden später war die Gruppe abmarschbereit, zwanzig Männer, dazu kam Yang. Abu Bakkar hatte sie nicht ohne weiteres aufgenommen. Aber er hatte sich zu seinem eigenen Erstaunen davon überzeugen können, daß sie in der Lage war, die gleichen Strapazen auf sich zu nehmen wie die Männer. Schließlich hatte er zu Ting Wu gesagt: »Einverstanden. Ich nehme sie mit. Sie ist nicht schlechter als die Jungens, ich muß es zugeben.«

»Es wird für sie gut sein, wenn sie Kampferfahrungen sammelt«, hatte der Kommandeur ihn bedächtig aufmerksam gemacht. »Ihre Klugheit wird sie einmal zu wichtigen Aufgaben befähigen. Sie ist mit dem Herzen bei uns. Aber was nutzt es ihr, wenn sie nur klug und ehrlich ist? Gerade sie muß die ganze Härte des Kampfes kennen und durchstehen. Das wird eine wirkliche Kommunistin aus ihr machen. Gib gut auf sie acht.«

Abu Bakkar musterte seine Männer. Sie trugen ihre Haumesser, außerdem waren an jeden vier Sprengladungen verteilt worden. In der Werkstatt, die es seit einiger Zeit im Lager gab, hatte man diese Sprengladungen mit Magneten versehen, so daß sie an den Unterseiten der Tragflächen jener Bomber in Jondok haften würden. Viel wichtiger aber war dabei etwas anderes gewesen. Man hatte die fertigen Ladungen in die abgezapfte Latexmilch getaucht, und nachdem diese geronnen war, überzog sie das Metall und die Zündeinrichtung mit einer wasserdichten Haut. Das alles war nötig gewesen, um den Angriff genau nach Abu Bakkars Plan ausführen zu können.

Er blieb vor Yang stehen und betrachtete das Mädchen eingehend. Dann fragte er sie: »Nun, bist du zufrieden?«

»Sehr, Genosse Bakkar.«

Er blinzelte ihr zu. »Du hast die Probe bestanden.«

»Danke«, erwiderte sie.

Dann trat Abu Bakkar vor die Männer. »Genossen«, sagte er, »wir haben einige Stunden zu marschieren. Dann beginnt der Kampf. Bis wir die Aufgabe erfüllt haben, gibt es für keinen von uns eine Minute Ruhe. Keine Zigarette, kein Essen, nichts zu trinken. Jeder kennt seine Aufgabe. Sollte es bei uns Verletzte oder Tote geben, werden sie mitgenommen. Wer sich zu schwach fühlt, soll vortreten. Er kann hierbleiben, wir werden ihm keinen Vorwurf machen. Auch bei uns kann einmal jemand einen schwachen Augenblick haben. Ihr wißt, wie ich darüber denke.«

Er wartete, aber keiner aus der Gruppe rührte sich. Vor dem Appell hatte Abu Bakkar zwei Nachfolger für sich bestimmt, die ihn ersetzen sollten, falls er bei der Aktion getötet würde. Als eine Minute vergangen war, setzte er sich wortlos an die Spitze der Soldaten, und der Abmarsch begann.

Sie erreichten die Reisfelder westlich von Jondok eine Stunde nach Mitternacht. Es war Neumond, nur die Sterne verbreiteten ein fahles Licht. Am Rande des Dschungels sammelte Abu Bakkar die Soldaten um sich und machte sie mit den Geländeverhältnissen bekannt. Jenseits der Reisfelder, die an ihrem gegenüberliegenden Rand überflutet waren, stieg der Boden leicht an, und an der Oberkante des Abhanges zog sich ein einfacher Stacheldrahtzaun entlang. »Überspringen«, erklärte Abu Bakkar flüsternd. »Er ist nicht elektrisch geladen. Keine Spur daran zurücklassen. Die Flugzeuge stehen am Morgen einen Steinwurf von diesem Zaun entfernt. Die beiden Posten sind rechts und links davon. Nachdem wir die Posten beseitigt haben, arbeiten wir uns langsam an die Maschinen heran. Das Gras ist hoch genug. Wo ihr die Minen anbringt, wißt ihr. Auf mein Zeichen die Zünder abreißen. Danach zurückkriechen. Wir haben die Zündung auf zwei Minuten eingestellt. Bis dahin liegen wir wieder im Wasser. Keiner erhebt sich. Wir müssen dann nochmals acht Stunden liegen. Aber bedenkt immer, daß unser Leben davon abhängt, daß wir still liegen, absolut still, und es ist besser, wir ersticken, als daß wir auftauchen. Wenn wir über die Reisfelder bis zum Dschungel laufen müssen, solange es Tag ist, mähen sie uns mit ihren Maschinengewehren wie Gras.«

Er bestimmte vier Soldaten, die die beiden Posten beseitigen sollten. Dann begann das Warten. Als die Zeit gekommen war, kroch er an der Spitze der anderen in die Reisfelder. Sie hatten einige hundert Meter in dem wäßrigen Schlamm zurückzulegen, ehe sie auf dem überfluteten Feld unmittelbar unter der Hangkante ankamen. Hier blieben sie, und Abu Bakkar wies jedem seinen Platz zu. Er prägte sich genau ein, wo die einzelnen lagen, denn er wußte, daß er sie nicht mehr würde ausmachen können, nachdem sie in dem trüben Wasser untergetaucht waren. Selbst die Rohre, durch die sie atmeten, würden kein sicheres Zeichen sein, denn überall wuchs solches Rohr auf dem überfluteten, verwilderten Feld.

Zuletzt führte er Yang an ihren Platz. Sie lag nicht weit von ihm; wenn er die Hand ausstreckte, konnte er sie berühren.

»Halte dich stets in meiner Nähe auf«, wies er sie an. »Wenn wir aufstehen, laß mich nicht aus den Augen.«

»Du hast Angst um mich?«

Er sah sie an, wie sie so vor ihm hockte, bis zur Brust im schlammigen Wasser, bereit, unterzutauchen. Dieser Kurier aus Batu Caves, dachte er, der hat eine Frau gefunden, um die man ihn beneiden könnte.

»Red nicht von Angst«, flüsterte er verlegen. »Ich will bloß vermeiden, daß unsere Lagerschule verwaist.«

Als der Tag sich mit dem ersten rötlichgrauen Streifen am Horizont ankündigte, gab Abu Bakkar den Soldaten das Zeichen unterzutauchen. Er beobachtete sie genau, auch Yang, die sich mit einem schnellen Griff die Bambusklemme auf die Nase setzte und dann in der schlammigen Brühe verschwand. Sie selbst hatte nach ihrem ersten Tauchversuch im Lager vorgeschlagen, solche Klemmen aus federndem Bambus zu benutzen, damit man nicht die ganze Zeit die Finger über den Nasenflügeln zusammenzupressen brauchte. Die erste Probe bereits hatte gezeigt, daß die Idee gut war. Einundzwanzig Soldaten, dachte Abu Bakkar. Einundzwanzig Leben, die auf dem Spiel stehen, bis die Dunkelheit, die gerade zu weichen beginnt, sich wieder über das Land senkt. Dann legte er sich neben Yang hin, klemmte sein Atemrohr zwischen die Lippen und holte langsam und gleichmäßig Luft. Er bewegte sich noch einige Male, bis er die bequemste Lage gefunden hatte. Feiner Schlamm senkte sich auf seinen Körper und machte ihn selbst für einen aufmerksamen Beobachter völlig unsichtbar.

Nach kurzer Zeit schon streckte er seinen Arm aus und tastete nach der Seite. Er fand Yangs Hand und hielt sie fest. Es war gut zu wissen, daß man in diesem trüben Gefängnis, in dem man nicht einmal die Augen öffnen konnte, nicht allein war.

Allmählich erwärmte sich das Wasser, die Sonne ging auf, und sie brannte schon eine Stunde später mit großer Kraft. Der warme Schlamm gab Abu Bakkar ein Gefühl wohliger Trägheit, das nur dadurch beeinträchtigt wurde, daß er sich krampfhaft bemühen mußte, regelmäßig zu atmen, damit er nicht in Luftnot geriet. Er zählte die Minuten, um nicht den Sinn für die vergehende Zeit zu verlieren. Doch die Wassertemperatur ließ ihn sehr deutlich spüren, daß die Sonne am Himmel höher stieg und der Morgen in den Mittag hineinwuchs.

Als nach seiner Rechnung vier Stunden vergangen waren, drückte er Yangs Hand, und sie antwortete ebenfalls durch einen Händedruck. Er ließ sie los, hob ganz langsam seinen Kopf aus dem Wasser und nahm das Atemrohr vom Mund. Mit einer schnellen Bewegung wischte er den Schlamm von den Lidern und öffnete die Augen. Das grelle Tageslicht blendete ihn, er mußte die Augen mehrmals wieder schließen, bevor es ihm gelang, sie offenzuhalten. Aber in der Zwischenzeit hatte er sich bereits davon überzeugt, daß die Reisfelder völlig verlassen dalagen und es an der Hangkante keinen Posten gab.

Er stieg nicht ganz aus dem Wasser, sondern kroch langsam, ohne ein Geräusch zu verursachen, bis ans Ende des überfluteten Feldes und schob seinen Kopf über die Hangkante. Da standen die silbrigen Vögel der Japaner, greifbar nahe. So wie er es bei seinem Beobachtungsgang gesehen hatte, waren sie an den Westrand des Rollfeldes gefahren worden. Die Monteure waren wieder zu den Hallen zurückgekehrt, die man von hier aus nicht sehen konnte. Nur an jedem Ende der langen Reihe von Flugzeugen saß ein Posten dösend unter einer Tragfläche.

Abu Bakkar ließ sich Zeit, alles genau zu beobachten. Er hatte richtig gerechnet. Jetzt war das Gelingen der Aktion nur noch vom Mut und der Schnelligkeit der einzelnen Soldaten abhängig. Er wandte sich ab und kroch zurück.

Wenige Minuten später hatte er die Soldaten aus dem Schlamm geholt. Er wartete ungeduldig, bis sich ihre Augen an die Helligkeit gewöhnt hatten. Dann schickte er die ersten vier auf den Weg zu den Posten.

Die anderen schlichen an die Hangkante heran und warteten in einer weit auseinandergezogenen Linie auf Bakkars Zeichen. Neben ihm lag Yang. Sie hatte nur einen kurzen Blick auf die Flugzeuge geworfen und war dann wieder in Deckung gegangen. Sie beobachtete Abu Bakkars Gesicht, als er zusah, wie die Soldaten sich an die Posten heranarbeiteten. Lange Zeit wußte sie nicht, wie es um die vier stand, aber Abu Bakkar hatte sorgfältig ausgewählt, und so überraschte es sie nicht, als er nach einer unendlich sich dehnenden Wartezeit plötzlich den Arm hob.

Das war das Zeichen zum Angriff. Nachdem Yang den Stacheldrahtzaun überwunden hatte, sah sie die beiden Posten bewegungslos im Schatten der Tragflächen liegen. Irgendwo am anderen Rande des Platzes dröhnten Motoren, aber auf dem Rollfeld war außer ein paar abgestellten Tankwagen nichts zu bemerken. Es fiel ihr eigenartig schwer, schnelle Bewegungen auszuführen, aber das lag an der nassen Kleidung und an dem stundenlangen Stilliegen.

Sie sah Abu Bakkar sich aufrichten und den Männern auf den äußersten Flügeln der Reihe Zeichen geben. Dann war sie im Schatten der Tragflächen des Bombers angekommen. Abu Bakkar ermunterte sie mit einem Kopfnicken. Er war schwarz vom Schlamm des Reisfeldes, nur seine Augäpfel und die Zähne blitzten. Schnell erhob sie sich und hängte die Mine unter die Tragfläche, dort, wo die Tanks saßen. Mit ein paar Sprüngen war sie bei der zweiten Fläche; dann ließ sie sich ins Gras zurückfallen und kroch mit den beiden verbliebenen Minen auf das nächste Flugzeug zu.

Als Abu Bakkar seine vier Minen befestigt hatte, erhob er sich und suchte die Soldaten. Einige bewegten sich noch zwischen den Flugzeugen, andere standen bereits mit erhobenem Arm neben den Rädern der Maschine, zum Zeichen, daß sie ihre Arbeit beendet hatten. Abu Bakkar warf einen schnellen Blick auf das Rollfeld. Es schien sich niemand zu nähern; aber wenn jemand von den Hallen her mit einem guten Fernglas die Maschinen beobachtete, mußte er die Männer sehen. Die Zeit, die verging, bis alle Minen angebracht waren, quälte Abu Bakkar. Dann aber atmete er erleichtert auf, warf noch einen Blick in die Runde und gab das Signal.

Wie die anderen sah auch Yang den erhobenen Arm. Sie reckte sich hoch und riß den ersten Zünder ab. Jetzt kam es auf Sekunden an. Wieselflink huschte sie unter die zweite Tragfläche und wiederholte hier denselben Griff. Sie blickte sich nicht um, als sie zu dem zweiten Flugzeug hinüberlief, an dem sie ebenfalls Minen befestigt hatte. Noch zweimal mußte sie die kleine, mit dünner Latexhaut überzogene Kappe des Zünders herausziehen. Dann hetzte sie auf den Stacheldraht zu, übersprang ihn im Laufen und kugelte den Abhang hinunter. Als sie sich aufrichtete, war Abu Bakkar neben ihr. Überall schwangen sich die vom Schlamm bedeckten Gestalten der Soldaten über den Draht, rollten den Abhang hinab und strebten dem Reisfeld zu. Nur Abu Bakkar blieb an der Hangkante liegen. Yang sah ihn, als sie schon wieder – atemlos – bis an den Hals im Schlamm steckte.

Die Sekunden vertropften wie zäher Honig. Abu Bakkar merkte, daß der Schlamm auf seinem Gesicht zu trocknen begann. Er biß sich auf die Lippe und starrte auf die großen Metallvögel hinter dem Stacheldraht. Es war, als würde eine Ewigkeit vergehen. Doch dann explodierte plötzlich auf der linken Seite die erste Mine. Sie riß die dünne Metallhaut der Tragfläche auf und zerfetzte den Tank. Der Treibstoff entzündete sich an der Stichflamme der Explosion, und sofort breiteten sich große, wild züngelnde Flammen aus. In kurzen Abständen folgte nun eine Detonation nach der anderen.

Abu Bakkar sah die Feuerwände hochschießen und Wrackteile weit durch die Luft fliegen. Eine halbe Minute nach der ersten Explosion stand die lange Reihe der Bomber in hellen Flammen. Er riß sich von dem Anblick los, der ihm den Erfolg der Aktion bestätigte, und hastete zurück zum Wasser. Sie werden nicht so schnell herausfinden, was die Explosionen hervorgerufen hat, dachte er, sie werden an Sabotage denken, Untersuchungen anstellen. Als er neben Yang ins Wasser tauchte, atmete er heftig von dem schnellen Lauf. Von hier aus konnte er die Maschinen nicht mehr sehen. Nur das

Prasseln der Flammen war zu hören, und der schwarze Qualm, der von den Bränden aufstieg, wurde sichtbar.

Abu Bakkar blies prüfend durch sein Atemrohr. Dann warf er einen Blick über die aus dem Wasser ragenden Köpfe der Soldaten. Einundzwanzig Leben, dachte er wieder. Er konnte sehen, daß die Soldaten lachten. Doch es war höchste Zeit zu verschwinden. Er gab das Zeichen, und die Köpfe tauchten unter. Neben ihm ragte Yangs Atemrohr aus dem Wasser. Er ließ sich fallen, die rechte Hand um das Bambusrohr gelegt, mit der anderen griff er wieder nach der Hand des Mädchens und drückte sie kräftig.

Die Lehrerin, dachte er beinahe belustigt, die Frau mit dem Stock, der den Schülern im Dschungel die Hauptstädte Chinas, der Sowjetunion, Englands, aber auch Brasiliens und Australiens auf der selbstgezeichneten Weltkarte zeigt. Die schmale Frau mit den sanften Augen und den zierlichen Händen, die viel eher für einen Bleistift geschaffen sind als für eine Maschinenpistole. Und dort sind die Jungen mit den schlammverkrusteten Gesichtern, die eine Menge dafür gäben, wenn sie jetzt auftauchen könnten und zusehen, was auf dem Rollfeld geschieht.

Er spürte wieder, wie der Schlamm seinen Körper einschloß, wie er sich auf seine Augenlider senkte und in die Ohren drang. Das Wasser war jetzt angenehm erwärmt. Nacht, dachte er, komm schnell, hab ein Einsehen, hier liegen einundzwanzig Menschen, die alle ein Leben vor sich haben, in dem es nicht nur diesen Schlamm, das Gebell von Waffen und die Todesschreie Getroffener geben soll, sondern Frauen und Kinder, Reis in bunten Schalen und klares, kühles Wasser und den Duft von Hibiskus und Frangipani; keine Prügel mehr von irgendeinem ausländischen Boß, sondern Arbeit an den Arbeitstagen und Tänze am Feiertag und Sänger, schöne Kleider und Bücher, die man lesen kann, und Spazierfahrten in schaukelnden Booten.

Er spürte Yangs Hand in der seinen, und dann begann er wieder, die Minuten zu zählen.

Yang versuchte, nicht an das zu denken, was jetzt auf dem Flugplatz vor sich ging. Es war quälend, hier zu liegen, ohne eine Bewegung machen zu können, einfach warten zu müssen. In der Zwischenzeit würden die Streifen die Gegend durchkämmen, suchen. Wenn auch nur einer ihrer Gruppe hier im Schlamm sich durch eine Bewegung verriet, würde das Unheil über alle hereinbrechen, ohne daß sie es kommen sahen, ohne daß sie in der Lage waren, sich zu wehren. Die Zeit verging ihr zu langsam. Oft hatte sie das kaum bezwingbare Verlangen aufzustehen. Dann wieder glaubte sie ersticken zu müssen, und Angst befiel sie. Es kostete sie all ihre Willenskraft, sich zu bezwingen und daran zu denken, daß es den übrigen Soldaten nicht anders gehen würde. Sie ließ Abu Bakkars Hand nicht los. Solange sie ihn neben sich spürte, war alles gut. Solange geschah nichts. Es war beruhigend, wenigstens das zu wissen.

Was Abu Bakkar vorausgesehen hatte, traf ein. Während die Sonne auf das überflutete Reisfeld herabbrannte, das ganz still und verlassen dalag und niemandem Anlaß zum geringsten Verdacht gab, brach auf dem Flugplatz die Hölle los. Löschwagen rasten über das Gelände. Brennende Maschinen brachen zusammen. Patrouillen flitzten wie Schwärme aufgescheuchter Insekten hin und her. Nach einer Stunde trat ein wenig Ruhe ein. Die verkohlten Reste der Flugzeuge lagen schwelend am Boden. Man hatte die halbverbrannten Leichen der Posten entdeckt, aber selbst der Kommandant des Flugplatzes stand vor einem Rätsel.

War es denn möglich, daß die Leute, die eine solche Katastrophe anrichteten, sich einfach in Luft auflösten? Was für eine Teufelei war hier geschehen, die nicht einmal die geringste Spur eines Täters aufwies?

Die Patrouillen suchten die Umgebung des Rollfeldes ab. Sie kamen auch an die Hangkante, an der Abu Bakkar gelegen hatte. Lange beobachteten sie mit ihren Ferngläsern die Reisfelder und den Rand des Dschungels. Aber dort war nichts zu sehen als eine andere Patrouille, die ebenfalls nicht die geringste Spur fand und schließlich umkehrte.

Der Flugplatzkommandant tobte. In wenigen Tagen sollte die Einheit nach Burma verlegt werden. Heute mittag war ein Einsatzflug vorgesehen gewesen, der ein angeblich von den Aufklärern entdecktes Lager der Guerillas zum Ziel hatte. Das alles war zur Illusion geworden. Drei Dutzend Maschinen waren verbrannt. Sie hatten nur noch ein paar Verbindungsflugzeuge und Wettermaschinen zur Verfügung.

Gegen Abend traf eine Sonderkommission aus Kuala Lumpur ein, die sich daranmachte, die Überreste der verbrannten Bomber zu untersuchen. Es sollte noch Stunden dauern, bis die Experten einen ausgeglühten, verbogenen Zünder unter den Trümmern fanden. Aber dieser Zünder gehörte zu einer Mine japanischer Produktion, und dadurch wurde das Rätsel nur noch größer.

Der ehemalige Wasserträger und seine Männer hörten und sahen von all dem Durcheinander nichts. Sie lagen still im warmen Schlamm, bis die Sonne unterging. Keiner erhob sich oder versuchte aufzustehen. Die Disziplin, die sich in der jungen Armee in so kurzer Zeit herausgebildet hatte, sicherte den Soldaten das Leben. Denn als die Sonne unterging und die Nacht sich ohne das Zwischenspiel der Dämmerung schnell über das Land senkte, gab es keine Patrouille, die etwa Verdacht geschöpft und die stillen Reisfelder besonders überwacht hätte.

Abu Bakkar erhob sich als erster, als er merkte, daß die Temperatur des Wassers schnell absank. Das war für ihn der Beweis, daß die Nacht anbrach. Er wischte den Schlamm aus den Augen, säuberte die Ohren und lauschte. Dort, wo die Reste der Maschinen am Boden lagen, waren ein paar Scheinwerfer aufgestellt, bei deren Licht die Experten nach Spuren suchten. Abu Bakkar arbeitete sich langsam bis zur Hangkante vor und beobachtete das Bild, das sich ihm bot. Er war befriedigt. Leute, die in grellem Scheinwerferlicht arbeiteten, konnten in der dahinterliegenden Dunkelheit nichts erkennen.

Er kroch zurück und gab den anderen das Zeichen aufzutauchen. Es wurde kein Wort gesprochen. Atemrohre und Nasenklemmen verschwanden im Schlamm. Und hinter Abu Bakkar her schlängelten sich in einer langen Reihe einundzwanzig schlammbedeckte Gestalten lautlos durch die Reisfelder bis an den Rand des Dschungels. Von dort warfen sie noch einen Blick auf das Rollfeld. Im Lichte der Scheinwerfer konnten sie die ausgebrannten Reste der Bomber sehen.

»Gut gemacht, Genossen«, sagte Abu Bakkar halblaut, als sie den Waldrand weit hinter sich gelassen hatten. »Mit diesen Vögeln werfen sie keine Bomben mehr über malaiischen Dörfern ab.«

Die nasse Kleidung klebte an den Körpern. Nachdem die Gruppe ein paar Kilometer in den Dschungel eingedrungen war, ließ Abu Bakkar haltmachen, damit die Soldaten ihre Hosen und Jacken ausziehen und das Wasser aus ihnen herauspressen konnten. Sie standen auf einem schmalen Pfad zwischen riesigen Bäumen in einem Gewirr von Schlingpflanzen und Lianen. »Geh ein Stück beiseite und zieh dich aus«, forderte Abu Bakkar Yang auf. »Und wirf mir deine Sachen her.«

Er bot alle seine Kräfte auf, als er ihre Kleidung zu einem Strang zusammendrehte und das Wasser heraustropfen ließ. Dann warf er ihr die einzelnen Stücke wieder zu und brummte: »Morgen wirst du etwas zu waschen haben. Dieser Schlamm klebt wie Papayasaft.«

Dann preßte er seine eigene Uniform aus. Auf seinem Gesicht hatte sich eine Kruste gebildet. In Ohren und Augen brannten die winzigen Körnchen des feinen Sandes. Aber selbst diese Unannehmlichkeiten konnten weder bei Abu Bakkar noch bei den anderen das Gefühl beeinträchtigen, einen der bisher größten Erfolge errungen zu haben. Die Männer umstanden ihn, und ein Spaßmacher krächzte mit heiserer Stimme: »Für eine einzige Zigarette gehe ich zurück und sprenge die Bergungsmannschaft auch noch in die Luft!«

»Auf!« befahl Abu Bakkar. »Wenn wir herumstehen, erkälten wir uns. Morgen baden wir den ganzen Tag im Fluß. Mein Wort darauf!«

Er nahm Yang bei der Schulter und ging neben ihr her. Der Spaßmacher krähte: »Schön, aber wo badet sie?«

Und Yang, die sich seltsam gelöst und zufrieden fühlte, erwiderte gleichmütig: »Ich finde schon eine Stelle. Und überhaupt – morgen abend ist für diese Gruppe Rechenunterricht. Ihr könnt beim Baden das Einmaleins üben.«

»Oh«, stöhnte der Spaßmacher. »Genosse Bakkar, gibt es denn nicht noch einen Flugplatz, den wir uns morgen abend vornehmen könnten?«

Halisamat war jetzt seit drei Tagen in Tanjong Malim. Er saß um die Mittagszeit auf der Holzbank vor dem langen Tisch eines Straßenkochs und sah ihm zu, wie er eine Schale mit wäßriger Brühe füllte, in der ein paar Stücke Wildgemüse schwammen. Er war der einzige Gast. Die Leute hatten nicht genug Geld, um an den Straßenküchen zu essen, und wer Geld hatte, der versuchte lieber, ein paar Lebensmittel aufzutreiben und selbst etwas zu kochen. Das Essen der Straßenköche, das früher für seine Qualität bekannt gewesen war, wurde immer dürftiger.

Der Mann stellte die Schale vor Halisamat hin und sagte bedauernd: »Du siehst aus, als ob du etwas Kräftigeres gebrauchen könntest.«

Halisamat setzte die Schale an die Lippen. Er trank von der Suppe, setzte die Schale ab und meinte: »In meiner Familie ist noch keiner fett geworden.«

»Hast du noch Geld?« erkundigte sich der Koch. Er war ein kleiner, flinkäugiger Chinese. Sein Hemd war so zerrissen, daß man glaubte, es würde ihm jeden Augenblick vom Leib fallen.

Halisamat warf einen Blick auf sein pfiffiges Gesicht und meinte gleichmütig: »Du scheinst mich mit einem reichen Mann zu verwechseln. Was wäre, wenn ich noch Geld hätte?«

»Etwas Vernünftiges zwischen die Zähne«, raunte der Koch ihm zu. »Rare Sachen, aber nur, wenn du Geld hast.«

»Wieviel?«

Der Koch hob eine Hand, die fünf Finger gespreizt.

Halisamat zog den Kopf zwischen die Schultern. Er besaß noch Geld genug, aber es war immer angebracht, Leuten, die man nicht kannte, mit Vorsicht zu begegnen. »Was ist es?« fragte er zögernd.

Der Koch griff unter den Tisch. Dann warf er einen prüfenden Blick in die Runde, um sich zu überzeugen, daß ihn niemand beobachtete. Zuletzt brachte er die Hand blitzschnell für ein paar Sekunden unter dem Tisch hervor und ließ sie wieder verschwinden. Ein kleines Stück Gebäck hatte darauf gelegen.

»Die Götter mögen dir den Wucher verzeihen«, brummte Halisamat anklagend. »Vier von den Scheinen mit den Bananen darauf will ich dir geben. Mehr habe ich nicht.«

Der Koch rollte die Augen. »Hör zu, Bruder, es ist aus gutem Maismehl gebacken. Mit Zucker darin. Die Gewürze sind die gleichen wie früher, als die ...« Er zögerte, dann machte er eine linkische Verbeugung. »Als die Wohltäter des Kaisers ihre Gnade noch nicht auf Malaya ausgedehnt hatten. Und wovon soll ich leben, wenn du mir weniger dafür bezahlen willst, als es mich selbst kostet?« Er grinste und warf dann wieder einen argwöhnischen Blick um sich.

»Du bist ein Halsabschneider«, sagte Halisamat. Die Suppe hatte nicht ausgereicht, um seinen Hunger zu stillen. Halisamat hatte die Zeit in Tanjong Malim mit wenig mehr als einer Schale solcher Suppe täglich verbracht.

»Bruder«, ermahnte ihn der Koch mit beleidigtem Gesicht, hinter dem sich der Hohn nur dürftig versteckte, »warum beschimpfst du mich? Ich diene Seiner Majestät dem Kaiser auf dem weißen Pferd. Früher habe ich den Leuten echte Huntun-Suppe angeboten und Gänseleber, süßsauren Fisch und zartes Krabbenfleisch. Aber da hatten wir die neue Ordnung noch nicht. Doch jetzt haben wir sie, da kommst du und bist von der neuen Ordnung allein nicht satt, so daß du einen Maiskuchen brauchen könntest, aber du willst ihn nicht bezahlen. Der Kaiser hat gesagt ...«

»Ja, ja«, fiel ihm Halisamat ins Wort, »der Kaiser hat noch nie bei dir eine Suppe gegessen. Er kennt sie nicht. Also willst du mir den Kuchen für vier Scheine geben?«

Es ging dem Chinesen viel weniger um das Geld, denn selbst bei vier Scheinen verdiente er noch eine Menge. Er machte sich seinen Spaß daraus, den Leuten auf den Zahn zu fühlen. »Du liebst den Kaiser nicht, eh?« fragte er.

Halisamat blinzelte träge. »Hunger habe ich.«

»Da sieht man, wie sehr das ordinäre Volk den großen Kaiser braucht«, lamentierte der Koch grinsend. »Essen, essen, essen! Aber man muß doch Opfer bringen! Endlich haben wir die gepriesene Neuordnung, die hübschen Soldaten und die beste Syphilis, die es in ganz Asien gibt, und immer ein bißchen Abwechslung, wenn ab und zu ein paar von uns erschossen werden, aber du denkst nur an Essen! Undankbarer Mensch! Hast du wirklich nur noch vier Scheine?«

»Ich habe noch eine Großmutter, die spuckt einer vorbeikriechenden Spinne ins Auge, wenn sie Betel kaut«, bemerkte Halisamat trocken. »Sie ist sehr zielsicher.«

Der Koch kicherte und griff wieder unter den Tisch. »Du machst mich arm. Meine Kinder werden deinetwegen hungern, und ich werde Buddha die versprochenen Räucherstäbchen nicht schenken können, schamloser Mensch, der den Kaiser nicht achtet! Wenn es ihn nicht gäbe, würde ich dir den schäbigen Maiskuchen nicht einmal anbieten können. Ich würde mich nämlich schämen, ihn zu verkaufen. Dann hätte ich wie früher die schädlichen Dadars und die verwerflichen Kokosplätzchen, für die ich berühmt war, und die staatsgefährlichen kantonesischen Fruchtkuchen. Du solltest in dich gehen. Roll die vier Scheine zusammen und gib sie her.«

Halisamat schob ihm schmunzelnd das Geld hin. Die Hand des Kochs kam unter dem Tisch hervor, und auf ihr lagen zwei Maiskuchen. »Schwöre, daß du dich bessern wirst und den Kaiser achten!« verlangte er feixend.

»Ich werde ihn zu einer solchen Suppe einladen«, erklärte Halisamat respektlos. »Es wird mir ein Vergnügen sein. Und wenn er das überlebt, werde ich ihm vorschlagen, sich eine Woche davon zu ernähren. Der Schreck darüber wird ihn dann sicher umbringen. Gib den Kuchen her, du Fürst des warmen Wassers!«

Der Koch hielt ihm die Hand mit den beiden Kuchen hin, wieder einen Blick in die Runde werfend, als fürchte er, beobachtet zu werden. »Da, nimm, du Lästerer.«

»Alle beide?«

»Iß sie schnell, es braucht niemand zuzusehen.«

»Beide für vier Scheine?«

Der Koch ließ die Kuchen von der Hand auf den Tisch gleiten und machte ein gottergebenes Gesicht. Er ist ein Komiker, dachte Halisamat, in einer Gauklertruppe wäre er die große Nummer. Schnell griff er nach den Kuchen und begann zu essen. Der Koch sah ihm mit über dem Bauch gefalteten Händen dabei zu. »Du machst mir Sorge, Bruder«, meinte er betrübt. »Du bist ein Element, ich ahne es. Neulich haben sie einen Zettel angeklebt, und seitdem weiß ich, was ein Element ist. An der Treue zum Kaiser erweist es sich, ob jemand ein guter malaiischer Untertan ist oder ein – Element. Und trotzdem kann ich dich nicht hungern sehen, wie kommt das nur?«

Kauend erkundigte sich Halisamat: »Hältst du jedem, der deine menschenfreundliche Suppe ißt, solche Vorträge?«

Der Koch grinste verschlagen. »Was denkst du, Bruder, wie wichtig es ist, die Leute aufzuklären! Wer könnte es besser als einer, der auf der Straße steht wie ich und mit jedem sprechen kann? Ist es nicht nötig, jedem zu sagen, was der Kaiser von ihm will? Wie viele sind respektlos! Schmecken die Kuchen?«

»Es geht. Hast du nicht Angst, daß die Kempeitai dich einmal für dein loses Maul erschießen könnte?«

Der schalkhafte Ausdruck wich langsam aus dem Gesicht des Chinesen. Nach einer Weile sagte er ernst: »Bruder, ich bin ein alter Mann, aber kein dummer Mann. Sie können mich erschießen, ja. Aber im Wald schießen sie recht wenig, meinst du nicht auch? Weißt du warum? Weil sie Angst haben, überhaupt in den Wald zu gehen. Und wenn das, was im Wald ist, erst einmal herauskommt, werden sie noch mehr Angst haben. Bruder, seit meine beiden Neffen in der großen Heimat in den Wald gegangen sind, weiß ich, wovor die Kerle hier Angst haben. Du kannst dich darauf verlassen, daß ich wieder eine bessere Suppe für anständige Leute kochen werde!«

Er zog sich zurück und begann in seinem Kessel zu rühren. Halisamat aß schweigend seinen Kuchen auf. Dann wischte er sich die Finger an der Jacke ab, und dabei spürte er die Pistole, die er in der Innentasche trug. In einer Stunde hatte er am Stadtrand zu sein, wo er sich mit den beiden anderen Genossen treffen wollte, die auch in der Stadt gewesen waren, um mit den Führern der illegalen Parteiorganisation die Nachrichtenübermittlung zu organisieren. Sie würden dann den Heimweg zum Lager antreten. Halisamat freute sich darauf, denn er wußte bereits, daß er in den nächsten Tagen einen Kuriergang nach dem Lager von Ulu Slim zu machen hatte. Er würde nach langer Zeit Yang wiedersehen. Es gab viel zu erzählen: über ihre Unternehmungen, die anwachsende Zahl der Kämpfer, über den kleinen englischen Jungen Don, der jetzt in Batu Caves war und der ihnen erzählt hatte, daß er nach dem Krieg einmal Doktor werden und nach Malaya zurückkommen wollte. Halisamat sehnte sich nach Yang. Es würde ein freudiges Wiedersehen werden. Er erhob sich von der Bank und winkte dem Koch zu. »Danke, Bruder. Aber sieh dir die Leute genau an, mit denen du sprichst!«

Der Koch winkte zurück. Er sah Halisamat nicht nach. Von diesem jungen Mann war kein Verrat zu erwarten, soviel Menschenkenntnis traute der Koch sich zu. Und schließlich – was hat ein alter chinesischer Straßenkoch schon zu verlieren? Sein Leben. Das ist nicht viel, verglichen mit der Würde, die ein lebender Mensch in diesen Zeiten verlieren kann.

Während Halisamat sich auf den Weg zum Stadtrand machte, überdachte er, was sie zu dritt in Tanjong Malim erreicht hatten. Es war ein gutes Ergebnis. Wie an anderen Stellen auch, funktionierte die Verbindung zwischen den in den Städten zurückgebliebenen Genossen und der Befreiungsarmee immer besser. Sie gab den Soldaten die Möglichkeit, in Zukunft noch schneller, sicherer zuzuschlagen. Es war viel erreicht worden.

Tanjong Malim war nur eine kleine, ärmliche Stadt. Sie lag etwa in der Mitte zwischen dem Lager von Batu Caves und dem von Ulu Slim. Hier verlief die Nordsüdeisenbahn, die wichtigste Verkehrsader, die den Japanern gegenwärtig für ihre Truppentransporte diente. Bei den Arbeitern in den Eisenbahnwerkstätten von Tanjong Malim gab es trotz der unaufhörlichen Suchaktionen und Verhaftungen der Japaner eine starke kommunistische Organisation. Dieser Betrieb war eine Festung des Widerstandes.

Halisamat bog von der Hauptstraße ab und wanderte langsam durch die Gassen dem östlichen Rande der Stadt zu. Nach einigen hundert Metern wurden die Hütten und niedrigen Lehmhäuser spärlicher, und vor ihm lagen Gemüsefelder. Er ging an ihren Rainen entlang. Hier gab es noch viele Leute, die zu den Vorortsiedlungen hinter den Feldern gingen. Halisamat brauchte nicht zu fürchten, besonders aufzufallen. Er hatte bis zum Einbruch der Dunkelheit jenseits der Gemüsefelder zu sein, denn am Abend zogen am Stadtrand verstärkte Posten der Japaner auf, und Streifen riegelten das Gelände zum Wald ab. Die Kempeitai war längst in Sorge, daß Leute aus dem Dschungel Verbindung zu den Arbeitern in der Stadt aufnehmen könnten. Sie hatte dagegen eine Anzahl von Sicherungsmaßnahmen getroffen, die gegenwärtig noch wirksam waren. Dazu gehörte auch die Anwerbung von einheimischen Verrätern. Sie wählte vorwiegend ehemalige kriminelle Subjekte aus, denen sie die Freiheit unter der Bedingung zusicherte, daß sie sich unter die Arbeiter mischten, sich in ihren Wohngebieten ansiedelten und der Kempeitai alles mitteilten, was sie wahrnahmen.

Halisamat konnte nicht ahnen, daß er und die beiden anderen Kuriere bereits seit dem Morgen, nachdem sie sich getrennt hatten, von diesen Helfern der Kempeitai beobachtet wurden.

Der Mann, der auf sie aufmerksam geworden war, hieß Sekam und war aus Kuala Lumpur gekommen, wo er wegen verschiedener Einbrüche und Diebereien bis zum Eintreffen der Japaner im Gefängnis gewesen war. Seit Monaten strich er durch Tanjong Malim und hatte es sogar über sich gebracht, gelegentlich in den Eisenbahnwerkstätten zu arbeiten, mit der Absicht, in die geheime Organisation dieses Betriebes einzudringen. Er tat das vorsichtig genug, und da er nach außen keinen Anlaß für einen Verdacht bot, war es ihm mit der Zeit gelungen, das Vertrauen einiger Kommunisten zu erschleichen. Dennoch war es mehr einem Zufall zuzuschreiben, daß er Kenntnis von dem Zusammentreffen einiger Funktionäre mit den Kurieren aus dem Dschungel erhielt. Aus Gewohnheit beobachtete er Han Dsu-wen, einen Arbeiter, von dem er seit einiger Zeit annahm, er gehöre zu der geheimen kommunistischen Organisation. Nach der Arbeit war er ihm gefolgt, wie er das des öfteren tat, um zu sehen, mit wem er sich traf. Und gerade an diesem Tage hielt sich der Beobachtete nur kurze Zeit in seiner Wohnung auf. Sekam folgte ihm, als er sich in eine der Gassen am Stadtrand begab und dort in einem Haus verschwand, das eine Teestube beherbergte.

Schon wollte Sekam die Beobachtung abbrechen, weil er annahm, daß der andere ohne besondere Absicht das Restaurant besuchte. Aber da machte ihn das Erscheinen eines anderen Arbeiters aus den Eisenbahnwerkstätten stutzig, der ebenfalls die Teestube betrat. Er entschloß sich zu warten. Sehr bald merkte er, daß es sich lohnte. Denn es fanden sich in kurzen Abständen noch mehrere Arbeiter ein, die er zumindest vom Ansehen kannte. Er begriff, daß ihm der Zufall hier ein strenggehütetes Geheimnis lüftete, aus dem sich eine ansehnliche Belohnung machen ließ.

Wie es seine japanischen Auftraggeber ihm für solche Fälle eingeimpft hatten, machte er sich sogleich mit einer Rikscha zur nächsten Dienststelle der Kempeitai auf, um dort Alarm zu schlagen. Die Kempeitai hatte noch andere einheimische Kollaborateure an der Hand, die sie nun einsetzte. Auf diese Weise stand, kurz nachdem die Männer das Haus mit der Teestube verlassen hatten, fest, daß sie im Verlaufe der nächsten Stunden verhaftet würden. Man folgte ihnen zu ihren Wohnstätten und ließ sie nicht mehr aus den Augen.

Nur drei der Männer, die aus dem Teehaus kamen, hatten offenbar in Tanjong Malim kein Zuhause. Es stellte sich heraus, daß sie in verschiedene Gegenden der Stadt gingen und sich dort unter die Einheimischen mischten, die sich gewohnheitsgemäß in den schwülen Nächten am Straßenrand oder unter einem Baum zum Schlaf hinlegten. Der Verdacht, daß es sich bei diesen dreien um Abgesandte aus dem Dschungel handelte, wuchs für die Kempeitai. Bald war er zur Gewißheit geworden. Und von da an taten die drei keinen Schritt mehr, ohne daß die Kempeitai sie überwachte.

An jenem Nachmittag, als die Männer sich einzeln aus der Stadt entfernten, waren die übrigen Teilnehmer der Besprechung bereits verhaftet. Und die Kempeitai hatte beschlossen, die drei Fremden bei dem Versuch, die Stadt zu verlassen, aufzugreifen.

Um diese Zeit hatte Sekam sein Kopfgeld bereits erhalten, ein ansehnliches Bündel Bananendollars. Im Besitz dieser ungewohnt hohen Geldsumme beging er einen Fehler, der ihm zunächst gar nicht bewußt wurde. Er lud ein paar Männer aus seiner Nachbarschaft, von denen einer auch in den Bahnwerkstätten arbeitete, zu einigen Flaschen Sake ein, die ihm der Kommandeur der Kempeitai außer dem Geld gegeben hatte. Sekam trank gern, aber er trank nicht gern allein. Wenn er trank, dann pflegte er mit seiner Schlauheit zu prahlen, damit, daß er schon wisse, wie man zu Geld und Vergnügen kommen könne.

Die Flaschen waren noch nicht geleert, als der Eisenbahner ihm vorsichtig ein paar Fragen stellte. Die Antworten, die er erhielt, überraschten ihn. Er brachte das Gespräch schließlich auf die Verhaftung der Kollegen, die Sekam alle kannte, und Sekam ließ in der Überzeugung, daß die Kempeitai die Macht im Lande darstellte und er unter ihrem Schutze stand, bald durchblicken, daß jene verhafteten Kommunisten zwar schlau gewesen waren, er aber trotzdem hinter ihre Schliche gekommen sei.

Der Eisenbahner trank weiter mit ihm, ohne sich etwas anmerken zu lassen. Aber um die Person Sekams gab es von da an kein Geheimnis mehr.

Das alles konnte allerdings den Lauf der Dinge nicht aufhalten, soweit sie Halisamat und die beiden anderen Kuriere betrafen. Sie wurden alle drei auf die gleiche Weise gestellt. Der Kommandeur der Kempeitai hatte den ausdrücklichen Befehl erlassen, sie lebend zu bringen. Das war nicht leicht, da sie mit Sicherheit Waffen bei sich tragen würden. Der eine wurde dann auch zu früh auf seine Verfolger aufmerksam und lieferte ihnen ein kurzes Feuergefecht, in dessen Verlauf er getötet wurde. Der zweite war bereits festgenommen, aber er riß sich los und rannte, verfolgt von den Polizisten, davon. Eine Patrouille am Stadtrand, die den Flüchtenden sah und sogleich erkannte, daß seine Verfolger ihn nicht mehr einholen konnten, eröffnete das Feuer auf ihn. Er lebte noch, als die Soldaten bei ihm ankamen, aber er starb, bevor eine einzige Frage an ihn gerichtet werden konnte.

Es war diese Schießerei, die Halisamat aufmerksam machte, daß etwas Außergewöhnliches geschehen sein mußte. Er ging am Rand der Gemüsefelder entlang, vor und hinter ihm waren noch andere Leute, die stehenblieben und zu erkennen suchten, was am Ende der Felder vorging. Auch Halisamat zögerte. Sollte er umkehren? Es schien nicht ratsam, auf den Schauplatz der Schießerei zuzugehen. Aber er mußte aus der Stadt hinaus. In diesem Augenblick sah er die beiden japanischen Soldaten, die, scheinbar uninteressiert an der Schießerei, ihm entgegenkamen. Ihr seltsames Verhalten warnte Halisamat, und er machte kurz entschlossen kehrt, um ihnen vorerst einmal aus dem Weg zu gehen. Aber er kam nicht weit, denn von der anderen Seite schlenderten ihm ebenfalls zwei Männer entgegen, die zwar schäbige Zivilkleidung trugen, deren Gesichter aber sofort verrieten, daß sie Japaner waren.

Halisamats Herz begann stärker zu schlagen. Er begriff, daß hier Verrat im Spiel sein mußte, doch es war müßig, jetzt darüber nachzudenken. Die beiden Japaner waren bis auf wenige Schritte herangekommen. Hinter sich wußte er die zwei Soldaten. Er sah die Blicke der beiden Zivilisten auf sich gerichtet, ihre Hände ruhten in den Hosentaschen; es bestand kein Zweifel, daß sie dort ihre Waffen verbargen. Halisamat beobachtete diese Hände genau. Er riß seine Pistole um Bruchteile von Sekunden schneller hervor als sie, da warfen sich die beiden schon auf ihn. Er konnte seine Waffe noch zweimal abdrücken, aber während der eine der beiden Zivilisten schreiend zu Boden sank, hing der andere wie eine Klette an Halisamat und versuchte, dessen Arm auszukugeln. Halisamat wäre mit ihm fertig geworden, denn er hatte die linke Hand noch frei, aber die beiden Uniformierten waren mit Riesensprüngen herangeeilt, und der eine von ihnen hieb ihm erbarmungslos den Gewehrkolben über den Kopf. Damit war der Kampf entschieden.

Halisamat kam zu sich, als er von einem japanischen Arzt in einer dunklen, feuchten Zelle des Gefängnisses der Kempeitai verbunden wurde. Er sah die Offiziere, die ihn umstanden. Als er sich bewegen wollte, merkte er, daß er an Händen und Füßen mit dünnen Stahlketten gefesselt war. Wenig später verlor er wieder das Bewußtsein.

Er wußte nicht, wie lange er in der Zelle gelegen hatte, als er wieder aufwachte. Um ihn herum war es dunkel. Er versuchte sich zu bewegen, da merkte er, daß die Japaner ihn an einen eisernen Ring gekettet hatten, der in die Mauer eingelassen war. Von der Anstrengung, sich aufzurichten, schwand wieder das Bewußtsein. Danach kam er nur ab und zu für ein paar Sekunden zu sich und spürte den Schmerz und die feuchte Kälte des Raumes.

Es mochte eine Woche vergangen sein, als laute Stimmen ihn weckten. Aus dem Gang war ein starker Scheinwerfer in die Zelle gerichtet. Neben dem Posten, einem Soldaten mit einer Maschinenpistole über der Brust, stand ein kleiner, stämmiger Offizier vor seiner Pritsche, dessen Gesicht sich aufhellte, als er sah, wie Halisamat die Augen öffnete.

Der Offizier sagte ein paar Worte zu dem Posten, und der machte Halisamat von der Kette los, die ihn an die Wand fesselte. Dann bedeutete er ihm aufzustehen. Halisamat kam torkelnd auf die Füße. Der Schmerz in seinem Kopf war noch da, aber er war erträglicher geworden. Es gelang ihm, sich auf den Beinen zu halten. Seine Hände waren immer noch gefesselt, er konnte nur die Füße bewegen, weil der Posten ihm dort die Kette abgenommen hatte. Der Offizier sprach ihn in leidlichem Malaiisch an. Er hatte eine dunkle, etwas brüchige Stimme, die sich müde anhörte.

»Hunger?« fragte er. Es klang beinahe freundlich. Er wartete nicht auf eine Antwort, sondern gab dem Posten ein Zeichen, und dieser holte aus dem Gang eine Schüssel mit Reis und Gemüse, die er Halisamat zusammen mit zwei Eßstäbchen in die Hände gab. Die Kette zwischen den beiden Handgelenken ließ Halisamat gerade genug Bewegungsfreiheit, um beides festzuhalten.

»Hinsetzen und essen«, sagte der Offizier ruhig. Er sah, daß Halisamat zögerte, aber das schien ihn nicht zu erregen. Der Posten stieß Halisamat schließlich in die Rippen und blickte ihn drohend an, dabei die Hand zum Schlag hebend. Halisamat fühlte, wie seine Beine ihm den Dienst versagten. Er ließ sich auf die Pritsche nieder und begann, den Reis zu essen. Die beiden Japaner beobachteten ihn schweigend. Erst als die Schale geleert war, gab der Offizier dem Posten wieder einen kurzen Befehl und verließ die Zelle.

Eine Viertelstunde später saß Halisamat in einem Zimmer, in dem es weiter nichts gab als den Schreibtisch des Offiziers und zwei Lampen, die auf das Gesicht des Gefangenen gerichtet waren, obwohl vor dem vergitterten Fenster noch der blaue Mittagshimmel stand. Der Japaner blätterte in einem Bündel von Papieren. Er ließ Halisamat lange warten, bevor er ihn anredete. Wieder war seine Stimme ruhig, ohne Erregung. Sie klang monoton.

»Name?«

Ein paar Sekunden überlegte Halisamat. Dann beschloß er, seinen Namen nicht zu verschweigen. Es gab keinen Grund dafür. Der Japaner machte eine Notiz. Auch als er erfahren hatte, daß Halisamat aus Singapore stammte, begnügte er sich damit, ein einziges Wort aufzuschreiben.

»Du bist Kommunist?«

»Ja«, antwortete Halisamat.

Er sah dem Japaner dabei ins Gesicht, und dieser nickte gleichmütig.

»Wie lange im Dschungel?«

»Seit ihr uns überfallen habt.«

Der Japaner klopfte ein paarmal mit dem Bleistift auf den Tisch, dann drückte er mit unbewegtem Gesicht auf einen Klingelknopf. Hinter Halisamat öffnete sich die Tür, und ein Posten trat ein. Auf einen Wink des Offiziers trat er vor Halisamat und versetzte ihm zwei schmerzhafte Schläge ins Gesicht, worauf er wortlos den Raum wieder verließ.

»Du wirst keine frechen Reden halten, sondern höflich die Wahrheit sagen.« Der Offizier spielte mit seinem Bleistift. »Da du nicht aus Tanjong Malim bist, muß ich dir erklären, daß es in dieser Stadt einen Namen gibt, der gefürchtet wird wie ein Taifun. Dieser Name ist Otaki – Hauptmann Otaki. Das bin ich. Wenn du aussagst, hast du Gnade zu erwarten, vielleicht sogar Belohnung. Wenn nicht, werde ich deinen Tod zu einer Angelegenheit machen, die eine Woche dauert; du wirst eine Woche lang nichts mehr wünschen, als endlich zu sterben.«

Er ordnete die Papiere auf dem Schreibtisch. Nach einer Weile sagte er: »Für jede Frage, die du nicht beantwortest, bekommst du fünf Schläge mit einem Rattanstock. Sie werden dir nach der Vernehmung verabreicht. Wo liegt deine Einheit?«

»Schlagen Sie mich tot, ich werde es nicht sagen«, antwortete Halisamat.

Der Japaner machte gleichmütig eine Notiz und sagte: »Fünf. Wer ist der Führer?«

»Ich werde es nicht sagen.«

»Zehn«, registrierte der Japaner ungerührt. »Wie stark ist die Einheit?«

»Stärker als ihr.« Halisamat hob das Kinn und sah den Offizier ruhig an. Dieser nickte nur und sagte: »Fünfzehn. Dein Auftrag in der Stadt?«

»Euch den Boden unter den Füßen anzubrennen.«

»Zwanzig. Die Namen der Leute, die du hier getroffen hast?«

»Ihr könnt mich töten«, sagte Halisamat langsam. »Aber zum Verräter werdet ihr mich nicht machen. Schert euch zum Teufel!«

Es schien, als ob der Japaner nicht aus der Ruhe zu bringen wäre. In der Tat verfolgte er bei der Vernehmung seine eigene Taktik. Er erregte sich selten. Aber das bedeutete nicht, daß er nachsichtig war. Es war ein Ausdruck seines Charakters. Hauptmann Otaki war ein kaltblütiger Mann, für den ein Menschenleben nicht mehr galt als ein zertretenes Blatt am Straßenrand. Er wußte, wie man einem Menschen Schmerzen bereitete, und seine eingefleischte Menschenverachtung machte ihn zu einem der berüchtigsten Offiziere der Kempeitai.

»Fünfundzwanzig«, verkündete er ungerührt. »Du bekommst sie jetzt nebenan. Danach kannst du drei Stunden in deine Zelle. Dort wirst du überlegen, ob du nachher dieselben Fragen beantwortest oder nicht. Überlege gut. Die Fragen bleiben immer die gleichen. Die Bestrafung für ihre Nichtbeantwortung wird sich ändern. Wir haben uns sehr interessante Strafen ausgedacht. Es gibt bis jetzt niemand, der sie alle hintereinander lebend überstanden hat.«

Er klingelte wieder, und der Posten führte Halisamat in ein anderes Zimmer, in dem es nur einen Prügelbock gab, auf den Halisamat geschnallt wurde. Der Posten zog ihm Jacke und Hemd aus und machte sich mit geschäftsmäßiger Routine an die Arbeit.

Nach den ersten fünf Schlägen mit dem schweren Stock aus Rattanrohr platzte die

Haut auf Halisamats Rücken. Er zählte bis fünfzehn, dann verlor er das Bewußtsein. Als er wieder erwachte, lag er in seiner Zelle.

Die hölzerne Pritsche war inzwischen daraus entfernt worden. Halisamat lag auf dem nackten, naßkalten Steinfußboden. Die Zelle war dunkel. Nur durch ein kleines, vergittertes Fenster in der Eisentür fiel vom Gang ein Lichtstreif herein. Ein paar Minuten lag Halisamat still. Dann versuchte er sich zu erheben. In seinem Rücken und in den Schenkeln bohrte der Schmerz. Halisamat merkte, daß die Japaner die unter den Stockschlägen aufgeplatzte Haut mit einem Desinfektionsmittel behandelt hatten. Seine Kleidung war blutverschmiert, aber die Wunden bluteten nicht mehr. Sie wollen nicht, daß ich so schnell sterbe, dachte er. Sie wollen mich so lange quälen, bis ich rede. Aber ich werde ihnen diesen Gefallen nicht tun.

Er richtete sich stöhnend auf, und nach einigen mühseligen Versuchen gelang es ihm, sich auf den Füßen zu halten. Langsam begann er, die Wände der Zelle abzutasten. Irgendwo muß es doch eine Öffnung geben, überlegte er fieberhaft, eine Möglichkeit, hier herauszukommen. Aber er fand nichts als feuchte, kalte Steinwände, nicht den geringsten Riß. In einer Ecke war eine Grube, halb gefüllt mit Exkrementen, die von einer Schicht Chlorkalk bedeckt waren. Der Gestank reizte die Lungen. Halisamat wandte sich ab. Er wollte sich eben wieder auf den Steinfußboden setzen, als das vergitterte Fenster in der Tür sich verdunkelte.

Halisamat blieb stehen und wartete. Der japanische Posten war an die Tür getreten. Schlüssel klirrten, und die Tür schwang auf. Halisamat konnte nicht glauben, daß die drei Stunden, von denen Otaki gesprochen hatte, bereits um waren. Aber der Posten winkte ihn heraus. Er musterte Halisamat und schien mit seinem Eindruck zufrieden zu sein. Mit dem Lauf der Maschinenpistole dirigierte er den Gefangenen wieder zum Vernehmungsraum.

Otaki hatte inzwischen gegessen und getrunken. Er rauchte eine Zigarette, als Halisamat hereingeführt wurde. Gerade hatte er die ebenfalls aufgegriffenen Eisenbahnarbeiter verhört. Es war nicht viel dabei herausgekommen. Die Leute schwiegen. Sie stritten nicht ab, Kommunisten zu sein, aber sie sagten nichts aus. Otaki hatte einen anderen Offizier mit ihrer weiteren Vernehmung beauftragt. Er war sich darüber klar, daß jener Halisamat der wichtigere Gefangene war. Er kam aus dem Dschungel, und alles, was dort geschah, war für die Kempeitai immer noch ein großes Rätsel. Die Leute aus dem Dschungel schlugen zu und verschwanden wieder. Weder über ihre Organisation noch über ihre Führer, ihre Pläne und den Umfang ihrer Verbindungen zur Bevölkerung war etwas bekannt. Hier aber mußte angesetzt werden.

Vernichtete man die Kräfte im Dschungel, wurde man mit den kommunistischen Organisationen in den Ortschaften leichter fertig. Schon aus diesem Grunde war Halisamat für den Japaner eine Schlüsselfigur. Ihn mußte man brechen, denn was er wußte, war von unschätzbarem Wert.

Otaki ging an Halisamat heran, ließ den Posten die Jacke des Gefangenen hochheben und betrachtete die Platzwunden auf dessen Rücken. Er nickte befriedigt. Als er wieder hinter seinem Schreibtisch saß, sagte er zu Halisamat: »Es ist mir nicht neu, daß Kommunisten lieber sterben, als ihre Mitverschwörer zu nennen. Aber das ist eine sehr dumme Angewohnheit. Besonders in einem solchen Falle wie deinem. Der Mann, den du angeschossen hast, lebt. Wenn du also aussagst, könntest du am Leben bleiben. Aber du machst es dir selber schwer.«

Er sah Halisamat eine Weile nachdenklich an. Und Halisamat dachte bei sich, daß der Japaner bei diesem Verhör offenbar die Taktik wechseln wollte. Er winkt mit der Kostbarkeit meines Lebens; abgesehen davon, daß er lügt, kann er sich nicht vorstellen, daß mein Leben für mich nicht mehr lebenswert wäre, nachdem ich die Genossen verraten habe.

»Hast du eine Frau?«

»Ja«, antwortete Halisamat.

»Und du glaubst nicht, daß sie dir ebenso raten würde, dein Leben zu erhalten, indem du die paar Fragen beantwortest?«

Halisamat sah den Japaner an, wie er so hinter dem Schreibtisch saß: kurzer Oberkörper und ein kleiner Kopf mit dünnem Haar und kalten Augen.

»Sie würde mich anspucken«, sagte er. Der Japaner verriet seine Enttäuschung nicht. Er drückte schweigend auf den Klingelknopf. Der Posten erschien und baute sich neben Halisamat auf. In der Hand trug er eine kurze Peitsche.

»Die alten Fragen von neuem«, sagte Otaki in seiner monotonen Art. »Wo liegt die Einheit?«

»Fragt, wen ihr wollt, von mir erfahrt ihr nichts.«

Der Posten schlug auf einen Wink Otakis zu. Der Lederriemen riß Halisamat die Gesichtshaut auf. Aber der Gefangene beantwortete keine der Fragen, die Otaki in der gleichen Reihenfolge stellte wie vorher. Als der Hauptmann damit zu Ende war, kam er hinter dem Schreibtisch hervor und pflanzte sich vor Halisamat auf. Er grinste ihn an, aber Halisamat sah die ohnmächtige Wut hinter der Fassade dieses Grinsens. »Du denkst, du kommst hier noch einmal heraus?« Der Japaner brannte sich eine Zigarette an. »Hier kommt keiner mehr heraus. Das ist die Endstation! Aber du wirst reden, und wenn wir dich vierteilen müssen!«

Die letzten Worte schrie er Halisamat ins Gesicht. Dann gab er dem Posten ein Zeichen. Der Soldat hielt den Kopf des Gefangenen fest, und Otaki bohrte das glühende Ende der Zigarette in die Haut an dessen Hals.

Der Schmerz ließ Halisamat aufstöhnen. Er ballte hilflos die Hände, die an den Gelenken mit der Stahlfessel zusammengepreßt wurden. Otaki stach die Zigarette hinter die Ohren und auf die Lippen des Gefangenen; als er die Glut verbraucht hatte und die Zigarette wegwarf, keuchte Halisamat nur: »Barbaren seid ihr! Samt eurem Kaiser! Ihr werdet krepieren wie tolle Hunde, ihr verdient es!«

Zum erstenmal schlug Otaki selbst zu. Äußerlich schien er immer noch gelassen zu sein, aber innerlich kochte er vor Wut. Diese ruhige Standhaftigkeit zerrte an seinen Nerven. Warum schrie der Mann nicht vor Schmerz? Warum bettelte er nicht um

Gnade? Um sein lumpiges Leben? Er versetzte Halisamat ein paar harte Schläge ins Gesicht, dann fragte er: »Wirst du reden, Schwein?«

Halisamat schüttelte den Kopf. Das Bild des Zimmers verschwamm vor seinen Augen. Wieder prasselten die Schläge. Otaki riß dem Posten die Peitsche aus der Hand und schlug mit dem Stiel zu, bis er erschöpft war. Halisamat war von seinem Stuhl geglitten und lag bewußtlos am Boden. Ein zweiter Soldat begoß ihn mit einem Eimer Wasser, und als er wieder zu sich kam, hörte er Otaki keuchen: »Wir werden mit euch Schweinen fertig werden, mit allen von euch!«

Halisamat spuckte Blut und Zähne aus. Er war bemüht, sich aufrecht zu halten. Sein Kopf schmerzte; am Rücken, im Gesicht und überall da, wo die Peitschenhiebe getroffen hatten, waren blutige Striemen. »Einen Dreck werdet ihr«, sagte er mit Mühe. »Ihr habt jetzt schon Angst vor uns. Noch ein Jahr, und ihr werdet nirgendwo im ganzen Land mehr sicher sein.«

Otaki hörte ihm lauernd, mit schief gelegtem Kopf zu. Er hielt die Peitsche noch in der Hand. »Sprich nur«, ermunterte er den Gefangenen, »sprich, soviel du kannst, ich zähle mit.«

Halisamat war alles gleich. Er schrie dem Japaner seinen Zorn ins Gesicht, seine Verachtung. Sie werden mich ohnehin töten, dachte er. Wenigstens soll keiner von ihnen später sagen können, er habe einen feigen Dschungelkämpfer gesehen. »Zähl lieber die Tage, die dir noch bleiben!« schrie er Otaki zu. »Wir sind stärker als ihr, und ihr wißt es! Wir sind das ganze Land, jeder Baum sind wir und jeder Strauch, jedes Korn Reis und jedes Stäubchen Erde! Und ihr? Was seid ihr schon? Solange ihr in Malaya seid, habt ihr Ähnlichkeit mit einer Handvoll Lotosblüten auf einem großen Teich, der lichterloh brennt. Aber ihr könnt nicht heraus aus dem Teich, ihr müßt verbrennen, denn der Teich, das sind wir, und wir sind überall.«

Otaki schlug zu, außer sich vor Wut. Aber Halisamats Stimme war immer noch zu hören. »In Burma, auf Java und überall, wo ihr Räuberbastarde steckt, überall seid ihr nichts weiter als Lotos auf brennenden Teichen. Heute noch stolz und hochmütig, aber morgen schon verbrannt – Asche!«

Ein Hieb an die Schläfe nahm dem Gequälten wieder das Bewußtsein. Er glitt vom Stuhl. Erst nach einigen Wassergüssen kam er langsam zu sich.

Otaki, der sich inzwischen beruhigt hatte, fragte ihn zynisch: »Du denkst, das war schon deine Strafe? Nein! Sie kommt erst!«

Der Posten schleppte Halisamat ins Nebenzimmer. Dort mußte er auf den Fußboden knien, und der Posten schob ihm ein halbes Dutzend dreikantig geschnittener Hölzer unter die Knie. Ein schwerer Stein wurde gebracht, den er mit den gefesselten Händen über dem Kopf zu halten hatte. Otaki wartete nur, bis der Gefangene am Boden kniete. Dann verkündete er: »Die nächsten drei Stunden wirst du in dieser Haltung bleiben und die Fragen überlegen. Danach reden wir weiter.« Damit verließ er den Raum. Halisamat war mit dem Posten allein, der ihn scharf beobachtete.

Schon nach wenigen Minuten begannen Halisamats Arme zu erlahmen. Die scharfen

Kanten der Hölzer verursachten einen hämmernden Schmerz an den Knien und Schienbeinen. Es war eine teuflische Qual, die Otakis unmenschliche Phantasie ersonnen hatte. Halisamat begann trotz der Schmerzen mit einemmal ganz nüchtern zu überlegen. Er dachte mit Traurigkeit an Yang, die er nie mehr wiedersehen würde. Doch dann konzentrierte er alle Aufmerksamkeit auf den Posten, einen nicht sehr großen Soldaten mit einem schwammigen Gesicht, der ihm gegenüberstand. Was Halisamat vorhatte, bedeutete seinen sicheren Tod. Aber gab es für ihn überhaupt einen anderen Ausweg? Sein Tod war ohnehin beschlossene Sache, Otaki hatte es deutlich genug gesagt.

Ich werde euch noch einmal zeigen, daß ich nicht so einfach aufgebe, dachte er. Ihr sollt noch Angst vor mir haben, während ich sterbe. Sein Oberkörper wankte leicht. Dann ließ er die Arme etwas sinken. Noch hatte er genügend Kraft in seinen Muskeln. Er sah, daß der Posten seine Maschinenpistole quer über der Brust trug. Das ist gut, dachte er, diese Art von Maschinenpistolen ist mir nicht fremd. Wie lange ist es her, daß ich die erste erbeutete?

Er schwankte und rutschte mit einem Knie von den Kanthölzern herab. Der Posten sah lauernd zu, wie er die Hölzer ein wenig zusammenschob und dann die Arme noch weiter senkte. Für ihn war es nicht neu, daß ein Gefangener, der dieser Tortur unterworfen wurde, versuchte, die Hölzer zusammenzuschieben und die Qual dadurch abzuschwächen. Er stieß einen Fluch aus und kam näher. Aber es gelang ihm nicht, die Kanthölzer wieder so anzuordnen wie zuvor, weil Halisamat sie mit dem einen Knie festhielt. »Aufstehen!« herrschte er den Gefangenen an. Halisamat folgte seinem Befehl. Dann handelte er, so schnell seine geschundenen Glieder es ihm erlaubten. Während der Posten sich bückte und die Kanthölzer neu anordnete, packte Halisamat den Stein fester und schmetterte ihn mit einer schnellen Bewegung auf den Schädel des Postens.

Der Soldat sank zu Boden und rührte sich nicht mehr. Aber das Poltern des Steines machte den zweiten Posten vor der Tür aufmerksam, der neugierig einen Blick hineinwarf. Halisamat hatte keine Sekunde verloren. So schnell er es mit den gefesselten Händen fertigbrachte, hatte er die Maschinenpistole des erschlagenen Postens an sich gerissen. Sie war schußbereit. Halisamat konnte sie nicht richtig anlegen und festhalten, aber er ergriff sie mit beiden Händen am Abzug und stemmte den Kolben gegen die Brust. So schoß er auf den zweiten Posten an der Tür, noch bevor dieser recht begriffen hatte, was vorging. Als er ihn fallen sah, stürmte er zu der Zwischentür, die in Otakis Zimmer führte. Sie sprang unter seinem Tritt auf, aber Otaki war nicht da.

Auf dem Korridor liefen weitere Soldaten herbei. Halisamat sprang über den reglosen Körper des Postens hinaus auf den Gang. Hochaufgerichtet stand er neben der Tür, die Waffe unbeholfen an sich gedrückt. Seine Geschoßgarbe fuhr zwischen die heranlaufenden Soldaten, die vergeblich Deckung suchten. In den Lärm der Schüsse mischten sich die Todesschreie der Getroffenen.

Ein paar Sekunden später, während Halisamat noch feuerte, warf einer der Soldaten eine Handgranate. Als ihre Explosion verhallt war, lag Halisamat still auf dem Gesicht. Otaki, der, von der Schießerei angelockt, aus einem oberen Stockwerk herbeilief, konnte nur noch feststellen, daß der Mann, dessen Widerstandskraft er in den nächsten Stunden hatte brechen wollen, bereits tot war.

7

Yang hatte mehrere Tage gebraucht, um in der Stadt Tanjong Malim die Spur ihrer Mutter ausfindig zu machen. Sie war froh zu erfahren, daß die alte Frau der Hölle von Singapore lebend entronnen war. Aber es war ihr nicht möglich, sie zu sehen. Die Mutter war zusammen mit den Verwandten, zu denen sie nach ihrer Genesung geflüchtet war, in eines der Dörfer westlich der Stadt gezogen, weil es dort offenbar leichter war, eine Arbeit zu bekommen, die genügend Nahrung einbrachte.

Eine Woche hielt sich Yang nun in der Stadt auf. Sie war hier geboren und hatte einen Teil ihrer Kinderzeit hier verlebt. Trotzdem war die Stadt ihr fremd geworden. Es gab nur noch wenige der alten Bekannten. Yang zog es vor, sie nicht aufzusuchen, denn sie wußte genau, daß der geringste Hinweis an die Japaner, sie sei eine Fremde in Tanjong Malim, ihr das gleiche Schicksal bringen würde wie Halisamat.

Als die Nachricht von seiner Gefangennahme eintraf, hatte Ting Wu sie zunächst zu beruhigen versucht. Aber er hatte es bald aufgegeben, ihr Hoffnung zu machen. Yang bemühte sich, den Schmerz um den Verlust Halisamats vor den anderen zu verbergen. Sie versah ihre Arbeit und verbrachte den Rest der Zeit allein für sich. Der Gedanke, daß es Halisamat nicht mehr geben sollte, versetzte sie in einen Zustand tiefer Traurigkeit. Sie reagierte auf eine für Ting Wu nur zu verständliche Art, indem sie immer wieder von ihm forderte, an den Aktionen der Männer teilnehmen zu dürfen. Bis der Kommandeur sie eines Tages rufen ließ und sagte: »Das Oberkommando hat die Angelegenheit von Tanjong Malim untersucht. Niemand weiß, ob Halisamat wirklich tot ist. Es ist der Beschluß gefaßt worden, in der Stadt eine Operation durchzuführen.«

Wenige Tage später war Yang und einer Anzahl anderer Kundschafter der Auftrag erteilt worden, sich nach Tanjong Malim zu begeben und die geplante Aktion vorzubereiten.

»Es wird eine Großaktion sein«, erläuterte Ting Wu ihr beim Abschied. »Außer uns werden Einheiten aus Batu Caves und anderen Lagern teilnehmen. Du hast mit den übrigen Kundschaftern aufzuklären. Ein wichtiger Auftrag, den nur kluge Leute übernehmen können. Es hängt viel davon ab.«

Seit sie sich in der Stadt aufhielt, war Yang damit beschäftigt, auf einer Karte die Lage der japanischen Einheiten in Tanjong Malim einzuzeichnen sowie die strategischen Punkte, die Standorte der Posten und die Wege der Streifen. Sie teilte sich diese

Aufgabe mit den anderen Genossen, aber jeder von ihnen arbeitete unabhängig. Auf diese Weise war es binnen weniger Tage gelungen, eine vollständige Übersicht über die japanischen Besatzungstruppen in der Stadt zu gewinnen. Aber vom Verbleib Halisamats wußte sie immer noch nichts. Die Leute sprachen davon, daß es im Hauptquartier der Kempeitai eine Schießerei gegeben hatte, doch nähere Einzelheiten waren nicht zu erfahren.

An einem Abend traf sich Yang außerhalb der Stadt mit Abu Bakkar. Er hatte einen kleinen Voraustrupp hierher geführt, dem nach Abschluß der Aufklärungszeit die weiteren Einheiten folgen sollten.

Sie saß mit dem Wasserträger ein paar Kilometer vom Stadtrand entfernt im grünen Halbdunkel des Dschungels. Es hatte geregnet, und nun stieg Dunst auf, der die ohnehin schwüle Luft noch stickiger machte. Abu Bakkar prüfte die Eintragungen auf der Karte und machte sich Notizen dabei. Immer wieder fragte er Yang nach Einzelheiten. Für ihn war alles wichtig: die Höhe eines Bambuszaunes um ein Truppenquartier und die Anzahl der Posten, die Lage der Garagentore bei den motorisierten Einheiten der Kempeitai und die Beschaffenheit der Häuserwände, die Art der Bewaffnung. Erst als er alles erfahren hatte, was ihn interessierte, klappte er die Karte zusammen und steckte sie ein.

»Es bleibt dir das Hauptquartier der Kempeitai«, sagte er. »Du hast noch Zeit. Bis unsere Leute anrücken, wird eine Woche vergehen. Den Bau der Kempeitai müssen wir bis dahin ganz genau kennen. Er ist eines der wichtigsten Angriffsziele. Dort sitzen die Schlächter, die nicht ungestraft entkommen dürfen. Wir müssen verhindern, daß sie Zeit finden, die Gefangenen zu ermorden. Hast du eine Vorstellung, wie du an diese Hölle herankommst?«

Yang nickte. Es war ihr gelungen, einen Mann ausfindig zu machen, der zur Zeit der Engländer dort als Elektriker gearbeitet hatte. Damals war das Gebäude das Stadtgefängnis gewesen.

»Und der Mann ist sicher?« erkundigte sich Abu Bakkar mißtrauisch.

»Er ist mit den Verwandten meiner Mutter bekannt«, erwiderte sie. »Ich halte ihn für verschwiegen.«

»Was tut er jetzt?«

»Er flickt Töpfe.«

»Keine Arbeit bei den Japanern?«

Sie schüttelte den Kopf. »Er ist ehrlich. Ich kann einen ehrlichen Malaien von einem Verräter unterscheiden.«

»Du mußt es können. Dein Leben hängt davon ab, denk an Halisamat.«

Sie sah ihn an und sagte ruhig: »Ich denke sehr oft an ihn. Übrigens wird mir der Mann, von dem ich sprach, sogar die Lage der Lichtleitungen im Gebäude angeben können. Er hat lange dort gearbeitet und kennt sich gut aus.«

»Also gut«, meinte Abu Bakkar, »dann sehe ich dich übermorgen wieder hier. Die übrigen Kundschafter verlassen morgen die Stadt. Danach beginnt unser Aufmarsch.

Du wirst erstaunt sein, wie viele Einheiten wir hier einsetzen. In Tanjong Malim werden wir den Japanern zeigen, daß sie nirgendwo in Malaya mehr sicher sind. Wir werden sie in ihren Löchern ausräuchern. Später werden sie einmal sagen, daß Tanjong Malim der Anfang vom Ende ihrer Herrschaft über Malaya gewesen ist.«

Sie stand auf. Es war Zeit, den Rückweg anzutreten. Noch an diesem Abend würde sie den Elektriker treffen.

»Du sprichst, als ob der Angriff schon gelungen wäre«, sagte sie nachdenklich.

Abu Bakkar machte nur eine geringschätzige Handbewegung. »Gut geplant ist so gut wie gelungen. Und wir planen sehr sorgfältig. Keine japanische Maus wird aus der Falle schlüpfen, die wir hier aufstellen. Alle Straßen, die nach Tanjong Malim führen, werden wir sperren, daß es für Tage reicht. Das, was hier geschieht, wird den Räubern so sehr in die Glieder fahren, daß sie uns fürchten werden, wie man einen Taifun fürchtet. Sie sollen sich mit Angst und Schrecken an Tanjong Malim erinnern, solange sie noch einen Zentimeter Boden in Malaya besetzt haben.«

Es gelang Yang, ebenso unbemerkt, wie sie die Stadt verlassen hatte, wieder hineinzukommen, denn sie hatte sich die Standorte der Posten und die von den Streifen begangenen Gebiete sehr genau eingeprägt. Als sie am frühen Abend bei dem Elektriker eintraf, fand sie ihn allein in der dürftigen Wohnung, die am Ende des dritten Hofes in einem ziemlich unübersichtlich angelegten chinesischen Haus lag. Er hatte Papier und Bleistift besorgt und war dabei, eine Skizze des ehemaligen Stadtgefängnisses zu zeichnen; aber es fiel ihm schwer, denn er mußte immer wieder über Einzelheiten nachdenken. Er war ein alter Malaie mit einem faltigen Gesicht, aus dem zwei ruhige, gutmütige Augen Yang anblickten, wenn sie Fragen stellte. Menschen wie er waren ehrlich. Sie scheuten keine Arbeit, und ihr Charakter ließ sie nicht einmal auf die Idee kommen, für eine Handvoll Bananendollars den Japanern ein Menschenleben auszuliefern.

»Ich bitte dich nur um eins, Schwester«, sagte er, »ich habe eine Frau und zwei Kinder und sieben Enkel, vergiß mich bald, wenn du von hier weggehst. Vergiß meinen Namen und mein Haus. Ich helfe dir, weil ich ein Malaie bin und die Japaner für das hasse, was sie hier treiben. Aber ich will es noch erleben, daß wir wieder frei atmen können. Wirst du daran denken, auch wenn dir etwas zustößt?« Sie versprach es ihm ohne Zögern, und der Mann machte sich beruhigt wieder über die Zeichnung. Es war viel, woran er sich erinnern konnte. Er wußte, wo die Zellen in dem Gebäude lagen und in welchen Stockwerken die Büros untergebracht waren. Er kannte die Ausgänge auf den Hof und die Gänge, die zu ihnen führten. Nach einigem Überlegen entsann er sich der Schuppen für die Polizeifahrzeuge und des Depots, das zur Zeit der Engländer Waffen, Treibstoff und Ausrüstungsstücke enthalten hatte.

»Sie werden es auch jetzt dafür benutzen«, vermutete er, »denn die Hallen eignen sich am besten dazu. Die Fahrzeuge haben sie jedenfalls in den alten Schuppen stehen, man kann es sehen, wenn sie aus dem Tor fahren.«

Zwei Stunden später war die Skizze vollständig. Sie wies alles auf, woran der Elektriker sich erinnern konnte. Der Mann stellte keine Fragen. Yang hatte ihm nur gesagt, daß die Zeichnung gebraucht würde, um den Gefangenen zu helfen. Das genügte als Erklärung für ihn. Er zweifelte nicht daran, daß Yang entweder aus dem Dschungel kam oder einer in der Stadt arbeitenden Widerstandsgruppe angehörte. Ihm genügte es, daß er denen helfen konnte, die dringend Hilfe brauchten. Jeder Bürger der Stadt wußte, daß ein Gefangener im Gebäude der Kempeitai ein verlorener Mann war.

»Ich wünsche dir alles Glück, Schwester«, sagte er, als er sie zur Tür brachte. »Hab keine Angst, hier auf den Hinterhöfen achtet keiner auf dich.«

Sie dankte ihm und ging. Einmal würde die Zeit kommen, in der dieser Mann wieder seiner Arbeit nachgehen konnte, ohne Furcht vor den fremden Soldaten. Sie ging langsam davon. Nach und nach wurde sie sicher, daß ihr niemand folgte. Das Gefühl, der Abrechnung mit den Henkern Halisamats einen Schritt näher gekommen zu sein, beflügelte ihre Gedanken. Sie wanderte durch die Gassen, an deren Rändern zerlumpte Männer hockten und Frauen mit mageren, verschlossenen Gesichtern. Sie kochten auf den Blechöfen Bataten und Gras zu dürftigen Abendmahlzeiten. Der Hunger war mit den Japanern in die Stadt eingezogen.

An diesem Abend entschied sich Yang, den Vorplatz am Eingang zu einer chinesischen Wäscherei als Schlaflager zu wählen. Es wuchs ein wenig Gras darauf, und viele Leute aus der Nachbarschaft schliefen hier, weil die schwülen Nächte ihnen den Aufenthalt in den Häusern und Hütten unerträglich machten. Da lagen Frauen und Kinder, Greise und müde, abgearbeitete Männer. Yang suchte sich einen Platz und zog ihre Jacke aus, die sie zusammengefaltet unter den Kopf schob.

Es war ein Zufall, daß einer der anderen Kundschafter sich ebenfalls diese Grasfläche als Nachtlager erwählt hatte. Yang sah ihn kommen. Er legte sich unweit von ihr nieder und bemerkte sie nicht einmal. Er war ein junger Bursche, der Ahmad hieß und als Waise in Tanjong Malim aufgewachsen war.

Ringsum waren die Atemzüge der Schläfer. Die Kinder lagen zusammengerollt in den Armen der Mütter. Ab und zu stieß eines von ihnen einen leisen, seufzenden Laut aus. Weder Yang noch Ahmad konnten ahnen, daß sich, nur wenige hundert Meter von ihrem Lagerplatz entfernt, kurz vor Mitternacht ein kleiner, unbedeutender Diebstahl ereignete.

In der Gasse der sieben Weisheiten hielt vor dem Gebäude des japanischen Büros für die Überwachung des Einzelhandels ein Lastwagen. Der Fahrer überzeugte sich, daß die Ladefläche nahe genug an der eisenbeschlagenen Luke in der Hauswand war, dann ließ er die Klappe herab und wartete darauf, daß die Luke geöffnet würde und das Abladen einer Sendung Liebesgabenpäckchen für die in der Dienststelle beschäftigten Militärbeamten begann. Aber es zeigte sich niemand, und nach einer Weile ging der Fahrer ungeduldig zur Tür des Gebäudes, wo er dem Posten begreiflich zu machen suchte, daß seine Zeit kostbar war.

Diesen Augenblick nutzte eine junge Frau aus, die im Schatten einer Hauswand gelegen hatte. Sie schlich zu dem Wagen und griff sich aus der Ladung eines der verschnürten Päckchen, in der Hoffnung, es werde etwas Eßbares enthalten. Sie ließ es unter ihrer Bluse verschwinden und wollte gerade wieder zu ihrem Platz zurück, als sie merkte, daß sie beobachtet worden war. Am Eingang der Gasse standen vier Soldaten einer nächtlichen Streife, die, durch das Motorengeräusch des Lastwagens angelockt, ziemlich gelangweilt zugesehen hatten, bis sie Zeugen des Diebstahls wurden.

Sie liefen herbei, um die Frau zu ergreifen. Aber sie hatten mehr als hundert Meter zu laufen, und inzwischen entfloh die Frau mit dem Päckchen in die Dunkelheit der Gasse. Zuerst wußte sie nicht, wohin sie sich wenden sollte, aber dann lief sie dicht an den Häuserwänden entlang auf die nächste Kreuzung zu. Von dort aus sah sie den Grasplatz vor der Wäscherei. Mit ein paar flinken Sprüngen hetzte sie weiter und warf sich zu den anderen Schläfern ins Gras.

Die Soldaten der Streife sahen sie zwischen den vielen dunklen Umrissen untertauchen, aber bei der schlechten Straßenbeleuchtung gelang es ihnen nicht, genau festzustellen, wo sie nun lag. Sie liefen bis an den Platz heran, dann gab der Streifenführer einen kurzen Befehl. Während die Schläfer sich benommen aufrichteten, begannen zwei der Soldaten alle Frauen zu durchsuchen, die beiden anderen hielten ihre Gewehre schußbereit an der Hüfte.

Yang erwachte von dem Stimmengewirr und blickte sich erschrocken um. Binnen weniger Sekunden hatte sie begriffen, in welcher Gefahr sie sich plötzlich befand. In ihrer Jacke steckte der Plan vom Hauptquartier der Kempeitai, und in der Hosentasche trug sie die Pistole. Sie erkannte, daß es kein Entrinnen mehr gab. Ihre Hand stahl sich in die Hosentasche und entsicherte die Waffe. In diesem Augenblick entdeckte sie neben sich das Gesicht Ahmads, des anderen Kuriers. Noch waren die Soldaten nicht bei ihr angelangt. Der Gedanke, die Skizze zu retten, gab ihr die Ruhe wieder.

Sie flüsterte Ahmad ein paar Worte zu, und der nickte zustimmend. Langsam fuhr sie mit der Hand in die Tasche der zusammengefalteten Jacke, knüllte den Plan zu einem kleinen Papierball zusammen und schob ihn Ahmad zu. Der steckte das Papier ein, ohne daß die Soldaten es bemerkten.

Nun erst überlegte sie, ob es für sie nicht doch eine Möglichkeit gab zu entkommen. Aus den Rufen entnahm sie, daß die Soldaten etwas Gestohlenes suchten. Würden sie es finden, bevor sie zu ihr kamen? Wenn nicht, dann würden sie ihre Waffe entdecken. Sie konnte versuchen, Ahmad auch die Pistole zuzuschmuggeln, denn es war offensichtlich, daß die Männer von den Soldaten nicht kontrolliert wurden. Aber wenn einer von ihnen sie dabei beobachtete, dann war Ahmad ebenso verloren wie sie – und mit ihm der Plan. Sie sah, wie er sie mit einer Kopfbewegung aufforderte, ihm die Waffe zu geben, aber sie tat es nicht. Ahmad mußte entkommen, sie durfte ihn nicht gefährden. Ich werde laufen, entschloß sie sich. Die Soldaten waren zu nahe; es war unmöglich, die Pistole vor ihnen zu verbergen. Es ist dunkel, und ich werde vielleicht entkommen, wenn mich kein Schuß trifft. Während die Streifensoldaten mich verfolgen, kann Ahmad verschwinden.

Sie wartete nicht darauf, daß die Soldaten fanden, was sie suchten, bevor sie zu ihr kamen. Wenn sie erst vor ihr standen, war es zu spät. Kurz entschlossen spannte sie ihre Muskeln an. Ein paar Dutzend Meter lagen zwischen dem Grasplatz und dem dunklen Eingang zur Gasse der sieben Weisheiten. Wenn sie erst dort war...

Sie war bereits an den beiden Japanern mit den schußfertigen Gewehren vorbei, als diese ihre Flucht begriffen. Sie rissen die Gewehre hoch und schossen. Yang lief um ihr Leben. Ihre Füße berührten kaum die festgestampfte Erde, als sie in langen Sprüngen davonhetzte. Die Schüsse krachten, und die Kugeln surrten an ihrem Kopf vorbei. Noch einen Sprung und noch einen.

Die Soldaten konnten in der Dunkelheit nicht genau zielen. Einer setzte das Gewehr ab und rannte hinter der Flüchtenden her.

Yang erreichte den dunklen Eingang der Gasse und verschwand darin. Einige Sekunden lang konnte sie laufen, ohne die Gewehrmündungen hinter sich zu wissen, denn die Soldaten hatten die Gasse noch nicht erreicht. Dann tauchte der Lastwagen vor ihr auf, aber es schien niemand in der Nähe zu sein. Schon glaubte Yang, daß ihre Flucht gelingen würde. Doch der Fahrer des Wagens, der hinter dem Fahrzeug gestanden hatte, war durch die Schüsse aufmerksam geworden. Er hatte seine Pistole in der Fahrerkabine gelassen, deshalb suchte er nach einer geeigneten Waffe, als er die Frau heranjagen sah. Sein Blick fiel auf den Spaten, der am Kotflügel des Wagens befestigt war. Er riß ihn heraus und packte ihn kurz. Er lauschte auf die Schritte und lauerte, bis die Flüchtende neben ihm war. Da ließ er das flache Blatt des Spatens auf den Kopf der Frau niedersausen. Sie fiel zu Boden und blieb bewegungslos liegen, bis die herbeieilenden Streifensoldaten bei ihr ankamen.

»Hast du sie totgeschlagen?« fragte der Streifenführer.

Der Fahrer schüttelte grinsend seinen kahlgeschorenen Schädel. »Sie wird eine Stunde ohnmächtig sein, mehr nicht.«

Der Streifenführer durchsuchte hastig die Taschen in Yangs Kleidung und pfiff leise durch die Zähne, als er anstatt des Päckchens auf eine Pistole stieß. »Sieh mal an, was wir da erwischt haben.«

Nachdem er die Überraschung verwunden hatte, erinnerte er sich, daß ihre Bemühungen eigentlich einem aus dem Lastwagen gestohlenen Päckchen gegolten hatten, und er beorderte die Soldaten sofort wieder zurück zu dem Schlafplatz, um die Suche fortzusetzen. Aber die Leute, die dort gelegen hatten, waren bereits zum größten Teil verschwunden. Mit ihnen eine Frau, die sich ängstlich davonschlich, ein kleines Liebesgabenpäckchen unter der Bluse versteckend, in dem sich eine Flasche Insektenöl und ein Beutel kandierter Früchte befanden, eine Schachtel Zigaretten und ein Bild des Tenno auf dem weißen Pferd.

Der Kurier Ahmad verschwand in den verwirrend ineinandergeschachtelten Hinterhöfen. Er schlief nicht mehr. Am Vormittag verließ er die Stadt, ohne daß eine Streife auf ihn aufmerksam geworden war.

Hauptmann Otaki hatte zunächst an der Gefangenen, die in der Nacht aufgegriffen worden war, kein besonderes Interesse. Eine Chinesin mit einer Waffe, nun gut: Vernehmung, Hinrichtung, Schluß. Die Leute hatten während der Kampfhandlungen alle möglichen Dinge gestohlen. Und Frauen waren noch nie besonders gefährlich geworden. Er beauftragte einen Untergebenen mit der Untersuchung und wandte sich anderen Beschäftigungen zu. Aber bereits nach einigen Stunden machte der mit dem Verhör beauftragte Offizier ihm eine Mitteilung, die ihn aufhorchen ließ. In den ersten Monaten der Besatzungszeit hatte man noch die Seriennummer jeder Waffe aufgeschrieben, die an die einheimischen Guerillas verlorengegangen war. Eine jener alten Listen, über die jede Dienststelle der Kempeitai verfügte, enthielt die Nummer der Pistole, die jene Frau bei sich getragen hatte.

»Wo erbeutet?« erkundigte sich Otaki interessiert.

Der andere Offizier erwiderte: »Laut Liste ging die Waffe bei einem Überfall auf eine Kolonne unweit von Kuala Lumpur verloren.«

»Ach«, sagte Otaki überrascht. »Das beginnt mich zu interessieren. Redet die Frau?«

»Sie redet nicht.«

»Kommunistin?«

»Offenbar«, gab der andere zurück. »Sie ist nicht aus Tanjong Malim. Bei uns ist sie nicht registriert. Aber sie sagt nicht, woher sie kommt.«

Otaki wiegte bedächtig den Kopf. Hier war wieder ein Fall, den er selbst in die Hand nehmen würde.

»Wie sieht ihre Haut aus?« fragte er.

Der andere begriff nicht sogleich und machte ein verständnisloses Gesicht. »Haut?«

»Sie haben das nicht untersucht?«

Der Offizier schüttelte den Kopf. Otaki erhob sich und forderte ihn kurz auf: »Führen Sie mich zu ihr.«

Unterwegs griff er zwei Posten auf und nahm sie mit.

Yang wurde von grellem Scheinwerferlicht geblendet, als die Japaner in ihre Zelle eintraten. Otaki betrachtete sie kurz, dann gab er den Posten einen Befehl, und die beiden rissen dem Mädchen die Kleidung vom Körper.

Otaki inspizierte Yangs Haut außerordentlich genau. Er kannte die Zeichen, die ein längerer Aufenthalt im Dschungel zurückließ: die Bisse der Insekten, die Narben, die Blutegel hinterließen, und die sich zwischen Zehen und Fingern lösende Haut. Als er mit dem anderen Offizier die Zelle verließ, knurrte er ihn an: »Warum haben Sie ihr nicht die übliche Behandlung verpaßt? Sie hat nicht einmal ein paar blaue Striemen. Glauben Sie, eine Kommunistin aus dem Dschungel redet, ohne daß man ihr die Worte einzeln aus dem Hals prügelt?«

Der Offizier sagte etwas zu seiner Entschuldigung, aber Otaki achtete nicht darauf.

»Die Frau war im Dschungel, man kann es sehen. Ich werde mich selbst um sie kümmern.« Er entließ den Untergebenen mit einer unwilligen Handbewegung. In seinem Büro angekommen, ordnete er an, daß Yang ihm vorgeführt werden sollte.

Er rieb sich die Hände. Hier war die Chance, jene Schlappe mit dem Gefangenen auszuwetzen, der die Schießerei im Korridor geliefert hatte. Aus Kuala Lumpur war Otaki wegen dieses Vorfalls gerügt worden. Man hatte davon abgesehen, ihn von seinem Posten abzulösen, denn er war immerhin einer der fähigsten Offiziere der Kempeitai, und außerdem brachte die weite Ausdehnung der japanischen Fronten bereits einen spürbaren Personalmangel mit sich. Aber Otaki wußte, daß er seinen Ruf nur wiederherstellen konnte, wenn er in kürzester Zeit einen beachtlichen Erfolg aufzuweisen hatte.

Die Bedrohung der im Lande stationierten Truppen durch die Dschungelarmee der Malaien war von Monat zu Monat größer geworden. Vom Oberkommando lagen Befehle vor, die davon sprachen, daß alle Anstrengungen notwendig waren, diese Gefahr einzudämmen, weil sie den Bestand des Besatzungsregimes im Lande ernstlich gefährdete. Es handelte sich nicht mehr um einzelne Gruppen von Diversanten, sondern um eine überraschend gut ausgebildete Armee, die sich bereits nicht mehr scheute, stärkere japanische Einheiten anzugreifen. Das war eine Geisterarmee, die aus dem unübersehbaren Dschungel auftauchte, irgendwo zuschlug und wieder verschwand. Gegenden, in denen die Dschungelarmee operierte, waren Todesfallen für die japanischen Truppen. Die Soldaten waren verängstigt und fürchteten den blitzschnell zuschlagenden Gegner. Ließ sich dieser Zustand nicht ändern, dann würde die Moral der Truppen immer weiter sinken, zumal es ein offenes Geheimnis war, daß der japanische Vormarsch längst der Vergangenheit angehörte. Die Armee hielt die Stellungen an der indischen Grenze, aber sie kam nicht mehr vorwärts. Und jeder Tag zählte für den Gegner.

Im Pazifik gab es einen Mißerfolg nach dem anderen. Die Amerikaner hatten begonnen, mit Schwärmen von riesigen Bombern Angriff auf Angriff zu fliegen. Es gab Ruinen in Tokio und Kobe, die Kette von Positionen auf den fernen Koralleninseln im Pazifik wies die ersten Lücken auf. In der Tat war die Lage, in der sich das Kaiserreich befand, mehr als ernst. Das alles überlegte Otaki, als er sich anschickte, die festgenommene Frau zu vernehmen.

Er verhörte sie in demselben Raum, in dem er auch Halisamat hatte vorführen lassen. Zuerst versuchte er es mit Zureden und Versprechungen. Er bot ihr die Freiheit im Tausch gegen die Angabe der Aufenthaltsorte jener Einheiten der Dschungelarmee, die sie kannte. Er bot ihr Geld und eine Stellung bei der japanischen Verwaltung. Zuletzt rückte er mit seinem verlockendsten Angebot heraus. »Japan bietet den jungen Leuten in Großostasien ungeahnte Möglichkeiten. Wir haben in Tokio eine Universität für ausländische Studenten eingerichtet. Es liegt an Ihnen. Ihre Offenheit uns gegenüber würde Ihnen einen Platz in Tokio sichern.«

Er griff in die Schreibtischschublade und zog ein Heft der Zeitschrift »Licht über Asien« hervor, das er Yang gab. Es zeigte Fotos von philippinischen und burmesischen Studenten in Tokio, die gleichen süßlichen Bilder, die Yang noch aus den Illustrierten, die sie im »Bali« gelesen hatte, in Erinnerung waren.

Sie warf einen kurzen Blick auf das Blatt und legte es dann wieder auf den Schreibtisch.

Er sah sie erwartungsvoll an. »Nun?«

Sie schüttelte den Kopf. »Danke. Ich möchte nicht in Japan studieren.«

»Sie lieben die Japaner nicht?«

Yang zuckte die Schultern. »Warum sollte ich sie lieben? Sie haben mir persönlich und meinem Land nichts als Schmerz und Elend gebracht.«

Otaki gab noch nicht auf. Er hielt das chinesische Mädchen für klug genug, daß sie ihren persönlichen Vorteil erkennen würde. »Sie dürfen nicht nur an sich selbst denken«, mahnte er. »In Asien spielt sich Geschichte ab. Geschichte darf man nicht von kleinlichen Blickpunkten aus beurteilen. Japan wird in ganz Asien siegen. Es ist besser, mit dem Sieger zu sein als gegen ihn.«

Seit Yang ihr Bewußtsein wiedererlangt hatte, waren ihre Gedanken von der Sorge um Ahmad beherrscht. Er hatte den Plan dieses Hauses. Und es konnte nur noch Tage dauern, bis die Einheiten aus Ulu Slim und Batu Caves die Stadt angriffen. Wenn es ihr gelang, bis dahin am Leben zu bleiben, dann war sie gerettet. Eine Weile überlegte sie, ob sie zum Schein auf das Angebot des Japaners eingehen sollte, aber als sie ihn wieder ansah, erinnerte sie sich an Halisamat, und sie brachte es nicht fertig, auch nur ein wenig mehr Freundlichkeit in ihre Stimme zu legen. Schroff sagte sie: »Ich bin an Ihrem Sieg nicht interessiert. Ich bin überhaupt an nichts weiter interessiert als daran, daß Ihre Truppen von hier verschwinden und wir alle endlich wie Menschen leben können. Was geht Sie Malaya an? Lassen Sie uns in Ruhe.«

»Sind Sie sich bewußt, daß Sie mit einer Pistole angetroffen wurden, aus dem Dschungel kommend?« fragte Otaki ruhig. »Wissen Sie, daß Sie aus diesem Grunde zum Tode verurteilt werden können?«

»Ich bin mir bewußt, daß die Japaner kein Recht haben, überhaupt hierzusein«, erwiderte sie.

»Gut«, sagte Otaki kurz entschlossen. Er erhob sich und ging ein paar Schritte hin und her. Seine Stimme wurde wieder so monoton, wie sie immer war, wenn er ein Verhör mit einem widerspenstigen Gefangenen hatte, dessen langsamer, qualvoller Tod eine beschlossene Sache war. »Sie sind starrsinnig. Sie werden etwa eine Woche Zeit haben, das zu bedauern. Und in dieser Zeit werden wir uns so mit Ihnen beschäftigen, daß Sie von Minute zu Minute sehnlicher wünschen werden, endlich sterben zu können. Sollten Sie es sich anders überlegen und unsere Fragen beantworten, uns helfen, dann werden Sie am Leben bleiben.«

Er nahm Papier und Bleistift zur Hand und stellte mit derselben monotonen Stimme seine Fragen. Yang überlegte, ob sie die angedrohten Qualen überstehen würde. Sie fürchtete die Schmerzen. Aber der Gedanke daran, daß es die Armee im Dschungel gab, die Genossen, die auf sie rechneten, verlieh ihr Kraft. Sie richtete sich auf und sagte ruhig: »Stellen Sie die Fragen. Ob ich sie beantworte, entscheide ich selbst.«

Eine Stunde später lag sie blutend und zerschlagen wieder in ihrer Zelle. Die Haut am Rücken und auf den Oberschenkeln war aufgeplatzt. Ein Sanitäter hatte ihr einen Kübel Wasser, das mit einem Desinfektionsmittel gemischt war, über den Körper gegossen. Otaki war zu einer Besprechung abgerufen worden, und er hatte angeordnet, daß die Gefangene in der Zwischenzeit eine Mahlzeit bekommen sollte.

Als die Zellentür geöffnet wurde, hatte Yang nicht die Kraft, sich zu erheben. Sie lag still und erwartete einen Tritt vom Posten. Aber der blieb aus. Der Soldat, ein noch junger Mann, der erst vor einigen Monaten aus Japan gekommen war, beugte sich über sie. In der einen Hand hielt er die Reisschale, mit der anderen schob er die Maschinenpistole auf den Rücken.

Yang war überrascht, als sie seine Stimme hörte. Sie klang ruhig, beinahe freundlich. Halblaut fragte er: »Schmerzen?«

Sie warf einen Blick auf ihn. Er unterschied sich nicht von Hunderten anderer japanischer Soldaten, die sie gesehen hatte. Über den hervortretenden Backenknochen lagen zwei dunkle Augen, die forschend auf Yang gerichtet waren. Er stellte die Schale vor sie hin und forderte sie auf: »Iß.« Sie sah ihm an, daß er nach Worten suchte, aber er kannte offenbar nur wenige malaiische Ausdrücke. Im Lichte des in die Zelle gerichteten Scheinwerfers betrachtete er ihren zerschlagenen Rücken. Dann schüttelte er leicht den Kopf und sagte: »Otaki.«

Yang sah ihm mißtrauisch nach, als er sich abwandte und die Zelle verließ. Sie hörte ihn abschließen und davongehen. Eine Weile versuchte sie, den Reis mit den beiden Stäbchen in den Mund zu schieben, aber ihre Hände zitterten; schließlich gab sie es ermattet auf und ließ ihren Kopf auf die Arme sinken.

So fand der Posten sie, als er die Zellentür wieder öffnete. Er betrachtete die Gefangene einen Augenblick lang, dann hockte er sich neben sie und hob die Reisschale an ihren Mund. »Essen«, forderte er sie auf. »Ich helfen.«

Mit geschickten Handbewegungen schob er ihr ein Klümpchen Reis nach dem anderen in den Mund. Er war froh, daß sie gehorsam schluckte. Der Vater des Soldaten Suga arbeitete in einer Papiermühle des Yasuda-Konzerns, und er hatte sich alle Mühe gegeben, seinen einzigen Sohn zu einem anständigen Menschen zu erziehen. Noch kurz bevor er ihn verabschiedete, hatte er ihm gesagt: »Es ist die größte Tragödie unseres Volkes, daß es die Länder seiner asiatischen Nachbarn überfallen hat und sie mit dem Schwert ausraubt. Wir werden unser Gesicht verlieren. Wer fortan Japan sagt, wird ein Volk von Räubern und Mördern meinen. Junge, wo immer sie dich hinschicken, denk daran, daß du ein Mensch bist und daß du mithelfen kannst, unser Gesicht zu bewahren. Sei gnädig, mildherzig und hilfsbereit, wie die Götter es uns gelehrt haben.«

Der Soldat Suga hatte bisher nur wenig Gelegenheit gehabt, diese Mahnung zu befolgen. Er stand in einer Armee, der die Begriffe Gnade und Milde unbekannt waren. Und doch erinnerte er sich gerade jetzt, seit er diese Gefangene zu bewachen hatte, an die Worte des Vaters.

Er nahm die geleerte Schale und stellte sie auf dem Gang ab. Einen Augenblick lauschte er, dann ging er zurück in die Zelle. Aus seiner Hosentasche zog er eine grüne Banane, entfernte die Schale und stopfte Yang die Frucht ungeschickt in den Mund. Mit einer hilflosen Geste forderte er sie auf zu essen. Leise sagte er: »Otaki – Baka!« Dann legte er den Finger bedeutungsvoll auf die Lippen. Er beschimpfte den Hauptmann und wollte, daß sie darüber schwieg.

Das anfängliche Staunen Yangs über das eigenartige Verhalten dieses Postens machte bald der Erkenntnis Platz, daß es sich hier um einen Menschen handelte, der ihr im Rahmen seiner Möglichkeiten helfen wollte. Sie sah, wie er wieder auf den Gang hinaustrat und sich lauschend nach allen Seiten umblickte. Als er zurückkam, griff er wieder in die Hosentasche und hielt ihr eine gelbliche Tablette hin. Sie nahm sie zögernd, und er deutete auf ihren Rücken und radebrechte: »Schmerzen, Medizin, besser.«

Von seinem Koppel hakte er die Wasserflasche ab, öffnete sie und gab sie Yang, sie mit einer Geste auffordernd, die Tablette hinunterzuspülen. Wieder legte er dabei den Finger auf den Mund. Er ging zur Tür und blieb so stehen, daß er den Gang beobachten konnte. Als Yang die Flasche absetzte, ermunterte er sie, mehr zu trinken. Es war ein Gemisch von Wasser und Pomeranzensaft, und Yang schluckte es durstig. Der Posten schien darüber erfreut zu sein; er nahm die Flasche nicht eher zurück, bis sie geleert war. Yang hatte noch immer kein Wort gesprochen. Selbst jetzt wollte sie nicht preisgeben, daß sie recht gut Japanisch verstand.

Sie warf dem Soldaten einen dankbaren Blick zu. Suga stellte sich wieder in die Tür, eine Zigarette anzündend. Nach ein paar Zügen fragte er: »Du rauchen?«

Als er sah, daß sie nickte, gab er ihr die Zigarette und wartete auf dem Gang, bis sie zu Ende geraucht hatte. Dann holte er den Stummel und zertrat ihn auf dem Gang. Er kam noch einmal zurück und sagte leise: »Otaki – Baka! Ich, Suga, helfen.«

Er las die Worte mühsam zusammen, denn er hatte sie aus einem für die Besatzungssoldaten gedruckten Wörterbuch herausgesucht, und in diesem Buch fanden sich kaum Ausdrücke, die das andeuteten, was er der Frau in dieser Situation sagen wollte. Bevor er die Zelle verließ, deutete er ihr mit einer Gebärde an, daß sie schlafen solle.

Otaki ließ Yang am nächsten Tag wieder holen. Er verhörte sie eine Viertelstunde, dann mußte sie wie Halisamat auf Kanthölzern knien, bis sie umfiel.

Vierundzwanzig Stunden später stand sie erneut vor ihm, und als sie sich immer noch weigerte, die Standorte der Einheiten im Dschungel, ihre Bewaffnung und Stärke, die Namen der Führer und ihre Pläne zu verraten, ließ er sie am Stuhl festbinden. Zwei Posten schleppten mehrere Eimer Wasser und einen Gummischlauch heran. Während der eine Yang die Nase zuhielt, preßte der zweite ihr den Schlauch in den Mund, an dessen Ende ein Trichter befestigt war. Dort goß Otaki eigenhändig Wasser hinein. Die Atemnot zwang die Frau, eine unvorstellbare Menge Wasser zu schlucken. Ihr Leib schwoll an, in ihren Ohren war ein feines, immer lauter werdendes Singen. Schwarze Schleier waberten vor ihren Augen, aber sie konnte nichts tun als schlucken, immer mehr schlucken, bis die Qual unerträglich wurde und sie erneut das Bewußtsein verlor.

Man band sie vom Stuhl los, und sie fiel zu Boden. Hier erwachte sie davon, daß Otaki ihr auf den prall gefüllten Leib sprang. Ein paar Sekunden sah sie verschwommen seine benagelten Stiefel, dann erbrach sie sich stöhnend, und wieder war Leere um sie. Nicht einmal die Schläge der Posten brachten sie aus ihrer Ohnmacht.

Stunden später erst kam sie in ihrer Zelle wieder zu Bewußtsein, in einer Wasserlache liegend. Unter würgenden Schmerzen erbrach sie sich wieder und wieder. Sie war so kraftlos, daß sie sich nicht bewegen konnte. Nur ihr Gehirn arbeitete fieberhaft. Sie zählte die Tage, die bereits vergangen waren. Ob es den Genossen gelingen würde, den Angriff auszuführen, bevor Otaki sie zu Tode gepeinigt hatte? Sie klammerte sich an diese Hoffnung, und zugleich entschloß sie sich, nicht nachzugeben. Es fiel ihr schwer, daran zu denken, daß sie vielleicht nur noch Stunden zu leben hatte, aber selbst wenn sie die Gewißheit erhalten sollte, in der nächsten Minute sterben zu müssen, würde sie kein Wort von dem verraten, was sie wußte. Sie werden Halisamat die gleichen Fragen gestellt haben, und Halisamat hat die nicht verraten, mit denen er kämpfte. Ich werde es auch nicht tun, sagte sie sich. Es ist traurig, daß ich vielleicht sterben muß, aber selbst das wird nichts daran ändern, daß unsere Armee diese Schinder eines Tages aus dem Lande jagt.

Otaki war entschlossen, ihren Widerstand zu brechen, koste es, was es wolle. Zunächst ordnete er an, daß ihre Zelle ab sofort grell erleuchtet werden sollte. Erfahrungsgemäß zermürbte das Tag und Nacht brennende, gleißende Scheinwerferlicht einen Gefangenen mehr und mehr. Von Yang wollte Otaki erzwingen, was die zusammen mit Halisamat verhafteten Kommunisten nicht preisgegeben hatten. Einer nach dem anderen waren sie schweigend an den Folgen der Folterungen gestorben. Und der Informant Sekam, der der Kempeitai den Tip gegeben hatte, war ein paar Tage später mit einem Messer in der Brust in einer dunklen Gasse aufgefunden worden. Es war ein verfluchtes Land, widerspenstig und gefährlich.

Als er Yang am nächsten Tag vorführen ließ, sah sie blaß und müde aus. Sie konnte sich nur mit Mühe auf den Füßen halten. Otaki hatte das erwartet, und für dieses Verhör hatte er eine der teuflischsten Foltermethoden ausgewählt, die in der Kempeitai üblich waren. Auf dem Tisch stand ein Apparat, mit dem durch Drehen einer Kurbel ein starker Induktionsstrom erzeugt werden konnte.

Otaki hielt sich nicht lange mit Fragen auf. Er lächelte, als er Yang zynisch erklärte: »Wir werden Sie mit dieser kleinen Maschine ein wenig aufmuntern. Sie werden das vermutlich so schnell nicht vergessen. Es verursacht starke Schmerzen. Wenn Sie danach den Wunsch haben auszusagen, werde ich Erleichterungen für Sie anordnen. Überlegen Sie gut.«

Was in der nächsten Stunde geschah, daran konnte sich Yang später nur lückenhaft erinnern. Die Posten rissen ihr die Kleidung vom Leib und banden sie auf dem Stuhl fest. Sie zogen von dem Induktionsapparat zwei lange Drähte bis zu ihr. Eines der Enden befestigten sie mit einer Klemme an ihrer Zunge, das zweite an einer anderen Stelle ihres Körpers. Otaki selbst drehte an der Kurbel des Geräts.

Die Stromstöße ließen Yang sich aufbäumen. Ihre Glieder begannen zu zucken. Ein irrsinniger Schmerz bohrte in jedem Muskel. Aber Otaki legte stets nur eine kleine Pause ein, dann drehte er wieder an der Kurbel. Jedesmal gab es dabei ein knisterndes, summendes Geräusch, und Sekunden später zuckte der Strom in Yangs Körper. Sie stöhnte und schrie. Ihr Kopf schmerzte zum Zerspringen. Manchmal glaubte sie, daß ihr Herzschlag für Sekunden aussetzte. Wieder und wieder verlor sie das Bewußtsein, aber Otaki ließ sie immer wieder mit Wasser übergießen.

Er weidete sich an ihren Qualen. Dies war die Methode, sie zum Reden zu bringen. Nach dieser Behandlung würden der bloße Anblick des Apparates und die Androhung einer Wiederholung so viel Angst bei ihr hervorrufen, daß sie willig sprach.

Es dauerte nicht lange, bis Yang nicht einmal mehr vor Schmerz aufschreien konnte, wenn Otaki die Stromkurbel betätigte. Ihre Zunge, an der der Draht befestigt war, schwoll an und verschloß ihr den Mund. Sie hörte das Surren des Apparates und sah undeutlich das hämische Grinsen des Japaners, aber bald war sie nicht mehr in der Lage, überhaupt etwas wahrzunehmen. Ihre Sinne versagten den Dienst. Sie wußte nicht, wie lange sie noch auf dem Stuhl festgebunden war. Als sie wieder erwachte, lag sie in der Zelle. Der junge Posten beugte sich über sie und streifte ihr die Kleidungsstücke über, die man neben sie geworfen hatte. Nach einer Weile ging er fort und kam mit einem Fetzen nassen Tuches zurück, den er ihr in die Hand drückte. Als sie sich nicht rührte, führte er ihre Hand mit dem Lappen an ihren Mund und bedeutete ihr, daß sie die Stellen, an denen die Klemmen befestigt gewesen waren, kühlen sollte. Es dauerte Stunden, bis sie sich so weit erholt hatte, daß sie wieder einigermaßen konzentriert denken konnte.

Der Posten überredete sie dazu, aus seiner Flasche gesüßten Orangensaft zu trinken. Aber es fiel ihr schwer, denn jede Bewegung des Mundes verursachte ihr heftige Schmerzen.

Einige Stunden später erschien Otaki in der Zelle. Er rauchte eine Zigarette und schien vergnügt zu sein. »Nun«, wollte er wissen, »haben Sie es sich überlegt?«

Sie ließ ihn warten, bevor sie ihm antwortete. Mühsam formte sie die Worte: »Scheren Sie sich zum Teufel! Unsere Leute werden Ihre Armee davonjagen wie ein Rudel Hunde!«

Er zog nachdenklich an der Zigarette. Woher diese Kommunisten nur die Kraft nahmen, so lange durchzuhalten und alle Schmerzen zu ertragen? Und er erinnerte sich an jenen Halisamat. Dann aber geriet er in Wut. Sollte es ihm denn nicht einmal gelingen, diese schwache Frau zu bezwingen?

»Sie werden reden!« schrie er sie drohend an. Er zertrat die Zigarette und zog die Pistole. Aber er faßte sie am Lauf. Noch war es zu früh, mit einem Schuß das Ende herbeizuführen. Yang schüttelte den Kopf. Ihr wurde schwindlig dabei. Als sie sein Gesicht wieder erkennen konnte, sagte sie heiser: »Geben Sie es auf. Sie sind der Schwächere.«

Er stürzte sich unbeherrscht auf sie. Ihre unerschütterliche Ruhe nagte an seinem

Selbstbewußtsein. Er schlug mit dem Pistolengriff auf sie ein, während sie ihr Gesicht an den Boden preßte und versuchte, mit den Händen den Kopf zu schützen. Der kantige Kolben traf ihr Genick und die Schläfe.

Lange nachdem Otaki wütend aus der Zelle gelaufen war, hob sie den Kopf. Es war dunkel um sie herum. Zuerst nahm sie an, der Posten habe das grelle Licht abgeschaltet. Aber auch auf dem Gang schien keine Lampe mehr zu brennen. An ihrem Hinterkopf verspürte Yang einen stechenden Schmerz. Sie blieb still liegen. Erst als der Soldat Suga eintrat, begann sie sich wieder über die Dunkelheit zu wundern. Und mit einemmal wußte sie, daß der Scheinwerfer brannte, daß er auch zuvor gebrannt hatte. Nur ihre Augen konnten das Licht nicht mehr wahrnehmen.

Die Straße, die von Tanjong Malim südwärts verlief, führte über eine sanfte Anhöhe, auf deren Scheitel der Wald sich für ein paar hundert Meter lichtete. Das war der Ort, an dem Ah Pak mit den Offizieren des 2. Regiments zusammentraf.

Es war eine Stunde vor Mitternacht. Sie hatten die letzten Berichte der Kundschafter gehört, die erst vor Stunden aus der Stadt gekommen waren. Mit starken Ferngläsern hatten sie den Stadtrand nach Zeichen abgesucht, ob man die Japaner in verstärkte Alarmbereitschaft versetzt hätte. Aber sie hatten nichts entdecken können. Die Streifen gingen ihre üblichen Routen, und in den Postenstellungen ließ nichts darauf schließen, daß ein Angriff erwartet wurde.

Die drei Offiziere lagen hinter dem Saum des Waldes, vor sich die Karten. Während sie zum letztenmal ihre Aufgaben besprachen, sagte Ting Wu nachdenklich: »Wenn ich ehrlich sein soll, befürchte ich immer noch, daß sie Yang so lange gequält haben, bis sie sagte, was sie wußte.«

Abu Bakkar hörte das nicht zum erstenmal. Seit Yangs Verhaftung hatten die beiden Männer mehr als einmal erwogen, ob es zu verantworten war, trotzdem den Angriff zu wagen. Aber stets war Abu Bakkar bei der Ansicht geblieben, daß Yang sich eher töten lassen würde, als die Genossen zu verraten. Auch jetzt sagte er: »Wenn du nur aufhören wolltest, davon zu reden. Nicht einer der Kundschafter hat auch nur das geringste Anzeichen bemerkt. Ich hoffe nur, daß wir das Mädchen noch lebend vorfinden.«

Ting Wu sah ihn an. »Ich würde ihr keinen Vorwurf machen, selbst wenn sie zusammengebrochen wäre. Es gibt von unseren Leuten niemanden, der lebend aus den Händen der Kempeitai entkommen ist. Und Angst und Schmerzen können selbst einen starken Mann dazu bringen, die Kontrolle über sich zu verlieren und zu sprechen. Es ist keine Schande, man muß das verstehen. Aber trotzdem – wir haben die Verantwortung für die Soldaten, die wir hier einsetzen.«

Abu Bakkar sagte nichts mehr dazu. Er verstand Ting Wus Bedenken und seine Vorsicht, aber er glaubte, Yang besser zu kennen. Außerdem war der Angriff jetzt nicht mehr aufzuhalten. Die drei Offiziere hatten ein Meisterstück an umsichtiger Planung geleistet. Nach und nach waren kleine Gruppen von Soldaten in unauffälliger

Zivilkleidung in die Stadt eingeschmuggelt worden. Sie hatten zur verabredeten Zeit, bei Beginn des Angriffs, die strategisch wichtigsten Punkte der Stadt zu besetzen und die Verbindungen zwischen den einzelnen japanischen Einheiten und Dienststellen zu blockieren. Bis zum Eintreffen der anderen Truppen mußten sie dafür sorgen, daß es zu keiner organisierten Gegenwehr der Japaner kam.

An allen Straßen, die nach Tanjong Malim führten, lagen starke Einheiten im Hinterhalt, die jeden Zufahrtsweg abriegelten. Es würde kaum möglich sein, die Straßensperren zu überwinden, die sie anlegten. Aber nicht nur an die Wege war gedacht worden. Die Nordsüdbahnlinie, die durch die Stadt verlief, würde an mehreren Stellen unterbrochen werden. Es war vorbereitet, zu Beginn der Aktion sämtliche Telefonleitungen, die aus Tanjong Malim herausführten, durchzuschneiden. Der Ring um die Stadt war fest geschlossen. Kleine Gruppen von Kämpfern lauerten in der Umgebung der Postenstände und an den von den Kundschaftern erforschten Streifenwegen. Nie zuvor hatte es eine derartige großangelegte Aktion gegeben. Aber Tanjong Malim würde das Signal für immer kühnere Angriffe sein.

Ah Pak sah auf die Uhr, die er am Handgelenk trug. Es war eine billige japanische Uhr, ein Beutestück, aber sie ging genau. »Noch zwei Stunden«, sagte er. »Ich muß zu meinen Leuten.«

Es gab nichts mehr zu beraten. Bis zum Sonnenaufgang mußte der Kampf um Tanjong Malim entschieden sein. Und am Nachmittag würden die Einheiten der Dschungelarmee die Stadt wieder verlassen haben und die Japaner gewarnt sein, daß es im ganzen Land so gründlich mit ihrer Sicherheit vorbei war wie in Tanjong Malim.

Die Männer gaben sich die Hände, dann gingen sie ihrer Wege.

Abu Bakkar hatte mit seiner Gruppe von Ting Wu den Auftrag bekommen, den Schlupfwinkel der Kempeitai auszuräuchern. Er hatte gezögert, als George Bennett sich bei ihm einstellte und darum bat, in seiner Gruppe mitkämpfen zu können. Schließlich hatte er zugestimmt. Der Australier war nicht nur ein ausgebildeter Soldat, auf dessen Fähigkeiten man sich verlassen konnte. Er war Kommunist, und jeder wußte, daß er wütend die Fäuste ballte, wenn nur die Rede auf Yangs Schicksal kam.

Zum erstenmal setzte das 2. Regiment nicht nur Gewehre und Maschinenpistolen ein, es waren Trupps mit Flammenwerfern und Panzerminen ausgerüstet worden, mit Maschinengewehren und Granatwerfern. Die Armee, die den Japanern gegenüberstand, war wohlgerüstet mit Waffen, die aus den Arsenalen der Eroberer stammten.

Eine Stunde nach Mitternacht zogen die Kommandos an den Ausfallstraßen die Bambussperren aus dem Dunkel des Dschungels, befestigten und verminten sie und bezogen ihre Posten.

Andere Soldaten erkletterten Telegrafenmasten und kappten mit ihren Haumessern die Drähte. Auf die Maschinengewehrnester und Postenlöcher der Japaner zu bewegten sich schattenhaft Gestalten, die den überraschten Bewachern keine Möglichkeit ließen, Alarm zu schlagen. Kleine Kommandos der Dschungelarmee, die sich bereits in der Stadt verborgen gehalten hatten, kamen aus ihren Verstecken hervor. Sie drangen in die nächtlich stillen Verwaltungsgebäude der Japaner ein, in die Stromzentrale und in die Offiziersquartiere. Sie besetzten die Stadtkommandantur nach einer kurzen Schießerei, und sie sperrten die Ausgänge der Truppenquartiere. Es fiel ihnen nicht schwer, die Japaner in Schach zu halten, denn sie fanden überall bei den Bewohnern der Stadt bereitwillige Unterstützung. Aus versteckt liegenden Fenstern der Wohnhäuser, aus den dunklen Eingängen niedriger Hütten trafen ihre Schüsse mit tödlicher Sicherheit das Ziel. Die verwirrten Japaner brauchten kostbare Zeit, bis sie überhaupt in der Lage waren, den Kampf organisiert aufzunehmen. Da war es bereits zu spät für sie. Die Schützengruppen der Dschungelarmee schwärmten aus den Wäldern in die Stadt hinein. Sie stürmten die Hänge herab und eilten durch die Randsiedlungen. Es war, als entließe der stille, undurchdringliche Wald seine Kinder. Ihre Zahl war unübersehbar – sie kamen von allen Seiten, von Kommandeuren geführt, die aus den Karten jeden Weg kannten, den sie in der Stadt benutzen konnten.

Auf dem Steinpflaster der Straßen tappten die bloßen Füße der Soldaten, Kommandorufe wechselten ab mit Schüssen und Detonationen. Die überraschten Bürger der Stadt begriffen, was wirklich vor sich ging, als die Angreifer den Stadtkern erreicht hatten. Um diese Zeit waren die an verschiedenen Stellen stationierten japanischen Truppen bereits voneinander isoliert, eingeschlossen – es war ihnen nicht möglich, mehr zu tun, als verzweifelt Gegenwehr zu leisten. Die Angreifer zogen die erbeuteten Flammenwerfer nach vorn. Sie richteten sie auf die Tore der besetzten Gebäude und auf die Sandsackbarrikaden.

Barfüßige, braunhäutige Soldaten mit fünfzackigen Sternen an ihren Mützen stürzten sich auf die Widerstandsnester und waren nicht aufzuhalten. Sie kamen von überall, und manchmal verschwanden sie im Dunkel, als hätte die Nacht selbst sich mit ihnen verbündet und sie unsichtbar gemacht.

Unter dem Ansturm der geheimnisvollen Gestalten, die sich von Minute zu Minute noch zu vermehren schienen, schwand die selbstsichere Überheblichkeit der japanischen Soldaten. Wer wagt es, sie in einem Lande zu überfallen, das sie erobert hatten? Der Gedanke daran, daß sie umringt waren von einem unerbittlichen, gefährlichen Gegner, nahm ihnen den Mut. Ihre Verwirrung wuchs, denn die wohldurchdachte Organisation, die sie in der Stadt aufgebaut hatten, das Netz der Posten und Streifen, versagte. Es versagten selbst die Telefonleitungen. Und die Angreifer verloren keine Sekunde. Sie kletterten über Zäune und drangen in Waffendepots ein. Sie schleuderten Granaten in die offenen Fenster und standen bereits in den Räumen, wenn der Rauch der Explosion noch aufwallte. Es war, als fielen sie zu Hunderten aus dem blanken Tropenhimmel wie sagenhafte Rächergestalten aus alten Legenden. Nichts entging ihnen. Es war für jeden einzelnen japanischen Soldaten nur eine Frage der Zeit, bis die Reihe an ihn kam.

Hauptmann Otaki war erst kurz nach Mitternacht von einer Zecherei im Offiziersklub zum Hauptquartier der Kempeitai zurückgekehrt. Während des Abends war ihm der Einfall gekommen, sich seine störrische Gefangene in dieser Nacht nochmals vorzunehmen. Eine alte Erfahrung besagte, daß man einen Gefangenen schneller zermürbte, wenn man ihm keine Ruhe gönnte, keinen Schlaf, ja wenn man ihm sogar untersagte, sich hinzulegen.

Er fand nur die Nachtwache vor, als er das Gebäude betrat. Die übrigen Soldaten der Kempeitai schliefen in einem Seitenflügel. Zuerst richtete Otaki das Vernehmungszimmer für das Verhör ein. Er entschloß sich, diesmal die Gefangene mit glimmenden Zigarren zu quälen. Brandwunden solcher Art verursachten starke Schmerzen, obwohl sie auf den Organismus nicht dieselbe zermürbende Wirkung hatten wie etwa der Strom aus dem Induktionsapparat.

Mit Bedacht stellte Otaki einen Tisch zurecht, auf den die Gefangene gebunden werden sollte. Er holte aus seinem Büro Zigarren und eine Kerze. Als er alles vorbereitet hatte, verspürte er Durst; er stillte ihn aus der Thermosflasche, die, mit kaltem Fruchtsaft gefüllt, unter dem Fenster stand. Während er über das Haustelefon den Posten anrief und ihn beauftragte, die Frau vorzuführen, war es ihm, als höre er Schüsse in der Nacht.

Er legte den Hörer auf und lauschte. Eine Weile war es still, dann aber peitschten irgendwo in der nächtlich stillen Stadt Maschinengewehrsalven auf. Er blickte erstaunt aus dem Fenster. Einige hundert Meter entfernt detonierten hinter den Häusern Handgranaten. Otaki griff blitzschnell wieder nach dem Telefon und rief die Nachtwache an. Der Wachhabende wußte von nichts. Otaki beauftragte ihn, sofort zu untersuchen, weswegen geschossen wurde. Er behielt den Hörer in der Hand und wartete. Er konnte nicht sehen, wie in diesem Augenblick ein halbes Hundert flinker Gestalten von allen Seiten auf das Hauptquartier zulief. Ein Teil von ihnen setzte über die Mauer, und Sekunden später krepierten in den Unterkünften der Kempeitai-Soldaten im Seitenflügel die ersten Handgranaten.

Abu Bakkar drang mit den anderen Männern, unter denen auch Bennett war, in den Haupteingang ein, gerade in dem Augenblick, als die Soldaten der Nachtwache die Tür öffneten, um die Ursache der Schießerei zu erforschen. Sie wurden von den Eindringenden überrascht, zu Boden getrampelt und getötet. In der Wachstube baumelte der Telefonhörer an der Schnur, und aus ihm kam die gequetschte, aufgeregte Stimme Otakis, der nach seinem Wachhabenden rief. Er rief vergeblich.

Die Angreifer verteilten sich in Minutenschnelle über das ganze Gebäude. Nicht umsonst hatte jeder von ihnen den von Yang übermittelten Plan genau studiert. Zunächst trafen sie nur auf geringe Gegenwehr. Hier und da überraschten sie einen verschlafenen Japaner, der in seinem Arbeitszimmer übernachtet hatte. Erst in der Etage, in der auch Otakis Büro lag, wurde zurückgeschossen.

Abu Bakkar schickte Bennett mit einigen Männern in die unter dem Erdgeschoß gelegenen Gänge, an deren Seiten die Zellen lagen. Er selbst eilte treppauf, wo seine Soldaten Handgranaten in die Dunkelheit schleuderten.

Der erste Posten, der den hünenhaften Australier mit dem wuchernden roten Bart auf sich zustürmen sah, erstarrte vor Angst. Bennetts Augen hatten einen Ausdruck unzähmbarer Wildheit angenommen. Die Maschinenpistole hing wie ein Spielzeug in seiner Hand. Er feuerte die Männer hinter sich an, schneller zu laufen. Während er den Gang entlangstürmte, schrie er mit seiner dröhnenden, angsteinflößenden Stimme immer wieder: »Kommt heraus, ihr Bastarde! Her mit euch, los, los!«

Er schoß nicht auf den Posten. Mit einem mächtigen Schlag streckte er ihn zu Boden. Rechts und links von ihm zertrümmerten die Soldaten die Schlösser der Zellentüren. Es brach wie ein plötzliches Tropengewitter über das Gefängnis herein. In die Freudenlaute der Gefangenen mischten sich die Sterbensschreie der Posten und das Gebell der Waffen.

»Sucht eure Lehrerin!« schrie Bennett den Soldaten zu. »Sie muß hier sein!«

Er schoß auf einen Posten, der erschrocken seine Pistole auf ihn anlegte, und traf ihn in die Brust. Während der Mann zu Boden sank, herrschte Bennett ihn an: »Wo ist sie? Die Frau von uns? Wo?« Er bekam keine Antwort mehr.

Yangs Zelle lag im letzten Drittel des langen Ganges. Sie war hell erleuchtet. Vor einer Minute war der Soldat Suga hereingekommen und hatte Yang leicht auf die Schulter geklopft. »Otaki«, hatte er gesagt, und dann hatte er ihr mit ratlosem Gesicht, das sie nicht sehen konnte, eine seiner Schmerztabletten zwischen die Lippen geschoben. Er glaubte, daß sie ihr die Qualen erleichtern würde, die ihr erneut bevorstanden. Sie fühlte, wie er ihr die Flasche an den Mund setzte, und mit einiger Mühe schluckte sie. Der Durst hatte ihre Kehle ausgedörrt, aber immer noch waren Zunge und Lippen geschwollen, und es bereitete ihr Schmerzen, wenn sie trank.

Suga ließ ihr Zeit, ihre Kräfte zu sammeln. Er stützte sie, als sie aufstehen wollte, aber sie schaffte es beim ersten Versuch nicht. Ratlos hielt der Soldat ihr wieder die Flasche an die Lippen. Er hatte sich nie in seinem Leben so elend gefühlt wie in diesem Augenblick, als er sah, daß die Augen der Frau an seinem Gesicht vorbeiblickten. Es war keine Träne in diesen erstorbenen Augen, aber der Soldat Suga war nahe daran, das Schicksal dieser unbekannten, gemarterten Frau zu beweinen.

Er redete ihr unbeholfen zu: »Komm, Otaki. Ich später helfen.«

Als sie zum zweitenmal versuchte aufzustehen, fielen die ersten Schüsse auf dem Gang. Suga erstarrte. Es hatte schon einmal eine Schießerei in diesem Haus gegeben. Lauschend richtete er sich auf. Er dachte nicht daran, seine Maschinenpistole zu entsichern, die er auf dem Rücken trug.

Es war die unverkennbare Stimme George Bennetts, die Yang plötzlich hochfahren ließ. Sie vernahm sie zwischen den Schüssen und Schreien. Mit einemmal hatte sie ihre Kräfte wieder. Es gab keinen Zweifel mehr, die Genossen waren gekommen!

»Raus, ihr Hurensöhne!« hörte sie den Australier brüllen. Nie zuvor hatte der Klang englischer Schimpfworte ein so erlösendes Gefühl in ihr erzeugt. Die Flüche des Cowboys wurden lauter, das Getrappel von Schritten kam näher. Blitzschnell dachte sie an den jungen Posten. Sie streckte die Hand aus und tastete, bis sie seinen Arm gefunden hatte. Sie wurde sich nicht bewußt, daß sie japanisch zu ihm sprach, als sie ihm hastig zurief: »Nicht schießen, du! Stell dich hinter mich, sie werden dir nichts tun.«

Bennett näherte sich mißtrauisch der offenen Tür, aus der Licht fiel. Er traute den Japanern jede nur erdenkliche Teufelei zu. Kurz entschlossen warf er sich zu Boden und riskierte einen Blick in die Zelle. Im Bruchteil einer Sekunde sprang er mit einem heiseren Schrei wieder auf die Füße, schob den Finger in den Abzug der Waffe und stürmte in die Zelle. »Mädchen!« schrie er. Dann sah er den Japaner, der hinter ihr stand. Er verstummte und hob die Waffe. Der Japaner rührte sich nicht. Sein Gesicht war von Angst gezeichnet. Langsam hob er die Hände.

»Cowboy«, sagte Yang und versuchte zu lächeln. Ihre Stimme klang gurgelnd, undeutlich. »Tu dem Posten nichts, er hat mir – geholfen.«

Sie streckte den Arm aus, um nach Bennett zu tasten, während ihre Augen unsicher an ihm vorbeiblickten. Bennett sah erschrocken auf die sich ihm entgegenstreckende Hand, dann auf ihre Augen. Zuletzt blickte er den Japaner an. Der senkte stumm den Kopf. Und Bennett begriff, daß Yang ihn nicht sehen konnte.

Er hörte die Soldaten seiner Gruppe an der Tür. Mit einer Handbewegung forderte er sie auf, den Posten zu entwaffnen und mit dem Gesicht zur Wand aufzustellen. Dann nahm er Yang bei den Schultern und strich ihr mit seiner schweren Hand behutsam über das schmutzige, zerzauste Haar. »Mädchen«, sagte er leise, »war es schlimm? Was ist mit deinen Augen?«

Sie versuchte ihrer Stimme Festigkeit zu verleihen, als sie antwortete: »Seit gestern, als er mich mit der Pistole schlug.«

»Wer?« bellte Bennett. »Sag schnell, wer!«

»Otaki. Der Chef.«

Bennett sah, daß sie schwach auf den Beinen war. Er half ihr, sich hinzusetzen.

»So, der Chef«, wiederholte er.

»Otaki«, sagte sie nochmals.

»Und der Kerl da drüben?«

Sie erklärte ihm mit ein paar Worten, auf welche Weise Suga versucht hatte, ihr zu helfen. »Ich glaube, er ist kein schlechter Mensch. Er steckt bei ihnen, aber er hat sich einen Rest Menschlichkeit bewahrt. Laßt ihn laufen.«

Bennett überlegte nicht lange. Er winkte zwei Soldaten heran und trug ihnen auf, bei Yang zu bleiben. Dann sagte er zu ihr: »Wir sind noch nicht fertig hier. Ich komme in einer halben Stunde zurück.«

»He«, fuhr er den Japaner an, »wo ist dein werter Chef? Wo wohnt er? Straße, Hausnummer, schnell!«

Suga verstand ihn nicht, aber Yang erklärte ihm, was Bennett wollte. Nach einem kurzen Wortwechsel sagte sie zu dem Australier: »Er muß im Haus sein. Ich sollte eben zum Verhör zu ihm. Der Posten will dir sein Zimmer zeigen. Er sagt, du kannst ihm vertrauen, er wird dich nicht betrügen.«

»Ich würde es ihm nicht raten«, knurrte Bennett grimmig. Dann schob er den Japaner vor sich her und winkte den übrigen Soldaten, ihm zu folgen.

»Los, Jungens!« rief er ihnen zu. »Ein Mann namens Otaki wird gesucht!« Und zu dem Japaner sagte er: »O-ta-ki, verstanden? – Jesus Christ, ich breche ihm jeden Knochen einzeln, mehrmals. Gott und der Herzog von Wales mögen es mir vergeben!«

Sie kamen bis dorthin, wo Abu Bakkar mit seinen Leuten versuchte, die Japaner in dem dunklen Bürokorridor zu überwältigen. Aber Abu Bakkars Gruppe kam nur langsam vorwärts. Sie mußte um jedes Zimmer einzeln kämpfen, weil aus den Zwischentüren immer wieder Offiziere auftauchten und schossen.

»Es kann ein Dutzend sein«, schätzte Abu Bakkar. »Wir kriegen sie, aber langsam. Wir wollen nicht unnötig Leute opfern.«

Der Japaner zupfte Bennett am Ärmel und deutete nach unten. Dann beschrieb seine Hand einen Bogen. Bennett begriff. »Schieß weiter«, rief er Bakkar zu, »es scheint noch einen anderen Weg zu geben.«

Er folgte mit einigen Männern dem Japaner, und sie stiegen abwärts. An der Wachstube vorbei gelangten sie, durch die Waffenkammern und eine Anzahl kleinerer Räume hastend, schließlich zu einer Stiege, die aufwärts führte. Oben angelangt, konnten sie das Mündungsfeuer der Japaner sehen, die auf Abu Bakkars Soldaten schossen.

»Gut«, brummte Bennett. Er hielt dem Japaner die Faust vor die Nase. »Otaki, verstehst du?«

Suga deutete auf eine Tür, aus der sich eine Hand mit einer Pistole reckte. Es war die Hand Otakis, im kurzen Aufblitzen der Schüsse war der Ring zu sehen, den er trug.

Bennett teilte seine Soldaten sorgsam auf. Ihre Chance lag darin, die Offiziere blitzschnell im Rücken anzugreifen. Er selbst behielt sich Otaki vor. Als er das Zeichen zum Angriff gab, stürzte er als erster vorwärts. Es warf sich auf den Arm mit der Pistole, und der überraschte Japaner verlor die Waffe beim ersten Anprall.

Während draußen Schüsse bellten und Handgranaten explodierten, trieb Bennett den kleinen Japaner mit ein paar wuchtigen Faustschlägen ins Zimmer und schloß die Tür mit einem Fußtritt. Otaki war vom Auftauchen des Australiers so überrascht, daß er es nicht fertigbrachte, sich zur Wehr zu setzen. Was war geschehen? Waren die Guerillas gekommen oder die Engländer? Es wollte ihm nicht in den Kopf, daß diese Leute so urplötzlich hier auftauchen konnten.

»Bist du Otaki oder nicht?« brüllte Bennett ihn an. Seine Stimme vibrierte vor Wut. Der Japaner verstand genug Englisch, um erneut zu erschrecken. Woher wußte dieser bärtige Berserker seinen Namen?

Bennett schob die Maschinenpistole auf den Rücken. Mit ausgestreckten Händen ging er auf Otaki zu. Als der nicht antwortete, schlug ihm der Australier mit aller Kraft ins Gesicht. Dann packte er ihn an der Jacke und zerrte ihn zum Fenster. »Komm, du Held, ich will deine Visage genau sehen!« Otakis Gesicht war bleich. Das Mondlicht, das durch das Fenster fiel, machte es totenfahl. Mit einem geschickten Griff versuchte er, sich von Bennett zu lösen. Er preßte seine Daumen unter das Brustbein des Australiers. Es war ein Griff, der in Sekunden töten konnte, aber Bennett war schneller. Er hob das Knie und stieß zu. Während der Japaner sich krümmte, begann Bennett zuzuschlagen. Die Wut übermannte ihn, der Gedanke an die Frau, die ihm auf einem Hügel am Rande des Dschungels das Leben gerettet hatte und die nun blind, zerschlagen und hilflos in der Zelle hockte. Der Mann, den er schlug, hatte für das, was er getan hatte, mehr als nur einen Tod verdient. Bennett schlug mit einer Besessenheit auf ihn ein, die er zuvor nie an sich gekannt hatte. Er achtete nicht darauf, daß die Schießerei im Korridor aufhörte, und er merkte auch nicht, wie einer seiner Soldaten die Tür öffnete und dann nach Abu Bakkar rief. Immer wieder krachten seine Fäuste in das Gesicht Otakis. Wenn der Offizier zusammensank, riß der Australier ihn wieder hoch und prügelte weiter. So traf ihn Abu Bakkar an. Er rief Bennett an, aber er mußte ihm erst kräftig auf die breiten Schultern schlagen, bis der Australier von seinem Opfer abließ und sich umdrehte, bereit, den anzuspringen, der hinter ihm stand.

Er ließ seine Arme sinken. »Du bist es«, keuchte er. Dann sah er die anderen. Otaki rührte sich nicht mehr. »Da, nehmt euch, was von ihm übrig ist«, sagte Bennett. Dann wandte er sich ab und ging mit hängenden Schultern aus dem Zimmer. In der Tür drehte er sich noch einmal um. »Er hat Yang blind geschlagen. Sie ist unten. Komm, wir wollen sie holen.«

Abu Bakkar hatte viele heftige Worte sprechen wollen. Es war sein Prinzip, daß mit unerbittlicher Härte gekämpft wurde, aber er verachtete persönliche Grausamkeit und ließ sie bei keinem seiner Soldaten aufkommen. Als er die Worte Bennetts hörte, beschloß er, nichts mehr zu sagen. Er begriff plötzlich, was diesen gutmütigen, lustigen Australier für Minuten zum Rasenden gemacht hatte. »Ja, komm«, erwiderte er nur und ging mit ihm.

In den Gängen stank es nach Pulverdampf. Ein Kommando war damit beschäftigt, Dokumente sicherzustellen, ein anderes barg Waffen und Munition, wieder andere Soldaten schleppten bereits Kanister mit Brennstoff heran und verteilten sie im ganzen Gebäude. Nach dem festgelegten Angriffsplan war vorgesehen, das Hauptquartier der Kempeitai niederzubrennen.

Als die Sonne sich über den Horizont schob, gehörte die Stadt den Soldaten aus dem Dschungel. Sie riefen die Einwohner zusammen, und Ting Wu sprach zu ihnen. Die Leute küßten die Soldaten und schenkten ihnen tausend Kleinigkeiten. Es war, als empfinge eine riesengroße Familie ihre lange entbehrten Söhne. Unter der Aufsicht der Soldaten wurden Lebensmittel aus japanischen Depots an die Einwohner verteilt. Alle militärischen Anlagen wurden zerstört.

Ting Wu nahm sich der erblindeten Yang an. Er führte sie zu einem Arzt, der sich in der traditionellen chinesischen Heilkunst auskannte. Nachdem der Arzt sie untersucht und festgestellt hatte, daß durch den Schlag mit dem Pistolenkolben ein Nerv beschädigt worden war, erklärte er: »Es ist möglich, ihr das Augenlicht wiederzugeben, aber es erfordert eine lange Behandlung.«

Er war ein alter Mann mit guten Augen. An seinem Kinn wuchs ein dünner Bart. Ting Wu blickte ihn ernst an. Der Arzt ahnte die unausgesprochene Frage. Nach einer Weile sagte er schlicht: »Ich habe keine Familie. Ich werde mit euch gehen, wenn ihr mich mitnehmt. Vielleicht könnt ihr meine Hilfe brauchen.«

Ting Wu drückte ihm die Hand. Er wartete, bis der Arzt alles zusammengepackt hatte, was zur Ausübung seiner Tätigkeit nötig war. Dann beauftragte er ein paar Soldaten, das Gepäck zu tragen, und sie gingen zu dritt zum Sammelplatz des 2. Regiments.

Der Arzt war nicht der einzige Einwohner von Tanjong Malim, der sich der Dschungelarmee anschloß. Unter den vielen, die sich auf dem Sammelplatz einfanden, war auch ein alter, schlaugesichtiger chinesischer Straßenkoch, der zu den letzten gehörte, die Halisamat lebend gesehen hatten. Er stand in seiner schmutzigen Schürze zwischen den Soldaten und redete unentwegt.

»Ich mache euch aus Schlangenfleisch einen Braten, der zarter ist als eine einjährige Taube! Gibt es etwa keine Schlangen im Wald? Und ob es sie gibt! Oder Kokosplätzchen, damit ihr stark werdet. Nicht einmal Seine beschissene Exzellenz, der Kaiser auf dem weißen Pferd, hat so einen Koch wie mich! Deshalb ist er auch auf den Gedanken gekommen, uns zu überfallen, weil er schon gezwungen war, rohen Fisch zu essen. Rohen Fisch, pah! Euer Mann hat gesagt, man müßte ihn mit der Grassuppe füttern, bis er endlich seinen werten Geist . . .«

Als er Ting Wu vorgeführt wurde, hob er feierlich die Hand an seine einstmals weiße Kopfbedeckung. »Nehmen Sie mich mit, Herr General! Ich bin berühmt für gute Speisen. Und was ist eine Armee ohne gutes Essen? Die Soldaten werden die Japaner noch dreimal so gut verjagen können, wenn sie regelmäßig von mir mit einem Essen verpflegt werden, wie es nicht einmal der gnädige Bastard auf dem weißen Pferd . . .«

Ting Wu verbiß sich ein Lächeln. Er musterte den Koch. »Kannst du deine Pfannen selber tragen?«

Der Redefluß des Kochs erstarb. Er blickte sich verlegen nach den schmunzelnden Soldaten um.

»Nun gut«, entschied Ting Wu, »zwei von uns werden dir helfen. Mach alles bereit.«

Gegen Mittag gab es an den Zufahrtsstraßen zur Stadt die ersten bedeutenderen Gefechte mit japanischen Einheiten. Aber die Straßen waren gut gesichert. Ting Wu ließ eine geschriebene Warnung an die Japaner zurück, daß fortan jeder Terror gegen Malaien in der gleichen Weise bestraft werden würde, wie es in der vergangenen Nacht in Tanjong Malim geschehen war. Dann gab er den Befehl zum Aufbruch.

In langen Kolonnen verließ die Dschungelarmee die Stadt. Ein Zug nach dem anderen verschwand in den düsteren Wäldern, beladen mit Waffen, Munition, Ausrüstungsstücken. Die Einwohner umarmten die Soldaten, sie küßten sie unter Tränen und steckten ihnen Hibiskusblüten an die verschwitzten Uniformen.

Zum erstenmal hatten sie erlebt, daß es eine Armee gab, die für die Sache Malayas kämpfte. Eine starke Armee furchtloser Soldaten. Und die Davonziehenden riefen zurück: »Es dauert nicht mehr lange, bis wir endgültig wiederkommen!«

Major Kumara saß in seinem Büro in Kuala Lumpur und blätterte nachdenklich in einem kleinen, in schwarzes Leinen gebundenen Notizbuch, das er seit Kriegsbeginn für eine Art Buchführung über den Gang der Ereignisse benutzte. Es gefiel ihm nicht, was er las, aber es waren Tatsachen. Das Jahr 1944 ging zu Ende. Die Realitäten, die man lieber übersehen hätte, waren jedoch nicht mehr zu leugnen. Alle Versuche, die Offensive in Burma wieder aufzunehmen und nach Indien hineinzustoßen, waren gescheitert.

Im März 1944 war selbst dem Oberkommando klar gewesen, daß die Schlacht um Indien verloren war. Um diese Zeit begannen die Engländer ihre Gegenbewegungen. Sie setzten im Hinterland weit hinter den japanischen Linien Truppen ab, die Verkehrswege und Stützpunkte eroberten. Das ganze Jahr hindurch hatte es kleinere Gefechte und Geplänkel gegeben, gegen Ende des Jahres traten vier Armeen der Alliierten zum Angriff an, und sie waren von den Japanern nicht mehr aufzuhalten. Der Chindwin und der Irrawadi wurden überschritten. Mandalay war gefallen. Eine Flotte von Landungsschiffen lief Rangoon an.

Sie werden es nehmen, dachte Kumara.

Engländer und Amerikaner machten nur einen Teil der Offensivtruppen aus. Weit stärker waren Inder, Chinesen, Gurkhas, Burmesen, Kachins und Angehörige vieler anderer Nationalitäten Asiens vertreten, dazu kamen afrikanische Soldaten unter britischem Kommando. Diese Bilanz bewies am deutlichsten, wie gründlich Japans Versuch gescheitert war, die Völker Asiens unter dem Schlagwort von der Koprosperität dem japanischen Machtbereich einzuverleiben.

Kumara stellte den Ventilator ab. Jedes Geräusch störte ihn. Er war nervös geworden in den letzten Monaten. Lustlos blätterte er weiter. Auf den Salomonen hatten sich die Amerikaner bereits sehr früh eingenistet. Dann auf den Marianen. Guadalcanar war gefallen, Neuguinea, Tarawa und Saipan. Attu und Kiska, die Aleuteninseln, waren verlorengegangen, dann die Philippinen. Die nächsten Ziele würden Iwo Jima und Okinawa sein, und danach Tokio. Schon heute lagen die Städte Japans unter dem Bombenhagel der amerikanischen Superfestungen. Und wie sah es in Europa aus? Die Sowjettruppen kämpften bereits auf deutschem Gebiet.

Kumara erinnerte sich daran, daß er am Nachmittag nach Singapore fahren wollte. Er mußte mit Leong Yew Koh reden, jenem Kaufmann, der seit seiner ersten Begegnung mit Kumara zu einer Art Geschäftspartner des Majors geworden war. Leong Yew Koh hatte Verbindungen, und Kumara hatte Geld. Er hielt nichts von der Todessehnsucht mancher seiner Kameraden, die bis zum vorletzten Schuß kämpfen und den letzten für sich selbst verwenden wollten. Aber er war vorsichtig genug, seine Ansicht nicht laut werden zu lassen. Das war nicht ratsam. Er plante sehr sorgfältig. Beim Zusammenbruch der Besatzung in Malaya würde Major Kumara unauffindbar verschwinden. Denn nach Malaya war das Inselreich selbst an der Reihe. Die Alliierten hatten die Bestrafung der Kriegsverbrecher angekündigt. Kumara beabsichtigte nicht, das abzuwarten. Es würde sich zeigen, was die kleinen Nebengeschäfte mit Leong Yew Koh eingebracht hatten. Auf jeden Fall würde dieser Schieber, der unter Kumaras Schutz stand, ein sicheres Domizil wissen.

Der Chef der Kempeitai zögerte mit der Eintragung, die er heute in sein schäbiges Tagebuch machen wollte. Er zündete sich eine Zigarette an und dachte noch einmal an die schöne Zeit, die er im »Bali« verbracht hatte, an die lustigen Feste und die Nächte mit dem Mädchen Merapi. Er blickte gedankenvoll aus dem Fenster. Die Hitze ließ die Luft über den Dächern der City flimmern. Neben dem Fenster klebte das Bild des Kaisers an der Wand: ein Mann auf einem weißen Pferd, ein Mann, der eine Brille trug und einen Schnurrbart. An seiner Hüfte baumelte das Samuraischwert. Kumara wandte seinen Blick ab und griff nach dem Federhalter. Während draußen eine Kolonne Lastwagen vorbeifuhr, von deren Motorenlärm das Gebäude leicht erzitterte, schrieb Kumara. Er nahm sich Zeit, und als er fertig war, las er die Eintragung mehrmals durch. In sorgfältig gesetzten Schriftzeichen stand da: »Heute wurde das Hotel ‚Bali' geschlossen. Die Deutsche Lou van Bergen war trotz vieler wertvoller Hilfeleistungen für uns Agentin der Engländer. Sie nutzte ihre Freiheit, um gegen uns zu arbeiten. Ihr Verrat wurde durch einen Zufall aufgedeckt. Auf einer Fahrt mit ihrem Auto wurde sie unterwegs vom Fahrer eines Lastwagens der Armee angehalten, der Benzin von ihr verlangte. Da sie es ihm verweigerte, durchsuchte der Fahrer ihr Auto. Er fand einen Engländer, der sich mit der Pistole zur Wehr setzte. Aber der Fahrer erschoß ihn und die Frau. Das war gestern. Die Untersuchung ergab, daß es sich um einen gewissen Henderson handelte, einen Offizier der britischen Armee. Bis zur Stunde ist unklar, wo er sich verborgen hielt. Vielleicht im ‚Bali'.

Die Mädchen im ‚Bali' werden noch vernommen. Bis auf Merapi, die seit Monaten lungenkrank ist. Ich habe dafür gesorgt, daß sie nicht inhaftiert wurde. Dr. Hamashi, der sie untersuchte, ist der Meinung, daß sie in etwa zwei bis drei Monaten sterben wird. Es ist schade, sie war eine Künstlerin auf dem weichen Lager.«

Mit einem bedauernden Blick klappte Kumara das Buch zu und steckte es ein. Dann schloß er den Schreibtisch ab und griff nach seiner Mütze. Es war Zeit, das Mittagessen einzunehmen und nach Singapore aufzubrechen.

Leutnant Palmer hatte die Nachricht von der Ankunft des Beauftragten des Oberkommandos vor vierundzwanzig Stunden erhalten. Seitdem war seine Furcht etwas geringer geworden. Aber trotzdem fühlte er sich ganz allein in seinem Versteck nicht mehr sicher. Henderson war nicht zurückgekehrt. Die Post in dem geheimen Briefkasten unter dem Gingkobaum, die Palmer später dort hinterlegt hatte, war nicht mehr abgeholt worden. Offenbar hatte es einen Zwischenfall gegeben. Ob ich jemals erfahre, was da geschehen ist, überlegte Palmer. Er hatte die Hoffnung aufgegeben, daß Henderson noch einmal im Versteck auftauchen würde. Wunder waren selten geworden.

Nun bangte er, daß dem Beauftragten des Oberkommandos auf seinem Wege hierher etwas zustoßen würde. Eine Maschine sollte ihn nachts über das Versteck fliegen. Palmer war aufgefordert worden, Lichtzeichen zu geben. Er hatte alles sorgsam vorbereitet. Als die Nacht hereinbrach, hielt es ihn nicht mehr in seinem Zelt. Er kroch auf die Felsen und verbarg sich in einer Spalte, die ihm freien Ausblick bot. Nervös rauchte er eine Zigarette nach der anderen, bis endlich Motorengeräusch in der Luft war.

Palmer hatte gelernt, den Klang der japanischen Motoren von dem der eigenen zu unterscheiden. Und das Flugzeug, das nun von Westen her anflog, war keine japanische Maschine.

Er sprang herab und lief zu den Leuchtpatronen, die er für diesen Zweck präpariert hatte. Als die Maschine sich über ihm befand, steckte er das Magnesiumpulver an. Es brannte mit einer blendendhellen Flamme ab. Palmer brauchte den Vorgang nur zweimal zu wiederholen, dann hatte der Pilot das Zeichen gesehen. Er flog einen Halbkreis, und aus der Schiebetür der Maschine purzelte der Beauftragte des Oberkommandos. Sein Fallschirm öffnete sich mit einem leichten Knall. Sekunden später setzte er am Boden auf. Palmer mußte einige hundert Meter ins Grasland laufen, um ihn zu holen. Eine halbe Stunde später war alles erledigt: Der Schirm war in einer der Höhlen versteckt, und der Offizier vom Oberkommando saß Palmer im Zelt gegenüber und sagte: »Ich heiße John Davis. Der Dienstrang tut nichts zur Sache. Ich bin beauftragt, eine Aktion vorzubereiten, die die Bezeichnung ‚Zipper' trägt. Haben Sie hier irgendwo Tee?«

Palmer bereitete mit Vergnügen auf dem Benzinkocher einen Tee. Er bot Davis Keks und Zigaretten an, und als der abgesprungene Offizier sich gestärkt hatte, wandte er sich erklärend an Palmer. »Aus einer anderen Quelle wissen wir, daß Henderson tot ist. Bei dem, was wir vorbereiten, werden Sie seine Aufgaben zu übernehmen haben.«

»Oh«, machte Palmer erschrocken. »Henderson war seiner Sache sehr sicher.« Er machte eine Pause. Die Nachricht hatte ihn überrascht, obgleich er inzwischen etwas Ähnliches bereits befürchtet hatte.

»Ein kleiner Fehler vielleicht«, sagte Davis. »Nun, es ist nicht mehr zu ändern. Gegenwärtig ist nicht mehr zu erfahren, als daß er tot ist. Und nun hören Sie genau zu, Palmer, was ich Ihnen jetzt erkläre, ist außerordentlich wichtig.«

Er entnahm der Innentasche seiner Tarnkombination eine Karte vom Kriegsschauplatz in Burma und breitete sie aus. Während er mit dem Finger Linien andeutete, erklärte er: »Hier ungefähr stehen unsere Truppen. Wir werden Rangoon besetzen und die Küste sichern. Dann werden wir abwarten. Eine Landung größeren Ausmaßes an der Küste Malayas kann frühestens in einem halben Jahr erfolgen. Wir haben die Aktionen Amerikas abzuwarten, die gegenwärtig auf ein Heranarbeiten an die japanischen Inseln gerichtet sind. Inzwischen läuft ‚Zipper' ab. Der Name verrät viel über die Absicht, Palmer. Mit einem Zipper, einem Reißverschluß, beabsichtigen wir, die strategischen Punkte Malayas gewissermaßen abzuschließen.«

»Sie wollen die Japaner angreifen?«

Davis schüttelte den Kopf. Er war ein großer, schlanker Mann mit kantigem Gesicht und militärisch kurzgestutztem Haar. »Kein Angriff, Palmer, sondern Vorbereitungsmaßnahmen anderer Art.«

Auf einer Karte von Malaya zeigte er dem Leutnant, wie die Aktion verlaufen sollte. »Die Lage ist so, daß große Teile Malayas von Japanern frei sind oder zumindest von ihnen gemieden werden. Es gibt Gebiete, in denen die Aktivität der kommunistischen Guerillas so stark ist, daß die Japaner sich hüten, dort in Erscheinung zu treten. Außerdem gibt es den Dschungel. Wir haben heute mehr Flugzeuge zur Verfügung als neunzehnhunderteinundvierzig, und unsere Flugplätze liegen nahe. Wir können kleine Truppenkontingente absetzen und aus der Luft versorgen, können also Stützpunkte ausbauen, ohne die Japaner selbst anzugreifen. Genau das werden wir tun. Unsere Einheiten werden Verbindung zu den Einheiten der Kommunisten aufnehmen, ohne sich an ihren Unternehmungen zu beteiligen. Ihre Aufgabe ist, zu warten, bis unsere Landung erfolgt. Dann treten sie in Aktion.«

Palmer sah sich die Stellen an, die Davis als Absetzplätze bezeichnete. »Ein kluger Plan«, bemerkte er. »Wir können bei einer Landung von allen Seiten auf die Japaner losschlagen.«

Davis lächelte nachsichtig. »Es wird kaum nötig sein. Zu dieser Zeit wird Japan am Boden liegen. Und die Guerillas werden die in Malaya stationierten Truppen zermürbt haben. Wir werden nur die Macht im Lande übernehmen, es wird keine wesentlichen Kämpfe geben.«

Palmer blickte ihn fragend an. Wozu die Truppenlandungen, wenn nicht die Absicht bestand zu kämpfen?

Davis machte ihn aufmerksam: »Unsere Zielrichtung ist eine andere, Palmer. Wir haben einen Überblick über die Aktionsfähigkeit der kommunistischen Armee, und wir setzen unsere Truppen ab, um den Kommunisten zuvorzukommen. Das Ziel der Aktion ist, zu verhindern, daß beim Zusammenbruch der Japaner die Kommunisten die Macht in die Hände bekommen. Für sie wäre es einfach, denn sie sind stark und haben ihre Einheiten überall im Land. Außerdem sind sie beim Volk beliebt. Wenn wir sie tun lassen, was sie zweifellos tun wollen, dann ist Malaya ein Jahr später eine kommunistische Republik. Unsere Truppen sollen ihnen zuvorkommen. Begreifen Sie nun, was zu geschehen hat?«

Palmer begriff. Er hörte Davis genau zu. In der Tat war das Oberkommando gut orientiert. Und es schien, als nähere sich der Krieg langsam einem nicht ganz unkomplizierten Ende.

»Es kommt darauf an, daß wir ebenso umsichtig wie kaltblütig handeln«, erklärte Davis. »Keine Auseinandersetzungen mit den Kommunisten. Händeschütteln und Blumen. Aber die Machtpositionen besetzen wir. Lächelnd und zuvorkommend und mit Bestimmtheit. Auf alle ihre Fragen werden wir antworten, nachdem Malaya wieder fest in unserer Hand ist. Vorher nicht. Wir machen gute Miene zu diesem ganzen

Spiel, das ist nötig. Wir schnappen ihnen gewissermaßen unter der Nase die Macht im Lande weg. Alles andere kommt später.«

»Aber wenn sie uns zuvorkommen?« fragte Palmer. »Ich meine, wenn sie beispielsweise die Städte angreifen und die Japaner . . .«

Davis unterbrach ihn mit einer Handbewegung. »Geeignete Leute von uns werden im gegebenen Augenblick mit den Japanern verhandeln. Überall, wo wir nicht sind, werden die japanischen Truppen von uns beauftragt werden, Ruhe und Ordnung aufrechtzuerhalten, bis wir eintreffen.«

»Ruhe und Ordnung«, meinte Palmer, »das heißt auch, die Kommunisten bekämpfen, wenn sie versuchen, eine größere Stadt einzunehmen oder eine andere Position?«

»Selbstverständlich«, bestätigte Davis. »Machen Sie sich mit dem Gedanken vertraut, daß im Augenblick der Kapitulation unsere größte Sorge nicht die Japaner sind, sondern die Kommunisten.« Er lächelte verbindlich. »Wir werden natürlich bemüht sein, Zusammenstöße zwischen den Kommunisten und den Japanern zu vermeiden, aus taktischen Erwägungen. Die Kommunisten haben das Prinzip, nicht gegen die Alliierten zu kämpfen, sondern nur gegen die Japaner. Das werden wir auszunutzen wissen, denn es kommt uns sehr gelegen. Das ganze Unternehmen ist eine Sache der List und der Klugheit. Wenn wir so vorgehen, können wir die kommunistischen Streitkräfte neutralisieren. Sie können nicht gegen uns kämpfen, das widerspricht ihren Prinzipien der Unterstützung der Alliierten. Und daran packen wir sie. Der Rest ist eine Aufgabe für die neue Zivilverwaltung in Malaya. Polizeisache ist das. Haben wir uns verstanden?«

Es gab nicht viel, was er Palmer noch erklären mußte. Der Plan war einfach. Die beiden Männer beschäftigten sich in den folgenden Stunden hauptsächlich damit, Einzelheiten seiner Ausführung zu besprechen. Palmer stellte die Funkverbindung zum Oberkommando her. Meldungen wurden ausgetauscht, Befehle ergingen an Davis. Am Morgen des nächsten Tages wußten die beiden Offiziere, daß die ersten kleineren Truppenkontingente bereits in der kommenden Woche an den ausgewählten Plätzen abgesetzt werden sollten. Die Wiedereroberung Malayas durch England begann nach einem verschlagenen, betrügerischen Plan.

Ting Wu arbeitete sich näher an den buschbewachsenen Rand eines Abhanges heran. Er achtete darauf, die Zweige nicht zu bewegen. Vor ihm lag die Schlucht. Und in dieser Schlucht befanden sich zwei Kompanien japanischer Soldaten.

Vor einigen Tagen war im Lager die Nachricht eingetroffen, daß die Japaner eine Suchaktion nördlich von Ulu Slim durchführten. Von da an war Ting Wu ihnen mit einer kleinen Gruppe Soldaten auf den Fersen geblieben, ohne daß sie es merkten. Die Männer Ting Wus hatten sich oft nur einige hundert Meter von den Japanern entfernt im Dschungel bewegt. Sie waren ihnen über die Berge gefolgt, hatten offene Flächen umgangen, Flüsse überquert und den Gegner doch nie aus den Augen gelassen.

Wie sehr sich diese Japaner von denen unterschieden, die noch vor ein oder zwei

Jahren mit aufgekrempelten Hemdsärmeln zu Strafexpeditionen ausgezogen waren! Heute bewegten sie sich unter allen nur vorstellbaren Sicherheitsvorkehrungen vorwärts. Sie waren schreckhaft geworden, nervös. Ein überraschend aus dem Unterholz hervorbrechendes Wildschwein verursachte zuweilen eine heftige Schießerei. Nachts umgab eine dichte Postenkette das Biwak. Selbst ihre Notdurft verrichteten die kaiserlichen Truppen niemals außerhalb dieses Postenkreises. Man spürte ihre Furcht, man konnte sie geradezu sehen, ja riechen.

Durch das Fernglas beobachtete Ting Wu den japanischen Kommandeur. Er war ein dürrer, nicht mehr junger Mann mit Brille. Seine Uniform war schmutzig wie die seiner Soldaten. In seinem Gesicht lag ein Ausdruck, der eine seltsame Mischung von Müdigkeit und wachem Mißtrauen war, von Reizbarkeit, lauernder Blutgier und Gleichgültigkeit.

Der Mann war erschöpft, das konnte Ting Wu sehen. Und er war aufgebracht über den Mißerfolg seiner Suchaktion. Wer weiß, auf welchen Hinweis sie ausgezogen waren, dachte Ting Wu, auf welche zufällige Beobachtung, die sich als trügerisch erwies. Nun saßen sie im Dschungel. Es sah aus, als ob sie umkehren wollten. Er beobachtete, wie der Kommandeur eine Besprechung mit seinen Feldwebeln abhielt. Reis wurde ausgegeben, den die Soldaten auf die in der japanischen Armee übliche Weise selbst kochten. Ein Feuer wurde angefacht, und jeder Soldat entnahm seinem Marschgepäck eine Blechbüchse, die er an einen Bambusstock hängte und so lange über das gemeinsame Feuer hielt, bis der Reis darin halbgar war. So wurde er gegessen. Es war keine besonders starke Patrouille. Sie führte nur Handfeuerwaffen mit, Handgranaten und ein paar Maschinengewehre. Ting Wu beobachtete die lagernden Truppen sehr lange, bevor er zu seinen Männern zurückkroch, um mit ihnen zu beraten.

Es war selbstverständlich, daß man die Japaner angreifen mußte. Aber Ting Wus kleine Gruppe war zu schwach dafür. Wenn man eine solche Patrouille aufreiben wollte, dann mußte das in einem kurzen, überraschenden Überfall geschehen, um unnötige Verluste in den Reihen der Befreiungsarmee zu vermeiden. Der Feind durfte keine Chance zur Flucht erhalten. Eine halbe Stunde später befand sich ein Kurier Ting Wus auf dem Weg zum Lager. Er hatte den Auftrag, Verstärkung heranzuführen. Ting Wu selbst würde mit den anderen weiter die Japaner verfolgen, falls sie in der Zwischenzeit aufbrachen. Er würde in diesem Falle seinen Weg für die Verstärkung markieren. Bei dem langsamen Tempo, mit dem sich die Japaner bewegten, würden die herbeigerufenen Dschungelkämpfer vermutlich innerhalb von zwei Tagen da sein.

Der Kurier war ein sehr junger Soldat. Er trug weiter nichts als seine Maschinenpistole und einen Beutel mit Ersatzmagazinen, ein Haumesser und ein zusammengerolltes Stück Zeltplane, auf dem er nachts schlief. Er setzte seinen ganzen Ehrgeiz daran, so schnell wie möglich ins Lager zu kommen, und gönnte sich nur wenig Ruhe. Er lief barfuß. Seine Hände und Füße waren mit Geschwüren bedeckt, aber das Leben im Dschungel brachte eben Plagen solcher Art mit sich. Man durfte sich nicht von ihnen unterkriegen lassen. Im Lager gab es den alten Arzt und ein paar Sanitäter. Bei ihnen konnte man einen gelblichen Saft holen, der aus verschiedenen Pflanzen gepreßt war und mit dem man die wunden Stellen bestrich. Sie heilten nicht sofort zu, aber sie trockneten langsam aus und schmerzten nicht mehr, bis sie sich dann nach einiger Zeit schlossen. Und dort, wo die Haut einmal mit dem gelben Pflanzensaft behandelt worden war, bildeten sich niemals mehr neue Geschwüre. Selbst die Blutegel, jene heimtückischen Quälgeister, saugten sich an diesen Stellen nicht mehr fest.

Nachdem der junge Soldat um die Mittagszeit eine Stunde unter einem Busch geschlafen hatte, durchschlug er mit seinem Haumesser eine armdicke Liane und saugte ihre klare, kühle Flüssigkeit. Dann machte er sich wieder auf den Weg. Er erreichte das Lager viel früher, als Ting Wu gedacht hatte. Im Kommandostand stieß er auf Abu Bakkar, der sich die Situation genau beschreiben ließ und dann sofort eine Gruppe zusammenstellte.

Bald hatte er die Vorbereitungen abgeschlossen und begab sich zu Yangs Hütte. Er traf sie nicht an; als er in der Gegend nach ihr suchte, erblickte er den Japaner, der nach der Aktion in Tanjong Malim um Asyl und Schutz vor seinen eigenen Landsleuten gebeten hatte. Sie hatten ihn mitgenommen. Er brauchte nicht zu kämpfen, aber er machte sich auf vielerlei Art im Lager nützlich, und die Soldaten des Regiments unterließen es, ihn an seine Vergangenheit zu erinnern. Er saß in der Nähe der Waffenwerkstatt und bastelte an einer Brille herum. Abu Bakkar ging zu ihm. Suga nickte lächelnd, als er den Offizier seine Bastelei betrachten sah.

»Ist das deine Brille?«

»Nein«, antwortete Suga. »Japanische Brille. Erbeutet. Ich mache neue Konstruktion.«

Abu Bakkar verzog die Mundwinkel. »Neue Geheimwaffe?«

Suga hob grinsend die Brille.

Abu Bakkar sah, daß er die Gläser herausgenommen hatte. An ihrer Stelle waren zwei Scheiben dunkelgrünes Zelluloid eingeklebt. »Nicht Waffe«, erklärte er. »Für die Augen der Lehrerin. Sonne zu stark.«

Langsam begriff Abu Bakkar. »Wo hast du das Zeug stibitzt?«

»Zelluloid von japanischem Film«, erwiderte Suga. »Auch erbeutet. Hat Spezialkommando gesucht. Angeklebt mit Latexsaft.« Er klopfte schmunzelnd an die grünen Scheiben. Seine Finger klebten von Latexsaft. »Hält tausend Jahre. Japanische Qualität.«

Abu Bakkar fischte zwei Zigaretten aus der Tasche und gab dem Japaner eine. Suga sprang sofort auf und holte ein Feuerzeug hervor. Es bestand aus einem Stück ausgehöhltem Aluminium, das mit benzingetränkter Watte gefüllt war. Darin steckte ein Stahlstift mit einem Docht. Suga rieb den Stahl an einem flachen Feuerstein, der außen auf dem Aluminium befestigt war; der Docht flammte auf, und Suga gab Abu Bakkar stolz Feuer.

»Wo hast du denn das her?« wollte Bakkar wissen.

Der Japaner gab lächelnd zur Antwort: »Selbst konstruiert. Sehr einfach. Ganz sicher!«

»Du solltest eine Fabrik aufmachen – für Brillen und Feuerzeuge«, riet Bakkar ihm. »Wenn du mich fragst: Japaner, die Feuerzeuge konstruieren und Sonnenbrillen, sind mir bedeutend lieber als welche mit Gewehren.«

Suga zuckte die Schultern. Seit er in dem Lager war, fühlte er sich als freier Mensch. Es war richtig gewesen, die kaiserliche Armee zu verlassen. Sein Gewissen quälte ihn nicht mehr, seit er kein Soldat der Kempeitai mehr war. Hier hatte er sogar Freunde gewonnen. Nur wenn er an Japan dachte, wurde er traurig. Er sehnte sich nach Hause. Aber wann würde er dorthin zurückkehren können – und wie würde er sich in der Heimat zurechtfinden, nach dem, was er hier erlebte? »Krieg bald aus?« fragte er.

Abu Bakkar blies eine Wolke Tabakrauch in die heiße Luft. Er beobachtete, wie der Rauch träge zerfloß, und dabei sagte er: »Bald. Es dauert nicht mehr lange.«

»Und dann?«

»Dann gehst du heim und baust Feuerzeuge«, erwiderte Abu Bakkar polternd. Suga kannte ihn gut. Immer wenn er mit dieser polternden Stimme sprach, versuchte er seine wahren Gefühle zu verbergen.

»Vielleicht auch Autos«, wandte er ein. »Ich gelernt, Auto bauen.«

»Meinetwegen auch Autos«, sagte Abu Bakkar. »Hab nur keine Angst. Wenn du nach Hause kommst, wird dir niemand etwas tun. Du wirst nicht der einzige sein, der nach Japan zurückkommt und verlangt, daß in Zukunft keine Soldaten mehr in fremde Länder geschickt werden sollen.«

Er sprach nicht zum erstenmal so mit Suga. Immer wieder hatte er versucht, ihm klarzumachen, daß sich solche einfachen Leute wie er in Zukunft für den Weg verantwortlich fühlen müßten, den Japan ging.

»Nun gut«, meinte er schließlich. »Hast du die Lehrerin gesehen?«

Suga wies zum Fluß. »Sie ging mit dem Doktor. Haben Sie ein Feuerzeug?«

»Nein, warum?«

Suga hielt ihm das kleine Instrument auf dem Handteller hin. »Bitte, nehmen Sie es. Ich baue neues.«

Abu Bakkar betrachtete nachdenklich das Feuerzeug auf der Hand des Japaners, dann sein Gesicht, das noch das Gesicht eines Jungen war. Zuletzt legte er ihm die Hand auf den kahlgeschorenen Kopf und schüttelte ihn ein paarmal hin und her, als wäre er ein Schuljunge, den er bei einem übermütigen Streich ertappt hatte. »Mach erst das neue«, forderte er ihn auf. »Das nehme ich dann.« Er ging nachdenklich weiter. Es war seltsam, wie hatte es der japanische Militarismus verstanden, aus Menschen mit gutem Charakter und vielerlei Talenten Räuber und Mörder zu machen. Es war ein Verbrechen, und auf der Basis dieses Verbrechens waren alle anderen begangen worden.

In Gedanken versunken, erklomm Abu Bakkar den Hang, der vor dem Flußufer lag. Er kam nur bis zur halben Höhe, dann baute sich plötzlich ein Posten vor ihm auf und legte die Hand an die Mütze. »Es tut mir leid, Genosse Bakkar, hier ist das Weitergehen verboten.«

Abu Bakkar schreckte auf. Er sah den Posten an, einen jungen Burschen, der Mühe hatte, ernst zu bleiben.

»Machst du Scherze?«

Der Posten schüttelte energisch den Kopf. Gleichzeitig schob er seine Maschinenpistole zurecht. »Die Genossin Lehrerin badet.«

Die beiden sahen einander an, dann lachten sie. Abu Bakkar hockte sich kopfschüttelnd an den Hang. Die Genossin Lehrerin badet! Man stelle sich das vor. Und der Zutritt ist verboten.

»Junge«, sagte Abu Bakkar. »Für welche eigenartigen Zwecke ein Soldat doch Posten stehen kann! Badet sie schon lange?«

»Eine halbe Stunde.«

»Hm, das müßte eigentlich genug sein.«

Der Bursche reckte sich und bemerkte feierlich: »Der Arzt wird das entscheiden, Genosse Bakkar.« Es gelang ihm nicht, sein Grinsen zu unterdrücken.

Abu Bakkar erhob sich und legte die Hände trichterförmig an den Mund. Yang erwiderte den Ruf und forderte ihn auf, zu ihr zu kommen.

»Siehst du«, sagte er augenzwinkernd, »ich bin eine Ausnahme.«

Aber der Posten hatte seine Erfahrungen. Er stieg seelenruhig mit aufwärts; dabei meinte er: »Wetten, daß sie sich bereits wieder angezogen hat und daß der Doktor ihr Nadeln ins Genick sticht?«

Er hätte die Wette gewonnen; als sie auf der Höhe ankamen, sah Abu Bakkar es ein. Er stieg hinab und setzte sich neben die Lehrerin ins Gras.

Yang lag ausgestreckt am Flußufer, und der alte Arzt aus Tanjong Malim kauerte neben ihr. Seine Finger drehten geschickt eine Anzahl hauchfeiner Silberdrähtchen, die er an Yangs Hinterkopf und Nacken in die Haut gestochen hatte. Seit Yang von Tanjong Malim zurückgekehrt war, behandelte er sie nach dieser uralten chinesischen Heilmethode, und der Erfolg war nicht ausgeblieben. Die feinen Nadeln übten eine Heilwirkung auf das Nervensystem aus. Der Arzt hatte vorausgesagt, daß diese Behandlung Yangs Augenlicht wiederbringen würde. Es sah so aus, als sollte er recht behalten.

»Ich wundere mich immer, daß dir diese Dinger nicht weh tun«, grübelte Abu Bakkar, während er dem Arzt zusah, der die Nadeln abwechselnd ganz leicht bewegte.

Yang trug vor den Augen noch eine schwarze Binde. Aber bereits vor Monaten hatte sie festgestellt, daß die Dunkelheit, die sie umfing, nicht mehr so tief war wie anfangs. Nach und nach erholte sich der Sehnerv.

»Es tut nicht weh«, sagte Yang. »Der Doktor hat gesagt, daß ich in ein paar Wochen die Binde abnehmen kann. Dann werde ich nur noch eine dunkle Brille tragen, und später werde ich auch die nicht mehr brauchen.«

Abu Bakkar warf dem Alten einen Blick zu. Der Chinese mit dem dünnen Kinnbart nickte. Er war seiner Sache absolut sicher. »Damals habe ich gesagt, es dauert lange«, erinnerte er ihn. »Aber es ist zu schaffen. Und wir schaffen es.«

Es war nicht zum erstenmal, daß Abu Bakkar das von ihm hörte. Zuerst hatte er es nicht recht glauben wollen, nun aber konnte auch er kaum noch zweifeln. Es war eine Erleichterung zu sehen, mit welcher Zuversicht Yang selbst daran glaubte. In der ersten Zeit war sie sehr still gewesen, bestürzt über den Verlust ihres Augenlichtes. Aber niemand hatte eine Klage von ihr gehört. Sie hatte es verstanden, trotz ihrer Unfähigkeit zu sehen, den Unterricht weiterzuführen. Es war schwierig gewesen, aber sie hatte nicht nachgegeben. Und wenn es in diesem ganzen Lager einen Menschen gab, dessen Vorbild jeden Soldaten anspornte, dann war sie es.

»Ich habe deinen Stundenplan durcheinanderbringen müssen«, begann Abu Bakkar zögernd. »Wir mußten ganz schnell eine Gruppe zu Ting Wu schicken.«

»Ist er in Gefahr?« fragte sie erschrocken.

Abu Bakkar erwiderte lächelnd: »Er nicht. Aber ich glaube, eine japanische Strafexpedition ist es. Übrigens ist Rangoon gefallen. Ich habe es vorhin in den Nachrichten gehört.«

»In den englischen Nachrichten? Hast du es auch richtig verstanden?«

Er lachte und klopfte ihr auf die Schulter. »Nachdem ich jahrelang bei dir in die Lehre gehe, werde ich wohl in der Lage sein, so eine simple Nachricht zu verstehen!«

»Es wäre wünschenswert, Außenminister«, gab Yang vergnügt zurück. »Aber der Kursus ist noch lange nicht abgeschlossen.«

»Der Krieg auch nicht«, meinte Abu Bakkar. »Die Engländer haben wieder haltgemacht. Sie lassen uns hier allein weiterkämpfen. Und wenn wir mit den Japanern fertig geworden sind, werden sie ankommen und sich als Sieger feiern lassen.«

»Ach«, sagte Yang, »du mußt nicht immer so trübe Voraussagen machen. Warten wir ab. Wir werden sehen, wer länger durchhält, sie oder wir.«

Abu Bakkar erhob sich. Dabei murmelte er: »Wenn ich dich ansehe, dann glaube ich, daß vermutlich wir den längeren Atem haben. An mir soll es nicht liegen. Also, die Mathematiker und die Biologen habe ich zu Ting Wu geschickt. Damit du dich darauf einrichten kannst.«

Wie immer, wenn die militärischen Notwendigkeiten ihren Unterrichtsplan durchkreuzten, machte sie ihn mit einer Art heiterer Gelassenheit auf die Folgen aufmerksam. »Du bist schuld«, rief sie ihm nach, »wenn die Republik Malaya später einmal mangelhaft ausgebildete Biologen und Mathematiker hat! Wage nicht, die Geographen etwa auch noch wegzuschicken! Heute ist Prüfung über die Länder Asiens. Für dich übrigens auch!«

Er tippte an die Mütze und blinzelte dem Arzt zu. »Werde mich bei Sonnenuntergang mit Papier und Bleistift einfinden.« Er seufzte wie ein Schüler, der lieber Fußball gespielt hätte, aber er sagte nichts und machte sich auf den Weg zum Kommandostand zurück.

Als der Posten Ting Wu weckte, kreiste das Flugzeug bereits über dem Grasland jenseits der Schlucht. Es hatte keine Lichter gesetzt, aber seine dunkle Silhouette war gegen den blassen Sternenhimmel zu sehen. Ein großer schwarzer Vogel, der mit seinen Schwingen einen Schatten auf die Erde warf.

»Es ist ein Amerikaner«, flüsterte der Posten. »Am Rumpf trägt er einen weißen Stern mit einem Kreis. Und die Japaner schleichen sich aus der Schlucht heraus, auf das Grasland zu.«

In Sekundenschnelle war Ting Wu hellwach. Er nahm das Fernglas an die Augen und suchte den Himmel ab, bis er den lichtscheuen Vogel erkennen konnte. Und in dem Augenblick wurde ihm auch klar, was dieser nächtliche Besuch zu bedeuten hatte. Die Einstiegluke des Flugzeuges war offen. In schneller Folge purzelten daraus Gestalten hervor, deren Fallschirme sich wenig später öffneten. Während er das beobachtete, fielen jenseits der Schlucht schon die ersten Schüsse.

»Engländer«, sagte Ting Wu. »Sie brauchen Hilfe. Die Japaner haben sie beim Absprung überrascht.«

Die Gruppe versammelte sich auf sein Zeichen, und ohne zu zögern, stiegen sie durch das Buschwerk bergab. Sie hasteten an der Schlucht vorbei; als sie im Rücken der Japaner waren, die in einer breiten Schützenkette durch das hohe Gras auf die Absprungstelle zu vordrangen, schickte Ting Wu einen Teil seiner Männer in die Schlucht, zu dem nur dürftig gesicherten Lager der Japaner.

»Zerstört ihre gesamte Ausrüstung«, befahl er den Soldaten, »alle Waffen, Munition, Lebensmittel. So, wie sie jetzt auf dem Grasland sind, halten sie keine zwei Tage durch.«

Ting Wu ließ seine Gruppe ausschwärmen und griff die Japaner in einem weiten Halbkreis im Rücken an. Die Engländer konnten nur einen Teil ihrer Waffenbehälter finden. Ihre Gegenwehr blieb daher schwach, und die Japaner nutzten das sofort aus. Während sie die in großen Abständen gelandeten Engländer einzeln aufspürten und zu vernichten suchten, schickten sie Munitionsträger zur Schlucht zurück. Als diese sich der Schlucht näherten, sahen sie ihre Zelte brennen. Waffen und Munition lagen zu Haufen getürmt und wurden von Ting Wus Soldaten mit Handgranaten in die Luft gesprengt, noch ehe die Träger heran waren. Während dieses allgemeinen Durcheinanders trafen oberhalb der Schlucht die Verstärkungen ein, die Ting Wu aus dem Lager hatte kommen lassen. Sie waren ohne nennenswerte Unterbrechung marschiert und hatten die Entfernung in sehr kurzer Zeit bewältigt.

Ein Soldat Ting Wus führte sie dorthin, wo sich einzelne Engländer hartnäckig gegen die Japaner zur Wehr setzten. Bald darauf nahm das Gefecht einen anderen Verlauf.

Ting Wu konnte durch das niedergetrampelte Gras das Mündungsfeuer des japanischen Maschinengewehres sehen, das hinter einer Bodenwelle in Deckung lag. Er beobachtete die Stelle genau, bevor er sich entschloß weiterzukriechen. Das Maschinengewehr feuerte nicht in seine Richtung. Vermutlich konnte er sich ihm unbemerkt bis auf wenige Schritte nähern. Auf sein Zeichen hin wurden ihm mehrere Handgranaten zugesteckt, die er wurfbereit machte. Dann kroch er weiter durch das Gras, während seine Soldaten ihr Feuer auf das Maschinengewehr richteten. Das Gras war feucht, und es verursachte kaum ein Geräusch, als Ting Wu sich immer näher an die Japaner heranschob. Langsam zog er mit den Zähnen die Sicherungsstifte aus den Granaten. Dann schleuderte er sie in schneller Folge auf das Maschinengewehr.

Er lag mit dem Gesicht an den Boden gepreßt, als die Detonationen erfolgten. Das Maschinengewehr schwieg. Zusammen mit den Soldaten sprang Ting Wu vorwärts. Wenig später sah er den ersten Engländer. Es war ein junger Soldat; er lag gekrümmt neben seinem zusammengefallenen Schirm. Ting Wu untersuchte ihn, aber der Mann war schon tot.

Hundert Meter weiter zwang das letzte, verzweifelte Feuer der Japaner Ting Wu wieder in Deckung. Aber die Japaner litten bereits an Munitionsmangel. Sie hatten ihr Biwak nur mit einer Handvoll Patronen und ein paar schnell ergriffenen Maschinengewehrgurten verlassen, und nun konnten sie nur noch sehr sparsam schießen. Ihr Kommandeur führte die Soldaten zu einem letzten, selbstmörderischen Angriff in Richtung auf das Biwak. Ihm war daran gelegen, aus der Umklammerung auszubrechen.

Ting Wu hörte zuerst ihr heiseres Banzai-Geschrei. Dann sah er sie kommen, mit aufgepflanzten Bajonetten. Wenig später war alles vorbei. Man konnte schwer feststellen, ob einzelne japanische Soldaten entkommen waren. Aber selbst wenn sie sich bis in den Dschungel retteten, würden sie allein den Weg zurück kaum finden und früher oder später Opfer des Dschungels werden. Fauliges Laub und Rankenwerk würden in einigen Tagen schon ihre Gebeine bedecken, sie unauffindbar machen.

Die Engländer erhoben sich vorsichtig aus ihren Verstecken im hohen Gras und kamen zusammen. Sie musterten erstaunt die Soldaten Ting Wus, die ihnen die Hände schüttelten und versuchten, sich mit ihnen zu verständigen. Auf Ting Wu zu kam ein hochgewachsener, hagerer Offizier, der die Hand an den Helm legte und sich mißtrauisch erkundigte: »Sind Sie der Chef dieser Leute?«

Ting Wu war lange genug Yangs Schüler gewesen, um den Mann zu verstehen und ihm antworten zu können. Er lächelte und sagte: »Ich bin der Kommandeur des 2. Regiments der malaiischen Befreiungsarmee. Eine Kompanie des Regiments ist Ihnen zu Hilfe gekommen, Herr Major.«

Der Engländer verstand die Zurechtweisung, aber er ließ es sich nicht anmerken. Er trat an Ting Wu heran und drückte ihm die Hand. »Danke. Die Bastarde schossen schon auf uns, als wir noch an den Schirmen hingen. Ich dachte, die Gegend hier ist absolut sicher.«

»Wir hätten Ihnen einen Platz vorschlagen können, an dem Ihre Landung ohne Verluste möglich gewesen wäre«, gab Ting Wu zurück. »Wie groß sind Ihre Ausfälle?«

»Ich habe neun Tote und ein paar Leichtverletzte«, erklärte der Major. »Sie werden mir fehlen. Wo liegt hier die nächste japanische Einheit?«

»Viele Meilen von hier«, versicherte Ting Wu. »Dies war nur eine Suchexpedition. Können meine Männer Ihnen noch etwas helfen?«

Der Engländer überlegte. Er forderte Ting Wu auf, sich neben ihn ins Gras zu setzen, und dann nahm er eine Packung Players aus der Tasche und hielt sie ihm einladend hin.

»Nehmen Sie gleich ein paar, Sie werden kaum Zigaretten haben.«

Ting Wu holte lächelnd eine flache Plexiglasschachtel hervor, die mit japanischen Zigaretten gefüllt war. Er bot dem Engländer an, sich zu bedienen. »Japanische Kriegsbeute. Wir haben genug davon. Die Schachtel hat ein japanischer Soldat für mich aus dem Glasfenster einer abgeschossenen ,Zero' geschnitzt. Können Sie die Schriftzeichen lesen, die er eingraviert hat?«

Der Major nahm neugierig eine der Zigaretten und betrachtete die Schachtel. »Nie gesehen. Was heißt das?«

»Frieden«, sagte Ting Wu. »Der Japaner lief zu uns über. Schmeckt Ihnen die Zigarette?«

Der andere nickte. Er war mit der Vorstellung hergeflogen, daß er auf keine Japaner treffen würde und daß die malaiischen Guerillas, denen er begegnen könnte, barfüßige Banditen mit meist blutigen Haumessern sein würden. Es war ein wenig anders gekommen. Aus den Augenwinkeln beobachtete er die Soldaten, die systematisch das Kampfgelände nach Toten absuchten und sie zusammentrugen. Sie riefen sich kurze Kommandos zu. Was sie taten, das taten sie schnell und ohne viel Umstände. Sie sicherten die weggeworfenen Waffen und sammelten die Fallschirme ein, während die englischen Soldaten sich Zigaretten anbrannten und ihnen verwundert zusahen.

Diese Leute, begriff der Major, gingen in der Tat barfuß, aber alles andere, was das Oberkommando über sie wußte, schien nicht zu stimmen. Sie trugen eine Art Uniform, und ein Blick auf ihre Gesichter belehrte selbst einen Laien, daß sie nicht aus Abenteuerlust Krieg führten. Der Major seufzte und griff nach seiner Hüfttasche. »Kennen Sie den Witz über den Schotten, der zu Hause seine Kriegsration Whisky abholt und, die Flasche in der Hüfttasche, eine Treppe hinunterfällt?«

Ting Wu schüttelte den Kopf und sah zu, wie der Engländer eine kleine Metallflasche hervorbrachte, sie aufschraubte und genußvoll daran roch.

»Besagter Schotte schlug mit dem Hintern auf den Treppenstufen auf. Es schmerzte, und er spürte an der schmerzenden Stelle eine Flüssigkeit hervorrinnen. Da entsann er sich plötzlich der eben erworbenen Whiskyflasche, und weil er ein Schotte war, sandte er ein stilles Gebet gen Himmel: ,Lieber Gott, laß das da an meinem Hintern nur Blut sein!' – Gut was? Deshalb nehmen Leute wie ich Blechflaschen! Probieren Sie!«

Ting Wu lächelte höflich über den für ihn kaum belachenswerten Witz. Er nahm einen kleinen Schluck von der scharfen Flüssigkeit und gab dem Major die Flasche zurück. Eine Gruppe Soldaten hob mit erbeuteten japanischen Feldspaten am Rande der Schlucht Gräber aus. Die Männer arbeiteten schweigend und lösten einander ab.

»Das also«, bemerkte der Engländer, »ist die sagenhafte kommunistische Armee.«

»Es ist nur ein kleiner Teil«, gab Ting Wu zurück. »Werden Sie jetzt den Kampf gegen die Japaner aufnehmen?«

Der Engländer blickte ihn nachdenklich an. Dieser Kommandeur war nicht nur ein kluger Soldat, das hatte seine Kampftaktik vor einer halben Stunde bereits bewiesen. Er war offenbar auch nicht ungebildet. »Vorläufig werden wir uns erst einmal hier einrichten«, sagte er vorsichtig. »Wir sind nicht sehr zahlreich. Aber es werden mehr Truppen von uns kommen.«

»Und dann werden Sie kämpfen?«

»Ich bin Soldat und befolge die mir gegebenen Befehle«, sagte der Major. »Wo liegt dieses zweite Regiment, von dem Sie vorhin sprachen?«

Er holte eine Karte hervor und breitete sie aus, bereit, den Standort darauf zu vermerken. Ting Wu lächelte, dann gab er höflich zur Antwort: »Es wird Sache unseres Oberkommandos sein, die Entscheidung zu treffen, ob Sie zu unserem Standort geführt werden.«

»Ach – Sie halten Ihre Lagerplätze geheim?«

Ting Wu lächelte. »Ich bin Soldat und gewohnt, Befehle zu befolgen. Wenn Sie in den nächsten Tagen Hilfe brauchen, werden wir tun, was in unseren Kräften steht. Wir betrachten uns als Ihre Verbündeten.«

Er ist klüger, als ich dachte, überlegte der Major. Die Jahre sind nicht spurlos an Malaya vorbeigegangen. Das hier ist ein ernst zu nehmender Partner. »Nun gut«, gab er sich zufrieden. »Ein paar Ihrer Leute, die sich in der Gegend auskennen, würden uns willkommen sein. Was für Pläne haben Sie für die Zukunft?«

Ting Wu drückte langsam die Zigarette aus und zertrat den Rest im nassen Gras. Er nahm das halbleere Magazin aus seiner Maschinenpistole und füllte es mit Patronen auf, die er seiner Jackentasche entnahm. »Die Japaner schlagen«, sagte er, »sie aus Malaya vertreiben und das Land befreien.«

»Und danach?«

»Frieden«, sagte Ting Wu. »Arbeit für jeden von uns. Genug zu essen. Land für die Bauern. Schulen für die Kinder und Ärzte für die Kranken. Das Recht, eine malaiische Regierung zu wählen, die das Land so regiert, wie das Volk es will. Unsere Ziele sind Ihnen sicher bekannt.«

»Es ist ziemlich viel auf einmal«, gab der Engländer zu bedenken. »Glauben Sie, daß Sie das durchsetzen können?«

»Warum nicht?« meinte Ting Wu ruhig. »Jedes Volk hat das Recht auf Selbstbestimmung. England hat in diesem Krieg unter anderem auch dafür gekämpft. Warum sollte es uns nach dem Sieg schwerfallen, England für unsere Absichten zu gewinnen?«

Der Major zuckte die Schultern. »Ich bin Soldat, kein Politiker. Was würden Sie tun, wenn England gegen diese Pläne wäre?«

Die Soldaten hatten die Leichen der Japaner gemeinsam in ein großes Grab gelegt und mit Erde bedeckt. Für die englischen Gefallenen und die beiden Toten der Befreiungsarmee hatten sie besondere Gräber an einer anderen Stelle ausgehoben. Ting Wu sah, daß sie damit fertig waren und auf seinen Befehl warteten. Er erhob sich und zog die Maschinenpistole auf den Rücken. »Wenn es Ihnen recht ist«, sagte er zu dem

Major, »werden wir uns über diese Dinge unterhalten, nachdem wir unseren gemeinsamen Feind endgültig geschlagen haben. Die Zeit, ein neues, freundschaftliches Verhältnis zwischen Malaya und England herzustellen, wird dann gekommen sein.«

Neben ihm her ging er zu den Gräbern. Die Soldaten des 2. Regiments waren angetreten. Unweit von ihnen hatten sich die Engländer aufgestellt. Der Major trat vor sie hin, und nach einem kurzen Schweigen sagte er: »Wir betrauern den Tod von neun unserer Kameraden. Sie sind für die Wiedereroberung Malayas gefallen, für Seine Majestät den König, für den Ruhm und die Größe des britischen Weltreiches. Wir werden ihr Andenken in Ehren halten.«

Er trat zurück und blickte Ting Wu auffordernd an. Dieser trat vor seine Soldaten. Er legte seine Hand an die Mütze und sagte ernst: »Genossen, zwei unserer besten Mitkämpfer sind nicht mehr unter uns. Sie sind für die Freiheit und das Glück ihres Vaterlandes gefallen. Das malaiische Volk wird ihr Opfer nie vergessen. Es wird in ihrem Sinne weiterkämpfen, bis unser Land frei ist und jeder von uns in Frieden ein menschenwürdiges Leben führen kann.«

Auf seinen Befehl hoben die Soldaten ihre Waffen. Als die Salve verhallt war, wurden die Gräber geschlossen.

Eine Stunde später zogen sich die Engländer in die Schlucht zurück und richteten sich unweit des zerstörten Biwaks der Japaner ihr Lager her. Ting Wu ließ zwei seiner Soldaten für einige Tage bei ihnen, die sie mit dem unbekannten Gelände vertraut machen sollten.

Als der Himmel blaß wurde und die Sonne über den Horizont stieg, zog Ting Wu mit seiner Einheit wieder in den Dschungel. Sein Gesicht war besorgt. Er achtete nicht auf die Scherze, die seine Männer machten, wie immer, wenn sie von einer erfolgreichen Unternehmung heimkehrten. Während er über fauliges Wurzelholz und dorniges Buschwerk immer weiter in das grüne, von ungewissem Dämmerlicht erfüllte Dickicht eindrang, überlegte er, wie die Zukunft aussehen würde. Noch war der Kampf gegen Japan nicht zu Ende. Doch schon war zu erkennen, daß auch mit dem Sieg über Japan der Kampf um die Freiheit Malayas noch nicht beendet sein würde.

Weiter, dachte er, und weiterkämpfen. Er setzte einen Fuß vor den andern. Der Dschungel umfing die Männer wie ein dichter, schützender Mantel. Morgendunst stieg auf, als die Sonne sich über die Wipfel der Bäume erhob. Und die lange Reihe der Männer tauchte in den grauen Schleiern unter, mit denen der Tag begann.

Harry Thürk greift das Schicksal von Yang, Donald Foster und Ling in einem weiteren Roman über Malaya auf, dessen Handlung in den 50er Jahren spielt. Er erscheint ebenfalls 1984 als Paperbackausgabe im Militärverlag der DDR.
Lesen Sie hier einen Auszug aus »Der Wind stirbt vor dem Dschungel«.

Colvin goß sich wortlos einen neuen Whisky ein. Er trank ihn, und erst dann erwiderte er: »Weil ich eine Frau aus Malaya habe und das Bedürfnis empfinde, mich zuweilen mit ihr in ihrer Muttersprache zu unterhalten. Kannst du das verstehen?«

»Vollkommen«, sagte Foster. »Am schnellsten lernst du Malaiisch, wenn ihr beide aufhört, englisch miteinander zu sprechen. Ihr werdet euch dann zuerst nur gebrochen verständigen können, aber nach einer gewissen Zeit wirst du einfach aus der täglichen Gewohnheit heraus die Sprache immer besser beherrschen.«

»Er ist ein guter Schüler.« Yang lächelte. »Er hat nur wenig Zeit zum Lernen.« Sie deutete mit dem Kopf in die Richtung des Schreibtisches, und Foster wußte, daß sie das Manuskript meinte.

Etwas später sagte sie: »Er wird es lernen. Aber er wird nie so gut malaiisch sprechen wie Sie. Weil Sie es schon als Kind gleichsam wie eine zweite Muttersprache aufgenommen haben.«

»Ich hatte eine gute Lehrerin«, erinnerte sich Foster. »Es war meine Amah. Sie kümmerte sich fast den ganzen Tag um mich. Und sie konnte keine zehn Worte Englisch. Aber sie erzählte mir alle malaiischen Märchen und alle Geistergeschichten. Kennen Sie die Geschichte vom Dschungelgeist Hantu? Der große Hantu mit dem Körper eines Menschen und dem Kopf eines Hundes? Der Hantu, der mit dem riesigen Speer ruhelos durch den Dschungel streift?«

Er sah, daß Colvin ihm lächelnd zuhörte.

Yang sagte leise:

»Wie sollte ich Hantu nicht kennen! Aber ich kenne auch Ihre Lehrerin, die Ihnen von Hantu erzählt hat.«

»Sie kennen wen?« fragte Foster verdutzt.

»Ihre Kinderfrau«, erwiderte Yang. »Die Amah, die Ihnen unsere Sprache beigebracht hat. Sie ist eine sehr alte Frau.«

Colvin stand schweigend, mit gerunzelter Stirn und blickte auf Yang.

»Ich verstehe nicht. Sie haben sie gekannt?«

»Ich kenne sie. Sie lebt hier in der Stadt. Vor zwei Tagen hat sie mich besucht. Ich hatte sie zuvor nie gesehen. Sie kam und erklärte mir, wer sie ist. Und sie bat mich, herauszufinden, ob es Ihnen recht sein würde, wenn sie Sie begrüßt.«

Sie lächelte entwaffnend. Foster fragte kopfschüttelnd: »Meine Amah war bei Ihnen? Ah Ling? Sie muß steinalt sein. Ich dachte nicht, daß sie überhaupt noch lebt. Aber wie kommt sie zu Ihnen? Woher wußte sie, daß ich mit Joe . . .?«

»Sie wußte nicht, daß Sie mit Joe befreundet sind«, warf die Frau schnell ein. »Sie kam auch nicht zu ihm, sondern zu mir.«

»Aber warum nicht zu mir?« fragte Foster befremdet.

»Weil Sie aus England hier erschienen sind. Sie hat es in der Stadt gehört. Leute erzählten von einem Doktor Foster im Hospital, der mit Malaien in ihrer Sprache reden kann. Da erinnerte sie sich an Ihren Namen und stellte sich in der Nähe des Hospitals auf, bis Sie herauskamen. Sie erkannte Sie wieder.«

»Ja doch«, rief Foster ungeduldig. »Aber warum ist sie nicht zu mir gekommen? Wissen Sie, daß ich dieser Frau und ihrer Tochter mein Leben verdanke?«

»Ich weiß.« Yang nickte. »Aber Sie sind aus England. Niemand weiß, wie es im Herzen eines Mannes aussieht, der von England nach Malaya kommt. Vielleicht wäre es Ihnen unangenehm gewesen, an alte Freunde erinnert zu werden.«

»Unsinn!« fuhr Foster auf. Er griff nervös nach dem Glas und trank den bittersüßen Shandy. Als er aufblickte, sah er, wie Colvin die Schultern zuckte.

»Ich wußte nichts davon, Don. Es überrascht mich auch. Aber ich weiß, daß Yang über manche Dinge nicht spricht, und es wundert mich nicht.«

»Sie wollte nicht, daß du davon erfährst«, sagte Yang. »Sie hatte keine Ahnung, daß ihr Freunde seid. Und ich habe es ihr auch nicht gesagt.«

Foster drehte unschlüssig das Glas in der Hand. Er merkte, daß Yang ihn mit ihrem ruhigen Blick ansah.

»Mir ist nur nicht klar«, sagte er langsam, »weshalb Ah Ling ausgerechnet zu Ihnen kam. Sie hätte bei mir anrufen können.«

Yang lächelte. »Die alte Frau weiß nicht, wie man telefoniert. Sie kam zu mir, weil manche meiner Landsleute wissen, daß ich auch englisch spreche und daß sie zu mir Vertrauen haben können, obwohl ich mit einem Engländer lebe.«

Foster schwieg. Er hörte, wie Colvin sagte: »Ein einziger solcher Beweis des Vertrauens kann dir mehrere Jahre Konzentrationslager einbringen, liebe Yang, wenn ein Informant ihn aufspürt.«

Aber Yang lächelte nur wieder. »Es gibt Kreise in unserem Volk, die den Informanten immer verschlossen bleiben werden.«

Er wiegte den Kopf. Aber es war ihm weder Ärger noch Ungehaltenheit anzumerken. Joe Howard Colvin war lange genug mit Yang zusammen, um zu wissen, daß sie ihre Entschlüsse sorgfältig überlegte. Er hatte nie den Versuch gemacht, sie in dem, was sie tat, zu beeinflussen.

»Wie kann ich sie denn nun erreichen?« erkundigte sich Foster schließlich. »Ich will sie unbedingt sehen.«

»Sie wollte noch einmal zu mir kommen«, gab Yang zurück. »Ich werde ihr dann erklären, wie gern Sie sie wiedersehen möchten.«

Für eine Zeit war es still in dem Zimmer. Colvin machte sich daran, zwei Gläser Whisky einzuschenken. Als er damit fertig war, kommandierte er rauh: »Wenn du jetzt nicht einen mit mir trinkst, Don, erkläre ich das ganze Wiedersehen für ungültig und verrate Mister Evan Littlefield, dem Obersten Polizeikommissar der Föderation Malaya, daß du ein Kommunist bist.«

Foster nahm das Glas und sagte: »Prost!« Als er es absetzte, erkundigte er sich kopfschüttelnd: »Wie kommst du darauf, daß ich Kommunist sein könnte?«

Grinsend erwiderte Colvin: »Ein Mann, der mit Malaien in ihrer Sprache spricht, der aus England kommt, um kranke Malaien zu heilen, der alte Freunde aus dem Krieg wiedersehen will und außerdem Joe Howard Colvin besucht, kann gar nichts anderes sein als Kommunist!«

»Ich glaube, du irrst«, sagte Foster, auf den scherzenden Ton Colvins eingehend. »Ich bin im Auftrage der Regierung hier. Die schickt bekanntlich nur verläßliche Antikommunisten nach Malaya.«

»Sir Briggs und Sir Templer.« Colvin nickte. »Und Evan Littlefield und seine Frau. Ja. Interessiert es dich, daß sie ihren Mann zum viertenmal in zwei Jahren betrügt?«

»Hm . . .«, machte Foster. Er sah, daß Yang sich erhob und das Zimmer verließ.

»Ja. Und jeder Europäer in Kuala Lumpur weiß es. Ausgenommen Evan Littlefield selbst. Er hat mit den Kommunisten zu tun. Tag und Nacht.« Colvin schlug mit der flachen Hand auf den Tisch und lachte. »Mein Gott! Könnte ich mich doch bloß über diesen ganzen Kram wenigstens amüsieren!« Er sank in seinen Sessel zurück. »Leider kann ich es nicht. Kennst du schon Sir Gerald Templers neueste Idee, die Kommunisten auszurotten?«

Foster schüttelte den Kopf. Templer war etwa zwei Jahre in Malaya. Es hieß, daß er hier große Erfolge aufzuweisen hatte.

»Gift«, sagte Colvin heiser. »Aus Flugzeugen über den vermutlichen Schlupfwinkeln der Kommunisten zerstäubt. Soll ihre Lebensmittel vergiften, die kleinen Reisfelder, die sie sich angelegt haben, und dergleichen. Aushungerungstaktik. – Templer, der Retter der westlichen Kultur in Malaya. Schwer verletzt im zweiten Weltkrieg.«

»Hat er in Malaya gekämpft?«

»Wie kommst du darauf?« brummte Colvin belustigt. »Während die Japaner in Malaya waren, hat hier kein Engländer gekämpft. Versteckt haben sie sich. Gekämpft haben die kommunistischen Partisanen. Templer hat 1944 geruht, in den Krieg einzugreifen. In Italien. Bei der Landung wurde er von einem Klavier verletzt, das vom Kran des Schiffes abriß. Als er wieder gesund war, war der Krieg aus.«

Er stand auf und ging ein paarmal im Zimmer hin und her. Schließlich sagte er: »Hören wir auf damit. Es widert mich an. Wir wollen noch einen trinken.«

Er goß ein. Foster sah auf die Uhr. Es war spät, und er wollte am nächsten Morgen bereits früh im Hospital sein.

»Ich glaube, ich muß bald aufbrechen.«

Colvin schob ihm ein Glas zu. »Da, trink noch einen. Du kannst mit meinem Wagen zum Hotel fahren. Läßt ihn einfach davor stehen und gibst die Schlüssel dem Portier. Ich fahre morgen mit Bahar Singh zur Stadt und hole ihn mir ab.«

»Bahar Singh . . . ist das der indische Zeitungsmann, von dem du sprachst?«

Colvin nickte. »Er ist einer von den Leuten, die man als anständig bezeichnen kann. Einmal hat er mir angeboten, nach New Delhi zu kommen, für den Fall, daß man mir wegen meiner Verbindung mit Yang Schwierigkeiten macht. Du solltest ihn kennenlernen. Es gibt überhaupt eine Anzahl Leute, die du kennen mußt. Man trifft sie in den Clubs. Da ist jetzt Stephan Turner gekommen, ein Amerikaner . . .«

Er fuhr sich mit der Hand über sein kurzes, dunkelbraunes Haar. Dann sagte er nachdenklich: »Ja, Turner. Ein amerikanischer Geschäftsreisender, der auch zu jeder Pressekonferenz eingeladen wird, ich weiß nicht warum. Mit einem japanischen Assistenten. Einer widerlicher als der andere. Morgen nacht werde ich mit ihm zusammen an einer Polizeiaktion teilnehmen. Auf spezielle Einladung von Littlefield. Material für die Titelseite . . .« Er goß seinen Whisky herunter. »Ich weiß nicht, wie lange ich das noch mitspiele.«

Als er sah, daß Foster sich erhob, stand er auf und suchte auf dem Schreibtisch nach dem Autoschlüssel.

»Komm wieder, Junge«, bat er Foster, als er ihn zur Tür brachte. Foster versprach es.

Yang erschien aus der Küche und gab ihm die Hand. Auch sie sagte: »Kommen Sie wieder!«

»Ich lasse von mir hören«, rief Foster zurück, bevor er in den Wagen stieg. Er fuhr ihn unter dem Regendach hervor. Als er in den Fahrweg einbog, sah er im Lichtstrahl der Scheinwerfer die beiden vor dem Bungalow stehen. Die untersetzte, stämmige Gestalt Colvins und die zierliche Figur der Chinesin. Er winkte noch einmal, und dann gab er Gas.

Foster entdeckte die Kaffeemaschine erst, als er den Wagen vor dem Hotel abstellte. Sie lag auf dem Sitz neben ihm, und er hatte sie in der Dunkelheit nicht gesehen.

Yang mußte sie in das Fahrzeug geschafft haben, während er mit Colvin allein gewesen war. Mit einem seltsamen Gefühl nahm er sie auf und trug sie ins Hotel.

Der Portier lief mit dem Zimmerschlüssel herbei. Als Foster sich nach Anrufen erkundigte, schüttelte der Mann den Kopf. Es gab keine Anrufe und keine Post für Foster.

Colvin lag bereits lang ausgestreckt auf dem Bett, als Yang eintrat und die Tür hinter sich schloß. Nach dem Regen war die Schwüle wiedergekommen, die bei jeder schnellen Bewegung Schweißtropfen auf Colvins Haut brachte.

Schweigend sah er zu, wie Yang sich entkleidete. Ihre Haut glänzte fahl im Mondlicht, das durch die Fenster fiel. Ein paarmal reckte sie ihren Körper. Dann löste sie das Band, mit dem ihr Haar im Nacken zusammengehalten war. Es fiel lang und schwer über ihre Schultern herab. Colvin schloß die Augen und murmelte: »Es ist spät geworden.«

Dann hörte er, wie Yang neben ihm auf die Matte glitt. »Foster hat keine Frau?« fragte sie. Er spürte, wie ihr Körper den seinen leicht berührte. Sie liebte es, an ihn geschmiegt zu schlafen.

»Nein, er hatte keine«, erwiderte Colvin. Als er die Augen öffnete und Yang ansah, merkte er, daß sie zum Fenster hinausblickte.

»Du hättest mir sagen können, daß die Alte hiergewesen ist«, begann er.

Yang griff nach seiner Hand. Sie strich leicht über seine Finger und sagte: »Manchmal ist es besser, wenn man etwas nicht weiß, Joe. Du weißt ohnehin genug.«

Sie lagen still nebeneinander. Draußen erhob sich Motorengeräusch. Ein Patrouillenflugzeug kehrte von seiner allnächtlichen Route über dem Dschungel zurück. Colvin wartete, bis das Geräusch verklungen war. Dann sagte er zu Yang: »Du hättest Foster anrufen und der Alten den Hörer in die Hand geben können. Warum konnte sie nicht wenigstens ein paar Worte mit ihm sprechen?«

»Ich habe ihr davon abgeraten, Joe. Ich habe ihr überhaupt abgeraten, Foster wiederzusehen.«

»Aber das ist doch Unsinn! Warum sollte denn die Frau nicht mit Foster sprechen? Sie ist keine Verbrecherin.«

»Nein.« Sie strich mit ihren Fingern über Colvins Arm. Es war eine jener kleinen Gesten, die er an ihr liebte. »Aber sie hat eine Tochter.«

»Und?« fragte Colvin mißtrauisch. Er spürte, wie Yangs Hand still auf seinem Arm liegenblieb. »Was ändert es daran, wenn sie eine Tochter hat?«

»Eine Kleinigkeit«, sagte sie leise. »Die Tochter ist im Dschungel.«

Sie hatte ruhig gesprochen und Colvin dabei nicht angesehen. Er richtete sich mit einem Ruck auf und rüttelte sie an der Schulter.

»Was sagst du da? Die Tochter, von der Foster sprach, ist ...« Yang nickte.

»Sie ist seit einigen Jahren im Dschungel. Glaubst du nun immer noch, daß es richtig ist, wenn jemand erfährt, daß die Alte so etwas Ähnliches wie eine Mutter für Foster war? Sie war es in der Tat, denn seine eigene Mutter starb bei der Geburt, und der Vater hatte kaum Zeit für ihn, die Alte hat es mir erzählt.«

Colvin ließ sich mit einem tiefen Atemzug zurücksinken.

»Nein ...«, stammelte er, »ich ... ich weiß nicht. Jesus ... ich habe so etwas geahnt. Seit ich weiß, daß Foster hierherkam, habe ich geahnt, daß es so kommen wird. Du mein Gott, es wird ihm schwer werden.«

»Schwerer als dir«, sagte Yang. »Du arbeitest mit dem Kopf. Du hast mit deinem Gehirn erkannt, daß es Barbarei ist, was England hier treibt. Und mit deinem Verstand hattest du dich schon vorher dafür entschieden, daß ein Chinese ebensoviel wert ist wie ein Engländer oder ein Malaie oder ein Inder. Du bist ein Rechner, und dein Gefühl ist ein Ergebnis der Rechenaufgaben, die du gelöst hast. Mit Foster ist es umgekehrt. Er ist hier aufgewachsen. Sein Herz gehört zur Hälfte unserem Land. Sein Herz wird ihm schwere Zeiten bringen, denn bei ihm bestimmt das Herz, was er tut.«

Ein leichter Wind fächelte den Duft von Frangipaniblüten ins Zimmer. Es war ein süßer, in der reinen Nachtluft betäubend starker Duft. Colvin sog ihn ein. Dieses Land, dachte er, es ist wie ein Augenpaar, das dich fragend anblickt. Wie die Hand eines Kindes, die sich dir entgegenstreckt. Es ist wie der Duft von Hibiskus und Frangipani, der dich umgibt, der in deine Haut eindringt, süß, schwer. Ein Körper ist dieses Land, eingeschnürt in Stacheldraht, blutend.